荀慧生
小留香馆剧本精选

北京戏曲艺术职业学院
北京市艺术研究所 编

学苑出版社

# 编委会

**编委会主任：** 刘 侗

**编委会副主任：** 黄珊珊

**主　编：** 薛晓金

**编　委：** 丁 琳　白 莲　易 梅　王晓燕　鄂 林　李颖君

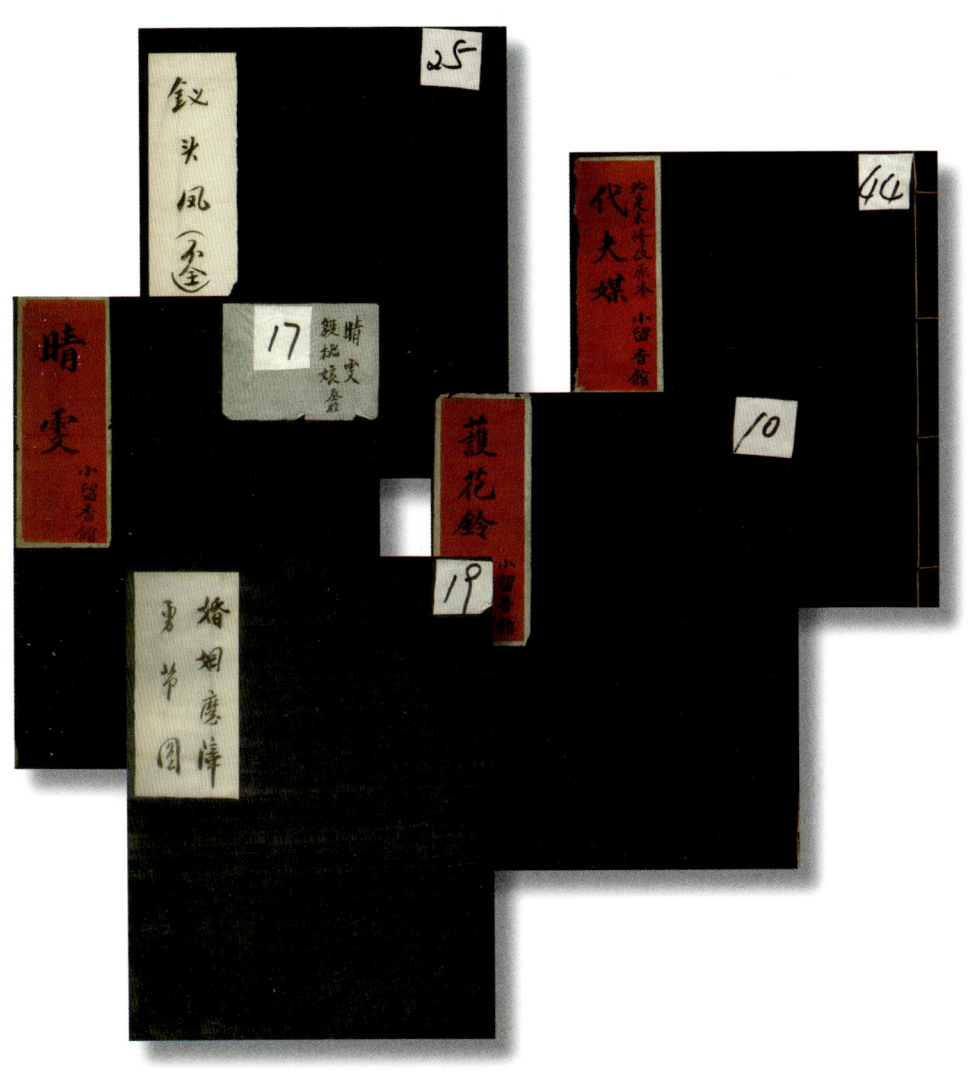

小留香馆部分剧本封面

到花園中遊玩／（丑）話猶未了那兩妹妹來也／（旦）今日我母親壽誕之期待爹爹下朝方好叩賀此時無事慾到花園遊玩／（生）方才到你房中見你午睡方酣故而不曾驚動與你／（旦）你我同到花園中去（同入園介）／（旦）好好花兒為何要去摻他呢／（生）卻不道草木有本心何須美人折／（旦）我與你分韻題詩／（生）我與你下棋／（旦）我與你釣魚／（旦）要摻由他不摻由我／（生）好也不好／（旦）也不好／（生）依你之見／（旦）咦哦這也不好那也不好這到教了我查目己過午爹爹也該回來了／（旦及夫人入園介）／（旦）顧我二老多康健／（生）爹娘陪上受女兒等慶賀／（拜介）（入席介）（同飲介）（俗依題介）（興菜同下）

第六場

（小旦心慌介）
罷停針線顧作鴛鴦不是仙（醒介）
（笑介）（上）三春好景無人見一生愛好是天然／（怔目作慮介）
／（丑上）女兒花下睡麽／（統喝介）／（生爹爹萬福）（旦）母親萬福／（旦）遵命（丑介）
／（羞介下）／（丑）賢婿隨我後面用茶
見介／
上心慌介
夾道垂楊一徑涼風來水殿芙荷香綠槐高處新蟬唱心地清閒日倍長／（丑）自從趙家妹妹來到我家不覺兩月有餘我看他性好飯諧到是個女中豪傑今日乃是母親正壽朝廷特爹爹下朝回來奉上一觴方才到妹妹房中偏偏他在那裡睡著看此時尚早我不先

# 前 言

荀慧生（1900—1968）是中国最杰出的京剧表演艺术家之一，与梅兰芳、程砚秋、尚小云并称京剧"四大名旦"。他创始的荀派艺术在京剧程式化表演的基础上，融入了大量生活化的表演，开创了京剧程式化表演的新境界。他的表演以感情色彩浓郁、富于青春气息而著称于世，成名之后效法者众多，20世纪30年代以来，戏曲界一直流行着"十旦九荀"之说。

京剧史家王家熙是研究荀慧生的专家，他认为京剧旦角艺术中，荀慧生当得起"两最"之誉："一是戏路最宽，举凡青衣、花旦、刀马旦各种类型的骨子戏样样皆精，跷功卓越，文武昆乱不挡，还擅反串小生；二是新戏最多，他一生创作、改编的新剧目，正式公演过的有90余出，而得以保留或产生过影响的就有45出以上。"[1]

正式出版的荀慧生演出剧目有1962年10月上海文艺出版社出版的《荀慧生演出剧本选集》（两集）及1982年2月出版的《荀慧生演出剧本选》。前者整理出版了《红楼二尤》《勘玉钏》《红娘》《荀灌娘》《金玉奴》《卓文君》《花田错》《辛安驿》《元宵谜》《香罗带》《钗头凤》《杜十娘》等12种剧目，后者收录1962年版的7个常演剧目，新增加了《大英节烈》

---

[1] 王家熙：《京剧老唱片赏鉴》，《中国京剧》，2005年第9期。

《玉堂春》《绣襦记》《霍小玉》《晴雯》等5种剧目。

此次出版的剧本选自荀慧生家人捐赠给北京戏曲艺术职业学院的手抄剧本，剧本封面均标有"小留香馆"，此系荀慧生的书斋名，他的别号亦称"小留香馆主人"。挑选原则是专门为荀慧生创作、演出的未出版过的完整剧本。在选择的19个剧目中，还是有《钗头凤》《元宵谜》《绣襦记》《晴雯》等4种与已经出版的剧本重复，但是较之已经出版的剧本，这些剧本版本更老，关目、曲白均有较大不同，对于研究荀慧生剧目改编发展有一定的文献意义。

根据陶君起的《京剧剧目初探》、曾白融的《京剧剧目词典》及《小留香馆日记》综合分析，这些剧目中可认定为陈墨香（1884—1942）编写的有《绣襦记》《钗头凤》《柳如是》《埋香幻》《荆钗记》《妒妇诀》《护花铃》《平儿》《慎鸾交》《双妻鉴》《婚姻魔障》（《三请樊梨花》）等11种。荀慧生在20世纪60年代发表的《谈整理老戏和丰富上演剧目》中谈到他和陈墨香编了很多"本戏"，他举例中提到《扬州梦》《晴雯》，[1]可见这两种也是陈墨香为荀慧生编写的新戏。《西湖主》为荀慧生第一部新剧，演出于1921年，现存有1922年的百代唱片，编剧杨尘因。[2]《元宵谜》为舒舍予、张冥飞合编。其余一部《代夫媒》，据曾白融的《京剧剧目词典》所录词条，"1939年6月首演于庆乐剧院。陈墨香根据清人《四云亭》弹词改编"[3]。荀慧生在《编剧琐谈》中谈到与陈墨香的合作，"从1924年我演出全本《玉堂春》合作起，直到1935年。这11年共写出了45出戏……"[4]1935年之后，陈墨香编剧的《晴雯》首演于1937年3月21日，因此有可能更晚排演的《代夫媒》亦出自陈墨香之手。此外《痴情妇》在《京剧剧目词典》中有词条，没有编剧说明，《回龙床》和《勇节图》在两个剧目词典中都没有收录，亦不见于相关研究资料。

---

1　和宝堂主编：《荀慧生文集》，中国戏剧出版社，2014年1月版，第109页。
2　苏少卿：《现代四大名旦之比较——征文揭晓第一》，见和宝堂主编：《荀慧生艺术评论集》，中国戏剧出版社，2016年1月版，第176页。
3　曾白融：《京剧剧目词典》，中国戏剧出版社，1989年6月版，第903页。
4　苏少卿：《现代四大名旦之比较——征文揭晓第一》，见和宝堂主编：《荀慧生艺术评论集》，中国戏剧出版社，2016年1月版，第102页。

由此可见，这些剧目基本是20世纪二三十年代的新编剧目，在整理过程中，我们深切地感受到剧本所散发出的时代气息。由于荀慧生擅长饰演柔弱善良的痴情少妇与清纯可爱的小家碧玉，这些剧本多塑造的是市井民间、寻常巷陌的女子，通过她们爱情婚姻的曲折坎坷，表现她们的钟情与无奈，她们的愤懑与抗争。在她们身上我们能够发现女性意识的萌动与觉醒。《婚姻魔障》中樊梨花的丫鬟说："如今是自由结婚的年头，您别受他们的家庭专制"，"杨凡是专制家庭父母给您订的婚姻，您跟姑老爷是自由恋爱"，鼓励樊梨花大胆追求幸福；《勇节图》中的白玉楼武艺高强，嫁为人妇，依然"抛头露面"带领婢女郊外猎游。后为奸人所谋，她只身杀人复仇，远走他乡，在战场上杀敌立功；《柳如是》中的妓女柳如是在改朝换代之际，面对软弱的士人、邪恶的无赖，勇敢地站出来，表现出爱国之情，堪称女中丈夫；《护花铃》的陈三娘路见不平，设计营救被残害的婢女，她装神弄鬼，上演"戏中戏"，可谓机智多谋；即使是饱受封建家长欺凌的唐蕙仙（《钗头凤》）也能慧眼识人，反对迷信，而非一味依附、顺从、自我萎缩。

　　荀慧生在《编剧琐谈》中谈到他与陈墨香合作编剧的方式：先由陈墨香拟出全剧提纲，有一个初步的设计，然后二人一起研究剧中角色性格、重要场次以及唱、念、做的安排。再经过研究、修补之后作为初稿。之后在排演和演出中，继续修订不妥之处，经过一段时间的锤炼，才能够定稿。据《小留香馆日记》，《柳如是》首演于1929年1月22日，但是在1931年12月3日的日记中，记有"下午三时起，与敬老删改《柳如是》戏词穿插"[1]。他们的合作非常成功，荀慧生能够帮助陈墨香熟悉舞台，陈墨香能够尽量凸显荀慧生的个人气质与表演特色，写出适合荀慧生的剧本。二者在创作中相辅相成，缺一不可。

　　长期的演出实践经验使荀慧生形成剧本创作的法则，他首先要求剧本思想内容好，给人审美感受；其次要求戏剧结构丝丝入扣，不能前紧后松，虎头蛇尾，戏剧布局要曲折委婉；其三要处理好主要场次和次要场次，冷热相间，做到场场有戏，人人有戏，鼓起观众寻奇探胜的心情，同时要给观众消

---

[1] 荀慧生著，和宝堂编订：《小留香馆日记》，中国戏剧出版社，2016年1月版，第196页。敬老即陈墨香。

化的机会，不要在胃满肠肥的时候端出燕窝鱼翅；其四要求唱词不要艰深古奥，观众不明白，曲高则和寡，正所谓"文大用不上，文小也不行"；其五要使演员有用武之地。

此次出版的19个剧目可以印证荀慧生的创作法则，从主题思想、戏剧结构、场次安排、人物塑造，具体到唱、念、做、打的设计，均可以看到创作者的精心设计，细致揣摩。尤其我们选择的4个较早版本的剧目，结合最后定稿，可以看到加工修订的过程，对于理解荀慧生的创作理念大有裨益。

小留香馆京剧手抄本在抄写时采用唱、念、做连排样式，以括号标记唱、念、做、打，没有标点，人物名称用简称。在编辑过程中，为了便于读者阅读，我们采用分排样式，添加了标点，人物名字用全称。此外，在尽量保持剧本原貌的基础上，我们将繁体字变为简体字，将一些不再通用的、易引起歧义的异体字变为规范的简体字，纠正明显的错字，统一了唱、念、做、打的标识。

丁琳、白莲参与了本书的审校工作。

薛晓金<br>2017年7月

# 目 录

| | |
|---|---|
| 绣襦记 | （001） |
| 扬州梦 | （037） |
| 婚姻魔障 | （065） |
| 回龙床 | （097） |
| 钗头凤 | （111） |
| 荆钗记 | （153） |
| 勇节图 | （195） |
| 代夫媒 | （247） |
| 元宵谜 | （291） |
| 妒妇诀 | （335） |
| 柳如是 | （385） |
| 护花铃 | （433） |
| 平　儿 | （467） |

晴　雯……………………………………………（495）

痴情妇……………………………………………（519）

西湖主……………………………………………（539）

双妻鉴……………………………………………（565）

慎鸾交……………………………………………（593）

埋香幻……………………………………………（623）

# 绣 襦 记

**第一场**
四龙套、郑儋、旗牌、院子、郑元和、来兴、乐道德

**第二场**
李亚仙、银筝、四妓女、来兴、郑元和、乐道德

**第三场**
乐道德、来兴、郑元和、鸨儿、李亚仙、银筝

**第四场**
四龙套、郑儋

**第五场**
来兴、郑元和、乐道德、鸨儿

**第六场**
李亚仙、鸨儿、郑元和、银筝、车夫

**第七场**
郑元和

**第八场**
李亚仙、银筝、鸨儿

**第九场**
乞丐、郑元和、四龙套、院子、郑儋、李亚仙

**第十场**
郑儋、院子

**第十一场**
郑元和、李亚仙

**第十二场**

崔佑甫、来兴、四龙套

**第十三场**

魁星

**第十四场**

四青袍、郑元和、李亚仙、院子、郑儋、四龙套、来兴、崔佑甫

# 第 一 场

（四龙套、郑儋上）

郑　儋　（引）布德宣仁，管黎民，辅佐明廷。（坐）
　　　　　　　几年政绩远相闻，
　　　　　　　录得民谣报使君。
　　　　　　　雨后有人耕绿野，
　　　　　　　月明无犬吠黄昏。
　　　　　老夫姓郑名儋，字公弼，荥阳人氏。唐室为臣，官拜常州刺史。夫人早丧，只生一子，名唤元和，虽读诗书，但还未曾上进。今日老夫下乡劝农而归，升坐大堂，料理政务。左右，伺候了。

（旗牌上）

旗　牌　天子开科选，丹书下九天。启爷：礼部公文到。

郑　儋　呈上来。（看介）原来天子开科取士，命老夫催唤常州士子。旗牌，将公文写作黄榜，四门张挂。

旗　牌　遵命。（下）

郑　儋　转堂。（转介，四龙套下。院子上）有请公子。

（郑元和上）

郑元和　万丈龙门终须到，青灯黄卷且勤劳。爹爹拜揖。唤孩儿出来，有何教训？

郑　儋　罢了，坐下。

郑元和　告坐。

郑　儋　天子开科，本道士子俱赴京都。我儿正好入京求取功名，若得一第，为父也有光彩。

郑元和　孩儿遵命。

郑　儋　　命来兴预备行囊，随同公子前往。
郑元和　　不知命孩儿何日登程？
郑　儋　　命你即刻登程。儿吓，你今前去求取功名，我命来兴随同你前去，囊中要多带银两。我儿要一切当心，不可结交淫朋，迷恋烟花。倘违我言，为父断不轻恕，听为父教训。
　　　　　（唱）我的儿窗前习孔孟，
　　　　　　　　锦绣珠玑满腹中。
　　　　　　　　文章献与皇家用，
　　　　　　　　箕裘才不坠家风。
郑元和　　（唱）平日储才临时用，
　　　　　　　　精研文史过三冬。
　　　　　　　　万言策上邀皇宠，
　　　　　　　　声名遍满凤池中。
郑　儋　　（唱）愿你此去早成名，
　　　　　　　　不负芸窗苦用功。
　　　　　（院子、郑儋同下。来兴上）
郑元和　　（唱）琴剑书箱你侍奉——
　　　　　（来兴带马，郑元和上马，来兴挑担介）
　　　　　　　　接过金鞭跨玉骢。
　　　　　　　　千里长途今始动——
乐道德　　（内）郑兄慢走。
郑元和　　（唱）道旁来了乐仁兄。
　　　　　（乐道德上）
乐道德　　（唱）每日睡觉把饭用，
　　　　　　　　忽然要把科甲蒙。
　　　　　（见介）
郑元和　　原来是乐仁兄，你今欲何往？
乐道德　　皇上家开科取士，我前科未中，今科再去搅他一搅。
郑元和　　如此仁兄，你我一同进京。
乐道德　　对，跟你一块走，省下我的盘费。倘若你中了，我也有了饭门儿啦。
郑元和　　你我侥幸同榜，也不可知吓。
乐道德　　我要是中，那得下辈子见啦，再说我家祖上德行也没有那份吓。
郑元和　　取笑了。我们就此上马加鞭，赶路要紧。
　　　　　（唱）锥处囊中今脱颖。
乐道德　　（唱）我凭祖德你凭文。（下）

# 第二场

（李亚仙上）

李亚仙　（引）万卉争妍，谁似我泥内青莲。（坐）
　　　　身在风尘志出尘，
　　　　为偿孽障了前因。
　　　　贞心不逐欢娱改，
　　　　留待他年剖示人。
　　　　奴家李亚仙，乃长安人氏。只因亲死家贫，流落青楼。虽操贱业，颇有侠风，在这鸣珂巷随同假母倚门卖笑，志在择人而事。怎奈这些王孙公子、坐贾行商，均非可托之人，只得循分待时。正是：春色恼人眠不得，满腔幽怨向谁言。今日妈妈出门，我一人在家，好生忧闷。

（银筝上）

银　筝　三月三日天气新，长安水边多丽人。姑娘，众家姐妹到。
李亚仙　说我有请。

（四妓上）

四　妓　花柳有万千，都输李亚仙。（见介，坐介）
李亚仙　不知众家姐妹到，未曾远迎，当面恕罪。
四　妓　岂敢，我等来的鲁莽，姐姐恕罪。
李亚仙　岂敢，不知众姐妹到此为了何事？
四　妓　今日是曲江池赏春，特来请姐姐同观春景。
李亚仙　小妹不喜繁华，不能奉陪。
四　妓　姐姐一人烦闷，何妨同游。
李亚仙　如此，小妹奉陪同游，侍儿带路。
　　　　（唱）三月莺花别样妍，
　　　　　　　买春满地撒榆钱。
　　　　　　　黄鹂调舌鸣深院，
　　　　　　　绛树新声隐画船。
　　　　　　　翠履踏残红杏雨，
　　　　　　　东风吹散绿杨烟。
　　　　　　　游丝牵惹青春怨，（登楼介）
　　　　　　　一度登楼一惘然。

（来兴、郑元和、乐道德上）

| 郑元和 | （唱）家家无火桃喷火。 |
| 乐道德 | （唱）处处无烟柳吐烟。 |
| 郑元和 | （唱）金勒马嘶芳草地。 |
| 乐道德 | （唱）玉楼人醉杏花天。 |
| 郑元和 | 乐仁兄，你我进得长安城，何处安身？ |
| 乐道德 | 反正我们是住店，西京地方我是来过多少次，熟地方，你跟我走绝没有错。 |
| 郑元和 | 如此，你我马上加鞭。<br>（唱）今到皇都来赴选，<br>　　　玉堂金马咫尺间。<br>　　　马行半途抬头看，<br>　　　高楼站定众婵娟。<br>乐仁兄，我们这是来到什么所在，怎么尽是些女子吓？ |
| 乐道德 | 这个地方叫作曲江池，今日是游春的日子，这都是些妓女，这曲江池简直是窑子窝啦。 |
| 郑元和 | 我们初入京都，你怎么单走这条道路？ |
| 乐道德 | 你这话说的不对吓，哪一条街不是走，难道这儿有老虎？ |
| 来　兴 | 乐大爷，这条街我也知道没有老虎，可是狼可多着呢。 |
| 乐道德 | 城里没有狼，你们往楼上瞧瞧。 |
| 郑元和 | 一看君子，再看小人。 |
| 乐道德 | 你今天别装腔作势的啦，叫你开开眼吧。 |
| 郑元和 | 有道是非礼勿视，待我策马走去。（打马介）哦，怎么此马忽然不走？ |
| 乐道德 | 你瞧他说马不走，简直是你不想走。我想她们也不是好人家的女儿，你就开开眼吧。 |
| 郑元和 | 我就看。（看介）好一群无味的妇人。（又看介）哎呀，那边还有一人容光照人，与众不同，好一个绝色的女子。 |
| 乐道德 | 你也瞧中啦。 |
| 郑元和 | 妙哇！<br>（唱）这女子容光照人眼，<br>　　　月殿走出姮娥仙。<br>　　　增则长来减则短，<br>　　　花容月貌迥非凡。<br>（打马，坠鞭介，来兴拾还介） |
| 李亚仙 | （唱）蝶乱蜂忙迷双眼， |

　　　　临风玉树独森然。
　　　　前世冤家今乍见——（作细看介）
四　妓　姐姐你瞧见什么啦？怎么眼都出神啦？（李亚仙不理）
乐道德　郑大哥，你瞧这个女子直瞧你。
　　　　（郑元和作愧色介，打马介，坠鞭介，下。乐道德、来兴随下）
李亚仙　（唱）教人情愿暗缠绵。
　　　　哦，银筝，将这条马鞭拾来。
　　　　（同下楼介，银筝拾马鞭介）
　　　　哦，谅那少年去之不远，侍儿快赶上，将此鞭与他送去。
银　筝　马走的快，恐怕赶不上吧？
李亚仙　如此，我们将此马鞭带了回去。
四　妓　我们有事不能久陪，我们先回去了。
李亚仙　我们少时再见。
　　　　（四妓下。李亚仙作玩马鞭介，郑元和带来兴上，作寻鞭介。李亚仙作藏鞭介。郑元和看李亚仙介）
郑元和　（背介）我的丝鞭因何不见，莫非在这女子手中？只是君子不履邪径，她是一个娼家女子，我怎好向她启齿。
李亚仙　那一君子，敢是失了什么物件么？
来　兴　公子，人家跟你说话呢。
郑元和　哦哦哦，（向李亚仙介）大姐请来见礼。
李亚仙　奴家还礼。
郑元和　大姐，小生方才在此失去丝鞭一条，大姐莫非得见？
李亚仙　奴家拾得丝鞭一条，不知可是相公之物？
郑元和　请大姐赐与我一观。
　　　　（李亚仙拿出鞭介，来兴、银筝作眼色介）
郑元和　正是小生之物，告辞。
来　兴　你还没有给人家道谢呢。
郑元和　不是你提起，我倒忘记了。（向李亚仙介）小生多谢了。
李亚仙　些许小事，怎敢当此礼貌。
郑元和　告辞。
李亚仙　奴家还有话叙谈。
郑元和　有何金言，当面赐教。
李亚仙　这……（来兴、银筝作神气介，拉下）请问君子上姓？
郑元和　小生郑元和，乃常州刺史郑公之子。
李亚仙　原来是一位贵公子，失敬了。

郑元和　请问大姐上姓。
李亚仙　奴家李亚仙，乃青楼……
郑元和　原来是李大姐。
李亚仙　公子到京何事？
郑元和　奉家父之命，到京求取功名。
李亚仙　恭喜公子，你今科必定是高中的。
郑元和　多谢大姐吉言。
李亚仙　公子，你我今日相逢，真乃是三生有幸。妾身操业微贱，如蒙不弃，请公子到鸣珂巷李家院中一叙。
郑元和　小生记下了，我必来。告辞。
李亚仙　公子你是务必光临。（各作看介）
郑元和　我的来兴往哪里去了？
李亚仙　我的侍儿往哪里去了？我们各自唤来。
　　　　（唤介，来兴、银筝上）
郑元和　你这奴才往哪里去了？
来　兴　我们说话去了。
郑元和　蠢材。
来　兴　你们在这说话，我们俩在这有些个……所以……
郑元和　快些儿把马牵了过来。
来　兴　把鞭子给我，
郑元和　你要鞭子作甚？
来　兴　没有鞭子马不听话。
郑元和　真正是蠢材。（给来兴鞭，郑元和上马，又止介）哦，大姐是坐轿回去，还是乘马回去？
李亚仙　奴家要步行回去。
郑元和　大姐身体娇弱，不如把我的马让与大姐骑回。
李亚仙　那如何使得，还是公子骑回去吧。
郑元和　大家不必太让，快请上马。
李亚仙　有僭了。
　　　　（唱）他那里要把花荫串，
　　　　　　　我这里且将柳径穿。
　　　　　　　你我今朝初见面，（上马介）
　　　　　　　好比刘阮入桃源。
　　　　（向郑元和介）公子，妾身回去了，我住在鸣珂巷，请公子千万要来的！（下。银筝同下）

郑元和 （唱）三生石上姻缘现，
何幸今朝遇谪仙。
两下留情相眷念，
郑元和此日喜欲癫。（下）

# 第 三 场

（乐道德上）

乐道德 （唱）曲江池上游一遍，
柳绿花红甚可观。
（来兴、郑元和同上）
郑元和 （唱）汉皋解佩今古羡，
元和今日遇神仙。
乐道德 郑大哥来了。
郑元和 小弟来了。
乐道德 你看我找的这个店干净不干净？
郑元和 我虽未曾进去看，在外面一看，倒还干净。仁兄为何站在外面呀？
乐道德 我怕你找不到。
郑元和 费心了，你我弟兄店中一叙。（入坐介）
乐道德 郑大哥，你的马放在哪啦？
郑元和 是我的一个朋友借去了。
乐道德 但不知是你哪一位朋友借去了？
郑元和 这这这，我的朋友甚多，仁兄何必盘问。
乐道德 我们出来的时候，没见你说这有甚么好朋友。因为这地方拐子很多，怕你受了骗。
郑元和 此人的住处名姓小弟尽知，我怕她何来呢？
乐道德 不知道他住在甚么地方，姓甚么名谁？
郑元和 她住在鸣珂巷，姓名却未便明言。
乐道德 哈哈，敢情你有了瞎事了。
郑元和 此话怎讲？
乐道德 西京城的街道你不用跟我说，这鸣珂巷是窑子的根据地。在这地方住的朋友，不用说，我明白啦，一定是你的……把马给你骑走了。
郑元和 实不相瞒，是一位李亚仙大姐给骑走了。

乐道德　甚么，李亚仙给骑走了？她是西京窑子里第一个红人儿。你的马价值千金，也就配她骑。你认识了她，也不枉京城来一趟，也真是祖上的德行。
郑元和　取笑了。
乐道德　你可别白认识她，可以到她院中去玩一玩，坐坐喝一喝茶。
郑元和　那李亚仙也曾叫我前去，只是男女之间多有不便。
乐道德　哎呀，你真是一个书呆子，她是个窑子姑娘，你怎么说男女有别呢？
郑元和　我从来未曾到过她家，怎好前去呢？
乐道德　我没有听说过逛窑子还认门，你就跟我走一趟吧。
郑元和　去得的？
乐道德　你要不去咱的马往哪去找呀？走吧。
郑元和　走哇！
　　　　（唱）从来未识娇娘面，
　　　　　　　今日去访勾栏院。
　　　　　　　欲去又生腼腆心，
　　　　　　　心神无主似梦间。
乐道德　到啦，咱们去吧。
郑元和　我们还未曾叩门通报，怎好进去？
乐道德　你真是一个怯爹，逛窑子还有通报的？走吧。（同入介）
　　　　（鸨儿上）
鸨　儿　二位来找谁？
郑元和　乐仁兄，你我回去吧。
乐道德　你怎么刚进来就想出去呀？
郑元和　这不是李亚仙，我在此做甚？
乐道德　这是亚仙的妈。
郑元和　原来是妈妈，小生有礼了。
鸨　儿　你原来是找亚仙的，我来给你叫，李亚仙见客来呀。
　　　　（银筝、李亚仙上）
李亚仙　天若有情天亦老，月如无恨月常圆。妈妈何事？
鸨　儿　有两位客官来访。
李亚仙　待我来见。（作见郑元和介）原来是郑公子。
鸨　儿　你们会过啦？
李亚仙　我们已会过了。
郑元和　大姐拜揖。
李亚仙　公子请坐。

| 郑元和 | 有坐。 |
| --- | --- |
| 李亚仙 | 多蒙公子赐我代步，又承光临，当面谢过。 |
| 鸨　儿 | 敢情你回来骑的是人家的马？ |
| 来　兴 | 我们那匹马是有名的一个千里马，价值千金。 |
| 郑元和 | 多承大姐见招，故而斗胆登门，只是未备礼物，大姐恕罪。 |
| 李亚仙 | 公子太谦了。 |
| 乐道德 | 我真没见过逛窑子讲酸礼，真透着有点新鲜。 |
| 李亚仙 | 妈妈，吩咐备酒。 |
| 郑元和 | 小生用过饭了。 |
| 李亚仙 | 聊备一樽，少申敬意。 |
| 郑元和 | 大姐太谦了。 |
| 乐道德 | 她要备酒，你就叫她给备，反正这里头没有白扰的。 |
| 郑元和 | 我实在是用过饭了。 |
| 乐道德 | 我们不吃饭，坐着说话。 |
| 李亚仙 | 请问公子现住何处？ |
| 郑元和 | 我现住旅店。 |
| 李亚仙 | 旅店恐不洁净，公子如不嫌弃，何妨搬在敝院。 |
| 郑元和 | 多承大姐美意，只是一来萍水相逢，二来男女有别，有许多的不方便。 |
| 乐道德 | 唉，我的怯哥，什么方不方便，她这儿越有人住才越欢迎呢。 |
| 鸨　儿 | 这位公子怎么这们雏哇？ |
| 乐道德 | 他没有开过知识，没有娶过媳妇呢。不但没有娶，连订都没有订，怎么不雏儿呢？ |
| | （李亚仙点头介） |
| 鸨　儿 | 别管他怎么雏儿，遇见咱们姑娘，保管他就不雏儿了。 |
| 乐道德 | 他雏儿，我可老在行，既你们姑娘留他住，我就替他答应就结了。（向郑元和介）我可替你答应了，你爱住不住。 |
| 郑元和 | 住得的么？ |
| 乐道德 | 怎么住不得？你就住下，管保没有错儿。明天我去搬行李，不但让你住，我没有事还来陪你几天哪。 |
| 郑元和 | 如此我就住下了。 |
| 乐道德 | 既然住下，咱们就得配配对儿。 |
| 郑元和 | 怎样的配法呀？ |
| 乐道德 | 你跟大姐是一对儿，来兴和这丫头也可以一对儿，我跟妈妈你一对儿，这真是天作良缘。 |
| 郑元和 | 仁兄果然是有眼力，分配一些儿也不差。 |

乐道德　你别叫我仁兄了，我和你那大妈一配合，就是你的老丈人了，就得叫我岳父老大人。

郑元和　如此丈人老大哥。

乐道德　去消大哥，就叫岳父。来兴，咱们各寻各乐儿，别在这儿讨人嫌。
　　　　（众同下，看介）

李亚仙　好一个至诚君子哦！公子，方才闻得贵友言道，公子尚未订有妻室，不知是否实言？

郑元和　小生实未订亲。

李亚仙　公子系出名门，难道就没有贵家大族与你订亲？

郑元和　只因小生选择太严，故而耽误了。

李亚仙　不晓得公子要娶怎样一位夫人？（郑元和作羞，不答）公子为何不言？

郑元和　小生颇有奢望，要娶一个绝色的佳人。

李亚仙　不知要怎样的一个佳人？

郑元和　这……就似大姐这样一位佳人，于愿足矣。

李亚仙　怎么，似奴家这样陋质，便可满足？公子选择还不算甚严。

郑元和　小生出言冒昧，大姐莫怪。

李亚仙　奴家也深慕公子厚重不佻，虽然涉足花丛，全无半点轻狂，奴愿侍巾栉。

郑元和　若得如此，小生之幸。待我回去禀知父亲，央媒说合。

李亚仙　公子，教坊中人是不用父母之命、媒妁之言的，今日便可成亲。

郑元和　今晚成亲，未免草草，恐人耻笑。

李亚仙　公子太老诚了，随奴到卧房中去吧。

郑元和　有劳大姐引路。

李亚仙　请。
　　　　（唱）前世姻缘今日见，
　　　　　　　红丝一线暗中牵。

## 第四场

（四龙套、郑儋上）

郑　儋　（唱）一封丹诏从天降，
　　　　　　　离了常州赴帝邦。
　　　　老夫自从命元和进京求取功名，久未接他音信。今乃圣上万寿之期，老夫奉召入京，恭贺圣节，左右开道。

（唱）君王有道民欢畅，
　　　　五谷丰登岁月康。
　　　　宋璟、姚崇二丞相，
　　　　忠心赤胆日月光。
　　　　老夫天才蒙帝赏，
　　　　弘宣王化在一乡。
　　　　祖德天恩不可忘，
　　　　勉竭驽骀报君王。（下）

# 第五场

（来兴、郑元和上）

**郑元和**　（唱）温柔乡里多欢幸，
　　　　　　　不想病倒意中人。
　　　　咳，小生自到鸣珂巷，多蒙李大姐十分恩爱，不想大姐染病在床。昨日医生言道，药中须用马肝为引，我不免将我的马杀死，取肝煎汤以起沉疴。来兴，你将我的马牵去杀死，把马肝取来。

**来　兴**　那匹马是匹千里马，你别宰了，留着卖吧。

**郑元和**　李大姐的病势沉重，药中须有马肝为引，快快与我将马杀了。

**来　兴**　敢情您又是为的李大姐呀？我跟您说罢，自从咱们爷儿俩进得院来，您花的钱可真是不少了。您的银子越来越少，鸨儿瞧您手中有点窘了，待您一天不如一天，连那个丫头也不许跟我在一块了。您还不醒悟，还要杀马，别杀，你留着吧。别弄得没的卖，回头把我也给卖了。

**郑元和**　不要多言，快把马牵去杀了。

**来　兴**　好，我去杀，叫它来世赶快去变人吧。（杀马介，取肝介）

**郑元和**　拿去付与鸨儿，煎汤与大姐去用。

**来　兴**　是。（下）

（乐道德上）

**乐道德**　腰里不方便，去把凯子骗。郑大哥。

**郑元和**　乐兄来了，请坐。

**乐道德**　有坐。

（郑元和发愁，叹）

你干吗发愁？

郑元和　李大姐染病，叫我怎的不愁？

乐道德　您愁我也愁。

郑元和　您愁的什么？

乐道德　咱俩一路进京，盘川都是你的，到京住店也是你给店钱，你搬到这儿来啦，我可就没辙了。这两天手里有点紧，偏又接到家里来信，叫我赶快回去，我连路费都没有。

郑元和　朋友有通财之义，但不知仁兄要用多少？

乐道德　太多了我也用不了，二三百两就够了。

郑元和　我这里正好有三百两银子，仁兄正好拿去先用，但不知仁兄几时还我？

乐道德　反正这辈子准还，不然下辈子也得还你。

郑元和　好，待我与你取来。（取银与乐道德，背介）仁兄，赶快回去吧。（乐道德下）乐兄已去，待我去到大姐房中，看看她的病体如何。（行介，鸨儿上）

鸨　儿　你往哪儿去？

郑元和　我要去看看大姐的身体如何。

鸨　儿　我们姑娘自从吃了马肝，病是好了，在屋子里歇着哪。

郑元和　大姐病已好了，待我谢天谢地！

鸨　儿　我们姑娘的病可好了，妈妈我的病可犯了。

郑元和　你有什么病又犯了？

鸨　儿　我犯的是穷病，见钱病就好了。你该欠我院中的饭钱有一百多两了，把钱还我，我的病就好了。

郑元和　原来银子还能治病，妈妈一百两银子倒也寻常。大姐的病体才愈，叫她好好安歇，我去给妈妈拿银子。

鸨　儿　你可快一点。（下）

郑元和　哎呀，不想鸨儿向我要钱，我身边分文无有，这便怎么处？也罢，前两天崔尚书要买童儿，我不免将来兴卖去，还可以得百十来两银子。（来兴暗上）

来　兴　你睄找到我这了。

郑元和　我现在是穷途末路，你跟我也无益，不如另换一个主，大家都方便，你看如何？

来　兴　但不知您把我卖与哪家呢？

郑元和　我把你卖与尚书那里去，你可愿意去？

来　兴　我不去。

郑元和　为甚么不去？
来　兴　我怕当小跟班的。
郑元和　这奴才，他不去如何是好？也罢，我骗他一骗，哦，来兴，方才你父亲来了，你随我去见你爹爹。
来　兴　哎，我爹爹来了，他在哪儿呢？
郑元和　你随我来。（出院介）
来　兴　我爹爹在哪儿呢？
郑元和　在这儿。
来　兴　相公，你干吗冤我呀？
郑元和　骗你出来是为的卖你呀。
来　兴　要卖用不着你来卖，干脆我自己卖我自己吧。
郑元和　你自己去吆喝吧。
来　兴　新出院的来兴，论个儿不论斤，一百三十两一个哟！
　　　　（下，郑元和跺足介，惭愧介）

# 第六场

　　　　（李亚仙上）
李亚仙　（唱）顾影伤春枉自怜，
　　　　　　　朝云暮雨怨华年。
　　　　　　　苍天若与人方便，
　　　　　　　愿作鸳鸯不羡仙。
　　　　奴家自与郑郎，十分恩爱，怎奈他性情忠厚，用钱散漫。鸨儿欺他年少，屡次欺他骗他，眼看他囊中金尽，偏偏奴家正在染病在床，鸨儿乘此机会，又不知骗了他多少金钱。今日奴家病体痊愈，不免待公子到来，用言语劝他一番，叫他节省浮费。正是：且将三寸舌，打动一片心。
　　　　（唱）倾心吐胆来劝谏，
　　　　　　　指醒迷途莽少年。
　　　　（鸨儿上）
鸨　儿　（唱）烟花都有黑白眼，
　　　　　　　不爱人才爱金钱。
李亚仙　妈妈来了，请坐。

鸨　儿　孩子，你也坐下。

李亚仙　告坐。

鸨　儿　你的病好了？

李亚仙　痊愈了，多劳妈妈挂心。

鸨　儿　我有一句话要跟你说。

李亚仙　妈妈有何吩咐？

鸨　儿　我说姑娘，郑家那个雏儿叫咱们娘们㾗的差不多了。我今天又跟他要了一百两银子，他就当时没有拿出来。我打算把他打发走，你也该和他冷淡冷淡了，别再和他套拉拢了。

李亚仙　妈妈说哪里话来。郑公子进得院来花了许多银钱，女儿身染重病，药中要用马肝为引，公子将千金骏马杀死，取肝熬药。这等情义女儿若是将他冷落，岂不受人笑骂？此事恐使不得。

鸨　儿　（背）好哇，一死儿热上这个穷酸了。不管你怎么热，也得给我甩开他。

郑元和　（内）走哇！（上）

　　　　（唱）只为佳人情眷恋，

　　　　　　　家童骏马一齐捐。（入介）

　　　　　　　妈妈、大姐，

鸨　儿　你出来。

　　　　（郑元和出介）

郑元和　妈妈叫我出来做甚么？

鸨　儿　你说你没有钱，你手里拿的是什么？（李亚仙作手势介，郑元和藏介）现藏也来不及了。

郑元和　这是一百两银子，妈妈请收下吧。

鸨　儿　郑大爷你破费了，你大概还没有吃饭吧？我去给你预备饭。孩子，你先陪着大爷说会话。

李亚仙　妈妈，你顷刻之间便有两副面孔，可算得是见钱眼开呀。

鸨　儿　做我们这行的人，都是这样。（下）

李亚仙　哦，公子，你太老实了，想鸨儿欲壑难填，你纵有千金，也不该如此浪费。只恐你裘敝黄金尽，谁怜范叔寒。

鸨　儿　郑大爷，饭给你预备好啦。

郑元和　待我与大姐同用，酒饭摆下。（二人对坐饭介）

　　　　（唱）秀色可餐何须饭，

　　　　　　　元和快乐似神仙。

鸨　儿　大爷你还有钱没有，再借我两个吧。

郑元和　这个……现在我手内一时不便，改日与你。

鸨　儿　（背介）这小子他还是没有钱，我还是想法子把他弄出去。

郑元和　饭已用毕，大姐病体初痊，饮酒颇觉减少。

李亚仙　奴家患病之时，许下洪福寺中香愿，今日正好前去还愿。

鸨　儿　姑娘，你的病刚好，去烧香别着了风。（向郑元和使眼色介）

郑元和　大姐病体刚好，待小生替你前去。

李亚仙　这个……还是奴家自去吧。

鸨　儿　姑娘，郑大爷要替你前去，你干吗非自己去呢？

郑元和　是哇，小生替你前去，你还是好好地静养吧。

李亚仙　公子要去，千万要速速的回来。

郑元和　我晓得了。

鸨　儿　你换件衣服再去吧。

郑元和　我的衣服除了身上这一件，是没有第二件的了。

李亚仙　我这里衣服无有，待我与你换件头巾吧。

郑元和　且慢！我这顶头巾是大姐亲手所制，我是不换的。我要去了。（出介）

鸨　儿　你认识洪福寺吗？

郑元和　这……我倒不晓得路的。

鸨　儿　出城围着一个圈，再进城往东走，再往西就到啦。

郑元和　记下了。

鸨　儿　你到了庙里多烧香多磕头，那庙里佛爷多着，你都记得给她烧香。罗汉堂五百罗汉，一位罗汉头三个。老爷殿你连关平、周仓带马童都得磕到了，才算完了心愿哪。

郑元和　我为了大姐之病，就连四大天王足下的怪物，我都要磕头的。正是：本来无一事，反成日夜忙。（下）

鸨　儿　这小子可走啦。我说姑娘吓，我可吃了耗子药啦，我要搬家。

李亚仙　哦，妈妈怎么忽然要搬起家来了？

鸨　儿　我说姑娘你是不知道，这所房子是崔尚书管家的房子，他要收回去。再说这个院子红运也走过去了，你多灾多病，这房子也不吉利，我们非搬不可。

李亚仙　哦，妈妈，但不知几时我们才搬呢？

鸨　儿　今天就搬。

李亚仙　妈妈，今日就搬来不及了。

鸨　儿　你放心吧，在你病的时候我早就安置好了。

李亚仙　哦，妈妈，你早已安置好了吗？（背介）看妈妈如此行为，分明是要撇下郑郎，又怕他宦门势焰，故此用这般计策。哦，妈妈，纵要迁移，须待郑郎烧香回来，一同迁移才好。

鸨　儿　我早就给你预备下了车啦，我跟邻舍留句话，郑公子回来找咱们去吧。

李亚仙　妈妈还是等待公子回来吧。

鸨　儿　等他干吗，我们赶紧走吧。

李亚仙　呀！

（唱）闻言不觉朱颜变，

　　　　此时进退两为难。

　　　　没奈何我只得离旧院，（同下）

　　　（银筝、车夫上场）

　　　　一寸芳心两地悬。

## 第七场

（郑元和上）

郑元和　（唱）拜罢佛祖参贤圣，

　　　　只求法力护佳人。

我烧了回香，磕了几万头，我的心也算尽到了。看天色也不早了，回院去吧。（行介）到了，待我进去，哎呀，怎么院门反锁？想是她母女出门去了，我不免问问邻居。（向内介）请了，李家母女出门往何处去了，你们晓得吧？

（内白）她母女已搬家了，不知搬到何处去了。

郑元和　哦，怎么迁居了？哎呀，这便怎么处，叫我往哪里去找？我不免寻一旅店暂且安身。（行介）哎，我的钱是花完了，马是杀了，书童也卖了，李亚仙是不见了，肚内么是饿了，眼前就要现眼了。（看介）前面有所店房，待我向前去吃点东西吧。（下）

## 第八场

（李亚仙上）

李亚仙　莫信直中直，须防仁不仁。奴家自移居之后，看看月余，不见郑郎

李亚仙　来。我与他情投意合，谅他断无抛我之意，定是鸨儿诡计，将他抛撒。我有意赎身出院寻找郑郎，又怕鸨儿无情，不许我携带资财，因此我不免将私蓄明珠、黄金等物缝在一件绣褥之内，遮掩鸨儿的眼目。（银筝暗上）哦，银筝，我这几日手内空乏，这里有绣褥一件，你可拿去典当，要十两文银。

银　筝　是。

李亚仙　转来，远处当铺不大稳便，你可到福庆坊点当。

银　筝　这个当铺很远，我得晚上才回来。（下）

李亚仙　银筝已去，我不免请出鸨儿来办理赎身之事。有请妈妈。

鸨　儿　开的烟花院，使的昧心钱。

李亚仙　妈妈。

鸨　儿　你坐下吧。

李亚仙　告坐。

鸨　儿　你把妈妈掇弄出来有什么事？

李亚仙　女儿有话，要与妈妈商议。

鸨　儿　你要说什么？

李亚仙　女儿在院中住了十载，与妈妈挣了不少的银钱，如今女儿要赎身出院。

鸨　儿　你想不干那可不行，我这院里就指着你哪。你要是不干，妈妈只好另行改行，我可不答应。

李亚仙　哦，妈妈，话不是这样讲。青楼妓女迎宾接客全凭容貌，若不趁着年轻自己寻个收场，一旦年老还在院中，只好烧火做饭，服侍后来姊妹，受不尽的凌逼。倘若身死，连一具棺木也是没有。我今日拿定主意，定要出院，寻一才郎，付托终身。日后生儿养女，不虚度一生。

鸨　儿　你怎么一定要出院吗？

李亚仙　妈妈，我去心已定。

鸨　儿　你既要出院，妈妈我也不留你，你就去吧。

李亚仙　多谢妈妈！待我去料理箱笼，即刻出院。

鸨　儿　慢着！你还想搬你的东西吗？你的人儿还是妈妈我的呢。只许你一人出院，什么东西都不准你带。

李亚仙　（冷笑介）怎么讲，你不许我携带箱笼么？我早已料到此处，我就一人出院。

鸨　儿　不但叫你一个人出院，连你身上的衣服，头上戴的钗环，件件都得给我留下。

李亚仙　哦，连我随身的衣服也要留下吗？哎，这就是我们做妓女的下场头啊！

（唱）烟花门巷多阴险，
　　　红粉骷髅非臂言。
　　　羊狠狼贪狐献谄，
　　　悠悠欲壑本难填。
　　　我生薄命如蓬转，
　　　兰以香焚膏自煎。
　　　锦屏空把青春贱，
　　　百岁流光箭离弦。
　　　业冤解脱休留恋，
　　　莫听浔阳商妇弦。
　　妈妈如此无情，难道我们今日一别，就无有见面之日了吗？

鸨　儿　什么相见不相见，你别费话，我说你快点给我脱。如若不脱，我可就要动手啦。

李亚仙　我既不做妓女，我还穿这花哨的衣服做什么？你不用凌逼，待我自己来脱。（脱介）
　　　　（唱）绫罗锦绣皆除净，
　　　　　　　卸下搔头钗凤分。
　　　　　　　荆布自甘心意定，
　　　　　　　从今不作教坊人。
　　　　我要去了。

鸨　儿　你滚出去罢！
　　　　（推李亚仙跌足介，李亚仙哭介）

李亚仙　哎呀！
　　　　（唱）心中得意假悲恨——
　　　　（银筝上）

银　筝　姑娘，你这是怎么啦？

李亚仙　（唱）与她只可话三分。
　　　　我今日与鸨儿已经破颜出院，她把我身上的衣服都脱去了。你当的绣襦呢？

银　筝　人家说太旧了，当不了那么多钱，

李亚仙　既是当不了，快把绣襦还我吧。

银　筝　在这，你收到。
　　　　（李亚仙收衣介）

李亚仙　你快回院去吧。（银筝下。李亚仙笑）不想鸨儿中我之计，我这绣襦之中暗藏许多珠宝，我有了此物，不愁目下饥寒。我不免寻找郑

郎共订白首之盟，图个终身结果便了。正是：但愿孟光能举案，心同莲子苦中甘。（下）

## 第九场

（乞丐上）

乞　丐　每日沿街讨，冻饿实难熬。在下我是长安城里一个要饭的，我们这一伙里又添了一个郑元和，这小子是一个书呆子，什么也不会，我今天不免挤兑挤兑他。我说郑大相公，你给我走出来吧。

（郑元和上）

郑元和　（唱）君子身齐命不齐，
　　　　　　　　做了吹箫伍子胥。
　　　　大哥，有礼。

乞　丐　你别给我讲酸礼了。

郑元和　大哥唤我何事？

乞　丐　你自从跟我们混到一块，永远是在鸡毛棚里蹲着，净等着别人讨要来你张嘴吃现成的。不给你吃吧，又怕乏了我们花子行的义气。

郑元和　原来花子还算是一行哇。

乞　丐　怎么不算一行，三百六十行算上这一行，就是三百六十一行了。你还别瞧不起这一行，这一行是第一行。

郑元和　花子倒算是头一行了。

乞　丐　做这一行不用本钱，怎么不算是头一行吓？不管哪一行也不能老养活闲人吓，你老坐着吃，将来总有吃不着的时候。你也得长长心，要要强，上街上要一回饭，叫同行的人瞧瞧你，也别老叫人家说，你这小子要饭都不会要。

郑元和　我有出息也不能要饭了。

乞　丐　说话可别伤众，今天幸亏遇见我啦，要遇见别人，你这小子可要吃亏，叫同行人恨你，你担待起吗？

郑元和　我不会讨饭也是枉然呀。

乞　丐　你吃什么就得说什么，你不会不要紧，我是你的老前辈，我来教给你。

郑元和　如此我要领教了。

乞　丐　法不轻传，在我先教你一句吧。

郑元和　一句也是好的。

| 乞　丐 | 虽然是一句，你也得先磕头拜师父，我保管你学会这一句，走遍天下瘪不住。 |
|---|---|
| 郑元和 | 这一句都有如此的妙法，如此师父请上，受我大礼参拜。 |
| 乞　丐 | 起来。 |
| 郑元和 | 谢师父，请将这一句传授与弟子吧。 |
| 乞　丐 | 你听着，我可要教给你啦。 |
| 郑元和 | 弟子愿学。 |
| 乞　丐 | 哎呀，我的老爷、太太。 |
| 郑元和 | 这有何难，我已会了。 |
| 乞　丐 | 会啦？叫出来我听一听。 |
| 郑元和 | 哎呀，我的老爷、太太。 |
| 乞　丐 | 不对不对，那不行呀。 |
| 郑元和 | 我再来喊叫一声，我的老爷、太太。 |
| 乞　丐 | 就算搭了调了，你一个儿出去我不放心，我得跟着你去，你拿着我那根棍子。 |
| 郑元和 | 拿它做甚？ |
| 乞　丐 | 预备来打狗呀，咱们走吧。 |
| 郑元和 | 咳，我元和不想落在这般光景。 |

郑元和　　（唱）读诗书不能够功名上进，
　　　　　　　　只落得长街上叫化连声。

乞　丐　　你倒是叫呀。

郑元和　　（唱）无奈何叫一声羞惭满面——
　　　　　我的老爷、太太！

乞　丐　　对啦，就是这样叫。

郑元和　　（唱）老天爷困杀我满腹经纶。
　　　　　（四龙套、院子、郑儋上）

郑　儋　　（唱）到京都元和儿不见踪影，
　　　　　　　　难道说小奴才不在王城。
　　　　　　　　拜客归大街上前去勒马停顿——

郑元和　　哎呀，老爷、太太。

郑　儋　　（唱）那花郎好一似我儿声音。
　　　　　这叫花的声音，怎么好似我儿元和声音？家院，将那少年花儿叫来见我。

院　子　　是。（向郑元和介）那一花儿，我家老爷唤你。
　　　　　（郑元和向乞丐介）

郑元和　有官员传唤，大哥你去吧。

乞　丐　老爷叫你，你去吧，我得去歇一会儿去。（下）

（郑元和看院子介）

郑元和　你不是院公吗？

院　子　你不是公子吗，老爷唤你，你赶快去吧。（推郑元和介）老爷，这叫花是公子。

（郑元和跪）

郑元和　爹爹。

郑　儋　你口呼爹爹，难道是我儿元和吗？

郑元和　正是孩儿。

郑　儋　好奴才！

（唱）听一言来心头恨，

　　　　大胆奴才败门庭。

　　　　翻身下了马金镫，（下马介）

　　　　一一从头问分明。

元和儿，我命你上京求取功名，你怎么落到这般模样？

郑元和　哎呀，爹爹盘问，孩儿不敢隐瞒。只因孩儿迷恋烟花，床头金尽，卖去家童，被鸨儿骗去，出院只落得乞讨之中。

郑　儋　怎么讲，你迷恋烟花，床头金尽，只落得乞讨之中么？

郑元和　正是。

郑　儋　好奴才，为父自到京中，不知你这奴才的下落，耳中早有风闻，知你这奴才做出这不肖之事，不想你果然落在乞讨之中。苍天哪！我郑儋不曾造过什么罪业，怎么与我这等一个报应？

郑元和　孩儿不肖，求爹爹教训。

郑　儋　你手中拿的何物？

郑元和　这是孩儿的打狗棍。

郑　儋　为父要借它一用，你且起来。

郑元和　谢爹爹！

（郑儋接棍介）

郑　儋　你是元和？

郑元和　正是元和。

郑　儋　你是我儿？

郑元和　正是孩儿。

郑　儋　好奴才！

（唱）郑家本是名贤胤，

　　　　　　世代簪缨受皇恩。
　　　　　　岂容乞丐来相溷，（打介）
　　　　　　活活打死不肖人。
郑元和　（唱）爹爹教训儿遵命，
　　　　　　望求还念父子情。
郑　儋　（唱）迷恋烟花忘父训，
　　　　　　哪一个与你有父子情。
　　　　　　越思越想心越恨，（打介）
　　　　　　顷刻叫你命丧生。（打倒郑元和介）
院　子　老爷，公子气绝了。
郑　儋　闪开了。（摸介）这奴才果然死了。家院，与我带马。
院　子　求老爷赏对棺木盛殓公子。
郑　儋　买一副大的，连你这奴才装在其内。带马，
　　　　（唱）非是老父心太狠，
　　　　　　家庭难留不肖人。
　　　　　　扶着雕鞍不纫镫，
　　　　　　再把家院叫一声。
　　　　　　家院，你方才说什么买棺木。
院　子　盛殓公子。
郑　儋　买也由你，不买也由你。
院　子　小人去买。
　　　　（郑儋看须介）
郑　儋　家院，老夫老了。
院　子　老爷不老。
郑　儋　哦，我不老么？从今老爷是无儿的了。
院　子　老爷不要悲伤吧。
　　　　（郑儋回头看介）
郑　儋　（哭）元和，哎，我儿！家院，我儿他活转过来了吗？
院　子　公子他不曾活过来呀。
郑　儋　带马。
　　　　（上马介，四龙套下，郑儋哭介）
　　　　　　元和，我儿呀！（下）
院　子　老爷已去，待我去买一口棺木。（行介）我是久在常州，这长安城棺材铺哪里去买？看那边来了一个女子，待我问她一下。
李亚仙　走哇！（上）

（唱）长安城中都找尽，
　　　　因何不见有情人。

院　子　　大姐请了。
李亚仙　　请了。敢是失迷了路途？
院　子　　不是的，我是借问一声，哪里有卖棺材铺。
李亚仙　　你问他做甚。
院　子　　只因我家公子迷恋烟花，落在乞讨之中，被我家老爷打死，尸首丢在十字街头，我要去买棺木。
　　　　（李亚仙作惊介）
李亚仙　　你家公子尊姓？
院　子　　我家少爷是常州刺史郑大人之子。
李亚仙　　你家公子敢是郑元和么？
院　子　　正是郑元和，你怎么晓得？
李亚仙　　奴家是妓女李亚仙，与郑公子十分交好，如今还在寻访他呢。
院　子　　你就是与我家公子交好的妓女么？我家公子活活被你害死了，你还说"寻访"二字，好生无耻，哼！（下）
李亚仙　　呀！
　　　　（唱）听他言吓得我浑身战抖，
　　　　　　辜负我一片心到处搜求。
　　　　　　战兢兢来至在十字街口，
　　　　　　哎呀，好一似乱箭攒痛彻心头。
　　　　（绕圆场介，见尸，撩衣介，跪倒介）
　　　　　　霎时间晃悠悠魂飞乌有——
　　　　（哭）公子，郎君，哎呀公子啊！
　　　　　　不由人裂肝肠珠泪交流。
　　　　　　想当初在院中情深义厚，
　　　　　　赏花时说不尽万种绸缪。
　　　　　　辇千金买一笑豪情无偶，
　　　　　　只指望温柔乡永占风流。
　　　　　　恨毒鸨施奸计撇你出走，
　　　　　　遇天伦遭毒手暴露街头。
　　　　　　再不能结同心花前携手，
　　　　　　愿他生补长恨重咏好逑。
　　　　　　惨凄凄只哭得青衫湿透，郎君呵！

（郑元和作醒介）

郑元和　疼杀我也。
李亚仙　（唱）莫不是他尸变好没来由。
　　　　公子，奴家在此哭你，你不要尸变惊人。
郑元和　我是死而复生，不是尸变。（看介）你不是李亚仙大姐么？
李亚仙　正是奴家。
郑元和　大姐！
李亚仙　公子！（同哭介）
郑元和　（唱）你我今日重相见，
　　　　　　　好似破镜又重圆。
　　　　不想我死在此处，她还来哭我，真不枉我为了她受爹爹的责打。烟花有这样之人，慢说打死，就是碎骨粉身也是甘心。大姐因何至此？
李亚仙　奴家移居以后不见公子到来，鸨儿道你变心，奴家不信，与她争吵几句，我赎身出院，在长安城内赁了一所小房居住。闻得你落在乞讨之中，因此出门寻访与你。方才见到你家院公，知你被堂上天伦打死，故而赶来哭你。不想你已还阳，待我谢天谢地！
郑元和　大姐已经赎身出院，以后我二人是要常常在一处欢乐的了。
李亚仙　公子此言差矣！想堂上天伦将你打死，无非恨你迷恋烟花，不求上进。你怎么刚刚活过来，就是这样的讲话呢？
郑元和　我无处安身，如何是好？
李亚仙　就请公子随我回去。
郑元和　夜气侵人，这件衣服你穿了回去吧。
李亚仙　你身上衣单，又有伤痕，不要被风吹坏了，待我扶你来。
郑元和　大姐，你扶我来。
　　　　（唱）大姐待我恩不浅。（跌介）
李亚仙　（唱）也是前世有夙缘。
郑元和　（唱）从此两情相眷恋。
李亚仙　（唱）愿你读书莫偷闲。（同下）

# 第十场

　　　　（郑儋上）
郑　儋　（唱）祝万寿到长安瞻天仰圣，

　　　　　　重家范灭天性倒底寒心。
　　　　　老夫自到长安恭贺万寿，因公务勾留，久未回转常州。不想我儿元和甘心下流，老夫一时气忿难消，在十字街头将他打死。（泪介）哎，也是我为了祖宗的家法，不得不如此。仔细想来，倒底有些追悔，哎，元和儿啊，（哭介）
　　　　　（唱）我与你竟成了幻梦泡影，
　　　　　　　　父子情反不如陌路之人。
　　　　　（院子上）

院　子　启老爷：邸报到。
郑　儋　呈上来。（看介）奉圣上旨，郑儋着除授中书侍郎，即日宣麻。原来老夫改授京秩了，此乃天恩浩荡。
院　子　小人与老爷贺喜。（叩介）
郑　儋　起来。升迁调转乃是我们做官人的常事，你贺的什么喜。
院　子　老爷今日升官留京，为何烦闷？
郑　儋　难道你还不知老爷的心事么？（泪介）
院　子　老爷且免悲伤，保重身体要紧。
郑　儋　准备侍郎冠服，明日五鼓待老爷入朝谢恩便了。
　　　　（唱）从今后改京曹不同外任，
　　　　　　　中书地掌机密责望非轻。（下，院子随下）

# 第十一场

　　　　　（内起更介。郑元和上）
郑元和　（唱）命运不济遭淹蹇。
　　　　　（李亚仙上）
李亚仙　（唱）林间毛羽看孤寒。
郑元和　（唱）三寸舌为安国剑。
李亚仙　（唱）且对青灯看简编。
郑元和　大姐，小生自分残躯已委沟壑，幸得大姐相救，不但得了性命，并且你我可以终日在一处欢乐了，真乃不幸之中大幸也。
李亚仙　官人，自古道，天之将降大任于斯人也，必先劳其筋骨，饿其体肤。你贫贱患难皆已历尽，今乃大比之年，你何不奋志攻书，以求上进？
郑元和　我幼习诗书，四部典籍无所不通，到了你家，日夜攻习，十分劳倦。

今日正好陪着大姐清谈清谈，那书不读也罢。

李亚仙　当日堂上天伦因何打你？
郑元和　这个，哦，大姐，此前事，提它做甚。
李亚仙　有道是前事不忘，后事之师。当日天伦打你，无非为你迷恋烟花，不思上进。你若不肯攻书，岂不辜负了堂上老人之望？
郑元和　既是大姐姐相劝，待我攻起书来。（内打二更介）哦，已是二更了。
　　　　（唱）展开书卷泪满面——
李亚仙　你为何对了书卷落泪？
郑元和　我是思念我父，故而落泪。
李亚仙　你思念天伦，就该愤志攻书，早早得了功名，回家相见。
郑元和　哎！
　　　　（唱）强打精神读圣贤。
　　　　　　古今文章曾读遍，
　　　　　　看书何如看天仙。（看李亚仙介）
李亚仙　你怎么眼不观书？
郑元和　我心中在书中，也是一样。
李亚仙　读书有三到。
郑元和　何为三到？
李亚仙　眼到、口到、心到，你眼不观书，哪有心在书中的道理？
　　　　（内打三更介）
郑元和　夜已深了，我们睡去罢。
李亚仙　天色尚早，你正好读书。
郑元和　你夜夜逼我攻书，我十分劳倦，要早些的睡吧。
李亚仙　还可以少读一些。
郑元和　明日再读也还不迟，你我快快安眠，不可负此良宵。
李亚仙　我因你世代名家，为人忠厚，有意将终身托付与你，为此将你接到我家中，劝你攻书，日后得了功名，也是我的光彩。你怎么把我如此的轻贱，难道说我是个妓女者出身，不知自重么？
郑元和　大姐不要动怒，是小生失言了，待我攻书。
李亚仙　这便才是。
　　　　（郑元和看李亚仙介）
李亚仙　官人为何只管的看我？
郑元和　我看大姐眼含秋水，真是个绝色的美人。
李亚仙　哦，你道我的双目秀丽么？
郑元和　正是，我爱你明眸善笑。

李亚仙　　（背介）呵呀天哪！不想我的双眼分了他读书之心。也罢！等我刺去双目罢。

　　　　　（刺目介，郑元和夺钗介）

郑元和　　大姐不要如此，我跪下了。

　　　　　（跪介，内打四更）

李亚仙　　（唱）呀呀，拔下鸾钗剔凤眼，

　　　　　　　　心头好似火来燃。

　　　　　　　　你那里只把奴眷恋，

　　　　　　　　怎得鹭序与鸳班。

　　　　　　　　你若是不听良言劝，

　　　　　　　　落发空门去参禅。

　　　　　　　　望郎君快把痴心断，

　　　　　　　　饱读经纶学圣贤。

郑元和　　（唱）今日蒙你来相劝，

　　　　　　　　功名成就在眼前。

　　　　　大姐是个女子，尚且立志如此，我再不上进，有何面目立于世间？我从今后奋志攻书，求取攻名。

李亚仙　　若得如此，妾身之幸也。

郑元和　　今乃大比之年，我要夜夜攻书，写文章求进益，我有意辞别大姐前去赴考。

李亚仙　　这便才是。但不知相公几时起身？

郑元和　　明日收拾就要起身。

李亚仙　　好，待奴与你打点考具。正是：欲求生富贵，须下死工夫。（下）

郑元和　　不想李大姐如此正气，慢说出身妓院，就是名门闺秀也是罕见，我元和之幸也。

　　　　　（唱）此去若把经纶展，

　　　　　　　　衣锦荣归启笑颜。（下）。

# 十二场

（崔佑甫上）

崔佑甫　　（引）执掌文衡，沐皇恩，选拔才人。

　　　　　　　龙楼凤阙九重城，

新筑沙堤宰相行。
我贵我荣君莫羡，
当年原是一书生。
（四龙套、来兴暗上）老夫崔佑甫。唐室为臣，官拜礼部尚书。今乃大比之年，老夫奉旨衡文。今日正好锁闱考试。左右！打道贡院。（牌子，下）

## 十三场

（跳魁星）

## 十四场

（四青袍、郑元和上）

郑元和　（唱）金殿上占鳌头扬名显姓，
　　　　　　　不负我寒窗下苦读书文。
　　　　下官郑元和。自被李大姐逼迫攻书，入了考场，也是祖功宗德，居然大魁天下。我爹爹已授京兆，现在长安。本当回家见父，又恐爹爹不认亚仙。我还是先见李大姐，再作商议。左右开道。
　　　　（唱）虽然是得功名心中不稳，
　　　　　　　又恐怕老爹爹不认佳人。
　　　　来此已是，大姐在家，开门。

李亚仙　（内）来了。
　　　　（唱）耳听得马蹄声金锣响震，
　　　　　　　想必是我郎君金榜题名。
　　　　（开门介，见介，坐介）
　　　　郎君衣锦而归，想必是高中了？

郑元和　大姐，我得了头名状元。
李亚仙　郎君大魁天下了，待我谢天谢地！
郑元和　当谢天谢地。大姐，我今得了功名，我与你乃是患难夫妻，你可将凤冠霞帔穿起，同拜祖先。

李亚仙　　且慢！郎君既是记得祖先，怎么忘了父母？闻堂上现在京中，郎君就该回去见父才是正理。

郑元和　　这个，哦，大姐，我爹爹性情刚正，我一向在外冶游，曾受教训，怎敢回去。

李亚仙　　堂上教训郎君，无非为郎君不求上进。如今郎君一举成名，状元及第，与祖宗增了许多光彩，若是回去，堂上必然欢喜。

郑元和　　不是呵，我若回去，恐怕爹爹与我提起婚姻之事。

李亚仙　　郎君，听你之言是为的奴家。想我李亚仙出身微贱，原不敢为你主持中馈。你应当另选高门，别缔姻娅，奴家愿居侧室，难道堂上还不许你收我做妾么？

郑元和　　大姐说哪里话来，下官若不是大姐相救，莫说功名，连性命都没有了。我履历上面已经写上了妻室李氏，岂肯让你做妾。

李亚仙　　住了！天下岂有无父母之国，你为了儿女私情，连纲常大义都忘却了。你哪里为了奴家恩义，分明爱的奴家颜色。今日既无父子之情，他年焉有夫妻之义？奴家一旦色衰，安望白头相守？你枉读诗书，不知理义，我悔不该结识与你。今日你不回去认父，我便自刎而死，免受日后的凌虐。

郑元和　　大姐不必动怒，下官回去就是。

李亚仙　　这便才是。

　　　　　　（唱）望郎君听奴言不可执性，
　　　　　　　　　回家去表一表父子之情。

郑元和　　（唱）听大姐金石言如同梦醒——

李亚仙　　郎君快去。（下）

郑元和　　（唱）回家去认天伦表我寸心。
　　　　　　　　　叫人役忙开道中书府进——（绕场介）
　　　　　　　　　郑元和今日里才转家门。

　　　　　　门上有人么？
　　　　　　（院子上）

院　子　　那一位官员怎么好似我家公子？

郑元和　　院公，是我得中回来，快快引我去见老爷。

院　子　　公子，随小人来。

郑元和　　人役回避。（入介）爹爹。
　　　　　　（郑儋上）

郑　儋　　（唱）朝罢归来心闲静——

郑元和　　爹爹。

| 郑　儋 | （唱）耳边听得唤天伦。 |
| | 　　　　打死元和绝后胤， |
| | 　　　　难道娇儿又还魂。 |
| | 　　　　走向前庭用目瞬——（看介） |
| | 你不是元和？ |
| 郑元和 | 正是元和。 |
| 郑　儋 | 你是我儿？ |
| 郑元和 | 正是孩儿。 |
| 郑　儋 | 我儿！ |
| 郑元和 | 爹爹！ |

（郑儋、郑元和同哭介）

| 郑　儋 | （唱）啊啊啊，我的儿啊！ |
| | 　　　　你怎得回家见父亲？ |
| 郑元和 | 爹爹请上，待孩儿大礼参拜。（拜介） |
| 郑　儋 | 罢了。为父因新状元与你同名同姓，正在怀疑，不想果是我儿。儿吓，你被为父打死街头，怎得复活？ |
| 郑元和 | 孩儿当日不过一时昏迷，原不曾死。妓女李亚仙将儿救往她家，劝儿攻书。 |
| 郑　儋 | 你身边一文无有，怎好在妓院安身？ |
| 郑元和 | 她已赎身出院，自立门户，将儿留在家中，每日叫儿攻书。是儿学业渐进，入场赴试，得中头名状元，因此回来在爹爹面前请罪。 |
| 郑　儋 | 她乃烟花之辈，将你接到家中，不过以情欲为重。 |
| 郑元和 | 她自从留儿以后，每日做些针黹，苦劝孩儿攻书，全不以欲为念。 |
| 郑　儋 | 妓女之中有这等之人，真正的难得，你且道她怎样劝你攻书？ |
| 郑元和 | 有一日孩儿觑了她的双眼，她便手执金簪要将双目戳瞎。 |

（郑儋惊介）

| 郑　儋 | 她可曾戳瞎呀？ |
| 郑元和 | 是孩儿急忙救护才得无事。 |
| 郑　儋 | 可是实言？ |
| 郑元和 | 句句实言。 |
| 郑　儋 | 烟花之中竟有这等之人，真个可敬可爱。哦，儿啊，为父有言与你商议。 |
| 郑元和 | 爹爹有何吩咐？ |
| 郑　儋 | 我儿虽得功名，未娶妻室，为父要与你讲到婚姻之事。 |
| 郑元和 | 这个，愿听爹爹吩咐。 |
| 郑　儋 | 想这李亚仙虽然是妓女，她的贤德，就是名门闺秀也不过如此，为 |

父有意就命我儿娶她为妻。

郑元和　孩儿也有此意，履历上面已经写了妻室李氏。纵然爹爹与孩儿另结丝萝，孩儿也不敢从命。不想爹爹如此鸿恩，真令孩儿羞惭无地。

郑　儋　自古道，知子莫若父。儿呀，想媳妇救了你的性命，延了郑氏后代，乃是我家祖宗有功之人。为父有意亲自接她回来，你可引为父前去。

郑元和　此事怎敢劳动爹爹，待孩儿前去将媳妇接回，叩见爹爹。

郑　儋　你敢违抗父命，为父要打。

（郑元和跪介）

郑元和　爹爹不要动怒，孩儿是被爹爹打怕了。

郑　儋　你如今是为父的状元儿子了，为父怎舍得打你？起来，吩咐预备花轿，跟定为父去接你的那状元夫人。带马。

（四青袍、院子上）

（唱）烟花妓女有德性，
　　　倒比名门强几分。
　　　老夫亲自去迎聘——（行介，到介）
　　　不负她人一片心。

（入介，院子、四青袍下）

儿呀，快将媳妇唤来见我。

郑元和　夫人快来。

（李亚仙上）

李亚仙　针黹才完操井臼。

郑元和　夫人快来。

李亚仙　"夫人"相唤甚因由？郎君，怎么唤我夫人？这实不敢当。

郑元和　夫人，你公公来了，快快向前叩见。

李亚仙　待我向前。大人在上，婢女李亚仙叩头。

郑　儋　媳妇免礼，起来。

李亚仙　谢大人。

郑　儋　你夫妻两旁坐下。

李亚仙　大人与少老爷在此，婢女理当侍立。

郑　儋　老夫言语甚多，必须坐谈。

李亚仙　谢坐。

郑　儋　媳妇，你的贤德，老夫已听我儿言过，一概尽知。他履历上已写了妻室李氏，为此老夫亲来接你回去，与我儿共拜花烛。

李亚仙　自古道，妻者齐也。婢女乃烟花下贱，少老爷乃名门贵胄，怎敢匹配。请大人与少老爷另订高门，婢子愿居簉室。

| 郑　儋 | 媳妇贤能，古今罕匹，名门闺秀未必能及得你。况且救了我儿的命，延了郑氏香烟，又肯相劝他攻书，才得大魁天下，与我郑氏门中添了一个状元儿孙，增了祖先许多光彩，皆你一人之功。媳妇不必推却，这状元夫人一定是你的了。 |

李亚仙　不是呵！少老爷初入宦途，若娶了妓女为妻，恐被那些不知世务的老儿们嘲笑。替儿女订亲，先选门第，往往痴男娶了慧女，蠢妇嫁了才人，不知耽误了多少大事。

郑　儋　老夫却不是那样的人，媳妇不可再提"门第"二字。

李亚仙　大人哪！

（唱）荥阳氏原来是簪缨华胄，
　　　秉朝绅奉象简诗礼高门。
　　　奴自愧蒲柳姿教坊下品，
　　　似菟丝附女萝有玷清名。
　　　与郎君奉箕帚已属非分，
　　　学一个汉朝中诗婢康成。

郑　儋　（唱）好一个贤女子谦德可敬，
　　　　　我焉能辜负她一片高情。
　　　　　若不能立纲常正名定分，
　　　　　我枉读圣贤书无义无仁。

（院子上）

院　子　圣旨下，叫老爷全家接旨。

郑　儋　圣旨是为我儿而来，我儿前去接旨。

郑元和　孩儿遵命。

李亚仙　且慢！一家之中父母为尊，况且大人官高爵显，理应当一同接旨。

郑　儋　待我父子接过圣旨，再与你定这妻妾二字的名分。既是要我全家接旨，你也不应回避，香案接旨。

（四龙套、来兴上，崔佑甫上）

崔佑甫　圣旨下！跪听宣读。诏曰：朕阅看新科状元郑元和履历，知其为大臣郑儋之子，不胜所悦。今着尚书崔群传旨，封郑儋上柱国，郑元和加升凤阁侍郎，其妻李氏封为汧国夫人，外赐锦缎。旨意读罢，望诏谢恩。

郑　儋
郑元和　（同）万万岁！
李亚仙

郑　儋　有劳崔仁兄捧旨而来，小弟面谢。

| 崔佑甫 | 岂敢！老仁兄父子济美，可喜可贺。
| 郑　儋 | 小儿多蒙仁兄提拔，我父子感谢不尽。
| 来　兴 | 老爷，小的来兴叩头。
| 郑　儋 | 你不是来兴吗？因何在崔大人身旁？
| 来　兴 | 小的上一科跟我们少老爷到京赶考，谁知道他没去下场，就跑到窑子里，被一个叫李亚仙的妓女给迷住了。花了很多钱，到没辙时把我给卖了。至今我不恨少老爷，我就恨那李亚仙。
| 郑　儋 | 狗才放肆！怎么骂起少夫人来了？
| 来　兴 | 她是少夫人？
| 郑　儋 | 她如今是你少老爷的妻室，岂不是少夫人？
| 崔佑甫 | 仁兄，为何替令郎纳一个妓女？
| 郑　儋 | 只因小儿前科到京赴试，恋烟花将银钱花尽，被鸨儿赶出，流落在街头讨饭，被小弟打死街头。
| 崔佑甫 | 不知小儿怎样还阳？
| 郑　儋 | 小弟这儿媳李氏，为了小儿之事，赎身出院到处寻找。小儿那时被小弟打得一时昏迷，并不曾死，我这儿媳将他救去，劝他攻书，小儿才得大魁天下。小弟念她贤德，故此纳她做个儿媳。
| 崔佑甫 | 烟花之中竟有这样人，小弟倒要见上她一见。
| 郑　儋 | 媳妇过来，见过你的夫君的老师。
| 李亚仙 | 崔大人请上，郑家侍妾李亚仙叩头。
| 崔佑甫 | 请起，请起。哦，郑仁兄，她既是状元夫人，为何还穿这侍妾的衣服？
| 郑　儋 | 小弟要小儿纳她为妻，她定要为小儿做妾，小弟正在为难。
| 崔佑甫 | 这样之人断不能叫她与令郎做妾，仁兄还要从长计议。
| 郑　儋 | 仁兄之言，真知我心也。
| 郑元和 | 老师，来兴原是门生贴身之童，愿将他赎回。
| 崔佑甫 | 你我乃是得意师生，何用说"赎回"二字？来兴，你仍回郑府去吧。
| 来　兴 | 谢大人。（想介）不得了！我刚才得罪了我们少夫人，这怎么办哇？对了，我去上前托托我们少老爷给我讲个人情吧。（跪介）
|　　　　 | （院子跪介）
| 院　子 | 那日我在十字街头也得罪过少夫人哪，求少老爷讲情。
| 郑　儋 | 这两个奴才敢得罪少夫人，与我扯下去打。
| 李亚仙 | 启禀大人、少老爷：这两个虽然辱骂贱妾，乃是为主忠心，望大人、少老爷开恩饶恕。
| 郑　儋 | 既是少夫人讲情，起去。

| 来　兴<br>院　子 | （同）谢过老爷！ |
| --- | --- |
| 郑　儋 | 谢过少夫人。 |
| 来　兴<br>院　子 | （同）多谢少夫人！ |
| 李亚仙 | 我是你家少老爷的侧室，不可这样称呼。 |
| 崔佑甫 | 好，真谦可风。郑仁兄，方才圣旨到来，已封令媳为汧国夫人，她还以侧室自居，叫小弟怎样回复圣命？ |
| 郑　儋 | 她再三讲，让叫小弟也无计可施。 |
| 崔佑甫 | 她不过自觉出自身微贱，叫她拜在老夫门下为义女，不知老仁兄以为如何？ |
| 李亚仙 | 这个越发使不得了。 |
| 郑　儋 | 儿呀，快去拜过你家岳父大人。 |
| 郑元和 | 岳父请上，小婿拜见。 |
| 郑　儋 | 媳妇，还不拜过你义父。 |
| 李亚仙 | 爹爹请上，女儿拜见。（拜介） |
| 来　兴<br>院　子 | （同）给老爷叩喜。 |
| 郑　儋 | 起去。 |
| 崔佑甫 | 我儿快快换了礼服。老仁兄，你我是亲家了，叫他夫妻今日在此合卺，住过三日，再回尊府。 |
| 郑　儋 | 仁兄的令爱，小弟本应央媒说合。 |
| 崔佑甫 | 我自做媒人。 |
| 郑　儋 | 如此多谢大媒！ |
| 崔佑甫 | （笑介）丈人也是我，媒人也是我，我连傧相都带下来了。 |
| 郑　儋 | 劳驾了！ |
| 崔佑甫 | 伏以：奇文又奇文，老师改丈人。媒人还是我，六礼即刻成。搀新人。<br>（郑元和、李亚仙交拜介） |
| 郑　儋 | 送入洞房。<br>（郑元和、李亚仙下） |
| 崔佑甫 | 不料青楼出了夫人。 |
| 郑　儋 | 不想叫花也出了状元。后面饮酒。<br>（【尾声】完） |

# 扬 州 梦

## ■ 本事

唐人杜牧之，聘妻徐紫云，为舅氏掠卖于司徒李绅家。李知其为良家子，虽使习歌舞，而未尝当夕。杜闻妻被绐，追之不及，俄授分曹御史，宴于李氏，睹紫云美，赠以诗。李询知其为杜聘妻，当筵为之合卺。杜调扬州参军，冶游过妓寮，节度使牛僧孺，微服侦之。紫云伪巡官至，杜、牛皆为所窘，及知为妇人，皆大笑。杜旋授学士，紫云竟代杜纳妓焉。事本清人《扬州梦》传奇，实一艳情佳剧云。

## ■ 提纲

**第一场**
四青袍、孙樵

**第二场**
杜牧、童儿

**第三场**
柏嗣仁、徐紫云、车夫

**第四场**
童儿、杜牧

**第五场**
柏嗣仁、车夫、徐紫云、童儿、杜牧、四青袍、孙樵

**第六场**
柏嗣仁、车夫、徐紫云、牵婆、齐大、齐秋花

**第七场**
四龙套、李绅、门官、牵婆、柏嗣仁、徐紫云、齐秋花

**第八场**
四青袍、杜牧、门官、二家院、李绅、三妓、齐秋花、徐紫云、

车夫

**第九场**

乙船夫、鸨儿、忘八、柳青、甲船夫、童儿、杜牧、徐紫云、齐秋花、四青袍、车夫、书吏

**第十场**

四龙套、中军、牛僧孺、童儿、杜牧、齐秋花、徐紫云

**第十一场**

童儿、杜牧、忘八、鸨儿、柳青、柏嗣仁、齐秋花、徐紫云、牛僧孺、中军、四龙套、车夫

# 第 一 场

（四青袍、孙樵上）

孙　樵　一封丹草诏，飞下九重霄。下官黄门官孙樵是也。今奉唐王旨意宣召杜牧入朝，左右开道。（下）

# 第 二 场

（杜牧上）

杜　牧　（引）饱读诗书，一介寒儒。（坐）
　　　　胸藏记事珠，
　　　　日诵万言书。
　　　　暂向盐车困，
　　　　何时向天衢。
　　　　小生姓杜，名牧，字牧之，京兆万年人氏。叔祖杜佑乃大唐宰相，早已去世。小生幼读诗书，一十六岁曾往扬州，如今回来将及十载。邻人徐护爱我才华，将他女儿紫云许配于我，虽已行聘，未曾过门。不想岳父、岳母俱已身亡，我那聘妻徐紫云寄居他舅父柏嗣仁家中，我不免去往柏家，约定吉期，完成大礼。童儿，（童儿暗

上，应介）带路往柏家去者。

（唱）人言啧啧不中听，

　　　　柏嗣仁原来不是人。

　　　　去往他家婚期定，（圆场）

　　　　柏家因何反锁门。

哦，这柏家为何将门反锁？童儿，你可与他邻家问来。

童　儿　嚛。（向内介）列位请啦！这柏嗣仁家里倒锁着门，他们家有人没人？

　　　　（内白）柏嗣仁全家往洛阳去了。

童　儿　劳您驾！回公子的话，柏嗣仁全家上了洛阳了。

杜　牧　怎么讲，柏嗣仁全家往洛阳去了？哎呀且住！我想这柏嗣仁无恶不作，他此番出京往洛阳而去，定有蹊跷。

童　儿　他出京的缘故，小人倒猜得出来。他因为紫云小姐生得美貌，简直是拐了挠啦，想到洛阳拿小姐生一笔大财。

杜　牧　你这一猜倒有八九分，快快随我回去收拾行囊，赴往洛阳便了。

　　　　（唱）为娇妻顾不得风尘劳顿，

　　　　　　　收拾起破行李即便登程。（下）

# 第 三 场

（柏嗣仁上）

柏嗣仁　（唱）只为发财损德行，

　　　　　　　拐了甥女出都城。

小子柏嗣仁。我姐姐嫁给徐护，他老公母俩都死了，留下个外甥女，长的很好。是我用计诓她出京，想拿她生笔大财。你瞧我外甥女的车来了。

徐紫云　（内唱）椿萱凋谢苦不胜，（车夫推徐紫云上）

　　　　　　　踪迹如同水上萍。

　　　　　　　舅父移家洛阳去，

　　　　　　　早行夜宿奔归程。

奴家徐紫云，乃万年人氏。爹爹徐护膝下无儿，只生奴家一人，许配杜牧之，尚未过门。不幸父母双亡，是我寄居舅父柏嗣仁家中。昨日舅父言道，杜郎现在洛阳，为此带我奔往河南，择期婚配。我自幼未出闺门，一路行来，好生辛苦也。

道路崎岖人劳顿，
风沙扑面眼难睁。
枝头小鸟鸣声紧，
岭上时来出岫云。
垄亩耕夫荷锄过，
道旁馌妇往来频。
洛阳未识远与近，
车不停轮尽力行。（同下）

## 第四场

（童儿引杜牧上）

杜　牧　（唱）只为佳人忘劳顿，
　　　　　　　夫妻恩义在我心。
　　　　　　　扬鞭催马赶得紧，
　　　　　　　一路行来似腾云。（下，童儿随下）

## 第五场

（柏嗣仁、车夫推徐紫云上）

徐紫云　（唱）洛阳美景传天下，
　　　　　　　数百年前帝王家。
　　　　　　　何事杜郎居洛下，
　　　　　　　舅家言语果真耶。
　　　　　　　此时难解真与假——
（童儿、杜牧上）
杜　牧　你敢是柏……
徐紫云　（唱）见一书生马赶着车。
　　　　　　　面带忧容堪惊诧，
　　　　　　　眼光儿觑我甚根芽？
　　　　　　　车行紧急一刹那——

（柏嗣仁、车夫推徐紫云下）

杜　牧　（唱）阵阵风吹扑面沙。
　　　　　　紧紧加鞭催坐马——
　　　　　（四青袍、孙樵上）
孙　樵　杜先生慢走！
杜　牧　（唱）孙黄门赶到又有差。
　　　　来的是黄门孙大人么？恕小生有心事在怀，不下马了。
孙　樵　先生，下官是奉旨召你入朝，你快下马接旨。
童　儿　公子听见了没有？人家是奉旨召您来的，您快下马啵。
杜　牧　如此待我下马。
孙　樵　且慢！你不必下马，牛丞相保奏你为分曹御史，宣你入朝奉君，快随我入朝要紧。
杜　牧　哦，授我为分曹御史了？
孙　樵　正是，就请同去面君。左右，回转城中去者。（从上场下）

# 第 六 场

（柏嗣仁、车夫推徐紫云上）

柏嗣仁　店家哪里？
　　　　（牵婆上）
牵　婆　做媒带开店，马扁是个骗。您是住店的吗？请进来。
　　　　（徐紫云下车介，车夫下。徐紫云、柏嗣仁入店介）
　　　　好个绝色女子。
柏嗣仁　姑娘有点乏了吧？今天算是到了洛阳了。
徐紫云　哦，此处洛阳了，乃东汉建都之地，离故乡远矣。
牵　婆　姑娘您贵姓？
徐紫云　奴家姓徐。
牵　婆　这位老丈贵姓？
柏嗣仁　我叫柏嗣仁，是她舅舅。
牵　婆　你们从哪儿来？
柏嗣仁　我们打从万年县来。
牵　婆　您做何生理？
柏嗣仁　我吗，咱们借一步说话。

牵　婆　怎么得借一步说话？
柏嗣仁　跟姑娘的婚姻有关系，不便就说。
牵　婆　那们姑娘请到后边坐。
徐紫云　正是：去家今已远，回首望乡关。（下）
牵　婆　我问你做何生理，你怎么往姑娘婚姻上扯哇？
柏嗣仁　你不认得我，我可知道你。你是开店带贩卖人口，我特来找你做这买卖。
牵　婆　你们县里难道没有媒人，你跑这们远的路。
柏嗣仁　本县亲戚多，不大方便。
牵　婆　巧了，司徒李大人府里正要买人呢，我给你去说一说。
柏嗣仁　劳驾。可是我这外甥女是不让卖的，你说成了，咱们可得想主意把她冤进李府，要不价她可不去。
牵　婆　敢情你带一分拐骗行为，怪不得在你们本县行不开呢。你说你叫柏嗣仁，我瞧你简直不是人。
柏嗣仁　你也够是人么。
牵　婆　咱们两人好有一比。
柏嗣仁　比作什么？
牵　婆　老鸹飞在猪身上，你说你黑，我更黑。
柏嗣仁　回头见。（下）
　　　　（齐大上）
齐　大　我是齐人之后，为人全不怕羞。牵大娘在家么？
牵　婆　谁呀，敢情是齐老头子，你干什么来了？
齐　大　老汉昨日把我那老妈妈卖了一百钱，多亏大嫂做媒，今口到此，一来道谢，二来有事相求。
牵　婆　什么事？
齐　大　我的女儿也要出售，求大嫂再为引线。
牵　婆　得了啵！昨天你的老伴儿出售，她够七十多岁啦，你的闺女不用说不小了。
齐　大　乃是老汉抱的女儿，今年才十八岁。
牵　婆　好岁数，我得看看人材。
齐　大　她生得好似画上的人儿一般，你不看也罢。
牵　婆　画上人儿想必好看，我得先开一开眼。
齐　大　待我唤来，秋花哪里？
　　　　（秋花上）
齐秋花　哪哈！说胖不算胖，像个西施样。皇帝要选妃，准把我选上。什么事？

| | |
|---|---|
| 齐　大 | 见过牵大妈。 |
| 齐秋花 | 大妈有礼了。 |
| 牵　婆 | 哎哟我的妈！她怎么长的像判官哇？ |
| 齐　大 | 我曾言过，她是画上人儿。难道判官不是画上的人儿吗？ |
| 牵　婆 | 她也比你老伴贵不多，交给我了，保管出的了售。 |
| 齐　大 | 有劳。（下） |
| 牵　婆 | 姑娘，你知道不知道，你快出售了？ |
| 齐秋花 | 出售是卖呀？ |
| 牵　婆 | 对了。 |
| 齐秋花 | 我听说你要卖祖坟，有那们一回事没有？ |
| 牵　婆 | 有哇。 |
| 齐秋花 | 有哇，我的身价就好定了。 |
| 牵　婆 | 怎么好定了？ |
| 齐秋花 | 我的身价跟你们祖坟可得一般多的钱。 |
| 牵　婆 | 你别挨骂了。（下，齐秋花随下） |

# 第七场

| | |
|---|---|
| 李　绅 | （内）散操！ |
| | （四龙套引李绅上，牌子、门官上，接介。李绅坐） |
| | 锦袍玉带紫金鱼， |
| | 出入千人拥一车。 |
| | 若问荣华何处至， |
| | 少年曾读五车书。 |
| | 老夫李绅，唐室为臣，官拜司徒。奉命镇守洛阳，上马管军，下马管民，威权震于洛下。只因府中缺少歌妓，也曾命门官采买，未知可有绝色佳人否？ |
| 门　官 | 启大人：媒婆牵氏言道，有两个女子，一个索价千金，一个索价二两，请爷定夺。 |
| 李　绅 | 哦，一个千金，一个二两，为何价目相差太远？ |
| 门　官 | 货有粗细，价有高低。 |
| 李　绅 | 如此命你前去，把这两个女子唤来，待老夫看过之后，然后议价。 |
| | 正是：果有西施美，千金不为多。（下，龙套随下） |

| 门　官 | 大人的吩咐我就得去一趟，这叫作上命差遣，概不由己。（行介）到了，牵婆在家么？
| --- | --- |
| | （牵婆上）
| 牵　婆 | 原来是长官。
| 门　官 | 你跟我说的那两个女子，大人要看一看。
| 牵　婆 | 您先请回，我就送来。
| 门　官 | 快一点。（下）
| 牵　婆 | 这可得用冤人的主意了。柏先生，柏先生。
| | （柏嗣仁上）
| 柏嗣仁 | 什么事？
| 牵　婆 | 买卖成啦。你去对你外甥女说瞎话，冤她进府。
| 柏嗣仁 | 交给我了。
| 牵　婆 | 别耽误。
| 柏嗣仁 | 甥女儿快来。
| | （徐紫云上）
| 徐紫云 | 莫信直中直，须防仁不仁。察言并观色，早已辨假真。舅父何事？
| 柏嗣仁 | 杜家有日子完婚啦。
| 徐紫云 | 哦，杜家要完婚了？何人前来送信？
| 柏嗣仁 | 就是牵妈妈。
| 牵　婆 | 就是我。
| 徐紫云 | 杜家不在洛阳，休来哄我！
| 柏嗣仁 | 你怎么知道杜家不在洛阳？
| 徐紫云 | 我们离京时节有一少年公子随后追赶，定是杜公子。
| 柏嗣仁 | 你认得他？
| 徐紫云 | 舅父又说呆话了，我与他是未过门的夫妻，焉能认得？
| 柏嗣仁 | 既不认得，你怎么敢说那就是杜公子？
| 徐紫云 | 他追车之时两眼觑着车中，若不是杜公子，舅父必然向他发话。舅父不但无言，面上还带羞惭之色，因此知他是杜公子。
| 柏嗣仁 | 现在他追到洛阳来了。
| 徐紫云 | 杜公子定然有了别事，中途回去，他若果然追赶，到不得洛阳就要发作了。
| 柏嗣仁 | 你知道我这们靠不住，不该跟我出京。
| 徐紫云 | 君子可欺以其方，我不能先以小人待舅父。
| 柏嗣仁 | 你既明白了，我也不瞒你，我另给你找了主儿啦，杜家的亲事算散了。
| 徐紫云 | 舅父，你不要再说假话。你未必另订丝萝，分明把我卖与别人，你

道是与不是？
柏嗣仁　丫头片子真利害，我是把你卖了，你怎么着吧？
徐紫云　我一定不去，你其奈我何？
柏嗣仁　你不去，我……
徐紫云　你怎么样？
牵　婆　他就要打你了。
柏嗣仁　着哇，我就要打你了。
徐紫云　总然把我打死，我也是不能依从的。
　　　　（柏嗣仁打介。齐秋花上）
齐秋花　你们打什吗？
牵　婆　她舅舅把她卖了，她不去，她舅舅打她。
齐秋花　好舅舅，好舅舅，比我舅舅还不是东西。要是我舅舅，可不打我，早把我宰了。
牵　婆　更利害。
齐秋花　打死人可是官司，依我说还是劝。
牵　婆　谁劝呀？
齐秋花　我来劝。
牵　婆　瞧你的。
齐秋花　那位姐姐请啦，贵姓哇？
徐紫云　我姓徐，你问我做甚？
齐秋花　好大肝火，您的舅舅把您卖给谁啦？还是做妾还是下窑子？
徐紫云　这……
牵　婆　卖给李司徒当歌妓，跟你在一块儿。
齐秋花　那们一说，我们是伙计。我说姐姐，您别不去，李司徒是好人，不跟这些坏人一样。您这个舅舅简直不是人类，您跟着他干吗？不如去到李府再想主意，您把我的话想一想。
徐紫云　呀！
　　　　（唱）看她相貌虽痴蠢，
　　　　　　　说出话来甚聪明。
　　　　　　　何必常依这无行的舅，
　　　　　　　朝朝不免要留神。
　　　　　　　我今情愿李府进，
　　　　　　　只怕你难逃受骂名。
牵　婆　你去也得去，不去也得去，咱们就走。
徐紫云　走、走、走哇！

（唱）李府分明是陷阱，
　　　　如今只向阱中行。
（柏嗣仁下。牵婆、徐紫云、齐秋花行介，圆场）

牵　婆　到啦，等我回一声。长官有么？
（门官上）
门　官　你来了？
牵　婆　来了。
门　官　那女子呢？
牵　婆　都带了来了，您请看。
齐秋花　您先睄睄我。
门　官　哎呀，我的妈，怎么这们难看？
齐秋花　你嫌我难看，我有两句话你可懂得？
门　官　哪两句话？
齐秋花　天下无正色，娱目即为姝。你说我不好看，那爱看我的多着哪。
门　官　你滚开啵！牵氏，你拿这种乏货上这府里来蒙事，你该什么罪过？
牵　婆　这是幌子，不是货。我昨儿跟您说过，我的货物值一千银子，我连幌子都卖给您，只要二两，这就是那个二两的。您要睄好货，顺着我的手儿睄。
门　官　好个美貌女子！
齐秋花　她美我也不丑。
门　官　你在外边等着，我领女子去见大人去。
牵　婆　是。（下）
门　官　两个女子随我来。
徐紫云　明知不是伴，事急且相随。
齐秋花　只要有饭吃，见谁就跟谁。
门　官　有请大人。
（李绅上）
李　绅　何事？
门　官　女子唤到。
李　绅　叫她们过来。
门　官　大人唤你。
徐紫云　大人万福。
齐秋花　请老爷安。
李　绅　两个女子，见了老夫为何不跪？
徐紫云　一非朝廷，二非衙署，不敢失礼，故而不跪。

齐秋花　她站着，我要跪着不大得样，我也只得不跪。
李　绅　两个女子果然货有精粗。门官过来，这个女子千金不为多，不消还价。那个女子二两太贵，与她家一两银子，若不肯卖，带了出去。
齐秋花　千金不还价，二两倒还价。我今天要闹个减价出售。
门　官　你少说话，依我看，你卖到一两就太贵啦。（下）
李　绅　那一女子出言不凡，倒像个大家之女，你姓氏名谁，一一讲来。
徐紫云　大人哪！
　　　　（唱）家住万年天孙镇，
　　　　　　　徐紫云就是妾身名。
　　　　　　　爹娘在日把丝萝订，
　　　　　　　杜宰相从孙结良姻。
　　　　　　　尚未过门椿萱冷，
　　　　　　　无行的舅父卖奴身。
　　　　　　　老大人爵位官极品，
　　　　　　　还望矜怜薄命人，感你大恩。
李　绅　既入我府，便是我的人了。
徐紫云　大人哪！
　　　　（唱）若要恃强欺红粉，
　　　　　　　拼将玉碎与珠沉。
　　　　　　　旁人自有持公论，
　　　　　　　道你为官不正经。
李　绅　也说得是，我有心放你出府，一来我已花费千金，二来恐你流落。你可在府暂充歌妓，不用你抱衾与裯，你可情愿？
徐紫云　若得如此，感恩不尽。
齐秋花　大人，您问够了她啦，该跟我说话了，我姓什么，叫什么，您怎么不问我？自己会说，我叫齐秋花，没许人家哪。
李　绅　我看你生得结实精壮，本当派你到灶下去烧火，奈因这徐美人无人服侍，如今就命你伺候徐美人吧。
齐秋花　伺候她呀，我巴不能够呢。
李　绅　如此，你服侍徐美人后面更换衣服去吧。
齐秋花　徐美人，我搀着你换衣裳去。（扶徐紫云下）
　　　　（门官上）
门　官　启大人：圣上差分曹御史到了。
李　绅　分曹御史官位不尊，怎奈他是钦差，不可怠慢。你传话出去，明日本衙相见便了。

（唱）钦差到此须礼敬，

　　　　方显朝中天子尊。（下）

# 第 八 场

（四青袍、杜牧冠带骑马上）

杜　牧　（唱）豸冠玉带威荡荡，

　　　　且喜分曹到洛阳。

下官杜牧，蒙圣恩授为洛阳分曹御史。想我聘妻徐氏现在洛阳，正好访她消息。且待见过李司徒，再作道理。左右开道。

　　　　先往府中参使相，

　　　　再来民舍觅娇娘。

来此已是，待我下马。（下马介）门上有人么？

（门官上）

门　官　哪一位？

杜　牧　分曹御史来拜。

门　官　少待。（向内介）启大人：分曹御史到。

李　绅　（内）动乐相迎。

（门官照白介，青袍下。二院子、李绅上介，与杜牧相见介，坐介）

　　　　未知御史公驾到，未曾远迎，当面恕罪。

杜　牧　岂敢。下官来得鲁莽，司徒海涵。

李　绅　岂敢。老夫在此镇守，自惭德薄才庸，还要御史公指教。

杜　牧　司徒山斗望重，下官愿受指挥。

李　绅　备得有酒，与御史公洗尘。左右看酒。

（【吹打】，同入席介）

　　　　御史公请。

杜　牧　司徒请。（同饮介，牌子）司徒，下官闻得近日新收歌妓，要见她们一见。

李　绅　御史公职司风宪，不敢以俗乐见呈。

杜　牧　此非公宴，见亦无妨。

李　绅　如此老夫斗胆了。左右，传歌妓进见。

（门官照白介，下。三妓、齐秋花、徐紫云上）

徐紫云　（唱）听司徒唤女乐珠泪强忍，
　　　　　　　　名家女只落得舞扇歌裙。
　　　　　　　　移莲步走向前羞愧不胜，
　　　　　　　　心恍惚意迷离暗自伤神。
众　妓　（同）参见大人。
李　绅　见过御史老爷。
众　妓　（同）参见御史老爷。
杜　牧　妙哇！
　　　　（唱）李司徒可算得知趣有兴，
　　　　　　　　顷刻间酒席前现出佳人。
　　　　　　　　在内中有一人美貌绝顶，
　　　　　　　　这面庞似相熟见过她身。
　　　　且住！这个绝色佳人我在哪里会过，怎么想她不起？
李　绅　御史公为何沉吟？（杜牧作呆看徐紫云介）御史公为何若有所思？哦，御史公，御史公！
杜　牧　哎，司徒，司徒。
李　绅　御史公请一杯。（杜牧作错拿李绅杯介）这是老夫的残酒。
杜　牧　哎呀，失礼了，失礼了。
齐秋花　敢情他睄见我魂都没了，我真是色不迷人人自迷。
李　绅　少要乱道。
齐秋花　我一点不乱道，您睄着，他头一个就得问我。
杜　牧　司徒，这说话的女子也是歌妓么？
齐秋花　你睄是头一个问我不是？
李　绅　她是伺候歌妓之人，并非歌妓。
齐秋花　大材小用。
杜　牧　司徒可算鉴别精明，这等粗材本不可滥充歌妓。
齐秋花　什吗？我是粗材，我才不粗呢，我粗中有细，不像她们中看不中吃。
李　绅　御史公，看老夫这些歌妓，可有一二可取之人？
杜　牧　惟有那一女子可称绝色。
李　绅　哦，御史公过奖了。
杜　牧　下官斗胆要题诗一首。
李　绅　如此，家院，看纸笔墨砚伺候。（院子取纸笔介）请御史公题诗。
杜　牧　献丑，献丑。
齐秋花　列位姐姐，他题诗准是夸我。要不信，他写得了，准得递给我。

杜　牧　　司徒，下官拙句已成，乞加指正。
李　绅　　秋花。
齐秋花　　你听，可不是先叫我？
李　绅　　这首诗是咏徐美人的，你送与她看。
齐秋花　　哦，这是夸她的？好在我跟她一般大的人，夸她就是夸我。姐姐请看。
徐紫云　　待我看来。
　　　　　（唱）华堂今日绮筵开，
　　　　　　　　谁唤分曹御史来。
　　　　　　　　忽发狂言惊满座，
　　　　　　　　两行红粉一时回。
　　　　　樊川杜牧题，哦，原来这御史就是杜郎。我离乡之日，曾在车中与他见过一面，他的相貌我还记得，待我仔细觑他一觑。
齐秋花　　得看明白啦，别认错了。
　　　　　（徐紫云看介）
徐紫云　　是的，是的，果然是的。哎，杜牧之呀杜牧之，你今日作诗咏美人，明日作歌夸艳色，作来作去，作到自己妻子头上来了。
　　　　　（唱）夫妻对面一箭远，
　　　　　　　　相隔如同万重山。
　　　　　　　　低头无语心辗转——
李　绅　　徐美人，与御史公把盏。
徐紫云　　（唱）闹得奴心中颠倒颠。
　　　　　　　　奴今不与他递盏，
　　　　　　　　又恐司徒有烦言。
　　　　　　　　罢罢罢，当筵把香醪献，
　　　　　　　　欲前又却带羞惭。
杜　牧　　好一个绝色佳人，只是不谙歌妓规矩。
徐紫云　　御史公，我本非歌妓，你休要挑剔。
杜　牧　　你非歌妓，难道是良家不成？
李　绅　　着哇，她本是良家女子。哎呀，老夫倒忘怀了，她曾言道许配丈夫，与御史公同姓。
杜　牧　　哦，与下官同姓？那一美人你，娘家可是姓徐？
徐紫云　　不错，是姓徐。
齐秋花　　她姓徐，我姓齐，你问她不问我，我可有气。
杜　牧　　徐姑娘芳名可是紫云？

徐紫云　正是紫云，你怎么晓得？
齐秋花　我叫秋花。
杜　牧　令尊可是徐护？
徐紫云　正是。
杜　牧　哎呀妻……
　　　　（徐紫云急闪介，杜牧错向齐秋花介）
齐秋花　御史调戏歌妓，该什么罪？
李　绅　嘟！杜牧之，你怎么调戏老夫歌妓？
杜　牧　嘟！李司徒，你怎么强占有夫之女？
李　绅　老夫的歌妓何言是有夫之女？
杜　牧　本御史的妻子何言是你歌妓？
齐秋花　别嚷，你们二位都是官，别失了官体。有什么话，你们要去问本人。
李　绅　说得甚是。
杜　牧　讲得不差。
齐秋花　我多会儿说过错话，你们快问她去。
李　绅　徐美人，你可曾许过人家？
徐紫云　司徒忘怀了，奴家初见面时节，便道许过人家。
齐秋花　官越大，记性越麻糊。
李　绅　许的可是杜家？
徐紫云　也曾对司徒言过，是宰相杜公从孙。
李　绅　唤作什么名字？
徐紫云　唤作杜牧，表字牧之。
杜　牧　司徒，她说的正是下官。
李　绅　哎呀，原来果然是令正，老夫既费千金，如今不属你了。
杜　牧　住了！你位极人臣，强占官员正室，我岂肯与你干休？
齐秋花　怎么又嚷起来啦？请二位还是问本人，愿意跟谁就跟谁。
李　绅　就依你的主意。徐美人，你可愿仍归杜氏？
徐紫云　大人，你可记得徐德言与乐昌公主的故事？大人若能全我夫妻之义，岂不更在杨素之上？
李　绅　着哇，难道老夫不如杨素不成？你夫妻既未婚配，今日酒筵改为喜筵，你夫妻即刻成亲，老夫做个主婚之人如何？
徐紫云　多谢司徒！
李　绅　御史公，老夫今日完璧归赵。
杜　牧　惜非完璧矣。

李　绅　令正一向守节，并未屈从老夫。
杜　牧　如此益见盛德。
李　绅　传傧相。
齐秋花　传傧相干吗？我搀着杜太太就拜了堂了。
李　绅　如此动乐。
　　　　（【吹打】，杜牧、徐紫云拜堂介）
　　　　来，洗盏更酌者。
　　　　（杜牧、徐紫云、李绅同入席介）
　　　　两位新贵人请。
　　　　（牌子，同饮介。门官持报上）
门　官　启爷：抄报到。
　　　　（李绅接看介）
李　绅　奉圣旨，杜牧调授扬州参军。御史公请看。
　　　　（杜牧看介）
杜　牧　奉圣旨，杜牧调授扬州参军。哎呀，司徒大人请上坐，参军杜牧只好陪坐了。
李　绅　还是参军上坐。
杜　牧　不能不能。
齐秋花　杜爷，您降了级啦。
杜　牧　不曾降级，自古道，不怕官，只怕管。我先作御史，不归他管，如今幸而是扬州参军，他还是隔山的上司，若是洛阳参军，就是他的下属了。
齐秋花　你们做官简直是唱戏，派什么脚儿就是什么脚儿。
杜　牧　这就叫官场如戏场。
李　绅　不知参军几时起程？
杜　牧　我即刻起程。
李　绅　老夫预备礼物不及，这个粗使丫头唤作秋花，送与令正夫人吧。
杜　牧　多谢！
齐秋花　得啦，我也另跟主儿啦。
杜　牧　吩咐人役车马走上，参军夫妇告辞了。
　　　　（四青袍、车夫上）
　　　　（唱）明公待我恩德厚，
徐紫云　（接唱）夫妇何年高谊酬。
杜　牧　（唱）十万腰缠虽无有。
　　　　（杜牧上马介，徐紫云、齐秋花上车介。四青袍、杜牧下）

徐紫云 （唱）真如骑鹤上扬州。（车夫推徐紫云下）
李　绅 （唱）交了杜家年少友，
　　　　　　　不风流处也风流。（下）

## 第九场

　　　　　（乙船夫、鸨儿、忘八、柳青上）
柳　青 （唱）才离洛下来扬郡，
　　　　　　　终日奔波在风尘。
　　　　　（甲船夫、童儿、杜牧、徐紫云、齐秋花上）
杜　牧 （唱）广陵果是多美景，
徐紫云 （唱）两岸花开似锦屏。
杜　牧 夫人，你我弃了车马，改由水路而行，果然风景甚佳，你我同在船头瞭望一回。
徐紫云 妾身奉陪。（出舱望介）
柳　青 好一美貌官员，本待与他交言，奈有妇人在他身后。这便怎么处？我自有道理。我，妓女柳青，先在长安，后到洛下，如今又往扬州。
鸨　儿 姑娘，你跟谁说话呢？
柳　青 啐！艄水移船。
　　　　　（乙船夫、鸨儿、忘八、柳青下。杜牧作目送介）
徐紫云 相公，你看什么？
杜　牧 夫人，我看这两岸风景不似当年了。
徐紫云 如此说来，你是到过扬州的。
杜　牧 到过扬州。
徐紫云 至今几载了？
杜　牧 至今十载了。
徐紫云 哦，十载了，你且道今日风景与昔年不同之处如何？
杜　牧 昔日繁华，两岸青楼。
徐紫云 哎呀呀呀，开口就说青楼，君志荒矣。
齐秋花 太太们提起青楼，就带点酸味儿。
杜　牧 夫人，青楼与舞女也差不多。
徐紫云 你休来取笑，你太不老成。
杜　牧 夫人休疑，我性好狭邪，我有两句诗你可晓得？

徐紫云　我不晓得。

杜　牧　"十年一觉扬州梦，赢得青楼薄幸名。"

徐紫云　你今年二十六岁，十载以前便在青楼冶游，还能不入迷魂阵？被青楼中人道你薄幸，倒也好笑哇。

杜　牧　我是少年老成。

齐秋花　什么叫少年老成，简直小奸巨猾，比老奸巨猾还得厉害。

杜　牧　什么讲话，岂有此理！

徐紫云　她的言语不为无理，你此番又到扬州，只怕不老成了。

杜　牧　你怎见得我不老成呢？

徐紫云　方才你目不转睛，分明是看邻船女子，因此知你不老成。

杜　牧　夫人太多疑了。

徐紫云　我岂是多疑，你露出狂态矣。莫道少年能持重，难逃花柳有牢笼。

（四青袍、一车夫、书吏从下场上）

书　吏　那边官船是参军杜爷么？

童　儿　正是，你们是干什么的？

书　吏　本衙人役前来迎接。

童　儿　候着。启爷：本衙人役前来迎接。

杜　牧　弃舟登岸，往公馆去者。

童　儿　岸上的，老爷要上岸了，搭扶手。

（【吹打】，杜牧、徐紫云、童儿、齐秋花上岸介，甲船夫下。杜牧上马，徐紫云上车介。圆场。杜牧下马，徐紫云下车，进门，坐介）

书　吏　人役们叩头。

杜　牧　外面伺候。

（书吏应介，领青袍下）

夫人，好一座公馆，这内室不但清洁，并且宽宏。

徐紫云　清洁倒在其次，相公定是喜宽宏。

杜　牧　此话怎讲？

徐紫云　内室宽宏，相公正好留作藏娇之地。

杜　牧　夫人，你怎么又说出这样话来了？

徐紫云　我是你的知心，才说这样知心的话。

杜　牧　什么知心，你可算太不知我了。

徐紫云　且看后来。

杜　牧　夫人，下官有几个故人都在扬州，下官要去探望一番。童儿，与我更换便服。

徐紫云　这就不对了，你去拜客，理当顶冠束带，怎么反倒要换便服？

| 杜　　牧 | 我拜的不是官场朋友，若是穿着公服，岂不太俗？你可晓得一段看梅的笑话？ |
| --- | --- |
| 徐紫云 | 我倒不知。 |
| 杜　　牧 | "红帽呼兮黑帽哈，太爷今日看梅花。梅花一见忙跪下，小的梅花礼貌差。"我岂那样风尘俗吏也！<br>（唱）拜野人又岂可顶冠束带，（换衣巾介）<br>　　　　我少时拜毕客即便回来。（领童儿下） |
| 徐紫云 | （唱）他虽然不明言我心已解，<br>　　　　并不是访宾朋是访裙钗。 |
| 齐秋花 | 夫人你猜，老爷是干什么去啦？ |
| 徐紫云 | 我倒要试试你的聪明，你道老爷他出去是何公干？ |
| 齐秋花 | 我猜老爷准是访刚才船上的女子去了。 |
| 徐紫云 | 怎见得？ |
| 齐秋花 | 您没睄见他直眉瞪眼的吗？小丫头会相面，看见人的脸，就知人的心。 |
| 徐紫云 | 那女子若是良家，老爷为人还不至于越出规矩之外。 |
| 齐秋花 | 一定不是良家。谁家太太小姐有她那个打扮？您没听见吗？将才她自言自语，已经告诉老爷了。 |
| 徐紫云 | 若是妓女，且自由他。 |
| 齐秋花 | 别价，老爷是地方官，要是逛窑子，未免官声不雅。叫上司知道，可就给参了。 |
| 徐紫云 | 我在闺中，焉能管得外事？ |
| 齐秋花 | 您最好给老爷一个下马威，拿他一卜子，他就不敢了。 |
| 徐紫云 | 下马威也非容易。 |
| 齐秋花 | 容易，容易，老爷到哪儿，您跟到哪儿，一个字叫作"跟"。 |
| 徐紫云 | 这又是乱道了，我如何能随他出去？ |
| 齐秋花 | 您扮个查夜官，我扮个衙役，哪儿去不了？ |
| 徐紫云 | 也说得是，就此改扮起来。正是：为防登徒子，且做击柝人。（同下） |

## 第 十 场

（四龙套、中军、牛僧孺上）

| 牛僧孺 | （引）位显爵尊，扶唐室报国安民。<br>（诗）奉王旨意镇广陵， |
| --- | --- |

　　　　　　一片忠心报朝廷。
　　　　　　一世爱才如性命，
　　　　　　文人个个是上宾。
　　　　老夫牛僧孺，唐室为臣，官拜宰相，兼领扬州节度。一生爱才如命，今有杜牧来做本处参军，还未来参见，老夫便有人通报，道他往娼寮去了，文士轻狂倒也好笑。老夫方才检阅仓库已毕，正好回衙，左右带马。
　　　　（唱）为国为民心当尽，
　　　　　　　仓库钱粮也要留心。
　　　　　　　杜牧文名传远近，
　　　　　　　闻知他到此做参军。
　　　　　　　未参长吏娼寮去，
　　　　　　　轻薄文士笑煞人。
　　　　　　　左右鸣锣往前进，
　　　　　　　那旁来的是何人。
　　　　（杜牧上）

杜　牧　（唱）大街之上用目瞬，
　　　　　　　头踏森严是贵人。
　　　　哎呀且住！我来冶游，不想遇着官员，童儿快走。
　　　　　　冶游偏遇官场客，
　　　　　　急急躲开莫留停。
　　　　快走！
　　　　（作闯道介，杜牧带童儿急下）

中　军　启爷：有个书生闯道。
牛僧孺　既是书生，不必追究。哎呀且住！方才那人虽是书生打扮，老夫在马上已看见他的相貌。在哪里会过，怎么想他不起？哦，是了，他就是杜牧。老夫昔年曾有一面之交，久闻他乃当世文人，岂可不与他相见？只是他身穿便服，老夫岂可以贵势相压？左右，与爷看衣更换。
　　　　（【吹打】，换衣介）
　　　　远远跟随，若有大事，速来通报。我步行去也。
　　　　（四龙套、中军下）
　　　　（唱）乔装改扮访才俊——

齐秋花　（内）闲人闪开，老爷来了！
牛僧孺　（唱）见个官员到来临。

（齐秋花扮衙役，徐紫云扮官上）

**徐紫云** （唱）人人都道扬州好，
　　　　　　春色平分廿四桥。
　　　　　　处处朱楼与画阁，
　　　　　　果然美景难画描。
　　　　　　笑奴本是闺中妇，
　　　　　　因何束带又穿袍。
　　　　　　大街小巷走遍了，
　　　　　　这一段风流兴致豪。

**齐秋花** 老爷来了！（下，徐紫云随下）

**牛僧孺** （唱）这个官员真蹊跷，
　　　　　　看他气象太矜骄。

且住！扬州官员老夫最大，这是何人如此的夸耀，待我赶上看个明白。（扫下）

# 十一场

（童儿引杜牧上）

**杜　牧** （唱）为访佳人深夜行，
　　　　　　不知她在何处存。

童儿，船上那女子分明是妓女，怎么走了几家，都没有她在内？

**童　儿** 咱们把扬州的窑子都走遍了，不怕找不着。您瞧眼前又是一家。

**杜　牧** 待我向前。（作入介）

（忘八上）

**忘　八** 来客啦！

（鸨儿上）

**鸨　儿** 原来是位相公，请坐。

**杜　牧** 有坐。妈妈快把你家大姐请来相见。

**鸨　儿** 姑娘们见客啦！

（柳青上）

**柳　青** 身入风尘有数秋，不知何日才出头。妈妈。

**鸨　儿** 有一位相公来访。

**柳　青** 待我向前相见，相公万福。

杜　牧　哎呀妙哇！这正是船上女子。
柳　青　（背介）这不是船上那位官长么？
杜　牧　大姐请坐。
柳　青　有坐。请问官长上姓？
杜　牧　你怎知我是官长？
柳　青　方才在船上曾识尊颜。
杜　牧　既被识破，也不隐瞒，我便是新任参军杜牧。
柳　青　原来是当世诗人，失敬了。妈妈看酒，我与杜参军同饮。
杜　牧　摆下就是。（同坐，饮介）
　　　　（唱）名花相对添春兴，
柳　青　（唱）才子相逢称妾心。
　　　　（柏嗣仁上）
柏嗣仁　（唱）坏了心田遭报应，
　　　　　　　爷爷、奶奶，可怜瞎子一个钱啵！
杜　牧　（唱）乞儿进了妓院门。
　　　　这乞丐声音好熟。
童　儿　我认得他，他是柏嗣仁。
柏嗣仁　我正是柏嗣仁。我的眼睛现在瞎了，瞧不见您是谁。
童　儿　你是柏嗣仁，怎么会瞎了？又怎么要了饭了？
柏嗣仁　我在洛阳发了一笔财，要到扬州做买卖。没想到一场大病，钱也花了，眼也瞎了，人也做了花子了。
童　儿　该，该，有天理，有天理，给我滚蛋！
柏嗣仁　您行个好啵！
童　儿　我们老爷是杜参军改装闲游，你再不走，就要拿办。
柏嗣仁　官儿呀，就不该逛窑子。
童　儿　再不滚，我揍你！
　　　　（打柏嗣仁介，柏嗣仁出介，齐秋花上，撞介）
　　　　不得了，官人来了，别打斗殴官司，我得溜。（下）
齐秋花　你这瞎子，怎么撞人？
柏嗣仁　您是干吗的？
齐秋花　我是查夜的。
柏嗣仁　查夜的，您的买卖来了。
齐秋花　买卖可得给我们老爷揽着，有请老爷。
　　　　（徐紫云上）
徐紫云　不料今朝钗而弁，逢场作戏又一天。何事？

齐秋花　　我给您揽着买卖了。
徐紫云　　胡说，我几时做过买卖。
齐秋花　　您不做买卖，小的只好喝风。
徐紫云　　什么叫做买卖？
齐秋花　　有拉纤的。
徐紫云　　带过来。
齐秋花　　瞎子，老爷叫你。
柏嗣仁　　给老爷叩头。
徐紫云　　嘟！你是何人，大胆在此拉纤，快与我扯下去打！
柏嗣仁　　老爷别生气，小的柏嗣仁，是个要饭的，不敢拉纤。
徐紫云　　哦，你就是柏嗣仁么？我闻你卖了甥女，得了千金，你为何这等的光景？
柏嗣仁　　小的命小福薄，叫财给烧出一场大病，才要了饭。今天遇见老爷，小的有桩买卖孝敬您哪。
徐紫云　　有何买卖？
柏嗣仁　　有位杜参军穿着便衣逛窑子，您把他拿住，岂不可以发小财？
徐紫云　　你二目失明，怎能看得见？
柏嗣仁　　看是看不见，听他跟人说的。
徐紫云　　我闻你当初卖的外甥女就是杜参军的夫人，是与不是？
柏嗣仁　　是的。
徐紫云　　你为何苦苦的与他夫妻作对，全无甥舅之情？也太岂有此理了。
柏嗣仁　　小的做的事，老爷怎么知道？
徐紫云　　你不认得我，我却认得你。
柏嗣仁　　既然认得，求老爷赏一赏。
徐紫云　　好，念你报信有功，衙役，赏他一顿。
柏嗣仁　　谢老爷！衙役哥，老爷赏我一顿。
齐秋花　　赏你一顿什么？
柏嗣仁　　饭哪。
齐秋花　　不对，赏你一顿板子。（打介）
柏嗣仁　　咳，柏嗣仁百不是人啦。（柏嗣仁下）
徐紫云　　与我打进去。
齐秋花　　嗻，老爷来了。
忘　八
鸨　儿　　（同）快跑！（两边分下）

（牛僧孺暗上，作偷看介）

齐秋花　好哇，忘八跟领家的都跑了。
徐紫云　把妓女抓过来。
齐秋花　窑姐跪下。
柳　青　叩见老爷。
徐紫云　大胆娼妓，勾引官员犯法，该当何罪？
柳　青　妓女接的都是商民，没有官员。
徐紫云　住了！你今日接的分明是位官员，还敢强辩？
　　　　（杜牧用袖遮脸介）
杜　牧　我实是商人，不是官员。
徐紫云　既是商人，怎么见官不跪？跪下！
杜　牧　我腿上有病，跪不下。
齐秋花　腿上有病，我给你一板子就好啦。
徐紫云　不要打他，我认得他是参军杜牧。衙役，扯他去见上司。
杜　牧　慢来，慢来，大家商量商量。
徐紫云　你有什么商量？
杜　牧　送你几两银子就算完了。
徐紫云　我是清官不爱财。
牛僧孺　（背介）好个清官不爱财。
杜　牧　敢是嫌轻？
徐紫云　怕上司知道。
牛僧孺　（背介）知道上司便是好官。
杜　牧　难道你定要断送我的前程不成？
徐紫云　我也是不忍的哟。
　　　　（唱）十载寒窗辛苦甚，
　　　　　　　读书人好容易得功名。
　　　　　　　家中自有贤结发，
　　　　　　　夫妇唱随乐趣深。
　　　　　　　私自冶游丧德行，
　　　　　　　尊夫人一定暗怀嗔。
　　　　　　　请君仔细来思忖，
　　　　　　　怎对得同衾共枕人。
齐秋花　这话不错，要是太太跟别人好，你八成不愿意。
牛僧孺　（背介）有理有理。
杜　牧　怎么竟替我妻子吃起醋来，你拿又不拿，放又不放，是何道理？
徐紫云　只要你写下文约，永不冶游，我便放你。

| | |
|---|---|
| 杜　牧 | 待我写来。 |
| 牛僧孺 | 嘟！你们两个官员，一个私自冶游，一个私拿私放，该当何罪？ |
| 齐秋花 | 你别叹气冒泡，我认得你，你是夺权的。 |
| 牛僧孺 | 乱道。 |
| 杜　牧 | 老丈，我们的事老丈不必多管。 |
| 牛僧孺 | 我偏要管。 |
| 徐紫云 | 既然要管，衙役，把他锁了。 |
| 牛僧孺 | 大胆，你们既是扬州官员，可认得节度？ |
| 徐紫云 | 倒不认得。 |
| 牛僧孺 | 属官不认得上司，倒也可笑，我便是牛僧孺。 |
| 杜　牧 | 哎呀，大人来了，恕参军尚未晋谒。今借此地，与大人叩头。 |
| （牛僧孺扶住介） | |
| 牛僧孺 | 青楼非庭参之地，参军少礼。 |
| 杜　牧 | 谢大人！ |
| 徐紫云 | 你真是牛节度么？ |
| 牛僧孺 | 这还有什么假的。 |
| 徐紫云 | 好好，你是牛节度，请快快出去，不要管我们的事。 |
| 牛僧孺 | 你难道目无长官么？ |
| 徐紫云 | 你先有玷官箴，犯了三个过错，怎道我目无长官？ |
| 牛僧孺 | 我有什么过错？ |
| 徐紫云 | 不讲也罢。 |
| 牛僧孺 | 你若说得我心服口服，今日妓院之事一概不究。 |
| 徐紫云 | 什么一概不究，难道还怕了你不成？你私来妓院自通名姓，私赦参军，你知法犯法，怎道我目无官长？ |
| 牛僧孺 | 哎呀，这个官儿好厉害，待我溜了罢。 |
| 徐紫云 | 哪里走！衙役，与我抓他回来。 |
| 齐秋花 | 嚛。你回来，别溜，你溜啦，够多们泄气哇。 |
| 牛僧孺 | 那一官儿，你难道敢与老夫作对不成？ |
| 徐紫云 | 我怎敢与大人作对，只要大人把柳青赏我为妾，我便放大人出院。 |
| 柳　青 | 哎，我愿嫁杜参军，岂肯嫁你。 |
| 齐秋花 | 你当着她说要嫁杜老爷，她恼死你了，恨死你了，你快别说一个"杜"字。 |
| 徐紫云 | 你为何一定要嫁杜参军，难道我的容颜不如他么？ |
| 牛僧孺 | 嘟！那一官员倚仗官威，欺压杜参军，也有一行大罪。 |
| 齐秋花 | 好容易你抓住我们的错了，你就吹胡子瞪眼。 |

| | |
|---|---|
| 徐紫云 | 大人，我要娶这妓女，与你无干。 |
| 牛僧孺 | 此乃杜参军得意之人，你不要夺人所爱。 |
| 杜　牧 | 大人，杜牧情愿将这妓女让与此官。 |
| 牛僧孺 | 非也！参军天下才子，柳青绝世佳人，参军不可轻让，你快带她去罢。 |
| 杜　牧 | 杜牧还未与贱内商议，岂可带柳青回去？ |
| 齐秋花 | 知道怕太太，还算好爷们儿。 |
| 牛僧孺 | 参军，你一个大丈夫三妻四妾，古之常理，何必问过令正，方敢纳妾？谅你的夫人容貌不如柳青，你不可错过这段良缘。 |
| 齐秋花 | 这位大人敢情会拉皮条纤儿，都叫他牛僧孺，我叫他马泊六。 |
| 徐紫云 | 大人，你强要管杜家闺门之事，太也无聊。我闻得杜牧之与他夫人十分恩爱，你何必强叫杜牧之纳妾呢？ |
| 齐秋花 | 他狗拿耗子多管闲事。 |
| 杜　牧 | 着哇，我来此地不过逢场作戏，若要纳妾，自然要与拙荆说知。 |
| 徐紫云 | 好，这才是有情之人呢。参军，我今日叫你纳这柳青，你意下如何？ |
| 杜　牧 | 我总要与拙荆商议。 |
| 徐紫云 | 参军放心，只要我准你纳妾，你令正夫人拈酸吃醋之事，有我一人承管。 |
| 杜　牧 | 你怎做得我妻子的主？ |
| 徐紫云 | 令正与我交情比你还深。 |
| 牛僧孺 | 参军，你原来是此道，若不是此道，怎么令正之事他做得主？看来你不妥呀不妥！ |
| 杜　牧 | 嘟！那一官员，你敢欺压于我。（作看介）原来是夫人。 |
| 徐紫云 | 正是，我在此。 |
| 齐秋花 | 夫人，这就是下马威。 |
| 牛僧孺 | （背介）哎呀，这是杜夫人。方才我说错了话了，我自有道理。嘟！大胆杜牧，背了妻子私自冶游，真乃薄幸。老夫打本入京，参你有玷官箴。 |
| 徐紫云 | 大人你不要出乎反乎。方才与他做媒，如今知我是他妻子，你又道他冶游，分明是两边讨好。我丈夫的官不做了，难道还怕了你？ |
| 牛僧孺 | 我是替你说话。 |
| 徐紫云 | 少要这假面具。 |
| 牛僧孺 | 我又错了。 |
| 杜　牧 | 夫人，我这里作揖赔礼！ |
| 徐紫云 | 我是与你作耍。 |
| 牛僧孺 | 耍了我一身冷汗。参军，你可要纳这柳青？ |

杜　牧　　一来我夫妻恩爱，二来我是逢场作戏，不纳她了。
齐秋花　　柳姐儿还不来求夫人？
　　　　　（柳青跪介）
柳　青　　望夫人收留，我跪下了。
齐秋花　　你这一跪，怕她一辈子。
徐紫云　　她也是可怜人哦。
　　　　　（唱）她那里痴心望救应，
　　　　　　　　你因何漠漠不关情。
　　　　　　　　这才是十年一觉扬州梦，
　　　　　　　　赢得青楼薄幸名。
徐紫云　　这柳青，参军既是不要，下官就要收纳了。
牛僧孺　　参军当世大才，岂可久居下僚。明日老夫上本，保奏你升任京官，就请与宝眷同回寓所。
齐秋花　　也是得走了，这地方不是太太可以流连的。
杜　牧　　大人，夫人走吧。
齐秋花　　我早预备了车了，就是老爷没马，您蹓跶两步吧。车夫快来。
　　　　　（车夫上，徐紫云、柳青上车介）
徐紫云　　参军站远些，小妾在此。
　　　　　（车夫推徐紫云、柳青下。杜牧、齐秋花同下。中军上）
中　军　　启大人：京报到。
牛僧孺　　既有京报，带马回衙。
　　　　　（卜，中军随下。【尾声】）

# 婚姻魔障

## ■ 本事

《征西传》小说，樊梨花故事，久已人所共知。但是说那樊梨花，为了自己婚姻，杀父、杀兄、杀未婚之夫，恐怕新旧道德上都说不下去，因此才有这一折《婚姻魔障》的新戏。改作樊梨花奉师命下山，阵前和薛丁山订亲。她父樊洪阵亡，他兄也自刎而死。她到唐营，丁山父子还写下休书，不肯容留，一连两次，她情急无奈，回去埋葬全家。路收薛应龙为义子，应龙去把她未婚之夫杨凡杀了。又进唐营，薛礼已有留她之意，丁山又把她赶去。已有圣旨，授樊梨花兵权，丁山才自去请罪，夫妇团圆。说得梨花人格就比《征西传》强了，《征西传》原是捏造，唱戏不妨删改。要知这一出《婚姻魔障》，儆戒末世淫杀之风，并非抄写《征西传》，总算有些价值。

## ■ 提纲

**第一场**
薛丁山、程千忠、四白龙套、四大铠、薛仁贵

**第二场**
四红龙套、四下手、樊龙、樊虎、四白龙套、薛丁山、程千忠

**第三场**
丫鬟、樊梨花

**第四场**
樊洪、夫人、四红龙套、樊龙、樊虎、四女兵、丫鬟、樊梨花、报子

**第五场**
四白龙套、四大铠、薛仁贵、程千忠、薛丁山、探子

**第六场**
四红龙套、四女兵、丫鬟、樊梨花、陈金定、薛金莲、程千忠、

薛丁山

**第七场**

夫人、樊龙、樊虎、樊梨花、丫鬟

**第八场**

四白龙套、薛仁贵、程千忠、薛丁山、丫鬟、樊梨花、薛金莲、四龙套、陈金定、四红龙套、柳迎春

**第九场**

四下手、杨凡

**第十场**

丫鬟、樊梨花、四下手（薛）、薛应龙、四下手（杨）、杨凡

**第十一场**

四白龙套、薛仁贵、柳迎春、薛丁山、樊梨花、探子、四下手、薛应龙、程千忠、丫鬟、四红龙套、罗章、四上手、薛金莲、陈金定

# 第 一 场

（薛丁山起霸上）

薛丁山　子孝双亲臣尽忠，东征西战立奇功。
　　　　（程千忠起霸上）
程千忠　赫赫大将逞威风，谁人不识程千忠。
薛丁山  
程千忠　（同）俺——
薛丁山　薛丁山。
程千忠　程千忠。
薛丁山　将军请了。
程千忠　请了。
薛丁山　父帅升帐，两厢伺候。
　　　　（四白龙套、四大铠引薛仁贵上）
薛仁贵　【点绛唇】皇王三宣，将士威权。统雄兵，征讨西番，要把才能显。
薛丁山　（同）参见父帅。
程千忠　　　　　　元帅。

薛仁贵　　站立两厢。
　　　　　忆昔当年平辽东，
　　　　　今番征西事不同。
　　　　　虽然麾下将士勇，
　　　　　难息干戈凯九重。
　　　　　本帅，姓薛名礼，字仁贵。奉了唐王旨意，征剿西番。路过樊江关口，那樊洪父子，十分骁勇。此番应战，必须奋勇当先，努力杀贼。程千忠、吾儿丁山听令：命你二人带领三千人马樊江关讨战，不得有误。

薛丁山
程千忠　　（同）得令。

　　　　　（四白套、薛丁山、程千忠上马介，同下）

薛仁贵　　众将官，起兵前往！
众　　　　（同）啊！

　　　　　（牌子，同下）

# 第二场

（四红龙套、四下手引樊龙、樊虎同上）

樊　龙　　唐兵遮天盖地。
樊　虎　　满江摆列旌旗。
樊　龙
樊　虎　　（同）俺樊龙／樊虎。
樊　龙　　贤弟，大唐人马斩关夺寨，你我奉了爹爹之命，出关迎敌，须要小心。
樊　虎　　就此杀上前去。

　　　　　（薛丁山、程千忠原人上）

薛丁山　　呔！来将通名受死。
樊　龙
樊　虎　　（同）听了，某乃樊江关定国王樊洪之子樊龙／樊虎是也。
程千忠　　樊龙樊虎，剥皮蒙鼓。
樊　龙
樊　虎　　（同）来将通名。
薛丁山　　俺乃平辽王薛元帅之子薛丁山便是。

樊　龙
樊　虎　（同）你怎么不通名？

程千忠　咱老子不通名，板斧不留情。

樊　龙　放马过来。

　　　　（薛丁山架住，众攒介，下。樊龙、樊虎同薛丁山战介，追下。薛丁山上）

薛丁山　樊龙、樊虎杀法厉害，他再若追来，神鞭伤他。

　　　　（樊龙、樊虎上，战介。薛丁山鞭伤樊龙、樊虎介。四红龙套挽樊龙、樊虎下）

薛丁山　哈哈哈！（领众下）

# 第三场

丫　鬟　（内）啊哈！

　　　　（丫鬟上）

　　　　（念）每日修真养性，
　　　　　　　心猿意马不定。
　　　　　　　我要能够成仙，
　　　　　　　除非神仙有病。

　　　　我是骊山圣母门下一个丫鬟。当初本是樊府的人，跟着樊梨花姑娘。只因我们姑娘被圣母带到洞府修行，连我也捎带来了。今日圣母背地告诉姑娘，说什么红鸾星照命，又怎么和丁山有姻缘之分，都让我听见了。这般时候，姑娘还在那儿胡思乱想哪。我听见这话，也要思凡了。八成儿我也修不成仙，我呆着无味，不免睡一会儿。（坐，睡介）

樊梨花　（内）走哇！（道装，上）

　　　　（唱）辞父母伴师尊深山修炼，
　　　　　　　学成了文武艺智勇兼全。
　　　　　　　奉师命下骊山红鸾发现，
　　　　　　　她言道薛丁山与我有缘。

　　　　丫鬟，丫鬟！

　　　　（丫鬟醒介）

丫　鬟　姑娘。

樊梨花　修行之人，如此困睡，是修炼不成的哟。
丫　鬟　只怕我修成个半身不遂。我说姑娘，今日圣母跟您说什么来着？
樊梨花　师傅赐我丹药一瓶，命我下山。言道如有人临阵受伤，急救还阳。
丫　鬟　这丹药倒不错，圣母还说的有什么话？
樊梨花　并未再说什么。
丫　鬟　姑娘还瞒我哪？圣母说的话我都听见啦。不是说姑娘与那杨凡订的婚姻乃是父母之命，没有夫妻缘分，姑娘的姻缘要应在什么薛、薛、薛？
　　　　（樊梨花睡介）
　　　　她也睡啦，姑娘、姑娘。
　　　　（樊梨花醒介）
樊梨花　我在此修真养性，你为何打搅？
丫　鬟　姑娘还修行呢？这年头儿讲的是婚姻自由，我想薛丁山一定比杨凡长的好看。不如早早下山，完成姻缘，要像您这样睡觉修行，也许修成个半身不遂。
樊梨花　你这蠢丫头，怎知我的心事啊？
　　　　（唱）非是我贪眠不修炼，
　　　　　　　满腔心事口难言。
　　　　　　　道家要把情丝断，
　　　　　　　辜负青春正妙年。
　　　　　　　人世恩情真可羡，
　　　　　　　叫人怎不意缠绵？
　　　　丫鬟，我实对你说了罢。师傅道我与薛丁山有姻缘之分，命我即刻下山。
丫　鬟　怎么着，圣母叫您下山？我也在这儿住腻了。
樊梨花　带路哇。
　　　　（唱）师尊道我红鸾现，
　　　　　　　休要错过好姻缘。
　　　　（圆场，亮相，同下）

# 第 四 场

　　　　（樊洪、夫人同上）
樊　洪　我儿去出兵。
夫　人　未见转回程。

（四红龙套扶樊龙、樊虎上）

樊　　洪　（同）儿啊！
夫　　人

樊　　洪　（唱）夫人且把娇儿唤，
　　　　　　　　老夫报仇到阵前。
　　　　　　　　三军与爷催前站——
　　　　　（四红龙套引樊洪上马，下。夫人哭介）
　　　　　（内白）姑娘回府！
　　　　　（四女兵、丫鬟引樊梨花道衣、云帚上）

樊梨花　（唱）仙山已遵师法言。
　　　　　　　奴的婚姻不久现，（进介）
　　　　　　　想是二兄孝不全。
　　　　　参见母亲。

夫　　人　女儿回来了。

樊梨花　啊，母亲在此悲泪，二位兄长为何这等模样？爹爹往哪里去了？

夫　　人　哎，儿啊，只因大唐兵将攻夺吾关，你两个兄长出马，带伤而归，昏迷不醒，你爹爹上阵报仇去了。

樊梨花　待儿看来，哎呀，兄长啊！
　　　　　（唱）为将阵前伤难免，
　　　　　　　　暂息愁烦珠泪涟。
　　　　　　　　待儿上前把伤痕来验——
　　　　　（夫人哭）

夫　　人　伤重啊。

樊梨花　呀！
　　　　　（唱）猛然想起赐仙丹。
　　　　　啊，母亲，女儿下山之时，师父赐我丹药，倘有临阵受伤之人，急救还阳。

夫　　人　吾儿快去搭救。

樊梨花　丫头，看净水伺候。二位兄长醒来！

丫　　鬟　是。

樊梨花　（唱）二兄俱已改容颜，
　　　　　　　　为人好勇莫争先。
　　　　　　　　不是师父有恩典，
　　　　　　　　命丧阴曹咫尺间。

夫　　人　吾儿醒来！

| 樊 龙  | （同唱）金光一道如电闪，|
| 樊 虎  | 哎呀！拨开云雾见青天。|
|       | 啊，母亲，我二人怎得还阳？|
| 夫 人  | 儿呀，亏你妹子用丹药，救活你二人性命。|
| 樊 龙  | （同）啊，妹子，这丹药是哪里来的？|
| 樊 虎  | |
| 樊梨花 | 乃是我下山之时师父所赐，你们二人对天一拜。|
| 夫 人  | 如此合家望空一拜。|

（拜介，同坐介）

| 樊梨花 | 啊，兄长，阵前伤你二人之将，他叫甚么名字？|
| 樊 龙  | （同）那小子名叫薛丁山。|
| 樊 虎  | |
| 丫 鬟  | 姑娘，八成碰上那个碴了吧？|
| 樊梨花 | 呀！|

（唱）师父之言今已验，
　　　 果然姻缘一线穿。
　　　 虽有雀屏谁是箭？
　　　 管教美玉归蓝田。

（报子上）

| 报 子  | 报，老王爷阵前落马！（下）|
| 夫 人  | 不好了！（同哭介）|
| 樊梨花 | 母亲不必悲泪，待女儿出马。|
| 夫 人  | 且慢！薛丁山十分厉害，你父兄俱已杀败，女孩儿家岂是他人对手？暂且闭关不战，等你女婿杨凡到来，再报此仇。|
| 丫 鬟  | 在这儿又钻出杨凡来啦。|
| 樊梨花 | 哎呀，母亲吓！女儿在骊山习就武艺，能敌万人，唐朝兵将哪在女儿眼中？待我出马生擒薛丁山，与父兄报仇。|
| 樊 龙  | 哎呀贤妹呀！你要擒来薛丁山，我要不杀他……|
| 丫 鬟  | 怎么样？|
| 樊 龙  | 我是他的大舅子。|
| 樊 虎  | 哎呀贤妹呀，你要擒来薛丁山，我要不杀他……|
| 丫 鬟  | 怎么样？|
| 樊 虎  | 我是他二舅子。|
| 夫 人  | 儿呀，你虽受仙传，但是临阵小心一二。|

樊梨花　　记下了。
樊　龙　　（唱）贤妹此番莫心善。
樊　虎　　（唱）丁山武艺非等闲。
　　　　　　（夫人、樊龙、樊虎同下）
樊梨花　　（唱）古来才子配婵娟，
　　　　　　　　牛郎天孙配仙缘。
　　　　　哎呀，慢着！下山之时，师父言道，我姻缘当配薛丁山，怎么闻听说我爹娘把我又许给杨凡啦？我说丫头哇！
丫　鬟　　姑娘。
樊梨花　　咱们下山的时候，师父都说甚么来着？你说说，我听听。
丫　鬟　　你师傅吩咐的话，你都不记得？听我告诉你，她说，樊梨花，师徒非容易，见人就张罗，不要生闲气。对不对？
樊梨花　　不对不对。
丫　鬟　　我也想不起来。
樊梨花　　仿佛有一个"薛"字吧？
丫　鬟　　叫您上靴铺。
樊梨花　　不是。
丫　鬟　　您自己再想。
樊梨花　　仿佛还有一个"丁"字吧？
丫　鬟　　人家不愿意，别碰钉子去。
樊梨花　　哎，那更不对啦。
丫　鬟　　还是您自己想吧。
樊梨花　　师父言道，我姻缘当配薛丁山。
丫　鬟　　您既知道，何必问我呢？
樊梨花　　怎么太老爷、太夫人又把我许给杨凡了？
丫　鬟　　杨姑老爷您瞧见过吗？
樊梨花　　我哪儿瞧见过呀？
丫　鬟　　您没瞧见过，我倒瞧见过，长的别提多么好看啦。
樊梨花　　他的容貌如何？
丫　鬟　　那杨凡生得青脸红发、锯齿獠牙，人人称他"活鬼王"。别说您，就是我……
樊梨花　　八成你愿意？
丫　鬟　　宁吃一辈子长斋，也不逮他那口荤食呀。
　　　　　　（樊梨花哭介）
丫　鬟　　您别哭啦，拿个主意才好。

樊梨花　我是一点主意也没有啦。
丫　鬟　我倒有一个主意。
樊梨花　你有什么主意？
丫　鬟　姑娘就去到唐营，单要薛丁山出马。要是长的好看，就提婚姻之事。要是长的不好看，就把他杀了，就嫁杨凡。总有一个，管保漂不了。
樊梨花　话虽如此，我岂肯嫁那丑夫杨凡哪？但是我怎么好在阵前提亲事哪？
丫　鬟　那有甚么为难哪？听我告诉你说，吾朝高武皇帝箭射孔雀，定婚姻之事。越国公罗成与窦线娘，乃是马上良缘。你只管披挂去到唐营，瞧瞧薛丁山好看不好看，再作道理。俗语说得好：火筷虽短，强似手扒拉。
樊梨花　如此，咱们将房披挂。
丫　鬟　我也跟您去。
樊梨花　你干什么去呀？
丫　鬟　我瞧瞧新姑老爷甚么模样。
樊梨花　啐！带路，将房披挂。（扫头下）

# 第五场

（四白套、四大铠引薛仁贵上，牌子介。程千忠、薛丁山同上）
薛丁山　参见父帅。刻抵关口，鞭伤樊龙、樊虎带伤而回，因此垒城扎寨，以候父帅传令。
薛仁贵　好，且候圣上封赏，然后再破此关。
薛丁山　是。
　　　　（报子上）
报　子　启元帅：今有樊洪之女樊梨花，带兵出关讨战。（下）
薛仁贵　哼哼，他兄尚且败阵，何况一女将。
　　　　（报子上）
报　子　点名要公子出马。（下）
薛仁贵　啊，为何要吾儿出马？
薛丁山　启父帅：待孩儿前去擒她。
薛仁贵　好。
程千忠　且慢！哎呀，老元帅，我的小元帅！不要吹，我已打听明白，那樊梨花乃是骊山老母的徒弟，智勇双全，不是好惹的。

薛仁贵　咳，这丫头提名道姓，为父且先吩咐陈金定、女儿金莲去会那丫头，看她有何本领。如若不胜，儿再出马。
薛丁山　遵命。（下）
薛仁贵　高筑土城，小心防守。（同下）

# 第六场

（四红龙套、四女兵、一丫鬟，牌子上，引樊梨花上）
众　　　来此已是唐营。
樊梨花　听我令下。
　　　　（唱）暂将人马来扎定，
　　　　　　奴有良谋把他擒。
　　　　　　喝一声来齐围困，（圆场）
　　　　　　叫声唐营众三军。
　　　　　　我父威镇樊江岭，
　　　　　　不曾侵犯你边庭。
　　　　　　无故兴兵来犯境，
　　　　　　伤害我父兄仇恨深。
　　　　　　若有丁山来送命，
　　　　　　姑娘杀他即回程。
　　　　　　若无丁山来送命，
　　　　　　要把唐营一扫平。
　　　　　　勒马停蹄战场等，
　　　　　　叫声丁山你快出营。
众　　　丁山出城受死！
　　　　（陈金定上）
陈金定　（唱）番邦女将休逞能，
　　　　　　姑娘与你定输赢。
　　　　呔！
樊梨花　等我瞧瞧去。（看介）丫头哇！
丫　鬟　甚么？
樊梨花　这是什么东西？
丫　鬟　这是炸弹成精，随着飞机来的。

樊梨花　等我问问她去。呔，女将留名！
陈金定　我乃薛丁山之妻陈金定是也。
樊梨花　丫头哇！
丫　鬟　姑娘。
樊梨花　就凭她这个样儿，也配是薛丁山之妻？
丫　鬟　这是瞎猫碰着死耗子，命里有鸡，一定有鸡。
樊梨花　那么你命里有鸡没鸡呢？
丫　鬟　您吃剩下的我还打扫不净哪。
樊梨花　等我打发她回去。
丫　鬟　打发她回去。
　　　　（战介，陈金定败下。丫鬟笑介）
樊梨花　（唱）无用之辈陈金定，
　　　　　　　阵前笑杀女儿兵。
　　　　　　　丁山不到心烦闷——
（薛金莲上）
薛金莲　（唱）桃花马上小天孙。
　　　　慢着，慢着，听我嫂子说樊梨花长的不错，待我瞧瞧。（看介）真长的不错！不免勒住马头，听她说什么。
丫　鬟　姑娘，又出来一个。
樊梨花　怎么着，又出来一个？（看介）丫头哇！
丫　鬟　姑娘。
樊梨花　咱们到了女儿国啦。
丫　鬟　怎么到了女儿国啦？
樊梨花　尽他妈的团脐。
丫　鬟　您当是螃蟹，什么团脐尖脐，您扒开看准是满黄儿。
樊梨花　什么呀？不用说啦，又是薛丁山的媳妇。
丫　鬟　姑娘，您瞧错了，人家抿着顶哪。
樊梨花　甚么叫抿着顶哪？
丫　鬟　抿着顶就是姑娘。
樊梨花　那们你是姑娘不是？
丫　鬟　我早就不是姑娘了。
樊梨花　等我问问她。
丫　鬟　您问问她去。
樊梨花　呔，女将留名！
薛金莲　我乃薛元帅之女，薛丁山之胞妹，姑娘薛金莲是也。

樊梨花　原来是薛小姐。
薛金莲　好说，樊大姑娘。
樊梨花　有劳小姐禀知令兄，叫他前来会我。
薛金莲　你们哪儿会过呀？
樊梨花　没会过。
薛金莲　既没会过，何必套这个拉拢？
樊梨花　只因他在两军阵前伤害我的父兄，故此要与他阵前相会。
薛金莲　你这话真是笑话。
樊梨花　这怎么又是笑话啦？
薛金莲　你们这儿说笑话。
樊梨花
薛金莲　（同）哎哟，哎哟，哼！哎哟。
薛金莲　临阵交锋胜者为强，你不杀他，他便杀你，你给他一刀，他便给你一枪。
樊梨花　你往哪儿扎呀？
薛金莲　我看小姐千娇百媚，武艺超群，何不降顺天朝，得配才郎，你们岂不美哉快哉，到晚上还有一个乐哉？
丫　鬟　你们有了三哉（灾），就短八难啦。
樊梨花　我奉师命而来。
薛金莲　你有师傅，我也有师傅。
丫　鬟　你们都有师傅，我是票友出身。
薛金莲　师傅之命，不敢违抗。待我回营。禀知父帅，教我哥哥出马。你们找个茶馆酒肆，你们打会子哈哈，说会子体己，你说好不好？
樊梨花　我也不用茶馆酒肆，我要跟他阵前一会。
薛金莲　我与你假战三合，也好回营缴令。
樊梨花　您可得让着我们点。
薛金莲　哪的话，您高高手，我们就过去了。
樊梨花
薛金莲　（同）请！（战介）
薛金莲　嫂子。
樊梨花　啊？
丫　鬟　别答应。
薛金莲　你等着，我哥哥就来。（下）
樊梨花　（唱）月老降下红线引，
　　　　　　银河今渡一双星。

　　　　　金莲此去言有信——
　　　（程千忠上）
程千忠　（唱）与他玉石分不清。
丫　鬟　姑娘，又出来一个，这回可换了胎儿。
樊梨花　换了什么胎儿？
丫　鬟　换了小子了，您去问问他。
樊梨花　呔！来将通名。
程千忠　你少爷薛丁山。
樊梨花　丫头，你瞜见了没有？
丫　鬟　瞜见什么了？
樊梨花　薛丁山就是这们不像人做的样儿。
丫　鬟　这叫一龙生九种，种种出坏种。这就是那个坏种。
樊梨花　我不放心，还得问问他。你叫甚么？
程千忠　少爷薛丁山。
樊梨花　不说，宰了你！
程千忠　别生气，我叫程千忠，是薛丁山的倒夜壶的。
樊梨花　你滚下去吧！
　　　（程千忠下）
　　　（唱）姻缘原要两相应，
　　　　　　错把豺狼当猩猩。
　　　　　　师傅之言今不应，
　　　　　　不见丁山我不回营。
　　　（四大铠、四白龙套上）
薛丁山　（内唱）一声号炮兵将到，（程千忠引薛丁山上）
程千忠　薛丁山来了。
　　　（薛丁山、樊梨花对看介）
丫　鬟　姑娘，这个对了。
薛丁山　呀！
　　　（唱）梨花果是女英豪。
　　　　　　眉清目秀生得好，
　　　　　　月宫嫦娥下天曹。
　　　　　　吾妻不及她容貌，
　　　　　　迟延画杆戟不饶！
樊梨花　呀！
　　　（唱）蓬莱仙子离海岛，

（对望介，打介，亮相介）
英雄小将出天朝。（亮相介）
太岁银盔双凤绕，（亮相介）
天王铠甲勒丝绦。（亮相介）
身骑战马连环套，（亮相介）
画戟钢鞭紧战袍。（亮相介）
帅旗上面丁山号，
奴奉师命结夭桃。
催马向前好言告——
你是薛丁山？

薛丁山　俺是薛丁山，你既要你少爷出马，为何不战？
丫　鬟　姑娘说话呀！
樊梨花　呀哗！
（唱）芙蓉粉脸似火烧。
薛丁山　哎呀，这丫头见了我，为何不战呢？
程千忠　我瞧出来啦，她是要狼你。去对她说，咱们是瓷公鸡、铁仙鹤、琉璃耗子玻璃猫，一毛不拔，啬刻九老爷，要狼狼她们先生们。
薛丁山　樊梨花，我们是瓷公鸡、铁仙鹤、琉璃耗子玻璃猫，一毛不拔，啬刻九老爷，要狼狼她们先生们。
樊梨花　哇！
（唱）交锋前有跑马道。
薛丁山　（唱）本帅成功在今朝。
樊梨花　薛丁山，咱们不用人马，方显手段。丫头，你们歇着去。
丫　鬟　你是干什么呢？
程千忠　我是跟老爷哪，你呢？
丫　鬟　我是跟姥姥哪，咱们歇着去。（同下）
薛丁山　樊梨花，三番两次要俺出马，为何不战？
樊梨花　这个将军哪，奴今此来，非为报仇，师傅道我与你有……
薛丁山　有什么？
樊梨花　哎，有姻缘之分，理当配合。
薛丁山　无耻丫头，看枪！
樊梨花　你不答应，擒在马前，悔之晚矣！
薛丁山　看枪！
（战介，樊梨花打薛丁山落马介）
樊梨花　你答应不答应？

（四红龙套、丫鬟暗上）

薛丁山　多谢小姐搭救！
樊梨花　非是奴强求婚姻，怎奈师命，不敢违抗。
薛丁山　啊，小姐！须要回营禀知父帅，央媒前来求婚，也是小姐的光彩。
樊梨花　奴也回关，禀知老母，归顺唐营就是。
薛丁山　暂别了，我的马呢？
丫　鬟　在这儿哪。
薛丁山　带马。（上马介）请。（下）
樊梨花　众将官，人马回关哪。（圆场，下）

# 第 七 场

（樊夫人上）

樊夫人　眼观旌旗起，耳听好消息。
　　　　（樊龙、樊虎上）
樊　龙  
樊　虎　（同）启禀母亲：我妹连胜数阵，已将丁山擒住了。
夫　人　你妹擒住了丁山，乃我国之幸也。
樊梨花　（内）众将官，四下屯扎者！（樊梨花、丫鬟同上）
　　　　（唱）马上姻缘今已定，
　　　　　　　回营禀报老娘亲。
　　　　参见母亲。
夫　人　罢了。恭喜我儿一战成功，擒了丁山，可喜可贺！
樊梨花　恭喜母亲，寒江从此万安，再不与唐兵交战了。
夫　人　丁山虽已被擒，唐营能将甚多，你怎么说出"万安"二字？
樊梨花　不但唐营兵将，就是丁山……
夫　人　丁山便怎么样？
樊梨花　就是丁山，女儿也不曾伤他性命。
樊　龙  
樊　虎　（同）待我二人前去杀他！
樊梨花　丁山你杀不成了。
樊　龙  
樊　虎　（同）怎么杀不成了？

樊梨花　小妹把他放回去了。

樊　龙
樊　虎　（同）住了！你擒了仇人，为何放走？

樊梨花　其中另有缘故。

樊　龙
樊　虎　（同）有什么缘故？

丫　鬟　你们俩人别夯刺儿，你们俩人起誓应誓了。

樊　龙
樊　虎　（同）我们怎么起誓应誓？好不明白。

丫　鬟　一会儿就明白，你们等着啵。

樊　龙
樊　虎　（同）贤妹，到底为何放走丁山？

樊梨花　这个……

樊　龙
樊　虎　（同）哪个？

樊梨花　丫头哇，这话我说得吗？

丫　鬟　您说不得也得说，再说如今是自由结婚的年头，您别受他们的家庭专制。

樊梨花　我说得的？

丫　鬟　您赶快地说，您别含糊。

樊梨花　哎呀，母亲、兄长！事到如今，女儿不得不言。只因下山之时，师尊言道，女儿终身当配……

夫　人　当配何人？

樊梨花　当配丁山。女儿已与他马上联姻，不如归顺唐营，免了黎民涂炭之苦。

樊　龙
樊　虎　（同）哦，你怎么与丁山订亲了？

丫　鬟　你们两人起誓，要当舅子，这下舅子当稳当了。

夫　人　听你之言，我儿与丁山联姻了？

樊梨花　此乃师命，不能违抗。

夫　人　小贱人，你气死为娘的了！

樊梨花　咳，母亲，喂呀！

樊　龙
樊　虎　（同）梨花不要啼哭，看剑！

（砍樊梨花介，樊梨花躲介，樊龙、樊虎作碰倒、死介）

樊梨花　二位兄长怎么样了？

| 丫　　鬟 | 八成儿都完了。 |
| 夫　　人 | 贱人，你逼死同胞兄长，该当何罪？ |
| 樊梨花 | 哎呀，母亲不必动怒。二位兄长已死，女儿也无颜再生人世，待儿自刎了罢。 |
|  | （丫鬟拦介） |
| 丫　　鬟 | 姑娘，您死不得。 |
| 樊梨花 | 怎么死不得？ |
| 丫　　鬟 | 您死了，老太太这样岁数了，谁养活她呀？难还叫她往前走一步不成？ |
| 樊梨花 | 这也说得是。哦，母亲，父兄已死，女儿情愿奉养母亲。 |
| 夫　　人 | 这也但凭于你了。 |
| 樊梨花 | 母亲请至后面，收殓父兄尸首。（夫人下）丫头，随我降唐去者。 |
|  | （丫鬟随下） |

# 第 八 场

（四白龙套、薛仁贵上）

薛仁贵　（唱）战鼓咚咚山摇动，
　　　　　　　　旌旗招展鬼神惊。
　　　　　　　　薛家将令风雷紧，
　　　　　　　　定把寒江　扫平。

（程千忠上）

| 程千忠 | 启禀元帅：少爷被女将擒住了。 |
| 薛仁贵 | 有这等事，待本帅亲自出马。 |
| 薛丁山 | （内）马来！（上，下马介，见介）参见父帅。 |
| 薛仁贵 | 坐下。 |
| 薛丁山 | 谢坐。 |
| 薛仁贵 | 左右，把程千忠绑了！ |
| 程千忠 | 元帅为何绑我？ |
| 薛仁贵 | 你妄报军情，不但绑你，还要斩你。 |
| 程千忠 | 少爷，您给讲个情。 |
| 薛丁山 | 父帅休要动怒，千忠所报并非虚言。 |
| 薛仁贵 | 如此，将他松绑。 |

程千忠　　多谢元帅！
薛仁贵　　我儿既已被擒，怎能得回来？
薛丁山　　孩儿依允她婚姻，故此将孩儿放回。
薛仁贵　　他乃番邦之女，岂可与她成亲？
薛丁山　　孩儿乃是假意应允，骗她降唐，要学王伯当诈取虹霓之计。
薛仁贵　　身为大将，岂可用诡计？我儿快写休书，打退他人亲事。
薛丁山　　孩儿遵命。（【急三枪】，修书介）书信在此，请父帅观看。
薛仁贵　　我儿写得正合吾意，你且卸了盔甲，后帐歇息。
薛丁山　　谢父帅。正是：帐中遵将令，卸甲养精神。（下）
　　　　　（丫鬟引樊梨花上）
樊梨花　　（唱）可叹父兄俱丧命，
　　　　　　　　　心中悲痛口难分。
　　　　　　　　　唐营人马威风凛，
　　　　　　　　　方显英雄父子兵。
　　　　　来此唐营，丫头，你去说一声，就说樊小姐到了，叫他们出来迎接。
丫　鬟　　是啦，有人没有？
　　　　　（程千忠出介）
程千忠　　干什么的？
丫　鬟　　你进去说一声，樊小姐来了，叫你们元帅派人出来迎接。
程千忠　　你等一等。
程千忠　　（向薛仁贵介）启元帅：樊梨花营门求见，叫元帅派人迎接她。
薛仁贵　　哪有元帅迎接降将之理？有少爷亲笔书信，叫她看个明白。掩门。
　　　　　（薛仁贵、四白龙套同下。程千忠出介）
程千忠　　我说丫头呢？
丫　鬟　　丫头也是你叫的？等小姐跟你们少爷成了亲，要把我收了房，叫你认识认识我。
程千忠　　你还想吃天鹅肉吗？这有少爷亲笔书信，请你们小姐看一看。
丫　鬟　　你们少爷跟我们小姐是没过门的夫妻，这封信想必是封情书。
程千忠　　你们小姐一看就明白了。
丫　鬟　　小姐，这有薛姑老爷给您的信。
樊梨花　　他有什么书信？
丫　鬟　　你们二位是没过门的夫妻，这封信上一定是知疼着热的话儿。
樊梨花　　着哇！他与我的书信，自然是痛痒相关的，你且递过来。
　　　　　（丫鬟递书，樊梨花看，生气介）
丫　鬟　　哎呀，姑娘，姑娘，怎么死啦？气死人了，你们快滚出一个来吧！

薛金莲　听说樊姑娘来了半天，怎么我哥哥不与她见面亲热亲热？我去瞧瞧，我说樊姑娘。

樊梨花　薛金莲。

薛金莲　这就你不对啦，我好意跟你说话，你怎么跟我赌气，张嘴就叫我的名字，是何道理？

樊梨花　你、你害苦了我了哇！

薛金莲　哟，我怎么害了你？

丫　鬟　姑娘，您简直的把委屈告诉她，叫她评评理。

樊梨花　哎，薛小姐，若论令兄武艺，不是我的对手，我要杀他一百个，也杀完了。无奈师命不敢违抗，才跟他马上联姻，他收了我，也可以添一个膀臂。不想他并不思前想后，给我一封……

薛金莲　什么？

樊梨花　哎，他给了我一封休书哇！（哭介）

丫　鬟　敢情是封休书，没结婚就离婚。那可不行，我得替姑娘跟他们要离婚费呀。

程千忠　我们营里不懂什么离婚费。

丫　鬟　不懂，不给离婚费，我揍你。

程千忠　这是我们少爷跟你们姑娘离婚，不是我跟你离婚，你揍不着我。

薛金莲　你们别捣乱，我有话说。

丫　鬟　对啦，听薛小姐的，您有话快跟我们姑娘说。

薛金莲　请问小姐，还是真心嫁我哥哥，还是假意嫁我哥哥呢？

樊梨花　小姐，我是一片真心投降，焉有假意。

薛金莲　小姐既愿嫁我哥哥，理当自绑投降，怎么大模大样，岂不是有诈降之意？无怪我哥哥写了这封休书。

樊梨花　丫头哇，这话也说的是，咱们自绑投降，回头再来。

丫　鬟　嚯。您真气迷心，自绑求亲，也透着新鲜。

樊梨花　少说话。

丫　鬟　薛小姐，我们再来投降，别让你哥哥再写休书。

（樊梨花领丫鬟下）

薛金莲　我哥哥好冒失也。

（唱）好容易梨花来归顺，

　　　　为何不肯结婚姻。

　　　　回头我把父帅请——

有请父帅。

（四白龙套、薛仁贵上）

薛仁贵　（唱）又听金莲请一声。
　　　　　我儿何事？
薛金莲　樊梨花前来投降，父帅可知？
薛仁贵　为父已经知晓。
薛金莲　她跟我哥哥订亲，您知道不知道？
薛仁贵　番女岂可为配？我已命你兄长修书一封，打退亲事了。
薛金莲　人才难得，若收了樊梨花，我营中又添一员上将。
薛仁贵　这也说得是，你兄长那封书信呢？
薛金莲　你说那封信哪，在我这儿哪，跟废纸一样，等我把它撕了就结啦。
　　　　（撕介）
薛仁贵　这封信怎么到你手中？
薛金莲　樊梨花亲手给我的，她在营门自缚请罪，请父帅令下。
薛仁贵　吩咐刀斧手，将樊梨花押进帐来。
薛金莲　得令。呔！下面听者，父帅有令，将樊梨花押进帐来。
　　　　（四龙套押樊梨花上）
樊梨花　（唱）未结丝萝先上捆，
　　　　　樊梨花可算怪婚姻。
　　　　　低头且把大营进，
　　　　　满面含羞眼难睁。
　　　　　圣母之言也无准，
　　　　　薛家不像良婚姻。
　　　　　丁山生就刚强性，
　　　　　负了梨花一片心。
　　　　　事到头来拿不稳，
　　　　　可怜我心事苦十分。
薛金莲　父帅，樊小姐已经归降，您就该传令松绑。
薛仁贵　这个……
薛金莲　哪个？等我给她松绑。（松绑介）小姐受屈了。嫂嫂快来。
　　　　（陈金定上）
陈金定　姑娘什么事？
薛金莲　樊小姐也是我哥哥的人了，也是我的嫂子，你扶她后面梳妆。
陈金定　我管不着。
薛金莲　什么，你管不着？你不管，等我来伺候她。日后她要跟你们犯别扭，我可不管劝。我说爹爹呀，咱们军务紧急，不必挑日子办嫁妆，今日就拜堂成亲，免生枝节。

薛仁贵　我儿说的不差，吩咐动乐。
　　　　（程千忠扶薛丁山上。薛金莲、丫鬟扶樊梨花上，同拜堂介）
薛仁贵　送入洞房。（四白龙套同下）
陈金定　你真没良心。
薛丁山　我怎么没良心？
陈金定　你左娶一个右娶一个，你不怕我吃醋吗？
薛丁山　得啦，你还吃醋呢？你歇了吧！
薛金莲　哥哥大喜！嫂嫂也大喜！
陈金定　对了，我不走也不行。（下）
薛金莲　你看真有好大醋劲。（下）
程千忠　丫头，咱们也走哇。
丫　鬟　对，咱们别讨厌。
　　　　（程千忠、丫鬟同下。薛丁山、樊梨花对坐，不语介）
薛丁山　哎，不想这女子定要嫁我，在两军阵前强逼婚姻。今日洞房花烛，我不要理她，看她做何举动。
樊梨花　哦，今天洞房花烛，他怎么不理我呀？他不理我，我也不理他，看他怎样。
薛丁山　我不理她，她也不理我，难道就在此对坐一夜不成？（想介）有了，待我走了出去，看她拦我不拦我。就是这个主意，我走了。
樊梨花　回来！
薛丁山　倒底是她先说话了。
樊梨花　公子你往哪里去？
薛丁山　我要料理军务去。
樊梨花　今日洞房花烛，你怎么要料理军务，你好无情啊！
薛丁山　多蒙小姐雅爱，只怕你降唐有诈。
樊梨花　我嫁了你啦，怎说我降唐有诈？
薛丁山　既是真降，你父亲、兄长为何不来？
樊梨花　你问我的父亲、兄长吗？
薛丁山　正是。
樊梨花　（【哭头】）啊啊啊，我那父兄啊！
　　　　（唱）我父阵前丧了命，
　　　　　　　二兄自尽也亡身。
　　　　　　　因奴归顺他不允，
　　　　　　　只落得一家绝恩情。
薛丁山　住了！

　　　　　　（唱）听一言来火烧鬓，
　　　　　　　　　丁山不要你这样的人。
　　　　　　　　　龙泉出鞘追你命——
　　　　　　（拔剑介，樊梨花跪介）
樊梨花　　郎君！
　　　　　　（唱）暂息雷霆有话云。
　　　　　　公子，你为何杀我？
薛丁山　　这樊梨花小贱人，你只顾婚姻，父兄之仇不报，似你这不孝不义之人，与我做了夫妻，岂能长久？还不与我走了出去！
樊梨花　　哎呀，公子！师傅言道，我与你有姻缘之分，父兄不肯应允，气愤身亡。今日当着众将与你拜了天地，入了洞房，你这等无情，难道叫我再嫁别人不成？也罢，待我碰死了吧！
薛丁山　　但凭于你。
　　　　　　（樊梨花哭介。丫鬟上）
丫　鬟　　姑娘，大事不好啦。
樊梨花　　何事惊慌？
丫　鬟　　关里有人送信，说老太太死啦。
樊梨花　　这个，哎呀，郎君啊！我母已死，我要入城收殓尸首。
薛丁山　　好哇！你今此去，就不用再来了。
丫　鬟　　人家休了你，还不快走。
樊梨花　　你好薄情啊！
　　　　　　（薛丁山下）
　　　　　　（唱）恼恨丁山心太狠，
　　　　　　　　　全然不念我痴情。
　　　　　　　　　可怜进退无门径——
　　　　　　（薛金莲上）
薛金莲　　（唱）嫂嫂因何两泪淋。
　　　　　　嫂子，你怎么不跟我哥哥成亲？
樊梨花　　小姐，你害得我好苦哇！
薛金莲　　我怎么又害了你啦？
樊梨花　　只因你兄长无情无义，无故将我休弃。如今母亲已死，待收殓尸首之后，我要入山修炼去了。
薛金莲　　小姐暂放宽心，你的亲事我还能担保。
丫　鬟　　你别灌米汤了。
薛金莲　　我薛金莲要保不了樊梨花的亲事，叫我日后嫁个丑夫。

| 樊梨花 | 言重了。小姐请上，受我一拜！
（【扫头】，樊梨花、丫鬟同下）
| 薛金莲 | 哎呀，慢着。我哥哥一定不娶樊梨花，这可怎么好呢？有了，我母亲跟程千岁押运粮草，不久就到，等我母亲来了，请她老人家做主。
（内白）夫人到。
| 薛金莲 | 这可真凑巧。我正盼她老人家来，她老人家就来了，有请啊。
（四红龙套、柳迎春上）
| 薛金莲 | 参见母亲。
| 柳迎春 | 罢了。
| 薛金莲 | 谢母亲。我说妈呀，您来的真巧，正盼您哪。
| 柳迎春 | 你何事盼我？
| 薛金莲 | 母亲哪！
（唱）兄与梨花结秦晋，
　　　　才入了洞房就要退亲。
　　　　似这等行为嫌太甚，
　　　　还望母亲来主婚。
| 柳迎春 | 有这等事，把你兄长唤来。
| 薛金莲 | 遵命，哥哥快来！
（薛丁山上）
| 薛丁山 | 男儿有大志，不娶无义妻。贤妹何事？
| 薛金莲 | 母亲催粮已到，唤你进见。
| 薛丁山 | 参见母亲。
| 柳迎春 | 罢了。咳！
| 薛丁山 | 母亲为何长叹？
| 柳迎春 | 为娘一路而来，路过樊金定的坟墓，想起他骂城自尽之事，故而长叹。
| 薛丁山 | 此乃爹爹一时之过，母亲休要提起。
| 柳迎春 | 想起你父与樊金定订了婚姻，又生反悔，逼得她一命身亡，至今受人耻笑。你怎么又休弃樊梨花，难道不怕人笑骂不成？
| 薛丁山 | 这个，母亲，梨花乃不孝不悌之人，怎能与她成亲？
| 柳迎春 | 不遵母命，便是不孝。
| 薛丁山 | 母亲不必动怒，孩儿娶那梨花就是。
| 薛金莲 | 哥哥既允了亲事，就该迎接樊家嫂嫂回来。
| 薛丁山 | 方才探马报道，樊梨花搬了她一家灵柩，往玉泉山去了。
| 柳迎春 | 既是樊梨花搬尸往玉泉山，你可快快追赶。
| 薛丁山 | 遵命。（下）

柳迎春　金莲，快引为娘见你父帅。
薛金莲　是啦。（同下）

## 第九场

（四下手、杨凡上）
杨　凡　俺杨凡。可恨樊梨花与我悔婚，改嫁薛丁山。探听她今日在玉泉山安葬父母，不免前去抢亲。若是从我，三生有幸。如若不然，打死我也甘心。众兵卒，迎上前去。（下）

## 第十场

（丫鬟引樊梨花上）
樊梨花　（唱）恼恨丁山太薄幸，
　　　　　　　害得我进退两无门。
　　　　　　　无父无母终天恨，
　　　　　　　樊梨花倒做了不孝之人。
　　　　　　　叫三军灵柩掩埋定，（埋介）
　　　　　　　梨花跪在地埃尘。
　　　　　　　父母阴灵咫尺近，
　　　　　　　最可叹二兄长凄凄惨惨一齐丧命伴先灵。
　　　　　　　到如今姻缘不作准，
　　　　　　　刀割肝肠剑刺心。
　　　　　　　入山学道能归仙境，
　　　　　　　再度一家屈死魂。
　　　　　　　梨花哭得咽喉紧，（内喊介）
　　　　　　　耳边又听喊杀声。
　　　　我葬事完毕，就有贼寇前来，兵丁们走上。（四上手上）带马迎敌者。
（四下手、薛应龙上）
薛应龙　马前女将，敢是樊梨花？
樊梨花　正是你姑娘，你乃何人？

薛应龙　我乃玉泉山寨主薛应龙是也。只因缺少压寨夫人，要与你商议婚姻大事。

丫　鬟　姑娘，他来得可真凑巧。

樊梨花　怎么凑巧？

丫　鬟　您将跟薛丁山离婚，他就找了来啦。您真是红鸾照命。

樊梨花　呸！我叫薛丁山闹寒了心啦，再不跟人家说婚姻了。

丫　鬟　他既说出口来了，您总得给他个回话。

樊梨花　等我打发他去。（向薛应龙介）咋！强盗休得妄想，你可认得我手中枪么？

薛应龙　俺若战胜，掳你去做压寨夫人。

樊梨花　你若不胜呢？

薛应龙　俺若不胜，情愿拜在膝前，以为螟蛉义子。

丫　鬟　好哇，我们姑娘跟薛公子没成亲，就有了儿子了。

樊梨花　一派胡言，看枪！

（战介，樊梨花挑薛应龙落马介）

薛应龙　姑娘饶命！

丫　鬟　别叫姑娘，打败啦，快认干妈去。

薛应龙　母亲请上，待孩儿参拜！

樊梨花　我的好儿子，起来。

薛应龙　谢母亲！哦，母亲可引孩儿拜见爹爹。

樊梨花　你要见爹爹么，哎呀！

薛应龙　这是什么缘故？

丫　鬟　你两个爹哪，你这小子好养活。

薛应龙　胡说！

丫　鬟　一点不胡说，我们姑娘许配杨凡，又配丁山，你可不是两个爹吗？

薛应龙　可曾成亲？

丫　鬟　跟薛家拜过天地，跟杨凡没那们一回事了。

薛应龙　待孩儿寻找杨凡，将他杀却。

丫　鬟　不用你去找，叫他自来送死。

（四下手、杨凡上）

杨　凡　咋！樊梨花，背夫改嫁，是何道理？快快与俺成亲，饶你的小命。

丫　鬟　这小子说来就来，你还不揍他？

薛应龙　马前来的可是杨凡？

杨　凡　正是你家老爷，你乃何人？

薛应龙　俺乃樊梨花之义子薛应龙是也。

杨　　凡　儿子杀起爸爸来了。
薛应龙　看枪！（战介，薛应龙追杨凡下）
丫　　鬟　姑娘杀呀！
樊梨花　满面羞惭，怎好动手。众将官，人马撤回。
众　　　啊！
　　　　（圆场。程千忠、薛丁山上）
薛丁山　樊小姐，人马慢行。
樊梨花　负心郎，到此做甚？
薛丁山　前番之事乃小将之过，今奉母亲之命，迎接小姐回去成亲。
樊梨花　你反复无常，哪个与你成亲。
丫　　鬟　姑娘别那们说，您可记得薛姑娘的话？
樊梨花　这也说得是。我说公子，既蒙不弃，我还有什么说的。众将官，合兵一处，同往唐营。（同下）

# 十一场

　　　　（四白龙套、四红龙套、薛仁贵、柳迎春同上）
薛仁贵　只为樊梨花。
柳迎春　叫人乱如麻。
　　　　（薛丁山上）
薛丁山　参见爹娘，梨花唤到。
薛仁贵
柳迎春　（同）命她进见。
薛丁山　有请樊小姐。
　　　　（樊梨花上）
樊梨花　姻缘多魔障，进退两彷徨。
薛丁山　小姐，见过公婆。
樊梨花　参见公婆。
薛仁贵
柳迎春　（同）小姐愿结丝萝，乃寒门之幸也。
樊梨花　公婆慈爱。
柳迎春　我想小姐既已归顺，待我去往锁阳，奏知万岁，必然另有封赠。
薛仁贵　锁阳道路甚近，就劳夫人前去。

| 柳迎春 | 带马。 |
| --- | --- |

（四红龙套、柳迎春下。探子上）

| 探　子 | 贼兵围困白虎关。 |
| --- | --- |
| 薛仁贵 | 再探。（探子下） |
| 薛仁贵 | 丁山，命你驻守寒江，我要往白虎关去了。众将官，兵发白虎关。 |

（四白龙套、薛仁贵同下）

| 薛丁山 | 小姐，你我同归私室。 |
| --- | --- |
| 樊梨花 | 请。 |
| 薛丁山 | 小姐请。 |
|  | （唱）手挽娇妻私室进， |
|  | （程千忠、丫鬟两边上） |
|  | 　　二人对坐有话云。 |
|  | （四下手、薛应龙上） |
| 薛应龙 | 来此帅府，待我进去。参见母亲，现有杨凡首级献上。 |
| 樊梨花 | 此乃我儿之功，见过你爹爹。 |
| 薛应龙 | 参见爹爹。 |
| 薛丁山 | 小姐，这是何人？ |
| 樊梨花 | 此乃我儿薛应龙。 |
| 薛丁山 | 这就不对了，我与你尚未成亲，你怎么有了儿子？ |
| 樊梨花 | 是我的义子。 |
| 薛丁山 | 手持何人首级？ |
| 樊梨花 | 是杨凡的首级。 |
| 薛丁山 | 程千忠，吩咐号令了！（程千忠接首级介）哦，小姐，闻得你曾许杨凡，可是有的？ |
| 樊梨花 | 这个…… |
| 丫　鬟 | 姑娘，这件事不能瞒人，您跟姑老爷说吧。再说杨凡是专制家庭父母给您订的婚姻，您跟姑老爷是自由恋爱，这有什么说不得？ |
| 樊梨花 | 哎呀，公子！杨凡婚姻是父母所订，与我无干。 |
| 薛丁山 | 哦，与你无干？我倒明白了，分明你跟薛应龙另有别故。 |
| 薛应龙 | 孩儿不敢。 |
| 薛丁山 | 呀呸！哪个要你这样儿子，还不滚了出去！ |
| 樊梨花 | 公子，他是我的义子，你何必疑心，赶他出去？ |
| 薛丁山 | 呀呸！说什么他是你的义子。你我尚未成亲，哪有这样的儿子。哎，我说不出口了，但他连你也与我滚了出去。 |
| 薛应龙 | 哎呀，母亲，爹爹既如此多疑，孩儿愿终身奉养母亲就是。 |

薛丁山　哎呀，哎呀，他二人真不要廉耻，还这样难舍难离。还不去了，滚了出去。（踢薛应龙下）你也与我走。

樊梨花　（【哭头】）我那狠心的夫哇！
　　　　（唱）我与你已定下夫妻名分，
　　　　　　　三次里休弃我未免无情。
　　　　　　　可怜我空自有本领，
　　　　　　　事到头来不敢争。
　　　　　　　人生莫做红颜女，
　　　　　　　百般苦乐由他人。
　　　　　　　含悲泪辞郎君心酸难忍，
　　　　　　　叹婚姻多魔障不如修行。（同丫鬟下）

（内白）圣旨下！

薛丁山　香案接旨。
　　　　（四红龙套、罗章上）

罗　章　跪听宣读，诏曰：樊梨花归顺大唐，封为威宁侯兵马大元帅，镇守寒江。旨意读罢，望诏谢恩。

薛丁山　万万岁！

罗　章　请过圣旨，为何不见樊氏嫂嫂？

薛丁山　她回骊山去了。

罗　章　临行之时，圣上言道，有人逼反樊梨花，提头来见。

薛丁山　哎呀，此事还望贤弟救我！

罗　章　只要你请得梨花回来，自然无事。

薛丁山　贤弟且去回复圣命，我去请梨花就是。

罗　章　但凭于你，小弟告辞，带马。（罗章、龙套下）

薛丁山　且住！梨花被我逼走，如今圣旨要我召她回来，这便如何是好？

程千忠　这是你做事太绝了。我倒有个主意。

薛丁山　有何妙计？

程千忠　你把圣旨背在身上，一步一个头，磕上骊山，请她回来。

薛丁山　这倒使得，改扮起来。（散发、背旨介）
　　　　（唱）自家错了自家认，
　　　　　　　只落得丈夫拜女人。
　　　　　　　走一步来磕一个——
　　　　（四上手推粮车，薛金莲、陈金定同上）

薛金莲　（唱）哥哥你往那里行？

薛丁山　我奉圣旨，往骊山去请樊梨花。贤妹何往？

薛金莲　我奉将令，到铁岭关去催粮。
陈金定　对啦，我是跟姑娘去催粮的。公子去请樊梨花，恐怕她另看上别的小白脸，不理你了。
薛金莲　不要紧，樊梨花要有那宗事，有我对付她。咱们走吧。
　　　　（唱）儿郎与我往前进——
　　　　（薛金莲、陈金定、四上手同下）
薛丁山　（唱）只见他们奔路程。
　　　　　　　磕头礼拜骊山进——（磕头介）
　　　　南无阿弥陀佛！
程千忠　众生难度。
薛丁山　好度。
程千忠　众生好度。
薛丁山　我也好度。
程千忠　众生好度人难度，你不是人。
薛丁山　狗才！
程千忠　你自己别报名了。
薛丁山　哎！
　　　　（唱）骊山脚下冷森森。
　　　　来此骊山，千忠向前通报。
程千忠　我去通报，您可得在这儿跪着。
薛丁山　哦，我就跪着。
程千忠　有人么？
　　　　（丫鬟上）
丫　鬟　你来干什么来啦？
程千忠　不但我来，我们少爷也来了。
丫　鬟　你们干什么来啦？
程千忠　再求见姑娘。
丫　鬟　待我给你通报。有请姑娘。
　　　　（四上手引樊梨花上）
樊梨花　什么事？
丫　鬟　薛公子求见。
樊梨花　他真敢来吗？吩咐升帐。
丫　鬟　升帐！
　　　　（樊梨花坐介）
樊梨花　丫头传令出去，把丁山斩了。

程千忠　少爷，我可顾不了你了。（跑下）
薛丁山　你看千忠跑了，我自有道理。丫鬟姐，我情愿领死，但是一件。
丫　鬟　哪一件？
薛丁山　见过姑娘一面，再斩不迟。
丫　鬟　等我回一声去。启姑娘：丁山说了，见您一面，再斩不迟。
樊梨花　住了啵！我叫他丁山，你怎么也叫起丁山来了？
丫　鬟　得了，薛公子有了盼望了。
樊梨花　他有什么盼望？
丫　鬟　您连他的名字都不许人叫，还舍得杀他？
樊梨花　我焉能不杀他呢？我杀定了。
丫　鬟　您就杀啵。众将官，快点杀呀！
樊梨花　别忙。
丫　鬟　听信。
樊梨花　他说什么，要见见我？
丫　鬟　您既要杀他，见不见的不吃劲。
樊梨花　可也是啊，我既要杀他，见不见没关系。
丫　鬟　对了，赶紧杀。
樊梨花　但是我要杀他，总是见他一面才好吧。我杀他不解恨，我要骂他一顿。
丫　鬟　那就随您的便吧。我没听见说杀人不解恨，骂人便出了气啦。我瞧出来了，他死不了，我何必做这恶人。
樊梨花　少说话，把丁山押过来。
　　　　（上手押薛丁山入，跪介）
　　　　丁山，你好薄情也！
　　　　（唱）一见丁山心头恨，
　　　　　　　梨花在宝帐泪盈盈。
　　　　　　　自古杀人犹可恕，
　　　　　　　诬人名节理不应。
　　　　　　　我与应龙母子分，
　　　　　　　你怎么猜奴有异心。
　　　　　　　休妻黄允休一次，
　　　　　　　你三次休妻太无情。
　　　　　　　吩咐两旁刀斧手，
　　　　　　　营门快斩无义人。
　　　　来呀，快把丁山斩了！
　　　　（上手推薛丁山介）

丫　　鬟　薛公子，你可完了。
薛丁山　我活腻了，让她杀啵。
樊梨花　众将官。
丫　　鬟　不用说，姑娘是催斩。
樊梨花　把丁山……
丫　　鬟　怎么样？不用说，是快点杀。
樊梨花　给我招回来。
丫　　鬟　嚇，招回来。
樊梨花　丁山，你干什么自来送死？
薛丁山　我是奉圣旨而来。
樊梨花　旨意呢？
薛丁山　现在身旁。
樊梨花　待我跪读。（跪介）原来圣上有旨，封我威宁侯兵马大元帅，镇守寒江。（让丫鬟请过圣旨）
丫　　鬟　恭喜姑娘，贺喜姑娘，您当了大元帅，有了兵权，更可以杀人啦。
樊梨花　这是我大喜的日子，哪能杀人呢？给我把他放了，叫他滚！
薛丁山　我不能走。
樊梨花　为什么不能走？
薛丁山　我要跟你成亲。
樊梨花　你休了我三次了，我该休你一回了，你滚啵！
薛丁山　丫头，你劝劝。
丫　　鬟　我恨你我还恨不过来呢，管不着！
薛丁山　不认我，我就打滚撒泼了。
丫　　鬟　我们姑娘，可没这们不要脸。
薛丁山　她是她，我是我，你别那们比呀。
樊梨花　得啦，看你怪可怜的，我留下你就结了。
薛丁山　谢小姐收留之恩！
樊梨花　什么小姐？又嘟小姐了。
薛丁山　我明白啦，谢夫人收留之恩！
樊梨花　这才是我的好郎君。
丫　　鬟　这才要了我的命。
樊梨花　传令下去，歇兵三日，回转寒江。
丫　　鬟　得令。下面听者！大元帅有令：歇兵三日，即入洞房。
樊梨花　呸！郎君来呀！

　　　　（【尾声】同下）

# 回 龙 床

## 头 场

（四羽林军、二太监、赵光义上）

赵光义　（引）江山归大宋，成一统，盛世兴隆。（坐）
朱李刘石郭，
梁唐晋汉周。
都来十五帝，
播乱几春秋。
本爵赵光义，乃大宋乾德圣上之弟。蒙兄王荣宠，封为晋王。当年母后晏驾，有言在先，日后兄王升天，命俺执掌江山。现今兄王龙体有恙，十分沉重，忽然传旨将长子德昭立为东宫守阙。难道母后临终之言就罢了不成？为此邀请心腹大臣，共议此事，还未见到来，左右伺候了。
（潘江、潘豹同上）

潘　江
潘　豹　（同）百官均请到，归来报晋王。启千岁：众位大人到。
赵光义　有请。
（潘照白介，【吹打】赵普、潘仁美、曹清、苗宗善同上）

赵　普
潘仁美
曹　清　（同）啊，千岁！
苗宗善
赵光义　列公来了，请坐。
众　　　谢坐。

赵　普  
潘仁美　（同）千岁相召我等，有何见谕？

赵光义　这个……来，吩咐两厢退下。

太　监　两厢退下呀。

（众分下）

赵　普  
潘仁美　（同）不知千岁有何密谕？

赵光义　只因当年我母后晏驾之时有言在先，兄王宾天，命孤执掌山河。如今兄王又立东宫，未知是何主见。

赵　普　老臣难测其意。

潘仁美　此事臣甚为明白，难道千岁忘了当初箭射花蕊夫人之事了？

赵光义　这，哎呀！

（唱）被他一言来提醒，
　　　　箭射花蕊结冤情。
　　　　眼见江山坐不稳，
　　　　此事全仗众公卿。

箭射花蕊，是孤之过。今日之事，众卿何以教我？

潘仁美　这有何难，那杨广弑父之事，古今有之。

赵普等　（同）这个……

赵光义　唔，卿之主见差矣，孤若行此事，天诛地灭。

赵　普　依臣之见，千岁与圣上乃一母同胞，今夜进宫探病，观其动静，再作道理。

赵光义　此言甚是有理。众卿暂且归府，明日再为请教。

赵普等　（同）臣等告退。

赵光义　恕不送了。

（【吹打】众下。太监暗上介）

来，羽林军走上。

（四羽林军上介）

带马，入宫问安者。

（唱）成亡兴败有天运，
　　　　从来半点不由人。
　　　　此番进宫去探病，
　　　　兄王驾前见机行。（下）

## 二　　场

（二宫女、贺后上）

贺　　后　（唱【西皮原板】）
　　　　　　　　乾德君坐江山哪得闲静,
　　　　　　　　十八载又何曾乐享太平。
　　　　　　　　到如今一旦间龙体得病,
　　　　　　　　暗地里祝苍天保佑安宁。
　　　　　本宫,贺后。只因万岁身得背疮之症,当年陈抟先生留下三服灵丹,前在南唐时节用过两服,只存一服,现在宫中。亦曾命两个皇儿前去煎煮,未见到来,宫娥们伺候了。

（德昭、德芳同上）

德　昭
德　芳　（同）走哇!

德　昭　（唱）一服灵丹手捧定,
德　芳　（唱）见了母后进天伦。

德　昭
德　芳　（同）参见母后千岁。

贺　后　平身。丹药可曾煎好?

德　昭
德　芳　（同）丹药煎好,特来呈进。

贺　后　将药留下,儿等暂退。

德　昭
德　芳　（同）领旨。
　　　　（唱）辞别母后出宫禁,

德　芳　（唱）但愿父王病离身。（同下）

贺　后　宫娥随我入宫进药去者。
　　　　（唱）陈抟先生早算定,
　　　　　　　三服丹药留到今。
　　　　　　　但愿万岁身安稳,
　　　　　　　一炷清香谢神明。（下）

## 三　　场

宋　帝　（内）搀扶了。（一大太监、二宫女扶上）
　　　　（唱【二黄慢板】）
　　　　　　　　幼年间战沙场辛苦受尽，
　　　　　　　　到如今又谁知疾病缠身。
　　　　　　　　内侍臣扶孤王龙榻养静，
　　　　　　　　眼见得锦江山乐享不成。
　　　　（二宫女、贺后上）
贺　后　（唱）用手儿捧灵丹病榻来进，
　　　　　　　愿万岁服了药病体安宁。
　　　　臣妾见驾，吾皇万岁。
宋　帝　御妻平身。赐坐。
贺　后　谢坐。
宋　帝　灵丹可曾煎好？
贺　后　灵丹在此，万岁请用。
宋　帝　呈上来。
贺　后　是。（递介）
宋　帝　苍天呀！
　　　　（唱）陈抟师留丹药阴阳有准，
　　　　　　　下南唐全仗他搭救寡人。
　　　　　　　孤在这龙榻勉强扎挣——（翻杯介）
　　　　哎呀！
贺　后　呀！
　　　　（唱）见丹药落了地令我惊魂。
　　　　喂呀！
宋　帝　御妻不必悲伤，自古生死有定。你在床边少坐，孤要静养片时。
贺　后　是。
赵光义　（内）嗯哼！（上）只为兄王病，深夜叩宫门。来此已是，待我叩环。
太　监　甚么人？
赵光义　前去奏禀，晋王前来探病问安。
太　监　候着。启娘娘：晋王前来探病。
贺　后　传旨出去，圣上正在安睡，叫他且退，醒来代他转奏就是，着他明日再来可也。

太　　监　这……晋王，万岁正在安睡，明日再来吧。
赵光义　既是万岁安睡，何人传的旨意？
太　　监　娘娘传的旨意。
赵光义　我与万岁乃手足兄弟，总然有病，不见朝臣可矣，怎么不许我见？你再去转奏，说我一定要见。
太　　监　晋王说一定要见。
贺　　后　啊，他是何人，擅敢抗旨？再传旨出去，着他速退。
宋　　帝　啊，你们何事喧哗？
贺　　后　是万岁之弟寅夜进宫，来要江山来了。
宋　　帝　岂有此理，真乃妇人之见。传旨，宣晋王入宫。
太　　监　晋王进宫啊。
赵光义　领旨。臣光义见驾，兄王万岁。
宋　　帝　平身。
赵光义　万万岁。皇嫂千岁。
贺　　后　平身。
宋　　帝　赐坐。
贺　　后　启万岁：龙床之前，哪有臣子的坐位。
宋　　帝　他与孤乃同胞兄弟，岂比外人？御弟坐下。
赵光义　谢兄王。啊，兄王这几日病体如何？
宋　　帝　孤之病已入膏肓，恐不济事矣。
赵光义　倘若兄王……
贺　　后　万岁有病，说话要仔细些。
赵光义　不是啊，兄王可记得母后临终之言？
宋　　帝　这个……
贺　　后　自古遵治命，不遵乱命。万岁已立太子，母后临终之言，还提他做甚。
赵光义　这个……
宋　　帝　梓童且退，孤要与晋王叙叙手足之情。
贺　　后　万岁有病，臣妾不敢远离。
宋　　帝　孤要商议大事，速速退入后宫去吧。
贺　　后　领旨。啊，晋王，你与万岁乃手足之亲，他今有病，说话要仔细些才是。
赵光义　臣遵懿旨。
　　　　　（贺后回头一望介，咳介，同宫女下。宋帝两望介）
宋　　帝　晋王。

赵光义　万岁。

宋　　帝　御弟。

赵光义　皇兄。

宋　　帝　哎呀，贤弟呀、啊、啊！

（唱）我与你好兄弟情无伤损，

　　　　自幼儿又何尝一日离分。

　　　　内侍臣看过了黄金钺斧——

（太监拿斧，递介）

赵光义　宫外伺候。

众太监　遵命。（出门介）

宋　　帝　御弟呀！

（唱）孤死后江山事要你劳心。

赵光义　（唱）接过了黄金斧珠泪滚滚，

　　　　将尘土砍三下祝告神明。

　　　　赵光义倘若是存心不正，

　　　　管叫我后代子孙俱被贼擒。

　　　　黄金斧放御案执烛照定，（开帐照介）

哎呀！

　　　　却原来我兄王驾归天庭。

内侍，万岁驾崩了，快请国母前来！

太　　监　有请娘娘。

（四宫女、贺后上）

贺　　后　（唱）适才间听斧声又观烛影，

　　　　问晋王因何事大放悲声？

何事悲伤？

赵光义　兄王晏驾了！

贺　　后　待我看来，哎呀，万岁呀！

（唱）万岁爷在龙床好好养病，

　　　　一霎时撇凡尘驾归天庭。

　　　　为江山十八载哪得安静，万岁呀！

　　　　今日里还恐怕死的不明。

赵光义　皇嫂不必悲伤，早定大事要紧。且将遗骸，抬往白虎殿停放。

贺　　后　适才万岁与晋王谈话之时，为何有斧声烛影，是何缘故？

赵光义　兄王赐弟金斧一柄，弟不敢领受，放在御案之上，又执烛照看兄王的疮痕，故此有斧声烛影。皇嫂何必多问。

| 贺　后 | 既然如此，晋王早扶太子登基，以孚众望。 |
| 赵光义 | 兄王传有遗诏在此，待弟与众臣商议。 |
| 贺　后 | 咳，我母子命悬晋王之手了。 |
| 赵光义 | 弟若有二意，天地鉴之。内侍，将尸首抬往白虎殿。 |

（四太监抬尸下）

| 贺　后 | 喂呀，万岁呀！（随下） |
| 赵光义 | 内侍，万岁遗诏，命孤即位。传旨出去，明日升坐正殿，命文武百官早来伺候。（众应介，下） |

## 四　场

（四龙套、杨业上）

| 杨　业 | 万岁染重病，朝夕悬在心。 |

（院子上）

| 院　子 | 万岁升坐正殿，命爷入朝。 |
| 杨　业 | 知道了。且住！万岁久已不升正殿理事，今日在病中，忽升正殿，是何道理？想是病体痊愈，升殿受贺也是有的。我不免去至朝房，一不上本，二不参王，见机而行便了。众家院，吩咐外厢带马伺候。 |
|  | （唱）万岁忽然正殿升， |
|  | 　　　要去朝房探分明。 |
|  | 　　　不参王来不上本， |
|  | 　　　怕的其中有原因。（下） |

## 五　场

（赵普、潘仁美、苗宗善、曹清、潘江、潘豹同上，【点绛唇】，各通名介）

| 潘仁美 | 列公请了。 |
| 众 | （同）请了。 |
| 潘仁美 | 万岁驾崩，传有遗诏，太子年幼，难理国政，将江山付与晋王执掌，今日登殿受贺。看香烟缭绕，圣驾临朝，我等分班伺候。 |

（细吹打，四太监、二大太监、赵光义上）

赵光义　（引）遵母遗诏，继兄位，驾坐龙朝。（坐，众朝参介）
　　　　兄王晏驾命归西，
　　　　全仗争先一着棋。
　　　　多亏众卿来扶助，
　　　　孤王才得立帝基。
　　　　孤赵光义。兄王晏驾，皇侄年幼，众卿遵太后遗诏，扶孤以登大宝，为此升殿受贺。啊，众卿。

众　　　（同）万岁！

赵光义　孤王今日登基，所定甚么年号？

赵　普　永庆太平兴国元年。

赵光义　代孤传旨，晓谕天下。

赵　普　领旨。

赵光义　赵普听封。

赵　普　臣。

赵光义　封为左班丞相。

赵　普　谢万岁！

赵光义　潘美听封。（潘美听封介）封为右班丞相，卿女封为昭阳正院。

潘仁美　谢主隆恩！

赵光义　苗宗善听封。封为护国军师，代孤执掌山河。

苗宗善　谢万岁！

赵光义　曹清听封。加封孝义侯。

曹　清　谢万岁！

赵光义　潘江、潘豹听封。加封镇殿将军。

潘　江
潘　豹　（同）谢主隆恩！

赵光义　满朝文武加封三级，光禄寺赐宴三日。有本早奏，无本退班。

潘仁美　臣启万岁：我主登基，杨业不来朝贺，请主降旨。

赵光义　就命卿家代孤传旨，命杨业上殿。

潘仁美　万岁有旨，杨业上殿。

杨　业　（内）领旨。（上）朝房得一信，上殿面新君。臣杨业见驾，我主万岁。

潘仁美　卷起帘来。

杨　业　唔呼呀！我道幼主登基，原来二主篡位。老王啊！

赵光义　嘟！胆大杨业，孤王登基，不来朝贺，是何道理？

杨　业　这……臣见驾来迟，我主恕罪。
潘仁美　臣启万岁：杨业口说参驾来迟，分明心中不服，请主降旨。
赵光义　嘟！胆大杨业，哪里是见驾来迟，分明心中不服。潘江、潘豹，推出午门斩首！
潘　江
潘　豹　（同）领旨。（推杨业下）
潘仁美　刀下留人。臣启万岁：杨业斩不得。
赵光义　怎么斩不得？
潘仁美　他有八个虎儿，杀上金殿，我主江山难保。
赵光义　卿家之见？
潘仁美　臣启万岁：将他暂且赦回，发在百亩花园。限七日离京，若不离京，前罪还在。
赵光义　就依卿家所奏，赦了回来。
潘仁美　将杨业赦了回来。
　　　　（杨业上）
杨　业　午门得活命，死而又复生。
潘仁美　若非我保你，哪有你命存？
杨　业　要斩任他斩，何用你讲情？
潘仁美　好心保下你，反道我无情。
杨　业　忠臣不怕死，怕死岂忠臣。
潘仁美　你敢同我上殿辩理？
杨　业　非！谢万岁不斩之恩！
潘仁美　臣启万岁：杨业性情不好，难以在朝为官，请主定之。
赵光义　嘟！胆大杨业，这等情性难以在朝为官，本当将你斩首，众卿保奏。今将你打在百亩花园，限七日离京，若不离京，前罪还在。快快下殿去罢！
杨　业　谢万岁！
　　　　（唱）弃金冠抛紫袍离朝归野，
　　　　　　　实可叹先王爷把性命抛撒。
　　　　　　　含悲忍泪下殿角，
　　　　　　　传知了子孙们永离金阙。（下）
　　　　（小王德昭上）
德　昭　（唱）父王不幸把命丧，
　　　　　　　二叔谋取锦家邦。
　　　　　　　回头便对母亲讲——

　　　　　（贺后领德芳暗上介）
　　　　　　　　　要回社稷自为王。
贺　后　（唱）老王一旦把命丧，
　　　　　　　　二主谋篡锦家邦。
　　　　　　　　皇儿快把金殿上，
　　　　　　　　要回社稷自为王。（贺后暗下）
德　昭　（唱）迈步且把金殿上，
　　　　　　　　快快还我锦家邦。
赵光义　（唱）皇儿怒把金殿上，
　　　　　　　　口口声声要家邦。
　　　　　　　　无奈何推位把国让——
潘仁美　臣启万岁：自古以来江山只有争斗，哪有禅让之理？
赵光义　（接唱）难学尧舜与商汤。
　　　　　　　　皇儿殿角休喧嚷，
　　　　　　　　孤不封你自为王。
德　昭　（唱）江山本是我自掌，
　　　　　　　　哪个要你来封王？
赵光义　（唱）奴才说话太猖狂，
　　　　　　　　开口便把孤王伤。
　　　　　　　　吩咐潘豹和潘江，
　　　　　　　　推出午门把儿伤。
德　昭　（唱）一见昏王伦理丧，
　　　　　　　　不如碰死见先王。（死，下）
　　　　　（【急急风】，贺后上，德芳随上介）
太　监　太子自尽了！
贺　后　哎呀儿呀！
　　　　　（唱）一见皇儿把命丧，
　　　　　　　　怎不叫娘痛断肠。
　　　　　　　　将尸首搭至在白虎殿停放，
　　　　　　　　随为娘到金殿去骂昏王。
　　　　　　　　昏王！贼子！吾把你这昏君啊！
　　　　　　　　有贺后在金殿一声高骂，
　　　　　　　　昏王！贼子！昏王啊！
　　　　　　　　骂一声无道君细听根芽。
　　　　　　　　老王爷为江山足踢拳打，

　　　　　老王爷为山河奔走天涯。
　　　　　为江山十八载何曾卸甲,
　　　　　才打成锦江河一统中华。
　　　　　遭不幸老王爷晏了御驾,
　　　　　狗昏王篡了位谋乱邦家。
　　　　　把一个皇太子逼死殿下,
　　　　　反倒说为嫂的拦阻有差。
　　　　　贼好比王莽贼称孤道寡,
　　　　　贼好比曹阿瞒一点不差。
　　　　　贼好比秦赵高指鹿为马,
　　　　　贼好比司马师搅乱中华。
　　　　　只骂得贼昏王装聋作哑,
　　　　　只骂得贼昏王扭转身躯、闭目合睛、羞羞惭惭一语不发。
　　　　　我只骂得贼昏王无言对答,
　　　　　两旁的文武臣珠泪如麻。
　　　　　搬一把金交椅娘且坐下,
　　　　　你叔父不让位我再去骂他。
赵光义　自盘古立帝基天子为重,
　　　　老皇嫂骂孤王情理难容。
　　　　论国法就该把残生断送——
贺　后　谁敢!
赵光义　咳!（卜高台）皇嫂!
　　　　　还念你与皇兄掌印东宫。
　　　　　兄王爷晏了驾钟鼓齐用,
　　　　　满朝文武臣议论孤穷。
　　　　　都道说大皇儿年轻无用,
　　　　　一个个保孤王执掌江洪。
　　　　　虽然是登大宝依然大宋,
　　　　　哪一个大胆的敢坐金龙。
　　　　　老皇嫂当作了太后侍奉,
　　　　　崇上徽号容是不容?
贺　后　（唱）享荣华受富贵要它何用,
　　　　　倒不如带皇儿务农耕种,我受的甚么荣封?
赵光义　（唱）老皇嫂说什么务农耕种,
　　　　　普天下尽都是老王来封。

>　　　享荣华受富贵你母子同共,
>　　　亦非是叔为君侄为臣各分西东。
>　　　走上前我打一躬把皇嫂尊敬,
>　　　昭阳院改为养老宫。
>　　　赐皇嫂上方剑泰山压重,
>　　　管三宫并六院,大小嫔妃若有违背,任你施行,是从也不从?

德　芳　父王啊,父王啊!
　　　　(太监递贺后剑介)
赵光义　儿啊,
　　　　(唱)叫德芳我的儿休要悲痛,
　　　　　　近前来听叔王把儿来封。
　　　　　　赐你金镶白玉锁,
　　　　　　加封儿一亲王、二良王、三忠王、四正王、五德王、六靖王、上殿不参王、是下殿不辞王,再赐你凹面金铜,上打昏君,下打谗臣,压定了满朝文武,大小官员,谁敢不尊你是八大贤王,带管孤穷。
　　　　(太监递铜介,德芳接对赵光义举介)
　　　　儿啊!
　　　　　　皇儿从今休悲痛,
　　　　　　老皇嫂请回寿星宫。
贺　后　哎呀!
　　　　(唱)越思越想泪交流,
　　　　　　手捧宝剑且免忧愁。
　　　　　　辞别二王下殿口——
潘仁美　臣送国太。
贺　后　(唱)回头只见贼奸谋。
　　　　　　有朝犯在哀家的手,
　　　　　　贼子啊贼子!三尺龙泉不容留。(下)
赵光义　皇儿下殿。
德　芳　领旨。
　　　　(唱)谢罢叔王下龙庭,
　　　　　　再对潘贼把话云。
　　　　潘仁美!有日犯在小王手内,叫你试试凹面金铜的厉害。(下)
赵光义　众卿。
众　　　(白)万岁!

**赵光义** 孤王今日登基，为何头昏不爽？
**潘仁美** 臣启万岁：可筑神台一座，请众僧道做四十九日罗天大醮，可保福寿绵长，永无灾难。
**赵光义** 如此，就命卿家监造督理此事，吩咐退班。
**众** （同）请驾回宫。
（【尾声】，分下）

# 钗头凤

## ■ 提纲

**第一场**
宗子常、四青袍、独孤策

**第二场**
唐氏、陆子逸、唐蕙仙、陆游

**第三场**
不空、院子、车夫、唐氏、唐蕙仙

**第四场**（摆妆台切末）
陆游、唐氏、唐蕙仙、院子、车夫、不空

**第五场**（摆厨房切末）
唐蕙仙、唐氏、陆游、陆子逸、车夫、陆娘子、不空、四小尼

**第六场**
丫鬟、唐氏、陆子逸、陆游、童儿、车夫、院子、不空

**第七场**
唐蕙仙、陆娘子、童儿、陆子逸、陆游、院子、车夫、唐氏、不空、四小尼、狗形、独孤策、四下手

**第八场**
四青袍、宗子常、独孤策、不空、四下手、四小尼、唐蕙仙、秋香

**第九场**
秋香、唐蕙仙、宗子常、孤独策

**第十场**
陆游、院子、丫鬟、唐氏、四青袍、陆子逸

**第十一场**
宗子常

**第十二场**
唐蕙仙、秋香、宗子常、独孤策、四青袍、车夫

**第十三场**（上场摆桌，下场摆亭）

独孤策、陆游、秋香、唐蕙仙、车夫、四青袍、宗子常、陆子逸

**第十四场**（大帐子）

秋香、唐蕙仙、陆游、宗子常、唐氏、陆子逸

**第十五场** （大帐子）

秋香、唐蕙仙、四青袍、轿夫

**过场**

陆游、宗子常、独孤策、陆子逸、唐氏

# 第 一 场

（宗子常上）

宗子常　（引）家财广有，好交游，结纳名流。

（坐介，四青袍暗上）

生来义气重，

亚赛小旋风。

肝胆如郭解，

威名满浙东。

某，姓宗名士程，字子常。叔父宗泽宋室为臣。只因秦桧专权，害了岳家父子，是某心怀不忿，不愿为官。来在山阴地面，广买田庄，结交文武豪杰。有一秀士名唤陆游，虽然年幼，颇有才学。我与他八拜为交，十分交好，这且不言。只因此地有一尼庵不守清规，败坏风俗，不免命侠客独孤策翦灭于他。来，请独孤壮士。

（青袍请介，独孤策上）

独孤策　一身侠义胆，宝剑斗牛寒。参见大哥。

宗子常　贤弟请坐。

独孤策　谢坐。唤小弟出来有何吩咐？

宗子常　只因山阴城中有一尼庵不守清规，败坏风俗，有意命贤弟访拿这些孽障，不知贤弟意下如何？

独孤策　小弟情愿前去。

宗子常　全仗贤弟。正是：一言如九鼎。

独孤策　前去灭奸人。
　　　　（下）

## 第 二 场

（唐氏上）
唐　氏　（引）家门不幸，倒教我日夜劳心。（坐）
　　　　自从回浙东，家运不兴隆，子幼夫君丧，又亡母党兄。老身唐氏。配夫陆少师，曾在宋室为官。只因奸臣当道，告致还乡，不幸身亡。膝前一子名唤陆游，当月订下我兄长之女蕙仙为妻，尚未过门。我兄远宦蜀中，前年接得凶报，我兄嫂双双下世，蕙仙流落西川。曾命夫侄子逸前去迎接蕙仙，去了半载未见到来，好生忧闷也。
（陆子逸上）
陆子逸　接得弟妇转，行过路几千。参见婶娘。
唐　氏　罢了。命你去往蜀中接我侄女，可曾到来？
陆子逸　现在门首。
唐　氏　为何不随你进来，难道还要我说个请字？
陆子逸　不是呵，唐小姐虽是婶母的娘家侄女，自幼曾与兄弟陆游订亲，如今父母双亡来在我家，总难免带些女儿羞态，婶娘谅情。
唐　氏　唤她进来。
陆子逸　是。唐小姐，我婶娘唤你。
唐蕙仙　（内白）来了。（上）
　　　　（唱）移步低头意凄惶，
　　　　　　　含羞敛衽拜姑嬃。
陆子逸　小姐拜过你的，哎，姑母。
唐蕙仙　姑母在上，侄女拜见。
唐　氏　一路风霜，不拜也罢。想当年我与你爹娘分手之时，你才三个月，如今你倒长成人了。哎，我那兄嫂哇！
陆子逸　婶娘姑侄相见，正好叙话，不要悲伤。
唐　氏　哦，你看她见我哭她爹娘，竟连一点眼泪也是没有。
陆子逸　她是怕婶娘伤心。
唐　氏　这也说得是，你一路风霜，外面歇息去罢。
陆子逸　谢婶娘。（下）

唐　　氏　侄女一旁坐下。
唐蕙仙　告坐。
唐　　氏　你爹娘得何病症而亡？
唐蕙仙　我爹爹自到蜀中，在大帅吴璘帐下当了参谋，屡建奇功。吴元帅同我爹爹一处饮酒，不想爹爹吃得大醉，回得家来发了旧症，永辞尘世。我母悲痛成病，下世去了。
唐　　氏　你幼年可曾读过诗书？
唐蕙仙　幼年先父母也曾教儿读过诗书。
唐　　氏　着哇，腹有诗书气自华，你那表兄最喜作诗，待他回来，你与他亲近亲近，便知分晓。
唐蕙仙　这……（羞介）
唐　　氏　我倒忘怀了。你是他未婚之妻，少时见了他，暂且兄妹相称。
唐蕙仙　是。
唐　　氏　日已过午，他想必回来也。
陆　　游　（内白）走哇！（上）
　　　　　（唱）以文会友多饶兴，
　　　　　　　回得家来见娘亲。
　　　　　母亲拜揖。
唐　　氏　罢了。
陆　　游　谢母亲。
唐　　氏　儿啊，这是你表妹，向前见过。
陆　　游　哪个表妹？
唐　　氏　蕙仙表妹，你与她暂且仍行兄妹之礼。
陆　　游　表妹，愚兄有礼。
唐蕙仙　表兄万福。
唐　　氏　从今以后，你两个出入不必避面，择日与你们合卺。
唐蕙仙　侄女还有数月孝服未满。
唐　　氏　既到我家，不可再穿这般的重孝。
唐蕙仙　是。
唐　　氏　五月十六日娘娘庙开光，我要带你往庙里烧香。
陆　　游　母亲，青年女子是不可教她入庙烧香的。
唐　　氏　儿啊，烧香是好事，况且是随为娘前去，你不必多管。外面去吧。
陆　　游　遵命。（看唐蕙仙，作笑介，下）
唐　　氏　蕙仙随我来。正是：姑侄之情婆媳分，
唐蕙仙　此身犹觉不分明。（下）

## 第 三 场

    （不空上）
不　空　身在空门内，
    念经我不会。
    多买美佳人，
    造些风流罪。
    我，不空，是山阴城里娘娘庙一个姑子。今天是本庙神圣开光之期，
    定有施主前来，不免开了庙门。
    （院子、车夫、唐氏、唐蕙仙上）
唐　氏　（唱）下得车来登宝殿，
    （不空接入介）
唐蕙仙　（唱）低头同拜在神前。
    （唐氏、唐蕙仙同拜介）
不　空　老太太，这是你们少奶奶吗？
唐　氏　是便是，但与小儿尚未合卺，师父不要如此称呼。
不　空　那么，我称她一声小姐。
唐　氏　这倒使得。
不　空　老太太请您写缘簿，您瞧我们这位子孙娘娘灵极啦，只要您多多的
    布施，保佑您今年就抱孙子。
唐　氏　我儿子、媳妇未曾完亲，焉能就抱孙子？
不　空　这年头的姑娘可说不准。
唐　氏　甚么讲话！我烧香便是行善，何必又写缘簿？
不　空　没您不圣明的，越舍越有，您行善还有够吗？
唐　氏　这也说得是，待我写他二十两银子。
唐蕙仙　姑母布施应赴尼僧供养，外道神鬼只怕是没有功德的。
唐　氏　明里去暗里来，我在神佛面前花钱倒是不吃亏的。
唐蕙仙　佛法清净空虚，哪有佛菩萨保佑人发财之理？姑母今日明明去了
    二十两银子，还讲什么不吃亏？
唐　氏　这个……
不　空　老太太，她是年轻的人儿，懂得什么？您舍了不是一年啦，要是不舍，
    可惜了从前的功果。没别的，您瞧，神前的灯油快干啦，您再舍十
    两银子的油钱。
唐　氏　这……

唐蕙仙　姑母，布施不在一时，改日再舍不迟。
唐　氏　是啊，我布施是不在一时的，我改日再写。
不　空　改日再写就改日再写，反正出口是愿，跑不了你。老太太，我这庙里有分佛牙，您看看。
唐蕙仙　天不早了，姑母回去吧。
不　空　小姐忙什么？我这佛牙跟《水浒》里潘巧云看的那一分不一样。再说老太太这么大的岁数，我又是个姑子，怕什么的？
唐　氏　师傅取笑了，天色果然不早，我们告辞了。
　　　　（唱）姑侄一齐离佛院——
唐蕙仙　（唱）忙上朱轮垂绣帘。
　　　　（唐氏、唐蕙仙、院子、车夫下）
不　空　没想到陆家这位团圆媳妇这么厉害，直搅我的买卖。我不免去到他家见机行事，我要不把你这段姻缘拆散了，我白当姑子了。
　　　　（下）

# 第四场

　　　　（陆游上）
陆　游　（引）一家骨肉恩无限，喜得佳人美又贤。
　　　　小生，姓陆名游，字务观，山阴人氏。先父少师公不幸早亡，与寡母同居。自聘定舅父唐公之女，尚未合卺。只因舅父病亡，母亲将我这未婚之妻接到家中，我二人暂且兄妹相称。我看此女美貌有才，我陆游好侥幸也。
　　　　（院子、唐氏、唐蕙仙、车夫上）
唐　氏　（唱）烧香已毕回家转——
唐蕙仙　（唱）可笑愚人多妄言。
　　　　（下车介，院子、车夫下）
陆　游　母亲拜揖。
唐　氏　少礼。
陆　游　哦，贤……
唐蕙仙　哦。
陆　游　贤妹。
唐蕙仙　兄长。

唐　氏　你们坐下。
陆　游
唐蕙仙　（同）告坐。

陆　游　贤妹请上坐。
唐蕙仙　兄长请上坐。
陆　游　贤妹乃是客位。
唐蕙仙　这，还是兄长上坐。
陆　游　如此有僭了，哈哈哈！
　　　　（坐介）
唐　氏　侄女儿，你今日在庙中阻挡我布施佛门，太造孽了，下次不可。
唐蕙仙　这些尼姑贪心不足，布施她是毫无益处。当年梁武帝造庙修坛，达摩祖师道他并无功德。真正佛门，哪有似不空那般贪而无厌的？
陆　游　妹子之言不差。
唐　氏　你二人尚未合卺，就敢结连一气违抗与我不成？
陆　游　孩儿不敢。
唐蕙仙　侄女是一片良言，姑母不可错疑。
唐　氏　贱人还敢强辩，我要掌嘴。
陆　游　表妹年幼，望母亲看在亡过舅父分上，饶她初犯。
唐　氏　看在我去世兄长分上饶你责打，你在此与我洒扫房屋，整理妆台，我要到家堂神前烧香去了。
唐蕙仙　是。
唐　氏　我这镜匣之中有一枝玉簪，乃是我订亲之物，倘有损伤，于我不利，你要小心了。
陆　游　母亲，表妹年幼，这洒扫房屋，整理妆台，还是交付丫鬟吧。
唐　氏　不用你多口，你到书房攻书去吧。（下）
陆　游　贤妹受屈了。
唐蕙仙　我自己错了，难怪姑母生气。
陆　游　你到此乃是客位，我母年迈，你看在我的分上。
唐蕙仙　我若果然常在客位，堂上也未必肯训教于我。只因我这内侄女儿与别人家的内侄女儿，哎，不得一样。你何必如此客气，兄长请去攻书，待我洒扫房屋，整理妆台。
陆　游　我来帮助贤妹。
唐蕙仙　不要耽误了攻书，快快去罢。
陆　游　如此少陪。（出，背介）待我听她讲些什么。
唐蕙仙　想我唐蕙仙来到他家，尚未合卺，竟将我当作奴婢看待，叫我洒扫

　　　　　房屋，整理妆台。这整理妆台，原是做女儿的分内之事，这打扫房屋，我自幼不曾做过，怎能干办得来？本当不做，又恐受她打骂。这都是爹娘在世将我娇生惯养，害了我了。幸而陆郎倒有怜惜之情，日后不愁出头之日。哎，难得见得爹娘啊！
　　　　（唱）可怜我未结褵椿凋萱冷，
　　　　　　　童养妇不如那陌路之人。
　　　　　　　喜檀郎倒有那夫妻情分，
　　　　　　　向着我不住地小语温存。
　　　　　　　奴与他终有日鸳鸯交颈，
　　　　　　　又何妨暂听这姑恶之声。
　　　　　　　扫罢了屋宇把妆台来整——
　　　　（取玉簪介，陆入介）

陆　游　这是母亲心爱之物，小心了。
　　　　（唐蕙仙作惊堕簪介）
唐蕙仙　（唱）蓦心惊将花簪摔在埃尘。
　　　　（唐氏暗上）
　　　　　　　哎呀你不去攻书，还在此做甚？
陆　游　我在此看你整理妆台。
唐蕙仙　你怎么大惊小怪？
陆　游　我怕你失手损伤此簪，母亲是要生气的。
唐蕙仙　你不开言，我还未必跌坏此簪。
陆　游　是我该死，你不要埋怨。
唐蕙仙　讲什么埋怨，少时姑母定要打我，你是怎生救我？
陆　游　不妨不妨，待我取些胶来，将此簪粘好。
唐蕙仙　玉簪怎能粘得？
陆　游　待我将它藏起，不叫母亲看见也就是了。
唐蕙仙　姑母不见此钗，焉有不问之理？藏不得。
陆　游　粘又粘不得，藏又藏不得，这倒难了。也罢，母亲不问则可，母亲若问，便说是我摔断的就是。
唐蕙仙　姑母岂不要责罚于你。
陆　游　我倒底是她的儿子。
唐蕙仙　使不得，还是我承认的好。
陆　游　是我承认的好。
唐蕙仙　是我承认的好。
　　　　（唐氏入介）

唐　　氏　蕙仙，命你洒扫屋宇，整理妆台，为何只管与他闲讲？
陆　　游　母亲，是我寻她讲话。
唐　　氏　你怎么不去攻书，却来同她讲话？莫非是她留你在此？
唐蕙仙　这，侄女怎敢？
唐　　氏　你还敢强辩，我方才听得你们说什么玉簪。
陆　　游　孩儿在这里私看母亲的那枝玉簪。
唐　　氏　玉簪今在哪里？
陆　　游　这个……
唐　　氏　你手拿什么物件？
陆　　游　没有什么物件。
唐　　氏　你拿过来！唗！蕙仙，我把你这贼婢，我怎样嘱咐于你，怎么把我这只玉簪摔断？是何道理？
唐蕙仙　哎呀姑母！儿洒扫房屋已毕，正在整理妆台，不想他……
唐　　氏　他便怎么样？
陆　　游　母亲，是孩儿走将进来，观看玉簪，一时失手，竟自将玉簪摔断了。望母亲免她责打。
唐　　氏　既是你摔断的，取家法来，待为娘打你。
陆　　游　是。（取打彩介）家法在此。
唐　　氏　奴才伸手过来。
陆　　游　是。
唐蕙仙　这玉簪是侄女摔断的。
唐　　氏　我早知是你，快向前来领责。
陆　　游　母亲看在她洒扫房屋曾经受累，免了责打罢。
唐　　氏　你道她洒扫房屋曾经受累，你看她扫得不干不净也就该打。不用你多言，你攻书去吧。
陆　　游　母亲饶恕与她，孩儿便去攻书。
唐　　氏　住了！她未来时你日日用心攻书，如今她到了我家，竟分了你上进之心，我打她正是儆戒于你，你还敢多言。哎，贱人哪！
　　　　　（唱）玉簪本是无价宝，
　　　　　　　　将他摔碎为哪条？
　　　　　　　　手执家法行训教——
　　　　　（打唐蕙仙介，陆游护介）
　　　　　　　　总然打死气难消。
唐蕙仙　姑母。
　　　　　（唱）千看万看儿年小，

　　　　　过出无心求恕饶。
　　　　　叩头有声来哀告，
　　　　　哎呀，姑母哇！
　　　　　轻打轻责这一遭。
　　　　姑母，我挨不起了，望姑母饶恕。
陆　游　母亲饶了她吧。
唐　氏　纵然将你打死，我的玉簪也不能还原的了。你且罚跪一旁，待我歇息片时再重重的打你。
唐蕙仙　是。
　　　（跪场角介）
陆　游　打免了，跪也免了罢。
唐　氏　不用你多管。
　　　（不空上）
不　空　来把施主见，再狼几文钱。老太太！
唐　氏　师父来了，请坐。
不　空　这是谁在这儿矮半截？
唐　氏　她曾同我到庙中烧香，师父不认得了？
不　空　原来是那位小姐，她怎么掉在炉坑里啦？
唐　氏　是我将她罚跪在此。
不　空　小姐，你睄有报应没？报应你毁谤了我。你回家就罚跪，真是现世现报。
陆　游　师父这里来。
不　空　什么事？
陆　游　师父与她讲个人情。
不　空　我不敢管你们的家务。
陆　游　师父若肯与她讲情，我多多布施于你。
不　空　你得啦波，我们出家人是不贪财的。
陆　游　是，是我失言了。
不　空　贪财虽不贪财，你在神佛跟前花钱，我也不敢不收。再说，我是慈悲为本，等我给她讲个情。
陆　游　有劳师父。
不　空　我讲情准不准，你的布施可出口是愿，不能打退堂鼓。
陆　游　你若讲不下这个人情，我是一文也不布施的。
不　空　你敢情认死扣儿。（向唐氏介）老太太，为什么叫您这位团圆媳妇在这儿罚跪？

唐　　氏　她不听教训，故此叫她罚跪。
不　　空　您睄着我，放她起来。
唐　　氏　别人讲情我是不准，师父讲情……
不　　空　老太太，您可别搅我的道路。
唐　　氏　师父讲情，哪有不准之理？我放她起来就是。蕙仙起来。
唐蕙仙　　是，谢姑母。
唐　　氏　谢过师父。
唐蕙仙　　谢师父。
唐　　氏　要磕头道谢。
唐蕙仙　　是，师父我与你叩头。
不　　空　起来，起来。
唐　　氏　蕙仙，我与师父讲话，你到厨下整顿酒饭。（下）
唐蕙仙　　是。权为灶下养，谁怜薄命人。
陆　　游　阿弥陀佛，这件事总算完了。
不　　空　你的布施呢？
陆　　游　改日布施罢，我要攻书去了。（下）
不　　空　过河拆桥，念书人真可以。
唐　　氏　师父沉吟什么？
不　　空　我没沉吟什么，我看你这宅里黑气腾腾，恐怕要出事。
唐　　氏　但不知应在何人身上？
不　　空　就应在老太太身上。
唐　　氏　怎么，应在我的身上，不知可有解救？
不　　空　等我给你算算。请问老太太是哪一年生的？
唐　　氏　是卯年生的。
不　　空　是属兔子的，你这位团圆少奶奶是哪一年生的？
唐　　氏　是寅年生的。
不　　空　是属虎的，不得了不得了，她是虎，你是兔子，留神虎吃了你这兔子。
唐　　氏　方才我说错了。我是寅年，她是卯年。
不　　空　你属虎，她属兔。老太太，她来了之后，您犯过什么琐碎没有？
唐　　氏　自她来到我家，摔断玉簪，伤损器物，日日生气。
不　　空　可又来，您既是睄见她就生气，可见你们俩命宫不合。
唐　　氏　可有解救？
不　　空　只要您不听她的话，多在我庙里花钱布施就没事了。
唐　　氏　我情愿布施。
不　　空　您先给一百两，我给您点个长寿灯，保佑你长命百岁的容易养活。

唐　氏　怎么讲话？我又不是小孩儿。
不　空　我夸你返老还童还不好吗？
唐　氏　多谢师父吉言。现有一百银子，师父收了。
不　空　这是功德钱，我可不道谢，我道谢怕折了你的寿数。我走了。正是：指佛求混嘴，不知佛是谁。（下）
唐　氏　且住！听不空之言，原来我与蕙仙命犯刑克，怪不得我见了她就要生气。我不免将她赶了出去，另订别家。哎，她到底是我兄长遗体，不可如此的无情，我不免且到厨下查看一番便了。（下）

## 第五场

（唐蕙仙上）

唐蕙仙　（唱）烹调事原本是女子职分，
　　　　　　　却怎奈娇生养未曾惯经。
　　　　姑母命我整备酒饭，待我将酒温起。
　　　　（温酒介）
　　　　这原是女子本分之事，奈我在爹娘膝下娇养惯了，却是干办不来。哎，爹娘啊爹娘，你二老在日爱惜女儿，反倒害了女儿了。
　　　　（酒壶作洒酒，火彩介）
　　　　我姑母有许多仆妇、丫鬟，怎么偏要叫我来经理庖厨？我也只得尽心学习，我唐蕙仙好苦哇！
　　　　（唐氏上）

唐　氏　这个贱人到厨下整顿酒饭，怎么半晌不来？哎呀，厨下失火了！
　　　　（唐蕙仙作惊看介，唐氏、唐蕙仙作救火介。陆游上，取水泼火介。唐氏作呆介，唐蕙仙、陆游扶唐氏行介。唐氏打唐蕙仙、咬唐蕙仙介，陆游护介）

唐蕙仙　姑母受惊了。
唐　氏　我受惊是小，你这贱人自到我家，摔断玉簪，失去许多物件，弄得厨下失火，倘若烧了房屋，那还了得。你真是个败家星！
唐蕙仙　侄女一时大意，求姑母责打。
陆　游　母亲，她年纪尚小，母亲开恩。
唐　氏　我如今永不打她了。
陆　游　怎么，母亲永不打她了？你快谢过母亲。

| 唐　氏 | 我打虽不打，只是我家难留她这样无用之人。陆游过来，快快写封休书，将她休弃。 |
|---|---|
| 陆　游 | 这个…… |
| 唐蕙仙 | 哎呀姑母！侄女年幼无知，任凭姑母打骂，只求姑母不要叫他、他、他写休书了！ |
| 陆　游 | 母亲，她的年小，望母亲教训。这封休书孩儿是不能写的。 |
| 唐　氏 | 奴才敢违抗为娘不成？快去写来。 |
| 陆　游 | 母亲素日疼爱孩儿，今日还求格外的疼爱。 |
| 唐蕙仙 | 姑母，侄女与你孩儿虽未合卺，久受陆门之聘。况且已经身到陆家，今日一旦狠心休弃，只恐性命休矣！ |
| 唐　氏 | 我与你命犯刑克，今日不将你休弃，我的性命休矣！ |
| 唐蕙仙 | 那些无稽之谈，岂可深信？ |
| 陆　游 | 着哇，那些无稽之谈，是信不得的。 |
| 唐　氏 | 你不写？ |
| 陆　游 | 母亲开恩！ |
| 唐　氏 | 你写与不写，我要赶她出去。 |
| 唐蕙仙 | 姑母，侄女父母双亡，无家可归，叫我往哪里去？还求姑母收留。 |
| 唐　氏 | 这倒是我失检了。她无家可归，这便怎么处？有了，陆游，快到你兄长家中把他唤来。 |
| 陆　游 | 是。（下） |
| 唐　氏 | 贱人，你快去收拾行李与我走路。 |
| 唐蕙仙 | 姑母，侄女是不走的呀。 |
| 唐　氏 | 只怕由不得你了。 |

（陆游、陆子逸同上）

| 陆子逸 | 一家欢乐多侥幸，平白又把是非生。婶娘拜揖。 |
|---|---|
| 唐　氏 | 罢了。 |
| 陆子逸 | 唤侄儿何事？ |
| 唐　氏 | 你这未婚的弟妇十分不贤，我要赶她出去。 |
| 陆子逸 | 他不曾与兄弟合卺，未犯七出之条，只怕赶不得。 |
| 唐　氏 | 赶不得也要赶，你快将她领到你家，与她另婚别姓，我是不要她了。 |
| 陆子逸 | 这，遵命。 |
| 唐　氏 | 这才完我一件心事。正是：除却心头恨，拔去眼中钉。（下） |
| 陆子逸 | 贤妹，到寒舍去罢。 |
| 唐蕙仙 | 多口。 |
| 陆　游 | 兄长，这就是你的不是了。你怎么不劝我母亲，反要领她出去？ |

陆子逸　贤弟，你叫她暂到我家，我慢慢劝婶娘回心，管保你夫妻成配。你也可常到我家看望她的。

陆　游　若得如此，小弟铭感不忘。

陆子逸　自家弟兄，何言铭感二字？贤妹随我去吧。

唐蕙仙　我还有何面目出她的大门？不如一死，万事全休。

陆子逸　你若死了，岂不苦坏了我这兄弟？还是走的是。

唐蕙仙　事到如今，也只好一走。表兄，我走了。

陆　游　怎么讲，你走了？

唐蕙仙　我走了，表兄。

陆　游　贤妹。

唐蕙仙　我那……哎！

（同哭，陆游下）

陆子逸　这是哪里说起。车辆走上。

（车夫上）

唐蕙仙　我好命苦！

（唱）万种愁都付与芳心一寸，

（上车，行介，下车介，车夫下）

　　　　可叹我蕙仙女生命不辰。[1]

陆子逸　娘子开门来。

陆娘子　（陆娘子上）官人回来了。

陆子逸　这是务观兄弟未婚之妻，你同她后面一叙。

陆娘子　贤妹随我来。（拉唐蕙仙下，陆游上）

陆　游　（唱）好鸳鸯怎舍得分钗破镜，

　　　　　　急急去寻兄长商议而行，

兄长在家么？

陆子逸　贤弟来了，请进。

（陆游入介）

请坐。贤弟，我将把弟媳带得回家，你怎么也来了？

陆　游　小弟闷闷不乐，特来寻兄长闲谈。

陆子逸　你哪里是寻我闲谈，分明另有心事。依我相劝，母命不可违抗。

陆　游　你怎么反复起来了？早知如此，不该放她出来。

陆子逸　我是试探你的真心，你既如此情重，待我过几日去劝婶娘，你先回去吧。

---

[1] 此处两句唱词旁有修改字迹，为"世事万般皆是命，看来由命不由人"。

陆　游　天色尚早。
陆子逸　天交三鼓了。
陆　游　如此小弟告辞。
陆子逸　贤弟，你若再来，倘遇我不在家中，便到你嫂嫂房中去坐。
陆　游　哦，便到嫂嫂房中去坐？
陆子逸　她那里还有一人陪你。
陆　游　兄长取笑了，请。（陆子逸下）我母亲怎么无故把她休弃？定是听了不空言语，待我去往庙中打她一顿。（行介）来此娘娘庙，不空快来。（不空上）
不　空　原来是陆相公，您怎么叫我不空？
陆　游　不叫你不空，难道叫你妖尼不成？
不　空　你怎么骂上啦？
陆　游　非但要骂，我还要打。（打介）
不　空　救人哪，秀才强逼姑子。
　　　　（陆游急跑下，四小尼上）
四小尼　师父怎么啦？
不　空　不能跟你们说，我得养伤去。
四小尼　你养什么伤？
不　空　那你们不用管了。（下）

# 第六场

　　　　（丫鬟、唐氏上）
唐　氏　（唱）替子休妻心怀恨，
　　　　　　　家门不幸是非生。
　　　　（童儿、陆子逸上）
陆子逸　（唱）友于之谊须当尽，
　　　　　　　但愿婶娘早回心。
　　　　婶娘。
唐　氏　罢了。
陆子逸　童儿，将酒肴呈上。
唐　氏　你为何送这许多的酒肴？
陆子逸　菲薄之敬，婶娘收下。

唐　　氏　我收便收下，你必须在此陪我同饮。
陆子逸　侄儿理当奉陪，为何不见兄弟？
唐　　氏　他攻书去了。丫鬟，将酒摆下。
　　　　（唱）贤侄为人多孝敬，
　　　　　　　奉我犹如奉双亲。
陆子逸　（唱）机关早已安排定，
　　　　　　　见景生情把话论。
　　　　婶娘，这肴馔可还适口？
唐　　氏　倒也精美。
陆子逸　婶娘，你道是何人的烹调？
唐　　氏　莫不是你家娘子的烹调？
陆子逸　非也，乃是我兄弟未婚之妻思念婶娘，亲手做成，托侄男带来的。
唐　　氏　那贱人还思念我么？
陆子逸　婶娘哦！
　　　　（唱）陆唐两家皆巨姓，
　　　　　　　好比朱陈亲上亲。
　　　　　　　他二人婚姻早已定，
　　　　　　　当年叔父自担承。
　　　　　　　弟媳年幼须教训，
　　　　　　　何必将她赶出门。
唐　　氏　听你相劝，我不赶她也就是了。
陆子逸　多谢婶娘。
唐　　氏　但是一件。
陆子逸　哪一件？
唐　　氏　叫她住在你家，待你兄弟功名成就，与她完婚。
陆子逸　今当开科取士，待侄儿与兄弟同往临安，倘若功名有分，正好完全他二人的婚姻。
唐　　氏　待我唤他前来，陆游哪里？
　　　　（陆游上）
陆　　游　茶香留舌本，书味在胸中。母亲何事？
唐　　氏　今乃开科取士之年，你兄长要同你往临安应试，得中回来，为娘仍叫蕙仙与你合卺。
陆　　游　孩儿久知母亲慈爱，果然慈爱。
陆子逸　兄弟，但愿你一举成名，双喜临门。
陆　　游　母亲，孩儿告辞。

|（唱）但愿金榜标名姓，
陆子逸 |（唱）管叫双喜耀门庭。
（陆子逸、陆游带童儿下）
唐　氏 |（唱）我儿求名去得紧，
　　　　　　且到庙中把香焚。
　　　　　　吩咐人来备车轮——
（院子、车夫上，圆场，不空上，唐氏下车介，车夫下）
　　　　　　一心秉正求神灵。
不　空 | 老太太来啦？您是烧香，是求签？
唐　氏 | 只因我儿求取功名去了，特到庙中求一灵签，以决吉凶。
不　空 | 您那没过门的少奶奶怎么没来？
唐　氏 | 啊，不听训教，我已将她休弃，送到我侄儿家中去了。
不　空 | 她的命不好，倒是得休。
唐　氏 | 如今我侄儿再三相劝，且待我儿得中，回来仍将他二人婚配。
不　空 | 老太太真耳朵软，怎么是人的话就听？无怪你家里老闹家务。以后你听好人的话，别听坏人的话，好人是不给你当上的。
唐　氏 | 我怎么晓得谁是好人，谁是坏人？
不　空 | 那就全靠眼睛了。咱们别说闲话，您求签吧。
唐　氏 | 神圣在上，弟子叩问凶吉，乞赐指示。
不　空 | 出来了。
唐　氏 | 什么？
不　空 | 签从筒里出来了。
唐　氏 | 待我看来，下下第十一签。
不　空 | 怎么您会闹了个下下，可见您够不上一个上上。
唐　氏 | 何事问天公。
不　空 | 这句您懂不懂？
唐　氏 | 我也曾读书识字，这样话怎的不懂？
不　空 | 您讲一讲。
唐　氏 | 那神灵言道，我有何事要问天公呢。
不　空 | 难为您倒真讲的不错，再睄第二句。
唐　氏 | 存心大不同。
不　空 | 这一句又是怎么讲？
唐　氏 | 无非是说人心各有不同。
不　空 | 不对，神圣是说他的心跟你不同。你问的是儿子的功名，他老人家一个不高兴就许答应到别处去。

唐　氏　所答非所问，便不算灵了。
不　空　那才是真灵哪。你问一他能答二，要是问一句答一句，还问他干吗？
唐　氏　修行无实意。
不　空　这就说的您，又舍得花钱，又舍不得花钱，又肯烧香，又不真心布施。
唐　氏　难免独孤凶。
不　空　这一句您可懂的？
唐　氏　此句甚是不祥，却详解不明。
不　空　这一句是说您命犯孤独，难免要当姑子。
唐　氏　我是有家有儿之人，怎能身入空门？
不　空　神灵决不说假话，您得留点神。再说您当姑子也不吃亏，我们姑子的好处您是不知道。
唐　氏　依师父看来，神灵道我命该为尼？
不　空　那还有错吗？
唐　氏　可有禳解之法？
不　空　那是您的命，怎么禳解？
唐　氏　师父救我一救。
不　空　你怎么这么怕当姑子？你们尘世的人可真想不开。
唐　氏　如此说来，我是姑子命了。哎，我好命苦哇！
不　空　我们出家人是慈悲心，您这一哭我心软啦。我教您个禳解的主意，您有亲人叫她替您出家就得了。
唐　氏　也罢，我就叫我那未婚的儿媳前来出家。
不　空　怎么着，她来出家，我可磕头谢谢。她要来出家，准给我庙里增光。
唐　氏　哦，她来出家必能与你庙里增光？我也看破红尘，情愿出家。
不　空　您可不行，还是她罢。我庙里的事你办不了。
唐　氏　我即刻去接她，告辞了。
　　　　（唱）命犯出家真倒运，
　　　　　　　只得去找替身人。
　　　　（车夫上，唐氏上车，领院子下）
不　空　我没想到三言五语，把个大美人儿弄到庙里来啦，这下子我可发生啦！（下）

# 第 七 场

（唐蕙仙、陆娘子上）

**唐蕙仙** （唱）无故的成覆水满心悲恨，
　　　　　　看起来命生成难怨别人。
（陆子逸、陆游同上）
**陆子逸** （唱）为兄弟姻缘事机关来定，
**陆　游** （唱）感仁兄成全我一段婚姻。
**陆子逸** 恭喜贤妹，贺喜贤妹！
**唐蕙仙** 小妹喜从何来？
**陆子逸** 愚兄在婶娘面前与你二人撮合，婶娘言道，仍依旧日之盟，岂不是一喜？
（唐蕙仙羞介）
今乃朝廷开科取士之秋，我弟兄二人同往临安，待兄弟得中，与你二人完全花烛。
**陆　游** 我这里有诗扇一柄，贤妹收下。
**唐蕙仙** 多谢了。
**陆　游** 告辞。
**唐蕙仙** 你今此去，但愿功名有分，纵然落第，我也坚守旧盟，除死方休。
**陆　游** 好不吉祥。
**唐蕙仙** 表兄哦！
　　　　（唱）我与你一见钟情甚，
　　　　　　一点根芽种得深。
　　　　　　富贵穷通何足论，
　　　　　　山盟海誓也是虚文。
　　　　　　姻缘本是爹娘订，
　　　　　　不想高堂变了心。
　　　　　　你不比休妻汉黄允，
　　　　　　奴不是覆水难收下贱人。
　　　　　　但愿苍天知我意，
　　　　　　何必再向外人云。
**陆子逸** （唱）你二人婚姻事已经定准，
**陆　游** （唱）弟兄们往临安求取功名。（下）
（院子、车夫、唐氏上）

| | |
|---|---|
| 唐　氏 | （唱）求灵签方知道万般是命， |
| | 　　　　才把个童养媳舍入空门。 |
| | （下车介，车夫下。唐氏入介） |
| 陆娘子 | 婶娘万福。 |
| 唐蕙仙 | 姑母。 |
| 唐　氏 | 罢了。 |
| 陆娘子 | 婶娘到此，必有所为。 |
| 唐　氏 | 我是来接蕙仙回去的。 |
| 陆娘子 | 方才你侄儿言道，叫妹子先住在我家，怎么婶娘又接她回去？ |
| 唐　氏 | 我不接她回去，恐受亲戚耻笑。 |
| 陆娘子 | 妹子，婶娘前来接你，你意如何？ |
| 唐蕙仙 | 我在此打搅嫂嫂，许多不便。既是姑母前来接我，我自然是回去的好。 |
| 唐　氏 | 着哇，你自然是回去的好。我姑侄告辞了。 |
| | （唱）我心中揣巧计安排已定—— |
| | （陆娘子下，唐氏、唐蕙仙上车介，圆场，下车介，车夫下） |
| 唐蕙仙 | （唱）却因何不回家来到禅林？ |
| | 为何不到家中，往这庙里来了？ |
| 唐　氏 | 烧炷佛香，再回去也还不迟。 |
| | （入庙介，不空上） |
| 不　空 | 老太太来啦，请到禅堂。 |
| 唐　氏 | 我不到禅堂了，蕙仙我实对你说了罢，只因我命犯出家，年纪大了，要你替我修行。 |
| 唐蕙仙 | 怎么讲，要叫我在此修行么？哎呀姑母哇！侄女年幼怎能修行？还求姑母带我回去。 |
| 不　空 | 您别那么说，在我们这儿出家越年轻越好。 |
| 唐　氏 | 少年正好修行，你听了师父之言在此出家，有你的好处。 |
| 不　空 | 对，在这儿出家，有你的好处。 |
| 唐蕙仙 | 女子出家，非同容易，还要商量商量。 |
| 唐　氏 | 什么商量，你若定要回去，我日日打你。 |
| 唐蕙仙 | 侄女是要回去的。 |
| 唐　氏 | 你修行也要修行，不修行也要修行。我走了，哼，贱人！（下） |
| 唐蕙仙 | 姑母转来，从长计议。 |
| 不　空 | 你别叫她了，她既叫你出家，你死乞白赖跟她回去，她可说要打你了！你不如出了家，倒有此缘。 |
| 唐蕙仙 | 待我思忖思忖。 |

不　空　　你想去罢，我的姑娘。
　　　　　（唐蕙仙背介）
唐蕙仙　　且住！想我唐蕙仙好不命苦，不幸父母双亡，在婆家童养，又被婆婆送入空门。看来命犯孤鸾，削发修行倒也除得多少烦恼。（向不空介）师父，我情愿在此修行。
不　空　　你情愿在我这里，你的造化来啦！
唐蕙仙　　出家为尼，还有什么造化？
不　空　　你不知道，姑子庵的好处可比在家里强的多。等我把你那些师兄叫出来，你见一见就明白啦。徒弟们，快来。
　　　　　（四小尼上）
四小尼　　忽听师父唤，忙步到跟前。师父，什么事？
不　空　　这是你们师弟，见一见。
四小尼　　师弟。
唐蕙仙　　众位师兄。哦，师父，她们怎么未曾落发？
不　空　　落发可就把我的事搅啦！就是你也是带发修行。
唐蕙仙　　削发除烦恼，我还是落发好。
不　空　　落发干什么？你守我的规矩就结了。
唐蕙仙　　师父庙里有何清规？
不　空　　我这庙里第一要舍身救人。
唐蕙仙　　舍身救人永为菩萨之本。
不　空　　我这舍身救人可不是那么舍身救人，我这儿是专救年轻的跟有钱的。
唐蕙仙　　怎么救法？
不　空　　要有年轻没娶媳妇的跟有钱嫌家里太太不合适的，到我们这儿来，我们就得由着他的性儿，爱怎么着就怎么着。这就叫舍身救人。
唐蕙仙　　好淫尼！
　　　　　（唱）佛门清净是本等，
　　　　　　　　作怪妖尼敢宣淫。
不　空　　（唱）贱婢说话真可恨，
　　　　　　　　说什么修行是真心。
　　　　　　　　拿起戒尺将你打，（打唐蕙仙介）
　　　　　　　　看你修行不修行？
　　　　　你真心修行不真心修行？
唐蕙仙　　我看破红尘，真心修行。
不　空　　你真心修行，我还是打。
唐蕙仙　　天哪，哪有佛门弟子，不许人真心修行之理？

不　空　我这个佛门弟子，就是那么一回事。你再说真心修行，我就活活打死你。
唐蕙仙　我死了倒也干净，快快将我打死。
不　空　你想死，偏不许你死。你既愿意修行，给我做点苦工。
唐蕙仙　我愿做苦工。
不　空　你给我挑水做饭。
唐蕙仙　我情愿挑水做饭。
不　空　那么你挑水去。
唐蕙仙　哎，佛门败类今如此，报应循还总有之。（下）
不　空　没想到她一死儿要真修行，连我这个岁数还不敢说修行呢，别说是她。我听听天交几更了。
（打二更介）
敢情二更天了，徒弟们各自回屋，我要睡了。
（唱）安禅入定我不会，
　　　脱去僧衣睡一回。
（四小尼下，不空入帐介。打三更。独孤策魂引狗形上，不空出帐介。独孤策挖不空心，换狗心介）
独孤策　独孤策去也。
（下。打四更介）
不　空　（唱）适才蒙眬昏昏睡，
　　　人换狗心又是谁。
我睡梦之中，见一个人自称什么独哇，把我的心挖了，换了个狗心。不用说，嫌我心眼不好，给我换换。他这一换，更不好了。
（打五更介）
天打五更是亮了，我到庙门口去瞧一瞧。
独孤策　（内白）走哇。（上）
（唱）怀揣韬略英雄胆，
　　　仗义疏财天下传。
俺，复姓独孤，名策，字景略。奉了子常大哥之命，翦灭淫尼。来此娘娘庙，看门口有个姑子，待我向前。大师父请了。
不　空　哎哟我的妈呀！
独孤策　你见了我，怎么这么害怕？
不　空　您这个长相就可怕。
独孤策　我可怕，我瞧你这个长相更可怕。
不　空　我的可怕在心里，不在脸上。

独孤策　你自己知道就结了。
不　空　您到这儿干什么来了？
独孤策　我到你这庙里瞧瞧。
不　空　敢情是施主来啦，请到庙里方丈里坐。（入庙介）您烧香不烧香？
独孤策　我不烧香。
不　空　您不烧香给我几个香钱，我替您烧。
独孤策　我不给香钱。
不　空　您不给香钱，我吃什么？
独孤策　你这庙里，要专指着香钱可就干了。
不　空　不指着香钱，我指着什么？
独孤策　我听说你这庙里另有发财的道，是不是？
不　空　您别冤枉人，我这庙里是个清净庙，没瞎事。
独孤策　你要屈心？
不　空　我屈心是畜类，不是人。
独孤策　我是来花钱的，你一个劲不说实话，你是把财神爷望外推，我走啦。
不　空　您别忙走，我这庙里只要花钱就有乐子。
独孤策　这不结了。
不　空　您贵姓？
独孤策　我复姓独孤名策。
不　空　独孤策，好别扭的姓，您改个姓行不行？
独孤策　花钱改姓，我没听题。
不　空　您这钱打算怎么花？
独孤策　花钱买乐还有两样吗？
不　空　您是摆酒，您是买人？您要摆酒，我这儿有人陪着您。您要买人，我给您拉纤。
独孤策　我也不摆酒，也不用你拉纤，我是来包圆儿的。
不　空　什么叫包圆儿？
独孤策　我是宗大官人那里来的，要把你们都接到他那里去，把你们一个不留，这就叫包圆儿。
不　空　敢情您是宗大官人那儿来的。我瞧着您很眼熟，好像跟我换过心。我跟您去，准有好处，我去就结了。
独孤策　大官人脾气急，立刻就得快走。
不　空　我也愿意快走，不但愿意快走，求您什么都给我一个快结了。
独孤策　你这儿等着，我给你弄车去。不但把人拉走，连细软东西都带着。
不　空　车钱算谁的？

独孤策　车钱算我的，出城就到，没几步路。
不　空　那您就请吧。
独孤策　正是：淫尼真可恨，败坏我佛门。（下）
不　空　徒弟们快来！
　　　　（四小尼上）
四小尼　何事？
不　空　我们要往宗家去了，把蕙仙叫来。
四小尼　蕙仙哪里？
唐蕙仙　（内白）苦哇！（挑水桶上）
　　　　（唱）入佛门已是我生成薄命，
　　　　　　　又谁知佛门内不准修行。
不　空　（唱）我与那独孤策一言为定，
　　　　　　　带徒弟去见那宗大官人。
　　　　你别挑水了，我们要搬家了。
唐蕙仙　任凭你搬往哪里，我也不跟随，我情愿在此看守庙宇。
不　空　你真死心眼儿，人家叫一庙都去，一个不留，不能单留你一个人看庙。
唐蕙仙　但不知是个什么地方？
不　空　那是个好地方，你去了有你的好处。
唐蕙仙　听你之言，我倒明白了，莫非因我不肯见客，你将我转卖他人了么？
不　空　我要卖你，不能一庙都走，难道连我自己都卖了吗？你不走，我就打你。
　　　　（打唐蕙仙介，四下手、独孤策上）
独孤策　车来了，该走了，你打她干什么？
不　空　我们这个挑水的不愿意去，所以我打她。
独孤策　一个挑水的不去就不去。
不　空　她这个挑水的可与众不同。
独孤策　等我瞧瞧。（看唐蕙仙介）果然与众不同。不空，你真混账。
不　空　你怎么骂人？
独孤策　她这个脑袋，你怎么叫她挑水？
不　空　您瞧长的好？她没开窍呢。
独孤策　本来不如你开窍。那一女子，你为什么不开窍哇？
唐蕙仙　我是良家之女，岂肯与她们同党。
独孤策　好有志气！众好汉，叫那些尼姑两个人一车，不空单坐一车，这挑水女子单坐一车，出城回复宗大官人便了。（下）

# 第八场

（四青袍、宗子常上）

宗子常 （唱）仗义行侠人称仰，
　　　　　　江湖闻名宗子常。
　　　　　　不愿当朝为将相，
　　　　　　愿替天公安善良。
（独孤策上）

独孤策　参见大哥。

宗子常　贤弟请坐。

独孤策　告坐。

宗子常　我命贤弟访拿淫尼怎么样了？

独孤策　淫尼俱已被小弟赚回庄来，请大哥发落。

宗子常　盼咐庄丁，将她们斩尽杀绝。

独孤策　且慢！杀她们空污刀斧，依小弟之见，单杀为首之人，剩下的刨个坑都给活埋了结了。

宗子常　就依贤弟。

独孤策　内中有个挑水女子不是妖尼一党，望大哥饶恕。

宗子常　她若不是妖尼一党，早已寻了自尽，岂肯在庙内偷生？你且将妖尼唤来。

独孤策　不空哪里？
（不空上）

不　空　什么事？

独孤策　大官人唤你，快去。

不　空　我自然得快去，别耽误了时辰。（见宗介）参见大官人。

宗子常　不空，你不守清规，败坏佛门，是何道理？

不　空　我做买卖为的是吃饭，不懂什么叫作佛门。

宗子常　既是尼姑，口出此言。你素日的行为不消问了，贤弟将她超度了罢。

独孤策　不空既入空门，为什么不空？

不　空　我怕肚子空，你叫我怎么空？

独孤策　你怕肚子空，我偏叫你肚子空。看刀！
（拔刀介）

不　空　我说我跟你换心，今天可真换了心啦。可是你要换我的心？急早换个好心，别换狗心啦。

独孤策　狗心比你的心强的多。
　　　　（刺不空肚介，不空下）
宗子常　杀得好，尸首搭下去。
　　　　（四青袍作搭尸介）
　　　　贤弟，你可带领庄丁掘下土坑，将一庙淫尼尽皆活埋便了。
独孤策　遵命。（下）
宗子常　待我亲自监视者。
　　　　（圆场，斜坐介。四下手上，刨坑介，下。又押四小尼背绑上。独孤策押唐蕙仙披发、短衣，背绑上）
唐蕙仙　想我蕙仙自到尼庵，已无生趣，今日被他们活埋，还是个干净女儿。黄泉之下，倒也无愧。令人好笑，哈哈哈！
　　　　（四下手埋四小尼介，下。独孤策作埋唐蕙仙介）
独孤策　冤枉！
宗子常　贤弟为何口喊冤枉？
独孤策　不是我的冤枉，是这女子的冤枉。
宗子常　她有什么冤枉？
独孤策　我看她如此美貌，只落得在庙中挑水，一定不是妖尼同党。
宗子常　既贤弟言之再三，且将她放出坑来。
独孤策　这不结了，哎呀好，小胆的女子会吓死了。大哥，这女子身边有诗扇一柄。
宗子常　待我看来："出兰修眉薄淡妆，叮咚环珮立西厢。人间浪作新秋感，银阙琼楼夜夜凉。山阴陆游题。"
宗子常　哦，陆游，我自有道理。来，传秋香进见。
　　　　（秋香上）
秋　香　生来命不辰，落得服侍人。参见大官人。
宗子常　你将这女子带往花园，好生款待。
秋　香　是啦。
　　　　（扶唐蕙仙下）
独孤策　大哥，把这女子送往花园，是何缘故？
宗子常　她乃陆游贤弟未婚之妻。愚兄要试她的真心，故此送往花园。
独孤策　大哥真有心人也。
宗子常　你我后面一叙。（下）

# 第 九 场

（秋香上）

秋　香　巧计安排定，打动守贞人。我秋香，昨日大官人叫我把个女子送进花园，她一天一夜昏迷不醒，待我把她扶入帐中。
（扶唐蕙仙上，卧介）
好一个绝色女子！我别惊动她，等我躲在外边，听她说什么。

唐蕙仙　（唱）为全节义苦难尽，
　　　　　　　死比鸿毛一样轻。
　　　　　　　夫婿钟情成画饼，
　　　　　　　黄泉添了负冤魂。
这是什么所在？哦，你看此处壁悬书画，几列鼎彝，不似冥途地府，难道我不曾死？壁上这幅挂屏怎么像陆郎笔迹？待我看来："半醉凌风过月旁，水精宫殿桂花香。素娥定赴瑶池宴，侍从皆骑白凤凰。如弟陆游务观题。"果然是陆郎笔迹，待我看看他的上款：子常如兄惠鉴。这"子常"二字难道是那恶霸的表字？陆郎是个书生，怎么与他交好，我好不明白。哎，陆郎，陆郎，你与他做了朋友，怎知你妻子却落在他的家中。我今见你字迹如同见你一般，哎呀，夫哇！（哭介）
（唱）触来愁绪转喑喑，
　　　往事思量感不禁。
　　　尘世悲欢原是梦，
　　　浮云聚散本无心。
　　　鸳鸯未得成交颈，
　　　姑妇翻为陌路人。
　　　搔首几回无言语，
　　　情怀脉脉意沉沉。

秋　香　你怎么对着字儿哭哇？
唐蕙仙　我是触物思人，故此啼哭。
秋　香　这写字的是你什么人？
唐蕙仙　这个是我……
秋　香　你倒快说呀。
唐蕙仙　是未婚夫。
秋　香　你娘家贵姓？

唐蕙仙　姓唐。你与我攀谈，你是个什么人？
秋　香　我是宗府的侍女秋香。
唐蕙仙　这是什么所在？
秋　香　是宗大官人的花园子。
唐蕙仙　留我在此做甚？
秋　香　那我哪儿晓得？
唐蕙仙　我的诗扇往哪里去了？
秋　香　天不热，你要扇子作什么？
唐蕙仙　那柄扇儿也是……
秋　香　也是什么？
唐蕙仙　也是这个写字人写的。
秋　香　怪不得你这么关心呢。那把扇子，是大官人拿了去啦。
唐蕙仙　烦劳姐姐替我索来。
秋　香　他是一主，我是一仆，我不敢去要。
唐蕙仙　不还我的扇儿，我还要这性命做甚，待我碰死了罢。
秋　香　别忙，别忙，一把扇子也值得寻死？我替你去求求大官人把还与你，也许有的。
唐蕙仙　若能将此扇还我，我死不忘恩。
秋　香　你等着，我给你取扇子去。
唐蕙仙　有劳。
　　　　（秋香背介）
秋　香　好一个痴心女子。（下）
唐蕙仙　宗子常将一庙淫尼尽皆处死，单单留我一人，想是他知我冤屈，要救我回去，此人可称侠义了。哎呀且住！自古人心难测，倘若见奴貌美，起了不良之意也未可知。哎，他若无此心，我的还家有望。若有此心，只好舍此残生，以报陆郎恩义也。
　　　　（唱）吉凶叫我猜不定，
　　　　　　宁死焉能失贞名。
　　　　（秋香上）
秋　香　（唱）一幅画图手拿定，
　　　　　　花园去说守贞人。
唐蕙仙　你来了，我的扇儿呢？
秋　香　扇子，大官人不给。
唐蕙仙　他不付扇子，待我去当面哀求。
秋　香　扇子虽然不给，大官人给你一张画儿。你要解开画中的意思，大官人不但还你扇子，还另有别的好处。
唐蕙仙　你将画图展开。
秋　香　等我把它挂上。
（挂画介。宗子常、独孤策同上，偷听介，唐蕙仙看介）
唐蕙仙　此乃新图，并非古画。
秋　香　好眼力，这是大官人新近画的。
唐蕙仙　画中一个男子，虬须虎目，这是哪个？
秋　香　那就是大官人。
唐蕙仙　又有一个女子披发、短衣立在他的身旁，在那里穿裙，这又是何人呢？
秋　香　你想想昨天谁是这个打扮？
唐蕙仙　莫非是我？
秋　香　不是你，又是谁？
唐蕙仙　还有字迹数行："红粉佳人，生不逢辰。银河阻隔，反穿罗裙。"这"反穿罗裙"乃是女子改嫁之意，我岂是那样无耻之人？待我将此图扯碎。
（作扯图，秋香拦介）
秋　香　使不得。
（宗子常、独孤策入介）
宗子常　那一女子解开图中之意，你的富贵不小。
唐蕙仙　你好无礼也！
　　　　（唱）烈女岂甘从二姓，
　　　　　　　拼将红粉化青磷。
　　　　　　　扯碎画图无话论，
　　　（扯碎图，呕血介）
　　　　　　　情愿捐生作贞魂。
　　　（昏倒介）
独孤策　女子醒来。
（唐蕙仙作醒介）
唐蕙仙　宗子常，快快将我杀死。
独孤策　你别忙着死，我弟兄还有话说哪。
唐蕙仙　有话讲来。
独孤策　你娘家姓什么？
唐蕙仙　我娘家姓唐。
独孤策　许配何人？

唐蕙仙　许配山阴陆游。

独孤策　你知道我这位宗大哥是什么人？

唐蕙仙　他是个土豪，何须多问。

独孤策　你可输了眼啦！他乃留守宗元帅的胞侄，与唐、陆二家世代交好，陆游跟他是对北磕头的把兄弟。我这宗大哥只因奸尼败坏佛门，差我前去将一庙的姑子赚回庄来，刨坑活埋。在你身边搜出诗扇一把，才知你是陆门之媳。我宗大哥因你曾在庙中，怕你受了那伙姑子的传染，我兄弟才定下计策，试探你的贞节。你怎么不仔细参详，开口就骂呀？

唐蕙仙　既无歹意，就该送我回去。

宗子常　来，备下香车，送唐小姐回转唐府。

唐蕙仙　我娘家无人，是不能去的。

宗子常　如此，送往陆家。

唐蕙仙　陆家若能容我，我也不在妖尼庙中了。

宗子常　这样说来，你是进退无门了。

唐蕙仙　我实是进退无门了。

宗子常　陆游哇，贤弟，我素日把你当作英才，谁知是个薄幸之人。

唐蕙仙　我郎君并非薄幸之人，你不要错怪了他。

宗子常　难道与姑嫜不合么？

唐蕙仙　是我服侍不周。

宗子常　也罢，你且在我家暂住，我日后叫你夫妇重圆。

唐蕙仙　若得如此，感恩不尽。

宗子常　秋香，命你服侍小姐后堂安歇。我就在这花园暂住，家下男丁哪个擅入后堂，打折狗腿。

唐蕙仙　恩人请上，受我一拜。

　　　　（唱）刻骨铭心感不尽，
　　　　　　　感恩难做报恩人。

　　　　（下，秋香随下）

宗子常　（唱）看此女子真烈性，

独孤策　（唱）不枉救她命残生。（下）

# 第 十 场

（陆游上）

陆　游　（唱）下第归来无颜面，
　　　　　　　　谁知名姓落孙山。
　　　　我到临安科考，已蒙陈阜卿宗师取中。只因大魁多士，奸贼秦桧要与他子秦熺谋夺状元，反将陈宗师削职回乡，把我赶出科场，此贼行事未免太狠毒了。哎，功名倒是小事，只恐此番回来，我母亲又要翻悔前言，打退唐家的婚姻。说话之间，已是自家门首。开门来。

（院子上）

院　子　公子回来了。有请老夫人。

（唐氏上）

唐　氏　何事？
院　子　公子回来了。
唐　氏　唤他进来。

（院子唤介，陆游入介）

陆　游　母亲。
唐　氏　罢了，坐下。
陆　游　告坐。
唐　氏　你求取功名怎么样了？
陆　游　只因奸贼秦桧专权，落第而归了。
唐　氏　你兄长呢？
陆　游　他得中了。
唐　氏　哪里是奸贼专权，分明你窗下欠了功夫。
陆　游　母亲教训得不差。

（四青袍、陆子逸上）

陆子逸　（唱）一举成名天下显，
　　　　　　　　门庭改换耀前贤。
　　　　婶娘。
唐　氏　坐下。恭喜贤侄，一举成名，比你兄弟胜强十倍。
陆子逸　兄弟虽然落第，还该早早与他完娶。
唐　氏　我已将蕙仙送入空门了。
陆　游　母亲，怎么讲？
唐　氏　我将蕙仙送入空门了。

陆　游　哎呀！（昏倒介）
唐　氏　我儿醒来！
陆　游　（唱）闻言吓得三魂散——
　　　　妻子蕙仙，哎，我那未婚的妻呀！
　　　　　　可叹你空门去参禅。
　　　　　　你我不能成美眷，
　　　　　　不如一命赴黄泉。
　　　　（作碰介，陆子逸拦介）
陆子逸　兄弟不必如此，待我来劝婶娘。
陆　游　全仗兄长。
陆子逸　婶娘膝前只此一子，若将他急死，婶娘日后所靠何人？望婶娘速将蕙仙表妹接回，与他成其好事。
唐　氏　事到如今，我也顾不得了，宁可日后做老尼，不愿今朝失娇儿。院子过来，快到不空庙中将唐小姐接回。
院　子　遵命。（下）
陆子逸　不痴不聋，难作家翁。他小夫妻之事，以后望婶娘包容。
唐　氏　你是新贵人了，你的言语我是要听的。
陆子逸　婶娘真乃慈爱也。
　　　　（院子上）
院　子　大事不好了！
唐　氏　何事惊慌？
院　子　方才到了庙中，只见山门倒锁，问过邻居，都道半月以前庙中遭了拐骗，一庙的尼姑俱被拐走了。
　　　　（陆游哭介）
陆　游　妻呀！
陆子逸　贤弟且免悲伤，不要叫婶娘着急。
唐　氏　这贱人果然命苦，到得庙中，连庙都被她妨了。陆游过来，从此以后不许再提蕙仙二字，若再提起，为娘就要责打。
陆　游　母亲怎么又不疼爱孩儿了？
唐　氏　不孝有三，无后为大。明日传唤媒婆，访求淑女，另订婚姻。
陆子逸　这个……
陆　游　我情愿终身不娶的。
唐　氏　奴才！
　　　　（唱）奴才休把红颜恋，
　　　　　　不孝之罪谁承担。

　　　　　　　从今息了这条念，
　　　　　　　另订高门结凤鸾。（下）
陆子逸　（唱）此事自有我计算，
　　　　　　　贤弟宽心免愁烦。
　　（领青袍下）
陆　游　（唱）不料老娘心又变，
　　　　　　　怎不叫人双泪涟。（下）

# 第十一场

（宗子常上）
宗子常　（唱）世事叫人猜不定，
　　　　　　　陆游原来是薄情。
　　哎，女子痴心，男儿负义，真个令人可恨。我义弟陆游，未婚之妻为了丈夫，不知受了多少折磨。谁知陆游如今回来，并不探听她的下落，反托人到处访问名家之女，意欲求亲，真个岂有此理。我不免定下一计，打动陆游，再叫他夫妻团圆。此去与弟媳说知便了。
　　（唱）男儿薄幸令人恨，
　　　　　多少红颜是痴情。（下）

# 第十二场

（唐蕙仙上）
唐蕙仙　（唱）镇日恹恹人瘦损，
　　　　　　　灯前背坐拭啼痕。
　　　　　　　夫妻聚合如泡影，
　　　　　　　痛断肝肠用碎心。
　　（秋香上）
秋　香　（唱）红粉佳人遭厄困，
　　　　　　　铁石之人也伤情。
　　小姐，大官人要进来跟你说句话。

| 唐蕙仙 | 我与他男女有别,是不能相见的。
| 秋　香 | 为的陆家的事。
| 唐蕙仙 | 既是为陆家之事,请来相见。
| 秋　香 | 有请大官人。
| | (宗子常上)
| 宗子常 | 巧计安排定,来见守贞人。哦,小姐。
| 唐蕙仙 | 大官人。
| 宗子常 | 请坐。可恼哇可恼!
| 唐蕙仙 | 大官人为何着恼?
| 宗子常 | 只因陆贤弟临安科考中了状元。
| 唐蕙仙 | 哦,他大魁天下了,待我谢天谢地!
| 宗子常 | 你慢谢天地。不想奸贼秦桧,要与他子秦熺争抢状元,将陆贤弟功名除掉。
| 唐蕙仙 | 怎么讲,他的功名失落了?哎,我好命苦。
| 宗子常 | 小姐不要哭,你哭的日子在后头呢。陆贤弟落榜回来,并不打听你的消息,反托人到处访问名门淑女,意欲求亲,真真可恼。
| 唐蕙仙 | 住了!听你之言我明白了,你分明见我与陆家守节,因此造出这等言语来离间我们的情义,你道是与不是?
| 宗子常 | 若有此心,天地鉴之。我意欲定下一计,打动陆贤弟的真心,好叫你夫妻团圆。
| 唐蕙仙 | 但不知是怎么的计策?
| 宗子常 | 待我差人,赚陆贤弟到沈家花园饮酒,我同小姐一齐前去假作游园,我自有主见打动于他。
| 唐蕙仙 | 如此,但凭大官人。
| 宗子常 | 秋香,请独孤壮士。
| 秋　香 | 有请孤独壮士。
| | (独孤策上)
| 独孤策 | 满腔揣侠义,名姓万人知。(入介)大哥您怎么上这屋这来啦?
| 宗子常 | 其中另有缘故。
| 独孤策 | 有什么缘故?
| 宗子常 | 你快将陆贤弟请到沈家园中,附耳上来。
| 独孤策 | 交给我啦。正是:全凭奇巧计,撮合好夫妻。(下)
| 宗子常 | 家丁、车辆走上。
| | (四青袍、车夫上)
| 宗子常 | (唱)忙将巧计安排定,

（唐蕙仙上车，宗子常上马介）
　　　　打动多才年少人。（下）

# 第十三场

（独孤策、陆游同上）

独孤策　机关他不解。
陆　游　勉强撇愁怀。独孤仁兄，你约我到沈家花园游玩，我本待相陪，奈我心中有事不能奉陪，你一人前去吧。
独孤策　贤弟，你我多年交好，我既然找你，定然有事。你且跟我来。
陆　游　我实是不能奉陪。
独孤策　说话之间，已经到了园子门口了。
陆　游　既已到了园门，便算我游玩过了，告辞。
独孤策　到了，你更不能回去啦，咱们进去。
　　　　（入介，入旁厅介）
陆　游　仁兄为何不到正厅去坐？
独孤策　正厅宗大哥订下了。
陆　游　宗大哥也来游园？
独孤策　他今天请女客。
陆　游　他请谁家的女客？
独孤策　那我哪儿知道？天已过午，大哥想必来也。
　　　　（秋香、唐蕙仙、车夫上）
唐蕙仙　（唱）我与陆郎婚早定，
　　　　　　　谁知今日事难成。
　　　　　　　道他薄幸奴不信——
　　　　（下车介，车夫下）
　　　　　　　巧计安排试他人。
　　　　（入园介，陆游撞介）
陆　游　哎呀我那……
　　　　（唐蕙仙急避介，失帕介，入正厅介）
　　　　呀！方才观见一红粉。
独孤策　这就是宗大哥请的女客。
陆　游　（唱）看她好似蕙仙形。

独孤策　你认识她？
陆　游　（唱）不敢冒昧来相认。
独孤策　这是谁的帕子？
陆　游　（唱）见一幅罗帕在埃尘。
　　　　（拾帕介）
　　　　好一幅罗帕。
独孤策　贤弟，愚兄平日当你是个志诚君子，今日一见你也不算志诚。
陆　游　我的心事你哪里晓得哟！
　　　　（唱）虽然你我恩义重，
　　　　　　　到底你心非我心。
　　　　（四青袍抬酒盒，宗子常上）
宗子常　（唱）下得马来花园进，
　　　　　　　原来二位到此临。
　　　　原来二位贤弟在此。
独孤策
陆　游　（同）小弟等偶尔闲游，不想大哥驾临。
宗子常　愚兄另有佳客，少时再谈。独孤贤弟，去把子逸请来。
独孤策　遵命。（下）
　　　　（宗子常入正厅介，陆游看，作怒介）
陆　游　我好恨也！
　　　　（唱）好一个宗子常无礼太甚，
　　　　　　　不由我无明火直上眉心。
宗子常　秋香，将酒与旁厅陆相公送去。
　　　　（秋香送酒介）
秋　香　陆相公，这是大官人送来的。
陆　游　你们那位女客与你家大官人是何亲眷？
秋　香　我不知道，她丢了一块帕子，你拾着了没有？
陆　游　在我这里。
秋　香　给我拿去还她去。
陆　游　慢来慢来，待我来题首小词。
秋　香　您有笔砚吗？
陆　游　我是到处题诗的，随身带有笔砚。
秋　香　那您就赶紧题。
陆　游　待我题来。（题介）丫鬟姐拿去。
　　　　（秋香入正厅介）

秋　香　　大官人词帕呈上。
宗子常　　呈与唐小姐。
秋　香　　小姐请看。
唐蕙仙　　待我看来："红酥手，黄縢酒，满城春色宫墙柳。东风恶，欢情薄，一怀愁绪，几多离索。错错错。春如旧，人空瘦，泪痕红浥鲛绡透。桃花落，闲池阁，山盟虽在，锦书难托。莫莫莫。调寄《钗头凤》。"
宗子常　　原来是一首《钗头凤》词。
唐蕙仙　　"山盟虽在，锦书难托。"哎呀！
　　　　　（吐血，昏介）
宗子常　　（同）小姐醒来。
秋　香
唐蕙仙　　（唱）《钗头凤》表明了夫妻情分，（吐血介）
　　　　　　　　不枉我为他人受尽欺凌。
宗子常　　他的心迹已明，你就该和词一首。
唐蕙仙　　待我和来。（提笔，吐血介）一阵头晕，文思扰乱，只成六字："世情恶，人情薄。"这般光景，只恐我不久人世了。（昏介）
宗子常　　秋香，服侍小姐回去吧。
　　　　　（秋香扶唐蕙仙出介，车夫上，唐蕙仙登车，下。独孤策、陆子逸上）
陆子逸　　（唱）子常差人来相请，
　　　　　　　　内中必定有原因。
　　　　　大哥。
宗子常　　贤弟来了，你家务观之妻已有下落，她的亲事要你担承。
陆子逸　　此事在我身上。
宗子常　　独孤贤弟请务观相见。
独孤策　　陆贤弟，大哥请你。
陆　游　　我正要会他。（入正厅介）
宗子常　　陆贤弟。
陆　游　　哪个是你什么贤弟？
宗子常　　你为何如此生气？
陆　游　　你做的好事。
宗子常　　你也做的好事。
陆　游　　我做出什么事来？
宗子常　　你不念唐家旧盟，另求淑女，是何道理？
陆　游　　母命难为。

宗子常　好个母命难为。你妻子是个贞洁女子。
陆　游　她若贞洁,岂肯与你在一处?
独孤策　贤弟不必疑心,今晚你到大哥家中,看大哥是怎么的待她,便可试出她的真假。
宗子常　此计甚妙。贤弟,你要照计行事。
陆　游　也只好如此。
宗子常　子逸,快将伯母请来。正是:才得佳人心意肯,不想才子人疑心。(下)
陆子逸　待我报与婶娘知道。(下)

# 第十四场

(内起更介)
唐蕙仙　(内)掌灯。(唐蕙仙、秋香上)
　　　　(唱)一篇肠断《钗头凤》,
　　　　　　泪滴罗襟点点红。
　　　　　　勾起情怀难入梦,
　　　　　　芳心辗转乱如蓬。
　　　　秋香安歇去罢。
秋　香　是。
　　　　(吹灯介,出介。宗子常、陆游暗上,作手势介,入介。秋香下。陆游拍唐蕙仙肩介)
唐蕙仙　哦,什么人?
　　　　(陆游不语,作抱唐蕙仙介,唐蕙仙推开介)
　　　　我自到宗家,五尺之童不敢入门,你是何人,这等胆大?
　　　　(宗子常、陆游作手势介)
宗子常　在下宗子常在此。
唐蕙仙　大官人,夜静更深,你我男女有别,你快出去吧!
宗子常　唐小姐不必动怒,某家与你有大事相商。只因陆游兄弟二人临安科考,兄得功名,弟却落第,如今他已忘前盟,别缔姻娅。你不如依了某家亲事,气死那个穷酸。
唐蕙仙　我久闻官人仗义,千万全我夫妻情分,我死不忘恩。
宗子常　我也曾将画图指醒于你,你何必执迷。

| 唐蕙仙 | 我与陆郎以情为重,毫无半点荣利之心。他纵然讨饭,我也是不负前盟的。
| --- | --- |
| 宗子常 | 再若推调,某家要鲁莽了。
| | (陆游扑唐蕙仙,唐蕙仙打陆游介)
| 唐蕙仙 | 宗子常,我久知你别有异心,果然你不是好人。
| 陆 游 | 待我点起灯来。(点灯介)你不要错怪大哥,哎呀,我那未婚妻呀!
| 唐蕙仙 | 你、你、你不是陆郎么?你为何这样的藏头露尾?
| 陆 游 | 这个……
| 唐蕙仙 | 我明白了,你莫非要试我的节操如何?哎,陆郎,想我与你虽未合卺,久已钟情,我一片痴心在你一人身上。无论你富贵贫贱,我心决不更改,并不是望你成名我做夫人,你也应当以诚心待我。我累遭患难,幸全贞节,你我面上虽是增了光彩,纵然我不幸失身,你也应该原谅于我,怎么如此疑心?难道我若被强暴污辱,从前恩义就付于流水不成?看起来你待我之情,到底不真的呀。
| | (唱)形迹二字何足论,
| | 　　　你我只凭一片心。
| 宗子常 | (唱)听一言来喜不胜,
| | 　　　贤弟不可错疑人。
| | 小姐不要埋怨了,贤弟也不要疑心了,有什么言语大家一同商议。
| 唐蕙仙 | 我有些支持不住。
| 宗子常 | 你二人正好畅叙离情,何言支持不住?
| 陆 游 | 大哥,你我外面一叙。
| 宗子常 | 倒底你们是夫妻,你这般的小心,小姐你看,陆郎到底待你如何?
| 唐蕙仙 | 这……(羞介,下)
| 宗子常 | 贤弟,令正心迹已明,你就择日迎娶。
| 陆 游 | 怕家母不允。
| 宗子常 | 我已命子逸去请伯母,想必来也。
| | (唐氏、陆子逸上)
| 唐 氏 | 何事来相请?
| 陆子逸 | 只为旧婚姻。
| | (见介)
| 宗子常 | 伯母,你养媳蕙仙是我义妹,现在我家,你快快择吉迎娶。
| 唐 氏 | 大官人吩咐,我理当从命。
| 宗子常 | 此事不必叫本人知道。她今染病,若逢意外之喜,必然痊愈。
| 唐 氏 | 我等遵命,告辞。

（唐氏、陆子逸下）

陆　游　阿弥陀佛，今日完了一桩心事。（下）
宗子常　待我准备妆奁，成全他夫妻的婚姻便了。正是：夫妇人伦重，儿女即英雄。（下）

## 第十五场

（唐蕙仙上）

唐蕙仙　（唱）一缕情丝终不断，
　　　　　　　人生聚散本由天。
　　　　　　　迩来镜里容光灭，
　　　　　　　瘦骨难支只自怜。
（秋香持药碗上）
秋　香　（唱）天若有情天亦老，
　　　　　　　月如无恨月常圆。
　　　　　小姐请服药。
（唐蕙仙服药，作吐介。内吹打，四青袍、轿夫、陆游、陆子逸上，过场下）
唐蕙仙　哪里鼓乐喧阗？
秋　香　恭喜小姐，贺喜小姐，今日陆家前来迎娶，故此鼓乐喧阗。
唐蕙仙　怎么讲，那陆家今日前来迎娶么？哎，我数载以来受尽折磨，不想也有今日。你快快扶我下床梳妆。
（秋香扶唐蕙仙下床介，唐蕙仙昏倒介，陆游上）
陆　游　我妻醒来！
唐蕙仙　（唱）气似游丝飘欲断，
陆　游　我妻醒来！
唐蕙仙　（唱）相逢只恐在梦间。
陆　游　妻呀，你我姻缘今日成就也。
唐蕙仙　讲什么姻缘成就，我的病入膏肓，只恐命尽今日了。
陆　游　你倘有不测，我情愿终身不娶。
唐蕙仙　我自伤命薄，不能终侍巾栉。我死之后，你应当别缔姻娅，以延后嗣。只在那三寸木主之上写个"元配唐氏"，我的心愿足矣。
陆　游　听你之言，我的肝肠寸断，你死之后，我只怕也不久了。

**唐蕙仙**　郎君哪！

　　　　（唱）劝郎君且把那愁怀排遣，
　　　　　　　我与你原不是美满姻缘。
　　　　　　　切不可儿女情长英雄气短，
　　　　　　　须念你陆门中数代单传。
　　　　　　　高堂上老娘亲盼你荣显，
　　　　　　　又盼你早生儿宗嗣绵延。
　　　　　　　奴是个薄命人休得眷恋，
　　　　　　　愿郎君听奴言，续鲲弦，夫唱妇随，奴死也心甘，瞑目九泉。

　　　　（睡介。宗子常、陆子逸、独孤策、唐氏上）

**唐　氏**　（唱）喜事又将凶事变，
　　　　　　　好姻缘变作恶姻缘。

**陆　游**　母亲来了。

**唐　氏**　我打发花轿出门，正在打扫祖堂，预备你们到家交拜。不想花轿回去，不由分说，将为娘扶入花轿之中抬了来了，吓得我魂不附体，我偌大年纪怎么又拿花轿迎我？来至此间，方晓得是新人病重了。

**陆　游**　她现在昏睡，请母亲看来。

　　　　（唐氏看介）

**唐　氏**　果然病重了。我悔不该听信不空之言，害得她这般光景。哎呀，媳妇哇！

**独孤策**　老太太今天才明白，那不空连她自己都算不准，别说算别人啦。

**唐　氏**　不空虽然可恶，只是蕙仙的命果然不好。

**独孤策**　你怎么来回拉抽屉？我不看你是个长辈，我就揍你。

**宗子常**　贤弟不可莽撞，调护病人要紧。

**唐　氏**　媳妇醒来！

**唐蕙仙**　（唱）宿世冤愆今日满，
　　　　　　　我身何必再流连。
　　　　　　　耳边有人把媳妇唤，我那婆婆哇！
　　　　　　　儿不孝不能奉膝前。
　　　　　　　愿婆婆且把愁眉展——

**陆子逸**　弟妇！

**唐蕙仙**　（唱）谢兄长你把我夫妇成全。

**宗子常**　贤妹！

**唐蕙仙**　（唱）义兄妹今朝离散——

独孤策　小姐！
唐蕙仙　（唱）壮士的救命恩难报还。
秋　香　姑娘！
唐蕙仙　（唱）秋香为我多劳倦——
陆　游　贤妻！
唐蕙仙　（唱）猛抬头又见我前生孽冤。
　　　　　　　我与你也不知有什么亏欠，
　　　　　　　到如今好事不能圆。
　　　　　　　我死后你必须别成美眷——
陆　游　我誓不再娶！
唐　氏　无后为大！
独孤策　这是怎么说话！
唐蕙仙　（唱）愿郎君莫背了老母的言。
　　　　　　　我好比春蚕到死丝难断，（吐血介）
　　　　　　　蜡炬成灰泪始干。（死介）
陆　游　（哭介）哎呀妻呀！
宗子常　贤弟不必（后文缺）

# 荆钗记

## ■ 本事

南宋乐清王梅溪先生早负才名,邑富人钱载和欲以女玉莲妻之。而钱继室孙氏兄子曰汝权,艳女色,亦来委禽。钱夫妇各有主张,遂相争执。钱以两家聘物陈于庭,使玉莲自择,玉莲径取先生持来之荆钗,于是得归王。俄而王赴都应试,获大魁,忤秦桧,谪潮州签判。汝权方自京归,假王书,言已娶宰相女,将逼玉莲为妾。孙迫玉莲改适,玉莲乃留荆钗于家,抱石自沉。时史卫公镇浙,奉诏往潮州,拯得之,怜其遇,载之去。载和失女,诟责汝权,汝权愧悔发狂死,载和遂弃孙氏焉。王母痛妇之亡,自赴潮,面数其罪。王方申辩间,卫公夫人忽至,强以女字先生,且索荆钗为聘。王大疑,及合卺,始知即故妻。盖卫公欲验其夫妇心迹,故作此狡狯耳。此事不见正史,唯出稗官,然亦传闻互异。观者但当取其写事真挚,有益风化,不必考其真伪也。

## ■ 剧目

| | |
|---|---|
| 母怒易逢可怜娇女 | 父心难忍为择佳儿 |
| 赋羡黄莺荆钗受聘 | 人怜绣虎金凤甘辞 |
| 安定门庭贫将无甑 | 向平心事私助兼金 |
| 红锦新裁初圆鸳梦 | 青云有志忽唱骊歌 |
| 神石待搜官迁史浩 | 才华名世美媲王曾 |
| 故剑虽轻权奸何惧 | 家书误托诡谲横生 |
| 贬赴蛮陬含冤莫诉 | 急归里闻伪作休书 |
| 烛破奸谋将珠藏椟 | 书留绝命抱石沉江 |
| 合浦珠还神翁示兆 | 清江人渺卫国同行 |
| 怒振乾纲狮威顿敛 | 相逢隔世鸾梦重温 |

## 提纲

**开场**
四龙套、秦桧

**第一场**
钱载和、李成、孙氏、钱玉莲、孙汝权

**第二场**
王十朋、张氏、钱载和、李成、孙氏、钱玉莲

**第三场**
钱玉莲、钱载和、孙氏、李成、四青袍、轿夫、王十朋、丫鬟

**第四场**
孙汝权、家丁

**第五场**
张氏、王十朋、钱玉莲

**第六场**
四龙套、中军、史浩、四龙套、张德远、院子、夫人、丫鬟

**第七场**
王十朋、店家、四青袍、书吏、门官、秦桧、四龙套、孙汝权

**第八场**
钱载和、孙氏、孙汝权、李成、张氏、钱玉莲、史浩、夫人、院子、四龙套、中军、车夫

**第九场**
钱载和、孙氏、李成、四家丁、孙汝权、张氏

**第十场**
王十朋、李成、门子、张氏、中军、院子、夫人、史浩、丫鬟、钱玉莲

# 开　场

（四龙套、秦桧上）

**秦　桧**　（引）执掌朝纲，势压君王。（坐）
宋朝南渡小朝廷，
震主威权我一人。
害死岳家人几个，
谁不闻名胆战惊。
老夫姓秦名桧，字会之。宋室为臣，官居首相，加封申王。自从害了岳家父子，谁不闻名丧胆。今乃大比之年，不免入朝检放考试官员，左右打道。（牌子下）

# 第 一 场

（钱载和上）

**钱载和**　（引）光阴似箭，叹人生名利牵缠。
春来百花放，
夏日荷满塘。
秋菊东篱上，
三冬降雪霜。
老汉钱载和，乃浙江温州人氏。少习商贾，颇有家财。不幸荆妻早丧，膝下无儿，只生一女，名唤玉莲，三从皆晓，四德俱全。咳，也是老汉一时糊涂，误听人言续娶了孙家之女。这个老乞婆进得门来，一不生男，二不养女，每日与我女儿吵闹，还要叫她烧火做饭。幸得玉莲颇知孝道，任凭她嚷破咽喉，只是忍泪不言，老汉也无从劝解。昨日有人与同里王十朋前来提亲，我看此子相貌清秀，又闻人言他腹内文才不比等闲，有意将玉莲许配与他。免得在继母跟前受气，那个老乞婆也拔去她的眼中钉。不免与她说明，好叫她知道玉莲是别家人了，少加些凌虐。李成。

（李成暗上）

**李　成**　有。
**钱载和**　请安人出堂。

李　成　有请安人。
　　　　（孙氏上）
孙　氏　家里有贤妻，男儿不遭祸。员外。
钱载和　安人请坐。
　　　　（孙氏坐介）
孙　氏　员外把我掇弄出来，有什么事？
钱载和　只因同里王十朋家托人前来提亲，我有意将玉莲许配与他，特地与安人商议。
孙　氏　王家我也知道，穷的快卖祖坟了，不能给他。我侄儿孙汝权，人有人材，文有文才，家有家财。昨日你不在家，他亲自上门求亲，依我瞅不如来个亲上作亲。
钱载和　自古中表是不作亲的。
孙　氏　那怕什么的？反正玉莲不是我的骨血。告诉你说吧，我侄儿看上你女儿了，是非要她不可。
钱载和　王十朋岂是久困之辈？玉莲不是你的骨血，在你跟前无非烧火做饭，她的亲事不用你管。
孙　氏　他虽不是我养的，汝权可是我的亲侄儿，我亲姑妈不管亲侄儿的事，谁管亲侄儿的事？
钱载和　你这叫一厢情愿。我爱那王十朋人才出众，定要将女儿许配与他。今日我就到他家当面许亲，索取聘礼，我就此去也。
　　　　（唱）你我夫妻休争论，
　　　　　　　婚姻岂可论富贫。
　　　　　　　李成与我把路引，
　　　　　　　去往王家面订亲。（下，李成随下）
孙　氏　（唱）越思越想心越恨，
　　　　　　　老狗原来不是人。
　　　　你瞧这个老东西多可恨，我的话竟敢不听，就自作主意，跑到王家许亲去了。好在我侄儿家里有钱，我不免把玉莲叫出来，把她说活了心，看老东西有什么算计。我说玉莲，你不用在厨房里烧火了，给我走出来吧。
钱玉莲　（内）来了。（上）
　　　　（唱）玉莲女天生就红颜薄命，
　　　　　　　最可叹萱花谢孤苦伶仃。
　　　　　　　继母前每日里承颜孝敬，
　　　　　　　一切的闲言语过眼浮云。

母亲。

孙　氏　咳，你瞧你这份儿顽固，连打扮都不时兴。你瞧我穿的够多么时髦哇，多会儿你也改改良。

钱玉莲　是，女儿谨遵教训。

孙　氏　你要处处听话，也省得妈妈生气。你坐下罢。

钱玉莲　告坐。（坐介）

孙　氏　孩子，你在厨房里不凉快吧？

钱玉莲　女儿侍奉爹娘，分当如此。

孙　氏　你伺候妈妈是应该的，可是妈妈总有点心疼。

钱玉莲　母亲平日是最疼爱女儿的。

孙　氏　你可不许屈心，你要屈心妈妈，是个养汉老婆。

钱玉莲　女儿怎敢口不应心？

孙　氏　你既知道妈妈疼你，妈妈可有话跟你商量。

钱玉莲　母亲有何吩咐？

孙　氏　你也老大不小的了，也该找个人家了，做闺女的还能伺候老家儿一辈子吗？（钱玉莲羞介）
　　　　你别害臊，这是人间大道理。妈妈没出门子的时候，可不跟你一样？什么事都讲究痛痛快快的说。

钱玉莲　婚姻之事，自有父母之命，哪有女儿自己启齿的道理？

孙　氏　那是老年间的话，如今讲自由啦，你又有什么不能启齿呢？

钱玉莲　女儿年幼，正该侍奉爹娘，此事提它做甚。

孙　氏　话不是那么说。女人一辈子只靠嫁的主儿好，你要嫁一个有钱的主儿，不愁吃不愁穿，妈妈心里也是高兴的。你爸爸说他招女婿，专取人才，不论家财。妈妈听着不像话，要跟你商量商量，拿个正经主意，别上老帮子的当。

钱玉莲　母亲说哪里话来，女儿婚姻任凭爹娘主持。母亲虽是怜爱女儿，爹爹也有爱女之心，父母之命总是一样。况且家财也罢，人才也罢，做父母的总是要女儿婚姻得所，万无有意耽误儿女终身之理。

孙　氏　听你这话儿，你是愿意听你爸爸的话呀？我明白啦，你总觉得他是你的亲爹，我是你的继母，倒底没他疼你。你要那么想，可真没良心。

钱玉莲　女儿怎敢？

孙　氏　你还跟我犟嘴，走过来！（打介）
　　　　（唱）为娘说话你不听，
　　　　　　　辜负高堂一片心。

打你几下消消恨——

（打介，孙汝权上，拦介）

孙汝权　（唱）打在她身疼我的心。
姑妈，您怎么这么狠心？您睄我表妹细皮嫩肉，哪儿搁得住？

孙　氏　我打我的女儿，与你什么相干？你不用管。

孙汝权　您忘了咱们娘儿俩商量的那句话？要是成啦，可不能说我跟她不相干。好妹妹，你别跟我姑妈闹气了，都睄着我啦，咱们好的日子在后头呢。

（钱玉莲避下）

孙　氏　丫头别跑，我要不瞧着你表哥，活活打死你。

孙汝权　姑妈，我昨日说要订表妹为妻，您跟姑爹说过没有？

孙　氏　他不很愿意，要许别人呢。

孙汝权　姑妈又不疼我啦？

孙　氏　不要紧，反正有我，决不能叫玉莲嫁了旁人，你赶紧下定吧。

孙汝权　我带了一只金钗来，您请收下。

孙　氏　这个定礼真算不错，玉莲就算你的媳妇啦，多会混腻了多会算。

孙汝权　多谢姑妈！

孙　氏　你回去择日抬亲。

孙汝权　我走了，您可别打玉莲啦，再打我可不依了。

孙　氏　还没过门，你就这么护着，真比你姑爹强。

孙汝权　姑爹不含糊。

孙　氏　怎么不含糊？

孙汝权　向来不干涉你的自由。

孙　氏　你这小子说话，真不是好人家的儿女。

孙汝权　我的亲姑妈！（分下）

# 第 二 场

（王十朋上）

王十朋　（唱）少读诗书饶学问，
玉堂金马岂难登。
小生王十朋，浙江温州人也。不幸先父早亡，只有老母在堂。小生幼习举业，尚未成名。只因有人与我媒说同里钱载和之女，我方才在朋友家中会文，闻得此事已有成议，不免回家禀告老母便了。
　　　　　月老红丝将系定，
　　　　　归家禀报老娘亲。
母亲开门。
（张氏上）

张　氏　（唱）家道贫寒难度命，
　　　　　　　孤儿寡母好伤情。
（开门介，王十朋入介）

王十朋　母亲拜揖。
张　氏　罢了，坐下。
王十朋　告坐。（坐介）
张　氏　我儿今日会文之事如何？
王十朋　众朋友都道孩儿文章日有进益。
张　氏　若能如此，你的功名有望。
王十朋　孩儿有一事禀告母亲：只因同里钱载和要将他的女儿许配孩儿，不知母亲之意如何？
张　氏　为娘时常听得邻居妇女言讲，钱家之女倒也贤德，我儿订她为妻，却也使得。
王十朋　闻得钱载和要亲来许亲，求母亲赐一钗钏之类作为聘物。
张　氏　我家一贫如洗，那有钗钏之类？也罢，为娘昨日曾用荆条制成一钗，尚未插戴，只好将就用它做个聘物。
王十朋　如此，就请母亲赐下。
（张氏取钗介）
张　氏　荆钗作红订，（下）
王十朋　不愧儒素门。
（钱载和上，李成随上）
钱载和　姻缘有分定，何必论富贫。王相公在家么？
王十朋　钱老先生来了，请进。（入坐介）老先生到此，有何见谕？
钱载和　日前有人到寒舍与府上提亲，老汉久仰大才，愿以小女侍奉箕帚。
王十朋　既承不弃，愿遵台命。
钱载和　请赐定物，以为凭证。
王十朋　这，哎，这里有荆钗一只，望乞收下。哎，惭愧！
钱载和　荆钗作定，方显儒家素风。告辞。
　　　　（唱）久仰才华闻远近，
　　　　　　子云识字浪传名。

　　　　　　　向平之愿今日竟——（出介）
王十朋　　恕不远送。（下）
钱载和　　（唱）且喜娇儿配文人。
　　　　　　　　回转家门多饶兴，
　　　　　　　　好与老妻说原因。
　　　　　李成，有请安人。
李　成　　有请安人。（下）
　　　　（孙氏上）
孙　氏　　（唱）亲上作亲事已定，
　　　　　　　　玉莲今日姓了孙。
　　　　　员外回来啦。
钱载和　　恭喜安人，贺喜安人。
孙　氏　　恭喜员外，贺喜员外。
钱载和　　我喜从何来？
孙　氏　　我喜从何来呀？
　　　　（钱玉莲上，作欲入介）
钱载和　　我说的是玉莲亲事。
　　　　（钱玉莲作羞退，偷听介）
孙　氏　　我说的也是玉莲亲事。
钱载和　　玉莲有了人家，你我做父母的，了却一桩心愿。
孙　氏　　可不是吗？咱们总算去了一块心事。
钱载和　　女婿虽是家贫，人材出众，我也对得住女儿了。
孙　氏　　你的眼眶可真大，我家里虽没有百万之富，也算睄得过。
钱载和　　你说的哪一家？
孙　氏　　你说的哪一家？
钱载和　　我说的王十朋。
孙　氏　　我说的孙汝权。
钱载和　　我的女儿是我做主许了王家，你怎说是孙汝权？
孙　氏　　我的女儿是我做主许了我内侄，你说什么王十朋？
钱载和　　孙汝权学问平常，不如王十朋好。
孙　氏　　王十朋家道贫寒，不如孙汝权好。
钱载和　　你我不必争论，待我将女儿唤来，问她愿意嫁哪个就是哪个。
　　　　（作欲出介，钱玉莲急避下）
孙　氏　　回来吧！我已受了我娘家侄的聘礼，还能退回吗？
钱载和　　我也受了王家的聘礼，也不能退回。

孙　氏　王家的聘礼是什么东西？
钱载和　是一只钗。
孙　氏　巧啦，我侄儿的聘礼也是一只钗，你拿去瞧。（出钗介）
钱载和　原来是只金凤钗。
孙　氏　你把王家那一只也拿出来，给我瞧瞧。
钱载和　这个……（出钗介）安人，这便是王家聘礼，真不愧是儒素家风。哈哈哈！
孙　氏　儒素家风，穷的出恭。我当是什么，敢情是根荆条棍儿，我们家烧火都不用它。我告诉你说，我侄儿的亲事是我答应的，你快把王家这头亲事给我退啦，省得我没脸。
钱载和　自古大丈夫一言既出，驷马难追，安人是愿打愿骂，老汉都挨得起。叫我退亲，是万万不能。
孙　氏　（背介）呵，这个老东西跟我干上啦。我骂他，他也不疼，我打急了他，他也是还手。有了，人没不喜欢好东西的，等我把两只钗搁在一块，叫玉莲来挑，她一定是挑金的。她要拿了我侄儿的聘礼，我看老东西还怎么赖。（向钱介）员外，我有了主意啦。咱们把这两只钗搁在一块，叫女儿来挑，她挑哪一只，就给哪一家，这叫凭天断。
钱载和　这个，只怕使不得。
孙　氏　你刚才不是要问女儿吗？这比面说面讲强得多。
钱载和　也只好如此。
孙　氏　玉莲要挑了金钗，不挑荆条棍儿，你可不许撒赖。
钱载和　我若撒赖，是个忘八。只是她挑了这王家的钗，你也不许狡展。
孙　氏　那是自然，我要撒赖，是养汉老婆。你等着。我给叫玉莲去。我说玉莲快来！
钱玉莲　（内）来了。（钱玉莲上）镜中常自叹婵娟，玉质无瑕赛月圆。爹娘唤女儿何事？
孙　氏　孩子，这儿有两只钗，可不能都给你，你挑一只拿去戴吧。
钱玉莲　女儿自有钗环，爹娘因何有此赏赐？
孙　氏　你戴的花样不时兴了，你瞧这枝金钗够多么好哇，一点铜也没掺。
钱载和　女儿，你要拿出些真正眼力来。
钱玉莲　（背介）且住！我方才来与爹娘问安，听得二老言及我婚姻。爹爹道王十朋才高，母亲说孙汝权家富。这两只钗定是王、孙二家之物，这是终身大事，不可自误。
孙　氏　孩子快挑吧。

（钱玉莲取荆钗介）
你怎么单拿这根荆条棍儿呀？

钱玉莲　女儿素慕东汉孟德耀为人，不喜奇巧之物。
钱载和　荆布自甘才是我的好女儿，哈哈哈！
孙　氏　老东西，真可恶！
（打钱载和介，钱玉莲作拦介，孙氏打钱玉莲介）
快给我滚到厨房里去！
钱载和　女儿躲她一躲。
（钱玉莲下）
孙　氏　可气死我啦！
（唱）父女二人真可恨，
　　　做出事来气杀人。
　　　先把老狗打一顿，（打钱载和介）
钱载和　（唱）这才叫举手不留情。
打你只管打，女儿是一定许配王十朋了。
孙　氏　那可不行。
钱载和　你不道你不抵赖么？
孙　氏　许给王家就许给王家，反正玉莲是天生的穷命。不过你可得依我一件事。
钱载和　依你哪一件？
孙　氏　要叫王家三日抬亲，他要办不了，可得依着我，许给我的侄儿。
钱载和　待我去与王家商议。
孙　氏　回来！他抬亲是抬亲，可不能就是一顶轿子，还要簪环首饰、四季衣服，至少得一百抬。要少了一样，就不能让他抬走。
钱载和　你忒以琐碎了。
孙　氏　什么话，大家的体面要紧。我要歇歇去啦，净等你的信。（下）
钱载和　不想这老乞婆如此无理。我看王十朋人才出众，不免多与他银两，完成我的亲事。李成哪里？
（李成上）
李　成　何事？
钱载和　与我取八百银子来。
（李成取银介）
李　成　银两取到。
钱载和　快快带路往王家去。正是：暂忍心头恨，去见祖腹人。（行介）来此已是，贤婿在家么？

（王十朋上）

王十朋　岳父来了，请进。
　　　　（钱载和入介）
　　　　岳父到此，有何吩咐？
钱载和　贤婿呀！
　　　　（唱）月老红丝早系定，
　　　　　　　银河渡了一双星。
　　　　　　　从今你我成秦晋，
　　　　　　　三日之后要亲迎。
王十朋　小婿家道贫寒，干办不及。
钱载和　不妨，老汉与你八百银子，妆台必须丰盛，是你我两家的体面。
王十朋　多谢岳父！
钱载和　谢倒不必谢了，但愿你早早成名，方不负老汉今日之情也。
　　　　（唱）愿你攻书早上进，
　　　　　　　休忘老汉这番情。
　　　　　　　虚言套语且不论，
　　　　　　　你我从今是至亲。（下）
王十朋　（唱）此老爱才非俗品，
　　　　　　　高堂禀告老娘亲。（下）

# 第三场

（钱玉莲上）

钱玉莲　（唱）翠黛深笼宝镜圆，
　　　　　　　蛾眉笔懒画春山。
　　　　　　　丝萝虽喜依乔木，
　　　　　　　椿树还怜近岁寒。
　　　　（钱载和上）
钱载和　（唱）可叹我儿命运艰，
　　　　　　　亲娘早丧实堪怜。
钱玉莲　爹爹。
钱载和　儿啊，为父将你许配王十朋，你继母十分刁难，明知王家贫穷，一定逼那王十朋今日抬亲，还索了许多聘礼，都是为父瞒了她出钱垫

办。你的妆奁她却分毫不与,若有你亲娘在世,断不肯将你这般看待。儿啊,你、你、你不要怨着为父呀!(哭介)

钱玉莲　女儿不能常依膝下,反连累爹爹生气,不孝之罪重如丘山。女儿去后,还望爹爹宽宏,不要伤了二老的和气。

钱载和　王家花轿少时就来,你梳妆去吧。

钱玉莲　女儿要到亲娘神位之前,辞别一番。

钱载和　如此,随为父来。

(【哭皇天】拜灵介)

钱玉莲　母亲,老娘,哎呀娘啊!
(唱)望音容空赚得泪珠千点,
　　　可叹我离襁褓痛背慈颜。
　　　十余载有何人将儿垂念,
　　　哎呀我那亲——
(钱载和掩口,出望,作神气介,下)
　　　啊啊啊,亲娘啊!
　　　似闵子叹芦花永夜单寒。
　　　守家风甘荆布先贤遗典,
　　　儿岂肯食肉鄙铜臭衣冠。
　　　从今后学孟光齐眉举案,
　　　最关心高堂上椿荫衰年。
　　　儿的娘常鉴儿虔诚一片,
　　　话衷肠隔幽明不尽万千。
　　　哭老母只哭得肝肠寸断,肝肠寸断——

(钱载和上)

钱载和　我儿且免悲伤。

钱玉莲　爹爹呀!
(唱)愿天伦养天和莫要愁烦。
　　　揾干了腮边泪后堂来转,
(孙氏暗上,坐门内介)
　　　问母亲因何故竟把门关。
　　　女儿前来拜别,母亲快快开门。

孙　氏　你是玉莲吗?

钱玉莲　正是。

孙　氏　我跟你好有一比。

钱玉莲　比作何来?

孙　　氏　张果老倒骑驴。
钱玉莲　　此话怎讲？
孙　　氏　永远不见畜生的面。
钱载和　　这是什么讲话！安人，快快开门。
孙　　氏　你要我开门？咱们晚上见吧。
钱玉莲　　爹爹，母亲既不开门，女儿在门外拜别了罢。（向门介）母亲，女儿要拜别了。
孙　　氏　你再在这儿麻烦，我拿洗脚水泼你！（下）
钱玉莲　　（唱）蒙娘抚养恩不浅，
　　　　　　　　早晚相随有几年。
　　　　　　　　今日辞娘娘不见，
　　　　　　　　慈恩难报好凄然。
　　　　　（李成上）
李　　成　姑爷到。
钱载和　　请姑爷前庭相见。
　　　　　（钱玉莲急避下）
李　　成　有请姑爷。
　　　　　（【吹打】四青袍、轿夫、王十朋披红上）
王十朋　　岳父请上，待小婿参拜。
钱载和　　生受贤婿。
　　　　　（王十朋拜介）
王十朋　　请岳母相见。
钱载和　　老妻偶然染病，改日再见。吩咐动乐，搀新人。
　　　　　（【吹打】丫鬟扶钱玉莲上，拜钱载和介，上轿介。王十朋、青袍、轿夫、钱玉莲同下）
　　　　　女儿婚事已毕。咳，自古以来男婚女嫁，似我钱载和这样为难的，也就少了。（下）

# 第 四 场

　　　　　（孙汝权上）
孙汝权　　春日迟迟正好眠，
　　　　　　夏热不是读书天。

秋又凄凉冬又冷，
收拾书本过新年。

在下孙汝权。虽然念了几年书，可没装了多少墨水，糊里糊望也蒙了个举子。只因我姑妈有个前窝儿的闺女，叫作钱玉莲，长的天仙一般。我姑妈本想给我，我姑爹给了王十朋啦。我真闹了个气不出。媳妇没弄到手，我还得谋取功名，别两耽误。我说小子！

（家丁暗上）

家　丁　在这儿伺候您哪。

孙汝权　收拾行李，跟我进京赶考去。

家　丁　您的文才，还想考呢？

孙汝权　文才不好，运气许不错，就许撞个状元回来。

家　丁　您中了状元，我也做了皇上啦。

孙汝权　少说闲话，带马。正是：功名本是前生造，不管文才高不高。倘若此去得中了，买几个姨娘乐逍遥。

家　丁　乐逍遥，乐逍遥，状元中不了，绿帽子倒戴得着。

孙汝权　狗才！（下）

# 第 五 场

（张氏上）

张　氏　（唱）喜得娇儿婚事了，
　　　　　　　　一家欢畅乐陶陶。

（王十朋、钱玉莲同上）

王十朋　（唱）娶妻贤德兼才貌，

钱玉莲　（唱）侍奉姑嫜莫辞劳。

王十朋　母亲。

钱玉莲　婆婆。

张　氏　罢了，坐下。

王十朋
钱玉莲　（同）告坐。（坐介）

张　氏　儿呀，你妻柔顺，为娘足乐余年，真乃家门之幸。

钱玉莲　婆婆夸奖。

王十朋　孩儿少读诗书，学业已成。今幸媳妇能得老母欢心，可以朝夕侍奉，

|           |                                                      |
| --------- | ---------------------------------------------------- |
|           | 孩儿要别过母亲，入京应试。                           |
| 张　氏    | 你夫妻成亲将满一月，你便要入京应试，未免过于醉心利禄了。 |
| 钱玉莲    | 读书人显亲扬名，方为至孝，愿婆婆莫阻官人上进之志。   |
| 张　氏    | 媳妇，为娘读书不多，只知俚典，我只怕你丈夫学那蔡中郎的故事。 |
| 王十朋    | 孩儿怎敢。                                           |
| 钱玉莲    | 蔡中郎负义本是小说誓言，世间之上焉有那样丧心之人。还求婆婆放官人入京赴考，得中回来，也是家门的光彩。 |
| 张　氏    | 既然如此，为娘叫他前去就是。                         |
| 王十朋<br>钱玉莲 | （同）多谢母亲。                               |
| 张　氏    | 不知我儿几时起程？                                   |
| 王十朋    | 即刻登程。                                           |
| 张　氏    | 家下贫寒，哪有盘费？                                 |
| 王十朋    | 都是同学之人帮助。                                   |
| 张　氏    | 你今此去，倘若得中，早寄家书。                       |
| 王十朋    | 孩儿遵命，拜辞了。                                   |
|           | （唱）媳妇还求娘训教，<br>　　　观光上国路非遥。（下）|
| 张　氏    | （唱）但愿我儿得中了，<br>　　　脱去蓝衫换紫袍。     |
| 钱玉莲    | 婆婆。                                               |
|           | （唱）自人品端学也好，<br>　　　此去必然姓名标。     |
| 张　氏    | 媳妇，你这几日在厨下辛苦，今晚的饭待为娘自做。       |
| 钱玉莲    | 怎敢劳动婆婆，还是媳妇去吧。                         |
| 张　氏    | 好个孝顺媳妇，你丈夫此去，倘若得中，你就是一位夫人了。 |
|           | （钱玉莲微羞介）                                     |
|           | 媳妇随我来。（下）                                   |

# 第 六 场

（吹打【小开门】，四龙套、史浩上）

史　浩　（引）忠心赤胆，扶大宋，名满东南。（坐）

百万金兵入汴梁，
临安定鼎立康王。
吴韩刘岳称名将，
半壁偏安建庙廊。
本爵史浩，宋室为臣，官封卫国公之职，奉命镇守温州一带等处。今乃升堂理事之期，左右伺候了。

（内白）圣旨下！

史　　浩　　香案接旨。

（四龙套、张德远上）

张德远　　圣旨下，跪听宣读。诏曰：卫国公史浩，调任潮州，限三月起程。旨意读罢，望诏谢恩。

史　　浩　　万万岁！

张德远　　请过圣旨。

史　　浩　　老丞相，请坐。（坐介）多劳老丞相捧旨而来，一路之上，多受风霜之苦。

张德远　　为国勤劳，怎敢言"风霜"二字。

史　　浩　　圣上为何限我三月起程？

张德远　　只因圣上驾幸明州，失落石经一片，此乃国家之宝，圣心不悦。徐神翁先生奏道，此石落在温州。为此圣上限老国公三月之内寻得此物，方准去赴新任。

史　　浩　　原来如此。

张德远　　老夫要回复圣命，告辞了。（领龙套下）

史　　浩　　掩门。

（四龙套下，家院上）

有请夫人。

院　　子　　有请夫人。

（丫鬟、夫人上）

夫　　人　　金章紫诰皇恩重，夫妇双双受荣封。公爷。

史　　浩　　夫人。（同坐介）

夫　　人　　唤妾身何事？

史　　浩　　只因圣旨到来，本爵调任潮州，要请夫人料理衙中琐事，预备起程。但有一件。

夫　　人　　哪一件？

史　　浩　　圣上前番征战明州，军中失落石经一片，圣上思念国宝，心中不悦。徐神翁先生奏道，此石现在温州，为此圣上限我三月寻得此物，方许前往潮州。
夫　　人　待妾身与公爷一同改妆，私出公衙寻觅此宝，你我夫妻今日便可前去。
史　　浩　看衣更换。
　　　　　（唱）若能得了国家宝，
夫　　人　（唱）不负朝廷爵禄高。（下）

# 第 七 场

（王十朋上）
王 十 朋　（唱）文章得意精神爽，
　　　　　　　　金榜名标姓字香。
（店家上）
店　　家　相公回来了，请进。用些什么？
王 十 朋　此时一切不用，店主人请便，少时唤你再来。
店　　家　如此小店家告退。
（四龙套、书吏上）
书　　吏　来此三元店，有人么？
店　　家　什么人？
书　　吏　今有王老爷得中状元，我们特来伺候。
店　　家　如此，你们请进。（下）
书　　吏　叩见老爷。
王 十 朋　你们是哪里来的？
书　　吏　今有老爷得中状元，小人们特来伺候。
王 十 朋　冠带可曾带来？
书　　吏　冠带在此，请老爷更换。
王 十 朋　看衣更换。
（【吹打】换衣介）
书　　吏　小人们与老爷贺喜。
王 十 朋　罢了。我今日一举成名，先谒相公，后朝天子。带马往相府去者。
（上马，行介，下马介。龙套、书吏下）
门上哪位在？
（门官上）

门　官　做什么的？
王十朋　烦劳回禀，新科状元王十朋求见。
门　官　候着，有请太师。
　　　　（秦桧上）
秦　桧　宋室偏安还未定，江山不久便姓秦。何事？
门　官　新科状元求见。
秦　桧　吩咐校尉站堂。
门　官　校尉站堂。
　　　　（四龙套两边上，秦桧坐堂介）
秦　桧　传状元进见。
门　官　状元进见。
　　　　（王十朋入介）
王十朋　太师在上，待学生参拜。
秦　桧　只行常礼。请坐。
王十朋　谢太师。（坐介）
秦　桧　先生文章盖世，大魁天下，真乃国家梁栋。
王十朋　太师提拔。
秦　桧　先生文章虽好，只是做官人必须能刚能柔，方能官居极品。
王十朋　自古道忠臣不和，和臣不忠。
秦　桧　好个忠臣不和，和臣不忠。我有一言，不知当讲不当讲？
王十朋　愿闻钧命。
秦　桧　老夫有一女，许与先生为妻，谅无推辞。
王十朋　多蒙太师厚爱。怎奈家有荆妻。不能从命。
秦　桧　住了！老夫当面提亲，你敢不允，难道不知我的利害？
王十朋　什么叫作利害？太师以势压人，莫怪天下百姓都道，岳家父子死的冤枉。
秦　桧　好奴才！
　　　　（唱）提起岳家那员将，
　　　　　　　无明烈火上心旁。
　　　　　　　吩咐校尉将他绑——
王十朋　我乃新科状元，哪个敢绑？
秦　桧　（唱）面不更色气昂昂。
　　　　　　　不如学个宽宏量，
　　　　　　　再与十朋说端详。
　　　　王十朋，我也不计较与你。只是你如此傲性，焉能在朝为官？老夫

不通圣命，贬你为潮州签判，即日赴任。门官，与我赶他出去，吩咐掩门。（下，龙套随下）

门　官　出去。（赶王十朋出介，门官下。）
王十朋　哎呀！
　　　　（唱）人道秦桧是奸相，
　　　　　　　果然凶狠似虎狼。
　　　　　　　岂肯与他成一党，
　　　　　　　骂名千载实难当。
　　　　　　　出得相府高声嚷——
　　　　人役快来！
　　　　（书吏上）
书　吏　老爷。
王十朋　（唱）见我的书吏面惊慌。
　　　　怎么你一人在此，他们都往哪里去了？
书　吏　他们都被秦太师的校尉赶散。
王十朋　我的马呢？
书　吏　马也被校尉牵去了。请问老爷，秦太师为何动怒？
王十朋　只因太师提亲不允，故而动怒。可恨这老儿不通圣命，将我改调潮州签判了。
书　吏　老爷改了外任了？
王十朋　正是。
书　吏　小人是翰林衙门的书吏，不伺候你这外官的，改日见。（下）
王十朋　好蠢材！
　　　　（唱）势利小人真无状，
　　　　　　　登时转回起炎凉。
　　　　　　　含羞带愧回店往——
　　　　（店家上，迎入介）
　　　　　　　倒叫我进退两彷徨。
　　　　罢了哇罢了！
店　家　状元老爷为何烦恼？
王十朋　只因我未朝天子，先谒相公。那秦桧有一女儿，要招我为婿，我再三推辞，奸贼大怒，将我贬作潮州签判，即日赴任。叫人怎的不恼？
店　家　既然老爷调了外官，就该修下家书迎接家眷前去赴任。
王十朋　言得极是。店主人且退，待我修书。（店家下，王十朋坐桌内介）
　　　　我好恨也！

（唱）手提羊毫修书信，
　　　只恨秦桧太欺人。
　　　有才哪在官大小，
　　　无才枉受爵禄恩。
（孙汝权上）

孙汝权　（唱）金榜题名无我分，
　　　　　　去到店家探探亲。（入店介）
　　　　王状元妹夫，我来了。
王十朋　原来是孙兄，请坐。
孙汝权　有坐。
王十朋　孙兄哪里而来？
孙汝权　我进京赶考来了，谁知道试官都是好眼睛，把我打下来，我要回温州，特来辞行。你要有什么信，我给你寄去。
王十朋　这……
孙汝权　我跟你至亲，还能有错吗？
王十朋　小弟方才去见秦桧，他有一女，要招我为婿，是我不允，老贼大怒，将我改了潮州签判。正在修书，迎接家眷前去赴任。
孙汝权　你把书交给我带去，好不好？
王十朋　如此有劳孙兄。（下）
孙汝权　这小子好大胆子，敢得罪秦桧，八成离死快了。这封书给他撕了。（撕介）撕是撕了，我可还不白撕。等我给他改写一封书信，说他相府招亲，前妻钱玉莲改妻为妾。钱家一定不答应，我再跟我姑妈一商量，不愁钱玉莲不是我的媳妇。正是：秦桧大奸我小奸，或大或小总是奸。（下）

# 第 八 场

（钱载和、孙氏上）

钱载和　（唱）闻得娇客身得中，
孙　氏　（唱）越思越想气不平。
　　　　（孙汝权上）
孙汝权　（唱）假写休书把计定，
　　　　　　一心谋占美佳人。

|||
|---|---|
| | 姑父、姑妈。 |
| 钱载和<br>孙　氏 | （同）罢了，坐下。 |
| 孙汝权 | 告坐。 |
| 孙　氏 | 听说你又没中？ |
| 孙汝权 | 大概我这辈子中不了啦。 |
| 钱载和 | 你虽落第，是我观看题名，那王十朋得中状元，也是一桩喜事。哈哈哈！ |
| 孙汝权 | 您还乐呢？王十朋跟您算拉倒了。 |
| 钱载和 | 此话从何说起？ |
| 孙汝权 | 他在相府招亲，把我表妹改妻为妾。 |
| 钱载和 | 有何为证？ |
| 孙汝权 | 有他托我带来的休书为证，您快差人把我表妹接回来。 |
| 钱载和 | 拿书来我看。 |
| 孙汝权 | 这不是书？您请看。 |
| 钱载和 | 待我看来。（看介）相府招亲，前妻钱玉莲改妻为妾。哎，好一个负义的奴才呀！李成快来。 |
| | （李成上） |
| 李　成 | 何事？ |
| 钱载和 | 快到王家，将王老夫人与我家小姐接来。 |
| 李　成 | 是。（下） |
| 孙汝权 | 姑父、姑妈，这一回玉莲该给我了。 |
| 钱载和 | 这个…… |
| 孙　氏 | 什么这个那个，早依了我，哪有这些事？只要汝权不嫌玉莲残花败柳，我一定给他。 |
| 孙汝权 | 您要把玉莲给我，我等您百年之后，把您供在祖宗板上。 |
| 孙　氏 | 你回去挑日子成亲，这一回可跑不了啦。 |
| 孙汝权 | 多谢姑妈！正是：不把良心坏，怎得美人来。（下） |
| | （李成上） |
| 李　成 | 王老夫人、小姐到。 |
| 钱载和 | 有请。 |
| | （李成请介，张氏、钱玉莲同上） |
| 张　氏 | （唱）姑妇相依如形影， |
| 钱玉莲 | （唱）玉莲今日始归宁。（见介） |
| 张　氏 | 亲家、亲母。 |

钱载和　　（同）王老夫人。
孙　氏
钱玉莲　　爹娘。
钱载和　　我儿，罢了！（哭介）
钱玉莲　　爹爹为何落泪，莫非又与母亲生气么？
孙　氏　　你怎么捎带上我呀？我跟你爸爸早不打架了。你不知道吗？妈妈这阵是四眼人，不敢生气。
钱玉莲　　爹爹既不与母亲生气，为何如此伤心？
钱载和　　就为的你这冤家。
钱玉莲　　为女儿何来？
钱载和　　只为那王十朋，哎，儿啊！（哭介）
钱玉莲　　爹爹出言半吞半吐，难道王郎有什么凶信不成？
孙　氏　　死了倒好啦。老太太，这有一封信，您看啵。
　　　　　（张氏接书介）
张　氏　　我两目昏花，媳妇念来我听。
钱载和　　这封书我女儿念不得，必须亲母自看。
张　氏　　怎么此书我媳妇念不得？
孙　氏　　她不但念不得，她也看不得，她看了怕她有点不得。
张　氏　　待我看来。母亲大人膝下，孩儿入京应试，得中状元。（向钱玉莲介）媳妇，那日你父前去看你，道是看过题名，知你丈夫中了状元。今见家书，果有此事，待我谢天谢地！
钱玉莲　　当谢天地。
孙　氏　　老太太可以谢天地，你等一会再说。
张　氏　　媳妇，你如今真是一位夫人了。
孙　氏　　夫人得有夫人的造化，她又不是相府的千金，哪儿配。
张　氏　　太师秦桧爱儿才学，他有一女，四德俱全，留儿在相府招亲。前妻钱玉莲改妻为妾，如其不从，任凭改嫁。
钱载和　　你可曾看得明白？
张　氏　　不想这奴才如此胡为，只苦了我这贤德媳妇。
钱载和　　你怎样安排我的女儿？
孙　氏　　我们姑娘断不能做妾，我只好叫她改嫁。
张　氏　　有老身做主，断不叫媳妇服低做小。
孙　氏　　就怕他子大不由母。
钱玉莲　　婆婆、爹娘，不要争论，请将书信赐儿一观。
张　氏　　你看了也是无益。

钱玉莲　媳妇看过，自有道理。
张　氏　如此，你拿去看来。
　　　　（钱玉莲看书，作会意介）
钱玉莲　爹爹请看，可是王郎笔迹？
钱载和　待我仔细看来。哎呀，果然不像王郎笔迹！
钱玉莲　可有手模足印？
钱载和　并无手模足印。
钱玉莲　是何人送来的？
钱载和　是孙汝权送来的。
钱玉莲　是孙家表兄送来的，哦，爹爹……
　　　　（孙氏作噉介）
钱载和　女儿怎么欲言又止？
钱玉莲　爹爹当初将儿许配王郎之时，可曾还有别人求亲？
钱载和　这个，那孙……（孙氏噉介）不错，是有别人曾来求亲。
钱玉莲　却又来。当初既有人来求亲，如今这封书信又不是王郎笔迹，上面并无手模足印。依女儿看来，定不是王郎所为。
钱载和　我儿想者不差，待为父去问过下书人，便知明白。
孙　氏　等等，我睄你们爷儿俩眉来眼去，明明是说我侄儿弄鬼。告诉你说，玉莲本就许的孙家，他家的订礼我没还他。这会儿王家出了事啦，我跟汝权可得接续前约。
钱载和　哎，说起从前之事，只怨我父女爱才心盛。
钱玉莲　王郎书信是真是假，总是女儿命运所招。
张　氏　听你们之言，我倒明白了。
钱载和　明白何来？
张　氏　我还未曾接到我儿亲笔书信，他的功名成就，未知是真是假。我的家道贫寒却是实情，分明你们嫌贫爱富，自己假写休书，要将女儿改嫁。你道是与不是？
钱载和　这个……
孙　氏　什么这个那个，你们穷是真的，我们姑娘不能跟你受罪。
张　氏　我在此无益，媳妇，我们回去吧。
孙　氏　要走你一个人儿走，我们姑娘可不能走。
张　氏　我便一人回去。
钱玉莲　婆婆慢走，媳妇还有话讲。
张　氏　你还有什么话讲？
钱玉莲　媳妇还是随婆婆……

孙　　氏　嗯——
钱玉莲　哎呀婆婆呀！媳妇本当随婆婆回去，怎奈继母不容，只恐你我婆媳不能再见了。
张　　氏　媳妇，你的贤德我久已知之。如今你家变了心肠，我本当带你回去，奈你家不容。今日我与你一别，哎，再嫁也在你，不再嫁也在你了。
钱玉莲　婆婆。
张　　氏　哼！（下）
钱玉莲　（哭）婆婆！老娘！啊啊啊，婆婆呀！
　　　　　（唱）婆婆不与奴作主，
　　　　　　　　满腹冤情向谁云。
　　　　　　　　世事万般皆由命，
　　　　　　　　贞心不改与天争。
钱载和　儿呀，不要啼哭。只要王家休书是假，你暂住几日，为父送你回去。
孙　　氏　得啦！你还想送她回去吗？告诉你说，她这就算姓了孙啦。
钱载和　就是王家休书是真，我的女儿岂能改嫁？
孙　　氏　什么？你的女儿不能改嫁，就是妈妈要跟你离婚，你也管不了。
钱载和　罢、罢、罢了！
孙　　氏　你叫爸爸也是白说，给我滚到后面去吧！
钱载和　哎，若有我儿亲娘在世，焉有此吧！
孙　　氏　有了后妈，你别想前娘啦，你滚吧！
钱载和　哎，床头有了夜叉婆，一家难免受折磨。（下）
　　　　　（孙氏向钱玉莲介）
孙　　氏　孩子你坐下，咱们娘儿俩谈谈心。（钱玉莲坐介）王家让你做妾，你不用说心里不愿意，妈妈也替你生气。不如嫁了我侄儿，穿不了，吃不了，比跟着他们强的多。
　　　　　（钱玉莲不理，作沉思介）
　　　　　你快给妈妈一句准话。
　　　　　（钱玉莲仍不理介）
　　　　　你不用装着玩，我跟我侄儿说好了，叫他挑日子抬亲。你依了便罢，你要不依，妈妈给你个厉害，管叫你吃不了兜着走。妈妈要到后头睡一会去啦，你自己个想去吧。正是：铁打房梁磨的针，别说是个肉脑壳。好困，好困。（下）
钱玉莲　且住！看此事分明是孙汝权诡计，我本当随了婆婆回去，请我爹爹盘问汝权，便可辨出真假。又恐因此伤了爹娘的和气，我做女儿的何以为情。如今继母留我在家，逼我改嫁，莫说王郎书信是假，总然是真,我钱玉莲岂肯失节改嫁?我若不从,又恐继母与孙家同谋,强来抬亲。这便怎么处?哎,事到如今,除了一死,并无两全之计。乘此无人,待我悬梁自尽了罢。哎,我若在家寻死,倘被继母救活,必然加意提防,那时求死不得的了哇。也罢!我家后园门外便是长江,我不免逃出园去投江而死,倒落个干净。看这案上现有文房四宝,待我修下绝命书一封,并将当初做聘礼的荆钗留下,与王郎作个表记,投江尽节便了。

(唱)烈女从来不惜命,
　　　恰好似弱草与轻尘。
　　　投江尽节心已定,
　　　一封书信别天伦。
　　　捐生岂为留名姓,
　　　一死只求无愧心。
　　　留下荆钗作凭证,
　　　求儿的尸骸在江心。
　　　与儿的夫家送一信,
　　　就说儿生死不忘他姓王人。
　　　绝命书写不尽心中恨,
　　　从今割断恩爱情。

书已修起,乘此无人,待我逃出后园便了。(作逃出介)且喜出得后园,你看这滚滚长江便是我葬身之地了。亲娘呵,亡母!你灵魂不远,等女儿一路同行。(看介)那旁有块顽石,待我将它抱入怀中,免得尸浮水面,冲犯天地。(作抱石介)

(唱)跪在尘埃珠泪滚——
(史浩、夫人同上,作望见介)

**史　浩**　这女子怀中抱的石头,好似石经。
**夫　人**　不错,是的。
**钱玉莲**　(唱)拜辞婆婆与天伦。
　　　　　夫妻恩爱今朝尽,
　　　　　再要相逢等来生。
　　　　　眼望长江波浪滚,
　　　　王郎,夫哇,
　　　　　可叹我为你了残生。

(作抱石投江介。史浩向夫人作使眼色介,夫人急拉住钱玉莲介,夺石介)

夫　　人　公爷，石经有了。
史　　浩　果是此物。
钱玉莲　我已无生路，你们何必救我？
史　　浩　老夫乃卫国公史浩，为访石经，夫妻改妆到此。那一妇人有何冤枉，何妨对我言明？
钱玉莲　我有万种冤屈，一言难尽。
史　　浩　那一妇人，此处不是讲话之所，随老夫到衙中去。
　　　　　（夫人拉钱玉莲圆场，院子上迎介，史浩、夫人同坐介）
史　　浩　家院，将此石用黄绫包裹，差官送往临安。
　　　　　（家院应，下）
钱玉莲　难女钱玉莲，叩谢活命之恩！
史　　浩
夫　　人　（同）起来。
钱玉莲　多谢公爷、夫人！
史　　浩　那一妇人，因何自寻短见？
钱玉莲　公爷、夫人容禀。
　　　　　（唱）家住在温州郡乐清小县。
史　　浩　原来是我的郡民。姓甚名谁？
钱玉莲　（唱）奴本是钱门女名唤玉莲。
史　　浩　你父叫什么名字？
钱玉莲　（唱）奴的父钱载和家财万贯。
史　　浩　你母谁家之女？
钱玉莲　（唱）亲娘丧随继母受尽熬煎。
史　　浩　许配何人？
钱玉莲　不提起丈夫便罢，提起丈夫我好悲恨也！
　　　　　（唱）配儿夫王十朋才名久显，
　　　　　　　　将荆钗作聘礼匹配良缘。
史　　浩　原来是王状元的夫人。嫁了这等之人，还有什么不称心之处，何言"悲恨"二字？
钱玉莲　（唱）独只为圣天子开了科选，
　　　　　　　　我儿夫去赶考拜别慈颜。
　　　　　　　　托表兄寄回了一封小柬，
　　　　　　　　上写着我儿夫得中状元。
史　　浩　得中状元是一桩喜事，怎么你却到江边寻死？
钱玉莲　（唱）又写着在相府重招美眷，

|史　　浩|把一个糟糠妻改正为偏。
奴道是这言语真假难辨，
分明是下书人暗用机关。
|---|---|

史　　浩　王十朋乃张德远丞相钦佩之人，谅不能如此丧心，这一猜只怕是被你猜着了。只是怎么又来投江呢？

钱玉莲　（唱）我继母她把那心肠改变，
　　　　接归宁勒逼奴改嫁汝权。
　　　　贞节女比金石岂能移转，
　　　　公爷夫人哪，
　　　　因此上愿早死不恋人间。

史　　浩　你投江之时，老夫远远望见你从一座花园开门而出，莫非是你父的住处？

钱玉莲　正是。

史　　浩　我当时因不知内中情由，见你满口呼冤，所以将你带至衙中。如今听你之言，你家只有继母一人不贤，待老夫派人送你回去，叫你父与你做主。

钱玉莲　我爹爹若能与我做主，难女也不投江了。如今是回去不得的。

史　　浩　将你送往夫家，你道如何？

钱玉莲　婆婆年迈，怎能与继母怄气？难女除了一死，是别无生路。

史　　浩　你既不能回夫家，又不能回娘家，难道还放你去投江不成？

夫　　人　王夫人，你丈夫现在潮州为官。我有意将你收为义女，同至潮州，叫你夫妇重圆，你意下如何？

钱玉莲　如此爹娘请上，待女儿拜见。

史　　浩　我为了一片石经，迟赴新任。如今将将三月，石经有了，也正好起程。侍从走上。

　　　　（四龙套、中军上）

　　　　准备行装，前往潮州。吩咐车辆走上，与爷带马。

　　　　（车夫上，夫人、钱玉莲上车，史浩上马介，下）

# 第 九 场

　　　　（钱载和上）

钱载和　（唱）这是家门遭不幸，

　　　　　　此时皂白两难分。
　　　　　　方才还听得那夜叉婆吵闹，女儿啼哭，这半晌声息全无，我不免到后面看个明白。
　　　　　　（孙氏上）
孙　　氏　玉莲这会子怎么没听见哭哇？（看介）桌子上有她的荆钗，还有一封信。等我瞧瞧，我是一个不认识，找老东西去。（撞钱载和介）呵，你来啦，你瞧这是谁的信？怎么跟玉莲荆钗在一块？
钱载和　　你拿反了。
孙　　氏　我拿反啦？你不会正过来看吗？
　　　　　　（钱载和看介）
钱载和　　哎呀，玉莲跳江去！众家丁走上。
　　　　　　（李成、四家丁上）
李　　成　何事？
钱载和　　小姐跳江了，快去捞救！
　　　　　　（圆场，捞介）
李　　成　风急浪涌，打捞不及了。
钱载和　　李成，快去报与王太夫人知道。
李　　成　是。（下）
钱载和　　（哭介）我那苦命的儿啊！
孙　　氏　你别哭啦，她早该死。
钱载和　　都是你将她逼死的。
孙　　氏　她自己不愿活着，我可管不了。
钱载和　　我定不与你干休。
孙　　氏　你向来孝顺，今日怎么这么忤逆？妈妈可要管教你了。（打钱载和介）
钱载和　　好贱人！（打孙氏介）
孙　　氏　反了反了，只有我打你的，哪有你打我的？我不活着了。
钱载和　　你死了，正好与女儿偿命。
孙　　氏　玉莲是怎么死的？
钱载和　　跳江死的。
孙　　氏　她跳江，我也跳江。
钱载和　　你且跳来。
孙　　氏　说跳就跳。（作欲跳又止介）
钱载和　　你怎么不跳了？
孙　　氏　我要真跳下去，怪可惜了的。你知道有多少人想我呀。
钱载和　　跳也由你，不跳也由你，我是决不想你。

孙　氏　老爷子，你别赶落我，我跪下了。
钱载和　你今日怎么如此胆小？
孙　氏　我看家本事你全不怕了，我是没了辙啦。
钱载和　从今叫你知道我的厉害。
　　　　（孙汝权上）
孙汝权　（唱）袖内机关安排定，
　　　　　　　　不怕佳人不姓孙。
　　　　姑夫、姑妈。
钱载和　孙汝权，你来做甚？
孙汝权　我是来找您的，我的日子已经挑好了，您预备嫁妆，好让表妹出嫁。
钱载和　孙汝权，我女儿被你断送，定不与你干休！
孙　氏　她喂了王八了。
孙汝权　您这就不对，怎么好好的人拿着喂王八，留着喂我好不好？
钱载和　都是你送信送出来的祸，我是决不饶你！
孙汝权　姑妈，您怎么把他惯的这个样，还不管教管教他。
孙　氏　他如今长大了，由不了我啦。
孙汝权　我赶紧溜。
　　　　（钱载和拉住介）
钱载和　你往哪里走，我要你与我儿偿命。
孙汝权　偿命就偿命。（背介）孙汝权哪孙汝权，你可真损了。无故的拆散人家夫妻，那钱玉莲死在阴曹，她是决不饶我。
　　　　（李成、张氏同上）
张　氏　亲家，我媳妇可是在此投江？
钱载和　正是在此投江，我已命人打捞尸首，不知可曾打捞上来。
李　成　不曾打捞上来。
张　氏　既不曾捞着尸首，待我望着江边哭她一场。
钱载和　我也哭他一场。
张　氏　（叫介）媳妇！
钱载和　（叫介）女儿！
张　氏
钱载和　（同叫介）儿哇！
张　氏　（唱）贤德媳妇真苦命。
钱载和　（唱）为夫守节丧残生。
张　氏　（唱）死在阴曹添悲恨，我的儿啊！
孙汝权　怎么头根挓挲，别是有鬼罢？

钱载和　（唱）落得青史表芳名。
　　　　老乞婆，你怎么不哭？
孙　氏　今儿日子不好，我没工夫哭她。
钱载和　你不哭，我就打。
　　　　（打孙氏介，孙汝权拦介，作女声介）
孙汝权　爹爹不可与母亲生气。
钱载和　你不是孙汝权么？我这半日只顾哭，我女儿不曾看见，你、你害得我女儿好苦。
孙汝权　女儿不是孙汝权，乃是钱玉莲。王郎已授潮州签判，女儿是来接婆婆上任的。
钱载和　你敢是疯了？
孙汝权　女儿冤魂不散，怎说疯了？
张　氏　既是媳妇冤魂不散，你怎样投江，可说与我知道。
孙汝权　（男声介）张氏，想我孙汝权本来是个好人，与你儿王十朋十分交好。只因王十朋参劾史浩十条大罪，是我主谋，史浩大怒，差人前来拿我。我活不成了！
孙　氏　你可别活不成，你要活不成，我也快了。
孙汝权　哎呀表妹！
孙　氏　我是你姑妈。
孙汝权　你不是王十朋的媳妇，你是王十朋的贵相知。能跟他好，就能跟我好，来吧，咱们去睡吧。
钱载和　孙汝权，休得胡言！
孙汝权　你别赶落我，反正你王八啦。
钱载和　你怎敢骂我王八？
孙汝权　不但骂你王八，我还喂王八哪。
钱载和　什么叫作喂王八？
孙汝权　你没睄见过？你站开点，等我喂个样儿给你睄睄。
钱载和　你且喂来。
孙汝权　说喂就喂。（女声介）婆婆、爹爹女儿去也。（跳水介下）
钱载和　原来这就叫喂王八。
　　　　（孙氏哭介）
孙　氏　哎呀我的侄儿啊！
钱载和　老乞婆，你不道日子不好，你没有工夫哭么？
孙　氏　我说话多会有过准儿啊？
钱载和　你哭，我就打。

孙　氏　你打罢，打疼了我，更哭的痛。
张　氏　亲家，看媳妇如此有灵，竟自显魂附体，报了冤仇。亲家也不必再与亲母生气了。
孙　氏　碰巧汝权得的神经病，不见得准是姑娘有灵。
钱载和　老乞婆不信鬼神报应，其情可恶。
孙　氏　我是科学家，不讲迷信。
张　氏　我想此事皆因十朋错托汝权寄信所起，我有意前往临安去当面责问。
钱载和　我女儿方才附在汝权身上言道，令郎已改潮州签判，我两家俱未接得真正书函，不知究竟如何。
李　成　小人买得一分朝报，王姑老爷实是放了潮州。
张　氏　如此我媳妇果是有灵，老身往潮州去了。
孙　氏　什么是我们女儿有灵，大概王十朋放潮州，汝权知道，有心瞒着你们，刚才神经错乱说出来了。
钱载和　你怎么又来了？鬼神之事宁信其有，不信其无。但不知亲母几时起程？
张　氏　即刻登程。
钱载和　亲母一人上路，有许多不便。李成过来，命你跟随王太夫人同往潮州，一路小心。
李　成　遵命！
钱载和　这是原聘荆钗，亲母收下。
张　氏　告辞了。
　　　　（唱）辞别亲家阳关奔，
　　　　　　　见了十朋问原因。（下，李随下）
钱载和　（唱）回头我对家丁论，
　　　　　　　快请高僧念经文。
　　　　　　　悲悲切切把家门进——（四家丁下）
孙　氏　（唱）员外不必放悲声。
　　　　谁家不死闺女？你不用哭啦。
钱载和　你今日说话，怎么比从前温柔的多？
孙　氏　你真打我吗，我不温柔。
钱载和　你怕了我了？
孙　氏　怕了。
钱载和　既然怕了我，我与你还是好夫妻。只是我膝下无儿，女儿又投江死了，我日后所靠何人？
孙　氏　你没儿没女，跟我说干什么？我明白了，你别打算买妾吧？跟你说，别的事能怕你，这件事可不能怕你。

钱载和　老乞婆！我还不曾说买妾，你就吃醋，真正岂有此理。

孙　氏　我岂有此理？你才岂有此理呢。我打不过你，我会搅你个家宅不安。

钱载和　你若搅我，我便果然纳个小星。一来盼她生子，延宗接嗣。二来气死你这老乞婆。

孙　氏　咱们混不到一块，妈妈有言在先，要跟你离婚，今日咱们就离一离。

钱载和　你当真要与老汉离婚么？你不是十七、十八了，与我离了婚，未必有吃饭的所在。

孙　氏　你别小瞧我，我吃饭的地方反正比你多。

钱载和　咳，妻子变心不可留。

孙　氏　留下我来你出丑。

钱载和　你不要说这不要脸的话。待我写起休书。

孙　氏　我念你写。

钱载和　你念我写。

孙　氏　立休书人钱载和，因妻孙氏岁数像母亲，饭量是没底坑，永断丝萝，任凭别处混饭。

钱载和　写好了，待我打上手模足印。

孙　氏　你别打，你要打了，我别处真混不出饭来，我可找谁？

钱载和　你再找我，我决不留你。（推孙氏出介）

孙　氏　得，这下子我算唱完了。（下）

钱载和　咳，载和无时运，女死妻离婚。（下）

# 第 十 场

（王十朋上）

王十朋　（唱）不掌丝纶管百姓，
　　　　　　　文章政事两评论。
　　　　下官王十朋。只因得罪奸邪，改授潮州签判。也曾修下家书，托孙汝权去接母亲、妻子同来任所。我到任已经月余，还不见母妻到来，好生忧念也。
　　　　（李成上）

李　成　奉了员外命，来在潮州城。门上有人么？
　　　　（门子上）

门　子　做什么的？

李　成　烦劳通禀，李成求见。
门　子　候着。（入介）启老爷：李成求见。
王十朋　唤他进来。
　　　　（门子出介）
门　子　老爷唤你。
　　　　（李成入介）
李　成　叩见姑老爷。
王十朋　李成，你不在家乡伺候员外、安人，到此做甚？
李　成　小人奉了员外之命，送太夫人到此。
王十朋　哦？你只说太夫人，难道夫人不曾同来？
李　成　这个，夫人也来了。
王十朋　吩咐大开中门，迎接太夫人。
　　　　（【吹打】张氏上）
　　　　母亲请上，待孩儿大礼参拜。
张　氏　你乃做官之人，不拜也罢。
王十朋　哪有不拜之理？
张　氏　要拜便拜。
　　　　（王十朋拜介）
王十朋　孩儿久违膝下，少奉甘旨，望母亲恕儿不孝之罪。
张　氏　起来。
王十朋　谢母亲。（看介）母亲，为何不见媳妇？
张　氏　你还记得媳妇么？（泪介）
王十朋　说到媳妇，母亲为何落泪？
张　氏　你害了媳妇，还来问我。
王十朋　孩儿何曾害了媳妇？
张　氏　你可曾托孙汝权寄过家书？
王十朋　不错，孩儿曾托孙汝权寄过书来。
张　氏　书信上面写些什么？
王十朋　上面写着孩儿得中状元，改授潮州签判，迎接母亲带领媳妇赴任。
张　氏　前边是这等言语，下边就不对了。
王十朋　什么不对了？
张　氏　下边写着你在相府招亲，将原聘之妻改正为偏，如其不从，任凭改嫁。
王十朋　媳妇见了书信便怎么样？
张　氏　你媳妇见了书信，一口猜定不是你的真书。不想她的继母乘此机会，要勒逼她改嫁孙汝权。

王十朋　媳妇可曾改嫁？
张　氏　讲什么改嫁，好一个贤德的媳妇！
李　成　太夫人，此话讲不得。
张　氏　事到如今，焉能隐瞒？哎呀儿呀！她将原聘荆钗留下，与你岳父书信一封，竟自投江尽节了。
王十朋　怎么讲，媳妇投江尽节了？
张　氏　她投了江了。
王十朋　荆钗今在何处？
张　氏　见在为娘身边，你拿去看来。
　　　　（王十朋接钗介，叫介）
王十朋　贤妻！夫人！哎呀！（倒介）
张　氏　我儿醒来。
王十朋　（唱）听说妻子归泉境——（叫介）
　　　　贤妻，夫人，哎呀妻呀！
　　　　　　浪打鸳鸯两下分。
　　　　　　　　恩爱夫妻成泡影，我的妻呀！不杀汝权不为人。
　　　　想此事定是孙汝权所做，我誓不与他干休！
张　氏　我儿还不知晓，那孙汝权已被你媳妇显灵，活捉而死了。
王十朋　不想媳妇如此有灵，略消我心头之恨。哦，母亲，孩儿今生永不再娶，以报妻子节义。
张　氏　再作商议。
　　　　（中军上）
中　军　令下！
　　　　（王十朋出介）
王十朋　上差到此何事？
中　军　卫国公在此下马，命王十朋前去迎接。
王十朋　得令。
　　　　（中军下，王十朋入介）
王十朋　母亲，卫国公在此下马，命孩儿前去迎接。
张　氏　此乃公务，我儿快去。
王十朋　孩儿去也。
　　　　（唱）号令犹如山岳震，
　　　　　　前去迎接掌权人。（下，门子随下）
　　　　（院子上）
院　子　门上有人么？

（李成出介）

李　成　做什么的？

院　子　烦劳通禀你家太夫人，卫国公史夫人前来拜会。

李　成　候着。（入介）启太夫人：卫国公史夫人前来拜会。

张　氏　有请。

（李成出介）

李　成　我家太夫人有请。

（院子请介，夫人上）

夫　人　暗里机关定，前来试假真。（见介）太夫人。

张　氏　夫人请坐。

夫　人　有坐。（坐介）

张　氏　小儿现在公爷辖下，老身尚未造府问安，反辱夫人先降，当面恕罪！

夫　人　岂敢。素昧平生，贸然晋谒，太夫人海涵。

张　氏　岂敢。

夫　人　太夫人既然同令郎赴任，令媳想必随行，何不请来相见？

张　氏　寒门不幸，儿媳亡故了。

夫　人　既是令郎断弦，就该鸾胶重续。

张　氏　小儿言道，今生永不再娶。

夫　人　可有子嗣？

张　氏　亡媳并未生育。

夫　人　不孝有三，无后为大。哪有妻亡不续之理？

张　氏　只因小儿进京中了状元，被人用计拆散姻缘，媳妇守节投江，因此小儿发此誓愿。

夫　人　如此说来，竟是义夫节妇了。

张　氏　夫人夸奖。

夫　人　令媳如此贞节，她的灵魂定不愿丈夫无后，太夫人还是与令郎续娶，以安泉下之心。

张　氏　既蒙夫人相劝，待老身与小儿商议。

夫　人　太夫人自可做主，何必又作商议？我有一女，情愿许配令郎。

张　氏　既蒙不弃，老身遵命。

夫　人　请赐聘物。

张　氏　待老身检点钗环，送上府去。

夫　人　奇珍异宝非书生本色，只求太夫人赐一俭朴之物。

张　氏　也罢，这有荆钗一枝，夫人收下。

夫　人　从此你我便是至亲也。

（唱）一言已把婚姻定，
　　　　从此你我是至亲。
（门子、王十朋上）

王十朋　（唱）我与史公闲谈论，
　　　　不料无故要提亲。（入介）

李　成　史夫人在此。

王十朋　哦，待我且到书房。

夫　人　外面何人？

李　成　老爷回来了。

夫　人　太夫人，既是女婿回来，请来相见。
（张氏出介）

张　氏　儿哇，快拜见你的岳母。

王十朋　母亲，孩儿是无有岳母的。

张　氏　还不向前见礼？

王十朋　哎，母命难违。史夫人在上，王十朋有礼。

夫　人　贤婿请坐。

王十朋　我与府上无有这重亲戚，夫人不要如此称呼。

夫　人　闻知状元断弦，我有一女，已与太夫人言明，许配状元为妻。你怎说无此亲戚？

王十朋　方才我去见公爷，他也是提起婚姻，我不肯应允，怎么夫人竟到我家来求家母？难道贵府千金别无高门，定要与我王十朋么？

夫　人　我那女儿若许别家，她定要寻死。就是贤婿知我将她另缔姻娅，你也要生气的。

王十朋　此话好不明白。

夫　人　此时不明白，日后自然明白了。

张　氏　儿啊，为娘已允亲事，你妻未曾生育，你不再娶，为娘何日才得抱孙？你不可太拘执了。

王十朋　既然母亲已允亲事，孩儿遵命就是。

夫　人　既然贤婿允了亲事，我要回去告知公爷。告辞了。
（唱）自古姻缘有定分，
　　　　暗中月老系赤绳。（下，院子随下）

张　氏　（唱）重续鸾胶把亲订，

王十朋　（唱）十朋倒作无义人。

张　氏　（唱）可到史府把亲谢，（下）

王十朋　（唱）思念前妻两泪淋。

　　　　　　阴灵休怪我薄幸，（圆场）
　　　　　　难违母训又求亲。
　　　　　家院暂退，待我向前。（门子下）门上哪位在？
　　　　（中军上）
中　军　原来是王大老爷，到此何事？
王十朋　有事要见公爷。
中　军　候着。启公爷：王大老爷求见。
史　浩　（内）吩咐客堂相会。
　　　　（中军出介）
中　军　公爷请，大老爷客堂相会。
王十朋　有劳。（入介）
　　　　（史浩上）
史　浩　王使君请坐。
王十朋　公爷在此，签判理当侍立。
史　浩　此乃私见，并非公会，哪有不坐之理？
王十朋　谢坐。（坐介）
史　浩　使君为何去而复转？
王十朋　蒙公爷夫人降临敝衙，见了家母，面许婚姻，因此老母命十朋前来谢亲。
史　浩　方才老夫与你面提婚姻，你不道终身不另娶么？
王十朋　此乃母命难违。
史　浩　好个母命难违，今日便是吉期，请贤婿甥馆小坐，待我准备喜筵，即刻成亲。
王十朋　遵命。（背白）这老儿好生忙迫，难道他女儿等不得么？哎，奇怪，奇怪。（下）
史　浩　请夫人出堂。
　　　　（丫鬟、夫人上）
夫　人　只因贤节女，日夜用心机。
史　浩　夫人请坐。
　　　　（夫人坐介）
夫　人　公爷唤妾身何事？
史　浩　王十朋谢亲来了？你我必须对女儿说明。
夫　人　是哇，总要告知女儿。
史　浩　中军回避。丫鬟传话，请小姐出堂。
　　　　（中军下）

丫　鬟　　请小姐出堂。
　　　　　（钱玉莲上）
钱玉莲　　（唱）为夫君全节义捐躯舍命，
　　　　　　　　天怜念红颜女遇救重生。
　　　　　爹娘万福。
史　浩
夫　人　　（同）罢了，坐下。
钱玉莲　　告坐。（坐介）爹娘唤女儿出来，有何训教？
史　浩　　想你寄居我处终非了局，为父的与你招了一门亲事，不但你的终身有了依靠，我二老也可享他半子之奉。
钱玉莲　　爹爹差矣！女儿与王郎久已成亲，背盟改节，宁死不为。爹爹位高望重，还望以礼教为重。
史　浩　　倘若王十朋相府招亲是实，难道为父还叫你寻死不成？
钱玉莲　　如果王郎负义，女儿只好削发为尼，以了此生孽债。
史　浩　　好，从一而终才是好妇人。为父与你招的亲，你定是愿嫁的，这有他的聘礼，你看看便明白了。
　　　　　（钱玉莲看钗介）
钱玉莲　　这只荆钗乃是当年王郎订亲之物，莫非爹爹招的便是王郎么？
史　浩　　自然便是王郎，我岂能将你胡乱许人？
钱玉莲　　爹爹可曾与他言明，女儿是他前妻？
史　浩　　这倒不曾说破，只说是我亲生之女。
钱玉莲　　爹爹不曾言明么？
史　浩　　不曾言明。
钱玉莲　　如此说来，王十朋是续娶了。哦，爹爹，女儿先前只说王郎相府招亲是假，今日看来定然是真。女儿为他守节投江，他全无挂念，竟自续娶，实是个薄情之人。想必相府千金日久生厌，他又来爹爹这里求亲。看起来他果是得新忘旧，女儿一片痴心付与流水的了！
史　浩　　为父对他说亲之时，他也曾再三推辞，后来你母亲去到他家，见了你的婆婆，好言相劝，他才依允。你若不信，等到洞房之中，熄灭灯光，用言语打动于他，便知分晓。
钱玉莲　　这，女儿遵命。
史　浩　　为父选的吉期就是今日，夫人，你与女儿梳妆去罢。
夫　人　　我儿随娘来。（钱玉莲作羞介）儿啊，你这是第二次成亲了，何必如此的娇羞，来呀。（拉钱玉莲下）
史　浩　　中军快来。

（中军上）

中　军　何事？
史　浩　命你将王太夫人接来，不得违误。
中　军　遵命。（下）
史　浩　贤婿哪里？
（王十朋上）
王十朋　公爷。
史　浩　我与你已是翁婿，不可如此称呼。
王十朋　如此，岳父。
史　浩　这便才是。哦，贤婿，吉时已到，你夫妻正好完成花烛。
王十朋　但凭岳父。
史　浩　吩咐动乐，搀新人。
（【吹打】丫鬟扶钱玉莲上，拜堂介）
送入洞房。
（钱玉莲坐帐介，王十朋立门外介）
王十朋　咳，这是哪里说起！想我妻玉莲为我守节而亡，我本当终身不娶，谁知弄出这一段姻缘。我今夜只好在这门外站这一宵了。
史　浩　你不入洞房，想是轻视老夫？
王十朋　小婿怎敢。
史　浩　谅你不敢。（下）
王十朋　好个厉害老儿。咳，此番续娶，乃母亲主婚，我岂可违抗母命。待我进去。
（丫鬟拦介）
丫　鬟　小姐有话，不让您进去。
王十朋　怎么新人不许新郎进房？这也奇怪。
钱玉莲　丫鬟替我传话，道小姐怕见灯光，请新姑老爷熄灯相见。
（丫鬟出介）
丫　鬟　启新姑老爷：我家小姐怕见灯光，请新姑老爷熄灯相见。
王十朋　哦，熄灯相见？想是小姐容貌不佳。哎，事已至此，待我进去。
（作入房介，钱玉莲急熄灯介，作手势介，丫鬟下）
钱玉莲　郎君。
王十朋　（背介）哦，她声音怎么好似前妻一般？哎，想是我思念玉莲，把别人讲话，也当作玉莲了。哦，小姐。
钱玉莲　奴家陋质，得配才郎，乃是三生有幸。
王十朋　岂敢。请问小姐，为何熄灯相见？

钱玉莲　奴家有满腹含冤，今日洞房花烛，非出情愿，因此熄灯相见。
王十朋　小姐乃千金之体，有何冤枉？
钱玉莲　我是嫁过丈夫的，故此有满腹含冤。
王十朋　小姐既有丈夫，为何令尊将你许配下官？
钱玉莲　我爹爹爱你是个状元，故此将我改嫁与你。
王十朋　请问小姐先前许配之人姓氏名谁，今在何处？
钱玉莲　不必提他名姓，他如今投江死了。
王十朋　怎么讲，投江死了？哎呀，我那妻呀！
钱玉莲　我说我丈夫投江身死，你怎么哭起妻子来了？
王十朋　小姐说到前夫，我想起前妻，故而悲泪。
钱玉莲　怎么，你还有前妻么？哎呀，我爹误了我了。
王十朋　我前妻亡故了。
钱玉莲　得何病症而亡？
王十朋　她是投江死的，哎呀，我那贤德的妻呀！
钱玉莲　她为何投江？
王十朋　只为下官得中状元，修下书信迎接家眷。不想被奸人改了书中言语，道我在相府招亲，将前妻改正为偏。她的继母逼她改嫁，好个贤孝妇人，她竟投江而死了。
钱玉莲　哦，投江死了？哎，想你妻子誓不改嫁，守节而亡。你如今在我家招亲，把前妻毫不挂念。看起来只闻新人笑，不闻旧人哭，那妇人死得好不可怜！王郎，你好负心也！
　　　　（唱）纲常乃是人根本，
　　　　　　　夫妇从来是大伦。
　　　　　　　相敬如宾古有训，
　　　　　　　刑于之化在闺门。
　　　　　　　男儿自古多薄幸，
　　　　　　　莫恋新人忘旧人。
　　　　　　　我劝郎君自思忖，
　　　　　　　重婚未免太无情。
王十朋　（唱）小姐不必生怨根，
　　　　　　　十朋不是薄幸人。
　　　　小姐不必如此，想我王十朋此番订亲，原是奉母之命。既小姐如此深明大义，你我可以做个名色夫妻。我一来不失孝道，二来不忘前妻，倒可以两全其美。
钱玉莲　这也使得，郎君，你外厢去睡吧。

王十朋　　多谢小姐！这倒奇得紧。（出介）
　　　　　（史浩、夫人、张氏上）
张　氏　　儿啊，怎么出来了？
王十朋　　母亲怎么来的？
张　氏　　是你岳母接我来的，你还不回洞房去？你岳母已经言明，你娶的便是前妻玉莲。
王十朋　　怎么，我所娶的便是玉莲？待我再去看来。
史　浩　　我儿快快掌灯。
　　　　　（钱玉莲掌灯，王十朋、史浩、夫人、张氏入介）
钱玉莲　　哎呀婆婆呀！（【哭相思】）
王十朋　　原来果是前妻。你既不曾死，怎么显魂活捉仇人？
钱玉莲　　想是他良心不昧，得了疯病。
王十朋　　这也说得是。
史　浩　　你既不与小女成亲。不如打退亲事。
王十朋　　岳父！（跪介）
史　浩　　我是与你作耍，你们成亲吧。
　　　　　（史浩、夫人、张氏出介，两边下。王十朋、钱玉莲作神气介，【尾声】下）

# 勇 节 图

## ■ 本事

明朝万历年间，江苏盐城县有一秀才，名叫张彦。娶妻白氏，小字玉楼。因精于武技，时常带领婢女人等，出外郊猎，以资逍遥。彦有寡婶钱赛花，曾与无赖周三通。适周以手头艰窘，向故友江夏告贷。江本虎而冠者，勾结官府，鱼肉乡民。尝于郊外得见玉楼，惊为国色，只以无隙可图，引为生平第一憾事。今见周三来通缓急，特以百金为寿，嘱以设法玉成。盖江知周与玉楼之婶有染，易于从中撮合耳。周三见利忘义，当即允于夜半招玉楼赴约，俾使张彦闻知，疑妻不贞，愤而休弃，届时再以钱势并进，当可如愿以偿。孰知竟为玉楼掩获，询明原委，恨愤交加，当即赶到江之寓所。江亦稍通武技，遂致短兵相接，卒以江力不敌，惨死于玉楼之手，周三亦同时丧于白刃之下。

玉楼连杀二命，知已肇祸，复恐累及他人，特在墙壁之下，题字留名，改换男装，星夜策马而逃。翌晨知县验尸，得见题字，知系玉楼所为，故将张彦、钱赛花任婶二人，拿获到官。张彦求派捕快差带，寻获玉楼归案，赛花则暂收女监。

玉楼逃亡在外，因易男装，故冒用伊夫张彦名讳。会大司马金彦方之女金秀容，抛彩选婿，不期彩球竟落在玉楼怀中，白以业经娶妻室为词，驰马不愿而去。适于此时北番耶律泰率师南侵，金彦方奉旨挂帅。会阵之后，金彦方被耶律泰枪挑下马，正在千钧一发之际，恰值玉楼过此，遂得拔刀相助，救起彦方，杀退番军。金以玉楼立此大功，是以收为帐下，奏凯回朝。金方回府，始悉其女抛彩，接彩人名叫张彦，因已有妻，未允亲事。遂想到新收之将亦名张彦，当即召至府中，使丫鬟相认，果系此人。玉楼以金元帅奏明圣上赐婚，已知无法推却，乃提出俟功名成就后，始得举行婚礼为条件，以资拖延。从此即寄居金府，由一老家人专任伺候之责。玉楼虽处处经心，终以原系女性，故时露破绽，顿使服侍之老家人发生疑猜。

张彦由二捕快差带，天涯海角，往觅其妻数月之久，杳无征兆。行至金陵，适逢朝廷开科取士，彦遂商诸公差同意，报名投考。时任大主考者正为金彦方，张彦以诗文冠乎同侪，竟得大魁天下。

　　金彦方夫妇急欲与女儿早日完婚，以了心愿，特遣参军万云章，往晤玉楼，劝其勿认定非功名成就后成亲不可。时玉楼以追忆往事，自叹身世，曾绘一《勇节图》，藏之箧中，盖为他日破镜重圆，夫妻晤面时，以表示本人之勇节耳。乃万参军到时，适值玉楼外出未归，各处查看，竟发现所绘之《勇节图》。观看之后，认为疑窦太多，未待玉楼归来，即持之袖呈彦方查看。正群相惊愕之际，而新科状元张彦，前来叩谒老师，见此画图，认定系其妻白玉楼所绘。因之彦方对于玉楼为男为女，殊费疑猜，遂议定由金夫人带同丫鬟到其房中，乘其不备，从后将帽子摘下。玉楼以马脚既露，始俯首承认乃张彦之妻白氏玉楼。金氏夫妇爱其文武双全，当场收为义女。彦方上殿，将为女抛彩选婿及玉楼男装立功各事，详细奏明。万历帝大喜，当即颁谕旨赐白玉楼、金秀容二女，不分嫡庶，同嫁张彦，择吉同拜花堂。并授张彦为江西巡按，封白玉楼为一品勇节夫人，认金秀容为义女，封为"贤慧公主"。一家团聚，同偕到老焉。

## ▍剧目

| | |
|---|---|
| 周三贫窘告贷故友 | 江夏慕色设计害人 |
| 白玉楼郊外打猎 | 钱赛花私通情郎 |
| 擒获敌人得知底蕴 | 手刃仇敌改装私逃 |
| 盐城县验尸看题字 | 张秀才被传到公堂 |
| 二捕快奉命缉凶手 | 金彦方挂帅征北番 |
| 金夫人为女选佳婿 | 巧丫鬟定计抛彩球 |
| 玉楼男装走白下 | 彦方校场点雄兵 |
| 真伧辈妄想天鹅肉 | 假男儿独占梅花魁 |
| 北番国大军压境 | 女英雄仗义破敌 |
| 金元帅枪挑下马 | 耶律泰军前阵亡 |
| 奏凯旋回朝班师 | 白玉楼帅府纳定 |
| 选良材朝廷开科场 | 忆往事自绘勇节图 |

点状元张彦邀恩宠　　见画图全家起疑猜
女扮男装令人识破　　喜出望外破镜重圆
颁谕旨二女嫁一夫　　庆升官三人拜花烛

## ■ 提纲

### 第一场
周三

### 第二场
江夏、江院子、周三

### 第三场
张彦、四女婢、白玉楼、鹿豹虎狼形

### 第四场
钱赛花、周三

### 第五场
四女婢、白玉楼、张彦、周三、钱赛花

### 第六场
江院子、江夏、周三、白玉楼、地方

### 第七场
四青袍、仵作、二捕快、盐城县、地方、江院子

### 第八场
张彦、二捕快

### 第九场
钱赛花、张彦、二捕快、四青袍、监城县

### 第十场
四朝官、四太监、大太监、万历帝、金彦方

### 第十一场
金夫人、四龙套、中军、金彦方

### 第十二场
丫鬟、金秀容

第十三场

白玉楼

第十四场

四官将、四龙套、四上手、中军、金彦方

第十五场

四接彩人

第十六场

丫鬟、金秀容、四接彩人、白玉楼、金家院

第十七场

四番兵、四下手、四番将、耶律泰、四龙套、四上手、四官将、金彦方

第十八场

白玉楼、官军原人、番军原人

第十九场

官军原人、番军原人、白玉楼

第二十场

番军原人、军官原人、白玉楼

第二十一场

四龙套、四官将、金彦方、中军、白玉楼

第二十二场

四太监、万历帝、大太监、金彦方、四龙套、中军、金家院、金夫人、丫鬟、白玉楼

第二十三场

二捕快、张彦、店家

第二十四场

白玉楼、金家院

第二十五场

张彦、店家、报录人

第二十六场

金彦方、中军、万参军、四龙套、二捕快、张彦

**第二十七场**

白玉楼、金家院、丫鬟、金夫人、万参军、金彦方、丫鬟

**第二十八场**

张彦、店家、万参军

**第二十九场**

四太监、四朝官、万参军、金彦方、大太监、万历帝

**第三十场**

金夫人、四龙套、金彦方、金家院、四太监、大太监、万参军、二丫鬟、白玉楼、金秀容、张彦

# 第 一 场

周　三　（内）啊哈！
　　　　（周三上）
　　　　【数板】人要——人要无钱真真难，
　　　　　　　　愁吃愁喝带愁穿。
　　　　　　　　亲戚瞧不起，
　　　　　　　　朋友碰到假装没看见。
　　　　　　　　人情薄似纸，
　　　　　　　　谁肯济贫寒。
　　　　　　　　世人皆是锦上添花客，
　　　　　　　　雪里送炭难上难。
　　　　　　　　劝君莫把钱浪费，
　　　　　　　　等到金尽求谁亦枉然，亦枉然。
　　　　我，周三，乃是本城一个无有职业、游手好闲的人。在家中先亦是不愁吃喝，虽说不上是富庶之家，亦称得起是小康之户。自从我父母去世之后，我结交了一班狐群狗党，胡作非为，无所不干，不是狂嫖，就是滥赌，不到三年，将吾爸爸给吾留下的这份家业，花了个干干净净。等到吾把钱都花完了，这些个朋友亦一个不见了，你说气人不气人？幸而我结交下一个女人叫钱赛花的，不时帮助帮助。不过钱赛花这个娘们儿，现在守寡居孀，手中亦不十分充裕。这几天我是一点儿落子亦没有，真真活把我急死，这可怎么是好？

（想介）呵，吾想起来了，吾们这里的绅士江夏，在先同我甚为要好，吃喝不分，我何不找他借几十两银子，谅他决不会不肯的。好，我就是这个主意。正是：人到急难处，想起旧宾朋。（下）

## 第 二 场

（江夏上）

江　夏　（引）好习拳棒爱美色，武断一乡。
　　　　自幼生来性情刚，
　　　　好习拳棒与刀枪。
　　　　结交官府压乡党，
　　　　最爱国色美娇娘。
（院子暗上）
　　　　俺，江夏。雄霸一方，专与官府来往，因此声势日大，人人侧目，全城之人皆以富绅尊之。这且不言，曾记那日赴郊外踏青，遇见一个美貌女子，率领婢女数人以打猎为乐。自吾看见此女之后，神魂颠倒，恰似魂魄被她勾去。吾亦曾命人打听，原来是本城生员张彦之妻，名叫白玉楼。吾想既为秀才之妻，又有一身武技，故而未敢造次，因此这几日以来异常愁闷。正是：但愿老天随人意，得与玉楼做夫妻。
（周三上）

周　三　只为来告贷，低头见故人。来此已是，门上哪位在？
院　子　做什么的？
周　三　烦劳通禀，就说故友周三求见。
院　子　候着，待吾与你通报。启家爷：有故友周三求见。
江　夏　既是故友来访，快快有请。
院　子　周先生，吾家老爷有请。
（周三、江夏见介）

周　三　（同）呵，江老爷，哈哈哈！
江　夏　　　　　周三兄
江　夏　请坐。
周　三　有坐。
江　夏　不知周三兄驾到，未曾远迎，当面恕罪。

周　三　岂敢，岂敢，小弟少来问候，江老爷海涵。
江　夏　岂敢。周三兄，你我弟兄多年不见，今日驾临，必有所为，请道其详。
周　三　这个，咳，提起来惭愧的很哪。
江　夏　你我乃是老友，有话自管请讲。
周　三　不瞒江老爷说，小弟现在困难的很，打算向江老爷这里暂借几十两银子，以便干一个小本营生，等到买卖发达，定要加倍奉还。江老爷，你是最顾义气的人，料无推辞的了。
江　夏　周三兄，你近来的情形，我早有耳闻。说什么干一小本营生，明明是为你那要好的女人钱赛花，你说是与不是？
周　三　啊，江老爷，你真是多想。钱赛花这个婆娘，虽同我姘靠，可是她却用不着小弟分文。吾今前来借贷，确是要干一个小本营生。江老爷，你不要多心哪，哈哈哈！
江　夏　你为你的要好的女人借款亦罢，你为你自己干一个小本营生告贷亦罢，不过教吾借给你几十两，却也不难，必须答应吾一件大事，方可照办。
周　三　啊，吾明白了。想是江老爷看上了钱赛花这个婆娘，这有何难？待吾将她唤来，任凭你老人家所为，吾不加干涉亦就是了。圣人有云：乘肥马，衣轻裘，与朋友共。吾今将吾爱的人与老朋友共，你看如何？
江　夏　周三兄，你此言差矣。朋友妻，不可戏。吾江夏岂是那样之人？你忒以小看吾江某也。
周　三　失言，失言！究竟是何事体，请道其详。
江　夏　周三兄，你方才所猜，倒有一点意思，可惜张冠李戴了。
周　三　何为张冠李戴？
江　夏　吾心中所想之女子，并非你的情人钱赛花。
周　三　是哪一个呢？
江　夏　乃是钱赛花之侄媳白氏玉楼。
周　三　江老爷，敢莫你看上张彦之妻么？
江　夏　正是。
周　三　这可难、难、难哪！
江　夏　周三兄，你如与我办成此事，吾奉送你白银百两，如办不成，休想分文。
周　三　哎呀，这个题目可不好作。你想张彦乃是黉门秀才，家中又不愁吃穿，再说白娘子全身武艺，天天赴郊外打猎为乐。若想同她成其好事，必须定一绝妙计策，方可成功。否则画虎不成，反类其犬。
江　夏　周三兄，你足智多谋，定可为吾想一妙计。家院。

院　子　有。

江　夏　快到账房取一百两纹银来。

院　子　遵命。（下）

江　夏　周三兄，只要你与我办成此事，日后仍有重谢。

周　三　待吾慢慢想来。（想介）

　　　　（院子上）

院　子　启家爷：百两纹银拿到。

江　夏　放在桌上。

院　子　是。

江　夏　周三兄，你看银子已然在此，你想好了主意，这一百两银子就是你的了。

周　三　计倒是有一条妙计，自是太狠辣一点。也罢，吾看在一百两纹银分上，吾亦只好天理良心了。江老爷。

江　夏　周三兄。

周　三　吾常听钱赛花对吾言讲，她的侄儿张彦乃是一个老实读书之人。因为他的女人白玉楼时常戎装出外打猎，颇不以为然，常常说道妇人家应当谨守闺门，不得这样往外胡跑。无奈玉楼天生好动，对于她的丈夫言语并不遵从，依然天天出外猎游，因此夫妻之间发生了许多的误会。现在闻听张彦因为他的妻子每天非外出不可，故而疑心玉楼有了外遇，吾们可趁此机会施一条妙计。今晚吾与钱赛花约定，隐在他的屋中，等到三更时分，吾暗暗溜到张彦窗棂之外，假意招玉楼外出幽会。张彦对于他的妻子本有疑心，如今闻听情人来召，必定气愤填胸，吵闹起来。那时再叫赛花拿做婶母的身份，以玷辱门风的大题目，逼张彦将玉楼休掉。那时玉楼既为无夫之妇，江老爷凭你有这大的势力，还愁这个女子不到你手吗？

江　夏　好，还是周三兄足智多谋。请你将银两收下，今夜务必照计而行。

周　三　尽管放心，吾周三既然说到，就能办到。

江　夏　如此有劳三兄。

　　　　（递银介，周三接银介，揣银介）

　　　　成功之后，吾必还有重谢。

周　三　到在那时，喜酒吾是一定要吃的了。

江　夏　那是自然。

周　三　告辞了。

　　　　（唱【西皮散板】）

　　　　　　一百两纹银把心变，

　　　　　　为人谁不爱金钱。
　　　　　　今晚前去行奸险，
　　　　　　忍心拆散好姻缘。（下）
江　夏　（唱【西皮散板】）
　　　　　　周三果然多奸巧，
　　　　　　所定计策真算高。
　　　　　　单等明日好音到，
　　　　　　洞房花烛乐逍遥。（下）

## 第三场

（张彦上）

张　彦　（引）磨穿铁砚，但愿得，连中三元。
　　　　（诗）苦读诗书入黉门，
　　　　　　胸藏锦绣会风云。
　　　　　　但愿不负凌云志，
　　　　　　鸿胪高唱第一声。

卑人，张彦，江苏盐城人氏。自幼父母双亡，赖叔父抚养成人。不幸叔父亦已去世，只有续娶婶母在堂，家庭之中倒亦和顺。是吾苦读诗书，幸入黉门，吾亦曾立志，要想大魁天下，故此每日闭户研究经史，俾得显亲扬名。娶妻白氏，小字玉楼，因她精通武技，不时带领婢女人等赴郊外猎游。吾亦曾屡次相劝，说道女人家应当谨守闺门，主持中馈，不得时常外出，做此杀生事项。无奈天性生成，竟至禁阻不住，言之可发一叹。这几日较前更为放肆，每日早出晚归，殊属不成事体。看此情形，或许有了外遇，亦未可知。吾想她一定是以打猎为名，私自在外做出无耻之事，有玷我张氏门庭。天到这般时候，还不见回来，真教我这读书之人无法可想了。

　　　　（唱【西皮散板】）
　　　　　　我张彦本是那书香之后，
　　　　　　岂容她每日里打猎郊游。
　　　　　　倘若是坏贞节给吾丢丑，
　　　　　　吾一定不容情将她弃休。
　　　　　　少时间用言语将她点透，

　　　　　　　　亦免得好夫妻变作仇雠。
白玉楼　（内）丫头们带路啊！
　　　　（唱【西皮倒板】）
　　　　　　　　适才间在郊外精神抖擞——
　　　　（四女婢各持虎、豹、狼、鹿皮上，白玉楼上）
　　　　（接唱【西皮慢板】）
　　　　　　　　喜滋滋回家转快乐风流。
　　　　　　　　今日里打来了许多走兽，
　　　　　　　　论武技谁能比白氏玉楼。
　　　　　　　　斑斓虎下山来一声怪吼，
　　　　　　　　我一剑丧无常气断咽喉。
　　　　　　　　叫丫鬟急忙忙带路快走，
　　　　　　　　亦免得我丈夫在家担忧。
　　　　丫头们，将打来的虎豹狼鹿放在院中，随我进房。（进门介）
四女婢　（同）是。（放兽介，随玉楼进门介）
白玉楼　啊官人，妾身回来了。
张　彦　你啊，早就应当回来。
白玉楼　官人，想是今天妾身回家稍迟，劳你久等，心中不大高兴。这有何难？明天吾再去打猎，一定要提早回来的就是。
张　彦　怎么，你明天还要打猎？恐怕有人不许吧。
白玉楼　官人说哪里话来？你我夫妻二人相亲相爱，官人对我向来是言听计从。虽有婢母在堂，她是向不干涉咱们夫妻的事，又有何人不许的呢？
张　彦　吾就不许你再这样疯野。
白玉楼　官人，妾身前几日打猎，所打来的不过是些个野兔山猪，并未得到什么贵重野兽，当然你的心中不甚痛快。今天吾特地杀了一只斑斓虎、一只金钱豹，另外还有打死许多梅鹿、恶狼，你一看就会喜欢的了。明天就是妾身不出去打猎，吾想你也会撺掇我前去的。丫头们！
四女婢　（同）有。
白玉楼　快快把打来的虎豹鹿狼抬了上来，与你相公看看。
四女婢　（同）遵命。（抬兽进介）
白玉楼　官人请看，为妻的本领如何？
　　　　（张彦看介）
张　彦　哎呀！
　　　　（唱【西皮快板】）

　　　　　　一见打来的死虎豹，
　　　　　　怎不教人好心焦。
　　　　　　这样杀生非正道，
　　　　　　打猎的事儿快取消。

**白玉楼**　官人哪！
　　　　（唱【西皮快板】）
　　　　　　官人说话志量小，
　　　　　　妇人之仁不算高。
　　　　　　妾身武艺虽不好，
　　　　　　要学武松把名标。
　　　　　　今日里打来了虎和豹，
　　　　　　特请官人仔细瞧。
　　　　　　个个夸奖把拇指挑，
　　　　　　为何官人反把头摇。
　　　官人，你习你的文，我练我的武，夫妻二人一文一武，岂不可以扬名天下也？

**张　彦**　并不是你练武技，为丈夫的反对。须知生为女子，应当谨守闺门，出嫁之后，亦得主持中馈。你今从早至晚除了耍枪，就是舞剑，要不就带领丫鬟们郊外猎游，不到日落你不回家。对于家务各事，反倒一概置之度外。长此以往，还成什么样子啊？况且这几日以来天天出门，将我一人抛弃家中，倘被无知歹人造出不好听的言语，岂非跳在黄河亦洗不十净？娘子，你是聪明伶俐之人，当能了解卑人的心意啊。

**白玉楼**　既是官人对于妾身每日外出打猎，疑心多想，从明天起，为妻不再出门，在家陪伴官人就是了。

**张　彦**　这便才是。如此，你吾夫妻一同到后面用饭便了。
　　　　（唱【西皮散板】）
　　　　　　娘子总算明妇道，
**白玉楼**　（接唱）夫唱妇随乐逍遥。
**张　彦**　（唱）但愿得我夫妻天长地老，
**白玉楼**　（唱）为女子必须要保守贞操。（同下）

## 第四场

（钱赛花上）

钱赛花　儿夫亡故早，昼夜受煎熬。我，钱赛花。嫁夫张有礼，不幸下世去了，抛下我同侄儿张彦苦度日光。张彦发愤读书，已入黉门，娶妻白氏玉楼，倒也孝顺。只因玉楼精于武技，不时到郊外打猎锻炼身体。我的侄儿本是个老实学生，屡屡劝阻，只是不听，故此他们夫妻之间时常发生误会，这且不言。是我自从丈夫故去之后，曾私自结交下一个情人，名叫周三。我二人情投意合，如胶似漆，大有一日不见如隔三秋之感。不料事机不密，曾被玉楼侄媳看见。曾恐对于侄儿张彦言讲，与我大大不利，因此我要想一个法子将她除掉，我好同我那三郎天长地久。等三郎到来，我就同他商量，总要想一个完善妙策，早早下手。正是：量小非君子，无毒不丈夫。

（周三上）

周　三　有钱使得鬼推磨，哪管天理合不合。来此已是张宅后门，待我慢慢地叫门。（叫门介，东张西望介）娘子开门来。

钱赛花　外面有人叫门，想是我那三郎来了，待我与你开门。（起身介）外面何人叫门？

周　三　是你心上的人来了。

钱赛花　果然是三郎来了，待我开门。（开门介，进介，关门介）三郎，你今天为何这样的早？你的胆子亦越来越大了。倘若被张彦夫妻看见，如何是好？

周　三　我们从此可以畅所欲为，不怕他们的了。

钱赛花　三郎，此话从何说起呢？

周　三　娘子不要着急，听我慢慢的告诉与你。

钱赛花　三郎请讲。

周　三　我今天因为手中无钱，曾到老朋友江绅士家中告贷。原意不过借上二三十两银子，好供我二人使用。哪知道江老爷竟送我一百两纹银，你说喜是不喜？

钱赛花　人家江老爷，岂能白白的送你一百两银子？这里面定有文章。

周　三　那还用你说吗？娘子，你猜猜是为什么事情？

钱赛花　我如何能猜着？你快快地说吧，别尽别扭我啦。

周　三　你别心急，听我来对你说明。敢情江老爷看上了张彦的妻室玉楼了，他托我给他想个法子，成全此事，所以才送我纹银百两。

钱赛花　你真是做梦未醒，你想这件事情办的到吗？张彦又是一个黉门秀才，再说玉楼这个小娘们儿全身武艺，你惹的起她吗？

周　三　你真是傻瓜，明说当然是不行，我不会绕弯儿想主意吗？

钱赛花　我倒要听听，你想的是什么好主意？

周　三　我不是听你说过吗？张彦因为他的女人时常出外打猎，起了疑心，我们正好利用这个机会。今夜三更时分，我私自在她窗外，假充她的情人招她幽会。张彦一听，必定怒发冲冠，吵闹起来。那时你赶到她的房中，拿出做婶娘的身份，责备她败坏门风，立逼张彦将她休弃。她既成无夫之妇，凭江老爷那份儿手段，那份儿势力，还愁玉楼到不了他手？

钱赛花　这真算凑巧，我因为我二人的事曾被玉楼撞见一回，心中总觉不安生，怕她告知张彦，与我们二人不利。我打算今天等你到来，同你商量一个法子，将她除掉，我二人好得天长地久。如今你既是定好这个好主意，真是再好没有的了。不过千万要格外小心，断断不可露出马脚来，以去他们的疑心。

周　三　你放心吧，这有甚么？吾们又得了白花花的银子，又去了眼中钉、肉中刺，这真是一件喜事了。

钱赛花　你看天气尚早，吾二人何不先到内室畅饮几杯，你意如何？

周　三　我二人今天本应当喝几杯喜酒，再说我亦得借着酒的力量壮壮胆子，省得回头慌手慌脚，露出破绽。正是：二人定计二人知。

钱赛花　但愿从此永不离。（二人同下）

# 第五场

（四女婢引白玉楼上）

白玉楼　（唱【二黄快板】）

　　　　自幼儿爱武技尤好舞剑，
　　　　因此上时常的打猎游玩。
　　　　嫁丈夫入黉门名叫张彦，
　　　　每日里在家中苦读书篇。
　　　　他亦曾对家中发下誓愿，
　　　　一心心要想那连中三元。
　　　　但愿得老天爷睁开慧眼，

保佑着我丈夫金榜题名，得做高官，我亦得执掌印权。
听谯楼打罢了二更三点，
特地里到卧房休息安眠。
叫丫鬟掌银灯绣房内转，
到明天遵夫训不出家园。

天气不早，尔等退下。

（四女婢下，白玉楼进帐睡介。张彦上）

张　彦　（唱【二黄散板】）
方才夫妻闲谈论，
是我劝她少出门。
将身来把卧房进，
只见娘子睡沉沉。（进帐睡介）

（周三上）

周　三　天气可不早了，待我听听谯楼几鼓。（三鼓介）谯楼已打三鼓，正好行事便了。（小圆场）来此已是张彦卧房，屋中灯光已灭，谅他夫妻二人业已安歇，待我叫来。（变小生嗓音小声叫介）白娘子！

（张彦掀帐介）

张　彦　娘子。

白玉楼　（揉眼介）官人何事？

张　彦　你听外面有人唤你。

白玉楼　半夜三更哪里来的人唤吾，莫非你是做梦？

张　彦　明明有人唤你，何言做梦？不信你仔细听来。

（张彦、白玉楼同听介）

周　三　白娘子！现在已交三鼓，为何还不出来，岂不教小生等急了？吾二人白天所订的约会，难道你忘怀了不成？（吐舌介，下）

张　彦　娘子。（气介）你可曾听见了？

白玉楼　听见了。

张　彦　既然听见，还不赶快出去赴你的约会？不要把你的情人等急了。

（怒目介）

白玉楼　这是哪里说起？待我出去将他赶回，看看到底是谁，亦要问个水落石出，以免官人你疑神疑鬼。

（欲出门介，张彦拦介）

张　彦　且慢！你不要借着赶人这个题目，出得门去，同你的情人做那苟且之事。

白玉楼　官人此言差矣！为妻自从出嫁以来，至今已有数载，相亲相爱，夫唱妇随。方才那人前来呼唤为妻，定是有意陷害于我。相公，你是读书明理之人，难道你对于为妻，亦这样轻视？休得拦阻，待我将他赶回，以表我的心地坦白。

（欲出门介，张彦拦介）

张　彦　贱人快快住口！想为女子者，应当大门不出，二门不迈，谨守闺中，主持家务，方是正理。谁像你天天早出晚归，业已失去为妇人之道。我曾屡次规劝你，竟执意不听，吾早已料到，你在外面定做出这下贱无耻之事。昨日婶母曾对我言讲，说你每天到郊外打猎，是遮掩外间耳风，定是结交下情人，教我对你格外留意。如今你的情人竟敢大胆，于半夜三更到我家中呼唤，未免太以貌视我这个黉门秀才了。现在赃证俱全。你还有什么说词？也罢，待我将你休弃，亦免得败坏我张家的门风，你亦好放心大胆同你的情人天长地久。

（气介）

白玉楼　官人哪！你休得如此气愤，听为妻慢慢的道来。

张　彦　我劝你就不必再巧辩了。

白玉楼　此事既关系官人名誉，又关系妾身贞操，岂能糊里糊涂，不查个清清楚楚、明明白白？

张　彦　如此，你且讲来。

白玉楼　官人听者：大凡世上各事，全离不开一个"理"字。官人请想，就让为妻有了外遇，亦断不能叫他来到家中，明目张胆地呼唤。况且幽会乃是怕人知道的一桩私事，岂有大声前来喊叫之理？这一定是咱夫妻二人的仇人，特地前来破坏我们的爱情，你说是与不是？

张　彦　明明有人在外面唤你赴约，你还如此强辩。纵然你有苏张之舌，我亦是不能再上你的当了。今夜天色已晚，明天我一定送你转回娘家的就是了。（张彦拂袖进帐介）

白玉楼　这是哪里说起！（发愣介）

（周三上）

周　三　方才我去叫唤白娘子，这么半天没听见他们夫妻吵嘴。想是他二人睡熟，未听清楚。没有别的，我只好再来招呼他一回，省得有误江大哥的好事。（变小生嗓音小声叫介）白娘子！

（白玉楼听介，怒目切齿介。张彦睁眼看白玉楼介。白玉楼向张彦招手介。张彦、白玉楼并立静听介）

周　三　白娘子，你今天怎么的了？难道你真把白天你我二人订的约会忘记了？你真要不出来，我可不能再等你了，我可就要回家去了。（吐舌介，微笑介，在上场门瞭望介）

张　彦　这你还有什么说的？
　　　　（白玉楼怒气跺脚介）
白玉楼　好贼子！（拿刀介，关门介）贼子往哪里走！
　　　　（周三跑介，白玉楼追介，周三、白玉楼同下）
张　彦　想不到我这读书人要成了此道了。（手作龟形介）咳！
　　　　（周三跑上）
周　三　我的妈呀，要糟！没想到这个娘们儿拿刀赶出来了，这可怎么好？
　　　　（白玉楼追上，当场擒周三。圆场，带周三回房介）
白玉楼　官人，贼人业已被为妻拿住，你且问来。
　　　　（周三跪）
周　三　官人、娘子饶命！
　　　　（钱赛花暗上）
钱赛花　什么事这样乱七八糟的，待我看看。（偷看介）哎呀我的妈，可了不得了。（惊介，暗听介）
张　彦　方才在窗外呼唤，可是此人？
白玉楼　就是这个该死的贼子。
周　三　不是我，不是我。
　　　　（白玉楼以刀背打周三介）
白玉楼　说了实话，饶你不死。
　　　　（以刀吓介，周三叩头介）
周　三　吾说，吾说。
张　彦　快快讲来。
周　三　我叫周三，乃本城人氏。因为游手好闲，没有职业，所以手头极为艰难。前天我曾到本城绅士江夏那里借贷，本打算借二三十两银子做一个小生营，谁知他竟送我纹银百两。我说，江老爷你老给我这们多的银子，又不叫我还，我心中实在不安，倘有用我之处，我是万死不辞。他才说道，有一天在郊外踏青，碰见太太正在打猎，他见太太相貌出众，他可就动了心啦。一打听是张老爷的夫人，他一琢磨张老爷是一位秀才公，那哪儿能办得到？他一着急，可就得了单思病，他因为我同赛……
白玉楼　赛什么？快说。
　　　　（钱赛花咬牙介）
周　三　我顾不了你啦，全说了吧！
张　彦　快快讲来！
周　三　他因为我同你们府上钱赛花有奸。

张　彦　满嘴胡说，我婶母岂是那样下贱之人？再若胡言，打折你的狗腿。
　　　　（钱赛花赛得意介）
钱赛花　阿弥陀佛！（下）
白玉楼　官人不要拦他的话，让他从实讲来。
周　三　托我想一个法子成全此事，我本不愿意做此伤天害理之事，不过拿了人家一百两银子，不好不答应，所以才想个主意。半夜三更前来呼唤，为是教相公听见，好同夫人吵嘴。那时钱赛花过来，端出婶娘架子来，逼着相公将夫人休弃。想那江夏有钱有势，那时候想一个法子，就可以将夫人接到他的家中，吾同赛花亦可以天长地久。我一想这个事情不费什么，所以我才前来呼唤。第一次未听见你们吵嘴，疑惑是你二人睡熟未曾听见。故此我二次又来，没想到会教夫人把吾捉住。这是实话实说，望相公、夫人看在你们婶母的面上，把我放了，下次我决不敢再来了。（叩头介）
张　彦　既然如此，待吾前去呼唤地保，将他送到当官，按律治罪，你看如何？
白玉楼　那是万万不可。
周　三　还是夫人恩典，别把我送官。
白玉楼　少要多口。
张　彦　依娘子之见，该当怎样办理才好？
白玉楼　相公，你想江夏既为本城劣绅，必然同官府素有来往。若将此贼送官，江夏得知消息，必定隐藏起来。莫若叫这个小子将为妻引到江宅，待为妻略施小技，将江贼拿获，一同送官，岂不干净？
张　彦　哎呀夫人哪！江夏这贼想念娘子已非朝夕，你今此去，岂不是飞蛾投火、羊入虎口？这个主意万万不妥。
周　三　着哇！启禀夫人：江夏精通武艺，膂力过人，夫人你万不可冒险前去的。
张　彦　你看如何？
白玉楼　嘿嘿嘿，妾身这身武艺，慢说一个江夏，就是千军万马，为妻何惧？官人不必拦阻，我是去去就回。
张　彦　既然如此，但凭娘子。不过你总要小心，免得为丈夫的放心不下。
白玉楼　官人尽放宽心，为妻此去，料然无事就是了。呔！周三，你快快将我带至江夏家中，我便饶了你的性命。
周　三　小人情愿领夫人前去。
白玉楼　好，如此你且起来。
周　三　多谢夫人！

白玉楼　官人稍待，为妻去去就来。（白玉楼、周三同下）
张　彦　原来如此，险些错怪了我这智勇双全贤德的夫人。这才是：闭门家中坐，祸从天上来。这是哪里说起！（下）

## 第 六 场

（院子持灯，引江夏上）

江　夏　（唱【西皮摇板】）
　　　　　　只吃得醉醺醺站立不稳，
　　　　　　周三兄可算是第一能人。
　　　　天气不早，我要安歇，尔且退下。
院　子　是。（下）
江　夏　想那白玉楼，（周三、白玉楼同上，听介）美丽秀艳，倾国倾城。自从那日在郊外看见之后，朝思暮想，好似我的魂魄被她勾引去了。幸遇周三兄前来借贷，是我知他与白娘子的婶母钱赛花有奸，如若托他从中设法，必然可以将美人得到手中。故此我送他纹银百两，居然他献上一条妙计，定于今夜假冒白玉楼的情人，在窗外唤她前赴幽会，好使她的丈夫张彦听见，疑惑玉楼不贞，一怒将她休弃。那时我有的是金钱，有的是势利，何怕此女不到我手？现在已过三更，想周三兄业已成功了。
（白玉楼手势，令周三叫门，叫门介）
周　三　江老爷，开门来。
江　夏　外面何人叫门？
周　三　我周三回来了。
江　夏　周三兄回来了，待吾与你开门。（开门介）周三兄，为何半夜到此？难道事情有变？
周　三　岂能有变，白娘子现已同我到此。
江　夏　我却不信。
周　三　你且来看。
（江夏看介）
江　夏　哈哈哈，周三兄，你真会办事。美人，你既来之，则安之，快请进！哈哈哈！
白玉楼　住口！你好大胆贼子！在此光天化日之下，你竟敢拆散人家的婚姻，强霸良家的女子，难道你就不怕王法了吗？
（周三蹲在一旁介）

周　三　得啦，你们二人对说对讲吧，我不跑这个合了。

江　夏　什么王法、屁法！娘子，你大概还不知道我江某的来历。

白玉楼　什么来历不来历，你不过是本地一个劣绅，仗着当地狗官，狼狈为奸，鱼肉乡民就是了。今天遇见你的老太太，就是你的死期到了。

江　夏　哼，美人不要胡言，快快请到房中，你我二人先畅饮三杯。来，待我搀你进房。
（江夏拉白玉楼介，白玉楼亮刀介，漫江夏头介）

白玉楼　尔往哪里走！
（江夏取刀介，白玉楼、江夏开打介，江夏败下，白玉楼追下）

周　三　我的妈呀，这个祸惹得可不小，待我赶快藏躲起来。（藏桌下介）
（江夏跑上、白玉楼追上，开打介，二人夺刀介，白玉楼杀江夏介）

白玉楼　幸喜此害已除，待我转去。且慢！江夏这贼既然被我杀死，等到天明官府得知，岂不麻烦？也罢！这里现有贼人的衣服，我不免改换男装，私自逃走，以免是非。（换装介）我明人不做暗事，桌上现有笔砚，待我留一字柬。（写介）劣绅江夏，鱼肉乡里，为害地方，侠女白玉楼仗义杀之。待我走去。且慢！尚有周三在此，岂能便宜了他？待我找来。
（找周三从桌下出介，周三叩头介）

周　三　夫人，江夏既被你老人家杀死，求我一个人的亲奶奶，饶恕我一条狗命吧！（叩头介）

白玉楼　我若留你，未免对不过江夏了。（杀周三介）我连杀二命，此祸不小。马棚现有马匹，待我乘马逃走了吧。（上马介，下）
（院子上）

院　子　天明多时，主人为何尚未起床？待我看来。（见尸介）哎呀，这是何人将我的主人杀死？待我快叫地方来。（出门介）地方快来！
（地方上）

地　方　地方地方，差事难当。一卯不到，两腿遭殃。这是谁呀？什么事情，怎样大喊小叫的？

院　子　张头儿快来！

地　方　原来是江府的胡大爷，喊我有什么事情啊？

院　子　张头儿，可了不得了，吾家主人不知被何人杀死了。

地　方　是吗？

院　子　谁来哄你？
地　方　这可不是玩的，尸身现在何处？
院　子　现在我们客厅门首。
地　方　待我看来。（圆场，看尸介）胡大爷，你好好看着，我赶紧到衙门报告，请知县大老爷前来验尸。（下）
　　　　（院子拭泪介，下）

## 第 七 场

（四青袍、二捕快、仵作、盐城县上）

盐城县　（引）捐班知县，就认得铜子洋钱。
　　　　（诗）为官不在大小，
　　　　　　　只要赚钱就好。
　　　　　　　原告没钱收押，
　　　　　　　被告有钱取保。
　　　　下官胡途，捐班出身。只因我父母给我留下不少的造孽糟钱，所以我才捐一个知县。我又竭力一运动，才派我署理江苏盐城县的正堂。到任以来，百姓倒也安居乐业。本地有一绅士，名叫江夏，是我同他互相勾结，狼狈为奸，所以不到一年我搂的实在不少。这两天江夏总未到衙门里来，不知他手中又给我拉了什么好的买卖。今天乃是放告之期，来，（众应介）放告牌搭出。
　　　　（地方上）
地　方　小的张福，与大老爷叩头。
盐城县　罢了。到此何事？
地　方　启禀老爷：可了不得了！
盐城县　什么事情，这样的大惊小怪？
地　方　本城绅士江夏被人杀死了！
盐城县　怎么着，江绅士被人杀死了？
地　方　正是。
盐城县　这真奇怪，待老爷我先去验尸，然后再拿凶手，为江绅士报仇。来，打道江府。
　　　　（上轿介，圆场，下轿介。院子迎介）
院　子　求大老爷做主，为小的主人报仇。

盐城县　那是自然，你先起去。来，仔细验来。
　　　　（仵作验尸介）
仵　作　启禀老爷：验得江尸生前同人格斗，因不敌对方，被刀伤及，致命而死。又验得周尸，亦是被刀伤致命而死。
盐城县　待我查看查看。
　　　　（查看介，进屋介，见壁上留字介，念字介）
白玉楼　（唤众介）来，尔等可晓得，侠女白玉楼究竟是何人？
捕　快　启禀老爷：本城生员张彦的妻室，名叫白玉楼。有一身极好的武艺，时常带领婢女等到郊外打猎，前天曾打了一只大老虎、一只金钱豹。本城的人差不多全都知道，不知道是此人不是此人。
盐城县　那一定是她无疑，快快将她捉来见我。
捕　快　遵命。（下）
盐城县　来，打道回衙。（同下）

# 第 八 场

（张彦上）

张　彦　（唱【西皮散板】）
　　　　　　　娘子生来性情傲，
　　　　　　　三言两语就动刀。
　　　　　　　昨夜去把江夏找，
　　　　　　　这时不回为哪条？
　　　　昨夜娘子拿获奸人周三，他说是劣绅江夏雇他前来，用此离间毒计，打算将吾夫妻二人婚姻拆散。我家娘子性如烈火，闻听此言，立时带领周三去找江夏辩理，至今不见回来，定必出了意外。我说娘子啊娘子，这全是你不听为丈夫的忠告，天天出外打猎，招出来的奇祸啊！
　　　　（唱【西皮散板】）
　　　　　　　娘子至今不回转，
　　　　　　　提心吊胆不得安。
　　　　　　　倘若出了意外患，
　　　　　　　大好家庭难团圆。
　　　　是我心慌神乱，坐卧不宁，定是娘子有了变故。我不免出得门去，

打听明白，亦好作一准备。好，主意已定，就此前往。（出门介，下）
（二捕快上）

**二捕快** 奉命拿张彦，不敢稍迟延。
**一捕快** 伙计，你说这个事够多么新鲜，江绅士怎么会叫张秀才的女人杀死了？这个白娘子，杀了人，还留下名字，这真是从来没有听见过的事，咱们还得快点儿去看，他们畏罪逃跑，可就费了事啦。
（张彦上）

**张　彦** 哎呀，这可糟了。
**二捕快** 这不是张秀才吗？
**张　彦** 不错，不错，是我。
（二捕快亮锁链介）

**二捕快** 这巧极了，我们正要找你，如今碰见了，这真好极了。
**张　彦** 二公差找我何事？
**二捕快** 你还装傻吗？快跟我们走吧。（锁介）
**张　彦** 我又未曾犯法，为何锁我？
**一捕快** 你别装糊涂，我且问你，你的女人白玉楼现在何处？
**张　彦** 二位呀，我亦是正在找她。
**一捕快** 不能净听你的，我们得带你到家中去翻一翻。要是在家，带着你们夫妻二人，同见我家老爷。要是没在家，没有别的，只好你一个受点委屈吧。
**张　彦** 这是哪里说起，哎！（同下）

# 第九场

（钱赛花上）

**钱赛花** 昨夜周三落了网，倒叫奴家心发慌。我，钱赛花。昨天夜里没想到周三这个废物，竟会教玉楼拿住了。可恨这个小子太没有骨头了，一张嘴就把我说出来了，幸喜我那张彦侄儿不信，要不可就真糟了。可是周三亦不见了，张彦夫妇亦没有影子，真教我心里糊涂，不知到底是怎么一回事。
（二捕快、张彦同上）

**张　彦** 二公差随我进来。（进门介）参见婶母。

钱赛花　张彦，你这么早往哪里去了？你的妻子为何亦不见了，到底是怎么一回子事？

张　彦　哎呀，婶母，这才叫祸从天降。二公差，请翻。

（二捕快翻介）

二捕快　她既不在家，没有别的，你同你婶母走一趟吧。

张　彦　这个……

钱赛花　什么事叫我去抛头露面？

二捕快　这是人命大事，没有别的，你受点屈吧。（锁钱赛花介，圆场）有请老爷。

（四青袍、盐城县同上）

盐城县　张彦夫妻可曾带到？

二捕快　启禀老爷：凶手白玉楼畏罪已逃，下役现将张彦同他婶母带到。

盐城县　好，先将张彦带上堂来。

（张彦揖介）

张　彦　生员张彦参见老父母。

盐城县　你既是黉门秀才，为何不能管束你自己的妻室？现在你妻白玉楼连杀二命，你快快将她献出，本县我好按律法办，休得隐匿，自罹法网。

张　彦　启禀老父母：生员读书知理，从未做过犯法之事。昨夜三更，忽闻窗外有人喊叫我妻，去赴幽会。生员一听登时怒发冲冠，以为我的妻室做出败坏门风下贱之事。正在询问之间，又听有人来叫，吾妻一怒开门追出，将此人捉获。询问之后才知，他名叫周三，是本城劣绅江夏雇他前来施此毒计，好教生员疑妻不贞，将她休弃。原来江夏曾在郊外，看见过生员之妻打猎，生员之妻本小有姿色，不料被他看上，他才想施此毒计，拆散我们的婚姻。单等生员休妻之后，他再想法霸占。不想周三被生员的妻室拿获，尽得实情，遂令周三导引至江夏家中辩理。生员再三拦阻，执意不听，谁知一去未回。今早曾出门探询，才听见有人谈论江绅士家中出了命案，不期路遇公差，一同回到生员家中搜查，果无生员之妻踪迹，才将生员同生员婶母带到。望求老父台明镜高悬，生员情愿随同公差寻访妻室，归案候审。

盐城县　可是实情？

张　彦　句句实情。

盐城县　站在一旁。来，带钱赛花。

钱赛花　小妇人钱赛花与大老爷叩头。

盐城县　你侄媳杀死江夏，你可知情？

钱赛花　小妇人一概不知。
盐城县　现在白玉楼在逃，本县特派两名捕快，差带张彦出外寻访归案，并先将你押入女监，等到白玉楼到案，再放你回家。
钱赛花　大老爷，这里头没有我的事，可别押我。
盐城县　哪能由你，来，将她收入女监。
钱赛花　这才叫报应了。（下）
盐城县　派你二人随同张彦，赴各处寻获白玉楼之后，立刻回衙交差，不得违误。退堂。（同下）

# 第十场

（四朝官同上）

四朝官　下官吏部尚书吴文甫；下部户部侍郎何贤；下官都察院都御史胡守礼；下官大理寺正卿邹桐。请了，香烟缭绕，圣驾临朝，你我分班侍候，请。

（四太监、大太监、万历帝上）

万历帝　（引）圣世兴隆，众文武扶保孤躬。
四朝官　（同）臣等见驾，吾皇万岁！
万历帝　众卿平身。
四朝官　（同）万万岁！
万历帝　（诗）金殿当头紫阁重，
　　　　　　　　天下太平五谷丰。
　　　　　　　　文臣武将忠心耿，
　　　　　　　　保定孤王锦江洪。
　　　　孤，大明天子，年号万历。即位以来，天下太平，五谷丰登。惟有北番尚未归顺，教孤时常忧虑。今当早朝，众卿。
四朝官　（同）臣！
万历帝　有本早奏。
吴文甫　今有北番打来连环战表，请吾主龙目一览。
万历帝　呈上来。（看表介，牌子）既是北番打来战表，就应选派大员督师迎敌。来，宣大司马上殿。
大太监　万岁有旨，大司马上殿哪。
金彦方　（内）领旨。（上）忽听万岁宣，迈步上金銮。臣金彦方见驾，吾皇万岁！
**万历帝** 大司马平身。
**金彦方** 万万岁！宣臣上殿，有何军情议论？
**万历帝** 今有北番打来战表，特命卿家挂帅，带领雄兵十万前往督剿。得胜回来，另有升赏。
**金彦方** 臣领旨。
**万历帝** 退班。
**四朝官** （同）请驾回宫。（同下）

## 第十一场

（金夫人上）
**金夫人** （引）老爷在朝掌兵权，外邦不敢起狼烟。
老身顾氏，配夫金彦方。我家老爷蒙圣恩，授为大司马，执掌全国兵马。今早上朝面君去了，这般时候还不见回来。
**金彦方** （内）回府。（四龙套、中军、金彦方同上）
（唱【西皮散板】）
　　朝罢了圣天子忙回府转——
（下马介，挖门，四龙套下）
　　明日里调兵将扫灭北番。
夫人。
**金夫人** 老爷下朝来了，但不知有什么军情？
**金彦方** 今有北番打来连环战表，我主特命下官挂帅，统领雄兵十万前往征剿。
**金夫人** 但不知老爷几时出发？
**金彦方** 明日乃黄道吉日，正好兴兵。中军。
**中军** 有。
**金彦方** 拿我令箭，晓谕三军，明日五鼓，教场听点，不得违误。
**中军** 得令。（下）
**金夫人** 老爷明日带兵出发，本是为国勤劳，妾身焉敢拦阻。不过你我女儿选婿的事情，应当如何办理？若等老爷得胜回朝，再为举行，岂不耽误了时日？
**金彦方** 你我女儿选婿之事，既然俱已预备妥当，自可照原定计划办理。下官有圣命在身，不得不望夫人替吾代劳了。
**金夫人** 既是老爷吩咐，妾身谨当遵命。后堂摆宴，与老爷饯行。
**金彦方** 正是：明日校场点军马。（下）
**金夫人** 抛彩选婿吾当家。（下）

# 第十二场

（丫鬟引金秀容上）

**金秀容** （唱【西皮原板】）
　　　　老爹爹在朝中统领军马，
　　　　我的母无子嗣只生奴家。
　　　　为选婿也曾把计策定下，
　　　　但愿得天如愿彩不虚发。

奴家，金秀容。我父金彦方在朝，官居大司马。我母顾氏夫人年已半百，只生奴家一个，因此对奴家十分疼爱，有如掌上明珠。只因奴家业已一十九岁，急想选一佳婿，俾得半子之靠。又恐由父母做主，不合奴家心意，所以才想出一条计策，在府门之外高搭彩楼，叫奴家亲自抛彩。我说丫头。

**丫　鬟** 小姐。
**金秀容** 明天你算算是几儿了？
**丫　鬟** 明天不是十五吗？
**金秀容** 十五又怎么样啊？
**丫　鬟** 十五不是小姐抛彩选姑老爷好日子吗？
**金秀容** 我说丫头。
**丫　鬟** 怎么着小姐？
**金秀容** 我想明天接彩的人一定不少，要是抛不准，教不合你姑娘心意的人接了去，那不糟了吗？
**丫　鬟** 不要紧，小姐。明天咱先看准了人，然后再抛，我在旁边跟着，料然无错。小姐，你放心就是了。
**金秀容** 此事非同儿戏，你明天可要格外小心。
**丫　鬟** 小姐，你就不用管了。你看好了人，我替你抛，抛对了没有说的，抛不对不是小姐自己抛，咱来不算数，你看好不好？
**金秀容** 难得你出此妙计。

| 丫 鬟 | 这是嘛话？小姐嫁了姑老爷，我一定跟过去服侍姑老爷。—爱我还许收我做一个二房，与我亦有关系，我怎么不上心呢？
| 金秀容 | 休得胡言。天气不早，随我同到上房，与我母亲请安去便了。
| 丫 鬟 | 是。
| 金秀容 | （唱【西皮散板】）
　　　　明日里抛彩球但得如愿，
　　　　嫁一个如意郎美满姻缘。
　　　　叫丫鬟前引路上房里转，（丫鬟下）
　　　　父母台前去问安。（下）

# 第 十 三 场

（白玉楼内唱小生腔）

| 白玉楼 | （唱【西皮倒板】）
　　　　贪夜改装逃出城——（男装上）
（唱【西皮慢板】）
　　　　白玉楼扮作了行路之人。
　　　　恨江夏欺乡里官府结引，
　　　　派周三施巧计拆散婚姻。
　　　　若不是拿住了周三讯问，
　　　　我丈夫必定是疑我不贞。
　　　　二贼子在我的刀下丧命，
　　　　留名姓恐怕是连累良民。
奴家，（左右看介）白玉楼，配夫张彦为妻。只因杀死江夏、周三两个贼子，特地改换男装，连夜逃出城来。我不免暂用我丈夫张彦的名讳，暂行在外云游，单等狗官去任，我再回家。现时正当春夏之交，正好一路观看奇花异草，以舒胸中郁闷。不免马上加鞭。
（唱【西皮散板】）
　　　　催马加鞭往前进，
　　　　不觉来到金陵城。（下）

## 第十四场

（四官将上，起霸）

四官将　（同）请了，元帅登台点将，你我两厢伺候，请。
　　　　（四龙套、中军、金彦方上）
金彦方　【点绛唇】奉旨征剿，帅印挂了。军威好，地动山摇，要把番奴扫。
四官将　（同）参见元帅。
金彦方　众位将军少礼。
四官将　（同）啊！
金彦方　（诗）奉圣命统兵十万，
　　　　　　　选良将共有千员。
　　　　　　　恨北番无端宣战，
　　　　　　　指日间得奏凯旋。
　　　　老夫，金彦方，明室为官，官拜大司马之职。只因北番打来连环战表，要夺吾主锦绣江山。圣上览表大怒，才挂老夫为帅，命我率领雄兵十万，战将千员，即日督师前往征剿。今乃黄道吉日，正好兴兵。中军。
中　军　有。
金彦方　人马可齐？
中　军　俱已齐备。
金彦方　吩咐起兵前往。
　　　　（上马，牌子，众人同下）

## 第十五场

（四接彩人上）

甲接彩人　众位请了。
众　　　　请了。
甲接彩人　今日，金大人的小姐在本府门前高搭彩棚，抛彩选婿，我等何不前去接彩？
乙接彩人　要依我说，你们几位死了这股子心吧，别跟着起哄了，为什么一处去瞎挤呢？你们想想这档子事情，闹了多少日子，早已轰动了全城，什么样的漂亮人没有？再说又有我这个小白脸在内，还会有你们的份儿吗？依我相劝，你们几位找一个清净的地方歇息歇息，不必跟着裹这份儿乱了。

丙接彩人　怎么着，我们别耽误工夫？这个事情不是净在乎长的漂亮，还得坟地有风水，祖宗有德行，那才行哪。你别自己瞧着不错了，教我一看，你是小信儿的炸炮儿。

乙接彩人　此话怎么讲？

丙接彩人　没响儿。

丁接彩人　得啦，你们别瞎闹了。教我看，谁也别管谁，咱们各人碰各人的运气就结了。

甲接彩人　别胡聊了，快走吧，看过了时刻，可就坏了。

众　　　　好，如此我们快快地前去，不要错过了机会。（同下）

# 第 十 六 场

金秀容　（内唱【西皮倒板】）
　　　　梳洗更衣巧打扮——
　　　　（丫鬟捧彩球上，金秀容上）
　　　　（唱【西皮慢板】）
　　　　在二堂辞别了年迈慈颜。
　　　　今日里抛彩球可称盛典，
　　　　但愿得天保佑成就良缘。
　　　　叫丫鬟前引路彩楼上转，（上楼介）
　　　　金秀容要学那王氏宝钏。
　　　　（四接彩人左右上，看彩介，手攀介）
　　　　（唱【西皮快板】）
　　　　耳听得街上人声喊，
　　　　原来俱是接彩男。
　　　　仔细抬头用目看，
　　　　哪有一个美少年。

丫　鬟　小姐，那边来了一个骑马的相公，够多们漂亮，千万可别错了主意。彩球若是抛在此人身上，真是郎才女貌，一段好姻缘哪。

金秀容　（唱【西皮快板】）

忽听丫鬟一声唤，
急忙观看不迟延。
此人果然真好看，
不愧风流美少年。
丫鬟快把彩球献，
拿他当作薛平男。
（白玉楼男装上。丫鬟送彩介，金秀容接彩介，抛彩介，白玉楼接彩介。众接彩人喧闹介，失望介，下。白玉楼抱彩发愣介。家院急上）

院　子　恭喜姑老爷！
白玉楼　院公哥，此话从何而起？
院　子　相公有所不知，今日乃是本府金大人的小姐抛彩选婿。如今彩球既被相公接着，岂不是我家的姑老爷吗？来来，随老奴快快进府，去见我家夫人。
白玉楼　我是已有妻室之人，此事断断不能从命。
丫　鬟　院公哥，问问这位相公姓字名谁，家住哪里，可别叫他走了。
院　子　请问相公贵姓大名，何方人氏？
白玉楼　小生张彦，乃是盐城县的生员。今因访友至此，不期接到你家小姐的彩球。不过我是已经娶过妻室的人，如何再行重婚？烦你回复你家老爷、太太，就说我张彦有不能从命之苦。话已说明，我要去也。（扔彩介）
院　子　相公，你可千万别走，待我禀报吾家夫人之后，再作道理。你此刻要走，老奴实是担待不起。（拾球欲递介）
白玉楼　我既不能答应亲事，我又何必去见你家夫人？我现在仍有要事在身，恕我不能同你多谈，我可告辞了。（上马介，急下）
（院子抱球发愣介）
院　子　想不到这们不巧，偏偏这位张相公有了妻室。张相公既已走去，我不免禀报夫人知道便了。（下）
金秀容　呀！
（唱【西皮摇板】）
　　　　接彩人名张彦盐城籍贯，
　　　　因有妻才不肯再配良缘。
　　　　叫丫鬟搀扶我下楼转，（下楼介）
　　　　见了母亲说根源。（下）

## 第十七场

（四番兵、四下手、四番将、番帅耶律泰，【风入松】牌子上）

**耶律泰** 俺，北番国扫南大元帅耶律泰。奉了老王之命，统领雄师，要夺明室天下。巴图鲁，杀！

（四番兵、四上手、四官将、金彦方上）

**金彦方** 马前来的敢是耶律泰？
**耶律泰** 然。
**金彦方** 耶律泰！我朝并未亏负尔等，兴兵犯界，是何道理？
**耶律泰** 金元帅！你若归顺吾主，少不了封侯之位，你意如何？
**金彦方** 一派胡言，众将官，压住阵脚。

（开打，金彦方败下，耶律泰追下）

## 第十八场

**白玉楼** （内）马来！（男装上）
（唱【西皮流水板】）
　　　　适才接彩真热闹，
　　　　彩球单被我接着。
　　　　人人道我运气好，
　　　　谁知我亦女多娇。
　　　　幸喜见机抽身早，
　　　　一场是非方化消。
　　　　催马来在阳关道——（鼓声介）
啊！
（接唱【西皮散板】）
　　　　战鼓咚咚为那条？
是我乔装改扮，行至中途，忽遇金府小姐抛彩选婿，不期彩球单打到我的头上。幸亏我走的甚急，不然又是一场是非。如今行至此间，忽闻战鼓之声，不知为了何事。俺不免登高一望便了。（登高介）

（金彦方原人败下，耶律泰原人追下。白玉楼下桌介）

哎呀且住！我当为了何事，原来是我国军马被番兵杀得大败，此刻我不拔刀相助，等待何时。呔！番奴休得逞强，你少爷张彦来也！
（下）

## 第十九场

（金彦方原人、耶律泰原人再会阵。金彦方被耶律泰枪挑下马。白玉楼上，同耶律泰开打，耶律泰败下。白玉楼救金彦方起介）

金彦方　多谢小将军救命之恩！请问小将军尊姓大名？
白玉楼　小生张彦，救护来迟，元帅恕罪。
金彦方　岂敢。既是小将军前来助阵，快快与我杀退番奴。
白玉楼　得令。（下）
金彦方　若不是这个张彦从天降下，老夫的性命险遭不测，险哪！（下）

## 第二十场

（耶律泰原人）

耶律泰　且住！本帅已将金彦方枪挑下马，看看大功成就，忽然闪出一员小将前来助阵，将某杀得大败，这便如何是好？巴图鲁，杀！
（官军原人、白玉楼上，会阵，开打，当场杀死耶律泰。下）

## 第二十一场

（四龙套、四官将、金彦方牌子上）

中　军　小将军得胜回营。
金彦方　有请。
　　　　（白玉楼牌子上）
白玉楼　参见元帅。
金彦方　小将军少礼，一旁坐下。

| | |
|---|---|
| 白玉楼 | 且慢,元帅在此,哪有学生的坐位? |
| 金彦方 | 你是老夫救命恩人,哪有不坐之理? |
| 白玉楼 | 如此我就斗胆了。 |
| 金彦方 | 请问小将军,家住哪里,可曾娶过妻室? |
| 白玉楼 | 元帅容禀。(牌子) |
| 金彦方 | 原来如此,待老夫回朝奏明圣上,保你在朝为官就是了。 |
| 白玉楼 | 学生情愿在元帅帐下效力,不愿为官。 |
| 金彦方 | 既然如此,先在老夫帐下听候差遣。遇有机缘,再由老夫奏明圣上就是了。 |
| 白玉楼 | 多谢元帅。 |
| 金彦方 | 中军。 |
| 中　军 | 有。 |
| 金彦方 | 吩咐大小三军,打起得胜鼓,班师回朝。 |
| 中　军 | 得令。 |
| 金彦方 | 正是:且喜老夫得良将, |
| 白玉楼 | 愿随元帅奉茶汤。(下) |

# 第二十二场

(刀斧带上)

| | |
|---|---|
| 万历帝 | (引)凤阁龙楼,万古千秋。 |
| 大太监 | 启奏万岁:大司马得胜回朝,现在宫门候旨。 |
| 万历帝 | 传旨下去,宣金彦方上殿。 |
| 大太监 | 领旨。万岁有旨:大司马上殿哪! |
| 金彦方 | (内)领旨。(上) |
| | (唱【二黄摇板】) |
| | 　　领人马征北番大获全胜, |
| | 　　　上金殿见万岁细奏分明。 |
| | 臣金彦方见驾,吾皇万岁! |
| 万历帝 | 卿家平身。 |
| 金彦方 | 万万岁! |
| 万历帝 | 卿家征剿北番,怎么样了? |
| 金彦方 | 容奏。(牌子) |

万历帝　此乃卿家大功,进前听封。
金彦方　臣。
万历帝　加封卿家为天下都招讨兵马大元帅。
金彦方　谢主隆恩!
万历帝　光禄寺摆宴,与卿家贺功。退班。(下,太监同下)
　　　　(四龙套、中军同上)
金彦方　回府。
　　　　(圆场。家院上。四龙套、中军下)
金彦方　有请夫人出堂。
院　子　遵命,有请夫人出堂。
　　　　(金夫人上)
金夫人　老爷得胜班师转,女儿婚事得成全。啊,老爷。
金彦方　夫人请坐。
金夫人　有坐。恭喜老爷!征剿北番,得胜回朝,见驾之后,不知有何升赏?
金彦方　适才见驾,圣上因下官征剿北番有功,加封天下都招讨兵马大元帅。
金夫人　真是有道明君。
金彦方　夫人,你我女儿抛彩选婿之事,怎么样了?
金夫人　再休提起。自因那日,你我的女儿将彩球抛到一个美貌少年手中……
金彦方　岂不是好?
金夫人　好便好,可惜那人言道,业已娶了妻室,故此扔下彩球径自走去。因此我同女儿心中均皆不快。如今老爷既然回来,就该想一完全办法才好。
金彦方　可曾问过那少年的姓名?
金夫人　家院亦曾问过他,道姓张名彦。
金彦方　张彦?
金夫人　正是。
金彦方　这有何难,下官赔你一个张彦如何?
金夫人　老爷此话从何说起?
金彦方　夫人非知,是下官与番奴交战,稍一不慎,被番奴将我枪挑下马。正在危急之时,忽然闪出一员小将,不但将某救回,而且将番奴杀得片甲未归,才能大获全胜,班师回朝。夫人,你道此人是谁?
金夫人　是哪一个?
金彦方　就是张彦。
金夫人　世界之上同名同姓之人甚多,未必就是此人。
金彦方　我已将他收在帐下,并未奏明圣上。如今将他唤进府来,叫丫鬟前

|        | 来相认。若是此人,哪怕他不答应亲事。 |
|---|---|
| 金夫人 | 如此甚好。 |
| 金彦方 | 来,拿我令箭,去到营中,将新收小将张彦调至府中,有事差遣,不得违误。快去! |
| 院　子 | 遵命。(下) |
| 金夫人 | 如此,将丫鬟叫来,以便相认。春梅快来。 |
|        | (丫鬟上) |
| 丫　鬟 | 来了,参见老爷、夫人。唤奴婢何事? |
| 金夫人 | 我且问你,那日接彩的人你还认得否? |
| 丫　鬟 | 那怎么会不认得?再过三年,见了面时我亦是认得。 |
| 金夫人 | 这就好了,回头将老爷新收的一员小将叫张彦的叫来,你看一看,是那一天接彩的人不是。 |
| 丫　鬟 | 怎么着?老爷收了一个张彦,这真巧极了。小姐这几天为这档子事茶饭不思,坐卧不宁,老天爷保佑,好歹就是他吧,阿弥陀佛! |
| 金彦方 | 这事关系重大,回头你不可乱认瞎讲。 |
| 丫　鬟 | 老爷放心,这是我家小姐一辈子的大事,岂敢胡来? |
| 金夫人 | 这便才是。 |
|        | (院子上) |
| 院　子 | 启禀老爷:张彦业已到府。据奴才看来,正是接彩之人。 |
| 金彦方 | 怎么你还记得?好,快快有请。 |
| 院　子 | 有请张将军。 |
|        | (白玉楼男装上) |
| 白玉楼 | 忽听元帅唤,到府问金安。参见夫人! |
| 金夫人 | 岂敢,岂敢!丫鬟,快快看坐。 |
| 丫　鬟 | 姑老爷,您坐下吧。那一天接完彩球,你说甚么?没想到又遇见我家老爷,足见姑老爷同我家小姐是天赐的良缘。 |
| 白玉楼 | 哎呀! |
|        | (唱【西皮摇板】) |
|        | 　　听一言不由我魂飞天外, |
|        | 　　没想到接彩球种下祸胎。 |
|        | 　　金小姐原来是元帅令爱, |
|        | 　　吾只得用言语解释疑猜。 |
|        | 元帅,那日抛彩选婿,敢则就是元帅令爱吗? |
| 金彦方 | 然也。此乃是天作之合,待老夫选择吉日,与你们拜堂成亲就是。从今之后,亦不必再到营中去了。 |

白玉楼　元帅。
金彦方　嗯，怎么还管老夫称作元帅？
白玉楼　晚生有下情奉禀。
金彦方　有何下情，难道说老夫的女儿还配不上你么？
白玉楼　非也。晚生业已娶过妻室白玉楼，如今再要同小姐结婚，岂不是有违天理良心了？
金夫人　这有何难？你既娶过妻室，亦断不能因为我的女儿，叫你们好好的夫妇分离。不过彩球抛在你的身上，这亦是天作良缘，非同小可。成亲之后，叫她二人不分大小就是了。
白玉楼　这，问自己的天良，总觉对不过府上的小姐。
金彦方　待老夫明日上朝，奏明圣上，请万岁谕旨赐婚，岂不就没有你的责任了？
白玉楼　既是如此，我焉敢再有说词？不过我有一个条件，要求二位老人家应允，方可从命。
金夫人　什么条件，你且说来。
白玉楼　亲事我虽是答应了，可是不能即刻成婚，必须等待功名成就之后，方能举行婚礼。倘若强迫此时洞房花烛，我是惟有一死。
金彦方　此是贤婿的志气，老夫甚表同情，岂有不允许之理。
白玉楼　如此，岳父、岳母二位老大人，请上受小婿一拜！
　　　　（金彦方、金夫人同笑介）
金彦方
金夫人　（同）快快请起。
丫　鬟　我快给我家小姐报喜信去。（跑下）
金彦方　家院。
院　子　有。
金彦方　赶快将西花厅收拾干净，让你家姑老爷前去居住。你年老可靠，派你专专服侍一切，早晚务要小心，记下了。
院　子　是。
白玉楼　小婿告辞了。
　　　　（唱【西皮散板】）
　　　　　　辞别二老西厅往，
　　　　　　此事未免太荒唐。（下，院子随下）
金彦方　（唱【西皮散板】）
　　　　　　女儿眼力真正好！
金夫人　（唱）选的夫婿实在高。

| 金彦方 | （唱）但愿白头同偕老， |
|---|---|
| 金夫人 | （唱）免得父母把心操。（同下） |

# 第二十三场

（二捕快、张彦上）

张　彦　（唱【西皮原板】）

恨江夏与周三不行正道，
行奸计害良善天理难饶。
偏遇见吾的妻性如火燥，
黉夜里将两贼杀死脱逃。
因此上我只得各处访找，
数月久无音信好不心焦。
眼望着红日沉天将黑了，
二公差休前行找店歇脚。

　　　　二位公差。

二捕快　张先生。

张　彦　你看红日西沉，我等不要再行，就在此处找一房店歇脚，明日再行，不知二位意下如何？

一捕快　但凭先生。

张　彦　如此就请找店。

（甲捕快在上场门问介）

甲捕快　你们这里可有上房？

（内白）别说上房，连茅房全都住满了。

（乙捕快在下场门问介）

乙捕快　你们这里边可有闲房？

（内白）这是什么日子，亦不打听打听，哪儿还能有闲房？

张　彦　这真奇怪，但不知今天是甚么日子，怎么各客店皆无闲房？

甲捕快　张先生，你不知道，咱这是到了京城了，当然不比别的地方。

乙捕快　不对，就是京城人多，亦不能各官店全无闲房。这内中必有缘故。好在天尚未黑，我们走着问着，总不会找不出来。

张　彦　如此甚好。

（唱【西皮散板】）

　　　　迈开大步往前进，
　　　　迎面就是店房门。
　　　　二位公差，你看这是一座大客栈，待我问来。里面有人么？
店　家　（内）啊哈！（上）高挂一盏灯，安歇四方人。客官敢是住店？
张　彦　正是。
店　家　请到面里。
张　彦　我且问你，今天是什么日子，为何各家旅店住客均满？
店　家　你老问这个，我同你说。因为现在是大比之年，朝廷开科取士，不几天就要开考。所以各处的学子皆纷纷到京应试，预备抢这个头名状元，因此各家店房全叫赶考的举子占去的不少。我们这里是房子多，才未住满，再等一两天，离着考期近了，亦是同各处一样的。
张　彦　原来如此。
店　家　客官要些什么，赶快吩咐，我好前去预备。
张　彦　我等前边打过尖了，只用明灯一盏。
店　家　灯到。
张　彦　唤你再来，去吧。
店　家　是了。（下）
张　彦　原来是开科取士，这就是了，二位公差。
二捕快　张先生。
张　彦　我有一事要同二位仁兄商量商量，不知可能方便否？
二捕快　张先生，我们相处好几个月，日夜不离，彼此之间感情颇为融洽，你有什么事情，自管明说。只要是我弟兄二人能办到的事，你放心吧，决没有个不行的。究竟是什么事情，请道其详。
张　彦　我们奉命出外查访拙荆，至今数月，并无下落。我为我的妻室，分所应为。二位仁兄无端遇上这么一份苦差，真叫我张彦无恩可报。
二捕快　张先生说哪里话来，此乃是我弟兄二人应尽的责任，张先生何必客气。
张　彦　虽然如此，我总觉着心中不安。今闻朝廷开科取士，我有意就着这个机会报名应考，倘然侥幸取中，得个一官半职，岂不亦可以报答二位？不过我是差带的人，并无自主之权，所以才同二位商量。如若能够变通，准许我在此处耽误几天，报名应考，我张彦是感恩无已的了！（作揖介）
二捕快　这有何难，咱们在外头，什么事全好办。张先生既有这个志气，我弟兄是极端赞成。

张　彦　好，多谢二位兄台！如此，明日报名应考便了。正是：但愿此番得高中，（下）
二捕快　一定金榜喜题名。（下）

# 第二十四场

（白玉楼男装上）

白玉楼　（唱【四平调】）
　　　　自那日杀江夏逃出原郡，
　　　　好夫妻一旦间拆散离分。
　　　　中途路救金公北番扫尽，
　　　　不料想偏遇见抛彩选婿。
　　　　虽然是天作合可喜可庆，
　　　　怎奈我非男性如何成亲，如何成亲。

奴家，（左右看介）白玉楼。只因一怒之间，杀死周三、江夏，贪夜改换男装，逃出原郡。幸遇金元帅收留，免得云游四海，漂泊无依，本是一桩好事。不想金小姐抛彩选婿，偏偏这个彩球竟打到我的头上。虽然二位老人家答应暂缓成亲，想终究亦必有露出马脚的一日。况且我逃出之后，官府必定将我的丈夫拿去定罪。思想起来，好不悲伤人也。

（唱【四平调】）
　　　　白玉楼坐书斋自思自想，
　　　　想起了我丈夫好不悲伤。
　　　　倘若是在官府屈打胡讲，
　　　　我岂不臭名儿万古传扬。

我不免趁着现在闲暇无事，绘一详细图画，将我的一生经过，俱画在上面。日后夫妻重逢，亦好作一纪念。不过总得起一个恰当的名称，方好下笔，待我仔细想来。（想介）有了，想我白玉楼爱习拳棒，打虎射鹿，可称得起一个"勇"字。如今逃亡在外，改换男装，保守贞操，可算得一个"节"字。我今就名此绘为《勇节图》，再好没有的了。（铺纸研墨，提笔作画介）

（唱【二黄快三眼】）
　　　　提羊毫饱润墨珠泪如梭，

　　　　　　想起了夫妻情痛坏心窝。
　　　　　　在家中时常的打猎为乐，
　　　　　　我丈夫虽不喜不肯明说。
　　　　　　这一旁画的是贼子两个，
　　　　　　有江夏与周三奸计定夺。
　　　　　　那一旁绘玉楼杀贼除恶，
　　　　　　改男装接彩球又遇风波。
　　　　　　中途路救金公北番扫却，
　　　　　　不料想接彩事依然难脱。
　　　　　　一桩桩一件件俱已画妥——
　　　（唱【二黄摇板】）
　　　　　　但愿得破镜圆永念弥陀。
　　　（家院上，白玉楼藏图介）

院　　子　启禀姑老爷：吾家老爷现奉圣命开科取士，已得了大主考。姑老爷既有意功名，何不报名应考？有我家老爷这个大主考，何愁第一名状元不落在姑老爷头上？

白玉楼　你哪里晓得，我乃是武人，如何能以提笔作文？既已开科取士，文场之后必有武场。这个文状元让他们去争，等到考武，我再去拿那个武状元就是了。

院　　子　原来姑老爷是位武英雄。

白玉楼　今日天气清和，我要到街上闲游一番，你好好看守房屋，不可远离。

院　　子　遵命。

白玉楼　（唱【二黄散板】）
　　　　　　适才绘画好烦闷，
　　　　　　想起儿夫痛伤情。
　　　　　　迈开大步往前进，
　　　　　　街市之上去散心。（下）

院　　子　且住！我家姑老爷两月以来，不同人摘帽，不同人脱靴，坐卧举动好似妇人，偏偏他不能文而能武，真真古怪特别。想那练武的青年们，不是虎背熊腰，就是气粗力大。如今我家姑老爷虽然精于武技，可是举止忸怩，行动一如妇人，真叫老奴莫名其妙了。（摇头，背手下）

# 第二十五场

（张彦上）

张　彦　（唱【西皮散板】）

考场中众举子人人发奋，

但不知状元郎属诸何人。

在下张彦。是我同定两个公差，出外寻访妻室。行至都城，正值大比之年，朝廷开科取士。幸蒙二公差允我报名应考，今已三场完毕，所作的诗文极为得意，但不知能否名登金榜。今天已是发榜之期，天到这般时候，不见报录人到来，料是无分的了。

（店家上）

店　家　哈哈哈哈，这可好了，这可好了，张老爷大喜！
张　彦　店主东，你慌里慌张，连说大喜，难道我张彦中了？
店　家　岂但中了，你老还是第一名状元哪！
张　彦　休得取笑，中了已是万幸，岂敢再作大魁天下之想？
店　家　报录人现在门外，你老不信，一问便知。
张　彦　此话当真？
店　家　当真。
张　彦　果然？
店　家　果然。
张　彦　啊，哈哈哈！来！
店　家　有。
张　彦　将报录人唤进来。
店　家　这好么，紧跟着这个官僚派头儿就来了。报录人。

（报录人上）

报录人　来了，店主东，状元老爷怎样吩咐下来？
店　家　状元老爷吩咐下来，叫你进去。
报录人　是。
店　家　别忙，我告诉你，脾气可比方才大得多，你可要小心一点。
报录人　我知道了。报录人与状元老爷贺天喜！
张　彦　罢了，起来。
报录人　多谢状元老爷。
张　彦　可有报单？
报录人　现有报单。

张　彦　呈上来。
报录人　嗻。
　　　　（呈单介，张彦看单介）
张　彦　捷报，贵府张大老爷官印彦，今于甲辰科殿试得中第一名状元，报录人高升。啊，哈哈哈！来，将报单贴在门外。
店　家　嗻。（贴报介）
张　彦　赏给报录人二十两银子。
店　家　遵命，来，拿去。（递银介）
报录人　多谢状元老爷！（下）
张　彦　我今高中第一名状元，亦不枉十载寒窗之苦，不免去到金府，叩谢老师提拔之恩便了。正是：十载寒窗苦，今日幸成名。（下）

# 第二十六场

（金彦方上）
金彦方　只为女儿婚姻事，倒叫老夫挂在心。老夫金彦方，官居马兵大元帅。只有一女，因此对于女儿的婚姻十分上心，幸喜已然订妥了小将张彦，倒称得起是郎才女貌。老夫同夫人的心意，本想早日与他们小夫妇举行婚礼，怎奈张彦执意不肯，非等待功名成就，不肯成亲。故此连日为了此事，极为挂心。老夫幕下有一参军万云章，口才极佳，特地派他往说张彦，教他答应早日完婚，以了老夫的心愿。去了许久，为何还不见回报？
（中军上）
中　军　启禀老爷：万参军求见。
金彦方　唤他进来。
中　军　有请万参军。
（万参军上）
万参军　订亲不婚娶，
　　　　做事太离奇。
　　　　今得《勇节图》，
　　　　令人更猜疑。
　　　　参见元帅。
金彦方　参军少礼，一旁坐下。

万参军　谢元帅。
金彦方　命你劝说张彦，早日举行婚礼，怎么样了？
万参军　启禀元帅：末将去到西花厅，正值姑老爷出外闲游未归。只家院刘忠一人在屋，等了许久，不见回来。因为无聊，才同刘忠闲谈起来。据刘忠说道，这两月以来，按他的眼光看来，姑老爷的疑团实在甚多。
金彦方　什么疑团？
万参军　他说姑老爷既是一位习武的青年，不但不是虎背熊腰，气粗力大，反倒忸怩作态，一切动作极似妇人。且事事背人，令人忒以生疑，并未同人摘过帽子，脱过靴子。末将已曾想到，大凡青年的人没有一个不愿早日完婚的，况且又是元帅的小姐，岂有反倒推却功名成就再娶之理？再说姑老爷曾经说过，家中已有妻室。既是那一个妻室未等功名成就后完娶，断无这个妻室非等功名成就后举行不可的道理。因此我将他动用物件详细检查，亦觉得不伦不类，并翻出他自己新近画的一张《勇节图》，更觉可疑。现今已将此图带来，元帅请看。
金彦方　待老夫看来。（看介）难道说张彦是一个女子吗？
万参军　虽不敢断定他是女扮男装，可是种种可疑的地方太多，我们亦应当对他特别注意，以免教他欺骗，有误小姐的青春。
金彦方　据老夫看来绝不能够。就拿他在两军阵前救我杀贼的威风，岂是妇女所能为？他家本是历代书香，多少总带一点书卷之气。况且又住在老夫家中，岂能不规规矩矩？你们久在营中，看惯了纠纠武夫的气概，如今姑老爷稍微斯文一点，你们就疑惑他是女人，岂非胡言乱讲？
万参军　元帅言讲极为有理，不过这张《勇节图》，又是什么意思？
金彦方　这不过是他信笔一画，岂能因为这张图画，就认为他是女扮男装？你们未免忒以武断了。
　　　　（中军上）
中　军　启禀元帅：新科状元张彦到府请安。
金彦方　这真巧得很，新科状元亦叫张彦。
万参军　既是新科状元亦叫张彦，依末将之见，见面之后请元帅详细询问他的家世，或许与我们的事情有关，亦未可知。
金彦方　好，快快开中门，有请。
　　　　（四龙套、二捕快、张彦牌子上）
张　彦　恩师在上，门生大礼参拜！
金彦方　贤契乃国之栋梁，只行常礼。

（张彦行礼介）

张　彦　　请出师母一同拜见。
中　军　　请夫人出堂。
　　　　　（金夫人上）
金夫人　　老爷呼唤妾身，有何事故？
金彦方　　新科状元要见你这个师母。
张　彦　　师母请上，受门生大礼参拜！
金夫人　　这就不敢。（张彦拜介）
金彦方　　来，与状元看坐。
张　彦　　慢来，慢来，老师、师母在此，哪有门生的坐位？
金彦方　　贤契乃国之栋梁，他日必在老夫之上，岂有不坐之理？
张　彦　　如此，门生我就斗胆了。
金彦方　　请问贤契何方人氏，可曾娶过妻室？
张　彦　　恩师容禀。
　　　　　（唱【快板】）
　　　　　　　门生家住盐城郡，
　　　　　　　娶妻白氏玉楼名。
　　　　　　　只因误杀江周命，
　　　　　　　逃走至今无信音。
万参军　　元帅，要教新科状元一说，我们家中的这位姑老爷，定是女扮男装的假张彦，一定不可移的了。
张　彦　　万大人，此话从何说起？
万参军　　这有图画一张，状元请看。
　　　　　（张彦看图介）
张　彦　　恩师，看这张《勇节图》乃是门生妻室白玉楼所画，不知她现在哪里？
万参军　　如何？
金夫人　　难道我家的姑老爷，是新科状元妻室白玉楼吗？
金彦方　　这真真糟了！
万参军　　元帅不必如此，末将倒有一两全之策。
金彦方　　什么两全之策？
万参军　　我家小姐既然许配张彦，当然要同张彦结婚。现在我家这个张彦既是假的，自然我们不要。我们必要找得真张彦，方显得名正言顺，幸而真张彦现在眼前，这还有甚么为难？
金彦方　　事到此间，亦只得如此。
万参军　　虽然如此，吾们亦不能鲁莽。倘若现在西花厅这个张彦，不是状元之妻白玉楼，岂不又生了枝节？最好回头请夫人到他屋中，出其不意，乘其不备，将他的帽子摘掉，是男是女一看就可明白了。

张　彦　大家说了半天，我是莫名其妙，究竟是怎么回事，愿闻其详。
万参军　请状元暂先回寓，少顷弟去回拜，定必详告。
张　彦　如此门生告辞了。（牌子下）
金彦方　既然如此，就烦夫人到西花厅一走，千万查问明白。
金夫人　妾身遵命。（下）
金彦方　如此，我们候信便了。（下，万参军同下）

# 第二十七场

（白玉楼男装上）

白玉楼　（唱【西皮散板】）
　　　　　适才间在大街闲游散逛，
　　　　　见红男与绿女缕缕行行。
　　　　　夫妻们劳燕飞令人想望，
　　　　　但不知何日里才得还乡。
（家院上）
院　子　姑老爷回来了？
白玉楼　回来了。（找图介）啊，我的画图哪里去了？方才何人到此？快快讲来。
院　子　方才老爷派万参军到此，因姑老爷外出，久等未遇，故而转去。姑老爷的画图或者是被万参军拿去，亦未可知。
白玉楼　万参军是何等样人？竟敢私自翻阅吾的物件，岂有此理，待我找他前去辩理。
（丫鬟、金夫人同上）
院　子　启禀姑老爷：我家夫人到。
白玉楼　啊，岳母。
金夫人　贤婿请坐。
丫　鬟　参见姑老爷。
白玉楼　罢了。岳母大人今日为何这样得闲？
金夫人　我想贤婿家中既有前妻，老身意欲派人将她接来，以便你们三人共同富贵。

白玉楼　　多谢岳母的美意，容候小婿写得家信，再请岳母派人前去就是了。
　　　　　（丫鬟绕在白玉楼身后介）
金夫人　　你那前妻姓氏名谁，何方人氏？
白玉楼　　小婿前妻白氏玉楼，本省人也。
丫　鬟　　姑老爷的帽子上这是什么？
　　　　　（从后摘帽介，白玉楼露出女人头发介，战栗介）
　　　　　怎么姑老爷亦是个女人？
金夫人　　你快快说了实话，到底你是男是女？
　　　　　（金彦方、万参军急上）
金彦方　　哈哈，你、你、你把我欺骗至今，险些误了我女儿的终身。赶快将因何女扮男装缘由说明，老夫尚可宽其既往，如若不然，定不轻饶！
　　　　　（白玉楼换旦角声音）
白玉楼　　元帅大人不必动怒，听奴家实言奉禀。
金彦方　　快快讲来！
白玉楼　　（唱【西皮二六】）
　　　　　未曾开言泪难忍，
　　　　　遵一声元帅、夫人细听分明。
　　　　　家住本省盐城郡，
　　　　　白氏玉楼是奴家的名。
　　　　　配夫张彦有学问，
　　　　　苦读诗书入黉门。
　　　　　可恨江夏、周三心肠狠，
　　　　　暗施毒计谋婚姻。
　　　　　一时性怒难容忍，
　　　　　因此手刃二贼人。
　　　　　改装借用夫名姓，
　　　　　望求二老多开恩。
金夫人　　原来如此，你一个女人能在两军阵前救了元帅，灭了北番，真不愧巾帼英雄。我有意将你收在我二老名下，以为螟蛉义女，不知姑娘你意下如何？
白玉楼　　如此爹娘请上，受儿一拜！
金彦方
金夫人　　（同）不用拜了。
金彦方　　恭喜我儿，贺喜我儿！

| 白玉楼 | 喜从何来呢？
| --- | ---
| 金彦方 | 你的丈夫张彦，现在已得中新科头名状元了。
| 白玉楼 | 爹爹此话当真？
| 金彦方 | 为父岂能哄你？
| 白玉楼 | 待我谢天谢地！
| 金夫人 | 当谢天地。
| 白玉楼 | 母亲，我有意同我的妹妹秀容同侍张郎，不知二老意下如何？
| 金夫人 | 难得我儿有此大量，就依我儿就是了。丫鬟。
| 丫　鬟 | 有。
| 金夫人 | 你速速伺候小姐改换女装之后，再行引到你姑娘的绣房，教她们姐妹相见。
| 丫　鬟 | 遵命。假姑老爷，随我来。（下）
| 白玉楼 | 丫鬟姐，再休取笑。（下）
| 金彦方 | 明日老夫上朝，启奏万岁，请万岁金殿赐婚，还得大大热闹一场。就烦参军先到新科状元那里，告他知道。
| 万参军 | 末将当得效劳。（下）
| 金彦方 | 你我赶快筹备婚礼便了。（下）

# 第二十八场

（张彦上）

张　彦　（唱【西皮散板】）

　　　　　适才间拜恩师可称欢畅，
　　　　　见画图不由得想起妻房。

咳，适才在恩师府中，见一张《勇节图》，上面画的情形完全是吾妻玉楼的事迹，因此心中非常伤感。如今卑人虽则大魁天下，不知结发贤妻流落何处，岂不令人悲叹。方才万参军亦曾言道，即刻前来拜访，或许可以得娘子的消息，亦未可知。不免等候便了。

（店家上）

| 店　家 | 启禀状元老爷：万参军前来拜访。
| --- | ---
| 张　彦 | 快快有请。

（万参军上）

| 万参军 | 呵，状元老爷。
| --- | ---

张　彦　哦，万兄，请至里面。请坐。

万参军　有坐，恭喜状元，贺喜状元！

张　彦　小弟点元乃是圣上恩典，恩师提拔，本人何喜之有？

万参军　嗯，下官所说的可喜可贺，并不是得中状元的事情。

张　彦　难道还有别的喜事，请道其详。

万参军　闻令正夫人白玉楼现在帅府，已拜金元帅夫妇为义父、义母，转眼夫妻团圆，岂不是可喜可贺？

张　彦　怎么，拙荆现在恩师的帅府？

万参军　正是。

张　彦　这真是一桩可喜的事情。

万参军　状元老爷，这还不算可喜可贺，还有真正的一件可喜可贺的事情，特来报告。

张　彦　万兄休得取笑，想小弟蒙恩师提拔得中状元，已然可喜。如今夫妻又要团圆，更为可贺。难道说，还有比这两件事情可喜的吗？

万参军　当然还有。据下官看来，得中状元、夫妻重逢固属可喜，可是总还没有这一件事情，更为可喜可贺。

张　彦　究竟什么事情？请万兄快快明言。

万参军　令正夫人曾代表张兄又订了一门亲事，眼看就要洞房花烛，岂不是大大的可喜可贺？

张　彦　此话从何说起？

万参军　方才那张《勇节图》上也曾画得明白，令正夫人女扮男装，顶冒张兄的名讳接了彩球，难道张兄忘怀了？

张　彦　小弟已是有妻室之人，岂能再做此事？就是拙荆顶冒小弟的名字，接了彩球，吾亦是难以承认，这岂能算一件喜事？

万参军　张兄，你可知道抛彩球这位小姐，她倒是何人？

张　彦　吾焉能知道？

万参军　就是天下都招讨兵马大元帅，又是张兄你的恩师金大人的小姐，难道你能说不算数吗？

张　彦　并非我自居清高，怎奈我已有前妻，如何再能迎娶？

万参军　好在令正夫人已拜金元帅夫妇为义父、义母，同金府小姐不啻同胞的手足，况且姐妹二人同侍一夫的自古已有。张兄，你就不必拿腔作调的了。

张　彦　如此，吾仍得再到金府，一则拜见岳父、岳母，二则亦好与吾那前妻见面。

万参军　这倒不必。闻听元帅言道，明日早朝，还要奏明圣上，请万岁金殿赐婚，三人同拜花烛。张兄在寓候旨便了。
张　彦　多请万兄劳神，小弟谨当遵命。
万参军　话已说完，吾要回复元帅，告辞了。
　　　　（唱【西皮散板】）
　　　　　　辞别张兄出门往，
　　　　　　明日我再闹新房。
　　　　哈哈哈！（下）
张　彦　（唱【西皮散板】）
　　　　状元及第谁不羡，
　　　　且喜破镜复重圆。
　　　　亦是我张彦时运转，
　　　　明天又做新郎官。（下）

# 第二十九场

（四太监、四朝官、万参军、金彦方、大太监、万历帝同上）
万历帝　（引）国泰民安，开科选，为国求贤。
四朝官
万参军　（同）臣等见驾，吾皇万岁！
金彦方
万历帝　卿等平身。
众　　　（同）万万岁！
万历帝　众卿。
众　　　（同）臣。
万历帝　有本早奏。
金彦方　臣启万岁：臣有一女，名唤秀容，业已许嫁新科状元张彦。惟张彦已有前妻白玉楼，不过玉楼于前者扫灭北番之时，曾经女扮男装，在军中効过大力，现又已拜臣夫妇为义父、义母。可否请万岁传旨，令她二人不分大小，与张彦同拜花烛？
万历帝　准卿所奏，回府候旨便了。退班。（下）

# 第三十场

（金夫人上）

金夫人　悬灯结彩喜洋洋，女儿得嫁状元郎。老爷今早曾为女儿婚姻之事，上殿面君，想必来也。

（四龙套、金彦方上）

金彦方　夫人。

金夫人　老爷，但不知圣上怎样传旨？

金彦方　已有公公捧旨前来，你我预备接旨便了。

院　子　启老爷：王公公捧旨，在府前下马。（下）

金彦方　香案接旨。

（四太监、大太监牌子上）

大太监　圣旨下，跪听宣读。

金彦方　万岁！

大太监　诏曰：兵马大元帅金彦方之女金秀容，由朕赐婚配嫁新科状元张彦为妻，与张彦之前妻白玉楼不分大小，同拜花堂。旨意读罢。望诏谢恩哪。

金彦方　有劳公公捧旨前来，后堂留宴。

大太监　咱家有朝命在身，不敢久留。告辞了。（下）

（万参军上）

万参军　启禀元帅：此时正好同拜花堂。

金彦方　就烦参军代为赞礼。

万参军　遵命。伏以再伏以！娥皇与女英，同嫁舜重瞳。三人同偕老，子孙万代荣。动乐，搀新人。

（二丫鬟搀白玉楼、金秀容同上。万参军扶张彦上）

万参军　先拜天地，后拜父母，夫妻团拜。（同拜堂介）

（家院上）

院　子　启老爷：又有圣旨到来。

金彦方　快快香案伺候。

（四太监、大太监同上）

大太监　圣旨下，跪听宣读。

| 金彦方 | |
| 金夫人 | |
| 张　彦 | （同）万岁！（跪介） |
| 白玉楼 | |
| 金秀容 | |
| 万参军 | |
| 大太监 | 诏曰：新科状元张彦，品端学粹，才堪大用，特行越级擢用，授为江西巡按。白玉楼智勇双全，征剿北番有功，封为一品勇节夫人。金秀容贞淑端详，朕特认为义女，封为贤慧公主。旨意读罢，望诏谢恩哪。 |
| 金彦方 | |
| 金夫人 | |
| 张　彦 | （同）万万岁！ |
| 白玉楼 | |
| 金秀容 | |
| 万参军 | |
| 大太监 | 张状元。 |
| 张　彦 | 公公。 |
| 大太监 | 现在金小姐既由万岁爷认为义女，状元老爷你又成了驸马啦。哈哈哈！ |
| 金彦方 | 后堂摆宴，大家畅饮，请！ |

（【尾声】同下）

# 代 夫 媒

## ■ 本事

　　明天启间，魏忠贤专政，海内争建生祠。兴安赵翁洪先独不出资，且骂之。兴安守崔世贤逮翁入狱，侠士史直拯之得脱。翁子继龙，亦改易姓名而逃。继龙聘刘氏女，曰云翠，方在京，其父为文学侍从之官，以争熊等冈狱忤魏，发病卒。女之继母，欲以女改适其舅之子张兆，女焚闺遁去。其乳母时为尼，名法空，女往依焉。尚书崔呈秀女名云凤，见而爱其慧美，携之归，呈秀使为婢。云凤兄即世贤也，方入为京卿，悦云翠而挑之，云翠以计杀世贤。呈秀父女皆未觉，犹倚云翠为心腹。会有李文者，来投呈秀，云翠乳母见而大惊，识其为赵继龙。云翠诱入园，诘得实，而自称王秋芙，未告其为刘氏女。初云凤颇贤，以父兄奸恶，知必败。每就云翠谋自安策，云翠乃苦心书记，使继龙与云凤结婚焉。呈秀伏诛，刘、崔二女，遂同归于赵氏云。

## ■ 提纲

### 第一场
赵洪先、家院、赵继龙、奚童、四青袍、家丁、崔世贤

### 第二场
奚童、赵继龙、法空、家院、史直

### 第三场
刘云翠、张兆、张氏、法空

### 第四场
苍头、丫鬟、张氏、丫鬟、刘云翠、法空、张兆

### 第五场
史直、赵洪先

第六场

张兆、刘云翠、张氏

第七场

刘云翠、法空

第八场

四青袍、崔世贤、家院、崔呈秀、丫鬟、崔云凤、车夫、法空、刘云翠、四龙套、捧旨官

第九场

赵继龙、四龙套、家院、崔呈秀、四强盗

第十场

刘云翠、崔世贤、崔云凤

第十一场

四龙套、家院、赵继龙、崔呈秀、崔云凤、刘云翠、丫鬟、法空

第十二场

四龙套、熊开元、赵洪先

第十三场

刘云翠、赵继龙、崔云凤、崔呈秀、四龙套、赵洪先、熊开元

# 第 一 场

（赵洪先上）

**赵洪先** （引）家世公侯归田亩，快乐无忧。

祖居在兴安，
家有万顷田。
膝下生一子，
英才出少年。

老汉赵洪先，乃大明开国功臣赵公讳国胜之后，世居陕西兴安。老汉幼读诗书，也曾在朝居官，只因魏忠贤专权，告归林下。夫人早亡，只生一子，名唤继龙，学成文武双全，倒是个克家之子。去年有人前来与他提亲，乃军师刘伯温后裔，学院刘心远之女，名唤云

翠。老汉因门当户对，当时应允，用芙蓉镜为聘，共结丝萝。刘学院回到北京去了，昨日有书到来，叫我儿进京招赘，不免命他起程。家院！（院子暗上，应介）有请公子。
（家院请介，赵继龙上）

**赵继龙** 不识杏坛花底路，令人低首读书堂。参见爹爹。
**赵洪先** 罢了，坐下。
**赵继龙** 告坐。唤孩儿出来，有何训教？
**赵洪先** 你岳父有书信到来，叫你进京招赘，唤你出来，命你前去。
**赵继龙** 孩儿遵命，但不知命儿几时起程？
**赵洪先** 命儿即刻起程，家院吩咐奚童，与你家公子打点行囊。
**家　院** 是。（向内介）员外有命，命奚童与公子打点行囊。（内应介，家院向赵洪先介）小人吩咐过了。
**赵洪先** 取芙蓉镜过来。
（家院取镜介）
**家　院** 镜到。
**赵洪先** 儿啊，此镜乃是刘家传家之宝，有雌雄两面。去年他家前来提亲，将此雄镜为聘，那面雌镜他家收藏。你今前去招赘，必须带了此镜以为信物。听我吩咐。
（唱）芙蓉宝镜你带定，
　　　刘家聘礼亦非轻。
（赵继龙接镜介）
**赵继龙** （唱）慌忙接过芙蓉镜，（揣介）
　　　揣在身旁别严亲。
　　　唤出奚童奔路径——
奚童哪里？
（奚童背包袱、牵马上）
**奚　童** 来啦，来啦，您请上马。
（赵继龙上马介）
**赵继龙** （唱）扬鞭打马奔帝京。（带奚童下）
（四青袍、门子、崔世贤上）
**崔世贤** （唱）来在赵家轿停顿，
　　　家丁前去禀事因。
**家　丁** 门上有人么？
**家　院** 哪一位？
**家　丁** 本府崔太守拜。

家　院　候着。（入介）启爷：崔太守拜。
赵洪先　哦，崔太守来拜。想那崔世贤乃奸臣崔呈秀之子，我岂可与他相见。你说我有病，挡了他的驾吧。
家　院　是。（出介）主人有病，挡大人驾。
崔世贤　有大事相商，哪有不见之理？人役们，打进去。
　　　　（众应，入介）
崔世贤　赵老先生。
　　　　（赵洪先作呕吐介）
崔世贤　你吐也是假装，我进来了。
赵洪先　治生实是有病，请公祖暂回衙署，改日趋赴辕门请罪。
崔世贤　我进来了，你想把我冤出去可不成。有的是椅子，我在中间坐下，你坐在旁边，咱们有话说。
赵洪先　如此大祖请坐。
崔世贤　我会坐下，不用你虚让。
赵洪先　是是是，治生不让就是。
崔世贤　你坐下，听我说，你可知道魏千岁？
赵洪先　敢是魏忠贤？
崔世贤　要叫千岁。他老人家有旨意到来，命本府给他建立生祠。本府想官建不如民修，因此来找你，请你一个人儿把这件公事办了就结啦。
赵洪先　住了！想那魏忠贤恶贯满盈，神人共愤。你父崔呈秀做他的走狗，你不思替前人干蛊，反行此谄媚之事。我赵洪先世代忠良，岂肯与你们同党！
崔世贤　你别骂，要知道走狗才得地哪，走到哪儿也是走狗吃香。
赵洪先　你好无廉耻也！
　　　　（唱）狐假虎威真可恨——
崔世贤　什么？我狐假虎威真可恨？什么我狐假虎威，我要不借点魏千岁的威风，你更该不听我的话了。
赵洪先　（唱）魏忠贤是个贼阉人。
　　　　　　　赵家本是忠良胤，
　　　　　　　你要建生祠万不能。
崔世贤　张嘴就骂人走狗，这儿不跟你说话。衙役们，把他拴回衙去，叫你睄走狗怎么咬人。
　　　　（青袍应介，锁赵洪先介。崔世贤领青袍带赵洪先下）
家　院　且住！不想员外被赃官锁去，待我报与公子知道。（下）

## 第 二 场

（奚童、赵继龙上）

赵继龙　（唱）离得家乡路不远——
　　　　（法空上）
法　空　来的敢是赵姑老爷？
赵继龙　哦！
　　　　（唱）何人在此出此言？
　　　　原来是一位行脚的女师父，怎么以姑爷相称？
奚　童　姑子叫人姑爷，可听着新鲜。
法　空　姑爷不认得贫尼了。我是刘学院家中乳娘，刘老爷进京我才出家的。
赵继龙　你可是小姐的乳娘？
法　空　我正是小姐的乳娘。
赵继龙　今欲何往？
法　空　要往京都去探刘老爷，姑爷何往？
赵继龙　我是往京中招赘，何妨一路同行？
法　空　倒也使得。这叫作僧俗同作伴。
赵继龙　长途共盘桓。
　　　　（家院上）
家　院　公子，大事不好了！
赵继龙　何事惊慌？
家　院　员外被赃官拿去了！
赵继龙　有这等事？哎呀师父哇！我家中既有此事，我不能入京，烦劳去与刘家送上一信，我要回兴安救父去了。
　　　　（唱）事到临头方寸乱，
　　　　　　　不奔燕地回兴安。
法　空　（唱）不想赵家有了难，
　　　　　　　此事只恐难周全。（下）
赵继龙　（唱）心忙意乱拨马转——
　　　　（史直上）
史　直　（唱）只见故交在面前。
　　　　赵公子，小弟史直在此。
赵继龙　原来是史仁兄，今欲何往？
史　直　闻得你家有难，前去搭救。

**赵继龙**　小弟也为此事急急赶回。
**史　直**　你去不得。
**赵继龙**　怎么去不得？
**史　直**　你若前去救不出伯父，连你也陷入罗网。
**赵继龙**　情愿与家父同死。
**史　直**　你可知伍尚、伍员的故事？
**赵继龙**　小弟尽知。
**史　直**　你可逃往京都，改名换姓，投在奸贼门下，看个机会以报此仇。
**赵继龙**　惟恐误了家父的性命。
**史　直**　不妨，待小弟赶回去救伯父出来，去往京都告状。你父子内应外合，大仇可报。
**赵继龙**　如此，奚童、家院，你们都随史爷回去。
（奚童、家院应介）
**赵继龙**　史仁兄，你我分头办事，救父在你。
**史　直**　报仇在你。
**赵继龙**　请。

（两边下）

# 第 三 场

（刘云翠上）

**刘云翠**　（唱）痛慈云三载前失了庇荫，
　　　　　　　　再不想到今日病倒椿庭。
　　　　　　　　眼看着这家门迭遭不幸，
　　　　　　　　刘云翠可算得苦命之人。
　　　　　（诗）生长深闺二十年，
　　　　　　　　胸中志气继前贤。
　　　　　　　　家传韬略谁能及，
　　　　　　　　云翠先人是青田。

奴家刘云翠，乃大明军师刘伯温之后。爹爹清远，天启驾下称臣。膝下无儿，只生奴家一人，许配赵继龙，尚未婚配。我家有宝镜名曰"芙蓉镜"，乃是传家之宝，有雌雄两面。作为聘物，雄镜送往赵家，雌镜是奴收藏。自爹爹回京，不幸母亲去世，继母张氏待人严厉，表兄张兆心怀不正。家中纷如乱丝。魏忠贤专权，因熊经略冤狱，无人保救，爹爹上殿参，奏圣上不准，因此气忿成病，卧床月余，请得名医调治，立有药方，我不免将药煎起便了。（做煎药介）

（张兆上）

张　兆　（唱）两眼朝天狂得紧，
　　　　　　　目中不见有一人。
　　　　　　　将身且把刘家进，
　　　　　　　只见天仙降凡尘。
　　　　表妹，你表哥来了。
刘云翠　表兄来了。爹爹病体未痊，母亲现在后堂，我这里熬药，你别处坐吧。
张　兆　你睄见我不是躲，就是轰，一点兄妹之情也没有哇。我今天专来找你，给你报信的。
刘云翠　我有什么事，要你报信？
张　兆　姑爹有信给赵家，叫妹夫来招赘，是有这们一件事不是？
　　　　（刘云翠不理介）
　　　　你别害臊，你那心里巴不能够妹夫就来。他来不了啦，他家得罪魏千岁，赵老头子下了监啦，妹夫跑了。本来他们糊涂，跟姑爹一样。连托孤老臣杨大洪说了姓魏的一个不字，还下了监呢，别说姓刘的跟姓赵的了。
刘云翠　此话当真？
张　兆　到底你关心，听见姓赵的有祸，你就变了颜色啦，我冤你干什么？
　　　　（刘云翠作欲哭又止介）
张　兆　你别难受，还没过门了，难道天下就是他们一赵不成吗？跟你说，我叫张兆，你丢了姓赵的，还有我名兆的哪。你难受干什么，咱们今天先好一好。
刘云翠　这个，哦，表兄，耳目众多，倘有泄露反为不美。你我若各有心，不在一时的。
张　兆　你这是冤我，跟你好说也不行，我要鲁莽了。
刘云翠　你太也性急，这般行为，无怪我躲你。
张　兆　这也不错，是我太急了，妹子既有真心，何不对天一表，咱们就算订了亲啦。
刘云翠　那也是虚文，只要两心相印，盟的什么誓？
张　兆　你不盟誓可不成。
刘云翠　既然如此，你且对天先表。

张　兆　对，应该我先表。（跪介）月白天在上。
刘云翠　什么月白天？
张　兆　天的颜色是月白的，人说苍天，满不对账。张兆在下，我若负了刘云翠，变个苍蝇。（向刘云翠介）该你了。
刘云翠　待我伺候爹爹服药已毕，再来盟誓不迟。
张　兆　不行。你快点盟誓，别耽误。
张　氏　（内白）小姐快来罢，老爷子不好了！
刘云翠　来了来了！（取药介，急下）
张　兆　跑了？等我追。
　　　　（内作哭喊介）
张　兆　你瞧这个老梆子多没人缘，这个节骨眼他死，搅人家的好事，是真可恨。连诸位听戏的先生们，也要恨他，连他是什么长相都没瞧见，就草灭在后台了。你说可恨不可恨？
法　空　（内白）走哇！（上）
　　　　（唱）将身且把刘府进，
　　　　　　　特地来寻旧主人。
张　兆　别往里走，僧道无缘。
法　空　原来是张相公。
张　兆　你是谁呀，怎么认得我？
法　空　我是小姐的乳娘，现在出家了，特来探望旧主人的。
张　兆　请出请出，刘老爷刚死，他们家向来不找和尚念经，别说是姑子了。你也不是看旧主人，无非是化缘，赶上他们家死人，你就揽买卖。
法　空　张相公，这就是你的不对了。我来探望旧主人，你怎么不叫我进去？
张　兆　刘老爷死了，他们家没爷们，什么事都得由我做主。我说不让你进去，你就不能进去。
法　空　我偏要进去。
张　兆　你不能进去。
法　空　外面又有人来了。
　　　　（张兆作看介，法空急入介，下）
张　兆　叫这个秃东西钻进去了。她是刘家的老仆人，我倒得提防她一二。正是：我想做好事，偏偏遇坏人。（下）

## 第四场

（苍头上，扫灵堂介。丫鬟扶张氏拜灵介。丫鬟扶刘云翠上，拜灵介。法空上，拜灵介。张兆上，拜灵介。法空向张氏介）

法　空　夫人。
张　氏　你是谁？
法　空　贫尼法空，原是小姐乳娘。
张　氏　咳，我的亲人死了，她的亲人倒来了。
张　兆　姑妈，您死了那个亲人怕什么的，他跟您不是从小就亲的。您要想找他那样的亲人，哪儿找不着哇，必得是他吗？
张　氏　胡说，你也不看看老太太这个岁数，我就想找人也没人敢惹我了。哎呀，我的天哪！
张　兆　您别伤心，您回房歇歇去吧，我跟您有要紧的话商量。
张　氏　你没好杂碎，我没什么跟你商量的。
张　兆　他死了，你不跟我商量？
张　氏　对呀，夫死从子，我没儿子，你就是我的儿子，我得跟你商量。我的儿啊！
张　兆　您含糊点成不成？
张　氏　不能含糊。
张　兆　您别把我当一个儿子。
张　氏　我把你当十个儿了，一千个儿了，一万个儿了。
张　兆　受不了受不了，一个儿子我还不愿意当呢，别说那们些，您干脆把我当半个儿子。

（作看刘云翠介，刘云翠变色弹泪介）

张　氏　拿刀来。
张　兆　要刀干什吗？
张　氏　你把一剁两半，好当半个儿子啊。
张　兆　半个儿子是女婿，你怎么越老越浑蛋哪？
张　氏　好说，你是坏蛋。
张　兆　也坏得过儿。
张　氏　咱们冒坏去。

（张氏、张兆、一丫鬟下）

法　空　小姐。

（刘云翠看介）

刘云翠　你不是乳娘么？
法　空　贫尼如今出家，小姐不要如此称呼。
刘云翠　如此，师父。
法　空　不敢。
刘云翠　（【哭头】）啊啊啊，师父哇！
　　　　（唱）儿命苦前数载亲娘丧命，
　　　　　　　到今日家门祸又丧严亲。
　　　　　　　孤单单无手足何人怜悯——
法　空　老爷后娶的夫人她……
刘云翠　噤声！（望介）您问我母亲什么？
法　空　她待小姐如何？
刘云翠　哎，师父。
　　　　（唱）母女间说什么恩浅恩深。
　　　　　　　无亲娘应该受继母教训——
法　空　着哇，这才是宦门口气。
刘云翠　（唱）却怎奈我刘家种下祸根。
法　空　种下什么祸根？
刘云翠　就是那张兆。
法　空　贫尼也看出来了，小姐倒要留心一二。
刘云翠　哪里防备得许多。不知师父现在住何寺院？
法　空　海岱门内三教庵。
刘云翠　你是方丈么？
法　空　虽非方丈，也管得庵中之人。
刘云翠　可有闲人出入？
法　空　乃是崔大人家庙，哪有闲人出入？
刘云翠　哪个崔大人？
法　空　崔呈秀。
刘云翠　哦，崔呈秀，想他是一奸臣，师父因何主持他的家庙？
法　空　他家小姐云凤为人贤德，因此贫尼与她来往。
刘云翠　既然如此，师父请回，此后不可常来。
法　空　却是为何？
刘云翠　恐怕我家防备于你。
法　空　贫尼明白了。
　　　　（唱）好一个贤小姐聪明之甚，
　　　　　　　真不愧刘军师后代之人。（下）

刘云翠　（唱）刘云翠巧机关安排已定，
　　　　　　　到临头谅不至进退无门。（下）

## 第五场

（史直、赵洪先骑马同上）
赵洪先　（唱）多谢你搭救我离了陷阱，
　　　　　　　赵洪先设禄位报你大恩。
　　　　那赃官不分皂白，将我拿到公堂，若非足下相救性命……
史　直　小侄搭救来迟，伯父恕罪。
　　　　（内喊介，赵洪先、史直望介）
赵洪先　追兵赶来，如何是好？
史　直　伯父放心，纵有千军万马，何足道哉。伯父速速加鞭趱路。
赵洪先　（唱）紧紧加鞭寻路径，（下）
史　直　（唱）天罗地网待怎生。（下）

## 第六场

（张兆上）
张　兆　姑爹出了殡，
　　　　正好说婚姻。
　　　　要是说不好，
　　　　必定命归阴。
　　　　小子张兆，乃是一个好人才，长的这个好模样。我姑爹已经埋了，丧事算办了，我姑妈已经答应把表妹给我。表妹说过了三年方可成亲，我哪儿等得？今天不免去到表妹房里，看个机会，仗着祖上阴功，或者弄得到手，也不枉做了三十年的活人。这儿是她的绣房了，表妹起来了没有？我来了。
　　　　（刘云翠上）
刘云翠　（唱）有成算气消停抛去愁闷，
　　　　　　　袖儿里定机谋不亚孔明。

张　兆　　表妹，我来了。
刘云翠　　呀！
　　　　　（唱）他那里声声唤得紧，
　　　　　　　　我这里低首暗沉吟。
　　　　　　　　绣房当做追魂阵，
　　　　　　　　刘云翠岂是懦弱人。
　　　　　　　　虎口扳牙他不惜命，
　　　　　　　　今日里要学个赤壁鏖兵。
张　兆　　妹子，你怎么慢腾腾的？也不说叫我进去，你可真把我给急死了。
刘云翠　　表兄来了。
张　兆　　可不是我来了吗？
刘云翠　　你来做甚？
张　兆　　我来找你，你要说个请字，我就进去陪你坐一会儿。
刘云翠　　小妹没有工夫，你不必进来。
张　兆　　什么没有工夫，不许我进去？你不许我进去，我就站在这儿老不走。
刘云翠　　表兄，天色什么时候了？
张　兆　　快落太阳了。
刘云翠　　你落了太阳再来罢。
张　兆　　我跟你说，你别推三阻四的，你再不给我个痛快，我可就要害你个家败人亡！
刘云翠　　呀！
　　　　　（唱）听一言不由我火烧双鬓，
　　　　　　　　这贼子原来是虎狼之心。
　　　　　　　　说出话来凶顽甚，
　　　　　　　　休怪我做事太不仁。
　　　　　　　　取出了酒一瓶扑鼻香冷——
张　兆　　这是姑爹留下的好酒，老梆子活着闻也不敢闻，你拿它干什么？
刘云翠　　（唱）这瓶酒比毒药还狠十分。
　　　　　　　　灌醉他用匕首伤他性命——
张　兆　　找什么？别是找刀吧，你一个女人能有多大的劲头儿？我不喝酒你不能下手。
刘云翠　　（唱）事不成来害自身。
　　　　　　　　刀剁绳缢无把柄，
　　　　　哦，有了。
　　　　　　　　倒不如绣阁付丙丁。

　　　　　　一把火烧他个干干净净，
　　　　　　烧死了贼子即逃生。
　　　　　　刘云翠计谋安排定，
　　　　　　想一条万全策放继母出门。

张　兆　别再费事了，你有了主意就得了，咱们来来来。
刘云翠　且慢！
张　兆　你怎么又推故事？
刘云翠　此地与母亲住房太近。
张　兆　怕什么的？老梆子跟我是一气。
刘云翠　怕她借此翻转面皮，刁难你我。
张　兆　这话也有理。要她躲开容易，有请姑妈！
　　　　（张氏上）
张　氏　什么事？
张　兆　我妈叫我接您回去，有要紧的话，去也得去，不去也得去。
张　氏　我明白了。你别是要跟你妹妹有别的事情吧？
张　兆　我可不敢。
张　氏　你不敢，谁又敢？我不能管你们的事，我也不用一定回娘家，我到池子里看一会儿戏，就给你容出工夫来了。不过你得拿来……
张　兆　拿什么来？
张　氏　拿银子来。
张　兆　要银子干吗？
张　氏　一来是你妹妹的聘钱，二来找把你死姑爹运回青田去。
张　兆　您还有个心呢？反正是你们家的，羊毛出在羊身上。您开开柜，只管拿，您走了别再来啦。我算把你休了。
张　氏　你休得着我吗？
张　兆　没了姑爹，我就能休你。
张　氏　你叫我走，我得多要银子。
张　兆　多要银子，立刻就得出京。
张　氏　做事不准这么忙。
张　兆　唱戏不能不这么忙，戏大着哪。
张　氏　对，我就走了，不来了。
张　兆　再来我就熟了。
张　氏　我瞧你怎么熟。（向内介）苍头，搬行李。
张　兆　她走了，咱们来吧。
刘云翠　请到里面先饮几杯，再讲别的话。

张　兆　不成，我不喝，咱们得先成亲后喝酒，你要灌醉了我，毁我可不成。
刘云翠　你不喝酒，请先上床等我，我一会儿就来。
张　兆　不错，你们女人还有女人的事，我去等你。（作入帐介）
　　　　（刘云翠出介，倒锁门介，背包介，放火介，刘云翠急下。张兆从帐中滚出介）
张　兆　这一下我真熟了。（下）

# 第 七 场

刘云翠　（内唱）火攻之计逃出门，（上）
　　　　　　　　不顾崎岖道不平。
　　　　　　　　贼子心肠比蛇蝎狠，
　　　　　　　　且休埋怨我不仁。
　　　　　　　　尼庵相距道不近，
　　　　　　　　黑夜之间甚难行。
　　　　　　　　且喜金吾夜不禁，
　　　　　　　　路间不见夜巡兵。
　　　　　　　　回头再把家门看，
　　　　　　　　烟雾弥天不分明。
　　　　　　　　走得我筋疲力已尽，
　　　　　　　　耳旁又听得钟磬音。
　　　　　　　　庵门紧闭多清净，
　　　　　　　　此处看来可存身。
　　　　庵内有人么？
　　　　（法空上）
法　空　哪一个？
刘云翠　刘云翠来寻法空师父。
法　空　小姐来了，待我开门。
　　　　（开门，刘云翠入介）
法　空　小姐为何黑夜孤身到此，莫非家中有了祸事么？
刘云翠　正是家中有事，特到宝庵。
法　空　如此小姐请在后面禅堂小住。
刘云翠　只是打搅师父。正是：共说诸天疑想象，好从此地息贪嗔。（同下）

# 第八场

（四青袍、崔世贤上）

崔世贤　下官崔世贤，乃崔呈秀之子。蒙圣恩升了大理寺卿，为此连夜进京，不免先到家里睄睄大东西。左右打道。（圆场）
（院子上）
院　子　迎接少老爷。
崔世贤　你去回一声，说我回来了。
院　子　是，有请大人。
（崔呈秀上）
崔呈秀　做的明朝官，办的魏家事。何事？
院　子　少老爷回来了。
崔呈秀　唤他进来。
院　子　少老爷，大人命你进去。
崔世贤　人役们，你们离府门远着点。这儿可有管着我的，不能由着性儿反。
（青袍下）
　　　　我是爸爸拜揖，念我一路风霜，免去磕头，不能站着说话，在一旁坐下。凡是该您说的，我都替您说了，省得您费话。
（崔呈秀笑介）
崔呈秀　哈哈哈哈，你倒是我的大大孝子，不枉我做了你的父亲，你真是我的好儿子。
崔世贤　你含糊点行不行？
崔呈秀　不能含糊。
崔世贤　反正这一会儿，我就让你这个便宜。为何不见妹子？
崔呈秀　她在后面，不曾出来。家院，有请小姐。
（院子请介。丫鬟、崔云凤上）
崔云凤　（引）父不做忠臣，令人心不宁。爹爹万福。
崔呈秀　罢了，见过你兄长。
崔云凤　兄长。
崔世贤　妹妹。
崔呈秀　你也坐下。
崔云凤　告坐。
崔世贤　你的酸礼真多，坐下还得告坐，我就不懂这一套。
崔云凤　什么话，这叫作礼不可废。

崔世贤　这些礼都成了戏台上的俗套子了，凑起来谁家也不这们办。你不信要有一家子按着这个样子过日子，人都说他是《戏迷传》。话又说回来了，要在戏台上不这们办，可真没抓挠。

崔云凤　你不说你不这们办吗？

崔世贤　我那叫改良新戏。

崔云凤　你怎么满嘴说戏不懂戏理呀？

崔世贤　我怎么不懂戏理？

崔云凤　戏是劝善去恶，你怎么专一作恶呀？

崔世贤　你说我恶，我自己觉着是善。

崔云凤　你善在哪儿？

崔世贤　我办事认真，不怕挨骂。

崔云凤　你办什么事认真？

崔世贤　新近我给魏千岁修生祠，这可算一件大事，也算不怕挨骂。

崔云凤　想那魏忠贤人人都骂他，你给他修生祠干吗？

崔世贤　为的巴结巴结，我好升官发财。

崔云凤　我看你这种存心，怎么对得住天地父母。

崔世贤　你这话不对。

崔云凤　怎么不对？

崔世贤　你说对不住天地还安得上，你说对不住父母，你往上看。

崔云凤　看什么？

崔世贤　你看他这个长相是忠是奸？跟你说啵，我崔世贤真是崔呈秀的孝子。

崔呈秀　着哇，老夫也是魏千岁的忠臣。

崔世贤　好哇，我们爷儿两个，一个魏忠贤的忠臣，一个崔呈秀的孝子，真是忠孝双全的好人家。

崔云凤　咳，你这叫何苦来呀！

　　　　（唱）富贵功名如梦境，
　　　　　　何须苦苦做奸臣。

崔呈秀　住了！

　　　　（唱）骂他奸臣不要紧，
　　　　　　看看为父是甚么人。
　　　　　　走向前来把女儿打——

崔世贤　且慢。

　　　　（唱）大东西不可发雷霆。
　　　　您打她干什么？骂您的多着呢，反正骂不死您，怕骂别这么行事。

崔呈秀　这也说得是。儿啊，你可曾见过魏千岁？

崔世贤　还没去呢。
崔呈秀　随为父一同前去。吩咐外厢备轿。
崔世贤　我走道辛苦啦,明天再去啵。反正他不知道我今天回京。
崔呈秀　这也说得是,明天再去就明天再去。儿啊,我有些东西要交与你。
　　　　（取匣介,付崔世贤介）
崔世贤　哎呀,这都是你贪赃卖法的信,咱们外书房瞧去吧。
崔呈秀　你只管骂,我是不怕挨骂的。
崔云凤　不是骂,我有话禀告爹爹。
崔世贤　对,你去骂他。
崔云凤　启禀爹爹：家中事繁,母亲去世,女儿料理甚觉不便,有心找一个知文识字的丫头帮一帮忙。
崔呈秀　但凭于你。
崔世贤　你只管去找,要是你看中了,不用商量,你就领她进府。她要不来,我就带人去抢。
崔云凤　你怎么又说挨骂的话？
崔世贤　这也说得是。我说大东西,咱们后台歇歇去,这出戏不是净唱咱们。
崔呈秀　儿啊,来呀！
　　　　（崔呈秀、崔世贤同下）
崔云凤　慢着,净顾了跟他拌嘴了,忘了今天是三教庵的善会了。家院,家院,车辆走上。
　　　　（院子唤介,车夫上）
　　　　（唱）心中有事言难尽,
　　　　（上车介,圆场。法空上,接介。崔云凤下车介。车夫、院子下）
　　　　　　　且将心事诉神明。
　　　　（崔云凤拜神介）
法　空　请小姐禅堂待茶。
崔云凤　师父带路。
　　　　（唱）师父费心将路引,
　　　　（刘云翠上,对看介）
　　　　　　　禅堂忽见一佳人。
　　　　师父,这是谁？
法　空　这个……
　　　　（刘云翠丢眼色介）
法　空　她是一民间女子。
崔云凤　莫非也是烧香的？

法　空　正是。
崔云凤　你叫她过来见见我。
法　空　那女子，崔小姐唤你。
刘云翠　小姐万福。
崔云凤　奴家还礼，大家坐下说话。
刘云翠　告坐。
崔云凤　师父也请坐。
法　空　有坐。
崔云凤　请问大姐贵姓芳名，仙乡何处？
刘云翠　奴家王氏，小字秋芙，是本地人氏，父母双亡，并无兄弟。
崔云凤　可曾许过人家？
刘云翠　许过人家，夫家在远方做官，至今杳无音信。
崔云凤　如此说来，大姐是个孤身。
刘云翠　奴家是毫无依靠。
崔云凤　大姐如此美貌，胸中必然聪明，不知读过诗书没有？
刘云翠　小时也曾读过书。
崔云凤　可会打算盘？
刘云翠　算盘也略知一二。
崔云凤　我有一句话，不知该说不该说。
刘云翠　小姐有何金言，当面请讲。
崔云凤　我有心请大姐到我家中给我帮忙，不知大姐意下如何？
刘云翠　这个……
法　空　你这里来。
刘云翠　师父何事？
法　空　他父崔呈秀不是好惹的，你只怕去不得。
刘云翠　他家不是好惹的，只恐不由我不去。
法　空　不去为妙。
刘云翠　我此去要报刘、赵二家之仇恨，学那黄盖降曹之计。
法　空　只怕你不能。
刘云翠　师父休要小量于我，我保管成功。（向崔云凤介）既蒙小姐不弃，情愿随小姐进府。
崔云凤　这好极了，请大姐即日与我同行。师父告辞了。
　　　　（唱）今朝幸遇女才俊，
　　　　车辆走上！
　　　　（院子、车夫上，崔云凤、刘云翠同上车介。法空下）

　　　　　回到家中见严亲。
　　　　　（下车介，车夫下。崔呈秀上）
崔云凤　爹爹。
崔呈秀　罢了。
崔云凤　大姐见过我爹爹。
刘云翠　大人叩头。
崔呈秀　此乃何人？
崔云凤　这是王姓女子，名唤秋芙。女儿拉她到家给女儿帮忙的。
崔呈秀　如此说来，是到我府来做奴婢的，怎么这样打扮？快些换了婢女的衣服。
崔云凤　她是好人家儿女，是女儿拉她回来做女幕友的，不是来做奴婢。
崔呈秀　我这府中惟我最大，我叫她为奴，她敢不为奴？
崔云凤　这个……
刘云翠　小姐不必为难。我既来服侍小姐，就是小姐的侍女，理应换侍女衣服。
崔云凤　如此委屈大姐了，我房里有丫头衣裳，请大姐去换。
刘云翠　遵命。正是：袖中藏机巧，杀贼不用刀。（下）
崔世贤　（内）走哇！（上）
　　　　　（唱）听说妹子买丫头，
　　　　　　　　去到后堂看根由。
　　　　　大东西、妹子。
崔云凤　哥哥。
崔世贤　听说你买了个丫头，有那们一回事吗？
崔云凤　不是买的丫头，是我因家事冗忙，找了个知书识字的女子前来帮忙。
崔世贤　哎，可恼哇，可恨！
崔云凤　你恨的谁？
崔世贤　我恨的崔呈秀这个老小子。
崔呈秀　儿啊！
崔世贤　你又这么叫，我就不爱听这一声儿。
崔呈秀　你恨为父何来？
崔世贤　一来恨你这个长相。
崔呈秀　我的长相怎么可恨？
崔世贤　你这长相跟我差不多，不知道的还说你是我儿呢。我长的可恨，你混充我的大东西更可恨。
崔呈秀　这是一恨了，还有第二不成？

崔世贤　第二恨你偏心眼，只找人帮她管家，不找人帮我办事。
崔呈秀　这有何难，你明日也去寻一人来就是。
崔世贤　我才不找帮忙的呢，要是找个饭桶白费饭，要是找个比我强的倒叫他压我一头，我受不了。
崔呈秀　你爱找不找，我管不着。就是你妹子的帮手，也是她自己找来的，与我无干。
崔世贤　对了，她爱找谁就找谁，找个女的来与你无干，找个男的来也与你无干。
崔呈秀　胡说。
崔世贤　一点不胡说，就凭你的德行，你的女儿也未必明媒正娶。
崔云凤　你这叫什么说话？
崔世贤　别生气，算我没说。反正唱到你成亲这出戏，早把我取消了。你的丫头也得叫她来见一见我。
崔云凤　你一对色眼，不存好心，不能见的。
崔世贤　一定要见。
崔云凤　一定不能见。
崔世贤　不见也好，要是见着她我也活不了啦。
　　　　（内白）圣旨下。
崔呈秀　你们回避。香案接旨！
　　　　（崔世贤、崔云凤、丫鬟下。四龙套引捧旨官上）
捧旨官　　圣旨下。
崔呈秀　万岁。（跪介）
捧旨官　跪听宣读，诏曰：今当祭告西岳，着崔呈秀前往。旨意读罢，望诏谢恩。
崔呈秀　万万岁！后堂留宴。
捧旨官　下官回复圣命，告辞。（领龙套下）
　　　　（崔世贤、崔云凤、丫鬟上）
崔世贤
崔云凤　圣旨到来，为的什么？
崔呈秀　命为父祭告西岳，即日就要起程。
崔世贤　你去啵，回来我就死了，你总得匍匐奔丧。
崔呈秀　什么讲话，吩咐外厢带马。
院　子　外厢带马。
　　　　（四龙套上）
崔呈秀　（唱）祭告西岳年年有，

　　　　　　　　　王命紧急莫停留。（领院子、龙套下）
**崔世贤**　（唱）爹爹奉命华州走，
　　　　　　　此去必然要足搂。
**崔云凤**　你说什么？
**崔世贤**　我说他定要足搂。
**崔云凤**　搂什么？
**崔世贤**　他呀，反正是搂钱。（下）
**崔云凤**　他好贪鄙也。
　　　　　（唱）父兄俱是无操守，
　　　　　（作回房介。刘云翠上）
　　　　　　　怎不叫人心内愁。
**刘云翠**　小姐。
**崔云凤**　大姐请坐。
**刘云翠**　小姐，秋芙现在是小姐的丫头了，我可不敢坐。
**崔云凤**　虽然我爹爹是有那句话，难道我把大姐诓到家里为奴不成？当着人咱们是主仆，到了我的房中咱们还是论姐妹。你请坐啵。
**刘云翠**　如此，秋芙斗胆了。（坐介）
**崔云凤**　你的住房安顿好了没有？
**刘云翠**　我的住房静听小姐示下。
**崔云凤**　你就住在我绣房后头小房里好不好？
**刘云翠**　那敢情好。
**崔云凤**　咱们悄悄去。
**刘云翠**　请小姐带我前去。
**崔云凤**　丫头带路。
　　　　　（唱）二人同把小房进，（圆场）
　　　　　　　大姐香房此地存。
**刘云翠**　好情致房子，这个后窗户可不谨慎。
**崔云凤**　不碍，外边有道鱼池。
**刘云翠**　等我隔着窗户瞧瞧。好深的水，怎么一条独木桥哇？
**崔云凤**　就是桥险一点。
**刘云翠**　险人家里必有险地。
**崔云凤**　这个……丫头哇，倒茶去。（丫鬟下）
**崔云凤**　大姐你说出"险人"二字，难道我爹爹为官不好吗？
**刘云翠**　他老人家的官声，三岁孩子都知道，我可是不敢说。
**崔云凤**　你也不用说了，这几句话就比骂还厉害。

刘云翠　我可不敢啊。
崔云凤　别说你知道他老人家不好，连我也知道，故此我才着急哪。
刘云翠　他老人家不做好官，与您什么相干？
崔云凤　别那们说。一来挨骂，走到哪儿，人都说崔云凤是奸臣之女。二来惟恐一朝事败受的连累。
刘云翠　奸臣之女倒没什么，受他的连累可不上算。不过小姐这样存心，天总有眼，或者遇见好人救您没事也未可知。
崔云凤　但愿如此，只是世间上的好人甚少，怕未必遇得见。
刘云翠　好人也未必遇不见，就怕小姐未必能听人家的好话。
崔云凤　倘遇好人，他叫我怎么着，我就怎么着。凡是好人的话，我没个不听。
刘云翠　小姐能听好人的话，那就好了。我劝您从此别愁了，咱们慢慢的打主意，只要您准我出主意，我的主意多的很。
崔云凤　只要你出的主意，我没个不听。请问你有什么主意？
刘云翠　你怎么这们忙啊？主意可不是一会儿就出得出来的，我得慢慢地给想。
崔云凤　那您就想。正是：从今诸事都由你。
刘云翠　自有陈平六出奇。（同下）

# 第九场

赵继龙　（内）马来。（上）
　　　　（唱）换姓改名京都奔，
　　　　　　　继龙名姓改李文。
　　　　俺赵继龙，只为家门有难，为此改名李文，奔往京都。行来已是半月，待我马上加鞭。（堂鼓架子）
　　　　　　　耳旁听得人声震——
　　　　（四龙套、院子、崔呈秀同跑上，同下。四强盗追上，又下）
　　　　　　　又见强徒打劫人。
　　　　且住！官塘大路，竟有强徒打劫官长，待我迎上前去。
　　　　（四龙套、院子、崔呈秀上，又下。四强盗追上。赵继龙拦住介）
　　　　大胆强徒，敢在官塘大路打劫！
四强盗　一派胡言，看刀！
　　　　（赵继龙杀盗介，四龙套、院子两边上，崔呈秀上）

| 崔呈秀 | 多谢壮士搭救！请问尊姓大名？ |
|---|---|
| 赵继龙 | 在下李文。请问尊官上姓？ |
| 崔呈秀 | 原来是李壮士。老夫崔呈秀，你可认得？ |
| 赵继龙 | 闻名久矣，今日才得相见。 |
| 崔呈秀 | 有意请壮士一同进京，料无推辞。 |
| 赵继龙 | 愿随鞍马。 |
| 崔呈秀 | 如此壮士请。 |
| | （唱）今日相逢真有幸， |
| 赵继龙 | （唱）愿随尊官到帝京。 |
| | （同下） |

# 第 十 场

（刘云翠上）

刘云翠　（【江西月】）奴本闺中红粉，
　　　　　　　　才华不亚陈平。
　　　　　　　　更名改姓入权门，
　　　　　　　　只为报仇雪恨。

　　我王秋芙，本名刘云翠。只因住在三教庵中，不想遇着崔小姐，把我带回她府。我想崔呈秀是个大奸佞，他把我爹爹气死，又害我夫家赵氏满门。我既到了他家，必须想条计策报得冤仇，方消我恨。

　　（唱）奴是宦门女千金，
　　　　　低头来做人下人。
　　　　　崔家父子多奸佞，
　　　　　与我刘门结恨深。
　　　　　到得他家三月整，
　　　　　奸人有女甚贤明。
　　　　　待奴好似亲手足，
　　　　　明为主婢暗女昆。
　　　　　恩仇二字相交并，
　　　　　也要报仇也要报恩。

（崔世贤上）

崔世贤　（唱）妹子带来一红粉，

　　　　　佳人容貌动我心。
　　　　　秋芙,你在这儿干什么呢?
刘云翠　原来是少老爷,您问我呀,我这阵儿一点儿事儿没有。
崔世贤　不能没事。
刘云翠　可不是没有吗?
崔世贤　戏上的穿插,要是打发个没事人上来,可就成了废场子了。你一个人儿虽然没事,添上我就叫你有事。要是没事,咱们就在这台上这么摆着,听戏的先生们也不答应啊。
刘云翠　您这些话都是废话。
崔世贤　废话倒不废话,可是普通一点,搁在哪一出里都行。
刘云翠　怎么不是废话?
崔世贤　怎么是废话?
刘云翠　你跟我说话必有所为。
崔世贤　自然有所为,要一点什么不为,我说这么一大篇,难道不怕闪了舌头?
刘云翠　你为什么?
崔世贤　我为唱戏。
刘云翠　您怎么直泄底呀?像你这们说话,到多咱也合不了题。
崔世贤　依你便怎怎么么样样?
刘云翠　我是个痛快人,您要说什么,您简直地说什么,别绕弯子。
崔世贤　不行。
刘云翠　怎么不行?
崔世贤　我向来是个不痛快的人,说话非绕弯子不可。
刘云翠　你就绕弯子啵。(崔世贤作弯介)你这是干什么?
崔世贤　你不是叫我绕弯子吗?
刘云翠　你说你说话要绕弯子,怎么改了人绕弯子了呀?
崔世贤　我本想说绕弯子的话,无奈没的可说。
刘云翠　没的可说不必说。
崔世贤　本想不说,又怕憋死。
刘云翠　那你就说。
崔世贤　我说出来你可别驳回。
刘云翠　能不驳回就不驳回,不能不驳回我也就只好驳回。
崔世贤　我这句话你准得驳回。
刘云翠　怕我驳回,趁早别说。
崔世贤　不说我心里受不了。
刘云翠　那你就说。

崔世贤　请问我该怎么说好哇？
刘云翠　你肚子里的话，我知道你该怎么说好？
崔世贤　那么可就由着我说了。
刘云翠　不由着你说，难道由着我说不成？
崔世贤　依着你说怎么样？
刘云翠　依着我说，您哪请便。
崔世贤　请便是叫我走，我不能走，还得由着我说。
刘云翠　由着你说便怎么样？
崔世贤　我还是不说。
刘云翠　你为什吗不说？
崔世贤　我不说你也明白。
刘云翠　我不明白。
崔世贤　你装糊涂。
刘云翠　我真糊涂。
崔世贤　我可要说了。
刘云翠　说啵。
崔世贤　我没的说。
刘云翠　没的说就不用说。
崔世贤　不说我憋得慌。
刘云翠　你倒底是什么毛病？
崔世贤　我是贱毛病。
刘云翠　有毛病就该治。
崔世贤　我找不着好大夫。
刘云翠　不用大夫，叫你们老爷子给你治。
崔世贤　什么？叫他给我治这贱毛病，他可不行。
刘云翠　让他打你一顿，你准好了，他怎么不行？
崔世贤　谁叫他打呀？他打我也好不了，治我的病，非你不行。
刘云翠　这么一说，你是愿意挨我的打呀？
崔世贤　愿意倒愿意，就是没到时候。
刘云翠　怎么没到时候？
崔世贤　自古道三打不愧。
刘云翠　两打不愧。
崔世贤　三打不愧。
刘云翠　你怎么多一打？
崔世贤　你说哪两打不愧？

| 刘云翠 | 官打民不愧，父打子不愧。
| --- | --- |
| 崔世贤 | 你不知还有个妻打夫不愧？
| 刘云翠 | 好贱骨头，一个爷们儿叫媳妇儿打了，还不愧呢？
| 崔世贤 | 你要肯打我，巴不能够哪，又愧什么？岂不闻圣人云？
| 刘云翠 | 圣人云什么？
| 崔世贤 | 美人打之，何愧之有。
| 刘云翠 | 这是哪一部经书的话呀？
| 崔世贤 | 这是绕门经上的话。
| 刘云翠 | 八成是你诌的。
| 崔世贤 | 哪一套书又不是诌的？五经四书也是孔圣人诌的。可惜，可惜！
| 刘云翠 | 可惜什吗？
| 崔世贤 | 可惜老圣人白费了心，诌了些书白给人念，人是越念越坏。
| 刘云翠 | 越念越好。
| 崔世贤 | 不价，越念越好，怎么出这样的人材？
| 刘云翠 | 谁叫你不照书行事？
| 崔世贤 | 我正是照书行事。不有宋朝之美，而有祝佗之佞，难乎免于今之世矣。我学的就是祝佗。
| 刘云翠 | 你虽有祝佗，我也有一句话，也是《四书》上的。
| 崔世贤 | 你有什么《四书》上的话？
| 刘云翠 | 焉用佞。
| 崔世贤 | 我跟你可以不用佞，只要你可得看我有宋朝之美才行呢。
| 刘云翠 | 你就有宋朝之美，与我何干？
| 崔世贤 | 说了半天，你还是装糊涂哇。你再装糊涂，我可就要……
| 刘云翠 | 要怎么样？
| 崔世贤 | 要明说啦。
| 刘云翠 | 别说。
| 崔世贤 | 你怎么又不叫我说啦？
| 刘云翠 | 你存的什么心，我全都明白了。我虽然是个丫头，也是好人家的儿女。你说出来的要是不中听，我可僵了。
| 崔世贤 | 你既明白，我就不说。今天晚上你来找我。
| 刘云翠 | 不行，我住在小姐绣房后头，出入小姐都看得见，怕走漏消息，不如你去找我。
| 崔世贤 | 我找你，小姐更看得见啦。
| 刘云翠 | 我的卧房后窗户在花园里头，你由花园进去，从后窗户爬进去，管保谁也不知道。

| 崔世贤 | 那花园门到了黑夜小姐就叫人锁上,我进不去。再说你那后窗户跟前是个鱼池,没路走。
| 刘云翠 | 花园锁了门,你可以爬墙。窗户外头是鱼池,顺着独木桥你就过去了。
| 崔世贤 | 你倒是老在行。
| 刘云翠 | 啐!少混说。话虽如此,我那儿有个老妈儿,你还得避她的耳目。
| 崔世贤 | 不碍,我给你点儿东西。
| 刘云翠 | 什吗东西?
| 崔世贤 | 蒙汗药。
| 刘云翠 | 给我这个干吗?
| 崔世贤 | 你把老妈儿迷倒了她,免得被她看破。可是留点神,别糊里糊涂给我吃了。
| 刘云翠 | 你怎么身上带着这东西呀?
| 崔世贤 | 一来省得编戏的多费笔墨,二来表示崔世贤不是好人,这叫一举两得。
| 刘云翠 | 你又来泄底。
| 崔世贤 | 下次不可。
| 刘云翠 | 少老爷呀!

  (唱)姻缘本是前生定,
    你我相逢是凤因。
    月下老人早注定,
    秋芙今日遇福星。
    今宵若是成连理,
    愿作鸳鸯永不离分。
    你若是负盟失了信,
    青天鉴照你的心。(下)

| 崔世贤 | (唱)这件事儿弄得稳,
哦?
  我眼跳心惊为何情?
我怎么头发根挓挲?哎,这是我有了喜事,喜欢极了,反倒闹出这些毛病。天已黑了,等我先进花园,藏在小亭之上,省得爬墙。我就是这个主意,我也不用走了。再说一句泄底的话,反正是这个戏台,我就算到了花园,等我进去。(作入介)
| 崔云凤 | (内)天不早了,该锁花园门了,你们随我来。(刘云翠提灯,崔云凤上)
  (唱)花园门首忙站定,
    你到园内看分明。

　　　　　你去睄睄，别藏着人。
刘云翠　是啦。（作入照介，见崔世贤介）好大的野猴子！
　　　　（崔世贤作手势介，急躲介。刘云翠出介）
　　　　　启小姐，花园子里头任甚么也没有。
崔云凤　把花园门锁上。
刘云翠　是啦。（锁门介）
崔云凤　越是大家门户，越得留点神。
刘云翠　可不是吗？一不留神要钻进个混账东西来，可不是事儿。
崔云凤　咱们回去吧。
刘云翠　是啦。
　　　　（崔云凤、刘云翠同下）
崔世贤　外贼好防，家贼难防。你们锁门干什吗？我已经进来了。哎呀，我错啦，进是进来了，完了事我怎么出去？倒是秋芙叫我爬墙是个主意，我要爬墙，外边有梯子。这一下可糟，哎，我怕谁？这一家子除了老崔，就是小崔，难道还怕那些碎催？比不得到了魏千岁府里，连老崔也是碎催。再说，这出戏就没我再出花园的事由，我着什么急？天是已经三更了，我到秋芙的后窗户外头去睄睄。
　　　　（斜桌摆灯、酒，刘云翠暗上，坐介）
崔世贤　你睄灯光明亮，等我站在鱼池这边，听她说什么？
刘云翠　（唱）绣阁香闺人声静，
　　　　　　　不闻鹦鹉叫花阴。
　　　　　　　时当月晦冰轮隐，
　　　　　　　院落秋千影沉沉。
　　　　　　　我这里自斟且自饮——
崔世贤　你好快活。
刘云翠　呀！
　　　　（唱）鱼池之上是何人？
　　　　　谁呀？
崔世贤　心上人。
刘云翠　少老爷来了，你怎么不过来？
崔世贤　我怕这个独木桥。
刘云翠　哎，你怕独木桥就请回去。
崔世贤　对，我就回去。
刘云翠　哎，我听得人说，崔家父子有冒险的胆子。今天一看，敢情没那们一回事。

崔世贤　你别那们说。冒险我得瞧什么事，为这个事我有点合不着。
刘云翠　咳，我只说你跟我是一片痴情，敢情三心二意。我王秋芙错认了人啦，我好命薄哇！（哭介）
崔世贤　别哭，我就是见不得这个，我过桥就是。（过桥介）你干什么呢？
刘云翠　我喝酒哪。
崔世贤　你赏我一盅。
刘云翠　喝醉了耽误事，不给你喝，你从窗户里爬进来。
崔世贤　不成，我必得喝一盅。
刘云翠　必不能给你喝。
崔世贤　不给喝我回去啦？
刘云翠　别走别走，我给你喝。
崔世贤　你从窗户里递出来。
刘云翠　你站在鱼池边上，醉了别掉下去。
崔世贤　一盅酒会醉得了？快拿酒来。
刘云翠　等着，我给你斟。（下药递酒介）
崔世贤　好浑酒。（饮酒，作坠池介）得，我算淹死了，倒真干脆。（下）
刘云翠　哎哟，真掉下去了。我今日弄的险，真比诸葛武侯空城计不在以下。
崔云凤　（内）秋芙大姐快来，老爷回来了！跟我去见老爷。
刘云翠　这个节骨眼儿崔呈秀回来了，我叫老贼进门就是一个不兴头。
崔云凤　（内）秋芙姐快来。
刘云翠　来了来了。（下）

# 第 十 一 场

（四龙套、院子、赵继龙、崔呈秀同上）
崔呈秀　壮士请坐。
赵继龙　告坐。
崔呈秀　一路之上壮士也辛苦了。我有一小女许与壮士为妻，不知尊意如何？
赵继龙　李文聘有妻室，不敢从命。
崔呈秀　再作商议。请到书房，少时命小儿前来与壮士叙谈。
赵继龙　多谢大人。（下）
崔呈秀　人役退下。家院，随我到二堂去。
　　　　（唱）人役外厢且肃静，

（四龙套下。崔呈秀、院子圆场。崔云凤、刘云翠、丫鬟上）

崔云凤　（唱）向前施礼见严亲。
　　　　爹爹。
崔呈秀　坐下。你兄长为何不来见我？
崔云凤　兄长每夜不在府中，常出去找朋友。
崔呈秀　着哇，他是一个做官的人，应当黑夜去钻门路的。只是如今天已将明，也该回来了。家院，可到各位大人府上，看看少老爷现在哪一家。
院　子　小人进府之时节，看见少老爷的车马未曾出门。
崔呈秀　既未出门，唤他前来。
院　子　是。（向内介）有请少老爷。
　　　　（内白）少老爷不知去向。
院　子　启爷：少老爷不知去向。
崔呈秀　莫非在花园？
刘云翠　天将黑，小姐就亲自带着人把花园门锁了，少老爷焉能进得去？
崔呈秀　既然花园已锁，想是他步行出门去了。
刘云翠　对，想必他自己出去溜达去了。
崔呈秀　不错，提起花园，我倒忽然想起一事，要到花园。吩咐前边引路，开了园门。
　　　　（唱）人来带路花园进，
　　　　（圆场，刘云翠开门，众入介）
　　　　　　月光照得水澄清。
　　　　儿啊，为父造此花园，原是预备害人的，不知在这里害死多少人了。这鱼池之内，被我丢下去的也有十人以外。（看介）哦，我这些时不曾害人，况且我往池内丢人，总要拴上石头，是要沉底的，怎么有死尸漂在水面？快与我捞过来。
　　　　（院子、丫鬟下，搭彩人子上。崔呈秀看介）
　　　　哎呀，干了杆儿了了！
　　　　（唱）一见我儿把命丧，
崔云凤　（唱）兄长因何水底亡？
刘云翠　启老爷：此事太奇，必须严加究问。
崔呈秀　不用问了，我早明白了。
刘云翠　哦，您明白什么？
崔呈秀　我做人不好，报应了。
刘云翠　这话玄虚一点。
崔呈秀　不玄虚，你道我到花园做甚？

刘云翠　那谁知道哇?
崔呈秀　我来想计策,要害一个仇人,不料就有此事,岂不是报应啦?哎呀儿啊!
刘云翠　人死不能复生,老爷且免悲泪,办理少老爷的后事要紧。
崔呈秀　说起后事,我又想起一事。
刘云翠　想必又是害人。
崔呈秀　也差不多。秋芙快到少老爷的书房,有个小小匣儿与我取来。
刘云翠　是啦。(下)
崔呈秀　尸首搭下去。
　　　　(院子、丫鬟搭尸下。刘云翠取匣上)
刘云翠　您瞧是这个匣子不是?
崔呈秀　正是。儿啊,你兄已死,此匣付你收存。千万小心,若有失落,为父的吃饭家伙就搬家了,仔细了。哎,我那亲儿啊!(下)
刘云翠　小姐,这一匣子是什么?
崔云凤　这是我父贪赃卖法来往的私信,留它何用,等我给他丢在水内。
刘云翠　慢着!这是老爷亲手交给您的,您要扔了,老爷跟您要,可是个乱儿。您要不喜欢这路东西,您交给我。
崔云凤　如此,大姐收下。(付匣介)
　　　　(院子上)
院　子　启小姐:老爷收了壮士李文,在书房居住,请小姐谨慎门户。
刘云翠　小姐知道了,你去吧。
　　　　(院子下)
崔云凤　哎呀,爹爹专收些小人,这个李文既投在我家,必非善良之辈,我爹爹才叫我们谨慎门户。
刘云翠　那也不一定,这些下人不过因为书房跟花园太近,花园里又有我那间屋子的后窗,能通小姐绣房,才叫我们留神。未必李文就是小人,也未必是老爷吩咐的话。
崔云凤　话虽如此,总要小心。我有心烦大姐暗中探听这个李文是什么人物,大姐谅无推辞了?
刘云翠　这可不是秋芙夸口,您交给我没错。咱们净顾说话,天已亮了,咱们回房去吧。
崔云凤　带路。
　　　　(唱)离了花园绣房进,
　　　　(圆场,刘云翠放匣介。法空上)
法　空　(唱)来见小姐要辞行。

　　　　　　小姐。
崔云凤　师父到此何事？
法　空　贫尼有事要出京，前来辞行。
刘云翠　哦，您要出京了？（泪介）
法　空　大姐不必悲泪，贫尼自然与你写信。
刘云翠　不知几时起程？
法　空　即刻登程。
崔云凤　既是即刻起程，秋芙姐取封银子送给师父。
刘云翠　是啦。（取银介）银子到。
崔云凤　送与师父。
法　空　贫尼不敢收。
崔云凤　您一路之上见了庙，给我烧香，外带周济穷人。
法　空　如此贫尼收下就是。告辞。
崔云凤　大姐代送。（下）
法　空　好一位小姐，我去了。
刘云翠　我送你几步。（行介）
院　子　（内）李爷随我来。
　　　　　（院子引赵继龙上）
赵继龙　（唱）大人何事将我请，
　　　　　　　　去到花厅看分明。（下）
刘云翠　院公回来。
院　子　原来是秋芙大姐。
刘云翠　这是谁？
院　子　此乃壮士李文。
刘云翠　他上哪儿？
院　子　老爷唤他谈话。
刘云翠　你去吧。
　　　　　（院子下）
法　空　好奇怪。
刘云翠　怎么奇怪？
法　空　这个人好似赵姑爷模样。
刘云翠　您说他像谁？
法　空　像你女婿。
刘云翠　啐！
法　空　失言了，天下相貌相同的人很多。告辞。（下）

刘云翠　你睄我这乳娘，越老越糊涂，满嘴里糊说八道的。哎呀，不好，老贼的儿子死的不明，李文是他新收的心腹人，别是商量这件事吧？好在花厅离此不远，等我去听他们说些什么。（向下场听介）
崔呈秀　（内）李壮士，小儿死得不明，烦劳壮士替我打探。
赵继龙　（内）当得效劳。
刘云翠　哎哟，我的妈哟！你听老贼说他儿子死得不明，托李文打听，可不是为的那件事？真叫我猜着了。你不用忙，你真跟老贼一党，你就给我留点神。哎呀慢着！将才我乳娘说他像，他像……别真是他吧？不对不对，要是他，怎么又叫作李文？再说他是老贼的仇人，决不投在老贼门下，一定不是他。咩！我好糊涂，我能改作王秋芙，他就不能改作李文吗？我肯到老贼家下，他或者跟我是一条道儿。哎，别管是他不是他，再过两天，我看个机会，等小姐睡了，用迷药迷倒仆妇、丫鬟，悄悄到花园，把订婚的芙蓉镜挂在花园门口。要是他，没个不过来。要不是他，我再想别的主意打发他走道，去这老贼的膀子。正是：满天施罗网，鸿鹄难飞翔。（下）

## 第十二场

（四龙套、熊开元上）

熊开元　下官御史熊开元。今奉皇命四路巡察，左右打道。
（赵洪先上）
赵洪先　冤枉！
熊开元　何人拦马喊冤？
赵洪先　老汉赵洪先状告崔呈秀。
熊开元　此事大了，待我带你入朝。左右，朝房去者。（下）

## 第十三场

（起更介。刘云翠捧镜上）

刘云翠　巧计安排定，前来探分明。果然夫君到，咳，叫我难为情。我为打听李文，费了两月工夫。今日闻得天启皇上驾崩，信王登基，老贼入朝回来甚晚。我已用迷药把仆妇、丫鬟迷倒，不免到花园行事。来此已是，待我把宝镜挂起。（挂镜介）安排已定，我不免投石惊动于他便了。（作投石介）
（赵继龙拿镜上）

**赵继龙** （唱）月朗星稀夜已静，
忽然听得投石声。
我自入崔府，老贼待我倒也恩厚。他有一女，要许我为妻，是我不允，我因此想起刘家，取出订婚宝镜，正在观看。忽听投石之声，待我出去看来。
（刘云翠作闪入园内介）

**赵继龙** 一个人影闪进花园，莫非有贼，待我跟寻进去。
（作见镜介，赵继龙呆看介）
这面镜儿好生奇怪，待我取来观看。
（取镜介，刘云翠急收镜介）

**刘云翠** 你怎么敢来做贼？
**赵继龙** 我乃李文，是来捉贼的，你乃何人？
**刘云翠** 我是小姐的侍女。
**赵继龙** 嘟！既是小姐侍女，黑夜私出闺房，一定不怀好意，看剑！
**刘云翠** 你休鲁莽，你盗镜才真不怀好意。
**赵继龙** 此镜与我有些干连，你护住此镜，可知此镜的来历？
**刘云翠** 听了。此乃刘青田传家之宝，名曰"芙蓉镜"，有雌雄两面，此是雄镜，我这一面是雌镜。当年赵、刘两家结亲，用为聘礼，赵公子继龙与刘小姐云翠各带一面在身。你既盘问此镜，分明你是赵公子，你不是李文哦！
**赵继龙** 你怎么晓得？
**刘云翠** 我就是刘……
**赵继龙** 刘什么？
**刘云翠** 我是与那刘云翠早晚相见之人。你可真是赵继龙，你可是兴安赵继龙？
**赵继龙** 正是。
**刘云翠** 如此我与你是同……
**赵继龙** 同什么？
**刘云翠** 同病相怜。
**赵继龙** 怎么同病相怜？
**刘云翠** 你混进他府做甚？
**赵继龙** 是要报仇。

刘云翠　着哇！你是报仇而来，我也是报仇而来。
赵继龙　你姓氏名谁，与老贼何仇？
刘云翠　赵公子啊！
　　　　（唱）王秋芙乃是奴名姓，
　　　　　　　崔贼结仇海样深。
　　　　　　　害我严亲丧了命，
　　　　　　　寝皮食肉方称心。
　　　　　　　今逢公子好人品，
　　　　　　　也是报仇入崔门。
　　　　　　　你我一同把计定，
　　　　　　　夹攻内外事必成。
赵继龙　原来是王秋芙大姐。我且问你，镜是哪里来的？
刘云翠　是刘云翠付于我的。
赵继龙　哦，刘云翠哪。刘云翠付你宝镜做甚？
刘云翠　她托我寻她丈夫。
赵继龙　云翠今在何处？
刘云翠　哎呀公子啊！老贼见云翠生得美貌，将她抢进府来，勒逼成亲。
赵继龙　她从也不从？
刘云翠　她若从贼，也不托我寻你了。
赵继龙　老贼如此无理。大姐，云翠今在何处？我要救她出去。
刘云翠　你纵然救出她来，她跟你未曾成亲，多少不便。你先与她成亲，再救她逃走。
赵继龙　那如何使得？
刘云翠　有个守经，有个从权。
赵继龙　我怎能与她成亲？
刘云翠　你随我来，那边有座鱼池，有个独木桥，过了桥就是我的住房。你把宝剑交付于我，你从后窗户爬进去，出了我的房门，另一绣房刘云翠就在那里。你只管去与她成亲，她若不负前盟，自无言语。她若负心，必然喊叫，你正可试她贞节。
赵继龙　如此宝剑交付大姐，我往云翠房中去也。（扫头，下）
刘云翠　刘云翠，我就是刘云翠，哪儿再去找刘云翠去？我把他打发到小姐房里，小姐待我恩厚，崔、赵乃是深仇，我这条计策并非毁小姐的贞节，是要救小姐脱离她这个坏门第。只是我未免失了算计，哎呀不好！他二人若是决裂，闹出人命，岂不是我作孽？有了，待我锁了花园门，先绕回我自己房中，放下宝镜，再到小姐房中，与他们解围。莫叫小姐喊叫起来，坏了大事也。
（唱）刘云翠今朝巧计定，
　　　管叫仇人结了亲。
　　　花园门锁得紧，
　　　急忙的回房门。
　　　细思量心肠冷，
　　　亲夫主让别人。
　　　来在房中收宝镜，
　　　去看看小姐怎样的情形。

崔云凤　（内）你好大胆！
（赵继龙跑上，崔云凤追上，刘云翠拦介）
刘云翠　你们因何如此？
崔云凤　嘟！大胆狂徒，做出此事，好生无礼。
赵继龙　嘟！大胆刘云翠，我是你的丈夫赵继龙，前来与你成亲，要救你出去。听你之言，分明有意顺从老贼，难道我就不能要你的性命了么？
崔云凤　住了！我乃崔公之女云凤，不晓得什么云翠。
赵继龙　贱人还要强辩。
刘云翠　嘟！大胆狂徒，私入闺门，做出此事，还要理直气壮，该当何罪？
赵继龙　住了！是你叫我进来的，你怎么又出此言？看来都是你不好。
刘云翠　你占了便宜，还是我不好，你太无天良。
崔云凤　嘟！胆大秋芙，分明是你引诱邪人入我闺房，你该当何罪？待我来喊叫一声，管叫你死无葬身之地。
刘云翠　要喊叫，早该喊叫，此时来不及了。你若要不甘心，我这里有宝剑一口，把我们两人杀了吧。
崔云凤　这个……
刘云翠　你不杀呀？不杀我有话讲。
崔云凤　有话快说。
刘云翠　小姐呀！
（唱）他是英才叫李文，
　　　胸中韬略胜千人。
　　　老爷做事不忠正，
　　　难免他年有祸临。
　　　因此上移花接木巧计定，
　　　成全小姐你的终身。
崔云凤　我不能由你做主意。

刘云翠　不能由我做主意？当初你曾言道，我的主意你都依允，况且你也是有心，你若无心，怎么不早喊叫？
崔云凤　我嚷来着。无奈老爷上了朝，仆妇、丫鬟好像吃了迷魂药全睡死了。
刘云翠　木已成舟，您就认了吧我的小姐！您别假惺惺了。
崔云凤　哎，遇见你们俩强盗，我还说什么？
赵继龙　嘟！王秋芙，听她之言，乃是奸臣之女。你行此诡计，是何道理？我不与她成亲。
刘云翠　她虽奸臣之女，是个好人。你把事做错，还要始乱终弃，天理何在？
赵继龙　这个……
刘云翠　你既省悟，快去赔礼。
赵继龙　小姐，是李文错了。
崔云凤　既已如此，愿以终身相托。
赵继龙　李文聘有刘云翠尚未过门，不知去向。日后云翠有了下落，还望小姐让她一二。
刘云翠　你处处不忘刘云翠，真是个有义气的人。我与你出这一回力，倒不冤枉。
崔云凤　刘家订亲在前，奴家愿居侧室。
赵继龙　屈了小姐。
刘云翠　她不受屈，我呀，才受屈哪。我替刘云翠说句话，你们不分大小就是了。
崔云凤　但有一件，要君子依允。
赵继龙　不知哪一件？
崔云凤　我跟秋芙一刻也离不开，求君子收她做小星。
赵继龙　在下遵命。
崔云凤　大姐，委屈你给我们李家做妾。
刘云翠　怎么我倒落了个做妾？
崔云凤　难道你不愿意吗？
刘云翠　我不能与你做妾。
崔云凤　反正我不能离开你。
刘云翠　这是你的宝剑。小姐，老爷快下朝了，叫他出去。
崔云凤　你送他出去。（向赵继龙介）你不要忘了我呀。
赵继龙　我李文哪！
　　　　（唱）李文不是轻狂性，
　　　　　　　怎敢负心背此盟。
　　　　　　　施礼告辞心不稳——

　　　　　　（出介，崔呈秀上，撞介）
崔呈秀　（唱）李文到此为何情？
　　　　你不是李文么？怎么跑到内室来了？（见崔云凤介）哎呀，坏了，好贱人，你们做的好事。拿刀来，杀了你们！
崔云凤　（哭介）哎呀，爹爹呀！（跪介）
刘云翠　老爷要杀谁？
崔呈秀　杀了你们，方消我恨。
刘云翠　李文腰里有宝剑，你去拔去。
崔呈秀　待我去拔。
赵继龙　谁敢动手？
刘云翠　你别横，你也跪下，我自有话说。
赵继龙　我也跪下。（跪介）
刘云翠　老爷，您瞧李文人材如何？
崔呈秀　是好的。
刘云翠　既然人材好，小姐招了他，也就不玷辱您的门庭啦。
崔呈秀　我先前要将小姐招赘与他，是执意不肯，如今他做出此事，岂有此理。
刘云翠　你要把小姐给他，怎么不先叫我知道？我要先知道，就没这件事了。你要问他为甚么先不答应亲事，如今又这么干吗。我倒明白他的心眼。他先不知小姐才貌，因此推辞。如今知道了，他后了悔了，才有这一件事。自从公子死后，您没有帮手，小姐跟您不一心，李文可是您的心腹，您招他为婿好得多。
崔呈秀　这也说得是，只是生女不才，玷辱了我的门庭。待我责罚他一番。
刘云翠　瞧您怎么责罚。
崔呈秀　大胆李文，做出此事，该当何罪？
赵继龙　李文该死。
崔呈秀　好女儿，你叫为父颜面尽失，你该当何罪？
崔云凤　爹爹开恩！
崔呈秀　为父不知便罢，如今既然知晓，我把你们二人哪……
刘云翠　把他们怎么办？
崔呈秀　我把你们二人哪……
刘云翠　快说。
崔呈秀　配成一对也就完了。
赵继龙
崔云凤　孩儿等叩谢！
崔呈秀　你们起来。

| 赵继龙 | |
|---|---|
| 崔云凤 | 是。 |
| 崔呈秀 | 秋芙跪下。 |
| 刘云翠 | 叫跪就跪，反正你是虎头蛇尾。 |
| 崔呈秀 | 此事你虽不言，我早明白，分明是你引诱。 |
| 刘云翠 | 我说过我的心事了，全是替您打算。 |
| 崔呈秀 | 好个替我打算，如今李姑爷与小姐结了亲，我把你呀…… |
| 刘云翠 | 又来了，大约没多大罪过。 |
| 崔呈秀 | 把你赏给李姑爷做妾。 |
| 刘云翠 | 好哇，我今日给他做定了妾啦，我才窝心哪！ |
| 崔呈秀 | 今日你们就算成亲。 |
| 刘云翠 | 不成，您要这么一办，怕外人耻笑。 |
| 崔呈秀 | 我一生不怕外人耻笑，若是怕人耻笑，也不作魏千岁的干儿子了。秋芙，你与姑爷备酒圆房。我去知会亲友，我今日算完了一件心事。哈哈哈！（下） |
| 刘云翠 | 姑爷、姑娘大喜啦！ |
| 崔云凤 | 二娘也大喜啦！ |
| 刘云翠 | 我会闹了个二娘。你们二人少坐，待我去备酒。 |
| 崔云凤 | 慢着，你虽是个二娘，跟我有嫡庶之分，你为人太好，又是媒人，今天情愿让你先入洞房。 |
| 刘云翠 | 不成，我还有大事没办完。等办完了，我再跟他结亲。 |
| 崔云凤 | 你无论怎么着，总算委屈了。反正你是做了妾了。 |
| 刘云翠 | 那也不一定，我备酒去了。<br>（唱）王秋芙心下迷离甚，<br>　　　背转身来自思忖。<br>　　　今日里移花接木巧计定，<br>　　　只落得替人做妾话难云。<br>　　　这是我作茧自缚将谁怨恨，<br>　　　劝世人且莫用机心。<br>（作掉药包介，下） |
| 赵继龙 | （唱）王家女子奇得紧， |
| 崔云凤 | （接唱）不得何物落埃尘。<br>（捡拾药包介）<br>这是一包什么？相公请看。 |
| 赵继龙 | 这是迷药。 |

崔云凤　哈哈，敢情二娘存心害人。怪不得我的仆妇、丫鬟睡得那们沉呢。可没给我用这东西，我可要给她用啦。相公，拿耳朵来。
　　　　（赵继龙点头介）
赵继龙　但凭小姐。正是：任你多聪敏，
崔云凤　害人害自身。
　　　　（刘云翠捧酒上）
刘云翠　（唱）美酒佳肴忙整顿，
　　　　　　　　牛郎今日遇天孙。
　　　　酒到。
崔云凤　摆下。你是二娘，不是丫鬟，不敢劳您斟酒，您到外边歇歇。
刘云翠　哪儿的话，理当伺候姑爷、姑娘。
崔云凤　你听有脚步响，睄睄是谁来啦？
刘云翠　等我去睄。
　　　　（出介。崔云凤急斟酒下药介）
　　　　没人哪，小姐没人来。
崔云凤　二娘，请喝一盅。
刘云翠　这是姑爷、姑娘的交杯酒，我可不能饮。
崔云凤　你虽是二娘，是我姐姐，这杯酒应当你先喝。
刘云翠　是啊，本来应当我先喝，我就饮一口。（饮介，倒介）
崔云凤　相公，快快扶她去成亲。
赵继龙　她可不是好惹。
崔云凤　一个女人，又是丫头，怕什么的？
赵继龙　你没尝着她的厉害。
崔云凤　都有我哪。
赵继龙　有你哪？交给我了。（扶刘云翠入帐介）
崔云凤　你快去，她只喝了一口，怕她醒得快。
赵继龙　哪儿就醒得那么快，待我来。
　　　　（掀帐介，刘云翠醒）
刘云翠　谁敢无礼？
　　　　（赵继龙倒退，跪介）
赵继龙　不是我的主意，是她。
　　　　（刘云翠看崔云凤介）
刘云翠　小姐，你这是何举动？
崔云凤　姐姐，小妹不敢。
赵继龙　好哇，你原来也是怕她。

刘云翠　小姐，你既是千金小姐，今日弄此诡计，分明自恃是个正室，纵着姑爷欺压于我，是与不是？
崔云凤　出尔反尔，您作法自毙，您再生气，我也跪下啦。
刘云翠　啐！
　　　　（唱）你二人不必假惺惺，
　　　　　　　王秋芙心中明似灯。
　　　　　　　急色儿郎轻狂性，
　　　　　　　你分明要报那小冤情。
　　　　　　　我方才药酒未多饮，
　　　　　　　早料到你们捉弄奴的身。
　　　　　　　怒满心头牙咬紧，
　　　　　　　看来你不是好人。
崔呈秀　（内）走哇！（上）
　　　　（唱）这场大祸不是小，
　　　　　　　见了女儿作计较。
崔云凤　您到我们这儿干什么来了？
崔呈秀　信王登基，杀了魏千岁。
崔云凤　新君登基，杀了魏忠贤啦？早就该杀。
崔呈秀　头刀杀了魏忠贤，二刀定杀崔呈秀。你们不可一齐打在网内，快些逃走。女婿在此做甚？
崔云凤　他跟二娘成亲。
崔呈秀　好奴才，怎么头一天就宠妾灭嫡？
崔云凤　我们的事您管不着。
刘云翠　小姐不吃醋，您怎么倒吃起醋来？
崔呈秀　老夫在朝，就坏在吃醋上了。若不吃醋，也没有杀身之祸。你们快些逃命去罢。
　　　　（唱）信王登基斩奸佞，
　　　　　　　崔呈秀难逃这典刑。
赵洪先　（内）圣旨抄查崔呈秀，打进去！
　　　　（四龙套、赵洪先、熊开元同上）
崔呈秀　熊御史，怎么打进老夫的内宅来了？
熊开元　奉旨抄没你家产。
崔呈秀　我身犯何罪？
熊开元　有原告人，你去问他。
崔呈秀　那一老者，你莫非就是原告？

**赵洪先**　老汉赵洪先正是原告。
**赵继龙**　爹爹。（跪介）
**赵洪先**　起来。你是我儿继龙,因何在此?
**赵继龙**　孩儿改名李文,在此招赘。
**崔云凤**　相公,救我爹爹性命。
**赵继龙**　此事我不能做主,小姐见过公公。
**崔云凤**　公公在上,儿媳崔氏叩头。
**赵洪先**　儿啊,此乃何人?
**赵继龙**　呈秀之女,孩儿之妻。
**赵洪先**　起来起来。
**崔云凤**　谢公公。
**赵洪先**　儿啊,你就是大大的不是了。
**赵继龙**　怎么是孩儿的不是了?
**赵洪先**　你撇下元配刘云翠,在此招亲,岂不负了前盟?
**赵继龙**　孩儿明日便去寻访刘云翠,至死不敢负盟。
**刘云翠**　相公,你有妻有妾,必得访刘云翠吗?
**赵继龙**　一定要访我前妻。
**刘云翠**　怕你没处去找。
**赵继龙**　你既收得芙蓉镜,定知刘云翠的下落,要访前妻应在你的头上。
**刘云翠**　你找前妻也是你的良心,不知小姐心事如何?
**崔云凤**　他的前妻到了,我就降成二娘了。
**刘云翠**　我呢?
**崔云凤**　自然是三娘。
**刘云翠**　你让她,我可不能让她。
**赵洪先**　儿啊,这是何人?
**刘云翠**　不要问他,请来问我。
**赵洪先**　你是何人?
**刘云翠**　公公容禀。
　　　　　（唱）家住在青田县名门大姓,
　　　　　　　　提起了刘伯温我先人。
　　　　　　　　儿名叫刘云翠赵郎原聘,
　　　　　　　　因家难改名姓混入崔门。
　　　　　　　　今日里蒙相救不敢瞒隐,
　　　　　　　　如不信我有那宝镜为凭。
**赵洪先**　原来你就是刘氏。

崔云凤　得，这一下子我成了二娘了。
刘云翠　委屈您，无论怎么着，您是做了妾啦。
崔呈秀　老亲家，我虽然不好，如今赔了夫人又折兵，也就够了。你家儿媳亏我收留，我也可将功折罪。
赵洪先　你贪赃卖法，与魏贼同党，罪名大了，不能将功折罪。
崔呈秀　你道我罪大了，拿来。
赵洪先　拿什么来？
崔呈秀　拿凭据来。
刘云翠　要凭据等着。（取匣介）这是老贼贪赃卖法，与魏贼同党来往的书信。
崔呈秀　（向崔云凤）好女儿，你怎么给了她了？
赵洪先　烦劳大人前去复旨。
熊开元　就劳老先生父子抄他家产。
赵洪先　我儿、媳妇，随我来。
崔云凤　（哭介）爹爹呀！
刘云翠　妹子，这也是他自作自受的呀。
　　　　（赵洪先、赵继龙、刘云翠同下）
熊开元　锁了崔呈秀，上殿交旨。
　　　　（同下，【尾声】）

# 元 宵 谜

## 提纲

### 第一场
四文堂、四大铠、赵班侯、差官、院子、赵秀英

### 第二场
郭廷章、四衙役、院子、郭仲铭、四家丁

### 第三场
苍头、吕刚中、郭仲铭、郭廷章、四家丁

### 第四场
吕昭华、吕夫人、丫鬟、吕刚中、苍头、赵班侯、赵秀英、吕昭华

### 第五场
郭廷章、院子

### 第六场
吕昭华、赵秀英、吕刚中、吕夫人、院子

### 第七场
书童、郭廷章、院子、吕刚中

### 第八场
吕昭华、赵秀英、郭廷章、吕刚中

### 第九场
四太监、大太监

### 第十场
吕刚中、苍头

### 第十一场
张子寿、李福廷

### 第十二场
郭廷章、苍头、书童、张子寿、李福廷、院子、赵秀英

第十三场

吕昭华、赵秀英

第十四场

四文堂、四大铠、中军官、赵班侯、郭廷章、张子寿、李福廷

第十五场

郭廷章、张子寿、李福廷、鸨子、赵班侯

第十六场

吕昭华、赵秀英、书童、吕刚中

第十七场

吕刚中、书童、郭廷章、赵大人、吕昭华、四太监、大太监

第十八场

吕昭华、吕夫人、赵秀英、赵班侯、书童

第十九场

郭廷章、书童

第二十场

四文堂、吕刚中

第二十一场

吕昭华、赵班侯、院子

第二十二场

郭廷章、书童、李琛、院子、赵班侯、吕昭华、院子、吕夫人、赵秀英

第二十三场

吕昭华、吕夫人、赵秀英、郭廷章、赵班侯

第二十四场

书童、郭廷章、四役

第二十五场

吕夫人、赵班侯、院子、吕刚中、郭廷章、吕昭华、轿夫

# 第 一 场

（四文堂、四大铠、赵班侯上）

赵班侯 （【点绛唇】）威镇南阳，才高智广。奋鹰扬，久战沙场，功名麟阁上。
　　　　北剿南征数十春，
　　　　胸藏韬略鬼神惊。
　　　　文官执笔安天下，
　　　　武将提刀定太平。
　　　本镇，姓赵名超字班侯，官拜南阳镇总兵之职。今乃升堂理事之期，左右伺候了。
　　　（内白）金牌下。
赵班侯 待我迎接。
　　　（差官上）
差　官 金牌到来，赵超调任大同，先行见驾，再行赴任。金牌如火速。
赵班侯 即刻就登程。（差官下）转堂。
　　　（四文堂、四大铠下。院子暗上）
　　　请小姐出堂。
　　　（院子传介，赵秀英上）
赵秀英 （引）幼娴母训，谨守闺门。
　　　爹爹万福。
赵班侯 少礼，坐下。
赵秀英 告坐。唤女儿出来，有何教训？
赵班侯 方才金牌到来，为父调任大同，先行进京见驾，然后再赴新任。想你姑父吕刚中现为礼部尚书，你姑母随任在京，正好前去探望。那大同地面乃贼寇出没之所，不比南阳安谧，我想将你留在姑母家中，待我平贼之后再来接你。
赵秀英 女儿遵命。不知几时起程？
赵班侯 待为父将任内交代办理清楚，然后择一黄道吉日，以便登程。我儿整理行装要紧。正是：只因眉宇英雄气，
赵秀英 暂割回肠儿女情。（同下）

## 第二场

（郭廷章上）

郭廷章　（引）衣冠门第，儒素家风。
郭仲铭　（内）回府。
　　　　（四衙役、院子、郭仲铭上，郭仲铭下轿介，四衙役下）
　　　　罢了哇，罢了！
郭廷章　爹爹今日下朝，为何这等烦恼？
郭仲铭　只因为父今日触怒天颜，圣上道为父近来办事喜怒无常，渐露狂妄之状，难胜风宪之任，本应予以重典，姑念供职南齐有年，不忍加诛，将为父削职为民了。
郭廷章　朝廷虽则圣恩浩荡，无奈爹爹立朝清正，恐不为小人所容，早早出京以免后患。
郭仲铭　我儿言之有理。吩咐家丁整理行装，即刻登程。看衣更换。
　　　　（四家丁抬箱上）
　　　　（唱）我在朝中惭清正，
　　　　　　　富贵功名有数存。
　　　　　　　父子齐把阳关进，
　　　　　　　从今且去乐园林。（同下）

## 第三场

（苍头、吕刚中上）

吕刚中　（唱）自古忠良多蹭蹬，
　　　　　　　从来儿女总关情。
　　　　下官吕刚中，浙江人氏，官居礼部尚书。夫人赵氏，膝下无儿，只有一女名唤昭华，年方一十六岁，尚未婚配。只因好友左都御史郭仲铭，他有一子名唤廷章。我看他少年英俊，正想与他结为秦晋之好，不想他冒犯天颜，罢职还乡。为此带了家传金如意，去往长亭，一来饯行，二来提亲。家院，带路。
　　　　（唱）催马且把长亭进，
　　　　　　　等候好友郭仲铭。

（郭仲铭原人上）

郭仲铭　（唱）十里长亭下能行，
　　　　　　　　兄台情义比汪伦。
　　　　吕仁兄，久候了。儿啊，见过伯父。
（郭廷章见介）

吕刚中　转入长亭。（入亭介）闻听仁兄今日出京，备有水酒，与兄台祖饯。
郭仲铭　岂敢，弟乃负罪之臣，不敢久停，告辞。
吕刚中　圣恩广大，必无他虞，弟还有话叙谈，兄何去心太急？
郭仲铭　儿呀，押着行李先走一程。（郭廷章应介，领家丁下）仁兄有何金石良言，当面赐教。
吕刚中　我看令郎公子少年英俊，定非池中之物，他日箕裘可绍也。
郭仲铭　过奖了。
吕刚中　弟有一女与公子同庚，愿附丝萝，未知尊意何如？
郭仲铭　闻得令媛四德俱全，兄既不弃，弟当从命。
吕刚中　既蒙金诺，愿求定物。
郭仲铭　这里有白玉双鱼，仁兄收下。
吕刚中　弟有祖传金如意，以作答礼。
郭仲铭　冰清玉洁，富贵有余。
吕刚中　百炼精金，吉祥如意。（同笑介）
郭仲铭　告辞。
吕刚中　兄台且饮几杯。
郭仲铭　酒能乱性。
吕刚中　醴以合欢。家院，酒来。
　　　　（唱）良友去吾道孤我心难忍，
　　　　　　　　且喜得临分别结下婚姻。
郭仲铭　（唱）了却我向平愿喜之不胜，
　　　　　　　　我与你三两言定下姻亲。
　　　　　　　　在长亭辞仁兄足跨金镫，
　　　　　　　　出京都到通州换船再行。（下）
吕刚中　（唱）男有室女有家父母心尽，
　　　　　　　　我与他五百年种下前因。
　　　　　　　　回府去见夫人合家欢庆，
　　　　　　　　且待我弃了官共乐园林。（下，苍头随下）

## 第四场

（吕昭华上）

吕昭华　（引）春日迟迟，珠帘卷，乳燕双飞。
　　　　画楼深处倚新妆，
　　　　花压栏干春昼长。
　　　　喜得椿萱多健茂，
　　　　承欢色笑侍高堂。
　　　　奴家吕昭华。我父亲刚中官拜礼部尚书，母亲赵氏只生我一人，年方一十六岁。今年是母亲五旬正寿之期，为此做双鞋儿与母亲介寿。方才到堂前问安已毕，不免针黹一番则个。
　　　　（唱）桃花飞雨柳飞绵，
　　　　　　　艳阳时节困人天。
　　　　　　　春辉冉冉多依恋，
　　　　　　　晋祝和谐享大年。
　　　　做了多时，有些困倦，待我休息片刻。
　　　　　　　鸳鸯绣罢停针线，
　　　　　　　愿作鸳鸯不羡仙。（睡介）
　　　　（吕夫人上）

吕夫人　（唱）夫荣妻贵多有幸，
　　　　　　　有女无儿也慰情。
　　　　啊，昭华。
　　　　（吕昭华醒介）

吕昭华　母亲来了，万福。

吕夫人　做女儿的不可白昼贪眠。

吕昭华　女儿记下就是。
　　　　（丫鬟上）

丫　鬟　启禀夫人：老爷回府。

吕夫人　儿啊，你爹爹回来了，随为娘同到二堂。（绕场介）
　　　　（苍头、吕刚中上）

吕刚中　门下得来快婿，家中报与贤妻。
　　　　（见介，苍头下。吕刚中、吕夫人同坐介）

吕昭华　爹爹万福。

吕刚中　罢了。

| 吕夫人 | 老爷去往长亭，为何许久方回？ |
| --- | --- |
| 吕刚中 | 这，恭喜夫人，贺喜夫人！我见郭世兄仪表非俗……哦，昭华回房去吧。 |
| 吕昭华 | 遵命。（出介） |
| 吕刚中 | 将昭华许配他了。（吕昭华羞下）这有定礼白玉双鱼，夫人收下。（苍头上） |
| 苍　头 | 启老爷、夫人：舅老爷到。 |
| 吕刚中<br>吕夫人 | （同）有请。<br>（赵班侯、赵秀英同上） |
| 赵班侯 | 且将弱女随姑母， |
| 赵秀英 | 跟定天伦拜长亲。（同见介） |
| 赵班侯 | 儿啊，拜见姑父、姑母。<br>（赵秀英拜介） |
| 吕刚中<br>吕夫人 | （同）只行常礼，请坐。（同坐介） |
| 赵班侯 | 为何不见甥女？ |
| 吕刚中<br>吕夫人 | （同）她在房中刺绣，如今她有人家了。 |
| 赵班侯 | 不知哪一家？ |
| 吕刚中 | 前任左都御史郭仲铭之子，名唤廷章。 |
| 赵班侯 | 倒也门当户对，我是要吃喜酒，快唤甥女相见。 |
| 吕刚中<br>吕夫人 | （同）丫鬟，请小姐出堂。<br>（丫鬟传介，吕昭华上） |
| 吕昭华 | 三春好景无人见，一生爱好是天然。 |
| 吕刚中<br>吕夫人 | （同）见过舅父。<br>（吕昭华见介） |
| 赵班侯 | 恭喜甥女，你有了人家了。 |
| 吕刚中<br>吕夫人 | （同）你又来了。 |
| 赵班侯 | 儿呀，见过你姐姐。<br>（吕昭华、赵秀英见介） |
| 吕夫人 | 你妹子远来，你可同她到后面歇息，好生款待。 |
| 吕昭华 | 贤妹，随我后面用茶。 |

| 赵秀英 | 我不喝茶,我要喝你的喜酒。(吕昭华啐介,下)
| --- | --- |
| 赵班侯 | 姐丈、姐姐,弟有一言,不知当讲不当讲。
| 吕刚中<br>吕夫人 | (同)但讲何妨。
| 赵班侯 | 只因大同乃是贼寇出没之所,携带弱小多有不便。我有意将英儿留住尊府,望姐丈、姐姐早晚训教,待贼平之后再来接她。
| 吕刚中<br>吕夫人 | (同)既在至亲,就依贤弟。不知侄女可有人家?
| 赵班侯 | 许配同僚徐军门之子,名唤徐镕。我这女儿虽然年已十五岁,只是顽皮得紧,还像个七八岁的孩子一般。
| 吕夫人 | 看来与你小的时候一样。
| 赵班侯 | 姐姐,你不要抖露我的根子了。告辞。
| 吕刚中<br>吕夫人 | (同)为何如此忙迫?
| 赵班侯 | 大军俱在校场等候,不便迟延了。
| 吕夫人 | 唤秀英出来,你父女分别分别。
| 赵班侯 | 何必惹她啼哭,我就此去也。
| | (唱)我儿有了安身地,<br>　　　我今便要赴戎机。<br>　　　为国忘家臣子义,<br>　　　将军此去马如飞。(下)
| 吕刚中 | (唱)今日门楣添喜气,
| 吕夫人 | (唱)娇儿有婿我心怡。(同下)

# 第 五 场

(郭廷章上)

| 郭廷章 | (引)回转家园,痛严亲一病归泉。
| --- | --- |
| | 小生郭廷章。自回故里,不幸爹爹一病身亡,也曾备下讣闻,报知亲友。京中岳父家中,必须另有书信。院公哪里?
| | (院子上)
| 院　子 | 参见公子,有何咐吩?
| 郭廷章 | 只因太老爷去世,备有讣闻报知亲友,这有书信一封,命你去往京

|院　子|遵命。（下）|
|---|---|
|郭廷章|未尽三年礼，常怀一片心。（下）|

## 第六场

（吕昭华上）

|吕昭华|（唱）夹道垂杨一径凉，|
|---|---|
||　　　风来水殿芰荷香。|
||　　　绿槐高处新蝉唱，|
||　　　心地清闲日倍长。|
||自从赵家妹子来到我家，不觉两月有余。我看她性好诙谐，倒是个女中曼倩。今日乃是母亲寿诞之期，也曾备有酒筵，待爹爹下朝回来，奉上一觞，与双亲介寿。方才到妹子房中，偏偏她在那里睡着，我不免到花园中游玩一番便了。|
|赵秀英|（内）姐姐慢着。|
|吕昭华|话犹未了，那厢妹子来也。|

（赵秀英上）

|赵秀英|（唱）无忧无虑还无事，|
|---|---|
||　　　欢欢乐乐过时光。|
||姐姐哪儿去呀？|
|吕昭华|今日我母亲寿诞之期，待爹爹下朝，方好叩贺。此时无事，不免到花园游玩一番。|
|赵秀英|不错，今天我姑妈五旬大庆，姐姐不提，妹子倒忘了。你要上花园里去玩去，怎么不叫我一块儿去呢？|
|吕昭华|方才到你房中，见你午睡方酣，故而不曾惊动于你。|
|赵秀英|（笑介）我装睡，冤姐姐哪。|
|吕昭华|你我同到花园中去。（同入园介）|
|赵秀英|好景致咱们也看腻了，反正是这个花园子，咱们想个什么法子玩一玩才好。|
|吕昭华|依你之见？|
|赵秀英|打秋千。|
|吕昭华|不好。|

赵秀英　咱们坐船采花，您瞧好不好？
吕昭华　也不好。
赵秀英　怎么也不好？
吕昭华　好好花儿为何要去采它呢？
赵秀英　您是怕糟践了花儿，采一枝也没有什么要紧。
吕昭华　却不道草木有本心，何须美人折？
赵秀英　这么一说，花就没人采啦？
吕昭华　要采由他，不采由我。
赵秀英　这也不好，那也不好，我还是睡觉去。
吕昭华　我与你下棋。
赵秀英　不成，我不是你的对手。你让我几个子，我还是输给你，我可不来。
吕昭华　我与你钓鱼。
赵秀英　我又没那们耐烦，半天不定钓得着一条钓不着一条，我不钓。
吕昭华　我与你分韵题诗。
赵秀英　得了得了，又是一件脑袋疼的玩艺儿。咱们俩和弄不到一块儿，再磨蹭一会，姑父也该回来了。
吕昭华　日已近午，爹爹也该回来了。
赵秀英　等我回去问问（出园向内）老爷回来没有？
　　　　（内白）老爷下朝来了，命将酒筵摆在花园。
赵秀英　这倒有趣。（入园介）姐姐，姑父回来了。今将酒筵摆在花园，大家赏花饮酒，你说有趣没趣？
吕昭华　如此你我就在园中等候。
赵秀英　远远望见姑父、姑母来也。
　　　　（吕刚中、吕夫人同上）
吕刚中　朝驾归来近午天。
吕夫人　良辰佳宴在芳园。
吕昭华　愿我二老多康健。
赵秀英　一家欢乐是神仙。
吕刚中　好一个"一家欢乐是神仙"！
吕昭华　爹娘请上，受女儿等庆贺。
吕刚中
吕夫人　（同）生受你们。
　　　　（拜寿介，入席介，同饮介。院子上）
院　子　启老爷：山阴郭少老爷有书呈上。
吕刚中　郭仁兄休矣！

吕夫人　老爷何出此言？
吕刚中　郭仁兄与我至好，怎么不亲自修书，却叫廷章写信？定有不测，快把书呈上。（出席看书介）果然郭仁兄休矣！（吕昭华低头介）儿啊，回房去吧。
赵秀英　你还没过门，别难受了。（吕昭华、赵秀英同下）
吕刚中　家院，好好款待来人，待我备下祭礼，差人前去祭奠。（院子下）夫人，我因郭仁兄下世，看破世情，意欲告致回家，将女婿接到家中，供给膏火，以求上进，我心愿毕矣。但有一件——
吕夫人　哪一件？
吕刚中　那秀英侄女还是送往大同，还是带回钱塘？
吕夫人　日前兄弟有书信前来，说他有升任消息，莫如把英儿带往故里。待我修书，报知兄弟便了。
吕刚中　如此甚好，待我修下本章奏明圣上，告病还乡。
吕夫人　老爷不曾有病。
吕刚中　你真是个妇人见识，这是我们告致老规矩。
吕夫人　倒底不能不算欺君。
吕刚中　少要闲言。正是：看破世情辞朝去，
吕夫人　林下居然见一人。
吕刚中　有一人就算不差。哈哈哈！（同下）

## 第 七 场

（书童上）
书　童　诧异诧异，丈人来接没过门的女婿。我王小便是。我是郭家一名书童，只因我家老爷罢职回乡，一病不起，小名就叫死了。我家少爷在家守孝，已经一年多了。不想他丈人吕刚中告病回家，要接我们少爷到他们家去。不免报与少爷知道。有请少爷！
（郭廷章上）
郭廷章　春露秋霜多感恸，家居读礼又秋冬。何事？
书　童　我告诉您一件新鲜事。
郭廷章　有什么新鲜事？
书　童　刚才在街上遇见吕大人的家人，说他们老爷不做官了，回了浙江了，也到绍兴来了。

郭廷章　他乃省城人氏，到我绍兴做甚？
书　童　少爷猜啵，他为谁来的？
郭廷章　这倒不知。
书　童　他老人家来接您的。
郭廷章　他接我做甚么？
书　童　接您一块去住。
郭廷章　胡说，我与他虽是翁婿，尚未过门，如何使得？
书　童　那您二位去商量去吧，我不可管了。
　　　　（内白）吕大人到。
郭廷章　快快有请！
　　　　（院子随吕刚中上）
吕刚中　（唱）辞官得遂归田愿，
　　　　　　　关心亡友走这番。（见介）
郭廷章　伯父请上，侄儿叩拜！
吕刚中　只行常礼，请坐。
郭廷章　告坐。伯父驾到，恕侄儿孝服在身，未曾远迎，伯父恕罪。
吕刚中　岂敢，不知贤侄景况何如？
郭廷章　先公做了一世清官，不问可知。
吕刚中　贫乃士之常，我看你少年英俊，岂能久困？我有一言要与你商议。
郭廷章　伯父有何吩咐？
吕刚中　我已告病回乡，不愿为官，有意接你同往省城，你是料无推辞的了？
郭廷章　伯父之命本不敢违，奈小侄孝服未满，不便寄居尊府。
吕刚中　我与你尊公交好多年，又有姻亲之约，又有何妨。
郭廷章　小侄遵命。
吕刚中　家院。（院子应介）命你准备船只，请郭公子即日同我回转省城。我要先行一步，告辞了。
　　　　（唱）至亲何必言太谦，
　　　　　　　两家至好已多年。
　　　　　　　贤侄随我钱塘转，
　　　　　　　明日早间好登船。（下，院子随下）
郭廷章　这是哪里说起。好个执性的老先生！
书　童　这可没法，您就上他家去住吧。
郭廷章　只恐出入不便。
书　童　什么便不便，他们小姐，反正你那么一档子。
郭廷章　胡说！快快预备行李，随我登程便了。

（唱）事到头来无计挽，

　　　　此时叫人进退难。（下）

书　童　这档子事也算新鲜，没过门女婿搬到丈人家去住。得了，今儿晚上收拾行李，明日就要上省城玩去了。我们少爷老说不方便，这要遇见急猴猴，巴不能够哪。（下）

# 第 八 场

（吕昭华上）

吕昭华　园林清旷多风景，叫人回忆幼年情。想我昭华随侍父母回转家乡，看这园中许多花木都长得十分高大，想从前曾在此处游玩，那时我年纪尚小，如今我已长成人了。真个是光阴似箭，日月催人。似这年少风光轻轻过去，怪不得古人秉烛夜游了。果然是：情怀万种难言讲，自古青春不久长。爹爹日前往山阴郭家吊唁，道他家贫寒，要将他接到此地攻书。爹爹呀爹爹，你哪里为的是郭家，分明是爱惜女儿啊。嗳，怕他志气多凋丧，使他适馆念文章。

（赵秀英上）

赵秀英　（唱）适才窥见姐丈相，

　　　　女貌郎才两相当。

姐姐。

吕昭华　妹子从哪里来？

赵秀英　从姑妈房中来，姑父从绍兴回来啦。

吕昭华　待我前去问安。

赵秀英　慢着点，这回不是老爷子一个人回来的，还带了一件好宝贝来啦。

吕昭华　什么宝贝？

赵秀英　是这么大的一个，活跳鲜鲜的一个大活猴子。

吕昭华　哪有这么大的猴子？爹爹带它来做甚么？我不信。

赵秀英　我多会撒过谎？这个猴子又白又胖，又会说人话，简直的成了猴子精啦！

吕昭华　这倒有趣，待我前去看看。

赵秀英　您别忙，看的日子在后头，竟看着他，他还不答应了。我听见姑父说，这个猴子还认得字，要叫他在这书房里念书呢。

吕昭华　这也奇怪。

赵秀英　姑父带着猴子来了，咱们姐儿俩在墙后头躲一会吧。
　　　　（吕昭华、赵秀英躲墙介）
吕刚中　（内）贤侄请。（吕刚中、郭廷章同上）
　　　　（唱）结庐人境叨为主，
　　　　　　　小有园林好读书。
　　　　贤侄，你看这间书房就是你读书之处。
郭廷章　多谢伯父！
吕刚中　贤侄，自古三载不窥园。
郭廷章　要学古圣贤。
　　　　（唱）那厢更有幽深处，
　　　　　　　潜心好去乐三余。（同下）
赵秀英　姐姐，看见这猴子没有？
吕昭华　啐！
赵秀英　这就是我姐夫，姑父留他在这儿住，咱们以后这花园子可逛不成了。
　　　　（吕昭华、赵秀英同下）

# 第九场

（四太监、大太监上）
大太监　长途风雪三千里，一封诏下九重天。咱家司礼监是也。今奉圣命，去往浙江调取吕刚中。就此前往，孩子们，趱行者。（同下）

# 第十场

（吕刚中上）
吕刚中　（唱）火树星桥铁锁开，
　　　　　　　不愁无月照人来。
　　　　老夫吕刚中。自从告归武林，倒也十分快乐。今乃上元佳节，我已备下酒筵，合家庆赏。只是郭贤侄在此，未便邀他同坐。苍头过来。
　　　　（苍头暗上，应介）
　　　　咐吩厨下，备下精致酒肴一份，送到花园，请郭公子自赏元宵。老爷今日十分欢悦，赏你们猪肉五斤，绍酒两大坛，大家去饮。

苍　头　遵命。（向内）老爷有命，吩咐厨下备下，精致酒肴，送到花园郭少爷那里。又赏我们猪肉五斤，绍酒两大坛，大家同饮。（内应介）启老爷：吩咐已毕。

吕刚中　知道了！哎呀且住！今夜抚院约我到紫阳山饮宴，不便推辞。家院！

苍　头　有。

吕刚中　启过夫人，家宴不必等我。你们小心看守门户，我赴宴去也。带马伺候。月色妆成银世界，灯光满地庆笙陔。（下）

苍　头　老爷到抚台大人那里赴宴去了，我们今天要开酒戒了。（下）

# 第十一场

（张子寿、李福亭上）

张子寿　过了一年又一年，
李福亭　元宵佳节是今天。
张子寿　有心去把窑子逛，
李福亭　腰里没有那个钱。
张子寿　我，学生张子寿，
李福亭　我，学生李福亭。
张子寿　福亭，我从黄岩县来到省城，遇上正月十五元宵佳节，正好逛逛窑子，只是腰里没有孔大哥，怎么好？
李福亭　哎呀，我的老叔台，您怎么这么糊涂？
张子寿　我是糊涂了！你有主意吗？
李福亭　除去是人的主意全有。
张子寿　依你便怎怎么么样样？
李福亭　咱们考书院老考第一那个郭廷章，咱们不是认识他吗？把他拉上，那孩子是个雏儿，叫他花多少他得花多少。
张子寿　他要是不花呢？
李福亭　他不花剥他的衣裳。
张子寿　你真有主意。
李福亭　这点主意都没有，白做了吃荤饭的秀才。
张子寿　就这么办。正是：二人主意定。
李福亭　要找腰里横。

张子寿　什么叫腰里横？
李福亭　腰里有了钱还不横吗？
张子寿　你别挨骂啦。（同下）

# 第十二场

（郭廷章上）

郭廷章　（唱）每逢佳节多伤感，
　　　　　　　贫贱依人总是难。
　　　　小生郭廷章。去年孝服已满，回过山阴，再转武林。吕伯父有完婚之意，只是我功名未遂，焉能议及家室。今乃上元佳节，不免到伯父、伯母堂前叩贺。管家有么？
（苍头持酒壶，醉态上）
苍　头　哪一位？原来郭公子，有何盼咐？
郭廷章　烦劳通禀老爷、夫人，说我要当面叩贺上元佳节。
苍　头　有请老爷。郭少爷，我醉糊涂了，老爷到抚台大人那里去了。夫人那里有二位小姐，多有不便了，请少爷免了吧，我要睡觉去了。（下）
郭廷章　真真是个蠢材。
（书童上）
书　童　说着蠢材，蠢材就来。回禀相公的话：张、李二位相公来了。
郭廷章　真真讨厌，回他不见。
书　童　他两个一死儿要见。
郭廷章　要见就见。
书　童　见就请见，二位进来啵。
（张子寿、李福亭上）
张子寿　摇摇摆摆摆摆摇。
李福亭　两个拆白似元宵。
（见介，坐介）
郭廷章　二位降临，必有见教。
张子寿
李福亭　（同）我们爷儿俩夜猫子进宅——无事不来。一来给您拜个晚年，二来约您出去看放火的。
郭廷章　放火乃是件凶事，看他做甚？

| | |
|---|---|
| 张子寿<br>李福亭 | （同）不是那样的放火，是搭个架子挂上好些个花花绿绿的球儿。 |
| 郭廷章 | 敢是放灯？ |
| 张子寿<br>李福亭 | （同）常言道的好：只准州官放火，不准百姓点灯。 |
| 郭廷章 | 有小恙在身，不能奉陪。 |
| 书　童 | 您哪儿有病？ |
| 张子寿<br>李福亭 | （同）你当面扯谎，等我拉你出去。 |
| 郭廷章 | 待小弟换了衣服同行就是。童儿，与我更换衣裳。 |
| 张子寿 | 您人本就漂亮，何必换衣服。 |
| 郭廷章 | 取笑了。（换衣带如意介） |
| 李福亭 | 您身带的是什么？ |
| 郭廷章 | 此乃赤金如意，小弟订亲之物，乃是无价之宝。<br>（张子寿、李福亭作眼色介）<br>童儿，我同张、李二位相公出去逛灯，不可叫吕大人知道。 |
| 书　童 | 您可早回来，别闹一夜。 |
| 郭廷章 | 我知道，这件衣服放在房内，我去也。正是：无意游春景， |
| 张子寿<br>李福亭 | （同）偏逢捣乱人。<br>（郭廷章、张子寿同下） |
| 书　童 | 全走啦，回来一位。 |
| 李福亭 | 你说甚么？ |
| 书　童 | 我们少爷不爱热闹，你偏叫他去逛。我倒喜欢热闹，你怎么不邀我？我不让你走。 |
| 李福亭 | 你们少爷今天晚上我不让他回来的，你要闷得慌，不会偷着溜吗？傻孩子。 |
| 书　童 | 怪不得你脸上勾着这个呢，敢情一肚子是坏。 |
| 李福亭 | 你这小子是胎里坏。（下） |
| 书　童 | 他们全走啦，我把衣裳放在屋里，我也溜。<br>（苍头上，撞介） |
| 苍　头 | 我那面茶锅里煮着元宵等你，你在这里乱撞。 |
| 书　童 | 我们少爷出门去，叫我跟着，劳您驾看看屋子。 |
| 苍　头 | 你们几时回来？ |
| 书　童 | 今夜我们少爷不回来。（下） |

（赵秀英上）

赵秀英　院公，你们说什么？

苍　头　郭公子主仆出去看灯，今夜不回来了。

赵秀英　你醉的不像样了，躲开吧。

（苍头下）

原来郭公子出门不回来了，我不免拉着姐姐逛逛花园便了。（下）

## 第十三场

（吕昭华上）

吕昭华　（唱）绮筵罢后初更动，
　　　　　　　　双颊潮添酒晕红。

（赵秀英上）

赵秀英　（唱）元宵佳节笙歌弄，
　　　　　　　　翠绕珠围锦秀丛。

　　　　姐姐。

吕昭华　妹子来了，请坐。

赵秀英　坐着说话有什么意思，您看这么好的月色，咱们老没去逛花园了，您跟我去步步月，您看好不好？

吕昭华　我不去。

赵秀英　难道花园里有虎豹吗？

吕昭华　园中没有虎豹。

赵秀英　有豺狼？

吕昭华　什么才郎？

赵秀英　您听错了，我说的是虎豹豺狼的豺狼，不是女貌才郎的才郎，您怎么心里净记着那个才郎？

吕昭华　啐！又讲呆话了。爹爹曾经嘱咐与我，不可再到花园，我是不去的。

赵秀英　我姑父不叫您到花园，不是为的别的，因为我姐夫住在那儿不方便，所以不叫我们去。您不记得去年我姐夫回山阴的那几天，我们不是去逛过吗？我姐夫今晚出门去了，他一夜不回来了。

吕昭华　你是怎么知道？

赵秀英　院公说的。

吕昭华　他回来不回来与我什么相干？

| 赵秀英 | 他不来咱们姐儿俩好逛花园，怎么不相干？
| --- | --- |
| 吕昭华 | 你要去自己去，我是不去的。
| 赵秀英 | 好姐姐，陪我逛一趟，下次不找您就是了。
| 吕昭华 | 我不去。
| 赵秀英 | 姑夫到抚台衙门去了，姑妈睡觉啦，姐夫又不来，您为何不去？
| 吕昭华 | 你自己前去，我不去。
| 赵秀英 | 好姐姐跟我来吧。

    （唱）一年几见月当头，
       好趁良宵结伴游。

| 吕昭华 | （唱）春思如潮当酒后，
| --- | --- |

       欲前还却总含羞。
    我还是不去的好。

| 赵秀英 | 好姐姐，走啵。（拉下）
| --- | --- |

# 第 十 四 场

  （四文堂、中军、赵班侯上）

| 赵班侯 | 黄金甲锁雷霆鼓，红锦绦缠日月符。本帅赵班侯，蒙圣恩升授广东提督。路过武林，正逢正月十五，乃是上元佳节。本待先到姐丈家中，接我女儿一同赴任，奈奉有圣命，叫我私查两浙军政，恐防泄漏，不免乔装闲步。一来暗查军政，二来探恤民隐，待公务完毕，再往吕府看我女儿。左右，（四文堂应介）看衣更换。（换衣介）远远跟随，就此去也。
| --- | --- |

    （唱）为国忘家古有训，
       先申公议后私情。
       乔装改扮计已定——
  （郭廷章、张子寿、李福亭上即下）
       只见一人貌超群。
  且住！方才三人之内，有一少年相貌非凡，定是未遇时的英俊。我不免赶向前，学那尉迟恭月下访白袍的便了。
    （唱）我看此人多英俊，
       月下访贤效古人。（下）

## 第十五场

（郭廷章、张子寿、李福亭上）

张子寿  
李福亭　（同）到了窑子门啦。

郭廷章　天不早了，我要回去了。

张子寿  
李福亭　（同）咱们看了半夜灯，肚子也有点饿啦，腿也累的慌了。这是我们亲戚家，咱们进去歇歇腿儿，喝口水儿，你说得儿不得儿？

郭廷章　但不知是哪位兄台亲眷？

张子寿　是我丈人家，是他外公家。

李福亭　你外婆也是这里头出来。

张子寿　等我叫门。忘八、鸨儿开门！

（鸨子上白）

鸨　子　原来是三位相公，里面坐。

郭廷章　这是勾栏院，怎说是二位兄台的亲戚？

张子寿  
李福亭　（同）他跟谁不是亲戚？鸨子，把你们姑奶奶叫出来，我们见见。

（鸨子唤四妓女上）

我们包圆儿，你给预备上等酒席，撒开了算钱。

鸨　子　我们姑娘多，你包得起吗？

张子寿　怎么包不起？要命不要钱是病人，要钱不要命是强盗，又要钱又要命是花子，不要钱不要命是嫖客。你就摆酒吧。

鸨　子　真接着了财神爷了。（摆酒介）

郭廷章　我要回去了。

张子寿  
李福亭　（同）真是个书呆子，坐下吧。（入席介）

（赵班侯上）

赵班侯　来此勾栏院，方才看见那个少年入此院去了，我不免假意寻花，结识此人。

（鸨子出介）

鸨　子　原来是位军爷，请进。

赵班侯　我要在此挑选美人，唤她们快来。

鸨　子　今儿个有包了圆儿了。

赵班侯　在哪间屋内？

| 鸨　　子 | 在上房。 |
|---|---|
| 赵班侯 | 原来这少年有此豪情。（向鸨子介）我只在厢房中歇息片刻，照样把钱与你。 |
| 鸨　　子 | 您请吧。（赵班侯下） |
| 张子寿<br>李福亭 | （同）吃饱了，喝足了，鸨子，我们要走了。 |
| 鸨　　子 | 您得给钱。 |
| 张子寿<br>李福亭 | （同）多少？ |
| 鸨　　子 | 连包圆儿带酒席，三百两不算多。 |
| 张子寿 | 反正有花钱的。（向郭廷章介）老兄，我们腰里一文不名，求您抵挡一阵。 |
| 郭廷章 | 不知多少？ |
| 张子寿 | 三百两。 |
| 李福亭 | 三百九十九两九钱九分九厘九毫银子。 |
| 郭廷章 | 小弟不曾带有许多。 |
| 李福亭 | 不要紧，您不是带着无价宝吗？那东西值的多。 |
| 郭廷章 | 那是订亲之物，岂可作狎游之用？ |
| 张子寿 | 您先把它放在这儿个，明儿拿银子来取。 |
| 李福亭 | 好说不行，我要硬做啦！ |

（李福亭搜出如意介，赵班侯上，打介，夺回如意介。张子寿、李福亭同下）

| 郭廷章 | 多谢老丈相救！ |
|---|---|
| 赵班侯 | 岂敢。相公，如意就请收下。（交如意介） |

（郭廷章收介）

| 郭廷章 | 请问老丈尊姓？ |
|---|---|
| 赵班侯 | 我乃过路之人，另有公干，不便留名，请问相公尊姓大名？ |
| 郭廷章 | 小生郭廷章。 |
| 赵班侯 | （背介）"郭廷章"三字哪里见过，怎么想他不起？（向郭廷章介）相公，你我虽是萍水相逢，我看你少年英俊，以后不可交那样的朋友，弄出事来再要想我这样人替你解围，恐怕不容易。 |
| 郭廷章 | 多谢金言！告辞。 |
| 赵班侯 | 你我意气相投，何妨在此畅饮一夜？ |
| 郭廷章 | 晚生奉陪。 |
| 赵班侯 | 鸨儿备酒。正是：逢场作戏庆佳节， |
| 郭廷章 | 偷得浮生一夜闲。（同下） |

# 第十六场

（吕昭华、赵秀英同上）

**吕昭华**　（唱）当头明月圆如镜，

**赵秀英**　（唱）渐向灯光暗处行。

**吕昭华**　（唱）回廊绕过书斋近，
我不去。

**赵秀英**　姐姐！
（唱）何必娇羞假惺惺。

**吕昭华**　我回去了。

**赵秀英**　姐姐，进来瞧瞧怕什么的？（拉吕昭华入介）

**赵秀英**　您瞧图书满架，笔墨纵横，跟你的屋子一样，怪不得你们是两口子。

**吕昭华**　你又胡说了。我们女孩儿家，德言容工，四德为本，出此游戏之谈，岂不失了闺门庄重的体态？此等言语，你要少讲。

**赵秀英**　这是句不要紧的话，我不懂做女孩的提到这件事为什么就要害臊？反正我们女孩子们早晚是要……

**吕昭华**　怎么样？

**赵秀英**　没什么，没什么。
（吕昭华作看壁上字画介，赵秀英拿案上书介）

**赵秀英**　姐姐，你看我作的文章好不好？

**吕昭华**　你还作文章？

**赵秀英**　哟，你当就是我姐夫会作文章呢？

**吕昭华**　原来是一卷香奁诗。妹子，这就是你的不是了，此等诗句乃是男子生涯，不是你我闺门本等。

**赵秀英**　哟，作诗还分男女呢？咳，我怎么不是男子呢？

**吕昭华**　这不是妹子的笔迹，待我慢慢看来："掩抑春怀无限情，双飞蛱蝶对歌莺。恼人更有团圞月，照我孤帷分外明。"我看此诗倒还蕴藉，不落轻狂家数，果是才人口气。
（赵秀英男扮介）

**赵秀英**　小姐拜辑。小生不知小姐驾临，有失回避，小姐恕罪！
（吕昭华惊介）

**吕昭华**　哎呀！（看介）原来是你。

**赵秀英**　姐姐看我像不像他？

**吕昭华**　我几时看见过他的？

赵秀英　他是谁？谁是他？
吕昭华　啐！（打赵秀英介，赵秀英躲介）
赵秀英　好姐姐，饶我这一回罢，我是喝醉了。姐姐你看，我倒底像不像？
吕昭华　像倒是像，却少了一件东西。
赵秀英　少了什么？
吕昭华　少了……
赵秀英　什么？
吕昭华　少了一双靴子。
赵秀英　您说话大喘气，我幸亏少了一双靴子，我要是一件东西不少……
吕昭华　怎么样？
赵秀英　您就认了可啦。
吕昭华　你又说醉话了。
　　　　（赵秀英看介）
赵秀英　哪儿来的酒菜呀？
吕昭华　妹子你忘怀了，这是我爹娘叫他们送来的。
赵秀英　凡沾他的事，你总记得清楚。我告诉您吧，我也知道，这是姑父、姑母因为元宵佳节，你们没过门的小两口子不便坐在一处，专给他送来的。这么办，我刚才得罪了姐姐，斟一盅给姐姐赔个礼。
吕昭华　我在爹娘那里酒已够了。
赵秀英　您哪儿够啦？我心里明白，您是舍不得喝，还要给我姐夫留着。
吕昭华　少要胡言。
赵秀英　这么办，我给您斟一盅，您要喝了，我任什么不说。您要是不喝，就是给我姐夫留着了。酒在这儿，您爱喝不喝，我总得叫你喝。
吕昭华　我再若饮酒，就要醉倒了。
赵秀英　不要紧，我扶您回去。
吕昭华　我看你脚步歪斜，也有醉意了。
赵秀英　来来来，喝吧。（饮介）来来，您再喝半盅，我再喝半盅。
吕昭华　妹子少饮些吧。
赵秀英　不要紧的，您瞧咱们俩，活像喝交杯酒的。
吕昭华　少要胡言。
赵秀英　可是呢，咱们交杯酒全喝了，还没有拜天地哪。
吕昭华　你怎么越发胡说起来了，哪个与你拜天地？
赵秀英　那不成，交杯酒都喝了，不拜天地可不成！
吕昭华　名教自有乐处，何必如此？
赵秀英　反正是我，您怕什么的？

（赵秀英扯吕昭华作醉态，拜介）

**吕昭华**　被你一闹，我的酒涌上来了。天色不早，你我回去吧。

**赵秀英**　我可走不了啦。

**吕昭华**　待我搀你回去。

**赵秀英**　我可回不去，我就在这儿睡了。

**吕昭华**　此处睡不得。

**赵秀英**　你是怕我姐夫回来，要是姐夫回来，咱们不会再走吗？

**吕昭华**　你真正胡缠，我们走吧。

**赵秀英**　您来吧。

（赵秀英拉吕昭华同作醉态倒床上介。书童上）

**书　童**　我可逛够了回来了，可不知道我们相公回来没有。我在门房儿里问一声：列位，我们相公回来没有？

（内白）没有回来。

**书　童**　你们老爷回来没有？

（内白）也没有回来。

**书　童**　我们相公说今儿晚上出门，不叫吕大人知道。要是吕大人先回来找他说话，我可怎么办？我劝他别闹一夜，他偏要闹一夜，我找他去。

（吕刚中上）

**吕刚中**　元宵佳节多诗兴，月照湖山分外明。

**书　童**　大人，您回来了？

**吕刚中**　我在湖上与抚、学二院，还有几位绅士同饮，唱和诗句，可笑那抚院作了许多村言，令人好笑哇，哈哈哈！

**书　童**　您别跟我说诗，我是一肚子屎。说了半天，您这阵儿上哪儿去？

**吕刚中**　我想你家相公是个真正诗人，故此将他们作的诗拿回来，与你们相公看看，叫他也作上几首。

**书　童**　说了半天，您到底上哪儿去呀？

**吕刚中**　找你们相公作诗去呀。（笑介）

**书　童**　您找我们相公啊？

**吕刚中**　是啊。

**书　童**　糟啦！（下）

**吕刚中**　什么叫糟了？真真是个蠢材，待我到花园找郭贤侄作诗去。郭贤侄，老夫来了，郭贤侄，老夫来了。

（吕昭华欠伸介，吕刚中看见介）

这、这、这不是昭华么？她、她、她怎么在此？哦呵是了！怪不得方才在门首遇见他的书童，神色张皇，原来郭廷章这小奴才丧心昧良，做出此事，待我向前与他理论。且慢！他二人既然不要脸面，倘用言语顶撞老夫，岂不是气上加气？待我取口刀来，将他二人杀死。哎，想我与郭仁兄交好多年，岂可绝了他的后代？也罢，不免等待天明，将郭廷章赶出府去，再叫昭华自寻短见，免得传扬出去，败坏我的门庭。我就是这个主意，就是这个主意。正是：失悔当初没来由，不该仗义把他留。总然淘尽千江水，难洗今朝满面羞。这是哪里说起！（下）

吕昭华　（唱）睡眠中蓦地里芳心自警，（坐起，揉眼介）
　　　　　　宵寒重酒力微口渴难禁。
　　　　　　是何人他与我并头睡定，（看介）
　　　　　　却原来秀英妹春梦犹沉。
　　　　妹子醒来！
赵秀英　好睡好睡！
吕昭华　你真醉狠了，快快脱了这身衣服，回房去吧。
　　　　（赵秀英脱衣介，扫下）

# 第 十 七 场

（吕刚中上）

吕刚中　画虎画皮难画骨，知人知面不知心。且住，不想郭廷章这小奴才勾引昭华，败坏我的门风，岂能容得？不免在厅房等他到来，与他辩明正理，赶他出去。
　　　　（书童拉郭廷章上）
书　童　这一宿哪儿去啦？叫我等您这一晚上，将才吕大人还找你做诗来着。
郭廷章　我不在家，吕大人知道了吗？
书　童　知道了。
郭廷章　偶然出门也是件小事。
书　童　您说是小事，吕大人可生了大气，坐在那儿等您哪。大概是嗔着您去逛窑子，替他没过门的姑奶奶吃醋哪。
郭廷章　如此我不见他去了。
书　童　别价，人有两重父母，老丈人是半个爸爸，您去见见去吧。
郭廷章　随我进来。
书　童　你们丈人、女婿说话，我在旁边算干吗的？

**郭廷章** 还不随我进来！（进门看介）果然在此生气，不免上前见礼。咳，一场鬼混无分晓，归来犹疑是梦中。伯父起得甚早。

**吕刚中** 我起得早，你也起得不晚，你还有脸面来见我？

**郭廷章** 伯父为何生这样的大气？

**吕刚中** 你昨夜做的好事。

**郭廷章** （背介）昨夜的事他怎么会知道了？

**书　童** 我说什么来着？别闹一宿，偏闹一宿，是不是闹出岔儿来啦？还是给他赔个不是吧。

**郭廷章** 伯父不必动怒，是小侄的错了。

**吕刚中** 不是你错了，还是我错了不成？

**郭廷章** 小侄下次不敢了。

**吕刚中** 这样事难道还可做得二次不成？

**郭廷章** 伯父不要气坏了身体，恕小侄一个年少无知，不该学古来风流才子，改过就是。年轻人难免错处，伯父忍耐了罢。

**吕刚中** 呀呀呔！郭廷章，小奴才，我留你在此居住，只望你读书上进，便好与你成家立业。谁知你做出这样下流无耻之事，叫我日后九泉之下，怎对得住你去世父亲？你又怎样对得住我待你这番好意？

**郭廷章** 伯父息怒，不要声张，小侄颜面要紧。

**吕刚中** 你怕丢了颜面，难道不怕损了阴骘么？

**郭廷章** 伯父言来语去，小侄倒明白了。

**吕刚中** 你明白何来？

**郭廷章** 莫非你嫌我贫穷，恐怕玷辱你的高门？

**吕刚中** 难道你还不曾玷辱我的门庭？

**郭廷章** 看伯父这等光景，分明不肯容留。小侄在此无益，我要告辞了。

**吕刚中** 我也不容你在此放肆。

（郭廷章取如意介）

**郭廷章** 这是你家定亲之物，把还与你，我去也。

**书　童** 相公，您这就走吗？（拾如意介）您瞧他，只因这件东西，待您多好。您怎么不到里头辞个行，叫人骂您无义郎呢？

**吕刚中** 放肆，还不滚了出去！

**郭廷章** 这是哪里说起！（郭廷章、书童下）

**吕刚中** 老少两个贱人，走出来吧。

（吕夫人、吕昭华同上）

**吕夫人** （唱）忽听前堂声声闹，

**吕昭华** （唱）爹爹发怒为那条？

爹爹万福。
吕刚中　你这贱人还有脸来见我？
吕昭华　女儿做什么事来？
吕刚中　你昨夜做的好事。
吕昭华　女儿昨夜不过违背父命，私出闺门，游玩花园，这是小事。
吕刚中　这还是件小事？
吕昭华　女儿年幼，难免有些错处，下次不敢了。
吕刚中　哎呀呀，又一个下次不敢了。
吕昭华　女儿改过就是。
吕夫人　是啊，她改过就是。
吕刚中　呀呸！都是你这老贱人养的好女儿，她有脸面见我，我无脸面见她。这有麻绳一条，钢刀一把，你就是与我死！
吕昭华　爹爹！
　　　　（吕白）你要不死，我就要……
吕刚中　圣旨下！
吕刚中　你们回避了。
　　　　（吕夫人、吕昭华同下）
　　　　香案接旨。
　　　　（四太监、大太监上）
大太监　圣旨下，跪！
吕刚中　臣。
大太监　听宣读。诏曰：前任礼部尚书吕刚中，着迅即来京见驾。旨意读罢，望诏谢恩。
吕刚中　万万岁！有劳公公一路而来，多受风霜之苦。
大太监　这是公差，算不了什么。吕大人收拾收拾，跟着咱家立刻进京。
吕刚中　下官还有家务未完。
大太监　别说了，你做的好事！
吕刚中　下官不曾做什么事来。
大太监　没做甚么事？有人参你告病是装病蒙君。
吕刚中　这是小事。
大太监　这是小事？主子可生了气啦！
吕刚中　下次不敢了。
大太监　下次再这么着，可留神主子叫你走。
吕刚中　实在不敢了。
大太监　不但叫你走，还要叫你死。

吕刚中　改过就是。
大太监　孩子们，快给吕大人带马。（同下）

## 第 十 八 场

（吕昭华上）
吕昭华　（唱）老爹发动了无明火性，
　　　　　　　一霎时逼得我有口难分。
　　　　　　　绳一根刀一把寻个自尽——
（吕夫人、赵秀英同上）
吕夫人　（唱）这件事还须要三思而行。
　　　　　儿呀，你舍得自己性命，难道不念为娘养育之恩了么？
吕昭华　母亲哪！女儿生长闺门一十九岁，不曾做过什么下流无耻之事。爹爹发动雷霆，逼儿自尽，又不说出缘故，父女之间这样恩断义绝，活在世上也是无谓的了。
　　　　（唱）这也是女孩儿生来薄命，
　　　　　　　哎呀儿的娘啊！（哭介）
（赵班侯上）
赵班侯　（唱）又来了擎天柱架海之人。
　　　　　　　迈虎步我且把府门来进，
　　　　　　　一家人哭啼啼为了何情？
吕夫人　兄弟来了。
赵班侯　姐姐，你们一家为何啼哭？
吕夫人　哎呀兄弟呀！只因你姐丈嘱咐甥女不许再到花园，昨日元宵佳节，她姊妹到花园游玩，你姐丈大怒，将女婿赶出去了。
赵班侯　这是小事，可以赶他回来。
吕夫人　赶走女婿不值紧要，又将麻绳、钢刀立逼你甥女自尽，故此啼哭。
赵班侯　请姐丈出来，待我劝解劝解。
吕夫人　他奉旨入京去了。
赵班侯　偏偏这样不凑巧，谅他走之不远，待我赶上。
　　　　（出门介，书童上，撞介）
　　　　你是哪里来的？
书　童　郭相公有书。

赵班侯　拿来我看。
书　童　您先等等，这封信是面交吕大人的。
赵班侯　我是吕大人内弟赵班侯。
书　童　敢情您是小舅子。
赵班侯　书信拿来。
　　　　（书童交书介，赵班侯看介）
　　　　原来是一封休书。我想此事定有蹊跷，我自有道理。
书　童　您看明白了没有？那上头全都是骂你们的话，您就交给吕大人就结了。
赵班侯　放你娘的屁！
书　童　好厉害的舅爷。
赵班侯　滚！
　　　　（踢书童下，入介）
　　　　姐姐，我姐丈去之已远，赶不上了。我倒有个主意，我本来要接秀英同往广东，如今莫若叫昭华同我去往广东，将秀英留在姐姐膝下，待等日后我再与姐丈分辩。甥女收拾收拾，随我走吧。
吕昭华　舅父哇！甥女生长一十九岁，寸步不离母亲膝下，如今活活分离，叫甥女如何割舍？我就死也要死在母亲面前。
赵秀英　姐姐您不愿意活着分离，您倒愿意死了分离？您快跟着我父亲走吧。
吕昭华　呀！
　　　　（唱）左思右想心不定，
　　　　　　　叫人哪得不伤情。
　　　　妹子，我今此去，不定何日才能回来。我母亲念我之时，望你劝解。请上受我一拜。
　　　　　　　飞来大祸从天降，
　　　　　　　母女分割最惨伤。
　　　　　　　我今一去南海上，
　　　　　　　何日才能转回乡。
　　　　　　　老母膝前难奉养，
　　　　　　　有劳贤妹伴高堂。
　　　　　　　没奈何随了舅父往，
　　　　　　　从今梦魂绕钱塘。（哭介）
　　　　母亲！妹子！
吕夫人　昭华我儿！
赵秀英　姐姐！（哭介，分下）

## 第十九场

（郭廷章上）

郭廷章　（唱）自到京都改名姓，
　　　　　　　　幸喜金榜已标名。

（书童上）

书　童　参见相公。（笑介）
郭廷章　你笑什么？
书　童　我笑人的运气要是来了，城墙也挡不住。
郭廷章　此话怎讲？
书　童　自从您到京下场，谁知道吕刚中那老头子点了主考官，你怕他暗地算计您哪，您把姓名倒了个儿，郭廷章改了章麟阁，居然中了状元。您怕拜老师漏了缝子，偏偏吕大人奉旨上琉球国封王去了，老师也可以不用见了，您说您的运气够多好？
郭廷章　真乃托天之福。
书　童　不但这么着，您还有走运的事哪。您状元一年差使没当就放学台了，还是大省份，放的是广东，这个缺可好极了。
郭廷章　此话当真？
书　童　有京报为证，您瞧。
郭廷章　果然放了广东学政，明日收拾上任。正是：十年窗下无人问，一举成名天下闻。
书　童　马走膘来人走运，鸭子专在水里蹲。
郭廷章　胡说！（同下）

## 第二十场

（四文堂、吕刚中上）

吕刚中　开道！（【粉孩儿】）
　　　　老夫吕刚中，奉旨入京补授吏部尚书，兼理宗伯。蒙圣恩钦放会试大主考，三场已毕，尚未接见门生。圣旨到来，命我琉球国封王。人役们，趱行者。（【粉孩儿】，下）

# 第二十一场

（吕昭华上）

吕昭华 （唱）思亲梦绕钱塘路，
　　　　　　女儿花作寄生枝。
　　　　奴家吕昭华。只因元宵佳节，我与秀英妹子游玩花园，不想爹爹大怒，逼我自尽。多亏舅父将我带到广东，倒也十分怜爱。但是寄人篱下，怎比得在母亲面前那般安乐。是我终日思念母亲，不知何日得见哪！
　　　　（唱）那日风波从地起，
　　　　　　死里逃生甚惨凄。
　　　　　　舅父前来出主意，
　　　　　　我与母亲两分离。
　　　　　　母女隔断三千里。
　　　　　　那厢流泪这厢啼。
　　　　　　我今绝少生人趣，
　　　　　　不如早死命归西。

（赵班侯上）

赵班侯 （唱）闻得丝纶添喜气，
　　　　　　又听闺中泪悲啼。
　　　　甥女为何又在此啼哭？

吕昭华 甥女有万种愁肠，怎不叫我悲泪？

赵班侯 你不要哭了，我接抄报，知道你父往琉球国封王去了。待他转来，必来与我相见，那时我将你的冤情与你分辩明白，你一家也好团圆。他若再执性，我就要得罪他了。

吕昭华 多蒙舅父美意，只是我爹爹情性不好，不要为了甥女之事，伤了你二人和气。

赵班侯 不必多言，歇息去吧。

吕昭华 咳，人人都有天伦乐，不知何苦要参商。（下）

赵班侯 且住。我看甥女已是出嫁之年，当初许配郭廷章，不想他两家失和，竟自写了休书，如今还在我手。昭华久居我处，终非了局。日前在接官厅上恭请圣安，见那新任学政章麟阁是个少年英俊，又闻得制军毛大人言道，此人尚未婚配，我不免将昭华许配于他，就是吕老头儿回来，女儿是他不要的了，谅他不能有什么言语，我就是这个主意。家院！

（家院暗上，应介）

拿我名片到首府衙门，请李大人去到学院那里，说我烦他给小姐提亲，快去。

（家院应介，下）

我想广州府知府李琛，他是章麟阁的同年，此去一定成功的了。我那女儿秀英不久也要出阁，我也曾差人前去接她，并将我姐姐接来，不久就要双喜临门了。（笑介，下）

# 第二十二场

（郭廷章上）

郭廷章　门庭冷落清如水，往事思量恨转添。下官郭廷章，改名章麟阁，蒙圣恩简授广东学政。自到任以来，政事倒也清闲，只是中馈乏人，好愁烦也。

（李琛上）

李　琛　门上有人么？

（书童上）

书　童　是哪一位？

李　琛　广州府知府李琛求见。

书　童　候着。启禀大人：广州府李大人求见。

郭廷章　有请。

（书童出请介，李琛入介）

李　琛　参见大人。

郭廷章　年兄请坐。

李　琛　告坐。

郭廷章　年兄到此，必有所为。

李　琛　只因提督赵大人有一小姐，四德俱全，要与大人为配，特遣卑府前来为媒。

郭廷章　高门爱女，不敢仰攀，就烦老同年替我好言谢却。

李　琛　告退。

书　童　您就走吗？

李　琛　你家大人不允亲事，我只好回复赵家。

书　童　您怎么这么性急呀？这说亲的事，不是一句两句就能成的事。您先

|李　琛|在外边等等，我替你说去。
|---|---|
|李　琛|你未必说得下来。
|书　童|保管能成，我是一个大红人。
|李　琛|全仗大力。（下）
|书　童|赵大人提亲，大人为什么不答应？
|郭廷章|我的事你要少管。
|书　童|太老爷手下用的就剩了我一个，太老爷去世，您的事我不管谁管呀？
|郭廷章|胡说。
|书　童|您知道赵大人是谁？
|郭廷章|我哪里知道？
|书　童|就是您旧丈人吕大人的小舅爷。
|郭廷章|你是怎样知道呢？
|书　童|您是秀才不出门，不知家里的事，连大人的亲戚都闹不明白。那年我给您送休书去，撞见赵家老小子说了一声"放屁"，孝敬了我一火腿，奉承了我一声"滚吧"，我是认准了他啦。如今他来求亲，正好答应，叫您那嫌贫爱富的旧丈人知道，正好气一气他。
|郭廷章|我的姓名已经改了。
|书　童|改了名姓改不了人，难道姑丈人还不见面吗？
|郭廷章|只是我已将媒人辞去了。
|书　童|我已经把他留在外边，没走哪。
|郭廷章|如此有请。

（书童请介，李琛上）

亲事允下，烦劳回复赵大人，说本院即日过府求亲。

（郭廷章带书童下）

|李　琛|不听同年之言，反信奴仆之话。做官人都是如此，不免回复赵提台便了。（圆场）门上哪位在？
|---|---|

（院子上）

|院　子|何事？
|---|---|
|李　琛|广州府知府李琛求见。
|院　子|候着。有请大人。

（赵班侯上）

|赵班侯|何事？
|---|---|
|院　子|广州府知府李大人求见。
|赵班侯|有请。
|院　子|有请。

（李琛入见介）

李　琛　　参见大人。

赵班侯　　亲事如何？

李　琛　　亲事应允，学院言道，亲自过衙求亲。

赵班侯　　有劳大驾。

李　琛　　告退。

赵班侯　　老夫不送。（李琛下）请小姐出堂。

（院子请介，吕昭华上）

吕昭华　　红颜薄命都如此，一日思亲十二时。舅父万福。

赵班侯　　甥女少礼，坐下。

吕昭华　　告坐。

赵班侯　　恭喜甥女，贺喜甥女！

吕昭华　　甥女喜从何来？想是我爹爹到了，舅父把我冤枉辩明白了。

赵班侯　　不是呵，你在此终非久常之计。我看章麟阁乃是新科状元，少年英俊，又是现任学院，已将甥女许配与他了，岂不是一喜？

吕昭华　　舅父，此话休提，甥女已拿定了主意。

赵班侯　　你有什么主意

吕昭华　　我是不，哎，舅父好不明白！

赵班侯　　我不明白？你才不明白呢。你是为的郭家，岂不知那小奴才十分可恶，这有他的书信，甥女看来。

（吕昭华看介，呆介，背介）

吕昭华　　原来是封休书。郭廷章，你怎么这等的冒失？咳，女子痴心，男儿负义。我吕昭华前生不知造了什么罪孽，生身父不认我为女，未婚夫不要我为妻，我好命苦哇！

赵班侯　　甥女不必背地沉吟，依我之见，嫁了章麟阁，气死郭廷章那个小奴才。

吕昭华　　舅父，郭家有休书无休书且不管他。古人言道：一之与醮，终身不改。又道：从一而终。而今只待我父海外归来，辩明冤枉，我便归家侍奉母亲。待她百年之后，我便跟了她去。若我爹爹再不回心，我便即刻寻个自尽，也就一了百了。

赵班侯　　我岂肯叫你寻死？还是出嫁的好。

吕昭华　　我是一辈子不嫁人的了。

赵班侯　　你不嫁人不知紧要，但是章学院已经允了亲事。我虽有一个女儿，早就有了人家，不久就要出嫁。你母亲从武林送她前来，这一半日就到。你不嫁人，我哪里再变一个女儿？难道叫我去嫁人不成？

吕昭华　但凭舅父。正是：有言皆逆耳，无日不回肠。（下）
赵班侯　好一个但凭舅父！哎呀，这是教我去嫁人，我在万马军中不曾皱眉，这一次却糟了。
　　　　（院子上）
院　子　姑太太、小姐到。
赵班侯　有请。
院　子　有请姑太太、小姐。
　　　　（吕夫人、赵秀英同上）
吕夫人　千里为娇儿，
赵秀英　来到广州城。
吕夫人　兄弟。
赵秀英　爹爹。
吕夫人　为何不见女儿？
赵班侯　姐姐，你女儿我已经许配人了，姐姐快到后面，你母女相会。
吕夫人　我女儿许过郭家的了。
赵班侯　不要再提郭家，姐姐只劝她嫁人的好。
吕夫人　你许的是哪一家呢？
赵班侯　新科状元，现任学政章麟阁，还不门当户对吗？只是你女儿说什么从一而终，定要与郭家守节。还要劝她嫁人的好，全仗姐姐大力。
吕夫人　见过女儿，再作道理。
　　　　（吕夫人、赵秀英同下）
　　　　（内白）学院到。
赵班侯　有请。
　　　　（【吹打】四青袍、郭廷章上，见介）
郭廷章　敝同年李太守前往敝衙，道贵府不弃，愿结婚姻，特地亲自过衙，面求亲事。
赵班侯　岂敢。后面留宴，你我有话，慢慢叙谈。（同下）

# 第二十三场

　　　　（吕昭华病装上）
吕昭华　（唱）惟将愁闷上眉心，
　　　　　　　一日淹煎一日深。

　　　　　万种情怀向谁诉,
　　　　　女儿心事不分明。
　　我自到广州,多承舅父怜爱,不想竟将我另婚他姓。想我们做女儿的,从一而终方是正理。我昔年曾有父母之命、媒妁之言,许了郭家。谁知翁婿相争,那郭郎竟自亲手写了一封休书,将我休弃。那郭公子我曾见过,是个温文尔雅之人,怎么这样的冒失?我爹爹与你吵闹,我是闺中幼女,又是你未婚妻子,怎能管得你?怎么不念两世交谊,一腔怒气发泄在奴家身上?偏偏我爹爹又与我大发雷霆,逼我自尽,岂但不怜爱女婿,连亲生之女都蹂躏起来了。舅父接我到他衙中,我只望有日辩明冤枉,回家侍奉老母,待等母亲终其天年,我便相随于地下。我那舅父又是个不谅人之人,再三劝我另嫁。我如今只弄得进退无门,生无生趣,死无死法。我一个闺门弱质,怎经得这般的磨折?叫我满腔冤痛哪里去诉,哪里去讲?
　　（唱）吕昭华好一似危巢孤燕,
　　　　　风又打雨又欺不得安全。
　　　　　镇日里病恹恹肠轮暗转,
　　　　　似这般憔悴死难问苍天。
（吕夫人、赵秀英上）

吕夫人　（唱）母女们这几年天遥地远,
赵秀英　（唱）姊妹花也隔了道路三千。
吕夫人　我儿!
赵秀英　姐姐!
吕昭华　（哭）母亲!妹子!喂呀!
　　（唱）蓦相逢犹疑是梦中相见——
　　　　　母亲!老娘!喂呀!
　　　　　母女们生离别累月经年。
　　　　　实只望老爹尊心回意转,
　　　　　一家人依旧是骨肉团圆。
　　　　　又谁知一切事难以如愿,
　　　　　因此上多愁闷一病缠绵。
（吕夫人、吕昭华同哭介）
　　喂呀!
赵秀英　姑母、姐姐,你母女相见应当欢喜才是,怎么反倒哭起来啦?
吕夫人　是啊,应当欢喜才是。
赵秀英　姐姐,您也不用哭了。

| | |
|---|---|
| 吕昭华 | 妹子，你怎知我的心事？ |
| 吕夫人 | 儿啊，再若伤心，为娘怎生忍受？ |
| 吕昭华 | 女儿不伤心了。 |
| 赵秀英 | 您别哭了，咱们坐下说话吧。（坐介） |
| 赵秀英 | 咱们一路而来，还没听见广州炎热之地会下这么大的雪，我知道这儿有个花园很大，我打算跟姐姐去散散心。 |
| 吕昭华 | 再不要提起"花园"二字了。 |
| 赵秀英 | 那是你们的花园，这是我们的花园。 |
| 吕夫人 | 你姐姐病体新愈，不用去了。 |
| 赵秀英 | 我姐姐是心病，不是伤风头疼，姑妈让她散散心去吧。 |
| 吕夫人 | 儿呀，你就陪你妹子散散心去吧。 |
| 吕昭华 | 孩儿遵命。 |
| 赵秀英 | 姑母后边歇着去吧。 |
| 吕夫人 | 你们好好游玩，不要再游出意外之事来呀。 |
| 赵秀英 | 有我哪。（吕夫人下）姐姐走哇。 |
| 吕昭华 | 正是：久病新痊无个事， |
| 赵秀英 | 踏雪寻梅且一游。姐姐您瞧，白的是雪，红的是梅花，红红白白多好看哪！<br>（内白）学院大人游园来了。 |
| 赵秀英 | 您瞧多巧，咱们姐儿俩刚来，学台大人也来了。咱们在亭子里躲躲吧。<br>（郭廷章、赵班侯上。郭廷章作入园介，退出介） |
| 郭廷章 | （背白）原来有内眷在此。 |
| 赵班侯 | 为何欲前又却？ |
| 郭廷章 | 改日再来。 |
| 赵班侯 | 请。（分下） |
| 赵秀英 | （笑介）哈哈哈！ |
| 吕昭华 | 妹子你笑的什么？ |
| 赵秀英 | 您看见没有？ |
| 吕昭华 | 我看见什么？ |
| 赵秀英 | 他是章麟阁吗？ |
| 吕昭华 | 章麟阁与我什么相干？ |
| 赵秀英 | 怎么与您不相干？我认得他，他不是章麟阁，他是郭廷章。 |
| 吕昭华 | （背介）章麟阁，郭廷章，他为何改了名姓？ |
| 赵秀英 | 那个谁可知道？ |
| 吕昭华 | 他几时做的官？ |

赵秀英　你命里该做官太太。
吕昭华　方才我也看见分明是他。
赵秀英　他是谁？
　　　　（吕昭华羞介，欲下。赵秀英拉住）
　　　　您既知道是他，亲事您答应不答应？
　　　　（吕昭华不理介）
　　　　好难开的金口，您要答应，对着我笑一笑。您要不答应，您就回去吧。
　　　　（吕昭华笑介）
　　　　您笑了，是答应了。我告诉我爹爹，总要吃您的喜酒。
吕昭华　啐！（同下）

## 第二十四场

　　　　（书童上）
书　童　久旱逢甘雨，他乡遇故知。洞房花烛夜，金榜题名时。
　　　　我，郭府的旧书童，新升大管家的便是。自从我们相公中了状元，放了学台，人人都称他大人，连我也改了大叔啦。众位瞧我抖不抖？只因去年我们大人跟赵提台结亲，今天是迎娶之日，我捡的吕家那个如意，叫它露一露。说话之间，我们大人来也。
　　　　（郭廷章上）
郭廷章　鼓瑟鼓琴，宜室宜家。
书　童　您这就走吗？
郭廷章　就要前去。
书　童　您的红没有披好，我再给您披一披。（结如意介）
郭廷章　人逢喜事精神爽，大登科后小登科。吩咐外厢搭轿。
　　　　（四青袍上，牌子，下）

## 第二十五场

　　　　（吕夫人上）
吕夫人　多亏兄弟神机算，

（赵班侯上）

**赵班侯**　今日才将功行完。

（院子上）

**院　子**　吕姑老爷到。

**赵班侯**　正要寻他，他倒来了。姐姐，少时姐丈到来，姐姐不必多言，有小弟一人担待。快请吕姑老爷。

（院子请介，吕刚中上）

**吕刚中**　宣威海外皇恩远，奉使归来物候亲。（见介）怎么夫人也在此处？

**赵班侯**　是我差人接了来的。

**吕刚中**　今日为何悬灯结彩？

**赵班侯**　今日是女儿出嫁。

**吕刚中**　如此我要吃你的喜酒。

**赵班侯**　这个喜酒我一定请你吃，不但请你吃喜酒，我还有许多事要你代劳。

**吕刚中**　当得效劳。

（内白）新贵人到。

**赵班侯**　姐姐不必回避，有请新贵人。

（四青袍、书童、郭廷章上）

**吕刚中**　你不是郭廷章？

**郭廷章**　我正是郭廷章，你待要如何？

**吕刚中**　你为何改了名姓？

**郭廷章**　我改名姓不改名姓，与你何干？

**吕刚中**　你这人也配做官？

**郭廷章**　我做的是朝廷的官，与你何干？

**吕刚中**　贤弟，你怎么招这样人为婿？

**赵班侯**　我赵家招他为婿，与你何干？

**吕刚中**　也就是你赵家，若我吕家，定不招他。你看他是状元学政，便要与他作亲，要知道他的人品太不大端正了。

**郭廷章**　你当初嫌贫爱富，今日我看你悔也不悔。

**吕刚中**　我何曾是嫌贫爱富，只为你人品不端。

**郭廷章**　哪个人品不端？

**吕刚中**　你败坏我的门庭，我还要叫你与我死去女儿偿命。

**郭廷章**　此话从何而起？

**吕刚中**　那年元宵佳节你闹了一夜。

**郭廷章**　元宵佳节我闹了一夜，你怎么知道？

**吕刚中**　你在我花园书房之内做那不端之事，是我亲眼得见。

郭廷章　你那是见了鬼！
赵班侯　新贵人，说起元宵佳节，我曾在勾栏之中怒打不平，夺回如意，可是救的便是你？
郭廷章　原来那夜救我的便是大人。
吕刚中　那金如意是我传家之宝，你快快还我。
郭廷章　我还了你了。
书　童　在您身上哪。
郭廷章　怎么会在我身上？
书　童　您会扔，我不会捡吗？
郭廷章　蠢材！
赵班侯　此事好不明白，我自有道理。姐姐，你把新人唤出来吧。
吕夫人　女儿快来。
　　　　（吕昭华上）
吕昭华　（唱）母亲做事理不应，
　　　　　　　　哪有个新郎在此唤新人？
　　　　母亲何事？
吕夫人　你爹爹来了。
吕昭华　我爹爹来了么？哎呀天哪，是我出头之日了。爹爹。
吕刚中　她不是昭华么？
赵班侯　她不是昭华，她是华昭。
吕刚中　贤弟，你前次与我的书信，不说她死了么？
赵班侯　我怕气死了你，所以说她死了。
吕刚中　昭华，似你这等无耻下贱之人，还有脸面见我，你若不死，我就要打。
赵班侯　她如今是我的女儿，你打不得。女儿后面收拾去罢。
吕昭华　女儿死也要死个明白，爹爹见了女儿如此生气，倒底为了何事？
吕刚中　你自己做的事，反来问我么？
吕昭华　女儿做了什么事来？
吕刚中　你还装糊涂，你不用问了，你糊糊涂涂死了吧，为父的说不出口。
吕昭华　女儿死都死得，又有什么说不得？
赵班侯　着哇，女儿死都死得，又有什么说不得？
郭廷章　这也太奇了。
吕刚中　一定要我说，我也不要我老面皮了。贤弟，这里来，你去问她那年元宵佳节，她游玩花园可是有的？
郭廷章　（背介）游玩不是什么大事。
赵班侯　昭华，那年元宵佳节，你游玩花园可是有的？

吕昭华　有的。
赵班侯　有的，姐丈她道有的。
吕刚中　有哇，有就是叫她死。
郭廷章　（背介）游玩花园便问死罪，这是那一国刑法？
吕刚中　再去问她，在书房之中同一男子饮酒可是有的了？
赵班侯　我去问她。昭华，你在书房同一男子饮酒可是有的？
吕昭华　有的。
郭廷章　（背介）糟了！
赵班侯　她是有的。
吕刚中　有的。来来，问她同那郭廷章睡在一处可是有的？
赵班侯　你这就是胡说。元宵佳节我同郭廷章在妓院闹了一夜，天亮之后各自分手，难道他有分身法不成？
吕刚中　你不明白，问她就明白了。
赵班侯　你同那男子睡在一处可是有的？
吕昭华　也是有的。
赵班侯　糟了，连我的老面皮都没有了。（向吕刚中介）姐丈，这就是你的不是了。
吕刚中　怎么倒是我的不是了？
赵班侯　你的女儿已经许配郭廷章，早晚是要成亲的，睡在一处也是小事，你就遮遮盖盖才是圣贤度量，你怎么闹得天翻地覆？可笑你枉读诗书，一分涵养都没有，还不及我武将，比你那度量大的多了。
吕刚中　你这度量我是学不来的。
郭廷章　（背介）我也学不来的。
赵班侯　你这个人原来固执不通啊。
吕昭华　原来为了此事，我倒要问个明白。爹爹，那年元宵佳节，女儿在花园书房与一男子饮酒同睡，可是亲眼得见？
吕刚中　正是亲眼得见。
吕昭华　既是亲眼得见，可曾看见那男子他是何人？
吕刚中　我何用细看，一定是郭廷章。
郭廷章　你少要血口喷人！
吕昭华　他若不是男子呢？
吕刚中　分明是郭廷章，哪里来的女子？
吕昭华　爹爹不必动怒，容儿讲话。
吕刚中　讲。
吕昭华　只因那年元宵佳节，爹爹出门去了，女儿同秀英妹子陪着母亲饮酒，母亲醉了，回房安歇。秀英妹子言道，郭公子不在花园，要儿同去游玩。是儿再三不肯前去，妹子百般纠缠，女儿无奈，只得与她同行。路过书房，妹子将儿扯入里面，那床上有郭公子换下衣巾一套，妹子穿戴起来，与儿作耍。案上有爹娘送去的酒果，女儿同妹子一时高兴，坐在一处饮了几杯，不想吃得大醉，本待回房，怎奈酒性发作，行走不动，糊里糊涂倒在床上，妹子未曾脱下衣服，睡了一夜，天明各自回房。爹爹回来大发雷霆，将郭郎赶走，又将女儿唤出，不问青红皂白，就是刀儿、绳儿逼儿自尽。爹爹，幸得女儿不曾死，若是竟自死了，日后秀英妹子无意之间将此事说明，你悔也不悔？

吕刚中　哦？

吕昭华　女儿"生死"二字可以置之不问，可怜我母年过半百，膝下无儿，只生女儿一人。若将女儿逼死，我母何等伤心，你二老三十年夫妻之情全然不念么？

吕刚中　这……

吕昭华　那日爹爹将郭公子赶出府去，他送来休书一封，倘若当日他家不写休书，如今他得中状元，身授学院，前来迎娶，爹爹又将如何？
　　　　（赵班侯指吕刚中介）

赵班侯　只好叫他去嫁人。

吕昭华　女儿只说冤沉海底，不想也有辩明之日。爹爹既然明白过来，女儿死也甘心。爹爹快将刀绳赏与女儿，就死在你二老面前！

赵秀英　姑父、姑母，当初花园的事全都是我不好，你二老要打打我，要骂骂我，不与我姐姐相干。

赵班侯　知道了。
　　　　（赵秀英下）

吕夫人　哇！老天杀的，我好好一个女儿，险些死在你手。你那刀，你那绳，你自己去死吧！

吕刚中　僵了。

赵班侯　姐姐不要与他生气，他是老糊涂的了。

吕刚中　我本来老糊涂了，夫人，下官这厢赔礼。

吕夫人　你还有面目见我，你就是糊糊涂涂死了吧。（下）

吕刚中　贤弟，这便如何是好？

赵班侯　晚间赔个礼儿也就是了。（向吕昭华介）女儿后面梳妆去。

吕昭华　舅父，我还有话讲。

赵班侯　你还有何话讲？

吕昭华　舅父问他，到底是章麟阁，还是郭廷章？

赵班侯　章麟阁便怎么样，郭廷章便怎么样？
吕昭华　他若是章麟阁，我便从命。若是郭廷章，我还有他的休书哪。
　　　　（赵班侯接书介）
赵班侯　新贵人，这里还有你的休书。
郭廷章　这是当初错了，望求恕罪。
赵班侯　与我赔礼无益，我又不与你入洞房。
郭廷章　待我赔个礼儿。小姐，千不是，万不是，全是下官的不是，这里赔礼作揖！
　　　　（吕昭华不理介）
　　　　我跪下了。
　　　　（郭廷章跪介，吕昭华羞，下）
吕刚中　贤婿请起。
郭廷章　二位大人，到底哪一位是我的岳父？
赵班侯　他是你的丈人，我是你丈人的舅子。
郭廷章　岳父，今日小婿与令嫒成亲，可算玷辱你的门风？
吕刚中　取笑了。
郭廷章　方才岳父得罪岳母，少时进得房去，还要学我一学。
吕刚中　岂有此理！
郭廷章　还要轰我出去不成？
赵班侯　天不早了，请新人出来，你们回去拜堂吧。
郭廷章　谨遵台命。
赵班侯　搀新人。
　　　　（吕昭华上，拜别，上轿。【尾声】，分下）

# 妒 妇 诀

## 提纲

### 第一场
宋景玉、童儿、院子、吕叔清、苍头、狄希陈、童氏、狄美容、狄妙才、丫鬟

### 第二场
院子、丫鬟、车夫、狄妙才、卞氏、赵红香

### 第三场
狄希陈、院子、丫鬟、卞氏、狄妙才、童氏

### 第四场
吕叔清、四青袍、狄希陈、轿夫、狄美容、宋景玉、四妓女

### 第五场
狄希陈、童氏、狄妙才、车夫、院子、童儿、狄美容、宋景玉、四青袍

### 第六场
卞氏

### 第七场
吕叔清、宋景玉、狄希陈、童氏、狄妙才

### 第八场
四青袍、轿夫、宋景玉、狄希陈、丫鬟、狄妙才、傧相

### 第九场
赵红香、卞氏

### 第十场
宋景玉、狄妙才、苍头、车夫、童氏、卞氏、赵红香

### 第十一场
宋景玉、吕叔清、狄妙才、卞氏、赵红香

### 第十二场

狄妙才、宋景玉、卞氏、赵红香

### 第十三场

吕叔清、狄妙才、院子、童儿、宋景玉、卞氏

### 第十四场

宋景玉、狄妙才

### 第十五场

院子、吕叔清、宋景玉、狄妙才、狄希陈、童氏

### 第十六场

宋景玉、狗形、四青袍、吕叔清、狄希陈、童氏、狄妙才、卞氏、赵红香

# 第 一 场

（宋景玉上）

**宋景玉**　（引）胸有成算，不怕那红粉纠缠。（坐）
　　　　志气昂藏不可攀，
　　　　扪心自问是奇男。
　　　　有朝得遂室家愿，
　　　　不用回天再造凡。
　　　　小生宋景玉，乃淄川人氏。自幼父母双亡，娶妻黄氏，性情妒忌，被我休弃。幸而家道富厚，每日眠花宿柳，倒也不觉寂寞。日前舅父吕公为媒，与我聘定狄经历之女以做填房。我也曾约请舅父，商议迎娶之事，这般时候，想必来也。
　　　　（吕叔清上）

**吕叔清**　世事洞明皆学问，人情练达即文章。门上有人么？
　　　　（童儿上）

**童　儿**　吕老爷来了，请进。
　　　　（吕叔清入介）

**宋景玉**　舅父在上，外男拜揖。

**吕叔清**　罢了，坐下。

| | |
|---|---|
| 宋景玉 | 告坐。（旁坐介） |
| 吕叔清 | 贤甥见招，必有所为。 |
| 宋景玉 | 只因日前舅父为媒续聘狄家之女，要择吉迎娶，望求舅父告知狄家。 |
| 吕叔清 | 迎娶之事我自去讲，只是成亲之后，再不可在外冶游。 |
| 宋景玉 | 舅父平生是个风流才子，今日怎么讲出道学的话来？ |
| 吕叔清 | 不是呵，你岳母十分厉害，她的女儿岂有温良之辈？你不可把她当作前妻。 |
| 宋景玉 | 舅父，休长女人志气，灭男子威风。外男不才，颇有降伏妻子的韬略，怕她何来？ |
| 吕叔清 | 好有志气，我们同到狄家便了。正是：宜室宜家男儿愿， |
| 宋景玉 | 宋狄两家旧有缘。（行介） |
| 吕叔清 | 来此已是，门上哪位在？ |
| | （苍头上） |
| 苍头 | 吕老爷到此何事？ |
| 吕叔清 | 烦劳通报，说我二人求见员外、安人。 |
| 苍头 | 有请员外、安人。 |
| | （狄希陈、童氏上） |
| 狄希陈 | 弃官归故里， |
| 童氏 | 无能你第一。 |
| 狄希陈<br>童氏 | （同）何事？ |
| 苍头 | 吕老爷带着一位少爷来了。 |
| 狄希陈 | 安人，见是不见？ |
| 童氏 | 快快有请。 |
| | （苍头出介） |
| 苍头 | 员外，安人有请。 |
| | （吕叔清入介） |
| 吕叔清 | 狄仁兄，仁嫂。 |
| 狄希陈 | 吕仁兄。（见宋介）此位是？ |
| 吕叔清 | 这便是未婚的令婿宋景玉。哦，贤甥，见过你的岳父、岳母。 |
| 宋景玉 | 参见岳父、岳母。 |
| 狄希陈<br>童氏 | （同）贤婿少礼，仁兄、贤婿请坐。 |
| | （吕叔清、宋景玉坐介） |
| 狄希陈 | 仁兄到此，必有所为。 |

| 吕叔清 | 我外男宋景玉择定吉期,要十日之内迎娶令爱。 |
| 狄希陈 | 这个,仁兄,你与荆妻商议。 |
| 童　氏 | 男婚女嫁本是平常,我依允就是。 |
| 吕叔清 | 多谢仁嫂!告辞。(出介,狄希陈送介) |
| 狄希陈 | 仁兄、贤婿,我不远送。 |
| 宋景玉 | 岳父如此惧怕岳母,岂不失了男子体统? |
| 狄希陈 | 体统,体统,打得鼻青眼肿。 |
| 宋景玉 | 哦,好厉害的家规,好笑哇,哈哈哈!(吕叔清、宋景玉下) |
| 狄希陈 | 你看他头也不回,竟自去了。(入介) |
| 童　氏 | 有请二位小姐。 |
| 苍　头 | 有请二位小姐。 |

(丫鬟、狄美容、狄妙才上)

| 狄美容 | (唱)若问雄飞是何日, |
| 狄妙才 | (唱)终朝雌伏岂甘心。 |
| 狄美容 狄妙才 | (同)爹、娘。 |
| 童　氏 | 坐下。 |
| 狄美容 狄妙才 | (同)告坐。唤女儿出来何事? |
| 狄希陈 | 商议你们出嫁之事。 |
| 狄妙才 | 什么出嫁,女儿告退。 |
| 童　氏 | 老蠢材不会讲话,将女儿羞得这般光景。儿啊,不是你出嫁,是你姐姐十日之内便要过门。叫你同着为娘办理嫁妆,你出嫁的日子在后头呢。 |
| 狄妙才 | 怎么,母亲也来了? |
| 狄希陈 | 好一个会讲话的安人。 |
| 童　氏 | 少要胡言。你们有所不知,那宋家十日之内就要迎娶。 |
| 狄美容 | 做女儿的总有这一天,十日之内就十日之内。 |
| 狄妙才 | 姐姐你好大方。 |
| 狄美容 | 这是人伦大道理,谁像你似的,提到女婿就害臊,将来出了门子,也是叫丈夫管一辈子。 |
| 狄妙才 | 姐姐此言差矣。想我们做女儿的出嫁之后,必须恭敬丈夫,不可强梁。 |
| 童　氏 | 话不是那样讲,闻得宋东墙十分可恶,美容过门总要立些规矩。 |
| 狄美容 | 我不管宋东墙怎么可恶,我也有法治他。 |

狄妙才　姐姐，自古来者不善，善者不来。宋东墙敢与我家结亲，定非寻常之辈，你不可大意，吃他的大亏。
童　氏　你晓得什么。哦，员外，女儿出嫁，难道大家袖手旁观不成？
狄希陈　就请安人吩咐我等。
童　氏　命你就出去办理嫁妆，不得有误。
狄希陈　遵命。阃令如军令，谁敢不依遵。（下）
童　氏　佃户赵三欠了十载田租，妙才快去催讨，以作你姐姐嫁资。
狄妙才　遵命。催税托红粉，也算是奇闻。（下）
童　氏　丫鬟，把我的宝贝取来。
　　　　（丫鬟取棒槌、铁链、铁锁、锥子介）
　　　　美容可知这几样东西用处？
狄美容　略知一二。
童　氏　你怎么晓得？
狄美容　这是您收拾我父亲用惯了的，我怎么不知道？
童　氏　果然强将手下无弱兵，听为娘教导。
　　　　（唱）自古男儿多薄幸，
　　　　　　　从来女子要精明。
　　　　　　　此去必须显本领，
　　　　　　　叫他投降娘子军。（下）

## 第二场

　　　　（院子、丫鬟，车夫推狄妙才坐车上）
狄妙才　（唱）莫道此身是红粉，
　　　　　　　才比男子胜十分。
　　　　奴家狄妙才，乃山东淄川人氏。爹爹狄希陈，曾官四川经历。因与母亲治气，我母亲打了爹爹六百捣衣棒，被上司参奏，罢职还家。母亲童氏，生我姐妹二人。姐姐美容，许与宋景玉做了填房，尚未过门。只因佃户赵三欠了十载田租，每次差人去讨，总是他妻子搪塞过去，因此母亲命我亲自下乡催取。出得城来，好秋景也。
　　　　（唱）雨霁风清炎暑净，
　　　　　　　鹤声蛩韵晚蝉喑。
　　　　　　　田夫垄上辍耕种，

　　　　　渐少荷锄戴笠人。
　　　　　无非无仪今不论，
　　　　　催科竟自托女婴。
　　　　　车声轧轧穿荒径，
　　　　　行过前村到后村。

院　子　启小姐：已是赵三门首。
狄妙才　向前叫门。
院　子　开门来。
　　　　（卞氏上）
卞　氏　听得有人叫，不知哪位到。是哪一位呀？
院　子　狄二小姐亲自下乡来了。
卞　氏　怎么二小姐下乡来啦？快请她进来。
　　　　（狄妙才下车，坐介）
卞　氏　二小姐在上，赵卞氏叩头。
狄妙才　妈妈请起，请坐。
卞　氏　二小姐在此，哪有我的坐位。
狄妙才　有话叙谈，哪有不坐之理。
卞　氏　谢谢您哪。（旁坐介）二小姐不在家中侍奉员外、安人，下乡有什么事？
狄妙才　你家欠我十载田租，屡讨不与，母亲命我前来催取。
卞　氏　敢情为的这件事。我这一家子受您府上恩重如山，哪儿敢欠您的租钱。偏遇着年成不收，实在一点法儿没有。如今小姐亲来催取，我们一家子的罪过可真不小。
狄妙才　妈妈，话不是这样讲。你欠我家十年田租，我家不曾难为与你。自古道，欠债还钱。如今别家的田租都已偿还，唯有你家道是年成不收，难道老天专与你家作对么？
卞　氏　田地有高低，土气有厚薄，不能一样。
狄妙才　我家俱是膏腴之田，哪曾偏旱偏涝，分明是你倚仗利口，有意欠我家租钱。今日有了租钱便罢，如若不然，我回去禀明员外、安人，另招佃户，还要将你夫妻送官究办，追索欠租。你自己去想，还是偿还租钱的好，还是公庭涉讼的好。
卞　氏　您别生气，我们当着卖着还钱就是。
狄妙才　既愿还钱，取租账来。
卞　氏　您坐着，我取去。（取账介）二小姐，您先从近年的看起，老账等我去找。

（狄妙才看介）

**狄妙才** 好清婉的字迹，妈妈，此账何人所写？
**卞　氏** 是我女儿红香写的。
**狄妙才** 你女儿既能写字，可曾上过学否？
**卞　氏** 我娘家兄弟是念书的，她从小跟他舅舅上学。
**狄妙才** 你女儿多大年纪？
**卞　氏** 她十六岁啦。
**狄妙才** 哦，十六岁了。妈妈，你女儿如此聪明，容貌谅必不差，快唤来相见。
**卞　氏** 红香快来！

（赵红香上）

**赵红香** 长就如花态，生成咏絮才。妈呀，什么事？
**卞　氏** 狄二小姐来了，要见你哪。
**赵红香** 二小姐。
**狄妙才** 果然好一个女子。哦。妈妈。令爱读书可有什么费用？
**卞　氏** 念书哪儿不花钱？她舅舅比别人更厉害，是一个钱的亏也不吃。
**狄妙才** 贫人读书甚非容易，也罢，你欠我家的租钱，我只要一半，那一半赠与令爱作为学费。
**卞　氏** 怎么，我该您的钱，您只要一半？我给您磕头道谢！
**狄妙才** 妈妈不要行此大礼。你快将这一半租钱取来，同我回城交纳。
**卞　氏** 这会儿哪儿给您凑去，我明天给您送来。
**狄妙才** 你再若迟延，连那一半也不豁免了。
**卞　氏** 我去取钱去。（取钱介）我跟您交钱去，红香看着家。我要有心坑您府上，叫我女儿落在窑子里头。
**狄妙才** 言重了。车辆走上。
　　（唱）一半租银你带定，（上车介）
　　　　香车转动奔归程。（下）

# 第 三 场

（狄希陈上）

**狄希陈** （唱）男女婚姻前生定，
　　　　须知阃内大有人。
我回家半日，为何不见二女儿前来问安？待我问来。（向内介）二

　　　　　　小姐哪里去了？
　　　　　　（内白）出了门儿了。
狄希陈　闺中幼女，私自出门，其情可恨。待她回来，我教训她一番。
　　　　　　（院子、丫鬟、卞氏、狄妙才上）
狄妙才　（唱）索得田租多饶兴，
　　　　　　　　归家报与我双亲。
　　　　　　爹爹。
狄希陈　好一个不出闺门的幼女！
狄妙才　爹爹为何如此的生气？
狄希陈　你一个幼女不好好在家，往哪里去了？
狄妙才　女儿出城下乡去了。
狄希陈　好，好，不但出门，还要出城，如此的不守闺箴，向前来。（打妙介）
　　　　　　（唱）贱人做事真可恨，
　　　　　　　　不但出门还出了城。
　　　　　　（狄妙才跪介）
狄妙才　爹爹。
　　　　　　（唱）女儿年幼忘教训，
　　　　　　　　还望爹爹多谅情。
　　　　　　　　事属因公请细问，
　　　　　　　　并非私自出闺门。
狄希陈　住了！
　　　　　　（唱）利口贱人休辩论，
　　　　　　　　须知我心下明如灯。
　　　　　　　　手执家法行教训——
　　　　　　（打狄妙才介。童氏上，打狄希陈介）
童　氏　（唱）你擅打娇儿为何情？
　　　　　　你怎么不来禀我，擅打女儿是何道理？
狄希陈　我因她私自出城，故而教训于她。
童　氏　是我叫她出城的。
狄希陈　怎么讲，是你叫她出城的？我不知是你叫她出城，我若知是你叫她出城……
童　氏　怎么样？
狄希陈　我也就不教训她了。
童　氏　你就少教训，还敢教训人？哦，女儿，收租之事怎么样了？
狄妙才　赵妈妈，见员外、安人。

| 卞　氏 | 叩见员外、安人，有五年的田租呈上。 |
| 童　氏 | 这就不对了。你欠我家十载租钱。怎么只还一半？ |
| 狄妙才 | 母亲，她家实是贫寒。若非女儿前去。连这一半也是没有的。况且她虽未偿还，却不曾勾账，明年还可向她索取。 |
| 童　氏 | 这也讲得是，我今日暂且收她这一半。 |
| 狄希陈 | 幸而是女儿索了一半回来，若是我索了一半回来，这条老命就算拉倒了。 |
| 童　氏 | 你若前去，莫说一半，就是一文你也取不回来。 |
| 狄希陈 | 我若取得回来，也不用女儿前去了。 |
| 童　氏 | 你外面去吧。 |
| 狄希陈 | 是。 |
| 院　子 | 员外，安人比上司厉害。 |
| 狄希陈 | 狗头！（打院子介，下） |
| 狄妙才 | 母亲，这位赵妈妈颇有干才，母亲何不委托于她？ |
| 童　氏 | 这也说得是，妈妈，你可在此帮同料理。 |
| 卞　氏 | 不行，我们当家的病的快死了，我得回去。 |
| 童　氏 | 我们要办喜事，你怎说个"死"字？ |
| 卞　氏 | 算我没说。 |
| 童　氏 | 你回去罢。（下） |
| 卞　氏 | 二小姐，您赏我女儿的钱，您怎么叫我明年还呢？ |
| 狄妙才 | 那是敷衍安人之词。 |
| 卞　氏 | 好，我当您真跟我明年要账呢。我出城去了。（下） |

# 第四场

（吕叔清上）

| 吕叔清 | 红锦裁云朝奠雁，紫箫和月夜乘鸾。老汉吕叔清。今日是我外男续弦之日，为此老汉到他家帮同料理，花轿已经前去，这般时候想必来也。 |

（四青袍抬嫁妆上）

| 四青袍 | 嫁妆到。 |
| 吕叔清 | 摆在前庭。（四青袍摆介，下。吕叔清看介）哦，她这份嫁妆好生奇怪，怎么连棒槌都摆在其内？上面有字迹一行，待我看来：三代传家。哎呀，这样东西也算传家之宝？真正好笑。待他们拜过天 |

地，我拉住狄希陈，也便明白了。
（内白）花轿到。

吕叔清　穿堂而过。
（【吹打】，狄希陈，轿夫抬狄美容上，过场下）

吕叔清　恭喜仁兄，贺喜仁兄，令爱于归，可喜可贺！
狄希陈　令外男完婚，也是一喜。
吕叔清　我有一事不明，要在仁兄面前领教。
狄希陈　有何金言，当面请讲，何言"领教"二字？
吕叔清　请问仁兄：这嫁妆之内，要这铁链等物何用？
狄希陈　这个哦，仁兄，铁链是锁门的，烙铁是烙衣服的，锥子是做鞋所用，都是日用离不得的。
吕叔清　这条棒槌呢？
狄希陈　棒槌是砸衣服的。
吕叔清　既是砸衣服的，乃是家家所有，怎么叫作传家之宝？
狄希陈　只因这棒槌年深日久，是一根多年的老棒槌。不但砸得衣服，你若有用它之处，它不论什么坚固之物，都可以砸得破，因此是传家之宝。
吕叔清　这样棒槌世间多的紧，倒底不算希罕之物。
狄希陈　哎，仁兄哦。
（唱）仁兄不解其中意，
　　　这条棒槌果然奇。
　　　见物便砸世无比，
　　　传家之宝数第一。（下）

（宋景玉上）

宋景玉　（唱）洞房花烛无意趣，
　　　要往青楼散心机。
吕叔清　贤甥，闻得你妻子十分厉害，你往哪里去？
宋景玉　洞房花烛无甚意味，外男要到朋友家中闲坐一回。你道甥妇厉害，我也不是好惹的。我去也。
（唱）东墙颇有生人气，
　　　丈夫岂受妇人欺。（下）

（狄美容上）

狄美容　（唱）霎时洞房失新婚，
　　　怎不教人怒不息。
　　　景玉，景玉！
吕叔清　贤甥媳，景玉出门去了，不在此地。

狄美容　您是吕家舅父吗？您外甥哪儿去啦？
吕叔清　这倒不知。
狄美容　您别装含糊，来来来，尝尝这个家伙。
吕叔清　什么家伙？
　　　　（狄美容取棒槌介）
狄美容　着棒槌！
吕叔清　甥妇不要动气，他往妓馆去了。
狄美容　怎么，他逛窑子去了，你怎么不管着点？
吕叔清　我管他不住。
狄美容　你管不了，让我来管。
吕叔清　好厉害。哦，我这才明白了，原来是这样一个传家之宝。我回家去吧，这是管不来的。（下）
　　　　（四妓、宋景玉上）
宋景玉　（唱）柳绿花红添喜气，
　　　　　　　高枝岂容一鸟栖。
　　　　娘子。
狄美容　你回来啦？
宋景玉　我回来了。
狄美容　我头一天过门，你怎么招这些狐狸精来？快给我赶出去！
宋景玉　赶不得，赶不得，不但赶不得，这些大姐都与我十分有情。我还要多用银钱，将她们买到家中，与娘子同主中馈。
狄美容　你真不知道死活，你来尝尝这个家伙。
宋景玉　这是一条棒槌，除了会砸，再没有用处，待我丢了它。（夺棒槌丢介）
狄美容　你真敢丢我传家之宝？跟你说，你再不讲理，你睄这三样。
宋景玉　这些东西有何用处？众位大姐与我丢了它！（四妓丢介）
狄美容　宋景玉，你真不讲理，我今日跟你拼了。
宋景玉　你要拼命么？来来来，这几位大姐都与你预备好了，刀绳俱全，请娘子寿终内寝，即刻升天。众位大姐，快快念起经咒，送娘子归西。
狄美容　你真逼我死，我还活个什么劲？我抹脖子啦。（作刎介，四妓敲木鱼念经介）你这把刀没开刃，抹不死。
宋景玉　不是刀没有开刃，分明你怕痛，这里还有绳索，你快快上吊。
狄美容　这根绳子比线还细，你叫我怎么吊？
宋景玉　你爱死不死，我要同众位大姐饮酒去了。
狄美容　你真没良心！（哭下）
宋景玉　我是大获全胜了，妇人伎俩不过如此。众位大姐来呀。（下）

## 第 五 场

（狄希陈上）

**狄希陈** 不想胭脂虎，也有入笼时。安人、女儿快来。
（童氏、狄妙才上）

**童　氏** 何事？

**狄希陈** 安人，从此我是不怕你的了。

**童　氏** 你不怕我，敢是吃了熊心豹胆？

**狄希陈** 我今日见着吕叔清，闻他言道，女儿的法术一概不灵，女婿竟自和些妓女畅饮一夜。如今女儿染病在床，原来你们妇人家降伏丈夫的本领不过如此，从今以后我也不怕你了。

**童　氏** 你少说这样的大话，慢说是你，就是女婿，我也将他降伏得不敢滋事，方显我的手段。吩咐预备车辆，往宋家去。

**狄妙才** 且慢！母亲前去，与那宋景玉，一个是岳母，一个是女婿，倘若言语不合，叫姐姐左右为难。母亲还是不去的好。

**童　氏** 难道罢了不成？

**狄妙才** 待女儿前去劝解一番。

**童　氏** 你今前去，见了宋景玉，只管的打骂，叫他晓得我母女的厉害。

**狄妙才** 女儿怎能打骂姐丈？我不是他的……

**童　氏** 什么？

**狄妙才** 母亲好不明白。

**狄希陈** 儿呀，还是叫你母亲去，试试宋景玉的厉害。

**狄妙才** 还是女儿去的好。吩咐车辆走上。
（唱）姐姐为人本鲁莽，
　　　焉能制服宋东墙。
　　　儿虽年幼智量广——

**童　氏** 小心了。

**狄希陈** 你还是不去的好。
（童氏、狄希陈下。车夫、院子，狄妙才登车，圆场，下车介）

**狄妙才** （唱）霎时到了宋家门旁。

**院　子** 门上有人么？
（童儿上）

**童　儿** 什么人？

**院　子** 我家二小姐到了。

| 童　儿 | 我家大娘子请小姐病房相会。 |
|---|---|
| 院　子 | 启二小姐：大小姐请二小姐病房相会。 |
| 狄妙才 | 如此，吩咐车辆门外伺候。 |

（院子、车夫下，狄妙才入介）

姐姐在哪里？小妹来了。

（狄美容病妆上，伏桌内介，狄妙才见介）

原来姐姐果然病了，在此昏睡，待我将她唤醒。啊，姐姐！

（狄美容醒介）

| 狄美容 | 妹子请坐。 |
|---|---|
| 狄妙才 | 有坐。 |
| 狄美容 | 这可好了，妹妹来了，我可有了帮手了。 |
| 狄妙才 | 姐姐此病，因何而起？ |
| 狄美容 | 是你姐夫气的我。 |
| 狄妙才 | 姐丈可在家中？我奉母亲之命到此，要与他相见。 |
| 狄美容 | 他出去逛去啦，大约也该回来了，你见了他，只管打他骂他。童儿，你到门口伺候，接大爷去吧。 |

（宋景玉上）

| 宋景玉 | （唱）勾栏之中多欢畅， |
|---|---|
|  | 　　　野草闲花分外香。 |
|  | 童儿，门外停放车辆，何方贵客在此？ |
| 童　儿 | 狄二小姐在此。 |
| 宋景玉 | 不是外人，待我进去。哦，姨妹。 |
| 狄妙才 | 姐丈。 |
| 宋景玉 | 请坐。 |
| 狄妙才 | 有坐。 |
| 宋景玉 | 姨妹到此，必有所为。 |
| 狄妙才 | 奉母亲之命，来与姐丈、姐姐问安。但不知我姐姐之病从何而起？ |
| 宋景玉 | 令姐之病她自己知道，我是不晓得的。 |
| 狄美容 | 你真没良心，我是你气病的，你别装没事人儿！ |
| 宋景玉 | 你自己要病，与我何干？ |
| 狄美容 | 什么与你无干？你不外边胡逛，我也不能愁出病来。 |
| 狄妙才 | 姐姐，不要与姐丈生气。依小妹看来，男子在外游玩是常有之事，你只可顺其自然，慢慢地待他回心转意。岂可妄动无明，白白的气坏自己身体。 |
| 宋景玉 | 好一个明白的狄二小姐，我当初与你家结亲，悔不该订了令姐，不订…… |

狄妙才　什么？
宋景玉　不订别人。
狄美容　你真气死我了。
　　　　（唱）闻言怒气往上撞，
　　　　　　　世间哪有这负心的郎。
　　　　　　　越思越想悲声放——（吐血介）
　　　　　　　三魂渺渺不久长。（死介）
狄妙才　（唱）不料吾姊顷刻丧，
　　　　　　　连枝同气两分张。
　　（宋景玉哭介）
宋景玉　妻呀！
狄妙才　姐丈不必悲伤，料理丧事要紧。
宋景玉　家丁走上。（四青袍上）将主母尸首停放正庭。
　　（四青袍搭狄美容下）
狄妙才　小妹要回去，报与家父、家母。
宋景玉　有劳贤妹。
狄妙才　告辞了。
　　（车夫上，狄妙才登车，下）
宋景玉　好一个美貌的狄二小姐，好一个聪明的狄二小姐！哎，这都是我舅舅不好，当初往狄家提亲，怎的说了他家大小姐，不说他家二小姐？幸而这个蠢妇已死，且待丧事办完，再到他家求亲便了。（下）

# 第 六 场

（卞氏上）
卞　氏　（唱）人生在世如春梦，
　　　　　　　看来贫富一般同。
　　　　咳，你说这个巧劲。我在狄家听说我们老头子病的厉害，等我回来，他已死了。我忙着办丧事，到狄家借俩钱，不想他们大姑奶奶也死啦。宋姑爷太不讲理，连老太太都怕了他啦。他们一家不高兴，我也没敢张嘴。今天是我们老头子六十天，我不免去上个坟便了。
　　　　（唱）生懵懂来死懵懂，
　　　　　　　无怪一生总是穷。（下）

# 第 七 场

（吕叔清、宋景玉上）

**吕叔清** （唱）姻缘离合只一瞬，

**宋景玉** （唱）再求舅父作冰人。

**吕叔清** 贤甥，你拉我到狄家做甚？

**宋景玉** 要求舅父做媒。那狄希陈的二女儿，外男曾经见过，相貌才情都比她姐姐胜强十倍。舅父与我再做一次冰人。

**吕叔清** 你敢是疯了？你把他大女儿活活气死，怎么又要娶他第二女儿？他家是定不应允，我何必来撞南墙。

**宋景玉** 舅父，那狄家惧怕外男，连他女儿死了，童氏都不敢上门吵闹。此番求亲，谅他不敢不允。

**吕叔清** 也罢，我便舍了我这老面皮，替你说媒便了。门上有人么？

（院子上）

**院　子** 原来是吕老爷、宋相公。

**宋景玉** 我是你家姑老爷，什么宋相公。

**吕叔清** 快去通禀，说我二人求见员外、安人。

**院　子** 有请员外、安人。

（狄希陈、童氏上）

**狄希陈**
**童　氏** （同）何事？

**院　子** 吕老爷、宋姑老爷求见。

**童　氏** 我家小姐已死，还称什么姑老爷？

**狄希陈** 他二人到此，必有所为。请他们进来。

**院　子** 员外、安人有请。

**吕叔清** 仁兄、仁嫂。

**狄希陈**
**童　氏** （同）吕仁兄。

**宋景玉** 岳父、岳母。

**童　氏** 什么岳父、岳母？

**宋景玉** 你家令爱许与小婿，自然要称你岳母，他是岳父。

**童　氏** 如今是不相干了。

**宋景玉** 我是做定了你家的姑爷了。

**狄希陈** 请坐。

| 吕叔清 | |
|---|---|
| 宋景玉 | （同）有坐。 |

狄希陈　吕仁兄到此，必有所为。

吕叔清　这个，哦，仁兄、仁嫂，只因大令爱病故，宋家有意再求二令爱以做填房，望乞金诺。

童　氏　住了！想我当日误听你言，将大女儿许配宋景玉，不想被他活活气死。你怎么还敢前来求亲？真个岂有此理！

宋景玉　岳母此言差矣。想大令爱自己短命身亡，小婿心中悲痛，不愿再订别家，才来二次求亲。你怎么唐突起我舅父来了？

童　氏　你好利口也！

　　　　（唱）我心亮亮如明镜，
　　　　　　　劝你不必乱胡云。

（狄妙才上）

狄妙才　（唱）母亲何事闲争竞，
　　　　　　　忙到前堂问原因。

　　　　爹娘。

狄希陈　见过你伯父、姐丈。

狄妙才　伯父、姐丈。

吕叔清　此位是？

狄希陈　这就是二小女。

吕叔清　原来是二小姐。

童　氏　儿啊，你不居绣阁，到前堂做甚？

狄妙才　女儿听得母亲言语声高，不知又与何人生气？

童　氏　我与宋景玉生气，你不要多管。

狄妙才　母亲与姐丈生气，不知为了何故？

童　氏　无非为你姐姐之事。

狄妙才　想姐姐是因病身亡，与姐丈什么相干？况且男子汉在外闲游，留情花酒也是风流才子所为。姐姐无故地生气，全非女子柔顺之道。如今姐丈仍到我家，便是不忘旧好。自古道"利刃不断亲情"，那些旧话不提也罢。

宋景玉　（背介）好一个明白的女子！

童　氏　你晓得什么？宋景玉又来求亲，要娶你做填房。

　　　　（狄妙才羞介）

吕叔清　仁兄，听二令爱之言，必能与我外男和好，这姻缘望乞俯允。

狄希陈　既是宋家不忘旧好，我依允就是，择一良辰就可抬亲。

吕叔清　你担得起？
狄希陈　我担得起。
吕叔清　多谢仁兄，我甥舅告辞。正是：狄翁改常性，
宋景玉　敢主儿女婚。（下）
童　氏　老天杀的，我不应允，你怎么大胆应承？
狄希陈　家中之事有我做主，我如今不怕你了，你若多言我便打你。
童　氏　你敢打我，岂不是反了？
狄希陈　自古官逼民反，你这老乞婆，今日妻逼夫反了。
童　氏　你要打我，我还要打你哪！你向前来。（打狄希陈介）
狄希陈　好泼妇，这样动手动脚，不要走，着打！
　　　　（打童氏介，童氏躲介）
童　氏　女儿劝一劝，打死为娘了。
　　　　（狄妙才拦介）
狄妙才　爹、娘，儿女婚姻是一桩小事，爹娘何必生气。
童　氏　你说是小事，为娘却道是大事。
狄妙才　母亲，婚姻之事本由天定。爹爹既已应允，母亲何必枉作冤家？
童　氏　听你之言，莫非愿嫁宋景玉不成？
　　　　（狄妙才羞不答介）
　　　　那宋景玉十分厉害，岂是嫁得的？
狄妙才　这……
童　氏　你是已经愿意了，为娘也不管了，看来你是受定了气了。
　　　　（狄妙才羞，下）
狄希陈　我做了数十年的丈夫，今日才施展丈夫的威风。老乞婆，后面去吧。
　　　　（下）

# 第八场

　　　　（四青袍、轿夫、宋景玉上，狄希陈上，迎入介）
宋景玉　叩见岳父！
狄希陈　你真是大才，难得这棚喜事办得如此迅速。
宋景玉　请岳母相见。
狄希陈　不见也罢。吩咐动乐，搀新人，你们回去拜堂。
　　　　（宋景玉奠雁、祭祖介，丫鬟扶狄妙才上，入轿介，狄希陈下。圆场，

（四青袍、轿夫下，傧相上，宋景玉、狄妙才拜堂，入洞房，坐介。傧相、丫鬟下）

**宋景玉**　娘子，我与你虽是新婚，原系旧戚，鸾胶重续，亲上结亲，真乃天赐良缘。

**狄妙才**　久仰郎君才高志远，你不是寻常之辈，愿郎君也莫把妾身当作庸俗脂粉。

**宋景玉**　娘子本不是庸俗脂粉，只是我宋景玉的妻子是不易做的。

**狄妙才**　郎君，自古道知难不难。

**宋景玉**　好，好一个知难不难，娘子真是个聪明妇人。

**狄妙才**　久闻郎君青楼之中多有相知，你我虽是新婚，却不可因为妾身耽误你的游兴。

**宋景玉**　娘子，小生与你情义非常，哪有花烛未完，便去冶游之理？

**狄妙才**　后妃不妒文王，才有百子，你不可把我当作嫉妒之人。

**宋景玉**　我游逛定要游逛，却不忙在今朝。来来来，你我同入罗帏。
　　　　　（唱）姻缘本是前生定，

**狄妙才**　（唱）月老早已系赤绳。

**宋景玉**　（唱）你我解衣同安寝。

**狄妙才**　（唱）关雎虽乐却不淫。（下）

# 第九场

（赵红香上）

**赵红香**　长就如花态，
　　　　　生成咏絮才。
　　　　　家贫无可卖，
　　　　　典却旧裙钗。
　　　　　奴家赵红香，山东人氏。爹爹赵三，母亲卞氏，膝下无儿，只生我一人。不想爹爹身得重病，一命归阴。撇下母女二人分文无有，这日子怎么过哟！
　　　　　（唱）爹爹去世娘年老，
　　　　　　　　四壁全空甚萧条。
　　　　　　　　少弟无兄将谁靠，
　　　　　　　　孤苦伶仃无下梢。

（卞氏上）

卞　氏　（唱）人到穷时生计较，
　　　　　　　　见了女儿说根苗。
赵红香　妈，您起来啦？
卞　氏　我起来了。你坐下说话。
赵红香　告坐。
卞　氏　咳！
赵红香　妈呀，您怎么咳声叹气的？
卞　氏　自从你爹死后，任什么没留下，咱们这日子真过不了。妈妈倒想了，这个日子妈妈非往前走一步不可。无奈岁数太大啦，嫁个老的怕他又先死了，妈妈得守两份儿寡。嫁个小的，不差什么的，年轻的，妈妈全养得下来，谁往家抬个活母亲呀？
赵红香　爹活的日子种的谁家的田？
卞　氏　城里狄家的田。
赵红香　咱们何不到狄家，借几个钱做个买卖？
卞　氏　做买卖？（背介）叫她这句话把我提醒了。我们做什么买卖？我瞧她人有人才，文有文才，不如叫她做那个买卖。哎，她是我亲生女儿，要真让她干那个，我拿什么脸对我老头子？有了，且到狄家托人给她做个媒，我招个养老女婿倒是不错。我说红香，你说的倒是个主意，只是你一个人儿在家妈妈不放心，你得跟妈妈去一趟。
赵红香　您进城就回来，我去干什么？
卞　氏　别那么说，妈妈打好了主意啦，后半辈就指着你了。你一个人儿在家要出了岔儿，妈妈可受不了。咱们走哇！
　　　　（唱）母女二人商量好——
赵红香　（唱）贫穷只得求富豪。（下）

# 第十场

（宋景玉上）

宋景玉　（唱）人逢喜事翻添闷，
　　　　（狄妙才上）
狄妙才　（唱）谅彼难猜袖中情。

　　　　　　郎君你我夫妻如鱼得水，这几日因何愁闷？
宋景玉　娘子哪里知道，令姐虽然情性高傲，容颜倒也不差。今日我对了新
　　　　人，不免思念旧人。
狄妙才　人死不能复生，官人请自排遣。哎，姐姐呀！（哭介）
宋景玉　你劝我排遣，你怎么哭起来了？
狄妙才　官人在家烦闷，何不到秦楼楚馆散闷一番？
宋景玉　正合我意，我去也。
　　　　（唱）秦楼楚馆多饶兴，
　　　　　　　莫对新人思旧人。（下）
宋景玉　（唱）莫道男儿多薄幸，
　　　　　　　从来女子少才能。
　　　　（苍头上）
苍　头　叩见姑奶奶！
狄妙才　你到此何事？
苍　头　您不知道，老爷子改了脾气啦。先前老爷子怕老太太，现在老太太
　　　　怕老爷子。今日老爷子又打老太太，把老太太打急了，差我接您回
　　　　去劝劝。
狄妙才　有这等事，车辆走上。
　　　　（车夫上）
狄妙才　（唱）世事如棋猜不定，
　　　　　　　爹爹也自改性情。
　　　　　　　登车一去如转瞬——
　　　　（上车介，圆场，下车介。童氏上，苍头、车夫下）
　　　　　　　妙才今日赋归宁。
　　　　母亲万福。
童　氏　罢了，坐下。
狄妙才　告坐。（坐介）母亲，为何不见爹爹？
童　氏　你爹爹如今改了性情，不但不听为娘言语，动不动就抡拳伸掌。方
　　　　才又将为娘打了一顿，出门去了。
狄妙才　母亲不要生气，女儿自然要劝爹爹回心转意。
童　氏　你不要说得如此容易。你归宁之时，东墙可在家中？
狄妙才　女儿出门时节，宋郎先已出游去了。
童　氏　却又来！你自己的丈夫你尚且不能管他出门，又怎能劝得你爹爹？
狄妙才　母亲但放宽心，女儿用它一年半载的工夫，管叫宋东墙永不出门。
童　氏　只怕你不能。

狄妙才　女儿早有成算。
童　氏　既有成算，因何不做将出来？
狄妙才　女儿的计策非一人所能作，还要寻觅辅助之人。有道是单丝不成
　　　　线，独木怎成林。
　　　　（卞氏、赵红香上）
卞　氏　（唱）只为家贫无可奈，
赵红香　（唱）因此母女进城来。
卞　氏　门上有人么？
　　　　（苍头上）
苍　头　什么人？
卞　氏　劳驾替回一声，说赵卞氏求见安人。
　　　　（苍头入）
苍　头　启安人：赵卞氏求见。
童　氏　唤她进来。
　　　　（苍头出）
苍　头　安人唤你。
　　　　（卞氏、赵红香入介）
卞　氏　安人，二姑奶奶。
童　氏　罢了。
赵红香　叩见安人。
童　氏　你不是美容女儿么？自你去世，我日日念经拜佛，超度与你，你不
　　　　要惊吓与我。
卞　氏　安人，这是我女儿红香，不是大姑奶奶显魂。
童　氏　怎么与我大女儿一般模样？
狄妙才　是啊，与姐姐一般模样。
卞　氏　不单一个模样，保管戏也会的一般多。
童　氏　罢了。妈妈，你到此何事？
卞　氏　一来给安人请安，二来我当家的去世以后，我家里一个大也没有，
　　　　母女们看看饿死。您这门里常周济穷人，待我又跟别人不同，要求
　　　　您赏几钱，我母女死了，也忘不了您的好处。
童　氏　是啊，我待你与待别人不同。别人借钱无有，你来借钱……
卞　氏　不用说是有的。
童　氏　也是无有。
卞　氏　您拔根汗毛都比我的腰粗，恤老怜贫有您的好处。您要一定不借，
　　　　我可要骂啦！

童　氏　我且问你，钱是谁家钱？
卞　氏　是您家钱。
童　氏　既是我家的，借不借全在于我，你怎么说是要骂？我也看出来了，我不借钱与你，你是要骂。我若借钱与你，待等催讨之日，你还是要骂我。还是不借与你的好。
卞　氏　您不借就不借，我还有个女儿呢。哪怕叫她下窑子，我也弄得钱来。我可要走哇！
童　氏　又不是我叫你来与我借账的，你走不走与我何干？我要睡午觉去了。
　　　　（下）
卞　氏　睡午觉？睡长觉结了。女儿，咱们走哇。
狄妙才　妈妈且慢，我有话讲。
卞　氏　您赏我几块是怎么着？
狄妙才　我此刻哪有银钱与你？
卞　氏　您没钱，我没工夫陪您说话。
赵红香　妈呀，既是二姑奶奶有话说，咱们问明白了再走，何必这么忙？
卞　氏　对，就依着你。二姑奶奶，您有什么话说？
狄妙才　言语甚多，妈妈、大姐坐下讲。
卞　氏
赵红香　（同）我们谢谢您啦！（坐介）
卞　氏　姑奶奶有什么吩咐？
狄妙才　妈妈，你丈夫去世，你既无钱，你就该想条生计。
卞　氏　我们孤苦伶仃，实没生计。我想往前走一步，岁数又大了。要想在女儿身上生财，我是她的亲妈。
狄妙才　令爱有这般才貌，与你令爱招个快婿，你母女就不愁衣食了。
卞　氏　您说的那么容易，高不成低不就，哪儿找主儿去？
狄妙才　可肯给人做妾？
卞　氏　我这个岁数儿，给人做妾人也不要。
狄妙才　我说的是令爱。
卞　氏　您说的是她呀？我闹错了。我倒愿意把她给人做妾，哪儿找主儿去呀？
狄妙才　我有意与令爱做媒，不知妈妈意下如何？
卞　氏　您给我丫头做媒？敢情好极啦，不知道是哪一家？
狄妙才　就是我家官人。
卞　氏　哟，姑奶奶真是宽宏大量。您过门将一两月，就给姑爷弄妾，真算一点酸的不吃。

| 狄妙才 | 我生平最看不起那些无故捻酸的蠢妇，动不动为了男子贪恋女色与他吵闹。不知男子的性情并非轻妻重妾，只不过以难得为贵。若是做妇人的不去捻酸，叫那男子把娶妾当作寻常，自然无有宠妾灭嫡的行为。
| 卞　氏 | 您可明白透了。
| 狄妙才 | 这是眼面前的道理，并非深奥。
| 卞　氏 | 您这么明白，待我女儿一定不错。我答应了，多会儿进门？
| 狄妙才 | 妈妈虽然应允，只是令爱一时还不能进门。
| 卞　氏 | 我女儿既给您府上了，怎么又不叫他进门？请问您给多少钱的身价？
| 狄妙才 | 身价我是分文不付。
| 卞　氏 | 身价分文不付就算没买卖了，我的女儿不能白给。
| 狄妙才 | 哪有白要你女儿之理？这内中多有缘故，当着令爱不便启齿。
| 卞　氏 | 您只管说。我们闺女什么没见过？您没什么不好说的。
| 狄妙才 | 令爱若到我家做妾，必须先要当娼。
| 卞　氏 | 姑奶奶，我可罚您，哪有叫自个家姨奶奶当娼的？
| 狄妙才 | 当娼虽是当娼，却只许我家官人一人去嫖的。
| 卞　氏 | 勾栏院是公共娱乐场，怎么能够只许一个人嫖？
| 狄妙才 | 这是计策。
| 卞　氏 | 您这是怎么一个计策？
| 狄妙才 | 只因官人在外冶游，浪费金钱，我有意求妈妈母女假作娼家，引诱官人。我再用手段警悟他的痴心，也好保全宋氏的家业。
| 卞　氏 | 这个主意倒是不错，我还说您不吃醋呢，敢情您吃醋的能耐比谁都厉害。
| 赵红香 | 姑奶奶，话虽如此，只我也是良家之女，这当娼的事业可做不来，不能从命。
| 狄妙才 | 你不过假设勾栏，何必如此拘泥。若得官人回心之后，我决不忘你大功。
| 卞　氏 | 孩子，如今笑贫不笑娼，何况你这当娼反正是假的。
| 赵红香 | 既是妈也这么说，我答应就是。可是一样，我只接他这一个。
| 狄妙才 | 这个自然，你母女即刻进城，假设勾栏，成功之日，我另有重报。
| 卞　氏 | 我们假设勾栏没人引诱，怎么能跟宋姑老爷凑在一块？
| 狄妙才 | 这个也罢，宋郎有一舅父名唤吕叔清，待我托他做个引荐之人。
| 卞　氏 | 舅父拉皮条纤儿，这倒不错。
| 赵红香 | 这个主意倒底不妥当。
| 狄妙才 | 姑娘啊。

　　　　　（唱）安排巧计如神算，
　　　　　　　　好似三国女貂蝉。
　　　　　　　　撒下满江钩和线，
　　　　　　　　暗中献出巧连环。
　　　　　　　　做事须通常与变，
　　　　　　　　守经不得就要从权。
　　　　　　　　官人枉自烟花恋，
　　　　　　　　叫彼离开无底船。
　　　　　　　　但得宋郎心意转，
　　　　　　　　不枉我劳心这一番。
卞　氏　（唱）母女此去有成算，（卞氏、赵红香下）
狄妙才　（唱）宋郎难过这重关。
　　　　且住！她母女已去，我母亲现在安眠，我不必惊动，回家去吧。正是：欲防男子怜香意，须用神人驯虎机。（下）

## 第十一场

　　　　（宋景玉上）
宋景玉　冶游添春兴，难得美佳人。
　　　　（吕叔清上）
吕叔清　宋氏真不幸，令人常挂心。东墙！
宋景玉　舅父来了，请坐。
吕叔清　你也坐下。东墙，你这几日花天酒地，太觉劳神了。
宋景玉　我乐此不疲，倒也不觉劳乏。
吕叔清　你真不可救药也！
　　　　（狄妙才上）
狄妙才　（唱）巧计安排人难解，
　　　　　　　东墙怎能识妙才。
　　　　官人。
宋景玉　娘子回来了，见过舅父。
狄妙才　舅父万福。
吕叔清　甥妇请坐。
狄妙才　有坐。

宋景玉　你娘家接你做甚？
狄妙才　我爹爹如今不怕我母亲了，时常吵闹，为此接我回去劝解。
宋景玉　你怎生劝解？
狄妙才　我爹爹未曾回家，叫我也无从劝解。
宋景玉　你爹爹还有些男子气，但不遇我宋景玉，他也不知妇人无用。
狄妙才　妇人么，也不得一样。
宋景玉　你陪舅父少坐，我要到勾栏散闷，少时就回。
吕叔清　你夫妻正好叙话，贤甥何必冶游？
狄妙才　他在家不乐，舅父让他去吧。
宋景玉　好个知趣的娘子，我去了。在家本是无聊赖，不如冶游散心怀。（下）
吕叔清　咳，可惜宋东墙一生美才，断送烟花之手。
狄妙才　舅父，男子冶游也是寻常，舅父何必着急？
吕叔清　不是呵！走马看花原无不可，似他这等游荡，你还是理当劝解于他。
狄妙才　他不听我言，我其奈他何？
吕叔清　难道由他胡为不成？
狄妙才　甥妇倒有条计策，莫如寻一美女，假作娼家，将他银钱骗去，叫他受些折磨，他自然回心。
吕叔清　计倒是好计，哪里去寻美女？
狄妙才　甥妇娘家佃户赵三之女，名唤红香，堪当此任。甥妇已与她母亲卞氏商议好了。
吕叔清　无人牵合也是枉然。
狄妙才　甥妇意中倒有一人，可以从中说合。
吕叔清　但不知又是何人？
狄妙才　就是舅父。
吕叔清　老夫可以做得的？
狄妙才　非舅父不可。
吕叔清　赵红香我不认得，怎能牵合？
狄妙才　她住在东小巷。
吕叔清　既你再三托付，我依允就是。
狄妙才　舅父若能依允，真乃宋门之幸。
吕叔清　话虽如此，只是我挨骂不起。
狄妙才　舅父若不挨骂，何人挨骂？
吕叔清　着哇！舅舅不挨骂，何人挨骂？我情愿挨骂。
狄妙才　舅父既愿挨骂，受我一拜！

（唱）玉山颓倒深深拜，
　　　舅父须听我安排。
（宋景玉上）

**宋景玉**　（唱）嫖妓归家多光彩，
　　　河东狮子不敢来。
舅父。

**吕叔清**　你怎么回来得甚快？

**宋景玉**　那些妓女都出局去了，故此来得甚快。

**吕叔清**　我看你新娶之妻十分美丽，你怎么专好冶游？

**宋景玉**　连我自己也不知是个什么缘故。自家妻子总然美若天仙，也觉得平常。青楼大姐哪怕丑陋，也觉得有趣。

**吕叔清**　你这两句话，只怕那做嫖客的人人心中如此。

**宋景玉**　看酒来，与舅父同饮。

**吕叔清**　家中闷酒有何趣味，如今东小巷有个新来妓女，你我何妨到那里一游？

**狄妙才**　舅父，你怎么带外男冶游？

**吕叔清**　这还是你……（狄妙才作手势介）还是你丈夫愿去。

**狄妙才**　舅父，你小心同他去罢。（下）

**吕叔清**　东墙走哇。
（唱）袖内机关他怎解，

**宋景玉**　（唱）东墙本是不羁才。

**吕叔清**　（唱）大家同步出门外——
（圆场，卞氏、赵红香上）

**宋景玉**　（唱）果然好个美裙钗。
哎呀，妻呀！

**卞　氏**　你这人是疯子吧？

**宋景玉**　我一时眼花，见这大姐与我前妻一般模样，故而失神，妈妈休怪。

**卞　氏**　你这是神经病！您贵姓？

**吕叔清**　老汉吕叔清。

**卞　氏**　这位少年呢？

**吕叔清**　这是我外男，名唤宋景玉。

**卞　氏**　舅舅带着外甥逛窑子，这可真是好家风。

**宋景玉**　请问妈妈上姓？

**卞　氏**　我们老头子姓赵，我娘家姓卞。

**宋景玉**　这位大姐乃是你何人？

| 卞　氏 | 这是我女儿红香。
| 宋景玉 | 红香，好一个响亮的名字啊！哦，大姐。
| 卞　氏 | 您有什么话跟我说。
| 宋景玉 | 哦，舅父。
| 卞　氏 | 大姐跟舅父搅在一块可不像话。
| 吕叔清 | 贤甥怎么欲言又止？
| 宋景玉 | 这，哎，我的舅父。
| 吕叔清 | 我明白了，你在此少坐，我告辞了。正是：不是渔父引，怎得见波涛。（下）
| 卞　氏 | 这位舅舅可真有眼力劲儿！您有什么话说吧。
| 宋景玉 | 这个……
| 卞　氏 | 咳，我说人家有眼力劲儿，我怎么没眼力劲儿？我也躲躲。（下）
| 宋景玉 | 请问大姐芳龄几何？
| 赵红香 | 奴家一十八岁。
| 宋景玉 | 可曾梳扰否？
| 赵红香 | 这……（羞不答介）
| 宋景玉 | 我也不消细问，大姐随我来。（赵红香羞态，下）
| 宋景玉 | （笑介）哈哈哈！（下）

# 第 十 二 场

（狄妙才上）

狄妙才　（唱）东墙欠了烟花债，
　　　　　　　宿柳眠花不回来。
　　　　　　　巧定机关他不解，
　　　　　　　方知闺阁有奇才。
　　　　　　　河东狮吼真无赖，
　　　　　　　令人齿冷笑裙钗。

（宋景玉上）

宋景玉　（唱）爱生情来情生爱，
　　　　　　　千金难买女裙钗。
　　　　　（入介，翻箱取银介）

狄妙才　你取这些银两做甚？

宋景玉　只因城中新来一个妓女，名唤赵红香，我与她情投意合，故此要取这些银两，以作缠头之赠。

狄妙才　这妓女有何好处，你如此的迷魂荡魄？

宋景玉　她才貌双全，还有一件稀奇之处。

狄妙才　还有什么稀奇之处？

宋景玉　她生得与你亡故的令姐相貌相同。

狄妙才　岂有此理，怎么拿我姐姐比起妓女来了？

宋景玉　相貌虽与令姐相同，只怕才华性情比你姐妹都强的多。

狄妙才　既有这般的好女子，你何不把她娶回家来？

宋景玉　青楼中另有青楼风味，我若把她娶进门来，也就与你一般是毫无风趣。

狄妙才　你说得青楼风趣如此的佳妙，我也要领略这青楼的风趣。

宋景玉　你是我宋景玉的妻子，万无做妓女的道理，怎能领略青楼风趣？

狄妙才　我想男子动不动三妻四妾，还要出去冶游，我们妇人难道终日在家，守着一个丈夫闷坐不成？我今日也要……

宋景玉　娘子要怎么样？

狄妙才　也要出去，与你们男子一样寻个欢乐。

宋景玉　岂有此理，你难道叫我戴绿头巾么？

狄妙才　你不要着急，我有意同你去往红香家游玩一番，不知你可肯带我前去？

宋景玉　原来如此，吓了我一身冷汗。哦，娘子，妇人家哪有到妓院之理？

狄妙才　如今世事不比从前，妇人游玩何处不去？怎么妓院便去不得？你既是个风流才子，我也要做个风流女子，你我夫妻何不留一段风流佳话？

宋景玉　倘别人看见，把你也错认作妓女，我依然要戴绿头巾。

狄妙才　她家是无别人去的。

宋景玉　你怎么知道？

狄妙才　这……

宋景玉　不是你提起，我倒忘怀了。她家自开市以来，果然无有别人。你既然高兴，她家离此不远，待我叫车来，你我同去。

狄妙才　既是离此不远，何妨步行前去？

宋景玉　倒也使得，你我去吧。（向内介）童儿，小心看守门户。（出门介）

狄妙才　红香若果有才貌，我也在她家住几日。

宋景玉　你也要住几日，你是什么心思？

狄妙才　啐！到了没有？

宋景玉　到了，我们进去。
　　　　（卞氏上）
卞　氏　宋相公来啦？您怎带着个堂客，是要上我们这儿混事的吗？
宋景玉　胡说，这是我家娘子。
卞　氏　既是宋娘子，我得见个礼。原来是狄……（狄妙才作手势介）原来是嫡配大娘子，我这儿有礼啦。
狄妙才　妈妈少礼。
卞　氏　这位大娘子，可真透着和气呀。
宋景玉　妈妈，请大姐相见。
卞　氏　你们大娘子在这儿，我可不敢叫她出来，要打了醋坛子我可受不了。
狄妙才　妈妈，我不是那样人，今日前来原要会会令爱。
卞　氏　你不是见过吗？
狄妙才　我几时见过她的？
宋景玉　妈妈，我家娘子是不认识大姐的。
卞　氏　不错，是不认识，我给你们叫她去。姑娘见客啦！
　　　　（赵红香上）
赵红香　妈呀，哪一位？
卞　氏　反正是客，你见去就结了。
赵红香　不行，我这个妓女是票友。
卞　氏　宋相公同了一位朋友来。
赵红香　这就不对了，我有言在先，不接第二个人，他的朋友我也不能见。
卞　氏　这个朋友个别另样，你一见就明白了。
赵红香　个别另样，我去睄睄去。（入介）宋大爷。
宋景玉　大姐。
　　　　（赵红香看狄妙才介，狄妙才作手势介）
赵红香　大爷，这位是……
宋景玉　乃是我家娘子，见过大姐。
狄妙才　大姐。
赵红香　娘子。（向卞氏介）妈呀，没想到我接了个女客。（向宋景玉、狄妙才介）大爷，你大概在家里惹了祸啦。不用说，你们娘子看着你，寸步不离，一直跟到我这儿来了。
宋景玉　不是呵，只因我家娘子闻知大姐才貌双全，特来相会与你。
狄妙才　官人，不当讲的你不要讲了。
宋景玉　这，我便不讲。
赵红香　大爷，您怎么不往下说呀？

| | |
|---|---|
| 宋景玉 | 我讲了出来，娘子脸上无光。 |
| 赵红香 | 咳，我听得您自己说过，您是不怕女人的。今天当着你们大娘子，这么吞吞吐吐的，您还是有点怕。 |
| 宋景玉 | 你道我惧怕女人么？我实说了吧，只因大姐相貌与她去世的姐姐一般。 |
| 狄妙才 | 官人，你为何直说出来？ |
| 宋景玉 | 我不说，大姐道我惧怕女人。 |
| 狄妙才 | 大姐是男子是女人？ |
| 宋景玉 | 自然是女人。 |
| 狄妙才 | 如此说来，你还是惧怕女人。 |
| 卞　氏 | 大爷，您不说是怕大娘子，您说了是怕我们丫头，您倒左右做人难。 |
| 宋景玉 | 我虽然有些难处，她两个的难处也多得紧，到了晚来呀…… |
| 赵红香 | 妈呀，快备酒去。 |
| 宋景玉 | 我用过饭了。 |
| 赵红香 | 我今日为的你们大娘子。 |
| 狄妙才 | 太费心了。 |
| 卞　氏 | 什么费心不费心，反正是您那几个钱，吃一个我少还您一个。 |
| 宋景玉 | 妈妈，什么还钱？ |
| 卞　氏 | 我办了酒，总得还人家钱。 |
| 赵红香 | 将酒摆下。 |
| | （卞氏摆介，宋景玉、狄妙才、赵红香同坐饮介） |
| 狄妙才 | （唱）温柔乡里有情趣， |
| | 　　　多少男儿被色迷。 |
| | 　　　他那里妄想成连理， |
| | 　　　怎知我暗暗费心机。 |
| | 　　　今朝用尽千般计， |
| | 　　　不识迷人知不知。 |
| 赵红香 | 大娘子，请用一杯。 |
| 狄妙才 | 大姐不要如此称呼，你我姊妹相称。 |
| 宋景玉 | 有趣得紧，大姐，你便依她。 |
| 卞　氏 | 您别高兴，我们是混事的，你们大娘子跟我们丫头认了姊妹，莫非也想吃这碗饭？ |
| 宋景玉 | 岂有此理！哦，大姐。（赵红香作不理介）我明白了，娘子你回去罢。 |
| 狄妙才 | 我的游兴未足，不能回去。 |
| 宋景玉 | 不是呵，恐怕再有游人进来看见你，有许多不便。 |
| 狄妙才 | 如此说来，官人吃醋的了。 |

宋景玉　世间上哪有不吃醋之人？
狄妙才　依官人看来，吃醋的好，不吃醋的好？
宋景玉　人不吃醋哪里还算个人？
狄妙才　官人，你终日冶游，我从不拦阻，难道我便不算个人？
宋景玉　这，娘子的贤德实是少有，我失言了。只是娘子素日贤德，今日也要贤德，你还是回去吧。
狄妙才　我也喜青楼风趣，不愿回去了。
宋景玉　我游逛得高兴，不知紧要。你若也喜这青楼的风趣，却是使不得，你去吧。
卞　氏　您别让娘子走，今天让她在这儿，替我们姑娘当一宿差。
狄妙才　这样差使，岂可替得？
卞　氏　反正是宋相公，不是别人，您又怎么替不得？
宋景玉　还是让她回去的好。
卞　氏　对了，你们是家里见。
狄妙才　要我回去，官人再饮一杯。
宋景玉　我就再饮一杯。（醉倒介）
狄妙才　妈妈，你只管向他要钱。
卞　氏　要钱我会。
狄妙才　至少要他三千。
卞　氏　三千我可足了。
狄妙才　但是暗中却要还我。
卞　氏　得，我敢情是过路财神。
狄妙才　日后有你的好处。
卞　氏　只要有好处就行。
狄妙才　我去了。正是：胸中有成算，目下无全牛。（下）
卞　氏　这可真新鲜，有媳妇叫窑子狼爷们的。（入介）大爷该醒醒啦！
宋景玉　好醉，好醉！
卞　氏　酒吃完了，该给钱了。
宋景玉　要钱有哇。（付钱介）
卞　氏　大爷钱给的真方便。
赵红香　妈呀，您拿这笔钱又可以吃几天了。
卞　氏　吃可是够吃几天的，你也打点首饰，做点衣裳。
赵红香　我打首饰、做衣裳可不够。
卞　氏　不够，你另打主意。
赵红香　大爷，我的首饰旧了，衣裳破了，求您给置办置办。

宋景玉　这个容易，待我回家去多取银两，替你置办。
赵红香　事不宜迟，起紧给我取钱去。
宋景玉　我明天去取。
赵红香　不行，您今日去吧。
宋景玉　不知要多少？
赵红香　这……
卞　氏　至少得三千。
宋景玉　三千？你须多等几日。
卞　氏　你叫我们姑娘干什么，她立刻就干什么，永远没让您等着过，今天我们姑娘也不等。
宋景玉　也罢，待我即刻去取。
卞　氏　这不结啦？
宋景玉　我去了。（出介，卞氏、赵红香下）
　　　　红香果是不差，与娘子比在一处，各有妙处。只可惜衣服不甚鲜明，我倒要替她多做几件。来此是我自己的家了，开门。
　　　　（童儿上，开门介，宋景玉入介。狄妙才上）
狄妙才　官人。
宋景玉　请坐。
狄妙才　官人，我将将到家，怎么你也回来了？
宋景玉　我是回家来取银钱的。
狄妙才　取银钱做甚？
宋景玉　与那赵红香打首饰、做衣裳。
狄妙才　官人要用多少钱？
宋景玉　至少三千两。
狄妙才　慢说三千，就是三百也有些为难。
宋景玉　娘子素来贤慧，今日怎么不贤慧起来？
狄妙才　非是妾身不贤，家中实是无钱了。
宋景玉　实是无钱了？哦，娘子，难道这房不是钱不成？
狄妙才　房屋虽然是可以变卖，怎奈是祖产，如何轻易出售？
宋景玉　今日我急于用钱，管他祖产不祖产，连皇帝的江山都有破败之时，何况这几间房屋？
狄妙才　官人一定要卖，舅父正要买房。
宋景玉　既是舅父买房，待我去与他商议。
狄妙才　且慢！你甥舅之间只怕不好启齿，待妾身去与他商议。
宋景玉　娘子去越发好了。

狄妙才　我即刻就去。
宋景玉　这个，你明日去吧。
狄妙才　官人，你不是急于用钱么？
宋景玉　我虽然急于用钱，只有一事比用钱更急。
狄妙才　你有何事比用钱更急？
宋景玉　夜已深了。
狄妙才　夜深便怎么样？
宋景玉　娘子是聪明人，难道不明白？
狄妙才　这，啐！（下）
宋景玉　她今夜倒底替了红香，哈哈哈！（下）

# 第十三场

（吕叔清上）
吕叔清　（唱）我与甥妇巧计定，
　　　　　　但愿浪子早回心。
（狄妙才上）
狄妙才　（唱）我为宋郎心用尽，
　　　　　　一计才成二计生。
　　　　舅父。
吕叔清　贤甥妇来了，请坐。
狄妙才　告坐。
吕叔清　甥妇到此何事？
狄妙才　特来要舅父买房。
吕叔清　我手中不甚宽裕，不买房产。
狄妙才　就是甥妇的房产，一定要舅父买的，却不用舅父花钱。
吕叔清　你家房产因何要卖？怎么要我买房，又不要我花钱，好生奇怪。
狄妙才　卖出房产，好做宋郎的嫖资。
吕叔清　做东墙的嫖资？我怎能不花钱，越发不买了。
狄妙才　是为红香之事。
吕叔清　哦，红香之事，想他到红香家中是我勾引，但不知他又去过几次。
狄妙才　他日日在红香家中，甥妇还同他去过一次。
吕叔清　夫妇同嫖倒是一段风流佳话。

狄妙才　甥妇不但到过红香家中，还叫他母女多与宋郎要钱。
吕叔清　妻子叫妓女向丈夫要钱，真是别开生面。
狄妙才　宋郎回家向甥妇要钱，甥妇一文不付，只说钱已花尽，因此宋郎要卖房产。甥妇原是计策，此房岂能卖与别人，故而来与舅父商议。
吕叔清　你哪里是要老夫买房，依然是要老夫挨骂。老夫挨过一次骂了，这一次你另请高明。
狄妙才　舅父已挨过一次骂，还不肯挨这第二次骂，别人不曾挨那第一次骂，越发不肯挨这第二次骂了。
吕叔清　是啊，我既挨过第一次骂，这第二次骂也挨得起，我挨骂就是。
狄妙才　甥妇还要求舅父加倍挨骂。
吕叔清　加倍挨骂？我便加倍挨骂。请问我这骂从何挨起？
狄妙才　少时请舅父到我家中，宋郎必然提起卖房之事。舅父问他要卖多少，他道要卖三千。舅父便道三千银子多了，只消一千两银子。
吕叔清　他若不卖呢？
狄妙才　他一定不卖，舅父便道，也罢，我与你甥舅之情，你的房卖与别人，我脸上也是无光，三千便是三千，但是一件。
吕叔清　哪一件？
狄妙才　舅父便道，我是你的舅父，如今买你房产，外人不知，定道我以大压小。你这房契之外，须先写一张字据，道是宋景玉因嫖妓无钱，卖了房产，价银三千两，已经收过，永无争执，不许经官告状。
吕叔清　他若不写呢？
狄妙才　他若不写，舅父便道你若不写，便去另卖别人。甥妇自有言语叫他写的。
吕叔清　他写过之后？
狄妙才　他写过之后，就该舅父加倍挨骂了。
吕叔清　好，我本是个挨骂档子。
狄妙才　舅父登时变了面皮，说道宋景玉，你既将房卖与老夫，你夫妻快快搬了出去。
吕叔清　他一定向我要那房价三千两。
狄妙才　他若要那房价三千两，舅父便道银两已经交与红香了，你敢刁诈老夫不成？他一闻此言，定要抱怨甥妇。
吕叔清　你却怎生回答？
狄妙才　舅父恕罪，甥妇此时要骂舅父几句。
吕叔清　我挨别人的骂则可，怎么你也骂起来了？
狄妙才　甥妇乃是假骂。

吕叔清　既是假骂，任凭与你。骂完之后呢？
狄妙才　骂完之后，舅父大发雷霆，将我夫妻赶出门外。待宋郎流落之后，再生三计。
吕叔清　好计呀好计！骂是假骂，我挨却是真挨。我如今倒想起一件三国故事来了。
狄妙才　三国中哪有这样挨骂的故事。
吕叔清　那周公瑾怒打黄盖，一个愿打，一个愿挨。我与你是一个愿骂，一个愿挨了。
狄妙才　舅父比的不差。
吕叔清　打痛骂不痛，还算便宜了老夫。
狄妙才　话已说明，甥妇要回去了。
　　　　（唱）舅父古人比得好，
　　　　　　　你比黄盖不差分毫。
　　　　　　　这番言语休忘了，
　　　　　　　东墙不解此笼牢。（下）
吕叔清　（唱）闺阁心思果然巧，
　　　　　　　老夫挨骂又一遭。
　　　　家院。
　　　　（院子暗上）
院　子　有。
吕叔清　跟随老爷，去到宋家挨骂者。
　　　　（唱）圣贤之徒装强盗，
　　　　　　　堪羡闺中韬略高。
　　　　来此已是，家院，叫门。
院　子　门上有人么？
　　　　（童儿上）
童　儿　哪一位？
院　子　吕老爷到。
童　儿　有请家爷。
　　　　（宋景玉上）
宋景玉　何事？
童　儿　吕老爷到。
宋景玉　娘子快来。
　　　　（狄妙才上）
狄妙才　何事？

宋景玉　舅父来了。
狄妙才　你我一同出迎。
　　　　（吕叔清入介，坐介）
宋景玉　方才甥妇到府，外男之事舅父谅已知晓。
吕叔清　你的事我已知晓，我的事谅你不知。
宋景玉　舅父之事外男也晓得了。
吕叔清　怎么，我的事你也晓得了？（看狄妙才介，狄妙才作眼色介）我的事你既晓得，你可当面言明。
宋景玉　舅父无非要买房产。
吕叔清　着哇，老夫正是要买房产。
宋景玉　舅父要买房产，外男却要卖房。
吕叔清　不知你要卖多少？
宋景玉　要卖三千两银子。
吕叔清　此房旧了，老夫还须翻造，三千两银子太多了，我与你一千也就是。
宋景玉　外男现有急事，非三千银子不可，舅父与我一千，我不卖了。
吕叔清　也罢，我与你甥舅之情，你的房卖与别人，老夫脸上也是无光，三千便是三千，但是一件。
宋景玉　哪一件？
吕叔清　我是你的舅父，如今买你房产，外人不知，定道我以大压小。你这房契之外，须先写一张字据。道是宋景玉因嫖妓无钱，卖房一处，价银三千，已经收过，永无争执，不许经官告状。
宋景玉　舅父，这就不对了。外男另有急事，你怎么一口咬定是嫖妓无钱？况且银子尚未过付，怎叫我写个已经收过这样字据？我不能写。
吕叔清　你不写我便不买。
狄妙才　官人，你我囊中实是消乏了。这所房屋卖与别人未必能值三千，你一面写字，他一面付钱，难道怕舅父骗你不成？
宋景玉　只是情理难容。
狄妙才　三千银子不能到手，怎能去与红香见面？
宋景玉　着哇，看在红香面上，我写就是。
吕叔清　快快写来。
宋景玉　我即刻便写。（写介，吕叔清看介）
吕叔清　写得不差。
宋景玉　字已写了，快快付钱。
吕叔清　你还未付房契。
宋景玉　房契早已备好，请舅父收下。

吕叔清　果然是房契，不想如此好房属了老夫。宋景玉，你既将房卖与老夫，你夫妻快快搬了出去。

宋景玉　请舅父将价银三千两赐下。

吕叔清　价银已经交与红香了，你敢刁诈老夫不成？

宋景玉　娘子，我道这张字据写不得，你道是写得的。果然中了他人之计，你真是个妇人家，误了我的大事。

狄妙才　待我与他折辩。舅父，你以大压小，强占我的房产是何道理？

吕叔清　你只管骂，我是愿意挨骂的。

狄妙才　吕叔清，你好无天理也！

吕叔清　你高声地骂。

狄妙才　（唱）吕叔清为人无理义，
　　　　　　　以大压小把人欺。
　　　　　　　这般行事伤天地，
　　　　　　　只恐你报应临头悔后迟。

吕叔清　住了！你夫妻得我银两，卖了房产，还敢在此骂人，快与我搬了出去。

宋景玉　不用你耀武扬威，我夫妻带了童儿立刻就走。

吕叔清　你的童儿老夫也收下了，家院，手拿大棍一条，与我赶了出去。（家院赶介）你自管骂我去吧。

　　　　（领家院、童儿下，宋景玉、狄妙才作呆介，狄妙才作暗笑介）

宋景玉　娘子，我舅父平日不是这样人，今日为何这般举动？

狄妙才　自古人心难测。

宋景玉　什么人心难测，我倒明白了。

狄妙才　你明白何来？

宋景玉　他定是受了小人播弄。

狄妙才　闲话休提，你我哪里安身？

宋景玉　只好到红香那里暂住几日。

狄妙才　也只好如此，走哇。（圆场）

宋景玉　来此已是，你我进去。（入介）

　　　　（卞氏上）

卞　氏　大爷、大娘子，又一块儿来嫖来啦？敢情勾栏院连娘们来过一回也会上瘾。

宋景玉　可恼哇可恼！

卞　氏　大娘子，您连逛窑子都跟着他。不用说，别的事您更不叫他自由了。您睄把他招恼了不是？

宋景玉　小人播弄，令人可恨。

卞　　氏　我没敢播弄啊。
狄妙才　妈妈，官人说的不是你。
卞　　氏　他说的是谁，难道是说您？
狄妙才　这个，也不是我。
宋景玉　妈妈有所不知，只因吕叔清用银三千买了我的房产，不与我银两，反将我赶出来了。
卞　　氏　他不给钱，您不会要吗？
宋景玉　我也曾与他要钱，他言道送到你家来了。
卞　　氏　怎么，送到我家来啦？我可没见着。
狄妙才　哎呀官人哪！赵妈妈言道，三千两银子未曾见着。如今我夫妻空手而来，只怕未必收留你我，还要向你要钱的。
卞　　氏　这是怎么一句话？我明白了。（向宋景玉介）大爷，您许给我们丫头的三千银子呢？
宋景玉　吕叔清不曾与我银两，我哪有银两与你？
卞　　氏　不行，我们这路人家离银子不成，你要没钱，你就请出吧。
宋景玉　我往日花过许多银钱，今日偶尔无钱，你怎么赶我？
卞　　氏　勾栏院没有功劳簿，你今儿没钱，今儿就得请出。
宋景玉　你难道不怕我的厉害？
卞　　氏　你没有钱，一点厉害也没有。
宋景玉　娘子，这恶鸨不肯收留，岂有此理！
狄妙才　此处不留人，自有留人处。你我走吧。
宋景玉　也只好一走。（作行介）好无情的娼妓！
狄妙才　咳，三千银不曾送来，她不索取还不算无情。
卞　　氏　我又明白了，宋大爷，您许的银子不给，你就这么就走吗？
宋景玉　我实是无钱。
狄妙才　官人，他们娼家往往因无钱剥客人的衣服，这"无钱"二字是讲不得。
卞　　氏　对了，你没钱，我就剥你。
宋景玉　你敢剥我！
卞　　氏　说剥就剥。（剥介）
宋景玉　好可恶的鸨儿！
狄妙才　依我看来还不算可恶，若真正可恶，连我头上钗环、身上衣服只怕也要被她留下。
卞　　氏　你别装没事人儿，你头上戴的，身上穿的，也给我留下！
狄妙才　我头上戴的，身上穿的，不能与你。
卞　　氏　你不给我也会剥。（剥介）你们走吧。

宋景玉　走？
狄妙才　官人去吧。
宋景玉　哎，这是哪里说起！（下。狄妙才向卞氏作眼色介）
卞　氏　大奶奶，我们俩人这出戏真严。
狄妙才　你好无情。
卞　氏　我不是无情，是叫小鬼支使的。
狄妙才　啐！（下）
卞　氏　等我说与女儿知道。（下）

## 第 十 四 场

（宋景玉、狄妙才上）

宋景玉　（唱）世态炎凉真可恨，
狄妙才　（唱）炎凉偏遇炎凉人。
宋景玉　哎，娼妓炎凉原在情理之中。只是舅舅，当初我有钱时节，他终日同我眠花宿柳。一朝我的时运衰败，他就变了一副面孔，真个可恨！
狄妙才　你不要骂别人炎凉，只因你心中先自炎凉，才觉得他人炎凉。
宋景玉　如今你我夫妻这般光景，怎生度日？
狄妙才　谋生在于男子，你怎么问起我妇人家来了？
宋景玉　不是呵，我空有满腹文章，当不得茶饭，只好同你计议。
狄妙才　你与我计议什么？
宋景玉　我有意叫你……
狄妙才　你叫我怎么样？
宋景玉　我意欲叫你替我去谋衣食。
狄妙才　妇人的衣食全仗男子，你叫我怎么替你去谋衣食？
宋景玉　如今妇人自谋衣食的多的紧。我想世间男子贫穷，多半受了妇人之累。若是妇人自能谋生，哪有饿死的男儿？我看娘子才貌双全，若肯依我的主意，保管衣食不缺。
狄妙才　你到底是怎么一个打算？
宋景玉　我意欲叫你学那赵红香，你可愿意？
狄妙才　啐！你做了半生嫖客，怎么叫我去当娼？你的妻子岂可做娼妓？
宋景玉　我做了半生嫖客，淫业太多，你做了娼妓，正好替我忏悔。

狄妙才　待我来思忖思忖。（背介）天哪，我今日也用计，明日也用计，用来用去，只落得被丈夫勒逼为娼，这才是报应呢。哦，我自有道理。（向宋景玉介）官人，我们不如往我娘家寻找生路。

宋景玉　去不得，你爹爹与我舅父是一流人物。

狄妙才　你不肯求我娘家，我却怕失了娘家体面，纵然饿死决不为娼！

宋景玉　你不为娼，我只得是讨饭。

狄妙才　也罢，你我分头讨饭。

宋景玉　分头讨饭，我却有许多不放心。

狄妙才　啐！我既不肯当娼，自然不做别样事的。

宋景玉　如此，你我各自讨饭去罢。
　　　　（唱）末路穷途苦难尽，（下）

狄妙才　（唱）谅他难解锦绣心。
　　　　看他已去，我不免回到家中，再定三计。请舅父寻找宋郎，逼他写一张讨过饭的文据，日后又是一个把柄。宋郎啊宋郎！任你心似铁，我有法如炉。（下）

# 第十五场

（家院、吕叔清上）

吕叔清　（唱）红颜女子生计巧，
　　　　　　　更比孔明韬略高。
　　　　昨夜我甥妇到来言道，宋东墙已经落在乞讨之中，要我到长街之上寻找与他，勒逼他写一张曾经讨饭的文据。这般用计，可算煞费苦心，我只得照计而行。家院，随我寻找宋相公去者。
　　　　（唱）装龙装虎必须肖，
　　　　　　　景玉难出这笼牢。
　　　　（宋景玉上）

宋景玉　（唱）前街讨来后街讨，
　　　　　　　满腹经纶没下梢。
　　　　不想我落在乞讨之中，那旁有一老翁，待我向前乞讨。（看介）原来是我舅父。这老儿正是我的对头。待我溜了吧。
　　　　（吕叔清作看介）

吕叔清　这正是宋东墙。哦，外男转来。

宋景玉　偏偏又被他看见了。哦。吕老头儿。你唤我做甚？
吕叔清　我是你的舅父，你怎么唤我作吕老头儿？
宋景玉　你霸占我的家产，我与你还有什么甥舅之情？
吕叔清　我不为你的家产，今日还不唤你。
宋景玉　怎么，你唤我是为我的家产？难道是要把还与我不成？
吕叔清　着哇，我正是要还你的家产。
宋景玉　我的房产已经被你占去，怎么又要还我？
吕叔清　不是呵，我昨夜梦你爹娘到来，醒来感动旧日之情，因此要将房产还你。
宋景玉　怎么讲，你夜间梦我爹娘到来么？我爹娘的灵魂可曾骂你？
吕叔清　他的灵魂若是骂我，我也不还你房产了。但是我虽然还你房产，须得一件。
宋景玉　又是哪一件？
吕叔清　你须写一张曾经因嫖妓无钱，卖去房产，流落在长街讨饭，如今痛改前非，蒙舅父还了房产，若是再去嫖逛，准你妻子责骂的文契，我便将房产还你。
　　　　（宋景玉笑介）
宋景玉　这等文契莫说写一张，便是写十张，也是无用。
吕叔清　怎么无用？
宋景玉　我那妻子为人柔顺，断不能骂我。何况我如今嫖不起了，这张文契又是你拿去，与她无干。
吕叔清　如此，你就写来。
宋景玉　没有纸笔墨砚。
吕叔清　老夫与你带了来了。
宋景玉　我遇着你这"有心人"，难免吃亏。我不写了。
吕叔清　你不写，我们改日见。
宋景玉　你不要走，我写就是。
吕叔清　家院，取纸笔墨砚过来。
宋景玉　咳，我自讨饭也要立文契，好生命苦也！
　　　　（唱）房屋本是宋家产，
　　　　　　　不想还有这牵连。
　　　　　　　一张文契真现眼，
　　　　　　　舅父拿去仔细观。
　　　　写完了。
吕叔清　写得好，写得好，原要如此写法。
宋景玉　契已写了，快快同我回去，交还我的房产。

吕叔清　拿来。
宋景玉　拿什么来？
吕叔清　拿我的房价银两来。
宋景玉　我何曾见你什么房价？
吕叔清　你不还我房价，我不与你房子。
宋景玉　你在大街上耍笑于我，不怕我叫骂么？
吕叔清　你只管去骂，老夫是愿挨的。我不愿挨，也不来找你了。哈哈哈！
　　　　（下，家院随下）
宋景玉　这老儿真正岂有此理！
　　　　（唱）讨饭人儿千千万，
　　　　　　　写立文契是头一番。
　　　　　　　闷恹恹来在长街站——
　　　　（狄妙才上）
狄妙才　（唱）只见郎君面羞惭。
　　　　郎君，你可曾讨得饭来？
宋景玉　我不曾讨得饭来，你可讨得饭来？
狄妙才　我不但讨得饭来，还讨得是极好的大米饭。
宋景玉　哎呀，哎呀，男子讨饭连一碗也讨不出，女子讨饭便讨得大米饭到手。世道人心，可叹可叹！
狄妙才　官人既不曾讨得饭食，我这一碗官人请用。
宋景玉　拿来我用。
狄妙才　难道就在这里用不成？
宋景玉　不在这里用，要往哪里去用？
狄妙才　道旁有一破庙，你我往那厢去用。
宋景玉　我饿不起了，你不要如此啰唆。
狄妙才　快快随我来。（入庙介）官人请用。
宋景玉　娘子可曾用过？
狄妙才　我用过了，官人请用吧。
宋景玉　待我用来。哎，可恼可恨！
狄妙才　你莫非恨着妾身？
宋景玉　我焉能恨着娘子？我恨的是吕叔清。
狄妙才　吕家舅父占你我房产，本来可恨。
宋景玉　非但占我房产，他今日在大街之上，还来耍笑于我。道是梦见我爹娘到来，引动故旧之情，要将房产还我。
狄妙才　你就该收受才是。

| | |
|---|---|
| 宋景玉 | 他岂能白白还我？他道还房是还房，却有一件。 |
| 狄妙才 | 哪一件？ |
| 宋景玉 | 他要我写一张文契，道我曾因嫖妓卖过房产，流落讨饭，如今痛改前非，蒙舅父还我房产，若再蹈前非，准你妻子…… |
| 狄妙才 | 准我怎么样？ |
| 宋景玉 | 准你骂我。 |
| 狄妙才 | 哦，准我骂你？官人，你写了不曾？ |
| 宋景玉 | 我道这样文契，就写十张也是无用。 |
| 狄妙才 | 难道你未曾写？ |
| 宋景玉 | 我要房心盛已经写了，你我十分恩爱，谅你不肯骂我。 |
| 狄妙才 | 着哇，你我是恩爱夫妻，我岂肯骂你？就该与他要房。 |
| 宋景玉 | 我要房，他还要房价呢。 |
| 狄妙才 | 我们何曾见他什么房价？ |
| 宋景玉 | 他道没有房价，不还房产。我正待骂他，他道他是情愿挨骂的，头也不回，竟自去了。岂不令人可恨？ |
| 狄妙才 | 官人，你不要恨着他人，还该怨着自己。 |
| 宋景玉 | 我已是自己悔恨不及，只吕叔清这般举动，令我的恶气难消。 |
| 狄妙才 | 人不在时中，官人，你忍耐了吧。 |
| 宋景玉 | 娘子，我倒想起一个主意来了。 |
| 狄妙才 | 官人有何高见？ |
| 宋景玉 | 我讨饭是讨不出来，难道日日叫你讨饭，我用不成？我如今要去偷…… |
| 狄妙才 | 噤声！（两边望介）偷什么？ |
| 宋景玉 | 我要去偷盗。 |
| 狄妙才 | 哎呀官人哪！偷盗是犯法之事，万万使不得。 |
| 宋景玉 | 孔子之徒有个颜涿聚也曾做过强盗，如今圣人庙内有他的牌位。况且如今念书人做出事来，比强盗也差不多，反不如我明目张胆做强盗的好。 |
| 狄妙才 | 你要作贼，不知从哪一家偷起？ |
| 宋景玉 | 吕叔清欺人太甚，我先去偷他，我能将房产偷回，也未可知。 |
| 狄妙才 | 你有此本领，房产也不致失落了。 |
| 宋景玉 | 房产偷回不偷回，今夜保你做个贼妻，我去也。（扫下） |
| 狄妙才 | 做个贼妻？哎呀，贼妻是奴家呀。咳，又报应了。我不免回去报知舅父，暗作准备，再定四计便了。 |
| | （唱）种种心机皆用尽， |
| | 　　　今宵四计大功成。 |

　　　　　　来此已是，门上有人么？
　　　　　　（家院上）
院　　子　原来是个贫妇，我们是不打发的。
狄妙才　你难道不认识我？
院　　子　你是宋花子的女人，来过好几次了，好生可厌！
狄妙才　我要面见你家老爷。
院　　子　我不与你通报。
狄妙才　你不与我通报，且待老爷出门时节，我拦住他，与他说个明白，道你不容我进门，看你可吃罪得起。
院　　子　大娘子不要动怒，我通报就是。
狄妙才　快去通报。
院　　子　有请家爷。
　　　　　　（吕叔清上）
吕叔清　何事？
院　　子　宋家那个贫婆又来了。
吕叔清　要叫宋娘子，快快有请。
院　　子　宋娘子，家爷有请。
　　　　　　（狄妙才入介）
狄妙才　舅父万福。
吕叔清　你到此做甚？
狄妙才　舅父，快差人将红香母女接来。
吕叔清　家院，快去接她母女。（家院下）你今此来，又要叫老夫挨什么骂？
狄妙才　舅父，挨骂是小，你的祸事来了。
吕叔清　我有什么祸事？
狄妙才　今夜有人前来偷盗与你。
吕叔清　何人前来偷我，你又怎么知道？
狄妙才　就是宋郎，先前弃儒为丐，如今弃丐做贼，前来偷盗舅父。
吕叔清　这是你与我惹出的祸，还要你与我了断。
狄妙才　舅父哇！
　　　　　　（唱）东墙忽起穿窬念，
　　　　　　　　　自古书生做贼难。
　　　　　　　　　吩咐家丁休惰懒，
　　　　　　　　　灯光不灭少贪眠。
　　　　　　　　　生擒活捉休放转，
　　　　　　　　　供状还须写一篇。

|      |                                                                 |
|------|-----------------------------------------------------------------|
|      | 叫他从今难折辩，                                                |
|      | 成功只在这一番。                                                |
| 吕叔清 | 如此说来，今夜是功行圆满了。                                  |
| 狄妙才 | 正是。就请舅父分派他们。                                      |
| 吕叔清 | （向内介）家丁们，你们四面埋伏，今夜准备捉贼。                |
|      | （狄希陈、童氏上）                                              |
| 狄希陈 | （唱）吕叔清买了东墙产，                                      |
| 童 氏 | （唱）霸道横行为那般。（入介）                                |
| 吕叔清 | 狄仁兄、仁嫂来了。                                            |
|      | （童氏见狄妙才介）                                              |
| 童 氏 | 这不是妙才女儿么？你、你、你怎么落得这般光景？哎呀儿呀！      |
| 吕叔清 | 仁嫂不要啼哭，内中有个缘故。                                  |
| 童 氏 | 住了！我早已晓得，都是你强占宋家房产，把我儿害得这般光景，我定不与你干休！ |
| 吕叔清 | 甥妇，今日叫我挨骂，明日叫我挨骂，如今你母亲骂到我家来了。    |
| 狄妙才 | 母亲，女儿是愿意讨饭的，母亲不可如此。                        |
| 童 氏 | 你为何愿意讨饭？                                              |
| 狄妙才 | 为的降伏宋郎。                                                |
| 童 氏 | 你怎么不先向我言明？                                          |
| 狄妙才 | 向母亲言明，怕走漏消息。                                      |
| 童 氏 | 我今日是来同吕叔清辩理的，不想有这些缘故。                    |
| 狄希陈 | 儿呀，你是怎么的计策？                                        |
| 狄妙才 | 此计一言难尽，待女儿到后面，慢慢禀告爹娘。                    |
|      | （卞氏、赵红香上）                                              |
| 卞 氏 | 你把我们接来干什么？                                          |
| 吕叔清 | 大家后面一叙。（下）                                          |

# 第十六场

（内起更介，宋景玉上）

宋景玉　来此是吕家了，怎么大门洞开着？也是我贼运亨通，待我进去。（入介，狗上）哎呀，我舅父向来是不养犬的，这一条大狗从何而来？我倒要小心了。（作入房介，狗随入介）好奇怪，这只狗怎么见了我不但不咬，连叫也不叫？可笑我舅父养这样一只无用的狗，他既不咬，待我偷盗起来。（作盗介）且喜盗了几件衣服，我也算出了一口恶气。待我转去。（狗作抱腿介）这狗好生奇怪，怎么许我进来，不许我出去？我既做贼，难道怕狗不成？着打！（狗作拖倒宋介）救命呀！
（四青袍、吕叔清上）

**吕叔清** 何人喊叫？
（狗作抱头介）

**狗　形** 老爷，小人拿住贼了。

**宋景玉** 你原来是人不是狗。

**狗　形** 谁说是狗来着？（下）

**吕叔清** 将他押过来，你不是宋东墙么？

**宋景玉** 我正是你宋大爷。

**吕叔清** 你做什么来了？

**宋景玉** 这，我做无本钱的买卖来了。

**吕叔清** 你来做贼，怎么喊起救命来了？

**宋景玉** 我不喊叫，被你那一只人装的狗压死了。

**吕叔清** 家丁们，把他送往当官究办。

**宋景玉** 慢来慢来，我还有话讲。

**吕叔清** 你讲些什么？

**宋景玉** 舅父。

**吕叔清** 我没有你这样做贼的外男！

**宋景玉** 吕老爷，我跪下了。想我一时糊涂，倘若送到当官，舅父也无颜面。你若将我释放，我再不做贼了。

**吕叔清** 是哇，把你送到当官，老夫也无颜面。也罢，我放你去吧，家丁们，与他松绑。

**宋景玉** 多谢吕老爷！我去了。

**吕叔清** 且慢！我放你是放，你但是一件。

**宋景玉** 哪一件？

**吕叔清** 你必须写一张曾经做贼的伏状。

**宋景玉** 上次我写了文契，你不还我房产，今番不上你的当了。

**吕叔清** 我若送你到官，何必叫你私写伏状？

**宋景玉** 我不曾写过这样伏状，你叫我怎样写起？

**吕叔清** 你曾读诗书，连张伏状都不会写么？

**宋景玉** 莫说是我，只怕天下读书人都不曾写过这做贼的伏状。

| | |
|---|---|
| 吕叔清 | 我念你写。 |
| 宋景玉 | 不想写这做贼的伏状，舅父倒是老在行。 |
| 吕叔清 | 少要闲言，快快写来。 |
| 宋景玉 | 舅父请念， |
| 吕叔清 | 立字人宋景玉，因嫖妓失业，饥寒做贼，被事主擒获，开恩释放。从今痛改前非，永不嫖妓。倘若再犯，准妻子责打，空口无凭，立字为据。 |
| 宋景玉 | 写完了，你放我去吧。 |
| 吕叔清 | 你既要去，待我来送你。 |
| 宋景玉 | 放我出去已经感谢不尽，怎敢当个"送"字？ |
| 吕叔清 | 你道是用送客之礼么？我是要行送贼之礼。 |
| 宋景玉 | 请问这送贼之礼是怎么样？ |
| 吕叔清 | 你连送贼之礼都不晓得。家院，看棍过来。宋东墙，你来领受我这送贼之礼。（打介） |
| 宋景玉 | 你怎么打起我来了？ |
| 吕叔清 | 你大胆前来偷盗，故而打你。 |
| 宋景玉 | 住了！吕叔清，你道我偷盗与你，岂不知我来偷你，不犯王法。 |
| 吕叔清 | 世间上的外男难道都该偷盗舅父不成？怎么叫作不犯王法？ |
| 宋景玉 | 吕叔清，你霸占我的房产，我要去到官衙叩告于你。 |
| 吕叔清 | 反了，反了！世间上有作贼的叩告事主之理？今日幸亏偷的是我，若是别家，也这样被擒，连我的面皮都擦破了。我不与你一个厉害，你怎改得邪心？家丁们，将头二门尽皆关好，待我教训这奴才。（青袍关门介，吕叔清打宋景玉介，狄希陈、童氏上。吕叔清作误打狄希陈介，宋景玉看狄希陈介，惊介。吕叔清又打宋景玉介，狄妙才、赵红香、卞氏同上，宋景玉、狄妙才作撞介） |
| 狄妙才 | 舅父手下留情，不要打坏了。 |
| 宋景玉 | 你是何人？ |
| 狄妙才 | 你怎么连我都不认得了？ |
| 宋景玉 | 你不是娘子么？ |
| | （狄妙才作打介） |
| | 你怎么叫舅父留情，你却打我？你哪里来的这一身艳服？你既讨饭，只怕这样衣裳穿不得吧。 |
| 狄妙才 | 我不讨饭了，这里就是我的家了。 |
| 宋景玉 | 怎么，这里是你家了？吕叔清，你占我房产，又行这样之事，真正岂有此理！ |

（吕叔清打宋景玉介）

吕叔清　胡说！
宋景玉　娘子，既愿失节，何必便宜这老儿？不如听我那日之言，去做娼妓。
狄希陈
童　氏　（同）她若为娼，我们是不准的。
宋景玉　岳父，想小婿败坏别人的妻女，不计其数，今日自己妻子当娼无关紧要。我如今有饭落儿了，岳父你准了吧。
狄希陈　那万万使不得！
狄妙才　爹娘，女子嫁夫从夫。
狄希陈　这是从不得的。
宋景玉　什么从不得，娘子你我去吧。
狄妙才　好强盗！（打宋景玉介）
宋景玉　你怎么打骂起我来了？狄氏，须知我宋景玉是不受妻子打骂的。
吕叔清　慢来慢来，这里有你自己立的文契，你还敢强横？
宋景玉　不想这两张白纸作了我的对头。
吕叔清　你快快跪下，听她教训。
宋景玉　咳，不想我也有受妻子教训的一日。娘子，我跪下了。
狄妙才　宋景玉呀，宋东墙，你真乃下流之辈！
宋景玉　可骂苦我啦。
狄妙才　想你家颇有资财，不幸公婆去世，你专好冶游，不务正业。娶了黄氏之女，因她劝你在家攻书，被你休弃。你舅父吕翁晓得我家妇女厉害，才替你订我姐姐以作填房，也好收管你的邪心。不想我姐姐悍而无谋，竟自被你气死。你又到我家求亲，分明小视闺阁无人。因此才拿定主意，嫁到你家，要与你一个厉害，以报姐姐之仇。过门之后，正在无计可使，恰遇赵家母女到我娘家借贷。我叫她假设勾栏，又恐无人勾引，才来与舅父说通，先叫他引你到红香那里，后叫他占你房屋，勒逼你写下文契。你落在乞讨之中，又起贼心，做了强盗。来至此间，我又预先定计将你拿获。你见我身穿艳服，便认定我要为娼。你不顾颜面，难道我就那般下贱不成？我实对你讲，我们的家产并不曾抛弃，舅父依然把房产还我，我穿的是自己衣服。你自己去想，你这番遭遇幸而是假，倘若是真，你岂不当真叫我失节？我狄妙才好命苦也！
　　（唱）骂声东墙无礼义，
　　　　　终朝只被酒色迷。
　　　　　长街乞讨难度日，

　　　　　　　又起贪心动盗机。
　　　　　　　天良丧尽真无耻，
　　　　　　　反把为娼来劝妻。
　　　　　　　自去思来自去忆，
　　　　　　　分明禽兽着人衣。
宋景玉　（唱）娘子不必怒不息，
　　　　　　　你我还是好夫妻。
　　　　（狄妙才不理介）
　　　　　　　百般央求他不理——
　　　　红香姐！
　　　　　　　与我进个好言词。
　　　　（赵红香作羞宋景玉介）
　　　　　　　红香有心将我戏——
　　　　岳母！
　　　　　　　劝劝令爱免凌欺。
童　氏　（唱）你夫妻自有夫妻义，
　　　　　　　何用老身劝你妻。
宋景玉　（唱）再求岳父讲情去——
　　　　（狄希陈作欲言介）
童　氏　老天杀的！如今又是你怕我了？
狄希陈　是。
宋景玉　（唱）原来岳父又怕妻。
　　　　　　　左思右想无主意，
　　　　罢！
　　　　　　　还求舅父来解围。
吕叔清　（唱）想起挨骂我的心头气，
　　　　　　　一足将你浪子踢。（踢宋景玉介）
宋景玉　（唱）自作自受真受气，
　　　　　　　不如一死各分离。
　　　　（作撞介，狄希陈拦介）
　　　　景玉不必如此，老汉替你讲情。
宋景玉　这才是好丈人！
狄希陈　儿呀，他改过了。
童　氏　他改过，你呢？
狄希陈　我已改过了。

| | |
|---|---|
| 狄妙才 | 江山可改，秉性难移。 |
| 宋景玉 | 娘子，我从今以后只做一个退院的闲人，万贯家财你一人掌管，我再蹈前非，任你打骂。娘子，你开恩饶恕了罢！ |
| 狄妙才 | 若有翻悔？ |
| 宋景玉 | 若有翻悔，我便…… |
| 吕叔清 | 若有翻悔，有他的文契。 |
| 宋景玉 | 我是永无翻悔。 |
| 狄希陈 | 不但你不翻悔，我也依旧怕我的老妻。 |
| 童　氏 | 你仍旧怕我，乃女儿之功。儿呀，你的大功已成，叫那红香去吧。 |
| 狄妙才 | 那有登楼去梯之理？不但红香收作宋郎姬妾，连这位赵妈妈…… |
| 卞　氏 | 我怎么着？ |
| 狄妙才 | 也留在家中，养老送终。 |
| 卞　氏 | 说话大喘气，吓了我一跳。 |
| 宋景玉 | 怎么红香是我的姬妾了？哎，你做妓女之时，我看你如同天仙一般，比娘子胜强十倍。怎么今日看你，还不如她美貌？ |
| 赵红香 | 你又来了不是，你这个毛病怎么老改不了？ |
| 童　氏 | 女儿，怎叫丈夫纳妾，岂不失了主意？ |
| 狄妙才 | 母亲，夫妻之间外面总要和睦。男子不可逞强欺压女子，女子也不可欺压男子。男子欺压女子过甚，便要似宋郎遇着我这般的摆布于他。女子欺压男子过甚，他越发要冶游浪荡。做妇人的遇着志诚丈夫，一夫一妻原是正道。若遇了他这等人，倒是有一房姬妾的好。 |
| 卞　氏 | 老太太，二姑奶奶比您会吃醋，她吃在骨子里头，不像您吃在外头。 |
| 吕叔清 | 只为你们吃醋，我平白的挨了许多骂，如今我搬出去了。 |
| 狄妙才 | 且慢！甥妇调遣他们，还求舅父做个证见。 |
| 吕叔清 | 我情愿做个证见。 |
| 狄妙才 | 宋郎，从今以后家务大事是我一人料理，你永不许再出大门。 |
| 宋景玉 | 我是大门不出，二门不迈，要做谨守闺箴的男子。 |
| 狄妙才 | 赵妈妈，从此官人出入，要做作个稽查之人。 |
| 卞　氏 | 我把他当疯狗看着。 |
| 狄妙才 | 红香，官人房中每月只要你伺候他半月。 |
| 赵红香 | 那一十五天都是您的。 |
| 狄妙才 | 爹娘、舅父，看我调遣的可好？ |
| 吕叔清 | 倒也不差，我告辞了。 |
| 狄妙才 | 舅父挨骂之恩未报，今日且住一宵，明日早行。后堂摆宴，同吃团圆酒。红姨娘，搀我来。（【尾声】，同下） |

# 柳 如 是

## ■ 提纲

**第一场**
钱谦益、钱曾、船夫

**第二场**
柳如是、鸨儿

**第三场**
船夫、钱曾、钱谦益、苍头、王铎

**第四场**
船夫、柳如是、鸨儿、船夫、钱曾、钱谦益

**第五场**
钱曾、鸨儿

**第六场**
钱谦益、钱曾、鸨儿、船夫

**第七场**
苍头、王铎、钱曾

**第八场**
四龙套、刘孔昭、苍头、王铎

**第九场**
钱曾、船夫、钱谦益、四龙套、王铎、刘孔昭、柳如是、院子、钱公子、四青袍

**第十场**（鱼池）
四青袍、王铎、院子、钱谦益、刘孔昭、柳如是、车夫

**第十一场**（溺盆）
四龙套、多铎、探子、王铎、刘孔昭、钱谦益、剃头匠、四青袍、柳如是

第十二场

四龙套、多铎、钱谦益、四上手、牛录章京、四青袍

第十三场

柳如是、院子、钱曾、四青袍、车夫

第十四场

金之俊、门官、院子、柳如是、四青袍、禁卒、钱谦益

第十五场

苍头、车夫、钱小姐、院子、钱谦益、柳如是、四青袍

第十六场

钱曾、童儿、院子、钱谦益、柳如是

第十七场

四青袍、院子

第十八场

钱谦益、柳如是、四青袍、院子、钱公子、钱曾

第十九场

邓孝威

第二十场

钱谦益、柳如是、钱曾、院子、邓孝威

第二十一场

柳如是、钱曾、钱谦益、钱公子、邓孝威、四僧、院子、四族人、赵管、钱小姐、四青袍、李石台

# 第 一 场

（钱谦益上）

**钱谦益** （引）吾道非欤何至此，臣今老矣不如人。（坐）
　　　　卒岁闲门有雀罗，
　　　　流年徂谢意如何。
　　　　看花伴侣青春少，

种菜英雄白首多。

老夫钱谦益，字表受之，别号牧斋，常熟人也。明室驾前为臣，曾举探花，官拜礼部侍郎。只因崇祯天子命吏部会推阁臣，是我急于入阁，暗托人情将我名姓列在前面。不想尚书温体仁也有入阁之意，参我在浙江做试官之时，曾撞骗举子银两。圣上大怒，将我削职为民，我也只好守分待时。回至家乡，每日流连诗酒，倒也逍遥散淡。只因夫人多病，无人料理家政，也曾命族孙钱曾，去往秦淮一带寻访佳丽，以备小星，还未见到来。

（钱曾上）

钱　曾　满肚尽是书，
　　　　不讲书中理。
　　　　无心又无肺，
　　　　像个蠹鱼子。
　　　　叔祖在上，孙儿有礼。

钱谦益　遵王来了，少礼坐下。

钱　曾　告坐。

钱谦益　命你访求美人，怎么样了？

钱　曾　美人多得紧，但是说是叔祖要纳她为妾，她们就个个头疼。纵有万两黄金，也买不到手。

钱谦益　却是为何？

钱　曾　都道叔祖年纪老了。

钱谦益　哦？道我老了。你可知老骥伏枥，志在千里。我老只老头上发、颌下须，我应酬美人的韬略却还不老。

钱　曾　她们不肯也是枉然。

钱谦益　此事你干办不来，待我自己去办。

钱　曾　一人不如二人智，孙儿情愿跟随。

钱谦益　吩咐家丁，备船伺候。
　　　　（唱）满头白发心犹健，
　　　　　　倚翠偎红胜少年。
　　　　　　　一叶扁舟去觅艳——
（船夫上，钱谦益、钱曾同上船介）
　　　　　　秦淮一带访神仙。（下）

# 第二场

（柳如是上）

**柳如是** （引）小楼柳色未春深，湘月牵情入苦吟。（坐）
苑外杨花待暮潮，
隔溪桃叶限红桥。
夕阳凝望春如水，
丁字帘前是六朝。
奴家，柳如是，乃江南人氏。自幼父母双亡，流落青楼，鸨母杨氏也有些人心。奴家今年二十四岁，年龄稍长，厌倦风尘，意在择人而事。闻得钱牧斋访求佳丽，欲纳小星。秦淮姊妹嫌他年老，不肯委身。我久知此人文章盖世，不晓他情性如何。为此改扮男装，前去试探他一番。不免与鸨儿说知，有请妈妈。

（鸨儿上）

**鸨　儿** 院中人似玉，门外马如龙。
**柳如是** 妈妈。
**鸨　儿** 罢啦，坐下。哟，姑娘你怎么男装打扮？
**柳如是** 女儿闻得钱牧斋扁舟出游，寻访美人。要去赚他几两银子，与妈妈用度，故此这等打扮。
**鸨　儿** 你扮作男子，怎么跟他做买卖呀？
**柳如是** 男装打扮耳目一新，越发可以叫他失魂荡魄。
**鸨　儿** 这话倒也不错，咱们走哇。
**柳如是** 走哇。
（唱）久闻那钱牧斋风雅成性，
　　　怎知我柳如是更胜几分。
　　　要学个红拂女夜奔李靖，
　　　显才能打动他爱慕之情。（下）
**鸨　儿** 你瞧我们姑娘，改扮男装去找钱牧斋，我要这么跟着，可不大合适。有了，我也弄套男装穿上，正是：管他像不像，扮出三分样。
（下）

# 第 三 场

    （船夫、钱曾、钱谦益上）

钱谦益 （唱）弃却冠裳归乡井，
      功名二字付烟云。
      游山玩景多饶兴，
      不做随朝待漏人。
    （苍头、王铎上）

王　铎 （唱）秦淮水榭游人盛，
      见只舟船在前停。
   船上可是钱少宗伯么？

钱　曾 叔祖，岸上有人呼唤我们。

钱谦益 可是美人？

钱　曾 不是美人，是个老头儿。

钱谦益 待我看来，原来是觉斯先生，请上船来。

王　铎 搭了扶手。（王铎、苍头上钱谦益船介）少宗伯游兴不浅。

钱谦益 我一来游山玩景，二来寻访佳人，要觅小星。

王　铎 但不知是觅良家，是觅青楼？

钱谦益 若觅良家，不到秦淮来了。

王　铎 娶妾则可，岂可娶那妓女。

钱谦益 毕竟青楼中多有佳丽。

王　铎 原来少宗伯贪恋女色，我告辞了。
   （唱）酒逢知己千杯饮，（上岸介）
      话不投机无耳听。（领苍头下）

钱谦益 （唱）被他一言来提醒，
      贪花不是正直人。
   遵王，他说的乃是好话，我如今不觅美人了。

钱　曾 难道怕他不成？

钱谦益 我怕理不怕人。吩咐拨转船头，我们回去吧。（下）

## 第四场

柳如是 　（内唱）烟花女改作了书生模样，（船夫、鸨儿、柳如是上）
　　　　　　将虎皮遮羊质谁解行藏。
　　　　　　我久知钱虞山才高学广，
　　　　　　艺林中都钦仰半墅草堂。
　　　　　　因此上定巧计将他来访，
　　　　　　试一试他人的锦绣心肠。
　　　　　　眼望着水潺潺千层波浪，
　　　　　　见一只画船到金碧辉煌。
　　　　（船夫、钱曾、钱谦益上）
钱谦益 　（唱）王觉斯他把良言讲，
　　　　　　好色心肠暂且忘。
　　　　　　站立船头用目望，
　　　　　　这是谁家少年郎。
　　　　遵王，你看，这是谁家少年，真似临风玉树一般。
钱　曾 　待侄孙看来。叔祖，这少年是真正宋朝的好版，绝不是书铺里面翻刻的。
钱谦益 　岂有此理，你怎么把一个人当作了宋版的书？
钱　曾 　我除了一对眼睛认得宋版书之外，也就没什么能为了。
钱谦益 　你去问他的名姓。
钱　曾 　是。船上相公请了。
柳如是 　请了。
钱　曾 　请问相公尊姓大名。
柳如是 　我与足下素昧平生，为何问我名姓？
钱　曾 　在下钱曾，是我叔祖牧斋先生命我来问相公的高名。
柳如是 　原来是遵王先生，小生姓杨，正是来访牧斋少宗伯的。
钱谦益 　那位相公是访老夫的，快请过船来。
　　　　（柳如是、鸨儿过船介，跟柳如是船夫下）
柳如是 　宗伯大人在上，学生拜揖。
钱谦益 　老夫还礼，请坐。
柳如是 　宗伯大人在此，学生理当侍立。
钱谦益 　有话叙谈，哪有不坐之理？
柳如是 　告坐。

钱谦益　请问相公：为何要寻老夫？
柳如是　久仰宗伯乃文章宗主，今世韩、欧，艺林后进，一登龙门，声价十倍，我愿侍……哎，愿侍几杖。
钱谦益　衰朽庸才，足下未免过誉了。
柳如是　学生一片诚心，宗伯不必太谦。
钱　曾　叔祖，这位相公诚心仰慕，叔祖收这般一个玉笋门生，也未为不可。
钱谦益　收得的？
钱　曾　收得的。
钱谦益　既相公不弃，老夫僭妄了。
柳如是　如此老师请上，待门生拜见。
钱谦益　生受了。哦，遵王拜过你世叔。
钱　曾　哪一个是世叔？
钱谦益　他是我的门生，自然是你的世叔。
钱　曾　不想我多了一句话，弄出一个长辈来了。哦，世叔有礼。
柳如是　不敢当。
钱　曾　实受了。
钱谦益　贤契从前曾讲过什么学问？
柳如是　老师容禀。
　　　　（唱）三冬文史已足用，
　　　　　　　诸子百家也粗通。
　　　　　　　骈散文章能记诵，
　　　　　　　也能够小技会雕虫。
　　　　　　　吟诗作赋非云懂，
　　　　　　　律绝还将李、杜宗。
　　　　　　　独只为无人来指引，
　　　　　　　不能开拓我心胸。
　　　　　　　一登龙门声价重，
　　　　　　　还望老师教愚蒙。
钱谦益　贤契既通文史，进益谅亦不难。
柳如是　愿沾时雨之化。
钱谦益　天色已晚，意欲留贤契在舟中共宿，不知意下如何？
柳如是　这……（背介）这老儿中我之计。（向前介）门生遵命。
钱谦益　（背介）且住。看此人眉目妖娆，身躯袅娜，颇有动人之处，怎奈他是个男子。哎，他纵然是个男子，我也要收他做个小友。（向柳介）贤契看古来史册文章，谁为第一？

柳如是　自然要首推太史公了。
钱谦益　你看班孟坚如何？
柳如是　神化不及史公，可当得"整齐"二字。
钱谦益　着哇！贤契若要学文，他两家的文章是不可不读的。老夫身边带有孟坚《汉书》一部，待我与你讲解。遵王，将我那部《汉书》第九十三卷取来。
钱　曾　怎么单要那一卷？想那一卷里是汉哀帝和董贤的风流故事，只怕讲不得。
钱谦益　不用你管，快些取来。
钱　曾　（背介）这老儿不怀好意。（取书介）《汉书》到。
钱谦益　你后舱去吧。
钱　曾　我也要听叔祖讲书。
钱谦益　这卷书你听不得，快快退去。
钱　曾　我听不得，只怕他也听不得。叔祖小心了，少时他若打你，我是不来劝的。
钱谦益　少要胡言，快些退去。
钱　曾　我退去便退去。
鸨　儿　我也跟你到后舱去。
钱　曾　你不要去，他两个少时有大笑话。
鸨　儿　他们前舱里闹，咱们后舱里闹。
钱　曾　我不走旱路。
鸨　儿　谁让你走旱路，就连他们俩也走不了旱路。（钱曾、鸨儿下）
钱谦益　贤契听老夫讲书。
柳如是　弟子谨受教。
钱谦益　贤契，你看这本《汉书》版本如何？
柳如是　《董贤列传》版本精美，乃是宋人所刻。
钱谦益　贤契好眼力，这部《汉书》乃宋末元初赵子昂家中之物，第一卷还有子昂小像，嘉靖年间落在王凤洲之手，如今属了老夫。若非你这等一个雅人，老夫断不肯将这样好的书与你看的。
柳如是　老师抬爱。哦，老师，《汉书》尽有妙文，为何单讲《董贤列传》？
钱谦益　只因董贤生得貌美，汉哀帝将他留在宫中，待他如妃嫔一般。一日二人同睡，哀帝起来，董贤未醒，他身躯压住哀帝衣袖，哀帝不忍惊动他，用佩刀将袍袖割断。这一段风流佳话，今日要应在你我的头上。
柳如是　你偌大年纪还想做董贤，我虽然年幼，愿做个汉哀帝，决不嫌你老了。

钱谦益　岂有此理,你怎么唐突老夫?
柳如是　夫子之道,忠恕而已矣。你枉读诗书,怎么连个"恕"字都不认识了?
钱谦益　这个,贤契,我年纪大了,恐妨玷污了贵体。
柳如是　如此说来,你应允了?
钱谦益　应允是应允,只我是不折本的。
柳如是　你不折本,我恐怕倒要折本。
钱谦益　此话怎讲?
柳如是　少时自然明白,我们解带宽衣。
钱谦益　哎,惭愧,这也是名士风流。(下)

## 第 五 场

(钱曾、鸨儿上)

钱　曾　闹了半天,你是个什么东西?
鸨　儿　人吗,什么东西?
钱　曾　你们那位相公只怕有毛病。
鸨　儿　他本来有毛病。
钱　曾　他怎的有毛病?
鸨　儿　您跟我来,等我告诉您。(下)
钱　曾　我看你也有毛病。(下)

## 第 六 场

(钱谦益上)

钱谦益　(唱)事到危急幸而免,
　　　　　　　原来是个女婵娟。
　　　　好险哪好险!我方才已经把"品节"二字置之度外,谁想他是妓女柳如是,前来试我的度量,如今要与我永结同心。不免将遵王唤来,办理此事。遵王,遵王!
钱　曾　(内)我不来,我在这里办公事。
钱谦益　怎么慢腾腾的,待我到后舱看来。

（虚下即上。钱曾、鸨儿同上）

钱　　曾　叔祖，原来他们不是男子。
钱谦益　怎么，他也不是男子？
鸨　　儿　我是柳如是的妈。
钱谦益　原来你是鸨儿，你回去罢。
鸨　　儿　我们姑娘呢？
钱谦益　她在此从了良。
鸨　　儿　她从良，我也从良。
钱谦益　她与我从良，你与哪个从良？
鸨　　儿　我跟你们这一位从良。
钱　　曾　你老了，只可一度不可来二次的。
鸨　　儿　一夜夫妻百夜恩，我跟定了你啦！
钱谦益　如此，你是我的孙媳妇了。
鸨　　儿　你娶我们姑娘，我倒闹个孙子媳妇，我不干。
钱　　曾　多谢多谢，你算饶了我了。
鸨　　儿　饶的了你，饶不了他。
钱谦益　我越发惹不起你，望妈妈也饶了吧。
鸨　　儿　不是那么饶不了，我是跟你要我们姑娘的身价银子。
钱谦益　吓了我一跳，若是要银子倒是平常，不知要多少？
鸨　　儿　三千两。
钱谦益　太多了。
鸨　　儿　准你还价。
钱谦益　只消三百银子。
鸨　　儿　三百银子可不行。
钱谦益　不行也要行，一文也不能增加。
鸨　　儿　你夺我的聚宝盆，我跟你拼命。
钱谦益　让你去拼命。
钱　　曾　叔祖不必动气，待我与她讲价。
钱谦益　快去与她讲来。（下）
鸨　　儿　怎么躲啦？倒底要人不要人？
钱　　曾　你家姑娘已经不愿再做妓女，我家势力你是晓得的，你不如应允了吧。
鸨　　儿　我不答应。
钱　　曾　你还敢倔强，水手，把这恶鸨捆起来打。
鸨　　儿　别打别打，我答应了。
钱　　曾　你既应允，上岸去吧。

鸨　　儿　银子呢？
钱　　曾　银子是分文不与。
鸨　　儿　我可真倒霉。
钱　　曾　快些赶这恶鸨上岸。
鸨　　儿　我走就结了。（上岸介）你们真是土豪劣绅。（下）
钱　　曾　竟自一文不付，把她赶走。待我赚这老儿的《汉书》。有请叔祖。
　　　　　（钱谦益上）
钱谦益　你讲价之事如何？
钱　　曾　二百两银子，今日就要交付。
钱谦益　好会办事，倒便宜了一百两。只是我身边未带许多银子，明日交付吧。
钱　　曾　这样事迟则有变，不如将那部《汉书》拿去押些银子与她。
钱谦益　也罢，看在美人分上，依你就是。
钱　　曾　侄孙遵命。叔祖古书换美人，真乃风流佳话。
钱谦益　你不要说这酸话，就命你采买花粉，快些去吧。
　　　　　（钱曾取书介）
钱　　曾　搭扶手。（背介）这部书是我的了。（下）
钱谦益　再不想柳如是这般有情。水手，将船湾在绿杨树下。（下）

# 第 七 场

　　　　　（苍头、王铎上）
王　　铎　（唱）离却官船心不快，
　　　　　　　　贪花好色钱牧斋。
　　　　　（钱曾上）
钱　　曾　（唱）古书一部珍宝赛，
　　　　　　　　赚得归来是奇才。
王　　铎　遵王为何面带欢容？
钱　　曾　我叔祖要娶柳如是，命我与他采买花粉，这是风流佳话，故而面带欢容。
王　　铎　你手中拿的什么？
钱　　曾　是一部不要紧的书。
王　　铎　你是第一讲究买书的，哪有不要紧的东西？快快打开我看。
钱　　曾　这是《避火图》，看不得的。改日见，改日见。（下）

王　铎　　不想钱牧斋如此的好色,待我去儆戒他一番。苍头,快去借一面锣来,沿着湖岸连声叫喊,就说钱谦益贪花丧德,有玷官箴。

苍　头　　小人昨日在湖船打十番,有面铜锣在此。

王　铎　　这倒凑巧,快快敲起锣来。(下)

# 第 八 场

（四龙套、刘孔昭上）

刘孔昭　　俺,刘孔昭,乃刘伯温之后。世袭诚意伯,奉命镇守留都。今当巡察之期,左右巡察去者。（内鸣锣介）怎么串锣响?哪儿着了火啦?快去救火!
（苍头打锣上,四龙套拦住介）
你是谁家的苍头?

苍　头　　我是王家的苍头。

刘孔昭　　吩咐多备水龙,往他们家救火。

苍　头　　我们家没着火,你们家才着火呢。

刘孔昭　　没着火,满街下串锣,你是摇惑人心。来,给我绑了!
（众绑苍头介,王铎上）

王　铎　　你怎么不打锣了?

苍　头　　小人的手被人用绳子拴了,不能打锣。

王　铎　　哪个大胆,敢绑我的家人?

刘孔昭　　王老先生别嚷,是我叫绑的。

王　铎　　原来是刘袭伯,请问为何绑我的家丁?

刘孔昭　　不但绑他,还要宰他哪。来,给我砍了。

王　铎　　慢来慢来,他不曾犯罪,为何将他问斩?你真乃草菅人命。

刘孔昭　　他满街上敲锣,摇惑民心,也杀得过。

王　铎　　是我叫他敲的锣。

刘孔昭　　你为何叫他敲锣,满街上搅我?

王　铎　　只为钱牧斋。

刘孔昭　　钱牧斋家里着了火啦?来呀,往钱家救火。

王　铎　　牧斋家中不曾着火。只因他娶了个妓女为妾,大伤风化,我故此敲锣聚众,要与他辩理。

刘孔昭　　他一个做过侍郎的人,娶个窑姐儿做姨奶奶,也算不了什么大事。

你怎么大惊小怪？

王　铎　目下李自成造反，天下惶惶，他受皇家厚恩，不思报效，反与名妓柳如是订姻。上负君亲，下负百姓，故而我要与他折辩。

刘孔昭　他娶了柳如是了吗？

王　铎　正是。

刘孔昭　这可岂有此理。那个柳如是是谁？不想她一朵鲜花嫁这么个老妖怪。你不用聚众了，我带这一伙碎催，跟你去找姓钱的就结了。

王　铎　好，我们一同前去。

刘孔昭　来呀，你们多带砖头，跟着我走。

四龙套　我们没有砖头。

刘孔昭　有的是民房，你们去拆一堵墙就有了。

王　铎　擅拆民房，只怕使不得。

刘孔昭　什么叫使不得？我这个爵位还怕百姓吗？众将官，走哇！

（刘孔昭、王铎、四龙套下）

苍　头　列位转来，我还不曾松绑。你看这群小子竟自去了，管绑不管放，好生可恶。我不免喊叫一声：过往君子，有人与我松绑，我是大礼相谢！（下）

# 第 九 场

（钱曾上）

钱　曾　（唱）赚了《汉书》无价宝，
　　　　　　　叫人知我手段高。
　　　　卑人姓钱名曾，字遵王，乃常熟钱牧斋侍郎的侄孙。自幼生来性耽风雅，善能鉴别版本。只要一部书到我眼中，我看看字体，认认纸张，便能知是哪朝哪代刻的版子。一班书铺里面掌柜见了我，如同怨鬼见了阎罗，一句假话也不敢讲的。我叔祖被色所迷，要娶名妓柳如是，是我乘此机会，将他一部最心爱的《汉书》诓到我的手中。我不免回船，用言语蒙哄于他。正是：惟有风雅人，能做风雅事。来此大船，船夫，我回来了！

（船夫上，搭扶手，钱曾上船介）

钱　曾　有请叔祖。

（钱谦益上）

钱谦益　平生自分为人役，流俗相尊做党魁。遵王，你回来了？《汉书》怎么样了？

钱　曾　押与江阴谢家了。

钱谦益　押的银子呢？

钱　曾　付与鸨儿了。

钱谦益　付与鸨儿了。哎，这部《汉书》乃稀世之宝，不想为了柳如是，我竟不能终身宝藏。哎，我那宋版的《汉书》哇！（哭介）

钱　曾　叔祖不要啼哭，那《汉书》管保还是我家之物。

钱谦益　怎么还是我家之物？

钱　曾　这个，叔祖，你我日后哪个有钱，哪个便去赎回，岂不仍是我家之物？

钱谦益　这也说得是。你买的花粉呢？

钱　曾　花粉在此。

钱谦益　拿到后舱。

钱　曾　遵命。（下）

（四龙套、王铎、刘孔昭上）

王　铎　呔！前面船上莫非是钱谦益么？

钱谦益　哎呀，强盗打劫来了。遵王，遵王！

（钱曾上）

钱　曾　叔祖为何大惊小怪？

钱谦益　岸上有了强盗了。

钱　曾　光天化日下有什么强盗？待我看来，原来王老先生，你怎么带人打劫我们？

王　铎　你叔祖忘廉丧耻，甘为名教罪人，我特来与他辩理，何言"打劫"二字？

钱谦益　王觉斯，我娶个妓女也不算什么大事。

王　铎　如今李自成造反，天下惶惶。你受皇家厚恩，不思报效，却来寻花问柳，是何道理？

钱谦益　那柳如是她自来寻我，并非我去寻她。

刘孔昭　柳如是也可恶，怎么单找你不找我？来呀，拿砖头砸这老东西。

钱谦益　我是朝廷大员，谁敢砸我？

刘孔昭　住了！

（唱）老狗休把架子摆，

你拿大话吓谁来？

吩咐人来丢砖块——

（四龙套丢砖介，柳如是上）

柳如是　大胆！
　　　　（唱）船头站立女英才。
　　　　哪个敢抛石块毁打官船？
王　铎　你不是柳如是么？
柳如是　我正是柳如是。
王　铎　你狐媚勾人，好无廉耻。
柳如是　我嫁夫从良，怎道我狐媚勾人？似你们身列缙绅，这般的擅作威福。大明天子用了你们做官，只恐天下要亡在你们之手。
王　铎　天下亡与不亡，与我们什么相干？无论何朝何代，总有人来做官。倘若无有官做，我就坐拥资财去做我的遗老，满面上带出不忘故国的忠臣模样，还落个名利双收。
刘孔昭　着哇！他可以做遗老，我可以做流寇。
柳如是　你们真乃丧尽良心！想上天生才，为的是安民政地，用才为的是治国。你们文学孔孟，武效孙吴，怎么丧心病狂，一个要做假遗老，一个要做真流寇。只知自私自利，把天下苍生置之不问，还敢开口骂别人无有廉耻。只恐这"无有廉耻"四字，要应在你们的头上。
王　铎　好好好，娼妓骂起缙绅来了。你们快用砖头打她！
刘孔昭　打伤了她我心疼。她骂的不错，我们回去吧。
王　铎　如此，你我被她白骂了？
刘孔昭　叫她白骂怕什么的？你不走我走了，众将官收兵。（刘孔昭、四龙套下）
王　铎　真乃虎头蛇尾。（下）
柳如是　这些人被我骂走了。
钱谦益　他们已走，我们正好成亲。
柳如是　百年大事，岂可草草？
钱谦益　待我对天一表。（跪介）神明在上，弟子钱谦益若是日后与柳如是有异心，被人活活骂死。
柳如是　好新奇的誓！待我也来盟誓。（跪介）神明在上，弟子柳如是日后若与钱谦益有一语不合，悬梁而死。
钱谦益　好熟烂的誓。你我就此成亲。
柳如是　难道在船上成亲不成？
钱谦益　这也说得是，水手，开船回府。
　　　　（圆场，下船介，船夫下。院子上）
　　　　夫人的病体如何？
院　子　越发沉重了。

柳如是　老爷，既是夫人有病，改日成亲吧。
钱谦益　夫人害病，与你我成亲何干？遵王，看香烛伺候。
钱　曾　是。
　　　　（焚香介，钱谦益、柳如是对拜介）
钱谦益　遵王，拜过你祖母。
钱　曾　哪里来的祖母？
钱谦益　她便是你祖母。
钱　曾　世叔变作祖母了，又长了一辈。叩见庶祖母。
钱谦益　何必带这个"庶"字？
钱　曾　岂不闻圣人云，"必也正名"乎？
钱谦益　淡话！来，有请公子。
院　子　有请公子。
　　　　（钱公子上）
钱公子　阀阅名门子，每日读诗书。爹爹。
钱谦益　见过庶母。
钱公子　参见庶母。
钱谦益　你同遵王带这些家丁去到外面，赏他们些喜钱。
钱　曾　家丁们，随我来。（钱曾、钱公子、院子下）
钱谦益　河东君。
柳如是　你为何唤我河东君？
钱谦益　夫人姓柳，故此唤你河东君。
柳如是　你唤我作河东君，在舟中时节，我若是个男子，你险做了龙阳君。
钱谦益　岂有此理，你怎么又提起此事来了？
柳如是　在舟中时节，你为何愿做我的龙阳？
钱谦益　我是爱你。
柳如是　你爱我何来？
钱谦益　这……（看柳如是介）
柳如是　你为何上下打量于我？
钱谦益　我看你黑的头发，白的面皮，可爱呀可爱。
柳如是　你道我可爱么？（看钱谦益介）
钱谦益　你为何也上下打量于我？
柳如是　我看你白的头发，黑的面皮，也可爱呀可爱。
钱谦益　你道我头发白了，分明道我老了，来来来，你试试我老也不老。
柳如是　啐！（下）
钱谦益　（笑介）哈哈哈！（下）

# 第 十 场

（四青袍、王铎上）

王　铎　老夫王铎。只因李自成破了北京，南京立了弘光皇帝，拜老夫为相，又用钱谦益为礼部尚书。命老夫前去宣旨，左右打道钱府。

（院子、钱谦益上）

圣旨下！跪听宣读。诏曰：李自成攻破北京，先帝煤山晏驾，马士英等保朕南京登基。今有兵部尚书阮大铖，保荐钱谦益才堪大用，授为礼部尚书。旨意读罢，望诏谢恩。

钱谦益　万万岁！有劳相爷奉旨前来，后堂留宴。

王　铎　到此就要叨扰。

钱谦益　酒宴摆下。

（四青袍下。王铎、钱谦益同坐，牌子，饮介。刘孔昭上）

刘孔昭　走哇！来此钱府，待我进去。王相爷、钱大人，别喝酒了，弘光皇帝跑了。

王　铎　圣上登基不过半年，怎么就蒙尘了？

刘孔昭　他那个皇上，本就是那们一回事。如今清朝人马渡了长江，他不跑等什么？

王　铎
钱谦益　（同哭）哎呀，圣上啊。

刘孔昭　别哭，别哭，咱们快去投降清朝，别保那个倒运鬼啦。

王　铎　言得极是，快去投降。

钱谦益　我还要思忖思忖。

刘孔昭　这是明摆着非降不可，你思忖什么？

钱谦益　良心上有些过不去。

王　铎　你如此迟疑，我们先走了。正是：写起降书降表，

刘孔昭　前去投顺新朝！

（王铎、刘孔昭下）

钱谦益　这才是祸事到了！

　　　　（唱）弘光登基未一载，
　　　　　　　不想清兵过江来。
　　　　　　　万里江山今日坏，先王啊！（柳如是上，看介）
　　　　　　　高官厚禄付尘埃。

柳如是　老爷为何悲泪？

钱谦益　哎呀夫人哪！今有清兵渡了长江，弘光皇帝御驾蒙尘，我的官做不成了。

柳如是　老爷受明室厚恩，今当国家有变，正好报效。

钱谦益　讲什么报效，方才王铎、刘孔昭劝我同去降……

柳如是　降什么？

钱谦益　自古识时务者为俊杰，我要降顺清朝去了。

柳如是　老爷呀！想你官居极品，年过六旬，名满天下，今日若能为国捐躯，岂不是千古完人？

钱谦益　这也说得是，只是舍不得夫人。

柳如是　老爷若是尽忠，妾身当尽节。

钱谦益　如此我尽忠一死也就是了，只是怎样的死法？

柳如是　妾身早已预备下了。

钱谦益　你预备的什么？

柳如是　待我取来。（取刀、绳、药酒介）老爷请看。

钱谦益　原来是三样宝物。

柳如是　请老爷升天！

钱谦益　慢来！

柳如是　事到如今还有什么迟疑？

钱谦益　我受朝廷厚恩，必须谢过爵禄之恩，方可死得。

柳如是　请老爷快些谢恩。

钱谦益　万岁，念微臣呵——

　　　　（唱）跪在尘埃礼恭敬，
　　　　　　　叩谢我主爵禄恩。
　　　　　　　千头万头磕不尽——

柳如是　老爷快些升天，不要叩头了。

钱谦益　（唱）多拜一拜也是臣的心。
　　　　　　　谢恩已毕心自忖——

柳如是　老爷谢恩已毕了。

钱谦益　（唱）还要叩别我先人。
　　　　　　　望着祖先忙跪定——

柳如是　刀在此。

钱谦益　（唱）我岂肯刀下丧残生。
　　　　　　　不如吊死倒干净——

柳如是　我来服侍老爷。

钱谦益　（唱）又恐怕眼瞪舌头伸。

　　　　　　不如且把药酒饮——
柳如是　待奴把盏。
钱谦益　（唱）一杯药酒落在尘。
　　　　　　蝼蚁贪生人惜命，夫人哪！
　　　　　　这三桩宝物不领情。
柳如是　哎呀老爷呀！三件宝物你不领情，难道不死了？
钱谦益　哎呀夫人哪！自刎满身是血，上吊瞪目伸舌，若是饮了药酒，又怕上吐下泻。我岂肯这样死？夫人你、你、你高抬贵手，饶了我吧。
柳如是　事到如今，怕死也要死，不如一同投入鱼池。
钱谦益　这也使得。
柳如是　随我来。（圆场）老爷，来此鱼池。
钱谦益　待我试试水的深浅。
柳如是　你不跳，待我来跳。（投池介）
钱谦益　你看她倒跳入池中去了，待我也来跳。哎呀慢来！我若跳入池中，这一池水焉能吃得尽？家丁快来。
　　　　（四青袍上）
四青袍　老爷何事？
钱谦益　夫人投池了，快快打捞。
　　　　（青袍救起柳如是介）
　　　　夫人醒来！
柳如是　（唱）天翻地覆国运改，
　　　　　　百万清兵卷地来。
　　　　　　为国捐躯名万载——
钱谦益　夫人醒来！
柳如是　（唱）夫妻聚首在泉台。
　　　　老爷，你我夫妻今日投水身亡，魂魄还能相聚，真个可喜！
钱谦益　我不曾死，你怎么道是魂魄相聚？
柳如是　你不曾死？钱牧斋呀，你枉读诗书，连见危授命都不记得了？
　　　　（唱）受国厚恩深似海，
　　　　　　幞头蟒玉列金阶。
　　　　　　探花郎名姓传中外，
　　　　　　哪一个不知钱牧斋。
　　　　　　到如今大明江山坏，
　　　　　　全然不想报涓埃。
　　　　　　恐怕骂名留万载，

　　　　　枉为天地一英才。
　　　　　手拍胸膛揣一揣，
　　　　　怕死贪生该不该。
钱谦益　不要骂了，你不晓得我的心事。
柳如是　你的心事不过是贪生怕死。
钱谦益　非也。你可知当年元朝破了金国，那金邦有员上将，名唤陈和尚，不肯自尽，走进元营高声大骂，言道：我死要死得明白，到如今名标青史。我今日也要学陈和尚，去往清营骂他一场，纵然碎尸万段也甘心。
柳如是　好，我与老爷同去。
钱谦益　慢来。闻得清将多铎乃好色之辈，你若前去，只恐死不成了。
柳如是　如此，老爷自去，我等你死后，即便自尽。只是你我今生不能再见了，哎呀夫哇！
钱谦益　我今此去是件好事，是要笑的，哈哈哈！（下）
柳如是　看他此去，必定全忠尽节。家丁们，准备棺木，随我收拾老爷尸首去者。（下）

# 第十一场

（【大开门】，四龙套、多铎上）
多　铎　【点绛唇】虎斗龙争，
　　　　　奉天承运。
　　　　　扫烟尘，
　　　　　耀武观兵，
　　　　　指日乾坤定。
　　　　智勇超群盖世雄，
　　　　儿郎百万肃军容。
　　　　眼观建业如儿戏，
　　　　乘胜都归掌握中。
　　　　孤家，大清邦和硕豫亲王多铎。只因李自成占了北京，吴三桂关外借兵，将我国人马勾进中原，赶走李贼，定鼎幽燕。不想南京史可法立了朱由崧，我奉摄政睿亲王之命，带领三军打下江南。前者攻破扬州，杀了史可法。人马渡过长江，已是南京地界，那城中不战不降，我只好四面攻围，也曾命探马四路打探，未见回报。
（探子上）

探　子　明朝文武营门投降。

多　铎　再探。（探子下）传归降官员进帐。
（四龙套传介，王铎、刘孔昭上）

王　铎  
刘孔昭　（同）归降来迟，死罪呀死罪！

多　铎　弃暗投明，何罪之有。朱由崧可在城中？

王　铎　那个假皇帝昨夜逃走了。

多　铎　尔等可曾到齐？

刘孔昭　礼部尚书钱谦益未到，请王爷将他拿来斩首。

多　铎　身为大臣不来投降，倒是个忠良，比你们强的多了。

王　铎　王爷，那钱谦益少时定要来降的。

多　铎　你们南朝忠臣多。

刘孔昭　奸臣也不少。

多　铎　这话不错。孤家看你们二位。

王　铎  
刘孔昭　（同）都是忠臣。

多　铎　好一个都是忠臣！左右伺候了。
（钱谦益上）

钱谦益　（唱）国破君逃无可奈，  
　　　　　　垂头丧气到此来。  
　　　　　　将身来在宝帐外，  
　　　　　　战战兢兢跪尘埃。

王　铎　王爷，钱谦益到。

多　铎　下跪可是礼部钱先生吗？

钱谦益　不敢，亡国孤臣钱谦益。

多　铎　大兵到此，不早来归顺，你倒是个忠臣。

钱谦益　王爷夸奖，下官本是忠臣。

多　铎　王、刘二位，你们三位都是忠臣。

钱谦益  
王　铎  
刘孔昭　（同）大大忠臣。

多　铎　既是忠臣，理当尽忠。左右，把这三位忠臣与我斩了，好成全他们忠义之名。

钱谦益　慢来慢来，留头讲话。
多　铎　讲些什么？
钱谦益　我们愿做清朝的忠臣，不是明朝的忠臣。
多　铎　既吃明朝俸禄，为何要做我国忠臣？
钱谦益　有道是，识时务者为俊杰。
多　铎　好一个识时务者为俊杰！你等快快回去收拾行李，随孤家到北京，听候主子录用。但是一件……
钱谦益
王　铎　（同）哪一件？
刘孔昭
多　铎　个个都要剃头。
钱谦益　情愿剃头。
多　铎　传剃头匠进帐。
　　　　（四龙套传介，剃头匠上）
剃头匠　叩见王爷。
多　铎　将他三人帽子留在宝帐之上，脱去官服，带往营外剃头。
剃头匠　得令！三位摘帽子，脱衣裳。
钱谦益　待我自摘自脱。（摘帽、脱衣介）
多　铎　王铎、刘孔昭，你二人怎么不摘帽脱衣？
刘孔昭　我二人不用剃头了。
多　铎　你们不剃头，敢是要尽忠？
　　　　（王铎、刘孔昭摘帽介）
王　铎
刘孔昭　（同）我们早剃了。
多　铎　你们是真正汉奸，掩门。（多铎、四龙套、王铎、刘孔昭下）
剃头匠　钱大人随我来。
柳如是　（内）走哇！（四青袍、柳如是上）
　　　　（唱）非是我无有那夫妻情分，
　　　　　　　国灭亡当死节地义天经。
　　　　　　　谅此时我的夫已经丧命，
　　　　哎呀！
　　　　　　　却原来身未死还在营门。
　　　　老爷，看你科头袒裼，身坐营外，莫非叫骂不降，要将你斩头么？
钱谦益　倒不曾斩头，是在这里剃头。
柳如是　什么叫做剃头？

钱谦益　我剃了头，便要做忠臣了。
柳如是　哦，你要做忠臣了？喂呀夫哇！
剃头匠　大人，这儿乱，咱们那一边剃去吧。
钱谦益　走。
　　　　（钱谦益、剃头匠同下）
柳如是　且住！你看老爷要做忠臣，见了我谈笑自若，毫无儿女之态。当年文天祥不过如此，只是少时他的首级到来，怎的不痛杀我也。哎呀，我那夫……
　　　　（钱谦益上）
钱谦益　夫人为何哭起来了？
柳如是　老爷不是要做忠臣么？
钱谦益　我是要做外国的忠臣，与那明朝不相干了。
柳如是　如此说来你是投降了？
钱谦益　忌讳"降"字，我做了顺民了。
柳如是　你真个无有廉耻，待我碰死了罢。
钱谦益　我不死，你又何必死？
柳如是　我虽是个女流，却是宁死不降的。
钱谦益　你本来可以不降那清朝，听了金之俊的计策，下了十不降的旨意，道是男降女不降。
柳如是　好一个男降女不降。从今我与你一个是中国人，一个是外国人，一家变作两国了。
钱谦益　那一家两国的也不止你我二人，我要往北京听候我大清圣上委用。你我一同回去，打点行李。
柳如是　你的家与我何干？
钱谦益　我的家便是你的家，怎说无干？你我回去吧。
柳如是　也只好回去，钱牧斋，我……
钱谦益　你便怎么样？
柳如是　我悔不该嫁了你也！
　　　　（唱）去时还把乌纱戴，
　　　　　　　被发左衽转回来。
　　　　　　　只望你尽忠传千载，
　　　　　　　贪生怕死是庸才。
　　　　　　　事到如今无可奈，
　　　　　　　当初是我大不该。
　　　　　　　垂头丧气回府外，（圆场）

　　　　　　　　你有何脸面对裙钗。
钱谦益　（唱）贤夫人休要将我怪，
　　　　　　　　我与你恩情丢不开。
　　　　　　　　明朝国运今已改，
　　　　　　　　我捐生却是为谁来。
　　　　　　夫人不必埋怨。岂不闻孟子曰：民为贵，社稷次之，君为轻。今日我不做明朝的私臣，要替苍生出力。
柳如是　你在明朝不曾做过一件救民的事，如今投降清朝，也未必救得苍生。
钱谦益　哪有许多闲言。家丁，收拾行李，随我进京。只是清朝要戴红笠，一时哪里去寻许多的红笠与你们来戴？
柳如是　老爷且请前去，红笠自然有的。
钱谦益　全仗夫人。正是：不做忠臣做良臣，学他管仲与魏征。（下）
柳如是　家丁们，快取些新溺盆来。
　　　　（四青袍应介，取介）
四青袍　要溺盆干什么？
柳如是　戴在头上。
四青袍　溺盆不能戴。
柳如是　多把银钱与你。
四青袍　戴这个干吗？
柳如是　老爷叫你们往清营归顺，缺少红笠，此物恰与红笠一般，你们戴在头上就算得红笠了。（四青袍应下）这溺盆恰与红笠一般，不但骂了北兵，也管叫牧斋自生惭愧。哎，我错认了他了！（下）

# 第十二场

　　　　（四龙套、多铎上）
多　铎　（唱）奉王旨意下江南，
　　　　　　　　好一似曹操压孙权。
　　　　　　　　杀得弘光丧了胆，
　　　　　　　　江山一旦化灰烟。
　　　　（钱谦益上）
钱谦益　（唱）为全性命失颜面，
　　　　　　　　带愧含羞跪帐前。

叩见王爷。
多　　铎　钱老先生请起。
钱谦益　谢王爷。
多　　铎　命你打点行李，随我进京，你的行李可曾齐备？
钱谦益　齐备了，不知王爷几时起程？
多　　铎　待等降臣到齐即刻起程。我也曾差遣牛录章京四路传唤，想必来也。
　　　　　（四上手、牛录章京上）
牛录章京　参见王爷。
多　　铎　命你传唤降臣怎么样了？
牛录章京　章京奉命传唤降臣，俱已到齐。走在营门，观见一件稀奇之事。
多　　铎　什么稀奇之事？
牛录章京　营门有些头上戴着溺盆子的人，在那里走来走去。
多　　铎　光天化日之下头戴溺盆，其情可恨，与我拿进营来。
牛录章京　得令。
　　　　　（领四下手下，绑四青袍上）
多　　铎　果然头戴溺盆，你们是哪里来的？
四青袍　我们是钱大人的家丁。
多　　铎　你们头戴溺盆，分明辱骂我国。来，推出去砍了！
　　　　　（四下手斩四青袍介）
　　　　　钱谦益，你既归降，不该戏弄孤家。来，将他拿下，解往京都。
　　　　　（四下手拿钱谦益介）
钱谦益　（唱）归降只望能保命，
　　　　　　　不料依然受欺凌。
　　　　　　　眼望家门珠泪滚滚，我那柳氏妻呀！
　　　　　　　夫妻见面等来生。
　　　　　（四下手押钱谦益下）
多　　铎　牛录章京，传我将令：降臣一概免见。歇兵三日，大兵齐回北京。吩咐掩门。（下）

# 第十三场

　　　　　（柳如是上）
柳如是　（唱）钱公清望天下晓，

　　　　　艺苑蜚声北斗高。
　　　　　不学文山忠一主，
　　　　　反成冯道事五朝。
　　　　　旁观难免人耻笑，
　　　　　一世虚名付水漂。
　　　　　枉读诗书忘忠孝，
　　　　　贰臣传里恐难逃。
　　　（院子上）
院　　子　启夫人：大事不好了。
柳如是　何事惊慌？
院　　子　老爷不知身犯何罪，被清兵拿往北京去了。
柳如是　拿往北京去了？哎，老爷呀老爷，你不为国为民，只图富贵，谁知北朝倒底不能容你。家院，打点行李，多带金珠，随我去往北京，见机行事。请公孙进见。
院　　子　有请公孙。
　　　（钱曾上）
钱　　曾　一朝天子一朝臣，气象如今又换新。庶祖母拜揖。
柳如是　请坐。
钱　　曾　唤我到来，有何吩咐？
柳如是　只因你叔祖拿往北京去了，我要暗地跟随。奈大夫人染病在床，公子年幼，有意烦你常到我家看守门户。
钱　　曾　是啊，想那绛云楼上收着许多诗书，非我常到此处照看不可。
柳如是　如此诸凡费心。家院，吩咐车辆伺候。
　　　（四青袍、车夫上）
　　　（唱）哪怕清朝严法令，
　　　　　有钱自古可通神。
　　　　　机关二字安排定，
　　　　　晓行夜宿奔燕京。（领众下）
钱　　曾　（唱）大明江山昨日尽，
　　　　　我今已是清朝人。
　　　我此时是清朝人了。我既是清朝人，不能再穿明朝衣，不免赶紧剃头改装便了。（下）

# 第 十 四 场

（金之俊上）

金之俊　（引）明朝首相，降闯王，又顺清邦。

　　　　　　本是明朝相，
　　　　　　如今顺清邦。
　　　　　　依然富贵享，
　　　　　　何必论兴亡。

　　　　本阁金之俊。本是明朝宰相，后顺闯王，大清定鼎又拜我为相。今日下朝回来，恐有百官来议公事。来呀！
　　　　（门官暗上）
门　官　嗻。
金之俊　你在府门伺候，倘有百官来议公事，赶紧禀我。
门　官　嗻。
　　　　（院子、柳如是上）
柳如是　有钱能使鬼，妙计可通神。
院　子　这里是金中堂的府门了。
柳如是　向前通报。
院　子　回事呀！
门　官　做什么的？
院　子　钱夫人求见中堂。
门　官　我们家爷不见女客。
院　子　启夫人：他们中堂不见女客。
柳如是　哦，金相不见女客，待我自己向前。（向门官介）烦劳通禀，柳如是求见。
门　官　怎么，您就是那位出名的柳夫人吗？待我给您回一声。（入介）启中堂：柳如是求见。
金之俊　柳如是求见我么？快快请她进来。
　　　　（门官出介）
门　官　中堂有请。
　　　　（柳如是入介）
柳如是　相爷万福。
金之俊　本阁还礼。（背介）久闻柳如是貌美，果然名不虚传。（向柳如是介）请坐。

柳如是　告坐。
金之俊　夫人到此，必有所为。
柳如是　只因拙夫钱谦益身陷监牢，要求相爷念在翰苑后辈的交谊，设法救他一救，奴家死不忘恩！
金之俊　牧斋跟我本有交情，无奈他犯的罪太大了，我没法救他。
柳如是　但不知拙夫身犯何罪？
金之俊　只因叫他家人头戴溺盆戏弄旗人，是非杀不可的罪过。
柳如是　想拙夫真心归降，制办红笠不及，才命家丁头戴溺器迎接大军，怎说戏弄旗人？望相爷谅情。
金之俊　话虽如此，只是豫王爷我惹不起。
柳如是　若能救得拙夫，我这里有份人心。（递礼单介）
金之俊　好一份厚礼。柳夫人，牧斋的事在我身上，待我上朝启奏皇上，保管他一点罪名没有，还有官做。
柳如是　拙夫之罪是非杀不可。
金之俊　生杀之权得由着我。
柳如是　豫王是惹不得的。
金之俊　难道我还怕了他不成？
柳如是　如此，多谢相爷，这份礼物还求赏收。
金之俊　我为的朋友交情，礼是不敢收的。不过夫人既送来了，我也不敢不受。只是牧斋年迈，夫人跟他未必有什么好处。
柳如是　中堂下朝，再作商议。
金之俊　夫人真明白。
柳如是　告辞。
金之俊　哪里去？
柳如是　要往监中探望拙夫。
金之俊　夫人前去，怕刑部跟你为难。来呀！
门　官　嗻。
金之俊　你跟柳夫人到刑部监中去探钱大人，有人为难，禀我知道。吩咐给我顺轿。
柳如是　相爷何往？
金之俊　我到朝中给牧斋想法子去。吩咐人役走上。
（四青袍上，金之俊入轿，牌子，金之俊领四青袍下）
门　官　夫人请回府吧。
柳如是　相爷不是命你送我往刑部监中，探望我家老爷么？
门　官　我还有公事。

柳如是  我明白了。家院，取纹银十两过来。（院子取银介）这有纹银十两，作一茶之用。
门　官  这可不敢受，不过，您拿出来了，也不能叫您拿回去，待我揣起来。夫人，咱们到刑部去吧。
柳如是  有劳了。
　　　　（唱）十金权作一茶敬，
　　　　　　　有事相烦要用情。
　　　　　　　烦劳尊官将路引，（圆场）
　　　　　　　早已来在虎头门。
门　官  来此监牢。
柳如是  烦劳尊官向前。
门　官  我要去回复中堂。
柳如是  我又明白了。家院，再取十两纹银过来。（院子取银介）这有十两纹银，作一茶之用。
门　官  这可不敢，哎，我别装着玩儿了。呔，监禁子！
　　　　（禁卒上）
禁　卒  谁呀？
门　官  我是金中堂的门官。
禁　卒  你得罪了中堂，把你送来坐监来了？
门　官  放屁！我没得罪中堂，是钱大人的夫人来探望钱大人。
禁　卒  钱大人给多少钱？
门　官  一个大也不给，别睄又是金又是钱，凑起来也不金也不钱。你放开监门。
禁　卒  待我开门。
门　官  夫人请进，我不陪。（下）
　　　　（院子、柳如是入介）
柳如是  我家大人今在何处？
禁　卒  等我给您请去。有请钱大人。
　　　　（钱谦益上）
钱谦益  （唱）汉邹阳曾下狱六月霜降，（按：此处用典有误。）
　　　　　　　钱谦益坐监牢寒暑如常。
　　　　　　　看起来老天爷把古人偏向，
　　　　　　　难道我好才华不如邹阳。
　　　　何事？
禁　卒  你家夫人来探监来了。

钱谦益　不知是大夫人是二夫人，若是大夫人我就不见了。
禁　卒　我哪里知道。
钱谦益　有多大年纪？
禁　卒　三十上下。
钱谦益　是二夫人到了，待我出去。夫人在哪里，夫人在……
柳如是　妾身在此。
钱谦益　哎呀，妻呀！
　　　　（唱）一见夫人肝肠断，
　　　　　　　谁知相逢牢狱间。
　　　　　　　一家大小可安健，
　　　　　　　一一从头对我言。
柳如是　老爷！
　　　　（唱）大夫人身体多康健，
　　　　　　　公子在家也安然。
　　　　　　　小姐时常通鱼雁，
　　　　　　　归宁想必在明年。
　　　　　　　家中之事休挂念，
　　　　　　　可惜你清名一旦捐。
　　　　　　　归降只为图苟免，
　　　　　　　不想依然入牢监。
　　　　老爷，想你虽有虚名，不过能作诗文而已，治国安邦却是用你不着的。明朝已亡，你就该寻个自尽，千古以后还道你是忠良。被你哄了，你怎么不听妾身相劝，定要归降。只望贪图富贵，谁知拿到刑部监中来了。
钱谦益　事到如今，你埋怨我也是无益，必须想条计策，救我出去才好。
柳如是　我忙中无计。
钱谦益　你素来足智多谋，不要袖手旁观。
柳如是　事到如今，我也无别计，只好到各家公卿那里苦苦哀求，替你申诉。他们若是不肯出头，我便拿出从前做妓女的手段骗他一骗。
钱谦益　如此说来，你岂不要失身？
柳如是　我本来是个妓女，怕什么失身？你本是一代名流，既无管仲治国之才，又无冯道保身之智，不能救民，也不能死节，比我这失身只怕还不如呢。
钱谦益　我正是要学管仲，不肯学匹夫的小量。
柳如是　管仲尊周攘夷，你却归顺满洲，怎能比得？

钱谦益　夫人！
　　　　（唱）犹如管仲韬略远，
　　　　　　　怎奈清朝非齐桓。
　　　　（四青袍、门官上）
门　官　禁子开监。
　　　　（禁卒开监，门官入介）
门　官　钱大人，我家中堂下朝回来言道，已经保奏。圣上有旨，赦大人无罪，请到相府相见。来呀。
禁　卒　叫谁呀？
门　官　叫你哪。
禁　卒　这是中堂叫你的响声，你也学会啦？
门　官　反正我比你的位分大，你快把钱大人刑具去掉。请大人、夫人出监上轿。
　　　　（禁卒下。钱谦益、柳如是、门官出监介，上轿，圆场）
　　　　有请中堂。
　　　　（金之俊上）
金之俊　何事？
门　官　钱大人、夫人到。
金之俊　动乐相迎。
　　　　（钱谦益、柳如是入介）
　　　　请坐。
钱谦益　待死之囚，多蒙鼎力相救，当面拜谢！
金之俊　你我都是明朝遗老，何必过谦。
钱谦益　中堂，遗老是不做官的。
金之俊　遗老不做官的也有，可是这个年头不能那们说了。
柳如是　相爷是有才的遗老，哪朝哪代不用你做官？似那无才的遗老，新朝知你无能，不肯任用，也正好自命清高，做一世的前朝忠良，只怕牧翁难免如此。
金之俊　皇上已经有旨，授他为礼部尚书。
柳如是　老爷，这是你求之不得的，你快回去预备谢恩。
金之俊　夫人不是跟我还有商议么？
柳如是　便是商议搭救拙夫之计。
金之俊　这个……我算瞎眼了！
钱谦益　我夫妻告辞了。
金之俊　且慢。牧斋，既换了清装，你可学说京话。

钱谦益　记下了。
金之俊　你怎么又来了？
钱谦益　嗻，我记得。
金之俊　这不结啦？
钱谦益　请。
　　　　（钱谦益、柳如是下）
金之俊　门官，这趟差使你算肥了。
门　官　托爷的福，无怪邓先生送您一副对子。
金之俊　什么对？
门　官　一二三四五六七，孝悌忠信礼义廉。
金之俊　此话怎么讲？
门　官　您自己想吧，小人不敢说。
金之俊　一二三四五六七，哎呀，怎么把八忘啦？孝悌忠信礼义廉，怎么无有"耻"字？这是骂我忘八无耻，真好才学，比我给清朝定制度不在以下。
门　官　中堂度量真大，骂也不生气。
金之俊　不用骂，再过二三百年，自然有人知道我的心事。（下）

# 第十五场

　　　　（苍头、车夫、钱小姐上）
钱小姐　（唱）出嫁离家有数载，
　　　　　　　　归宁父母到京来。
　　　　奴家钱氏。爹爹钱谦益，官拜礼部尚书。母亲陈氏，诰封夫人。将奴许配赵管，出嫁已经数载。不想爹爹归顺清朝，不顾万人嘲笑，是我来到京中，要劝爹爹还乡。家院，趱行者。
　　　　（唱）我父一朝心变改，
　　　　　　　　归降北国理不该。
　　　　　　　　车轮来在府门外，
　　　　　　　　见了爹爹说开怀。
苍　头　来此府门。
钱小姐　向前通报。
苍　头　有人么？

（院子上）

院　子　什么人？
苍　头　大姑奶奶回来了。
院　子　有请大人。
　　　　（钱谦益上）
钱谦益　何事？
院　子　大姑奶奶回来了。
钱谦益　快快有请。
　　　　（院子请介，小姐入介，苍头、车夫下）
钱小姐　爹爹在上，女儿拜。
钱谦益　只行常礼。
钱小姐　为何不见母亲？
钱谦益　有请夫人。（院子请介，柳如是上）
柳如是　戏剥瓜仁排梵字，闲将盏底印连环。老爷。
钱谦益　儿呀，见过你母亲。
钱小姐　这不是我母亲。
钱谦益　你生身母亲没进京，这是你柳氏母亲。
钱小姐　原来是庶母。
柳如是　小姐。
钱谦益　免去"庶"字。
柳如是　老爷，这就是你的不是了。你叫小姐呼我为母，将大夫人置之何地？小姐，不要听你爹爹之言，他是老糊涂了。
钱谦益　咱们都坐下说话。
钱小姐　告坐。
钱谦益　你是几时到京？
钱小姐　女儿昨日到京，有话与爹爹商议。
钱谦益　自己爷们，有话快说。
钱小姐　爹爹年迈，难经宦海风波，不如告老还乡。
柳如是　小姐之言不差，老爷是要依允的。
钱谦益　我做的好好的官，干什么要告老？
柳如是　老爷在朝，枉落贰臣之名，并不曾替国家人民做过什么事业，还是回去的好。
钱谦益　我挺好的精神，告老的折子不好写。
柳如是　难道不能推病么？
钱谦益　我一点病也没有。

柳如是　你丧心病狂，还说无病。
钱谦益　我告了病吃什么？不告，不告。
柳如是　住了！你不告老还乡，我却要出家学道。
钱谦益　夫人不要生气，我辞官回故里就是。
柳如是　这便才是。
钱谦益　等我进朝辞官，你给我打点行李。正是：升沉有命定，何必恋皇恩。
　　　　（下）
钱小姐　庶母，你果然深明大义，不比寻常。
柳如是　我不过据理而言，怎么敢当"深明大义"四字？家院过来，命你打点行李，准备车马，待老爷下朝，即刻出京。
　　　　（院子应下。钱谦益上）
钱谦益　（唱）只望在朝爵禄显，
　　　　　　　为听妻言休了官。
柳如是　老爷辞官怎么样了？
钱谦益　一告就准，皇上也真腻了我啦。
钱小姐　爹爹既已告致，女儿同赵郎也快出京了。
钱谦益　夫人，你打点的行李呢？
柳如是　俱已齐备，请老爷即刻出京。
钱谦益　车辆走上，吩咐带马。
　　　　（四青袍、院子、车夫上）
　　　　（唱）数十年来空游宦，
　　　　　　　归家只剩几文钱。
柳如是　（唱）随朝待漏多劳倦，
　　　　　　　不如还乡倒清闲。
钱小姐　（唱）但愿爹爹身康健，
　　　　　　　归宁有日来问安。
钱谦益　（哭）我儿！
钱小姐　爹爹。
柳如是　小姐。
钱小姐　庶母。
钱谦益
柳如是　（同哭）哎呀！（两边下）
钱小姐

# 第十六场

（钱曾上）

钱　　曾　念书念了五十车，不谈仁义与道德。在下钱曾，是牧斋尚书的侄孙少爷。我叔祖降了清朝，我也降了，学会满嘴的官话。我叔祖进京去了，我常到他家来往。他家有一座绛云楼，里头收的好书太多，我不免搬他几十套。童儿。

（童儿上）

童　　儿　何事？

钱　　曾　你把绛云楼的书，头一架子全搬到我家里去。

（童儿应，下。院子上）

院　　子　参见孙少爷。

钱　　曾　你怎么回来啦？

院　　子　老爷、夫人全回来了。

钱　　曾　快去迎接。

（钱谦益上）

钱谦益　辞官脱朝裳，

（柳如是上）

柳如是　共载回故乡。

钱　　曾　叔祖。

钱谦益　罢了。

钱　　曾　奶奶。

柳如是　免礼。

钱　　曾　老爷子，您怎么不做官啦？

钱谦益　我八十岁的人了，做官没意思，故此告老回乡。不如看我绛云楼的书，比在朝强的多。

钱　　曾　绛云楼的书被人借出点去。

钱谦益　都是谁借的？

钱　　曾　黄梨洲借的最多，周元亮借过几部，差不多短一架子。

柳如是　老爷，绛云楼的书大半都是妾身圈点过的，岂可叫人看见？

钱谦益　你我到楼上点查一番。

钱　　曾　今天晚了，明天再去也还不迟。

钱谦益　这也说得是，我就明天再查。正是：一世尊清望，

柳如是　千秋重文章。

（钱谦益、柳如是下）

钱　曾　哎呀慢着！绛云楼的书我拿的最多，叫他查出来怎么办？有了，我不免给他烧了就算结啦。事不宜迟，就此前去放火。（圆场）这儿是绛云楼了，待我放起火来。（放火介，下）

## 第十七场

（四青袍、院子上，救火介，下）

## 第十八场

（钱谦益、柳如是上，跌介，四青袍、院子上，救起介）

钱谦益　好大火，你们快去救公子。
柳如是　你们快去救大夫人。
院　子　已经被小人们救出来了。
柳如是　哪里起火？
院　子　绛云楼起火。
柳如是　绛云楼起火？快把公孙唤来。
院　子　不知去向。
柳如是　老爷呀，绛云楼起火，钱曾不知去向，莫非此事与他有些牵连？
钱谦益　钱曾随我多年，料想不能放火烧我，你太多心了。
　　　　（钱公子上）
钱公子　大事不好了！
钱谦益　什么事？
钱公子　母亲本来病重，又因失火惊吓，身亡了！
钱谦益　不好了！
　　　　（唱）听说夫人归仙境，
　　　　　　　这才是祸事不单临。
柳如是　老爷，且免悲伤，办理丧事要紧。
钱谦益　来呀，你们去买棺材，找和尚，搭棚办事。
　　　　（四青袍、院子应，下）

柳如是　公子守灵去吧。
　　　　（公子应下。钱曾上）
钱　曾　（唱）绛云楼已成灰烬，
　　　　　　　见了叔祖假殷勤。
　　　　叔祖受惊了。
钱谦益　受惊是小，你叔祖母惊吓身亡了！（哭介）
钱　曾　您不用哭了，赶紧办丧事要紧。
钱谦益　就委你当个账房。
柳如是　老爷，会计之事待妾身办理。
钱　曾　哪有堂客当账房的？还是我办吧。
钱谦益　还是遵王管账是个正办。
钱　曾　既是叔祖有命，我就走马上任。
钱谦益　正是：老运叹凋零，
柳如是　时衰鬼弄人。（下）

## 第 十 九 场

（邓孝威上）
邓孝威　（唱）一代兴亡何足论，
　　　　　　　百姓凋残甚惨情。
　　　　卑人邓孝威，乃湖北人氏。只因清朝占了中华，要万民剃发，是我一怒将满头的烦恼丝，尽皆剃尽，改作僧家打扮。是我与钱牧斋交好甚厚，闻得他告致归林，我不免去往常熟，探望他一番便了。
　　　　（唱）尚书重望人人敬，
　　　　　　　故旧相逢叙别情。（下）

## 第 二 十 场

（钱谦益上）
钱谦益　恩爱不久常，伤心赋悼亡。不想大夫人身故，我有意将柳夫人扶正，不免与她商议。啊，河东君哪里？

（柳如是上）

柳如是　（唱）深院落花红不定，
　　　　　　　小楼明月夜调筝。

　　　　老爷唤我何事？

钱谦益　只因夫人去世，我有意将你扶正，你是谅无推辞？

柳如是　老爷此言差矣！想大夫人孝服未满，你怎么提起"扶正"二字？

钱谦益　你的才德比她强的多，她活着我没法办，她死了，我正好与你定了夫妻名分，同主家政。

柳如是　大夫人染病，家政原就是我主持，我何必定要那正室的名分？

钱谦益　你做了正室，好受皇上家的诰封。

柳如是　我是中华女子，岂受外国的诰封？

钱谦益　我已经归顺新朝，你还说什么外国。

柳如是　你不道男降女不降么？

钱谦益　我男子业已归降，你女子纵然不降，也没什么要紧。何况女子从夫，我降了，就算你降了。

柳如是　哦，女子从夫？也罢，我如今自有个不从夫的主见。

钱谦益　你有什么不从的主见？莫非背夫逃走不成？

柳如是　我柳如是岂是那样不知廉耻、不顾笑骂之人？我还是依着在京的言语削发出家，自然脱然无碍了。

钱谦益　你还是要出家？

柳如是　要出家。

钱谦益　你出家，我就……

柳如是　你怎么样？

钱谦益　我就由你出家。

柳如是　如此，我便去改换衣妆。

钱谦益　慢来，你到哪里出家？

柳如是　难道没有庙宇？

钱谦益　庙宇恐不方便，我府中有座关帝的行祠，你就在那里出家。

柳如是　关帝是忠正之神，我情愿在他祠内出家。只是关帝不肯降曹，你却降顺清邦，你枉向着他烧香。

钱谦益　少说这些闲话。你虽然出家，我若想起旧情，还要你发个慈悲。

柳如是　呸，你真非人类也！

　　　　（唱）看来世事如梦幻，
　　　　　　　惟有袈裟披最难。

|   |   |
|---|---|
| | 恩爱之情今斩断， |
| | 要从火里种青莲。（下） |
| 钱谦益 | （唱）河东做事不迟慢， |
| | 顷刻出家我不能拦。 |
| | （钱曾上） |
| 钱　曾 | （唱）办事终须把钱赚， |
| | 不枉我身也姓钱。 |
| | 叔祖，这是叔祖母丧事的一篇总账。您发出去的钱不够，侄孙给您垫了好些的银子，您细细的算一算。 |
| 钱谦益 | 我跟你是骨肉，何必算的那么清楚。 |
| 钱　曾 | 不是那么说。您在京时，我替您这儿修理房屋，垫的不少了。我的家事您是知道的，还是算一算好。 |
| 钱谦益 | 好哇，你一定要跟我算账。想你是一个穷念书的，哪里来的钱？无非指着我做大官，你借势招摇弄来的钱。我又没有叫你垫，是你自己愿意垫的，这笔账我不能认。 |
| 钱　曾 | 老爷子别生气，我的就是您的好不好？ |
| 钱谦益 | 着哇，我的就是你的，你的就是我的。 |
| 钱　曾 | 前后院的人听着，老爷说了，他的就是我的。 |
| 钱谦益 | 你嚷什么？ |
| 钱　曾 | 叫他们知道，您的就是我的。 |
| 钱谦益 | 还有一句你怎么不说？ |
| 钱　曾 | 那一句您知道就得了。 |
| | （院子上） |
| 院　子 | 回老爷话，有个和尚求见。 |
| 钱谦益 | 夫人刚当了姑子，就有和尚上门。我素来是敬重佛门的，请来相见。 |
| 院　子 | 有请师傅。 |
| | （邓孝威上） |
| 邓孝威 | 幼年读孔孟，垂老念弥陀。牧斋尚书。 |
| 钱谦益 | 请问师傅上下。 |
| 邓孝威 | 尚书身事两朝，不但忘了故国，连故友都不认识了。我便是邓孝威。 |
| 钱谦益 | 原来是邓先生，遵王向前见过。 |
| 钱　曾 | 邓先生。 |
| 邓孝威 | 此位是？ |
| 钱谦益 | 这就是侄孙钱曾。 |
| 邓孝威 | 原来是遵王兄，失敬了。 |

钱谦益　请坐。
邓孝威　有坐。（坐介）
钱谦益　孝威，你为何改了装扮？
邓孝威　你为何也改了装扮？
钱谦益　我归顺新朝，故此改了装扮。
邓孝威　着哇，我不忘故国，因此也改了装扮。
钱谦益　你既不忘故国，为何不杀身报国？
邓孝威　多少大官忍耻偷生，何况我一介小民？况且我一人杀身，于国无益，不如留着性命，看这世间上的笑话。
钱谦益　世间上有何笑话？
邓孝威　八十老翁贪生怕死，岂不是个大笑话？
钱谦益　我虽然身事新朝，却是心怀故国。
邓孝威　这越发不对了，大丈夫做事岂可口是心非？
钱谦益　我何尝口是心非，我作的诗，常有思念故国之言，你不曾见过？
邓孝威　你说到作诗，我近来倒作了一首桃花夫人的诗。
钱谦益　桃花夫人是春秋的息妫，她是个改嫁的妇人，你何必为她作诗？
邓孝威　我是叹息之意，待我将此诗念与你听。
钱谦益　你念来我听。
邓孝威　诗曰：
　　　　楚宫慵扫黛眉新，
　　　　只自无言对暮春。
　　　　千古艰难惟一死，
　　　　伤心岂独息夫人。
钱谦益　哎呀！（昏介）
钱　曾　邓孝威，你将我叔祖骂死，是何道理？
邓孝威　骂得死还有些人气，只怕他还不曾死。待我将他唤醒，牧斋醒来。
钱谦益　（唱）闻言气得咽喉紧，
　　　　　　把我比作息夫人。
　　　　　　猛然睁睛强扎挣，
　　　　　　有何面目世间存。
邓孝威　你身体觉得如何？
钱谦益　身体也还不怎么样，只是我心里难受。
钱　曾　叔祖，他真是《三国演义》的诸葛亮，骂死王朗。
钱谦益　不对，诸葛亮骂死王朗，他却把我骂活了。
钱　曾　怎么骂活啦？

钱谦益　他把我已死的良心骂活了，良心一活，人可真快死了。你们快预备后事吧。
邓孝威　待我去找僧人转咒。正是：轻摇三寸舌，骂死负国人。（下）
钱谦益　遵王，快把柳夫人请来。

　　　　（钱曾应，下）

　　　　正是：三分气在千般用，一旦无常万事空。家院，搀扶了。（下）

## 第二十一场

（柳如是上）

柳如是　（唱）鹦鹉疏窗昼语长，
　　　　　　　又教双燕话雕梁。
　　　　　　　雨交沣浦何曾湿，
　　　　　　　风认巫山别有香。
　　　　　　　初着染衣身体涩，
　　　　　　　乍抛绸发顶门凉。
　　　　　　　紫烟飞絮三眠柳，
　　　　　　　扬尽春来未断肠。

　　　　贫道柳如是。只因不愿受那北国的诰封，出家学道，就在钱府之内关帝祠中出家学道。扫了一间静室，持诵经文，倒也身世两忘也。

　　　　（钱曾上）

钱　曾　大事不好了！
柳如是　何事惊慌？
钱　曾　叔祖病重，看性命难保。
柳如是　哦，老爷病重？哎，我虽已出家，倒底故人情重，不免前去探望一番。遵王带路。
　　　　（唱）一剪金刀绣佛前，
　　　　　　　裹将血泪洒诸天。

　　　　（钱谦益暗上，坐帐内介。钱公子上，旁立介）

柳如是　牧翁，贫道来了。
钱谦益　（唱）矇眬听得人呼唤，
　　　　　　　只见河东在面前。
　　　　道友来了，请坐。

柳如是　有坐。哦,牧翁此病,从何而起?
钱谦益　我这病么,哎,是被人骂出来的。
柳如是　你生平不怕旁人笑骂,怎么今番骂出病来?
钱谦益　我何曾不怕笑骂,只为要占便宜,不能怕骂。谁想便宜占不着,骂是挨上了,焉能不骂出病来?我死之后,儿子年小,族中坏人太多。道友是个有才之人,望你照应我儿,我死也瞑目。
钱　曾　叔祖说族中坏人太多?您放心,有我一个人在这儿,谅别人也坏不到哪儿去。
柳如是　牧翁,贫道已经出家,岂能再干预人家儿女之事?
钱谦益　哎,道友。
　　　　（唱）道友为人有肝胆,
　　　　　　　须眉多少愧红颜。
　　　　　　　年逢乙酉遭国变,
　　　　　　　义气干霄气凛然。
　　　　　　　望你休将恩义断,
　　　　　　　我儿还要你承担。
　　　　　　　我身本是无才干,
　　　　　　　生子反嫌太象贤。
柳如是　（唱）撒手红尘全不管,
　　　　　　　故人情义要周全。
　　　　　　　心如止水无挂念,
　　　　　　　冤业相缠解脱难。
　　　　　　　佛法慈悲宏誓愿,
　　　　　　　更加还有世间缘。
　　　　　　　娇儿之事休记惦,
　　　　　　　死死生生我承担。
钱谦益　（唱）道友从无虚言赚,
　　　　　　　娇儿有靠我心安。
　　　　　　　离床跪倒生悲感——
　　　　（跪介,钱公子随跪介,柳如是惊跪介）
　　　　　　　大事还须你承担。
　　　　　　　惨惨凄凄肝肠断,道友哇!
　　　　（邓孝威领四僧上）
邓孝威　（唱）牧斋还未归九泉。
　　　　牧斋,你原来还未曾死,我来转咒来了。

钱谦益　孝威，我愧对故人也。
　　　　（唱）八十年高寿不短，
　　　　　　　精神强打暂流连。
　　　　　　　咽喉气紧魂魄散，
　　　　　　　撒手红尘见祖先。
　　　　（死帐内介，下。柳如是、钱公子、钱曾哭介）
邓孝威　死了，我的咒不转了。众位师兄回去吧。（领四僧下）
钱　曾　人死了，他倒不转咒了，真正胡搅！
柳如是　就此购买棺木，大家遵制成服。
钱　曾　您已经出家，还穿孝吗？
柳如是　我虽出家，始终未离钱府，焉能不穿孝？
钱　曾　姑子穿丈夫的孝也是搅，咱们搅在一块了。我去知会族人。（出介）
　　　　等我招集族人，来分老头儿家私。（下）
柳如是　公子，快快修书，往小姐那里报丧要紧。哎，老爷呀！（同哭，下）

# 第二十二场

（四族人上）
四族人　（同）请了！今有牧斋下世，大家前去吊丧。
　　　　（圆场，钱曾上）
钱　曾　列位都来啦？
四族人　（同）来了。
钱　曾　牧斋做了一任大官，有的是钱。咱们趁这个机会，正好分他的家当。
四族人　（同）我们都是乡下人，怕闹他不过。
钱　曾　都有我哪，你们去到他家，见什么拿什么。可是一样。
四族人　（同）哪一样？
钱　曾　是古玩字画、好版的书，都别动他的。
四族人　（同）我们要那些也没用，都送给你。
钱　曾　就那么办了。正是：牧斋负国人人骂，替天行道分他的家。（下）

## 第二十三场

（场上设灵堂，院子上，打扫介。钱公子、柳如是孝服上，拜灵介）

柳如是　（哭）宗伯！我夫！哎呀尚书公啊！
　　　　（唱）红豆词人今何在——
　　　　牧斋！钱公！哎呀虞山公啊！
　　　　　　清名一旦付尘埃。
　　　　　　当年若肯割情爱，哎呀夫哇！
　　　　　　千古人传钱牧斋。（拜介）
　　　　（四族人、钱曾上）
钱　曾　来此已是，你们只管拿东西，有人拦着，我自有话说。
　　　　（四族人作抢物介）
院　子　你们敢是劫抢？
钱　曾　我们是要账来了，什么叫作劫抢？快把孝子给我找来。
钱公子　遵王何事？
钱　曾　老头儿活着时候该他们的钱，你该还账了。
钱公子　先父在世，何曾欠过他们的钱？
钱　曾　你这是瞪着眼不认账，老头儿，该他们的，你哪儿知道？
钱公子　拿来。
钱　曾　拿什么来？
钱公子　拿欠字来。
钱　曾　他们跟死鬼老头儿向来没欠字。
钱公子　没欠字不能还。
钱　曾　我早知道你不还，我也管不了你，跟他们说去。
钱公子　列位亲族，先父几时欠过你们的账？
四族人　（同）欠多啦，你还不还？
钱公子　不还便怎样？
四族人　（同）不还，打东村！（打倒钱公子介）
柳如是　众位亲族休要动手，我有话讲。
四族人　（同）原来是柳夫人，您有什么话说？
柳如是　你们可知闹丧是有罪的？
四族人　（同）不错，闹丧是有罪的。
柳如是　既知闹丧有罪，你们到我丧家擅打孝子，难道不怕犯法？
钱　曾　柳姨太太，话不能那么说。自古家法在先，官法在后。这些位都是丧种的长辈，丧家欠账不还，他们打的自己的不肖子孙，不算闹丧。

柳如是　既知家法，你却是我的孙辈，难道我不能打你？

钱　曾　打是疼，骂是爱，您就请打。

柳如是　我岂肯与你一般见识，只是牧翁在世，几时欠过他们的钱？

钱　曾　欠多啦，您哪儿知道，都在我一个人心里。

柳如是　公子年幼，家中之事现在是我掌管。你可叫他们将牧翁欠账的数目对我言明。

钱　曾　这倒使得。他们人多嘴杂，我一个人说，你们几位外边去。

四族人　（同）都交给你了。（下）

钱　曾　大叔，您也养养伤去。

钱公子　我还要在此守灵。

钱　曾　你在这儿，我不好跟姨娘说话。您一身是伤，歇歇去吧。

钱公子　院公，搀我来。（院子扶钱公子入孝帏介，下）

柳如是　遵王，到底牧翁欠他们多少银钱？

钱　曾　欠的数目我也说不清，反正把牧翁一世宦囊里钱都分完了，也不够还账的。

柳如是　听你之言，我倒明白了。莫非牧翁不曾欠账，他们借索债为名，图谋他的家产，你道是与不是？

钱　曾　哪里能有那样的事。我受老头儿的好处最多，要有那宗事，我不能跟着哄。

柳如是　牧翁待你最厚，你还记得么？

钱　曾　记得，不用说别的，就说老头儿注杜工部的诗，是人不给看，单跟我商量。老头儿实在是喜欢我这一肚子的书。

柳如是　你还有一肚子的书？只那《四书》你可记得？

钱　曾　《十三经》、《廿一史》、诸子百家、《昭明文选》，汉魏一百零三家的文集，唐宋八大家的古文，李太白、杜工部、苏东坡、陆放翁的诗，柳屯田、辛稼轩的词，我哪一部不熟？连一万多本的《永乐大典》我都见过，怎么《四书》会不记得？

柳如是　既然记得，我且问你：那"可以托六尺之孤，可以寄百里之命"，怎样的讲解？

钱　曾　这是我们作八股的题目，我怎么讲不上来？我讲的最透，您要不信，我找两篇我作的诗文，您看看就明白了。

柳如是　你既然晓得这两句，怎么牧翁尸骨未寒，便来欺凌他的孤儿？

钱　曾　你怎么这么糊涂哇？讲书是讲书，办事是办事。念书人要都照着书去行事，唱小花脸的就不学方巾丑了。

柳如是　你向前来。（打钱曾介）
钱　曾　您只管打，我说过打是疼，我这半边脸也求您疼一下。
柳如是　钱曾，你真乃禽兽也！
钱　曾　骂是爱，求您多多的爱我一爱。
柳如是　好贼子！
　　　　（唱）你本寒儒无人问，
　　　　　　　家徒四壁受穷贫。
　　　　　　　牧翁待你恩义重，
　　　　　　　好似平步上青云，
　　　　　　　四部图书委你订，
　　　　　　　列朝诗集教你评。
　　　　　　　名流个个相尊敬，
　　　　　　　博得金钱买虚名。
　　　　　　　不料你心贪毒甚，
　　　　　　　欺凌孤寡忘了恩。
钱　曾　打你是打了，骂你是骂了，我全不在意。你还得想法子还他们的钱！
柳如是　还钱是没有。
钱　曾　没有不行，我就把这话告诉他们去，咱们回头见。
　　　　（钱公子上）
钱公子　你们商量的怎么样了？
钱　曾　商量商量，总得还账，要不还账，不用商量。（下）
柳如是　（哭）公子。
钱公子　姨娘。
柳如是　我儿。
钱公子　庶母。
柳如是
钱公子　（同）哎呀！
柳如是　（唱）钱家衰败真不幸，
　　　　　　　切齿伤心恨钱曾。
　　　　　　　往日之恩他不论，
　　　　　　　天良丧尽背理行。
　　　　　　　灵前哭得咽喉紧，老爷呀！哪有良谋保家门。
　　　　（赵管上）
赵　管　（唱）半子礼情分当尽，
　　　　（钱小姐上）

| | |
|---|---|
| 钱小姐 | （唱）夫妻双双拜亡灵。（拜灵介） |
| 柳如是 | 姑爷、小姐来了。哎，来得好哇！（哭介） |
| 赵　管 | 自古人死不能复生，何必如此悲痛。 |
| 柳如是 | 家门之事一言难尽，叫我怎不伤悲。 |
| 钱小姐 | 爹爹身后，难道还有什么贻累不成？ |
| 柳如是 | 贻累倒也不多，只是钱曾一口咬定，老爷在世欠了他们的银钱，登门索欠，只怕钱门就要破家了。 |
| 钱小姐 | 何不到官府叩告？ |
| 柳如是 | 公子年幼，我又是出过家的侧室，无人抱告。 |
| 赵　管 | 女婿有半子之劳，待我前去当个抱告。 |
| 柳如是 | 那常熟县令李石台与你岳父交好，你可具下东帖，请他明日五鼓派人役前来，围住我家，将钱曾等不可放走，我自会申诉。 |
| 赵　管 | 此计甚妙，依计而行。正是：人生做官莫贪财，贪得钱财有祸来。（下） |
| 柳如是 | 小姐后面去见过族人，说我明日还债。 |
| 钱小姐 | 是。（下。起更介） |
| 柳如是 | 公子歇息去吧。 |
| 钱公子 | 我要在此守灵。 |
| 柳如是 | 你爹爹临危将你托付与我，你敢不听我的言语？ |
| 钱公子 | 如此我歇息去了。（背介）这是什么缘故？（下） |

（柳如是作呆介）

柳如是　哎，不想老爷身后还有这些琐碎。可恨钱曾如此的丧心，这也是牧斋不肯死难，背了国家，归顺外邦，钱曾得了他的心传，在家门以内反复起来了。

（二更介，柳如是作看灵介）

牧斋，牧斋，你不听我言，不报国恩，如今受过你的恩德之人也不答报你了。哎，我口口声声怨着牧斋贪生怕死，怎么我还在偷生人世？也罢！待我撕下孝衫，将钱曾负义之事写成冤状，揣在身边，在老爷灵旁寻个自尽。待我去取纸笔墨砚。哎，事到如今，取的什么纸笔墨砚，待我撕下孝衫，咬开中指，修写血状。（向灵介）牧斋哇牧斋，人生在世谁无死，留取丹心照汗青。我柳如是今宵一死，比你如何哇？（三更介）

（唱）撕孝衫不由人心中凄惨，
　　　咬开了中指肉血溅红鲜。
　　　恨只恨那钱曾良心改变，
　　　细思量是牧斋报应循环。

　　　　你负国他负你分毫不乱,
　　　　你魂灵也应当抱愧九泉。
　　　　柳如是今日里为你殉难,
　　　　落一个名标彤管、节义双全,在那万古传。
　　（四更介）
　　　　当断不断反受乱,
　　　　我身何必再流连。
　　　　古人之事令人羡,
　　　　从容就义又何难。
　　（缢死介。五更介。钱小姐、钱公子上）

**钱小姐**
**钱公子**　（同）不好了,柳姨娘自尽了!

　　（四役上,两边抄下,钱曾、四族人上）

**钱　曾**
**四族人**　（同）出了人命了,我们拿着东西跑了吧。

　　（四役、赵管、李石台上,四役捉住钱曾、四族人介）

**李石台**　你们是什么人?

**钱　曾**　我们是钱尚书的本家。

**李石台**　你不是大名士遵王先生么?见了本县为什么跑?

**钱　曾**　他们怯官,我送他们走。

**李石台**　拿的谁家的东西?

**钱　曾**　丧家要搬家,我们来帮忙,您睄我拿的都是书。

**钱小姐**
**钱公子**　（同）哎呀太爷呀!他们借名索债,谋占家私,将我庶母逼死了。

**李石台**　尸首今在何处?

**钱小姐**
**钱公子**　（同）现在灵前。

**李石台**　待我亲自相验。（取状介）原来有血状一篇,这是威逼人命。左右,把钱曾等夹起来。

**钱　曾**　太爷不要动怒,我们再不敢吵闹了,他们没欠账。

**李石台**　你不闹了?我可不能饶你。左右,快将尸首解下,叫本家治丧。待本县回衙办理这些凶徒,将他们上了刑具,打道回衙。（领四役押钱曾、四族人下）

**赵　管**　娘子、内弟,办理柳夫人丧事便了。
　　（【尾声】,下）

# 护 花 铃

## ■ 本事

吴人沈起凤，工为南北曲。携其妻陈三娘，游杭，省其舅氏。舅子购美婢，将纳为妾，妇妒甚，欲杀之。三娘悯婢之无罪而就死地也，佯与妇合谋。值婢病，妇赂医，进鸩。医为起凤从兄，三娘乃为之画策，佯鸩婢，而救之归，使伪为鬼，以试起凤，起凤大怖。三娘复延舅合室来，使伪鬼见，而泄妇之阴谋焉。妇惧，三娘自言能禳，乃使舅子书契，谓婢已遣去，三娘始以实告。时婢之母，以佣工至，舅子及妇，尤畏其讼，因以婢归三娘云。

## ■ 提纲

### 第一场
士常仁、家院、士小仁

### 第二场
沈起凤、家院、陈三娘

### 第三场
张母、张珍儿、士小仁、顺儿、槐氏、家院、沈起凤、陈三娘、士常仁、春花、秋菊

### 第四场
槐氏、张珍儿、陈三娘、士小仁、顺儿、沈小泉、丫鬟

### 第五场（连场）
丫鬟、张珍儿、陈三娘、沈小泉、家院

### 第六场
陈三娘、张珍儿、槐氏、沈起凤

### 第七场
沈起凤、张珍儿、陈三娘

第八场（连场）
陈三娘、沈起凤、张珍儿、沈小泉、张母、士小仁、槐氏、士常仁

# 第 一 场

（士常仁上）

士常仁　（引）家住钱塘，快乐安康。
　　　　西湖美景久传扬，
　　　　每日湖边去徜徉。
　　　　纷纷文士争夸赞，
　　　　依我观之不异常。
　　　　老汉士常仁，祖居杭州。虽举进士，未曾为官。妻室早已身亡，所生一子名唤士小仁。自幼不爱读书，被我百般责打，他才肯在孔圣人的书上面略为用功。不曾入学，与他捐了个监。他妻槐氏也是名门之女，成亲数载，尚未与我抱孙。今乃乡举之年，不免命小仁前去应考。家院。
　　　　（家院暗上，应介）
　　　　唤你家少爷。
　　　　（家院请介，士小仁上）

士小仁　忽听老头子叫，
　　　　不由心惊肉跳。
　　　　怕他教我学他，
　　　　打死也学不了。
　　　　爸爸有礼。

士常仁　坐下。

士小仁　告坐。把孩儿提溜出来，有何教训？

士常仁　今乃乡举之年，要你去赴考。

士小仁　不行，我这肚子的玩艺儿还考吗？不考便罢，要是考哇，连你都得叫人骂死。

士常仁　念书人哪有不去应考之理？你若不去我就打。

士小仁　别打别打，我去我去。

士常仁　既然前去，快去预考才是。

士小仁　忙什么的，乡场是八月，这才二月。再说咱们住在省城，考场就在大门口，忙什么的？
士常仁　且自由你。正是：明知你不中，激你去用功。（下）
士小仁　这老头子真说得出来，明知我不中。我不行，我会找枪手。想我表兄沈起凤文章最好，找他给我放枪，一枪就准。不过他住在江苏，这怎么好？有了，不免写封信说老头病在垂危，简直活不了，他准来了。就派你送往江苏沈公子，要问老爷安泰，你说老爷欠安。
家　院　什么叫作欠安？小人不懂。
士小仁　原要你不懂，你就说信中写的明白，咱们走哇。（下）

# 第 二 场

（沈起凤上）

沈起凤　（唱）风流自赏人人笑，
　　　　　　　都道我生来太轻佻。
　　　　小生沈起凤，吴县人氏。乡榜颇有枉名，生平喜作南北曲。前者作了本新戏名为《伏虎韬》，被些迂腐先生看见，道我不是端正之人。今日他们立了一个文会，请我前去，劝我不要再编戏了。我心中不快，不辞而归。来此大街，你看那旁来了一人，是我舅父家院公。待我在道旁等他过来，问他到此做甚便了。

（家院上）

家　院　请公子安。
沈起凤　你不在钱塘，到这江苏地面做甚？
家　院　我家少爷有书，公子请看。
沈起凤　你且随我到家。（同行介）未曾关门，随我进去。（入介）
家　院　小人与公子叩头。
沈起凤　罢了。老爷可安泰？
家　院　我家老爷欠安，少爷书信写得明白，公子一看便知。书信呈上。
（沈起凤接书介）
沈起凤　待我拆开一看。（看介）哎呀，原来舅父果然欠安，叫我星夜前去。院公，你快去雇船，我明日动身往钱塘去。
家　院　遵命。（下）
沈起凤　待我告知娘子，娘子哪里？

（陈三娘上）

陈三娘　（引）喜得身为才子妇，
　　　　　　　画眉将罢论诗词。
　　　　　官人。
沈起凤　娘子请坐。
陈三娘　有坐。
沈起凤　娘子你在那里做甚？
陈三娘　我正在看你编的新戏《伏虎韬》，剧中张氏虐待谢兰芬，十分可怜，多亏马学士将她救出，也算一件快事。
沈起凤　哪有那样快事，那是我的文章。
陈三娘　也算奇文。你唤我何事？
沈起凤　舅父欠安，有书到来，叫我速往钱塘。我已命他家院公雇船去了，明日动身。
陈三娘　妾身也随你前去，游玩西湖的风景，岂不是好？
沈起凤　如此娘子打点行囊便了。
　　　　（唱）明日钱塘探亲戚，
陈三娘　（唱）出行你不选日期。
沈起凤　（唱）从来不信那些事，
陈三娘　（唱）《协纪辨方》只可撕。
沈起凤　那样书我是要撕的，哈哈哈哈！（同下）

## 第 三 场

张　母　（内）苦哇！
　　　　（唱）沿街讨饭来度命，
　　　　（跌上，张珍儿随上，扶介。哭介）
　　　　哎呀！
　　　　　　年少的闺娃随娘亲。
　　　　　　母女可怜苦不尽——
张珍儿　（唱）风吹雨打度光阴。
张　母　老身何氏，嫁与杭州张姓。夫君早丧，只生一女名唤珍儿，今年一十六岁。只因老身过继异姓之子，谁知那奴才还姓归宗，竟把我母女赶出大门，只落在这乞、乞、乞讨之中了！

张珍儿　母亲暂息愁烦。人生自有遇合，有日遇着好人，母女也有噇饭之处。
张　母　世间之上，谁肯收留非亲非故之人？为娘倒想起一个主意，不知我儿意下如何。
张珍儿　不知母亲有何主见？
张　母　为娘有意把儿卖给人家，做个侍女。为娘得了银子，换换衣服，寻个尼庵出家为尼，免得母女饿死一处。
张珍儿　母亲，既要为尼，换的什么衣服。况且女儿也愿出家，母亲何必卖我。
张　母　哪个尼庵肯容乞婆出家，故而要换衣服。你小小年纪，岂可身入空门？还是把你卖了为是。
张珍儿　母亲，只要母亲有了归宿，为奴做婢，女儿也就顾不得了。
张　母　卖身救母才是好女儿，你看这是什么所在？
张珍儿　待女儿看来。母亲，此乃士先生门前。
张　母　久闻士先生十分有钱，待我吆喝一声，若能把你卖于他家，倒是好事。卖女儿啊，卖女儿啊！
　　　　（士小仁上）
士小仁　什么人在门口吆喝？顺儿，顺儿！
　　　　（顺儿上）
顺　儿　什吗事？
士小仁　你到门口瞧瞧，什么人鸡毛子喊叫的？
顺　儿　等我去瞧。
张　母　卖女儿啊！
　　　　（顺儿入介）
顺　儿　回少爷的话，一个老太太儿卖闺女。
士小仁　她那闺女有人材没有？
顺　儿　长的不错。
士小仁　等我自己去瞧。（出介，看介）真有人材。我说老梆子，你的闺女是卖的吗？
张　母　是卖的。
士小仁　要多少钱？
张　母　二十两。
士小仁　不打价。顺儿，拿二十两银子给她。
顺　儿　别忙，还没跟老爷说哪。
士小仁　这事跟他说干什么？他要问我，自然有话打点他。你快拿银子去。
　　　　（顺儿取银介）
顺　儿　银子到。

士小仁　老梆子，给你银子，你快走啵！
张　母　容我母女分别。
士小仁　哪儿那么些啰唆？快去！
张　母　是是是，老身就走。哎，儿啊！（哭介，下）
张珍儿　（向内介）母亲你真把孩儿卖了？怎么头也不回，竟自去了。哎，娘啊！
士小仁　她舍得你，你别舍不得她。你跟着我好，管保有你吃的。你多大的嘴，也吃不了。咱们进去。（入介）
张珍儿　大爷在上，侍女叩头。
士小仁　别跪下，别跪下，我买你不为当丫头，是给我做妾的。
顺　儿　您收姨奶奶，可得禀知老爷。
士小仁　你又不明白了。从前舜王是个圣人，他爸爸瞽瞍，顶不是个东西。他娶尧王之女，没敢告诉瞽瞍。我是个念书之人，学的圣人之道，我这个赛舜王要纳妾，也不用告诉那个赛瞽瞍。
张珍儿　大爷不要讲今比古。他说得不差，求大爷带了侍女见过老爷，再成亲不迟。
士小仁　那个我哪儿等得了？再说美色人人都爱，他要爱上你，我无缘无故添个小妈，再养活点子分家兄弟，我受不了。咱们立刻成亲。
张珍儿　大爷，草草成亲，侍女断不依从。
士小仁　你不依从呀？走过来，接嘴巴啵！
　　　　（【滴滴金】）贱人太糊涂，太糊涂，
　　　　　　　跟我起冲突。
　　　　　　　今日不听我吩咐，
　　　　　　　这辈子别想有丈夫。
　　　　（打张珍儿介。槐氏上）
槐　氏　你们闹什么呀？
士小仁　汉子孩儿打丫头哪。
槐　氏　丫头都在我屋里哪。
士小仁　这、这、这是新买的。
槐　氏　新买的？等我看看。（看介）好个小模样子。我说那小子，你买的丫头，怎么不叫她先见我，你就打呀？
士小仁　老婆娘有所不知，汉子孩儿先教给她规矩，再叫她去见老婆娘。
槐　氏　她姓什么，叫什么？
士小仁　这个汉子孩儿没问，不知道。
槐　氏　好你个浑头浑脑的浑玩艺儿，姓儿都不问就往家里买？我说那女子，姓氏名谁，家住哪里，一一讲来。

张珍儿　大娘啊！

　　　　（唱）大娘在上容我禀，
　　　　　　　小女子家住在本城。
　　　　　　　名唤珍儿是张姓，
　　　　　　　母女讨饭度光阴。
　　　　　　　风雨凄零难度命，
　　　　　　　才把婢子卖入高门。

槐　氏　他买你是做丫头还是做妾？

张珍儿　大娘！

　　　　（唱）先前只说为侍女，
　　　　　　　交易已成变了心。
　　　　　　　口声声叫奴充妾媵，
　　　　　　　奴未依从鞭笞行。

槐　氏　哈哈！这小子这么可恶，不打你，惯了下次，搬板凳去。

士小仁　得令！（搬凳介）

槐　氏　拿板子来。

士小仁　又一个得令！

槐　氏　趴下。

士小仁　我再来第三个得令！

槐　氏　我打你，你自己数着数。

士小仁　劳您驾，千万少打几下，别跟上回似的打一百。

槐　氏　瞧你这个样儿怪可怜的，我不打一百就是。

士小仁　谢您的恩典！

　　　　（槐氏打介）

士小仁　一十、二十、三十、四十、五十、六十、七十、八十、九十、九十九。

槐　氏　滚起来！

士小仁　您真行，只差一板，还说不打一百。您可真有一本账。

槐　氏　那么我再找补上。

士小仁　别找补了，留着下一回打吧。

槐　氏　丫头我可带走了，珍儿搀我来。

　　　　（张珍儿扶槐氏下）

沈起凤　（内）走哇！

　　　　（家院引沈起凤、陈三娘同上）

|  |  |
|---|---|
|  | （唱）渡过了钱塘江来到杭郡。 |
| 陈三娘 | （唱）果然是好湖山柳媚花明。 |
| 家　院 | 来此已是，待小人通报。 |
| 沈起凤 | 我是你主人的外甥，至亲骨肉，何用通报。你前边带路。 |
| 家　院 | 是。 |

（家院、沈起凤、陈三娘同入介）

| | |
|---|---|
| 沈起凤 | 舅父在家么？ |

（士常仁上）

| | |
|---|---|
| 士常仁 | 怎么好似外甥的声音？待我看来。（看介） |
| 沈起凤<br>陈三娘 | （同）舅父。 |
| 士常仁 | 你夫妻都来了，哈哈哈！ |
| 士小仁 | 顺儿，外边什么东西在这儿叫唤哪？比夜猫子还难听。 |
| 顺　儿 | 是老爷在那儿笑哪。 |
| 士小仁 | 老爷笑什么？等我瞧瞧。 |
| 士常仁 | 你表兄、表嫂来了。 |
| 士小仁 | 表哥、表嫂。 |
| 沈起凤<br>陈三娘 | （同）表弟。 |
| 士小仁 | 表哥，你来了，怎么不先见我，先见他呀？ |
| 沈起凤 | 自然先见舅父。 |
| 士小仁 | 你先见了他，就算把我告下来了。 |
| 士常仁 | 你们说什么告与不告？坐下讲话。 |
| 沈起凤<br>陈三娘 | （同）告坐。 |
| 士常仁 | 你夫妻可好？ |
| 沈起凤<br>陈三娘 | （同）怎敢当得舅父一问？舅父贵恙想占勿药了。 |
| 士常仁 | 我几时生过病来？ |
| 沈起凤 | 乃是表弟…… |
| 陈三娘 | 官人少说一句话吧。 |
| 士常仁 | 你夫妻吞吞吐吐，是何道理？ |
| 沈起凤 | 哎，舅父见问，不敢隐瞒。是表弟修书道舅父病重，因此甥男夫妇急急赶来。 |
| 士常仁 | 奴才走过来。 |

士小仁　什么事？
士常仁　你怎么说我病重？
士小仁　我有要紧的事，跟他商量。不说您病重，他来不了这们快。
士常仁　岂有此理，不打你惯了下次，我今日定要打你。
士小仁　您饶了我吧，下一次决不说您病重，干脆我就说你死了就结啦。
士常仁　越发岂有此理，快搬板凳过来。
士小仁　是，我搬去。（搬凳介）
士常仁　取家法过来。
士小仁　我取去。（递打彩介）家法到。
沈起凤
陈三娘　（同）舅父，看在表弟少年无知，饶了他吧。
士常仁　不必与他讲情，你夫妻闪开。（打介）
士小仁　一板了。
士常仁　起来。
士小仁　您将打一板就不打啦？
士常仁　不打了，快些起来。
士小仁　雷大雨小，吹胡瞪眼，闹了半天，才打一板。顺儿，我今日可活该。
顺　儿　什么活该？
士小仁　活该挨一百板。将才欠的一板，这会儿补上了。
顺　儿　这叫作百事顺遂。
士小仁　你滚开啵！（向士常仁介）谢爸爸的责。
士常仁　不消！
士小仁　嚇。
士常仁　你夫妻既然到此，必须多住几日。儿呀，快叫你妻子来见表嫂。
陈三娘　且慢，待甥妇去往弟妇房中相见。
士常仁　但凭甥妇。正是：甥舅今朝喜又逢，
士小仁　赚他到此我头功。
沈起凤　看来你是真该打，
士小仁　够我受的了。
士常仁　我打少了。
士小仁　一板可真不多。
士常仁　来呀，哈哈哈哈！
　　　　（士常仁、沈起凤、士小仁、顺儿、家院同下）
陈三娘　世上何来糊涂虫。有人么？
　　　　（张珍儿上）

张珍儿　哪一位？
　　　　（陈三娘作惊讶介）
陈三娘　好一个娟秀丫鬟。
　　　　（张珍儿背介）
张珍儿　这位娘子好生美貌。
陈三娘　那一丫鬟，你认不得我？
张珍儿　婢子今日才来。
陈三娘　怪不得，我也不认得你。我是沈家娘子，特来见你家主母的。
张珍儿　待婢子通禀。有请主母。
　　　　（槐氏上）
槐　氏　什么事？
张珍儿　沈娘子求见。
槐　氏　哟，沈家表嫂来啦？说我出迎。
张珍儿　主母出迎。
槐　氏　表嫂。
陈三娘　弟妇。
槐　氏　请坐。我说表嫂，您怎么会上我们这儿来啦？表哥来了没有？他们做爷们的心可不稳，咱们可一会儿也别离开他。
陈三娘　我夫妻都来了，舅父吩咐多住几日。
槐　氏　花园旁边的小房，表嫂正好在那儿住。再说表嫂跟我亲热亲热也好。我听说你把表兄惯的一点规矩也没有，你瞧瞧我的家规，跟我学一学，长一点学问。
陈三娘　你的学问我是学不来的。
槐　氏　你是聪明人，有什么学不来的？等演个样儿给你睄睄，珍儿跪下！
张珍儿　婢子跪下了。
陈三娘　她无有过犯，你为何将她罚跪？
槐　氏　我的傻嫂子，男人和咱们变心，照例是从她们身上而起，折磨她们就是管爷们的头一步。不但叫她跪着，我还要咬她。（咬张珍儿介）表嫂，你学着点呀。
陈三娘　呀！（背介）
　　　　（唱）婢子虽然是下陈，
　　　　　　　　爹娘抚养也劳心。
　　　　　　　　家贫才把她来卖，
　　　　　　　　不想偏逢夜叉精。
　　　　　　　　这不是才能是毒狠，

　　　　　令人一见便惊魂。
　　　　　人间有这生罗刹，
　　　　　揉碎花枝太无情。
　　　　　本待向前好言劝，
　　　　　激动她怒反害了人。
　　　啊，弟妇，为嫂今日初来，要借一侍女帮我收拾屋舍，就叫这珍儿前去吧。

槐　氏　不行，她也是新来的，什么也不懂。我说春花、秋菊哪里？
　　　（二丫鬟上）

春　花
秋　菊　大奶奶什么事？

槐　氏　你们快去，给沈大娘打扫屋子。（二丫鬟应，下）
陈三娘　为嫂也要到那边照料照料。正是：谁信闺门多戾气，可怜臧获受屈情。（下）
士常仁　（内）丫鬟们，看茶来。
槐　氏　你瞧老梆子跟沈表兄，搭上我们那一口子在书房说话，说渴了要喝茶。我这儿就剩了这个小丫头了，没法子，只能叫她去。珍儿，沏三杯茶给他们端了去。
张珍儿　是。（取茶介）正是：可怜蓬户娇生女，来做豪家驱使人。（下）
槐　氏　不妥，我跟了去听听。（小圆场，听介）
张珍儿　（内）茶到。
沈起凤　（内）表弟，好个俊俏丫鬟！
士小仁　（内）老爷子，您把这个丫头赏我做妾，好给您抱兄弟。
士常仁　（内）胡说！与我抱孙子倒也使得，明日你收房就是。
槐　氏　哎哟，幸亏我跟着。我说珍儿，快滚出来啵！
　　　（张珍儿从下场上）
张珍儿　大娘。
槐　氏　你接嘴巴啵！（打张珍儿介）
　　　（唱）我叫你送茶到前厅，
　　　　　你弄的玄虚气死人。
　　　　　打死你来消我的恨——
　　　（打张珍儿介。士常仁、沈起凤、士小仁从下场上）
士小仁　别打！
槐　氏　我连你一块打！（打士小仁介）
士常仁　（唱）因何如此闹纷纷？

少奶奶为何生气？

槐　氏　别装糊涂，你将才说什么准你儿子收她做妾。这件事有不先来问我的吗？要不怕人说我不孝，我连你一块儿打。

士小仁　老婆娘，他老糊涂了，别跟他一般见识。要论他平常，也有该打的地方，今天他这句话可没说错。他叫我纳妾，是他一份孝心，他这一辈子就孝顺我这一回，您别惹他跟我犯忤逆。

士常仁　少奶奶，快些打他，他满口胡言。

槐　氏　您叫我打她？

士常仁　我叫你打他，他满口胡言。

槐　氏　您叫我打他？

士常仁　我叫你打他。

槐　氏　我不能改脾气，一辈子不能听你的话，今天还是不听。珍儿、士小仁，你们都伺候我回房。

（下，张珍儿、士小仁同下）

士常仁　倒叫外男见笑，她只顾生气，并未与你见礼。

沈起凤　不见礼也罢。好热闹，好热闹！

士常仁　你要仔细的看，还有热闹的在后面呢。（下）

沈起凤　好一个美貌侍女也。

　　　　（唱）这般美貌世难寻，

　　　　　　　落在他家受欺凌。

　　　　　　　哪有人来救她命——

　　　　（圆场，陈三娘上）

陈三娘　（唱）官人面上带惨情。

　　　　问官人何故心烦闷？

沈起凤　你猜上一猜。

陈三娘　我早明白了。

　　　　（唱）你见佳人受祸动了心。

沈起凤　一猜就猜着了，娘子真是活神仙。

陈三娘　有句古话你可记得？

沈起凤　什么古话？

陈三娘　吹皱一池春水，干卿甚事。

沈起凤　娘子，名花落溷，亦天地间苦事。那士小仁文理不通，相貌粗俗，新近有件笑话，你还不知。

陈三娘　什么笑话？

沈起凤　舅父叫他赴考，他不敢前去，要请我做个枪手。当着舅父不敢明言，舅父登东他才说出。这样俗子，若纳那佳人做妾，岂不大煞风景也？
（唱）此事叫人难抛下。
（槐氏上）

槐　氏　珍儿着打啵！
（张珍儿哭介）
张珍儿　大娘饶恕了罢！
陈三娘　（唱）又听隔院闹喧哗，
沈起凤　（唱）想是那佳人又挨打。
娘子，那个美人又挨打了。
陈三娘　她挨打与你何干？
沈起凤　哎！
（唱）怕他们揉碎了牡丹芽，
　　　　拉贤妻听一听隔墙话。
陈三娘　你去我不去。
沈起凤　隔墙一听，又不管他的闲事，去又何妨，你来、来、来呀！
（拉陈三娘出，偷听介。槐氏打介）
张珍儿　大娘啊！
（唱）万错千差是婢子差，
　　　　还望开恩饶了罢。
（哭）大娘啊！
槐　氏　我不打了，你到院子里，头上顶块石头给我跪一宿。
（槐氏、张珍儿下）
沈起凤　哎呀！
（唱）不由我一阵乱如麻，
　　　　夫妻急急回房去。
（拉陈三娘回房介）
陈三娘　官人！
（唱）你这样行为把我笑杀。
官人你疯了？
沈起凤　不疯。
陈三娘　你傻了？
沈起凤　不傻。
陈三娘　既是不疯不傻，别人打侍女，你怎么哭起来了？
沈起凤　恻隐之心，人皆有之。
陈三娘　好一个恻隐之心，人皆有之。待我明日劝那槐氏把珍儿放了出去，也就是了。
沈起凤　娘子功德无量。来、来、来，自古道，重赏之下必有勇夫。我先来赏你一赏，随我来呀。
陈三娘　啐！（同下）

## 第四场

（槐氏上）
槐　氏　（唱）昨夜珍儿跪院里，
　　　　　　　今朝又见日迟迟。
　　　　这贱人跪了一宿，该放她起来了。珍儿，给我滚进屋来啵！
（张珍儿上）
张珍儿　（唱）可怜终夜跪在地，
　　　　　　　遍体酸麻步难移。
　　　　多谢大娘免了长跪。
槐　氏　跪是免啦，你给我捶捶背。
张珍儿　是。
（陈三娘上）
陈三娘　（唱）此事令人长叹息，
　　　　　　　安排良策救彼姬。
　　　　　　　入门相见忙施礼——
　　　　弟妇，愚嫂来了。
槐　氏　表嫂请坐。
陈三娘　有坐。
　　　　（唱）各自暗中有心机。
　　　　　　　你昨夜因何动了气？
槐　氏　您问我为什么昨天晚晌生气呀？我为的就是这个小丫头子。
陈三娘　（唱）看她不算甚顽皮。
　　　　此女也还伶俐，弟妇不要为她生气，不如把她打发出去。
槐　氏　打发她出去，怕您表弟背着我安了外家，更不好办。
陈三娘　转卖他人如何？
槐　氏　要是转卖，我就卖她下窑子，我才赚得了大利钱。
陈三娘　只恐伤了天理。

槐　氏　我也是这么想。因此我想要留她在我手底下，叫她一世不见男人。
陈三娘　这个……
槐　氏　难道我这主意还不好吗？
陈三娘　呀！
　　　　（唱）这条计策妙得紧，
　　　　　　　愚嫂情甘拜你的门。
　　　　（士小仁上）
士小仁　（唱）堂前躲了老梆子，
　　　　　　　回到房中看佳人。
　　　　　　　行一步我把房门来进，
　　　　　　　原来表嫂驾来临。
　　　　表嫂拜揖。
陈三娘　还礼。
士小仁　您还坐下说话。
陈三娘　表弟也请坐。
士小仁　您的弟妹没传令哪，小弟可不敢坐。不能像表哥似的，在您跟前一点规矩也没有。
陈三娘　如此，表弟就请你站着讲话。
士小仁　这倒干脆，我正怕坐着哪。表嫂，我有一件事求您帮个忙，您就费一两句话，我的事就成了。
槐　氏　你有什么事要表嫂费话帮忙？不用说，是为这个丫头。别说表嫂，就是你丈母娘我亲妈来了，也管不了。
士小仁　不是她的事情，要是她的事情，任凭士小仁怎么浑蛋，也不当着您求表嫂。只因八月乡场，大东西叫我去赶考，我烤肉倒吃得了，考文章可考住了。打算求表哥当枪手，好表嫂，您替我打打边鼓。
陈三娘　待我与你表兄商量。
士小仁　昨天大东西拉矢的时候，我已经跟表哥说了。只求您给我砸瓷实了就得。
陈三娘　为嫂晓得。
士小仁　这才是好嫂子哪。珍姑娘，给沈大娘沏茶去。
张珍儿　是。哎哟，哎哟！
士小仁　你怎么啦？
张珍儿　我肚中疼痛起来了，哎，痛杀人也！
　　　　（唱）昨夜西风寒得紧，
　　　　　　　我终宵长跪病来侵。

腹中痛得我难扎挣，
顷刻之间倒埃尘。（倒介）

士小仁　糟啦！你能扎挣就扎挣，别招大奶奶生气。
槐　氏　你滚开啵！我怎么那们爱生气。珍儿，你到后边躺一躺去吧。
士小仁　可了不得啦，老虎发了善心了，等我来搀。
槐　氏　得了啵！用不着你，你给我往后捎。
士小仁　嗻，我就往后捎。
槐　氏　珍儿，你自己滚进去啵！
张珍儿　是。（下）
槐　氏　士小仁，你快叫顺儿把沈大夫请来，给珍儿治病。
士小仁　得令。（出介白）她这是怎么个碴儿呀！（下）
槐　氏　表嫂，您瞧我是个好人不是？
陈三娘　你真是一个大大的好人。
槐　氏　你别睄我手辣爱打人，我要发了善心就是活菩萨。
陈三娘　你请的医生是哪一位？
槐　氏　请的沈小泉大夫。
陈三娘　哦，请的沈小泉么？他乃是我沈郎的堂兄，医道很好。
槐　氏　我们这儿有大夫来了，表嫂请便吧。
陈三娘　小泉兄不是外人，见也无妨。
槐　氏　不见也罢。
陈三娘　我早明白了，你莫非有买通医人，害死珍儿之意么？
槐　氏　哎哟，我心里的事你怎么知道啦？
陈三娘　我去与你喊叫。
槐　氏　您别坏我的事。
陈三娘　我是与你作耍，我不但不与你泄露，还替你助力。
槐　氏　表嫂真是孔明一转，你看顺儿来啦？
　　　　（顺儿上）
顺　儿　沈大夫到。
槐　氏　有请。
　　　　（顺儿请介。沈小泉上）
沈小泉　书传许迈，市隐韩康。哦，士大娘。
槐　氏　先生。
陈三娘　二哥。
沈小泉　弟妇也在此。
槐　氏　请坐。

沈小泉　有坐。
槐　氏　顺儿，外边伺候，不叫你别来。
　　　　（顺儿下）
沈小泉　不知何人染恙？
槐　氏　别提了。我们家里向来和睦，不想当家人弄了一个丫头，狐媚勾人。现在丫头病了。因您是亲戚，又和我们老爷子对劲儿，要请您给我们想个法子，叫他除根。
沈小泉　我看了脉再作道理。只消药能对症，除她病根，谅也不难。
槐　氏　不是那们除根。您是高明人，用不着我细说，要是弄除了根，我重重的谢您。
沈小泉　莫非要我害人？
槐　氏　您害了她，可救了我啦。
沈小泉　此事我干办不来，告辞。
陈三娘　二哥请转，此事你若不做，这里另请别人，就坏了大事。
沈小泉　这个……我明白了，只是我是不能白做这样事的。
陈三娘　弟妇，听我二哥之言，他是要酬谢。
槐　氏　要钱？我取去。（取银介）先生，这是一百两，您先带着。
沈小泉　哈哈哈哈，有了这个东西，就好办事了。
槐　氏　顶好您一服药，就得除根。
沈小泉　这个……
陈三娘　弟妇，你把珍儿弄死在你房内，容易走漏风声。花园以外有一小房，你把珍儿送往那里养病，再请二哥替你除根。
槐　氏　您真比我明白。我说丫头，搀珍儿出来。
　　　　（丫鬟扶张珍儿上）
张珍儿　（唱）偶感风寒非危症，
　　　　　　　头昏眼晕也难支撑。
　　　　　　　大娘呼唤因何故，
　　　　　　　叫我心中暗着惊。
　　　　主母何事？
槐　氏　我另送你到一个地方养病，一会大夫就来，一服药你就算得了。
张珍儿　不知送婢子到什么地方？
槐　氏　就是花园后门外头的小房，跟沈大娘住的那间屋一墙之隔，是个清净的好地方，你去吧。
张珍儿　谢主母！
　　　　（唱）谢主母待奴恩养甚，

　　　　　　　　病痊再报主母恩。
　　　　（丫鬟扶下）
沈小泉　（唱）深施一礼告辞行，
　　　　　　　　各自怀揣一片心。（下）
陈三娘　（唱）大事如今安排定，
　　　　弟妇！
　　　　　　　　你年轻不及我谨慎，看起来你还得拜我的门。（下）
槐　氏　（唱）除却我心头无限恨，
　　　　　　　　从今拔去眼中钉。（下）

# 第五场（连场）

　　　　（丫鬟扶张珍儿上）
张珍儿　（唱）勉强抬身头还晕，
丫　鬟　你自己走啵！
　　　　（放手介，张珍儿跌介）
张珍儿　（唱）脚伶仃跌倒在埃尘。
　　　　姐姐，为何跌我一跤？
丫　鬟　我是伺候大奶奶的，不伺候你。（下）
张珍儿　哎，她竟自去了。方才主母言道，出了花园就是小房，待我自己扎挣出去。
　　　　（唱）这时间只得强扎挣——
　　　　（陈三娘上）
陈三娘　（唱）只见珍儿一人行。
　　　　　　　　走向前来把她搀定——
张珍儿　折杀婢子了。
　　　　（唱）沈大娘不可折杀奴的身。
　　　　大娘，婢子不敢劳动。
陈三娘　你可认得他这小房坐落何处？
张珍儿　婢子不知。
陈三娘　你不知我倒晓得。我虽住在吴中，前二年到过他家。他家花园门外有两间小房，一间便是我如今住的，一间就是你这养病的所在。我扶你前去，顺便就回了我自己的住处了。你我走哇！

（唱）孟子云人人有恻隐，
　　　　更加你容貌动我的心。
　　　　来来来随我把小房进——
（扶张珍儿出园介，入小房介，张珍儿坐桌内介）
　　　　但愿得你身病除根。
（沈小泉上）

沈小泉　（唱）赚得花银心不稳，
　　　　　　小泉是个好心人。（入介）
　　　　弟妇。
陈三娘　二哥来了，快与她诊脉。
沈小泉　待我来诊脉。（诊介）不过偶感风寒，我这里有丸药，一服便愈。
　　　　（取药介）
陈三娘　二哥，难道你真听槐氏之言，要害死此女，岂不大伤天理？
沈小泉　我岂肯做那样事？吃了我的药，病除根，命不除根。
陈三娘　槐氏的银子呢？
沈小泉　我用此银济贫。
陈三娘　不怕她索债？
沈小泉　这样事打不得官司告不得状，我笑纳了银子，谅她不敢向我索债。弟妇，快把丸药与病人服了下去。
陈三娘　吓了我一跳。二哥为人方正，决不贪财害人。待我与她服药。（喂张珍儿药介）
沈小泉　弟妇，你此事做得不甚稳便。
陈三娘　怎么不甚稳便？
沈小泉　明日槐氏晓得她未死，再想毒计，岂不依旧害了她的性命？
陈三娘　我早有预备。我将珍儿带走，藏在我的房中，取些柴草衣服假作死尸。二哥就说她得的是传染之症，已将珍儿尸首用火焚化，也就蒙哄过去了。
沈小泉　你与槐氏住得甚近，你的房中焉能隐藏？越发的不妥。
陈三娘　我自有道理。（向上场取包袱介）衣裳在此。
沈小泉　你倒是个有心人。
陈三娘　且看病人如何。（摸介）她出了汗了。
沈小泉　出汗便是好了。
陈三娘　她好了，我却要戏她一戏。二哥，看我的眼色行事。珍儿醒来！
张珍儿　（唱）方才睡得多安顿，
　　　　　　又听有人唤我的名。

　　　　　　打起精神用目瞬，（出桌介）
　　　　　　谢大娘待我好恩情。
陈三娘　你病体如何？
张珍儿　婢子服药，病已好了。
陈三娘　痴丫头，还把我当作好人呢？
张珍儿　啊，此话从何说起？
陈三娘　我实对你说了吧！你家主母买通医生，要害你的性命，我也是个同谋。
张珍儿　哎呀大娘啊！我与你往日无冤，近日无仇，你饶我一命，我感恩不尽！
陈三娘　讲什么饶你一命，你方才已经吃了毒药，少时你就腹痛而亡了。
张珍儿　此话当真？
陈三娘　谁来哄你？
张珍儿　不好了！
　　　　（唱）闻言吓得我三魂迸——
陈三娘　你哭也晚了，你死定了。
张珍儿　好恶妇！
　　　　（唱）恶妇因何起毒心。
　　　　　　与你无冤也无恨，
　　　　　　害人性命有鬼神。
　　　　　　如今不能报仇恨，
　　　　　　我到阴曹告你们。
　　　　　　只觉得腹中疼得紧，
　　　　　　看来到了我死时辰。
　　　　肚中疼痛，想是要死了。
陈三娘　这个二哥，你与她下的什么药？
沈小泉　肚疼你去登东，泻出积食，病就好了。
张珍儿　此话不对了，莫非你们不是真正害我？
陈三娘　此处不是讲话之所，你随我来。（拉张珍儿下）
沈小泉　士府院公快来。
　　　　（家院上）
家　院　先生何事？
沈小泉　你家侍女珍儿染病，你们主母送她到此，请我调治。服药不效，已经死了。
家　院　尸首今在何处？
沈小泉　她乃传染之症，你若见了尸首，你就传染而死。你快去取些柴草来，待我将她焚化，你去报与你家少主母也就完了。你我分头办事，你快取些柴草来。

（两边分下）

## 第 六 场

（陈三娘、张珍儿同上）

张珍儿　沈大娘，你把婢子已经拉到你的房中，因何一语不发？

陈三娘　你好了，待我将此事说明了吧。蠢丫头哇！

　　　　（唱）你家主母比罗刹狠，
　　　　　　　暴雨狂风打花心。
　　　　　　　我不忍名花遭蹂躏，
　　　　　　　才施巧计救你的身。
　　　　　　　与她明地来勾引，
　　　　　　　暗地里做她对头人。
　　　　　　　救你并无别心意，
　　　　　　　无非打个抱不平。
　　　　　　　如今喜得你离陷阱，
　　　　　　　陈三娘做了护花铃。

张珍儿　话虽如此，倘若主母到此看见婢子，多少不便。大娘可知杀人——

陈三娘　见血。

张珍儿　救人呢？

陈三娘　救彻。

张珍儿　只怕大娘你救人不救彻了。

陈三娘　不妨，她若来时，你假装作冤鬼模样，与她索命，我自有道理。

张珍儿　恐怕装得不像。

陈三娘　今日我到她房中把她绊住，她便不能来了。夜间你先假作鬼魂吓我家官人一吓，倘若装得不像，我带你连夜回往吴中，她其奈你何？

张珍儿　婢子遵命。（下）

陈三娘　待我到槐氏那里看个明白。正是：连环又有连环计，看我陈平六出奇。（行介）来此已是房中，有人么？

（槐氏上）

槐　氏　为人做了亏心事，白日敲门心也惊。谁呀？

陈三娘　我来了。

槐　　氏　　怎么女人的声音呀？刚才院公来报，珍儿死了，别是她的冤魂要命来啦？我说，来的是人是鬼？
陈三娘　　青天白日哪里有鬼？为嫂来了。
槐　　氏　　表嫂来了，请进来，请坐。
陈三娘　　恭喜弟妇，珍儿死了。
槐　　氏　　我也听见院公来说啦。
陈三娘　　我与她那小房只隔一墙，她临死的言语我听见了。
槐　　氏　　她说什么来着？
陈三娘　　她道：我死为厉鬼，报冤索命。
槐　　氏　　这是她说的？
陈三娘　　是她讲的。
槐　　氏　　我既敢害人，就不怕鬼。
陈三娘　　我与你同谋，她的冤魂已在我家出现。
槐　　氏　　您见了鬼啦？
陈三娘　　我见了鬼啦？我习过五雷正心法，倒还不怕。
槐　　氏　　您会五雷法，我也有躲鬼的地方，我到佛堂里去躲一躲。（急下）
陈三娘　　她中我计也。
　　　　　　（唱）神道最能把愚顽警，
　　　　　　　　　圣人设教用意深。
　　　　　　　　　离她家回我小房去——（圆场行介）
　　　　　（沈起凤上）
沈起凤　　（唱）好戏人人都爱听。
　　　　　　　　　《伏虎韬》演来真有兴，
　　　　　　　　　家中说与娘子闻。（入门，笑介）
　　　　　　哈哈哈！
陈三娘　　官人为何如此欢悦？
沈起凤　　我作的《伏虎韬》新戏，今日又有名伶搬演。一般看戏之人，都说此戏甚好，我也觉得意。
陈三娘　　那《伏虎韬》的戏中人张氏虐待谢兰芬，多亏马学搭救。我们却制不得槐氏，救不得张珍儿了。
沈起凤　　此话怎讲？
陈三娘　　官人还不知么？那槐氏买通医生把珍儿害死了。
沈起凤　　啊，槐氏买通医生把珍儿害死了？哎，可怜可怜！（哭介）
陈三娘　　你怎么哭起来了？
沈起凤　　佳人难再得，怎不叫我伤心。

陈三娘　你太也痴呆了。
沈起凤　不知珍儿死在何地？
陈三娘　就是隔壁的小房。
沈起凤　我要到那房中去凭吊一番。
陈三娘　她乃屈死之鬼，你不去也罢。
沈起凤　又不是我害她性命，我怕她何来？
陈三娘　你既然不怕，你敢到那小房住一夜么？
沈起凤　有何不敢，娘子把我纸、笔、墨、砚取来。
陈三娘　要它做甚？
沈起凤　夜长无事，还要作几出新戏。
陈三娘　回来再作不迟。
沈起凤　也说得是，我去也。
　　　　（唱）名花摧折心难忍，
　　　　　　　去到小房吊芳魂。（下）
陈三娘　（唱）官人可算有痴情，
　　　　　　　不顾吉凶吊芳魂。
　　　　　　　问一问珍儿可装扮齐整——（向内介）
　　　　珍儿，打扮好了么？
张珍儿　（内）打扮好了。
陈三娘　你不要出来，待我进去，看你扮得可像。
　　　　（唱）看她装鬼可似鬼形。（下）

# 第 七 场

（起更介，沈起凤上）
沈起凤　（唱）谯楼打罢初更尽，
　　　　　　　想起佳人暗伤情。
　　　　　　　可叹红颜真薄命，
　　　　　　　叫人感叹两三声。（伏桌睡介）
张珍儿　（内唱）红颜扮作厉鬼形，（搭魂帕上）
　　　　　　　去到小房惊吓人。
　　　　　　　用手一推门关定，
　　　　　　　不能走过这重门。

（陈三娘上）

陈三娘　（唱）潜身随后观动静——
　　　　你怎么呆立在此？
张珍儿　他关了门不能进去。
陈三娘　呀！
　　　　（唱）又有良谋上眉心。
　　　　你叫喊一声，道张珍儿死得好苦，看他如何？
张珍儿　待我叫来。张珍儿死得好苦哇！
　　　　（沈起凤作醒介）
沈起凤　哪里的女子声音？
张珍儿　张珍儿冤魂在此。
沈起凤　哎呀妙哇，原来是美人来了，待我开门。
　　　　（作开门介。陈三娘急闪下）
　　　　美人在哪里，美人在哪里？哎呀，好难看，打鬼，打鬼！
　　　　（急跑介，张珍儿追下）

# 第 八 场（连 场）

（陈三娘上，作入门，关门介。沈起凤上）

沈起凤　娘子开门。
陈三娘　何人叫门？
沈起凤　是我回来了，那女鬼显魂，你快些开门！
陈三娘　真个有鬼么？我心中害怕，不开门。
沈起凤　你怕我也怕，快些开门。若不开门，怕那女鬼追来了！
　　　　（张珍儿上）
张珍儿　张珍儿死得好苦。
沈起凤　娘子快些开门救命！
陈三娘　待我与你开门。
　　　　（开门介，沈起凤、张珍儿同入介）
沈起凤　快些关门！
　　　　（陈三娘作关门介，沈起凤见张珍儿介）
沈起凤　哎，把鬼关在房中了。
陈三娘　哪里有鬼？

沈起凤　你难道看不见，喏喏，那不是鬼么？
陈三娘　在哪里？
沈起凤　在你身后。
　　　　（陈三娘看介）
陈三娘　还是无有。
沈起凤　这就奇了。
陈三娘　只怕是你疑心生暗鬼。
沈起凤　女鬼就在眼前，怎道我疑心生暗鬼？
张珍儿　张珍儿死得好苦！
沈起凤　不但现形，还会说话。
陈三娘　我也听不见。
沈起凤　奇怪，奇怪，那一女鬼，你休来缠我。
陈三娘　你不要害怕。急急如律令！
　　　　（张珍儿下）
沈起凤　哎呀，娘子，女鬼不见了。
陈三娘　我有惊人法，谅君不得知。
　　　　（沈小泉上）
沈小泉　（唱）珍儿之事心难放，
　　　　　　　　兄弟家中看端详。
　　　　兄弟在家么？
沈起凤　不好了，外面又有鬼来了。
陈三娘　哪有许多鬼，想必是人。门外是哪一位？
沈小泉　愚兄小泉来了。
陈三娘　原来是二哥来了。
　　　　（陈三娘开门，沈小泉入介）
沈小泉　兄弟。
沈起凤　打鬼。
沈小泉　是我在此，何言鬼也？
沈起凤　原来是二哥，妙哇，那女鬼不见了。
陈三娘　二哥请坐。
沈小泉　大家同坐。
沈起凤　二哥，你再不来，我被张珍儿的冤魂缠死了。只因张珍儿被槐氏买通一个千刀万剐的、万恶滔天的医生，将她害死，她的冤魂前来缠我。这混账医生不但害她，并且害了我。
沈小泉　你少要骂人，此事我尽知其详。那槐氏不但买通医生，她那亲戚的

|       | 女眷还是同谋之人。 |
| --- | --- |
| 沈起凤 | 哦,她那亲戚的女眷也有同谋之人么?这个贱人,无故助着恶人害人,越发可恨! |
| 陈三娘 | 家人有罪,罪坐家长。她这亲戚女眷的丈夫也有些不便。 |
| 沈起凤 | 着哇,那女眷的丈夫纵妻助恶,乃是匹夫之辈! |
| 沈小泉 | 你不要骂了,你就是个匹夫之辈。 |
| 沈起凤 | 此话怎讲? |
| 陈三娘 | 那同谋之人就是我。 |
| 沈起凤 | 怪不得珍儿的冤魂缠我,原来是你惹出来的。 |
| 沈小泉 | 这也奇怪,珍儿不曾死。 |
| 陈三娘 | 二哥少说一句。待我将女鬼拘来,珍姑娘哪里? |
| 沈起凤 | 不要拘鬼,我怕得紧。 |
| 陈三娘 | 不妨,我有法术。 |

（张珍儿去魂帕上）

| 张珍儿 | 装尽魑魅魍魉态,还原仍是一裙钗。大娘何事? |
| --- | --- |
| 陈三娘 | 随我来。官人,女鬼到。 |

（沈起凤作怕介）

| 沈起凤 | 鬼是见不得的。 |
| --- | --- |
| 陈三娘 | 不妨,不妨,你只管看。 |

（沈小泉拉沈起凤介）

| 沈小泉 | 见见何妨? |
| --- | --- |

（陈三娘拉张珍儿见介）

| 沈起凤 | 咦,好一个鬼呀! |
| --- | --- |
| 陈三娘 | 此乃厉鬼,不可向前。 |
| 沈起凤 | 这般美貌,见鬼我也是…… |
| 陈三娘 | 怎么样? |
| 沈起凤 | 我也是不怕的。娘子,她到底是人是鬼? |
| 陈三娘 | 官人是个编戏的名家,难道连这小狡狯都不明白了? |

（唱）你作剧之名满天下,
　　　人人道你笔生花。
　　　元朝关白与郑马,
　　　你比他人也不差。
　　　词藻文章多健雅,
　　　插科打诨也堪夸。
　　　排场紧凑善穿插,

　　　　　　可算当今第一家。
　　　　　　我用你法门闲戏耍，
　　　　　　你因何不解这根芽？
沈起凤　听你之言，我倒明白了。莫非你与二哥唱了一台戏，赚了槐氏，救了珍儿么？
陈三娘　正是。
沈起凤　你为何叫她装鬼吓我？
陈三娘　我怕槐氏到此，叫她装鬼，又怕她装得不像，先在你面前试上一试。
沈小泉　槐氏与你们住得很近，你夫妻何不带了珍儿搬住我家？
陈三娘　二哥之言甚是，我们就搬住他家。官人亲与舅父送信，请他全家作个搬家的宴会。待他全家到来，我自有计策，叫珍儿脱离他家。
沈起凤　我去了。正是：人生一台戏，看我笔何如。（下）
沈小泉　须雇小轿二乘。
陈三娘　道路不远，我们步行前去。二哥，天已大明，我们带了珍儿往二哥那里去吧。
沈小泉　天色已明，怕有士家之人在路上撞见珍儿，反为不美。
陈三娘　不妨。珍儿你用手帕罩面，我们走哇。
　　　　（唱）移莲步携娇姿悄悄前进，（圆场）
　　　　　　行一步早到了医家大门。
沈小泉　请进。弟妇，自你嫂嫂亡故，这间内室久已空闲，你与兄弟就在那里居住如何？
陈三娘　多谢二哥。珍儿，你快些扮作冤鬼模样，待那槐氏到来，就惊吓于她。
张珍儿　是。（下）
陈三娘　哦，二哥，我身旁还少一名仆妇。
沈小泉　要用仆妇倒巧得紧，昨日有个老婆子投来佣工，待我唤她前来。
陈三娘　有劳二哥。
　　　　（沈小泉出介）
沈小泉　新来的仆妇快来，有人觅你佣工。
　　　　（张母上）
张　母　自从母女分离后，不想依然是飘流。（同入介）
沈小泉　你快去见见这一位大娘，她就是你新主母了。
张　母　仆妇与主母叩头。
陈三娘　起来，你打扫房屋去吧。
张　母　遵命。

（张珍儿上）

张珍儿　你不是我母亲么？（扑介）

张　母　打鬼，打鬼！

张珍儿　母亲不要害怕，女儿珍儿叩见。（跪介）

张　母　你是珍儿么？你是几时死的？不要惊吓为娘。

张珍儿　母亲哪！
　　　　（唱）士家主母心肠狠——

张　母　不错，你是我二十两银子卖与士家。那士家主母，你道她心狠，她是怎样的狠心呢？

张珍儿　母亲。
　　　　（唱）要害女儿一命倾。
　　　　　　　买托医人下了鸩——

张　母　哦，士家买托医人下毒么？哎，我儿你死得好苦哇！这里闹鬼，多少工钱我也不干了。

张珍儿　母亲转来，女儿不曾死啊！
　　　　（唱）沈大娘用计救儿身。
　　　　　　　只因还有机关在，
　　　　　　　因此叫儿装鬼形。

张　母　沈大娘是哪个？

张珍儿　就是这位主母。

张　母　我儿起来。

张珍儿　是。（起介）母亲，这位大娘恩高，你我母女一同叩谢才是。

张　母　就依我儿。主母，我母女叩谢！（同拜介）

陈三娘　起来。珍儿，你母亲来了，少时我对于士家越发有了把柄。你母女后面叙话去罢，少时我有计策，与你母女言讲。

张珍儿　母亲来呀！

张　母　你倒底是人是鬼？

张珍儿　母亲，如今是白日是夜间？

张　母　乃是白日。

张珍儿　哪有白日见鬼之理？女儿是个人。

张　母　你是人，快引为娘后面叙话去吧。
　　　　（张珍儿扶张母下。沈小泉、士小仁、槐氏、士常仁上）

士常仁　外甥搬了家，舅舅来看他。（介入）

陈三娘　舅父，表弟，弟妇。

沈小泉　士老先生。

| 士常仁 | 原来外甥搬到你家来了。
| 士小仁 | 住在他家好,害病请大夫方便。
| 沈小泉 | 取笑了。兄弟,你去到士府,如何许久方回?
| 沈起凤 | 只因舅父未起,耽误时候。
| 沈小泉 | 原来老先生起得晚。
| 士小仁 | 他醒了,又着了,一睡半天。我把他揪起来的,要不然连夜睡了。
| 沈起凤 | 此时什么时候了?
| 士小仁 | 台上功夫不大,要论戏里的时候,这一天又快黑了。
| 沈小泉 | 请。贤乔梓与我兄弟都到书房,大家清谈。
| 士常仁 | 打搅了。正是:且与良朋话,大家斗齿牙。

(士常仁、士小仁、沈小泉、沈起凤同下)

| 陈三娘 | 弟妇请坐。
| 槐 氏 | 有坐。表嫂住的好好的,为什么搬家呀?
| 陈三娘 | 只因那小房中有鬼。
| 槐 氏 | 什么鬼?
| 陈三娘 | 是张珍儿的冤魂。
| 槐 氏 | 哎哟我的妈呀!提起她来,我头发根就挓挲。
| 陈三娘 | 天还未曾昏黑,你怕的什么鬼?
| 槐 氏 | 眼看着天就黑啦。
| 陈三娘 | 这一日过得好快。待我取些酒来,与你同饮。
| 槐 氏 | 有劳表嫂。

(陈三娘取酒介)

| 陈三娘 | 酒到,弟妇,请入坐,饮一杯。
| 槐 氏 | 我的酒量小,一杯就醉。
| 陈三娘 | 醉了便睡,又有何妨。弟妇请饮。

(槐氏饮介)

| 槐 氏 | 好酒,好酒!我醉了。(伏桌睡介)
| 陈三娘 | 待我将酒具收起。

(唱)袖里机关安排定——(收酒壶介)

抬头又见月东升。

光阴似箭快得紧——

看看又是初更了。(打一更介)

日月如梭催老了人。

回头再把珍儿叫——

珍儿快来!

（张珍儿上）
张珍儿　何事？
陈三娘　（唱）你到房中假显魂。
张珍儿　（唱）主母之言奴遵领——
陈三娘　快去！（下）
张珍儿　（唱）活张珍且作死张珍。
　　　　　　叫声槐氏莫安寝——
　　　　　槐氏苏醒，你还我命来！
槐　氏　（唱）又听得哭声入耳轮。
　　　　　　你是人来还是鬼？
张珍儿　（唱）张珍儿怨鬼把你寻。
　　　　　　阴曹地府去折证——
槐　氏　不得了，快跑！
张珍儿　哪里走！
槐　氏　有鬼呀，救人哪！
（士小仁上）
士小仁　（唱）那口子喧哗为何情？
　　　　　　走向前来用目瞬——
张珍儿　怨鬼在此，谁敢来？（扑介）
士小仁　了不得啦！打鬼，打鬼！
（士常仁上）
士常仁　哪里有鬼？
张珍儿　我是个怨鬼，来找士家全家的。
士常仁　哎呀！
　　　　（唱）不由我一阵战兢兢。
　　　　　　活人见鬼活倒运——
（张珍儿扑介。沈小泉、沈起凤、陈三娘同上。沈小泉扶士常仁介。沈起凤扶士小仁介。陈三娘扶槐氏介。）
沈起凤
陈三娘　（同）怎么了？
士常仁　有鬼呀！
　　　　（唱）院内霎时闹起鬼神。
沈小泉　（唱）久住此间不闹鬼——
沈起凤　（唱）看起来是他们引鬼进门。
陈三娘　（唱）正人不怕邪魔盛，

哎！
你是何方鬼怪临。
若有冤来把冤情诉，
无冤快快离门庭。
陈三娘不做亏心事，
夜半敲门心不惊。

张珍儿　（唱）奴是张珍被槐氏鸩，
前来索命报冤情。
槐　氏　（唱）叫声表嫂快救命——
陈三娘　我焉能救你？
槐　氏　您不是习过五雷法吗？
陈三娘　你不提起，我倒忘怀了。
（唱）你夫妻跪下我请、我请神灵。
士小仁
　　　　（同）我们跪下。
槐　氏
张珍儿　槐氏，你也顶块石头。
（槐氏取石头顶介）
槐　氏　（唱）现世现报有感应。
士小仁　（唱）压得你像个忘八形。
槐　氏　士小仁，陪我跪着。
士小仁　反正我不顶石头。（同跪介）
陈三娘　（唱）假意儿掐诀把灵文念——
（向内招介，张母上）
张　母　（唱）来了张家白发的人。
陈三娘　（唱）你在我身旁来站定——
士小仁
　　　　（同唱）举目抬头看分明。
槐　氏
问表嫂她是什么神圣——
陈三娘　（唱）你肉眼凡胎看不清。
士小仁　（唱）说什么肉眼凡胎看不清，
我看她是老兔精。
张　母　（唱）你那里休道我是老兔精，
我是张珍儿的老母亲，我是个活人。
张珍儿　哎呀娘啊！
（唱）女儿中毒丧了命，

　　　　　　　　快到公堂把冤伸。
　　　　　　　　槐氏贱人休轻放，
　　　　　　　　莫饶她夫主士小仁。
张　母　（唱）抓住他夫妻人两个——
士小仁
槐　氏　（同）糟啦！一个鬼闹不清，又添了一个人。
张　母　（唱）三人同去到公庭。
　　　　　　　　当官告状消仇恨——
士小仁
槐　氏　（同）表嫂给劝一劝。
陈三娘　（唱）我劝你且休到公庭。
张　母　是我女儿叫我前去告状。
陈三娘　待我劝她一劝。
　　　　（唱）大胆张珍儿狡狯甚，
　　　　　　　怎叫你母到公庭。
　　　　　　　众神将与我来拿下——
张珍儿　法师不要动怒，冤鬼情愿退去。
士小仁　你瞧我表嫂真有法术，决不冤人。
张珍儿　要他夫妻写文凭。说我不是他家婢。
陈三娘　这倒容易也！
　　　　（唱）问士家此事可应承？
士小仁　不能写。
张珍儿　不写，我拿你头疼！
士小仁　我写。从此张珍儿不是士家的丫头了，谁再说她是士家的丫头，谁是孙子。
士常仁　珍儿原是士家的丫头。
士小仁　你瞧你搭茬儿搭得多们是节骨眼儿呀！等我来写。（写介）
陈三娘　（唱）上写着张珍不是士家婢，
　　　　　　　从今不在你家门。
　　　　　　　士家暴虐伤天理，
　　　　　　　槐氏阴谋狠十分。
　　　　　　　还有一事也要写，
　　　　　　　从今你窗下要用心。
　　　　　　　不寻枪替犯国法，
　　　　　　　不骗功名惹骂名。

士小仁　嚷嚷嚷，您是活神仙，叫怎么写就怎么写。写得了，您请看。
陈三娘　（唱）用手一挥冤魂返本——
　　　　（张珍儿去魂帕介）
士小仁　敢情她没死，我还得要她做丫头。
槐　氏　你也孙子啦！
陈三娘　（唱）我手中现有你文凭。
　　　　　　　倘若她把你来告，
　　　　　　　为嫂不管闲事情。
士小仁　我也不敢要她了，您变的好戏法。
　　　　（陈三娘笑介）
陈三娘　（唱）官人此剧可修正——
沈起凤　你可算女编戏大家，我甘拜下风，你还要起个戏名。
陈三娘　（唱）戏名就叫《护花铃》。
　　　　　　　张家母女回乡去，
　　　　　　　你把珍儿择配人。
张　母　我母女情愿在此服侍。
士小仁　此戏唱得好，作得好！打鼓的！起音乐送客算完了。要爱听，您明天请早到。
　　　　（同下，【尾声】）

# 平 儿

## ■ 本事

平儿者，金陵王氏婢也。王女熙凤，嫁贾氏子琏。贾为功臣后，子弟不肖，琏行为亦多不正，爱平儿姿色，而畏凤妒，不敢纳为妾，御之而已。值凤生辰，琏私与仆妇饮，凤觉之，并疑平儿卖己，挞辱备至。平儿无怨言，凤亦感悟。凤死，其族人将售凤女巧姐于外藩。平儿知其谋，与村妪刘姥姥同定策，纵巧姐去，平儿亦偕遁。琏时方有事于金陵，归知其状，迎平儿、巧姐归，将立平儿为嫡室。母邢不可，刘姥姥说之，邢乃许焉。平儿为贾氏婢妾中完人，其行为多可法，撰以为剧，以资观感云。

## ■ 提纲

**第一场**
贾琏、二丫鬟、王熙凤、王仁、刘姥姥、旺儿

**第二场**
平儿、贾琏、王熙凤、宝玉

**第三场**
旺儿、鲍妻、贾琏、平儿、王熙凤

**第四场**
刘姥姥、王熙凤、邢夫人、王夫人、贾琏、平儿、宝玉、旺儿

**第五场**
宝玉、王熙凤、平儿、贾琏、巧姐、刘姥姥、王仁、四家丁、贾蔷

**第六场**
平儿、巧姐、贾琏、邢夫人、贾蔷、媒婆、王夫人、刘姥姥、车夫、轿夫、二家丁

**第七场**

旺儿、贾琏、家院、邢夫人

**第八场**

平儿、巧姐、周骏、刘姥姥、贾琏、旺儿

# 第 一 场

（贾琏上）

贾　琏　（引）纨绔膏粱，每日里东游西荡。
　　　　贾氏门中祖德长，
　　　　钟鸣鼎食好风光。
　　　　如今子弟多游荡，
　　　　看来家业要消亡。
　　　　下官，贾琏，乃荣国公之孙。父名贾赦，母亲邢氏。我自幼不读诗书，只凭门荫得了官职。娶王熙凤，也是世家之女，生得虽然美貌，只是性情强暴，足智多谋。蒙祖母史太君十分怜爱，因此连我也怕她几分。她有个陪嫁的丫鬟，名唤平儿，生得有十分姿色，我一时高兴也收用了。只因熙凤性情妒忌，我不敢明目张胆纳平儿为妾，虽已实行其事，还不敢正那侧室之名。熙凤过门以来，只生一女，取名巧姐。只是平儿随我多年，儿女全无，看来我的后嗣是要绝断了。
　　　　（唱）娇妻美妾空陪伴，
　　　　　　　要想生儿难上难。
　　　　　　　想到此间心中惨——

王熙凤　（内）丫头带路。（二丫鬟引王熙凤上）
　　　　（接唱）梳妆已毕出绣帘。

贾　琏　咳！

王熙凤　官人因何长叹？

贾　琏　你可知不孝有三，无后为大？

王熙凤　闹了半天，敢情你为的是没儿子呀。你说的话光明正大，你心里可不是那么一回事，你大概又想要纳妾吧？

贾　琏　你不要胡猜乱想，我并无此意。

| 王熙凤 | 你没有这个意思就好。正是：只要你心无改变，须知我意不更迁。 |
| --- | --- |
| 王　仁 | （内）啊哈！（上）只为手无钱，贾家去纠缠。来到贾府啦，好在我王仁是贾琏的大舅子，不用通报，待我闯进去。（入介）妹夫、妹妹，我来啦！ |
| 贾　琏 | 舅兄请坐。 |
| 王熙凤 | 哥哥。 |
| 王　仁 | 有坐，有坐。 |
| 王熙凤 | 哥哥，您来有什吗事？ |
| 王　仁 | 你问我干什么来啦？你猜猜啵。 |
| 王熙凤 | 想必是您睄您妹夫、妹妹跟您外甥女来了。 |
| 王　仁 | 我倒是都惦记着你们。我还有别的事，你大概明白了吧？ |
| 王熙凤 | 我不明白。 |
| 王　仁 | 你是挤兑我呀，没法子，我可要说了，我是来借钱的。 |
| 王熙凤 | 您上月刚跟我借的钱，怎么又来啦？ |
| 王　仁 | 上月借的钱，哪儿能支持到如今呢？ |
| 王熙凤 | 救急不救穷，我有钱不填没底坑。再说，您哪一回借了我的钱，也没说过一句有良心的话。我说官人，咱们该给老太太请安去了。哥哥回头见，您请出去罢。 |
| 丫　鬟 | 舅老爷请出吧。 |
| 王　仁 | 得，这可真干。（下） |
| 刘姥姥 | （内）走哇。（上） |
| | （唱）贾府大恩难以报， |
| | 　　　　愿他福寿比天高。 |
| | 我刘姥姥。我跟贾府常来常往，只因从前二奶奶借给我几个钱，给我们姑爷做买卖，如今他买卖很好，发了点小财。我记得明天是二奶奶的生日，一来我去看看，道道谢。二来我去给她拜个寿。（行介）说着说着到了，来到贾府了。好在我是熟人，门口管家不拦我，我可以随便进得来。（看介）这儿是姑奶奶的住房了，哪一位姐姐在这儿呢？ |
| 丫　鬟 | 谁呀？ |
| 刘姥姥 | 您去回一声，说刘姥姥求见。 |
| 丫　鬟 | 等着。启二奶奶：刘姥姥求见。 |
| 王熙凤 | 叫她进来。 |
| 丫　鬟 | 二奶奶唤你。 |
| | （刘姥姥入介） |

| 刘姥姥 | 姑奶奶，我给您拜拜啦！（看贾琏介）这是谁呀？
| 王熙凤 | 这就是姑爷。你来了这们好几趟，他全没在家。
| 刘姥姥 | 这就是姑爷吗？我说的呢，长得这么像个人似的。
| 王熙凤 | 什么话样儿，人吗不像人似的？
| 刘姥姥 | 我今日才明白，人都是这个长相。我得给他见个礼，姑爷有礼了。
| 贾　琏 | 还礼，请坐。
| 刘姥姥 | 不客气，我自己坐下。（坐介）
| 王熙凤 | 姥姥您好哇？
| 刘姥姥 | 没灾没病的，怎么不好？上一回借您的钱，给我女婿做买卖，托您福，发了财啦！
| 王熙凤 | 您还用钱不用？
| 刘姥姥 | 发财不多，总算有的用了。哪儿能够还用您的钱？
| 王熙凤 | 对啦，按您这们借钱才是个正经道理。您今天怎们有工夫上我们这儿来啦？
| 刘姥姥 | 我记得明天是您生日，特来给您拜个寿。
| 王熙凤 | 小生日不敢劳您驾，请姥姥在这儿玩一天吧，你跟我到后边坐。正是：莫笑刘家是村妪，
| 刘姥姥 | 久经世故老顽皮。

（王熙凤、刘姥姥、丫鬟同下）

| 贾　琏 | 哎呀且住。日前旺儿言道，鲍二之妻长得十分美貌，总无机会与她相见。明日我妻熙凤寿辰，她必然到老祖宗那里叩喜，我房中无人，趁此机会将鲍二之妻叫进府来，岂不是好？我就是这个主意。旺儿哪里？

（旺儿上）

| 旺　儿 | 二爷什么事？
| 贾　琏 | 你日前说什么鲍……
| 旺　儿 | 哦，我明白了。我说的是鲍二的老婆长得好看，您大概是爱上她了吧？

（贾琏笑介）

| 贾　琏 | 哈哈哈，明晚唤她进来。
| 旺　儿 | 怕二奶奶知道。
| 贾　琏 | 不妨，有我担待。
| 旺　儿 | 您真有胆子。
| 贾　琏 | 不必多言，去吧。（下）
| 旺　儿 | 你睄二爷多不老实，家里有妻有妾，还叫我去找鲍二的老婆。他可真胡闹。（下）

# 第 二 场

（平儿上）

平　儿　娉婷红粉妆，
　　　　步履出回廊。
　　　　羞杀登墙女，
　　　　恼杀踏青娘。
　　　　奴家平儿，本是金陵王家侍儿，随着姑娘熙凤来在贾家。多蒙琏二爷见喜，收作通房。今日乃主母寿辰，只得在此伺候。
（贾琏、王熙凤同上）

贾　琏　今日绮筵开，
王熙凤　亲朋庆贺来。
平　儿　主人、主母。
贾　琏　免礼。
平　儿　今日是主母寿辰，主人、主母请上，待侍妾叩头。
贾　琏
王熙凤　（同）生受你了。

（【吹打】，平儿叩头介）

贾　琏　大家同去与祖母贺喜。（圆场）同把重帏叩。
（宝玉从下场上）

宝　玉　华堂施礼迎。姐姐，待我与你拜寿。
王熙凤　别忙，我还没见老太太哪。
平　儿　宝二爷。
宝　玉　平姐也来了。
平　儿　侍妾特来与太君贺喜。
宝　玉　太君那里都是女客，就我一人是男子。
贾　琏　既是太君房里都是女客，你与平儿进去，我先到爹爹、叔父那里去了。（急下）
（王熙凤向宝玉使眼色介，宝玉下）

王熙凤　他怎么走的这么忙呀？
平　儿　二爷为人一向是性急的。
王熙凤　不对吧，他别是有别的瞎事，我在房里他施展不开。今天趁我到这边来，谅我一天不能回去，他去胡闹去了吧？
平　儿　主人虽然行事不正，谅还不至如此。

王熙凤　你别护着他，要有风吹草动，你就是个同谋。咱们先去见见老太太，再打听风声。正是：夫君心不正，

平　儿　我本不知情。（同下）

## 第 三 场

　　　　　（旺儿上）

旺　儿　二爷真捣乱，要找美婵娟。鲍大嫂在家没有？

　　　　　（鲍妻上）

鲍　妻　骏马驮痴汉，好花插路边。谁呀？

旺　儿　是我，给你道喜来了。

鲍　妻　我有什么喜事？

旺　儿　琏二爷找你进府里去，要见见你，这不是你的喜事吗？

鲍　妻　不知哪一天去见琏二爷？

旺　儿　就是今天，咱们俩人快点走。

鲍　妻　你等着，等我告诉我们当家的一声。

旺　儿　这宗事不能告诉他。再说，我知道跟他知道一个样，你跟我走就得了。

鲍　妻　不成，我是三从四德的人，总得告诉他。

旺　儿　告诉他，那不坏了醋了吗？你从我跟从他一样。

鲍　妻　要我从你，得等他死了。

旺　儿　什么话样儿，那我不变成你儿子了吗？

鲍　妻　您倒别那们客气。

旺　儿　你别挨骂了，咱们走吧。（圆场）到了，有请二爷。

　　　　　（贾琏上）

贾　琏　（唱）我命旺儿蜂蝶引——

旺　儿　二爷，鲍二的媳妇来了。

贾　琏　好哇！

　　　　　（唱）向前观看美佳人。

　　　　你就是鲍二之妻么？旺儿，你在此看守门户，我与她后面讲话。

　　　　　　　牛郎织女今日会，

　　　　看酒来！

　　　　　　　你我开怀把酒斟。

王熙凤　（内）好醉呀！（平儿扶王熙凤上）

|王熙凤|（唱）玉液琼浆十杯尽，
华堂醉倒一红裙。
平儿，我可醉了，你搀我回去。
|平　儿|且慢。主母不在房中，主人那里怕有宾客。主母可先差人看个明白，然后回去。
|王熙凤|我那房里谅无男客，你睄我醉了，你说的也像醉话，你快搀我回去。
|平　儿|是。（圆场）
（旺儿作看介）
|旺　儿|了不得啦，二奶奶来了。等我去给二爷送信。
|王熙凤|旺儿站住！
|旺　儿|嚯，站住了。
|王熙凤|你睄见我干什么跑哇？
|旺　儿|奴才要去拉矢。
|王熙凤|不对，茅房在外头，拉矢应该往外跑，怎么你往里跑？别是二爷在房里办什么私事呢，叫你在这儿听风吧？
|旺　儿|这、这、这个奴才可不敢。
|王熙凤|哈哈！你这小子鬼头鬼脑，定有毛病，快给我说实话。
|旺　儿|您别生气，奴才正要给您去送信，不想您来了，二爷跟鲍二的老婆喝酒哪。
|王熙凤|你别两头装好人，给我滚出去啵！
|旺　儿|嚯。（下）
|王熙凤|平儿，咱们进去听他们说什么。
|平　儿|谅无好话，不听也罢。
|鲍　妻|二爷，你们二奶奶简直是个阎王老婆。你快把她休了，把平姑娘扶了正，你倒能过好日子。
|王熙凤|哈哈！平儿，敢情你也是那一头儿的，你可真没良心。
（唱）听她言怒气冲冲将你打——（打平儿介）
|平　儿|（接唱）打得我有冤无处申。
走进去与淫妇来折证——
（入，打鲍妻介）
|贾　琏|（唱）平儿你也敢打人。（打平儿介）
（王熙凤入介）
|王熙凤|得了吧！好哇，你们三人定计要害我呀。你要把平儿扶正，我说二爷，你快写休书把我休了吧。
|贾　琏|呀呸！好贱人。

平　儿　怎么连主母也骂起来啦？
　　　　（王熙凤打平儿介）
王熙凤　你别两头儿充好人啦。
贾　琏　好贱人哪！
　　　　（唱）骂声贱人休发贱性，
　　　　　　　顷刻要你命残生。
　　　　　　壁上摘下龙泉剑——
　　　　（拔剑，砍王熙凤介）
王熙凤　你要杀我呀，咱们老太太那儿见。
　　　　（王熙凤下。平儿抱住贾琏介）
平　儿　（唱）二爷不可乱胡行。
　　　　　　拿刀动剑成何行径——
贾　琏　（唱）不用你一旁假惺惺。
　　　　（推倒平儿介，下。鲍妻扶平儿介）
鲍　妻　平姑娘，您受屈了。
平　儿　好贱人！
　　　　（打鲍妻介，下）
鲍　妻　我可不能活着了，我回家悬梁自尽了吧。（下）

# 第 四 场

　　　　（刘姥姥从下场上，王熙凤从上场上，撞介）
刘姥姥　姑奶奶怎么啦？
王熙凤　二爷要杀我呢，我去告诉老太太跟二位太太。
刘姥姥　好哇，这么大的个子，还告妈妈状。您看二位太太来给老太太请安来了。
　　　　（邢、王二夫人暗上）
邢夫人　这是怎么啦？
王夫人　是啊，你们为何如此？
王熙凤　婆婆、婶娘啊，只因你儿子、侄儿要杀我。
刘姥姥　好大罪过！我说姑奶奶，他要杀你，杀了没有？
邢夫人　姥姥别跟着搅，我准知道没杀。要是杀了，就不能上这儿说话来了。他要杀你，你素日做的事，依我说早就该杀。

王夫人　嫂嫂休出此言,哪有无故杀人之理。到底为了何事?
王熙凤　您侄儿跟鲍二的女人闹出笑话来了,要把侄媳妇杀了,他把平儿扶正。
刘姥姥　敢情是为醋。
邢夫人　哈哈!好大的胆子,敢无故杀人,杀了你可就活不了啦。等我把琏儿叫来,琏儿快来!
　　　　（贾琏上）
贾　琏　（唱）手使青锋追得紧——
　　　　（平儿上）
平　儿　（唱）平儿舍命把二爷跟。
邢夫人　琏儿,这是老祖宗的地方,你敢胡闹?
贾　琏　母亲,不用管孩儿,要杀这贱人。
王熙凤　你不用横,等我去见老祖宗。
贾　琏　哪里走!（追下）
邢夫人　平儿,你怎么也跟着闹哇?
平　儿　夫人哪!
　　　　（唱）主母窗下来私听,
　　　　　　　主人暗地有情人。
　　　　　　　说道是休了主母把平儿扶正,
　　　　　　　主母闻言这才打了阿平。
　　　　　　　无故拉人入陷阱,
　　　　　　　平儿有屈也难伸。
邢夫人　敢情没你什么事,我们且看老太太怎么发落。
刘姥姥　我知道老太太素来疼二奶奶,不用说,二奶奶见了老太太一告妈妈状,老太太把二爷骂一顿,也就完了。反正二爷、二奶奶是夫妻,没有什么要紧。
邢夫人　咱们都进去看个热闹,你们跟我来。
　　　　（邢夫人、王夫人、刘姥姥同下。宝玉上）
宝　玉　平儿姐转来。
平　儿　原来是宝二爷。
宝　玉　平儿姐为何面带泪痕?
平　儿　我有我的委屈,宝二爷不必问了。待我去见老祖宗。
宝　玉　且慢!你云鬓蓬松,泪痕满面,如何见得老祖宗?且到我这里梳洗一番,再去才好。你随我来。
　　　　（唱）姐姐为人多和顺,

　　　　　　一家大小尽知闻。
　　　　　　冤情不必自己诉——
　　　　来呀！（圆场）
　　　　　　自有人替你诉冤情。
　　　　姐姐请坐。
平　儿　有坐。（哭介）哎呀！
宝　玉　不要哭了。
平　儿　二爷哪里知道，我一心为主，反被主人、主母无故责打，怎不伤心？
宝　玉　二兄、二嫂一时莽撞，喏喏喏，我这里替他二人赔礼！
平　儿　这就不敢当了。
宝　玉　兄嫂做错，应当是我赔礼。桌上现有镜奁，姐姐梳妆。
平　儿　有劳了。
　　　　（唱）强整娇姿临宝镜，
　　　　　　却愁红粉泪痕生。
　　　　　　夭桃秾李遥相匹，
　　　　　　紫蝶黄蜂俱有情。
　　　　　　自是凤缘应有累，
　　　　　　也知心许恐无成。
　　　　　　相逢不用相回避，
　　　　　　一顾难酬觉命轻。
　　　　（刘姥姥上）
刘姥姥　（唱）一天大事无踪影，
　　　　　　急急忙忙来找人。
　　　　平姑娘敢情在这儿哪。你们的事情完啦，琏二奶奶赢啦，琏二爷输到家了。
平　儿　不知我主人、主母怎样输赢？
刘姥姥　老太太当着大家把琏二爷骂了一顿，叫琏二爷给奶奶赔礼，这不是输了吗？不过老太太可有一句话，我不敢说。
平　儿　不知什么言语？
刘姥姥　老太太说，没想到平儿那们坏，要害她主人。
平　儿　哎，我好冤也。
刘姥姥　你别叫冤。邢、王二位夫人替您叫了冤啦，说您不是那种人。二爷、二奶奶一会儿还要给您赔礼来哪。
平　儿　这我担不起。宝二爷，我要到老太太那厢去了。
　　　　（唱）宝二爷你从来待人谦逊，

　　　　　　今日里款待我更自殷勤。
　　　　　　我与你虽无有叔嫂名分，
　　　　　　奴却是你兄长近侍之人。
　　　　　　你那里为兄长将奴恭敬，
　　　　　　奴本是青衣辈怎敢担承。
　　　　　　谢过了宝二爷穿过花径——
　　　　（宝玉作送出介。贾琏、王熙凤从下场上）
贾　琏　平姑娘，我与你赔礼作揖。
平　儿　呀！
　　　　（唱）叫二爷且尊重莫把礼行。
刘姥姥　你瞧他是赔礼来了不是？
平　儿　自古没有家主与婢妾赔礼的道理。
刘姥姥　这是老太太叫他给您赔的礼，他要欺负您，就跟欺负他们老家儿一样。你们的话长，回房再说吧。
平　儿　我还未见太君哪。
王熙凤　咱们的事老太太都知道啦，你也不用去啦，老太太挺忙的。我错打了你，我也后了悔啦。二爷给你赔了礼，我没别的，也给你认个不是。
平　儿　哎呀，折杀婢子了。
宝　玉　好、好，嫂嫂也与你赔礼，把你当作体己之人，你也是我嫂嫂了。
王熙凤　什么？你管她也叫嫂嫂？你也想叫她扶正吗？哼哼，有我一天，你别乱我的家规。
　　　　（宝玉背介）
宝　玉　哎呀，她的醋性又来了。（暗下）
刘姥姥　二奶奶真是个好的，吃起醋来是真吃醋，要是不吃醋也真不吃醋。你瞧你们家的旺儿来了。
　　　　（旺儿上）
旺　儿　启二爷、二奶奶：鲍二的女人吊死了。
王熙凤　这是二爷惹的事，报与我干什么？二爷你惹的事，你去料理。平儿，搀我回房。
平　儿　是。（扶王熙凤下）
刘姥姥　你们各干各的事，我也要辞过老太太，回我们家去了。（下）
贾　琏　旺儿，取些银子，去打点鲍二之事。咳，这是哪里说起。（下）

## 第 五 场

（宝玉上）

宝　玉　（唱）光阴似箭快得紧，
　　　　　　　　宝玉如今成了亲。
小生贾宝玉。自幼住在大观园中，与姊妹们常在一处，内有表妹林黛玉，才貌双全，我有意与她同订白首之盟，不想母亲与我娶了薛宝钗。可怜林黛玉呕血身亡了。（哭介）我祖母史太君年过八十，如今也下世去了。思想起来，好不伤感人也。
（唱）祖母高年归仙境，
　　　　可怜林妹亲不成。
　　　　思来想去泪难忍——
（王熙凤上）

王熙凤　（唱）二弟因何泪盈盈。
宝兄弟，你一个人在这儿哭，莫不是想老太太啦？我想老太太一辈子就是疼爱你我嫂叔二人，如今她老人家年过八十归了仙境，虽说是福寿全归，咱们做晚辈的也不能不想啊。

宝　玉　是哇，祖母待你我叔嫂比别人不同。

王熙凤　老太太白疼了我啦。她老人家百年大事正是用钱的时候，偏偏咱们荣宁二府已经渐渐败落，不比从前，想尽心也尽不了。大家伙又说我不肯出力，我这做媳妇的熬不出没米的粥来，真难死我也。
（唱）半世争强与好胜，
　　　　如今力绌失人心。
（平儿上）

平　儿　（唱）一家大小不和顺，
　　　　　　　　冷话讥嘲我主人。
宝二爷。

宝　玉　平姐，你也来了。嫂嫂，小弟有事，少时见。（下）

平　儿　主母，快些回房，大夫人怪下来了。

王熙凤　哦，我的婆婆又挑了我的眼了吗？不知说些什么？

平　儿　大夫人听从人之言，总道主母办理太君丧事，不肯用心哪。

王熙凤　我倒想用心，怎奈现在的荣国府，不比从前了。谁叫老太太死的不是时候呢？哎哟，哎哟！

平　儿　怎么了？

王熙凤　我心里疼得利害。（王熙凤吐血介）
平　儿　哎呀，吐起血来了，仔细了。
　　　　（唱）怎得尽如他人意，
　　　　　　　只求无愧自己心。
　　　　　　　何须处处生怨恨，
　　　　　　　只问苍天莫问人。
　　　　　　　主仆一同回房去——
　　　　（扶王熙凤介，圆场。王熙凤坐桌内介）
　　　　　　　安心养病莫劳神。
　　　　　　　回头且把主人请——
　　　　二爷、姑娘快来呀！
　　　　（贾琏、巧姐同上）
贾　琏
巧　姐　何事？
平　儿　（唱）主母如今病缠身。
巧　姐　（唱）令人心下急慌甚，
　　　　　　　何处为将华扁寻。
　　　　（同入介）
贾　琏　你此病从何而起？
王熙凤　家务劳心，又遇见老太太的大事，我又受累又受气，才闹出病来。
贾　琏　快些请医调治。
王熙凤　我这病不是草根树皮能治得好的，请医生恐怕也没用。
贾　琏　哪有病不延医之理？
王熙凤　哎，二爷呀！
　　　　（唱）我做事从来多强硬，
　　　　　　　看来不是长寿人。
　　　　　　　此番得下难医症，
　　　　　　　你我恩情一旦分。
　　　　（刘姥姥上）
刘姥姥　（唱）贾府待人慈善甚，
　　　　　　　老刘屡次感他情。（入介）
　　　　什么事，你们都在这儿流眼泪呀？
平　儿　姥姥来了，我主母病了。
刘姥姥　姑奶奶病啦。（入介）姑奶奶，我瞧你来了，你怎么病啦？你死得了死不了哇？

（王熙凤不理介）

**刘姥姥**　我跟她说话，她不理我，一定是死了。哎哟，我那善心的姑奶奶呀！
（哭介）

**平　儿**　姥姥不要啼哭，主母是昏迷过去，还不曾死。

**刘姥姥**　没死，算我白哭了，怎么还不言语呀？

**平　儿**　待我将她唤醒。主母醒来！主母醒来，哎呀，怎么叫之不应啊？

**刘姥姥**　人要昏过去，一叫就醒除非是唱戏，要是真事，没那们快，干脆不用理她，瞧她醒不醒。
（王熙凤醒介）

**王熙凤**　（唱）听得人声用目瞬——

**刘姥姥**　姑奶奶。

**王熙凤**　打鬼，打鬼！
（唱）眼前站定屈死魂。
　　　　张金哥、尤二姐前来索命——
你莫不是张金哥？

**刘姥姥**　什么张金哥，我不知道。

**王熙凤**　尤二姐？

**刘姥姥**　有我这样的尤二姐？

**王熙凤**　（唱）你、你、你何苦前来把我寻！（昏介）

**刘姥姥**　这是怎么啦？

**平　儿**　哎，主母想起她的心事来了。

**刘姥姥**　尤二姐是我知道的。常唱的《红楼二尤》，一个人赶俩角，二奶奶害死了尤二姐。这张金哥是谁？你说出来，叫我明白明白。

**平　儿**　这是我主母的短处，不说也罢。

**刘姥姥**　不说可不行，她连唱带抽风闹了半天，听戏的先生们，倒有好几位没明白他是怎么一回事，你总得说出来。

**平　儿**　（唱）张金哥与李生姻缘已定，
　　　　偏遇豪家强委禽。
　　　　主母贪财来助虐，
　　　　金哥夫妇俱亡身。
　　　　到如今主母身得病，
　　　　口出胡言见鬼神。
　　　　这都是从前做的事，
　　　　看来主母病不轻。

**刘姥姥**　（唱）果然天地有报应，

　　　　　　姑奶奶，
　　　　　　　　　怨你当年乱胡行。
王熙凤　（唱）勉强睁睛来扎挣，
　　　　　　　　　原来姥姥身到临。
　　　　　姥姥来了，请坐。
贾　琏　谢天谢地，她认得人了。
刘姥姥　别谢天地，她这是回光返照，我准知她活不了。
贾　琏　你怎么知道她要死呢？
刘姥姥　底根儿这出戏就是那们排的。
贾　琏　闲言少叙，你坐下讲话吧。
刘姥姥　咱们俩人坐下讲，让姑娘跟平姑娘站着。我说姑奶奶，你觉身上怎么样啊？
王熙凤　我的病吗，恐怕不能好了。我一辈子得罪的人太多了，我死之后必有人欺负巧姐，我所以不放心，就是这一件事。
刘姥姥　您这个门户，谁敢欺负姑娘？
王熙凤　我恐怕我贾家就有欺负她的，我想老太太一生豪爽，必能看顾巧姐。
刘姥姥　我究竟是个外姓。
王熙凤　至亲至戚，何言外姓二字。我死以后，二爷不必续弦，就派平儿管理家务。
刘姥姥　二爷没生儿子，您怎么不叫他续弦？
王熙凤　一来怕巧姐受继母的气，二来我这缺儿不能让人。平儿是我从娘家带来的呀。
刘姥姥　临死吃醋，真酸的厉害。
王熙凤　酸只管酸，可要托姥姥做件好事。
刘姥姥　还有什么好事？
王熙凤　奉托姥姥到各处烧香拜佛，替我忏悔夙怨。
刘姥姥　我虽没念过书，可听见人说过，你这叫鸟之将死，其鸣也哀；人之将死，其言也善。害了一辈子人，会发了善心了。害人没我，行善交给我啦。
王熙凤　您请这就去吧。
刘姥姥　这就去，我走了。
　　　　　（唱）烧香拜佛交给我——（下）
　　　　　（王仁上）
王　仁　（接唱）来了贾家一块魔。（入介）
　　　　　妹夫、妹妹我来了。

贾　琏　舅兄来了，令妹病重。

王　仁　什么，我妹妹病重？一定是你给气的。好了便罢，要是不好，你得给我万儿八千的银子。要是不给我，跟你没完。

巧　姐　舅父，我母亲病到这般光景，不要与我爹爹怄气了。

王　仁　巧姐，自古娘亲舅大，你别帮着别人顶撞舅舅。

平　儿　舅爷，姑娘是替她生身之父讲话，何言帮助别人？

王　仁　这个，哎，他准是她的亲爹吗？

贾　琏　少要胡说。

王　仁　我一点不胡说。你们是父女，也就是在台上。这一会儿下了台，她干她的，你干你的。我闹了半天，还没看我妹妹哪。我说妹妹，哥哥来了，你睄见哥哥，你就痛快了。

王熙凤　哥哥来了，我睄您哪，咳，简直的这病就更不能好了。

王　仁　你知道不能好啦？求您临死做件好事，可怜可怜这个穷哥哥。也不用太多了，只要有一万八千的，也就够了。

王熙凤　哎，我要有一万八千的，我还不至于病到这步田地哟。

　　　　（唱）霎时头昏眼也晕，

　　　　　　　拉住平儿放悲声。

　　　　　　　巧姐如同你亲生女，

　　　　　　　垂慈扶养要留神。

　　　　　　　千言万语说不尽，

　　　　　　　喷血如潮断了魂。（吐血死介）

贾　琏　（唱）不幸贤妻丧了命，

巧　姐　（唱）从今巧姐少娘亲。

贾　琏　（唱）叫家院将尸首停床下，

　　　　（四家丁两边暗上，搭尸介。王熙凤暗下。贾琏领家丁下）

王　仁　（唱）拉住贾家女外甥。

　　　　外甥女，你娘死了，舅舅可是亲人了，快把你娘积攒的钱都给舅舅。

巧　姐　这个……

平　儿　舅爷，姑娘是未出闺门的幼女，家务之事，一概不知。主母并无子嗣，今日之事她成服要紧。姑娘，随我来。（拉巧姐下）

王　仁　这一家子这们可恨，我总得想个主意摆布摆布他们。（想介）有了，前天我听见贾蔷说，有个外藩王子要买丫头，我不免把巧姐卖给他，又出气又发财。我不免找贾蔷去。

　　　　（贾蔷内作噘介。圆场，唤介）

　　　　贾蔷！

（贾蔷上）

贾　蔷　我名叫贾蔷，为人本不强。贾是真假的假，强是强弱的强。原来是王大舅。

王　仁　我是哪一门子的舅舅？

贾　蔷　你问的是哪一门子的舅舅？你是贾府二奶奶的哥哥，我是二奶奶的侄儿，因此我叫你舅舅。什么事？

王　仁　我告诉你说，你二婶死了。

贾　蔷　早该死！

王　仁　好良心，你二婶待你不错。

贾　蔷　脸上好，心里不好。我第一恨巧姐。

王　仁　你恨巧姐，该出气了。

贾　蔷　你叫我怎么出气？

王　仁　你不是说有外藩王子要买丫头吗？我想把我外甥女巧姐卖给他，得了钱咱们俩人平分。

贾　蔷　你也好良心，我二叔一定不答应。

王　仁　我也知道不成，故此我与你定计而行，事成之后三七分账。

贾　蔷　有钱就能办。我想不久老祖宗的灵柩定要回南，一定是二叔送去。等贾琏走了，我自有主意，叫我那位邢大祖母卖她孙女。不过咱们俩还不行，我邢大祖母的兄弟邢德全，跟咱们是一样的人，我找上他，没个不成。

王　仁　仗着你了，咱们俩人到后台去想坏主意去。（下）

# 第六场

（平儿上）

平　儿　（唱）凄凉满目悲今昔，
　　　　　　　　检点王家嫁时衣。
　　　　　　　　主母一生今已矣，
　　　　　　　　可怜小姐要遭欺。
　　　　　　　　我受主恩当护庇，
　　　　　　　　无如名分太也低。
　　　　　　　　无言只可暗中泣，
　　　　　　　　心事更无别个知。

贾　琏　（内）女儿，随我来。
　　　　　（贾琏、巧姐同上）
　　　　　（唱）思来想去常叹息，
　　　　　　　　家运平常丧了妻。
　　　　　　　　平姑娘知我心腹事——
平　儿　（接唱）我劝主人莫悲啼。
　　　　　　　　太君灵柩是你送去，
　　　　　　　　主母金棺也可同移。
　　　　　　　　你看此事可近理，
　　　　　　　　这一来一举两得之。
贾　琏　好主意，你主母的灵柩正可一同送去。你好好照应姑娘，我也谅不多误日期。儿啊，我走后，要听你平姐之言，我要去了。（下）
　　　　　（邢夫人上）
邢夫人　你们二爷刚才辞别过我了，这阵走了没有？
平　儿　走了。
邢夫人　哦，他走了。你们从今以后，可得听我做主意，你们不听，我可不依。
平　儿　夫人。
　　　　　（唱）夫人本是一家主，
　　　　　　　　婢子原为阶下奴。
　　　　　　　　数年久已受调度，
　　　　　　　　夫人此话谁敢忤触。
邢夫人　我要给巧姐找一个主儿。
平　儿　（唱）夫人不可太急遽，
　　　　　　　　二爷回来作良图。
邢夫人　你别拿二爷吓唬我。王大舅是你二爷的亲戚，给找的主儿还有错吗？
平　儿　（唱）早不说来晚不提，
　　　　　　　　王大舅做事太离奇。
　　　　　　　　二爷出门他提亲事，
　　　　　　　　夫人此事要三思。
邢夫人　他说的那个主儿好着哪。人家就来相亲，咱们这儿的孙子贾蔷，已经接他们的相亲人去了。
平　儿　这可更奇了。
　　　　　（唱）此事何须如此急，
　　　　　（贾蔷、媒婆同上，入介）
贾　蔷　（唱）见了奶奶作个揖。

奶奶。
**邢夫人** 好说，我的孙子。
**贾 蔷** 我算逮着，得了，您含混着点吧。王大舅去给巧姐说亲，您不是答应了吗？现在那一家子打发人相亲来了。我说妈妈，见过我奶奶。
**媒 婆** 我不是相亲来了吗？
**贾 蔷** 是相亲的。
**媒 婆** 你奶奶这个岁数可不行。
**贾 蔷** 谁叫你相我奶奶？叫你相个好人儿，你先给我奶奶见个礼。
**媒 婆** 这就是了，老太太，您哪一位姑娘要我找主儿？
**邢夫人** 就是这一个。
**媒 婆** 我可得细瞧瞧。（看巧介）真长的不错。老太太，我跟那边王爷说去，今天晚上抬人。我走了。
**邢夫人** 孙子替送。
**贾 蔷** 嗻。（出介）你这儿来，这件亲事本人不很愿意，晚上您拉她上轿。
**媒 婆** 拉人上轿，我办的了。
（下，贾蔷同下）
**邢夫人** 这可了啦一桩心事。
**平 儿** 哎呀夫人哪！方才看那媒人不像是相看媳妇，竟是个买妾的神情。
**巧 姐** 平姑娘说得不差。哎呀祖母哇！此事孙女儿本不该开口，只是事到如今不能不言。还望祖母等我爹爹回来，再作道理。
**邢夫人** 也说得是，王仁跟贾蔷本靠不住。不过你出嫁，总得等你爹爹，我难道一点主意做不了吗？有了，我兄弟邢德全在我屋里哪，等我去问他。（下）
**巧 姐** 哎呀平姑娘啊！想我舅祖邢德全，与我舅父王仁也是一样之人。祖母如今与他商议，只怕我的终身要耽误了。
**平 儿** 着哇，姑娘想得不差。看来此事不妙，待我留神打听打听便了。（下）
（王夫人上）
**王夫人** （唱）我在二堂得一信，
　　　　　有话说与孙女听。
　　　　　贾蔷说亲不提名姓，
　　　　　不知他是什么人。
孙女儿，闻得贾蔷说亲，不提名姓，倘是歹人，如何是好？
**巧 姐** 平姑娘已去打听，待她回来，便知分晓。
**平 儿** （内唱）闻言好似春雷震——（上）

此事叫我难担承。
回转房中对姑娘论，
我听来言语不中听。
有一家王府要买妾，
眼见得把姑娘送下火坑。

**巧　　姐**　怎么，是王府买妾？他们把我卖了么？哎呀！（昏介）
（邢夫人上）

**邢夫人**　孙女儿，你可大喜啦。你舅公说，给你说的人家好极啦。

**平　　儿**　夫人，姑娘昏迷过去。

**邢夫人**　姑娘一听说有了人家，会乐得闭过气去。这真叫女大不可留，留下结冤仇。我说孙女儿醒醒！

**巧　　姐**　哎，祖母，你、你、你误了孙女儿的终身了。

**邢夫人**　胡说！我问过舅公邢德全，说这家子是王府，比咱们还阔呢。你舅舅王仁跟贾蔷虽说不是好人，我兄弟邢德全跟我可都是好人。你可不许拗着我。

**平　　儿**　夫人，无论此事如何，必须等二爷回来，大家商议。

**邢夫人**　得了吧！二爷是我的儿子，难道我自己孙女的事，我都做不了主意了吗？

**巧　　姐**　祖母，若不等我爹爹回来，孙女儿只好一死。

**平　　儿**　姑娘说得不差，总是小心为妙。

**邢夫人**　你走过来。（打平儿介）
（唱）你是奴才敢胡呲，
　　　　分明拿我不当人。
　　　　连她带你一齐打——

**王夫人**　（接唱）嫂嫂不可动无名。
嫂嫂不要动怒，且回到房中，待我劝她们一劝。

**邢夫人**　交给你了。我还是跟邢德全商量去。（下）

**王夫人**　不想大夫人大发雷霆，看来此事不能挽回了。

**巧　　姐**　哎，叔祖母哇，侄孙女岂肯与人做妾，还望叔祖母劝我祖母一劝。

**王夫人**　待我去劝她几句，只是她定然不听，我也只好自尽其心而已。

**平　　儿**　说什么自尽其心，还望夫人救人救彻。

**王夫人**　姑娘是大夫人的孙女，我到底隔了一层，她若定要如此，我也就无法可施了。

**平　　儿**　夫人，你无计可施了么？哎，夫人哪！
（唱）夫人素日仁慈甚，

何况姑娘是侄孙。
你不救来谁能救,
眼睁睁送了骨肉亲。

王夫人　（唱）左右为难无定准——
（刘姥姥坐车,车夫推上）

刘姥姥　（唱）又听得房内放悲声。
哎哟,你们怎么都在这儿哭哇?不用说,你们家又是谁死了吧?

王夫人　什么话!

平　儿　姥姥,我们这件事比死了人还要厉害。

刘姥姥　什么事比死人还厉害呀?我明白了,有人坑了你们的,不少吧?错过是丢了钱,任凭什么事,也不能比死人厉害。

平　儿　非也,是姑娘的婚姻事,弄出纠缠来了。

刘姥姥　哎哟,这件事可不小。不知是有什么螺螺缸,我倒得问。

平　儿　哎呀姥姥哇!邢氏大夫人错听人言,要把巧姑娘卖给王府为妾,今晚就来接她前去了。

刘姥姥　这可是糟糕,姑娘你不用说是不愿意吧?

巧　姐　说什么愿与不愿,我只好是一死了!
（唱）千金女岂肯充下贱,
　　　一死方能了业冤。
　　硬着心肠行短见——（碰介）
（王夫人、刘姥姥同拉介）

平　儿　咳!
（唱）姑娘哭得好惨然。
　　二爷有日回家转,
　　叫我相见也无颜。
　　想起病床托孤事,
　　姑娘寻死且迟延。
　　平儿与你同生死——（平儿作碰介）
（王夫人、刘姥姥同拉介）

刘姥姥　你就别跟着捣乱了!

平　儿　咳!
（唱）生生死死总为难。
（刘姥姥笑介）

刘姥姥　哈哈哈,哦,哈哈哈!

平　儿　你怎么笑起来啦?

刘姥姥　我笑你们一点主意都没有。
平　儿　事到如今，有什么主意？你不要取笑我们。哎呀姑娘！我与你只好同死的了！（抱哭介）
刘姥姥　你们哭你们的，我还笑我的。
平　儿　哭是人情，笑是人情以外。
刘姥姥　哭会子当的了什么？我倒有主意。
平　儿　什么主意？
刘姥姥　鼓儿词的主意。
平　儿　哪个与你讲鼓儿词！
刘姥姥　鼓儿词上小姐有难都是一跑，咱们不会跑吗？
平　儿　这个主意倒也不差，只是走往哪里去？
刘姥姥　趁着这个空儿，让姑娘跟我一溜，到我家里住些日子，不结了吗？
王夫人　到你家去甚好，只是巧姐一人前去，我不放心。
平　儿　也罢，我保姑娘前去，同往你家，只是打搅不当。
刘姥姥　请还请不到哪。事不宜迟，咱们走吧。
平　儿　姑娘，你我走吧。
巧　姐　叔祖母请上，孙女儿拜别了。
　　　　（唱）谢过祖母慈爱甚——
平　儿　（唱）姑娘不可再留停。
王夫人　（唱）愿你们此去多安稳——（下）
刘姥姥　走哇。（出介）车把式来啵。
　　　　（车夫上）
车　夫　你们上车。
　　　　（平儿、巧姐同上车介）
　　　　（王仁、贾蔷、媒婆、轿夫、二家丁上。车夫推车，平儿、巧姐急下）
刘姥姥　（唱）刘姥姥做了大好人。
　　　　有风，等我拿绢子遮上脸。
　　　　（媒婆拉刘姥姥入轿介。圆场，刘姥姥跌出介）
　　　　没底的轿子，摔着我啦。
媒　婆　这是什么人，怎么是老梆子？
贾　蔷　这是亲戚，你拉错啦，你滚罢。
刘姥姥　好小子，要叫他抬妈妈去立祖。（下）
贾　蔷　再上贾府。（圆场，入介）有请大祖母。
　　　　（邢夫人上）
邢夫人　什么事？

贾 蔷　抬亲的来了。
邢夫人　等我去叫巧姐。（向内介）巧姐梳妆，抬亲的来了，怎么不答应呀？
贾 蔷　她是害臊，我进去睄睄。（虚下，又上）了不得啦，跑了，连平儿也溜了！
邢夫人　跑啦？哎哟，我那孙女儿啊。
媒 婆　怎么哭起孙女来啦？
邢夫人　我的孙女出嫁，没想到跑了！
媒 婆　是孙小姐吗？我们买的是丫头，可不要您这儿的千金。哈哈，你这俩小子敢卖贾府的千金，二位管家，拉他见王爷去。
　　　　（家丁拉王仁、贾蔷下。轿夫同下）
邢夫人　这下子我算砸了。孙女儿啊！（下）

# 第 七 场

（旺儿引贾琏上）
贾 琏　（唱）安葬之事今已定，
　　　　　　　不分日夜回家门。
　　　　且喜到了金陵，祖母与妻子俱已安葬。为此急急赶回，旺儿带路。
　　　　　　　慌忙催马朝前进——
　　　　（圆场，下马，院子上，接介）
　　　　　　　快禀夫人我回程。
　　　　（院子请介，邢夫人上）
邢夫人　（唱）听说我儿回家门，
　　　　　　　急忙前去看分明。
贾 琏　母亲。
邢夫人　你一切都办完啦？家里可闹出个大事未完。
贾 琏　什么未完？
邢夫人　我给巧姐找人家没找成，平儿跟巧姐跑了。
贾 琏　哦，巧姐为了亲事与平儿逃走了么？不知逃往何方去了？
邢夫人　那我哪儿知道。反正没地方找去，难免他们没野事。
贾 琏　真乃家门丑事，待孩儿到各处搜寻便了。
　　　　（唱）辞别母亲出门行，（邢夫人下）
　　　　　　　猛然一计上眉心。

且住，我想巧姐是刘姥姥的义女，不免到刘家约那刘姥姥一同寻找便了。

人来急急寻路径，

天未黄昏快出城。（下）

## 第八场

（平儿上）

平　儿　（唱）只为病床托孤情，

姑娘大事付阿平。

如今不负主母义，

谁信平儿是孔明。

（巧姐上）

巧　姐　（唱）来在乡间暂避隐，

可怜举目无有亲人。

（周秀才上）

周　骏　（唱）只为佳人多美俊，

亲身到此来求亲。

小生姓周名骏，乃是黉门秀士。我与刘姥姥家时常来往，她家有两个避难的女子。那年少的生得十分美貌，闻得未曾许配人家，我不免去到刘姥姥家中，前去求亲。来此已是刘家，刘姥姥在家么？

（刘姥姥上）

刘姥姥　谁呀？（开门介）敢情是周相公，您来干什么来啦？

周　骏　请问姥姥，你家住的那年轻女子，她是何人？

刘姥姥　从前我不是跟你说过吗？那是贾府一位姑娘，跟着一位姨奶奶，从城里跑到我们这儿来的。你问她干什么？

周　骏　我见她生得美貌，特意前来求亲。

刘姥姥　你来求亲，跟我来。（同入介）

刘姥姥　我给你们引见引见，这是贾府平姑娘，这是周公子，你们见见。

平　儿　姥姥，这是何人？

刘姥姥　这是本村的秀才周骏。

平　儿　到此何事？

刘姥姥　周公子，你说呀。

| | |
|---|---|
| 周　骏 | 小生说不出口，姥姥替我言讲吧。 |
| 刘姥姥 | 你们年轻人害臊，我替你说吧。他时常上我们这儿来，这程子来得很勤。他见巧姐生得人材很好，故此前来求亲。平姑娘，您给拿个主意。 |
| | （巧姐避介） |
| 刘姥姥 | 别躲，你怎么这们不开通啊？这年头都是对说对讲，我说平姑娘，你倒是给我做个主意。 |
| 平　儿 | 慢来，慢来，姑娘今在难中，若提婚姻，须等二爷回来，大家商议。 |
| 刘姥姥 | 你瞧，碰了钉子不是？周公子，您走啵。 |
| 周秀才 | 小生告辞。（出介） |
| | （旺儿、贾琏同上） |
| 贾　琏 | 那一少年请转。 |
| 周秀才 | 何事？ |
| 贾　琏 | 请问这可是刘姥姥家中么？ |
| 周秀才 | 正是刘姥姥家中。 |
| 贾　琏 | 尊兄到此做甚？ |
| 周秀才 | 我因城中贾府来了一位姨娘，带来一位小姐，她生得十分美貌，特来求亲的。 |
| | （贾琏怒揪周秀才入门介） |
| 贾　琏 | 气死我也！随我进来。（抓平儿打介）好贱人哪！ |
| 平　儿 | 你不是二爷么？ |
| 贾　琏 | 正是。 |
| 平　儿 | 你怎么打起我来了？为何生气？ |
| 贾　琏 | 你做的好事，我不在家，你为何带着我女儿逃走？败坏我的家风。 |
| 平　儿 | 我是被家务所逼，带着姑娘逃出来的。 |
| 贾　琏 | 亏你说得出口。（打平儿介） |
| | （刘姥姥劝介） |
| 刘姥姥 | 别打，别打，平姑娘是个好人。她们逃走，都是我的主意。 |
| | （贾琏打刘姥姥介） |
| 贾　琏 | 好你个老贱人哪！ |
| 刘姥姥 | 哟呵，怎么骂起人来了？ |
| 贾　琏 | 我不但骂，你我还要揍你。 |
| | （唱）老贱人做事真可恨——（打刘姥姥介） |
| | （巧姐劝介） |
| 巧　姐 | （唱）爹爹不可屈好人。 |

贾　　琏　　（唱）尔等无耻私淫奔，（贾琏打巧姐介）
　　　　　　（刘姥姥急劝介）
刘姥姥　　（唱）这件事你们没闹清。
贾　　琏　　老东西，你少说话。（打刘姥姥介）
刘姥姥　　你真不讲理，你要再闹少爷脾气，我可要揍你了！
平　　儿　　姥姥不要动气，二爷他是不明白此事，必须慢慢对他言讲才好。
刘姥姥　　你瞧到底你向着他。我说贾琏，平姑娘要有外心，决不能这们向着你。只因你母亲邢夫人听了贾蔷跟你舅爷王仁的话，要把巧姐卖与王府做妾。平姑娘不允，他们就要来抢亲。平姑娘又做不了你妈的主意，平姑娘、巧姐二人急的无法，就要寻死。故此我给她们出的主意，叫她们逃走，躲在我家避难，等你回来说明此事。你这小子不问皂白，进门乱打，你这不是冤屈好人吗？气死我了。
贾　　琏　　既是在你家避难，我来问你，这年少的到你家做甚？
刘姥姥　　我净顾了说你们这件事情，我把他给忘了。你问他呀？他叫周骏，是本村秀才。他因巧姐长得好看，前来求亲。我跟平姑娘提这事，她说做不了你的主意，等你回来再说。也不算什么淫奔，怎么会败坏你的家风啦？
贾　　琏　　哦，我这才明白了。
刘姥姥　　气死我了！
贾　　琏　　姥姥不要生气，我这里作揖赔礼。
平　　儿　　姥姥，二爷适才鲁莽了，也曾与你赔礼，姥姥不要生气了，我这里也与你赔礼了。
刘姥姥　　哎呀，你瞧你们俩人这个劲儿，够多么大呀。我瞧，这你就没有气了。我说二爷，巧姐的亲事，你倒是愿意不愿意呢？
贾　　琏　　这亲事么，我应允了。
　　　　　　（巧姐羞介，下）
刘姥姥　　周公子，快与你岳父叩头。
周秀才　　岳父、岳母在上，小婿叩头。
刘姥姥　　你岳母早死了，她可不是你岳母。我想起来了，二奶奶临死的时候留下遗言，要把平姑娘扶正，二爷你还记得吗？
贾　　琏　　我久有此意，待我回去禀明老母，接她回去，把她立为正室。
刘姥姥　　您那位老太太脾气古怪，说话颠三倒四，难跟她说话。你们老祖宗死了，我算你们活祖宗，你们就依着我办吧。今天就叫她署夫人的缺扶正，你们老太太不答应，算我白说，再叫她挪窝儿。
平　　儿　　想我平儿，尚未做二爷侧室，这"扶正"二字休要提起了。

（唱）只为贾蔷与王仁，
　　　姑娘大事有隐情。
　　　平儿保主乡间隐，
　　　聊尽为奴一片心。
　　　正室之名当不起，
　　　还望二爷订高门。

**刘姥姥**　她倒端起来了，你们的事情算完了。周公子，你的亲事就算成了，择个吉日，给你们俩人完婚。今日天色已晚，在此暂住一宵，明日进城。你们随我来。

（【尾声】，同下）

# 晴雯

## ■ 本事

　　晴雯故家女，幼失怙恃，辗转入贾府，侍宝玉为婢。性灵巧，语言犀利，姿容绝世，而束身自爱。同侪袭人，恐其夺宝玉宠眷，思中伤之。然未尝形于词色，只于玉母王夫人处，献媚进谗，窥隙构陷，雯则懵然不知也。时玉居怡红院，日事荒嬉，被父严责，夫人逼之读书，玉甚苦之。玉偶出归，呼门无应者，误蹴袭人，雯嗤之。袭经是酸楚，仍强抑而故饰逊让。时在溽暑，玉索扇，雯失手跌其骨，被责。袭因进微词，致惹起雯之伤感，斗气撒娇，莫能遏止。玉婉言慰之，至撕扇子，作千金一笑乃罢，然袭之衔恨于雯也益深矣。节届冬令，雯夜起，冒风寒而病。小鬟坠儿，煎汤药不慎，碎其瓶，触雯怒，方谴责，袭以坠儿窃镯事，诉之宝玉，故使雯闻，雯愈怒，逐坠儿以去。玉有珍物孔雀裘，着以祝舅氏寿，被火烧一孔，无法缝补，雯扶病而起，界线度针，妙手天成，病因之益剧。会绣囊事发，王夫人迁怒于雯，袭肆意栽诬，坠母更修睚眦之怒，雯含冤莫白，竟遭摈逐。雯有姑舅兄吴贵者，素无赖，乞贷不遂，至是衔之，与妻谋，欲转鬻晴雯，并施以冷嘲热讽。雯本孱弱，经此气愤交攻，遂至沉疴不起，竟于宝玉最后一面，遗赠指甲小袄后，以清白女儿，钟情而夭，赍憾而终矣。本剧取材《红楼梦》说部，关于晴雯一生哀艳事迹，参酌损益，一气呵成。为一恋爱者，现身说法。时下所演《撕扇》《补裘》《芙蓉诔》各短折，迥不相侔也。

## ■ 提纲

### 第一场
二丫鬟、王夫人、袭人、宝玉

### 第二场
晴雯、宝玉、袭人、焙茗

**第三场**

吴贵、晴雯、宝玉

**第四场**

袭人、晴雯、宝玉、丫鬟、王夫人

**第五场**

焙茗、宝玉、晴雯、坠儿、袭人、坠母、王夫人、吴贵、吴妻

# 第 一 场

（二丫鬟、王夫人上）

王夫人 （引）富贵双全，但愿得福寿延绵。
　　　　　　有女奉天颜，
　　　　　　一门雨露添。
　　　　　　孩儿性顽劣，
　　　　　　终日挂心间。
　　　　奴家王氏，配夫贾政，乃功臣之后，官拜部曹。女儿元春，入宫奉君。长子贾珠，早年身亡。次子宝玉，生性痴呆，常与一般姊妹们玩耍，不读诗书，若被他爹爹督查功课，又难免一番责打。是我逼令宝玉日日读书写字，以除他的邪心。正是：玉不琢来不成器，人而不学不知义。

袭　人 （内）袭人求见。
　　　　（丫鬟照白）

王夫人 唤袭人进见。（丫鬟唤介）
　　　　（袭人上）

袭　人 面似桃花舌似剑，机谋不亚武则天。夫人在上，袭人叩头。

王夫人 起来。

袭　人 谢夫人。

王夫人 好一个忠厚的相貌。

袭　人 夫人真有眼力，奴婢真是面带忠厚，不但面带忠厚，说话还忠厚哪。

王夫人 好哇，你果能心口一般，便是一个好人。你到此做甚？

袭　人 太君把奴婢拨给二爷使用，特来求见。

王夫人 待我把宝玉唤来，命他领你回房。丫鬟，请你宝二爷。

（丫鬟请介，宝玉上）

宝　玉　喜评闺阁色，怕读圣贤文。母亲在上，孩儿拜揖。
王夫人　罢了。
宝　玉　唤孩儿进来，有何教训？
王夫人　这个丫鬟你可认识？
宝　玉　这位姐姐是老祖宗的侍女，本名珍珠，孩儿与她改名袭人，怎么不认得？
王夫人　如今老祖宗把她拨与你使用。
宝　玉　既是老祖宗把她赏与孩儿，理应带她同去叩谢老祖宗。
王夫人　是啊，你快带她前去叩谢老祖宗。正是：虽则至亲无虚礼，
　　　　（引丫鬟下）
宝　玉　终须恭敬拜重闱。
　　　　姐姐随我来。
　　　　（引袭人下）

## 第 二 场

（晴雯上）

晴　雯　（唱）入侯门每日里把主人侍奉，
　　　　　　　　叹薄命沦落在奴婢之中。
　　　　　　　　思想起不由人心酸悲痛，
　　　　　　　　蹙损了双眉岫姹紫嫣红。
　　　　（宝玉、袭人上）
宝　玉　（唱）慈帏待我恩德重，
袭　人　（唱）来谢恩情到堂中。
晴　雯　二爷有礼。
宝　玉　原来是晴雯姐。（作呆看介）哎呀妙哇！她的相貌竟与林妹妹一般。
袭　人　岂但相貌有点像林姑娘，她爱闹小性儿也与林姑娘一样。
宝　玉　晴雯姐在此做甚？
晴　雯　太君饭毕摸牌，命我在门外照料茶水。
宝　玉　我有意回明太君，将你拨到我那里使用，你意如何？
袭　人　二爷，这可不行。老太太刚赏了你一个丫头，你又跟老太太要丫头，恐怕说不下去吧。

晴　雯　二爷，太君待人宽厚，我服侍惯了，伺候旁人只怕干办不来。
袭　人　二爷，他表兄吴贵不是好东西，她伺候人也不周到，您看她哪一点像个丫头？
晴　雯　二爷，你那房里有了她这般一个出类拔萃之人，你不要再用别人了。
宝　玉　且待见过太君，再作道理。袭人姐来呀。（拉袭人下）
晴　雯　且住。你看宝二爷十分留情于我，不料袭人天生妒忌，说出话来不肯容人。贾府中竟有她这等之人，非治家之道。哎，天生狐媚性，引诱少年人。
　　　　（宝玉、袭人同上）
宝　玉　（唱）祖母果然慈爱甚，
　　　　　　　叫声晴姐随我行。
　　　　晴雯姐，走哇！
晴　雯　你叫我走往哪里去？
宝　玉　太君把你拨在我的房中了，快随我走。
袭　人　对了，老太太把你拨给我当个帮手。
晴　雯　一样服侍二爷，我帮得你，你也帮得我。
袭　人　你说话怎么这们厉害呀？
晴　雯　我就是这样拙腮笨舌，何言"厉害"二字？
宝　玉　你二人不要争论，随我来。
　　　　（唱）左手拉住袭人姐，
　　　　　　　右手再拉美晴雯。
　　　　　　　三人同把房门进，
　　　　　　　猛然一事上眉心。
　　　　今日东府请我赴席，你两个哪一个随我前去？
晴　雯　我服侍二爷前去。
袭　人　慢着，我先上的工，自然我跟了去，你别抓尖儿。
晴　雯　一样服侍主人，何言"抓尖儿"二字？我去定了。
袭　人　我偏不叫你去，我也去定了。
宝　玉　你们都去定了，何妨一同前去？
袭　人　不行，总得留一个看家，外带管小丫头们。
晴　雯　自然你的年长，是你看家。
袭　人　不成，你伺候二爷我不放心。
宝　玉　你也要去，她也要去，我不去了。
袭　人　不去怎么行？
宝　玉　叫人去告病假，又有何妨。

袭　人　那只怕使不得。
晴　雯　二爷素懒应酬，不去何妨？
宝　玉　还是晴雯姐知我心也。
袭　人　真是爷的脾气，谁顺着您，谁就算知心。
晴　雯　当顺则顺。
袭　人　对了，不当顺的不能胡顺，我瞧你今天就不该顺着二爷说。
宝　玉　二位姐姐不要自伤和气。我说到东府，想起前日在东府一件事来。我在东府偶得一梦，见一女子自称警幻仙姑，把她妹子许配与我，与她同入罗帏，哎，妙得紧，妙得紧！
晴　雯　二爷，这就不对了，这样言语，岂是对我们女儿家说得的？
袭　人　二爷正在高兴，你别不顺着他。
晴　雯　你方才言过，不该顺的不能胡顺，这岂是顺得的哟！
　　　　（唱）女儿岂肯把邪言听，
　　　　　　　这件事不能顺爷的心。
　　　　（焙茗上）
焙　茗　晴雯姐，您的表兄吴贵找您借钱来啦。
晴　雯　待我出去见他。
焙　茗　听说是借钱的还敢见他，您真不含糊。
晴　雯　有钱便借，无钱不借，我怕他何来？待我出去。
宝　玉　姐姐，我方才说那警幻仙姑的梦。
晴　雯　二爷又说这梦话做甚么？
袭　人　你别跟她说梦啦，她不愿意做梦。
晴　雯　我去见表兄去了。正是：贫居闹市无人问，富在深山有远亲。（下）
宝　玉　焙茗，你到东府替我告假，说我不去了。
焙　茗　是啦，得啦，二爷不去赴席，我又少挣饭钱。（下）
袭　人　二爷，梦中警幻仙姑的妹子许配给您，同入罗帏妙得紧，怎样一个妙法？
宝　玉　一言难尽，我有意与姐姐试试。
袭　人　试什么？
宝　玉　试试梦中情景。
袭　人　等我看看有人没有。（出看介，入介）没人。
宝　玉　没人，来呀！正是：梦中之事迷离甚，宝玉初试云雨情。
　　　　（拉袭人下）

## 第三场

吴　贵　（内）啊哈！（吴贵上）只为借银钱，悄入大观园。在下吴贵，来找表妹晴雯借钱。说话的工夫，我表妹出来了。
（晴雯上）

晴　雯　来看穷亲戚，令人紧皱眉。

吴　贵　慢着，现在她是宝二爷的红人，我得恭恭敬敬见上一礼。哎呀，表妹。（揖介）

晴　雯　啊，你不是吴表兄么？你怎么竟会入此地？

吴　贵　真是大户人家，里一层外一层，好容易央告这个、那个才得进来的。

晴　雯　前来做甚？

吴　贵　我现在要做好人了，求妹妹借点本钱，要做生意买卖。再告诉你，因为娶了一个老婆，她的脾气和宝二爷一样摩登。

晴　雯　此话怎讲？岂有男女性情一样之理。

吴　贵　宝二爷每日早晚要姐姐、妹妹陪伴着，我那媳妇交了许多男朋友，她也要什么哥哥、弟弟陪伴，这不是一样性情吗？

晴　雯　哎呀，如此丧尽廉耻，亏你说的出口。

吴　贵　别讲什么廉耻。我那媳妇长的好看，我想和她离婚，又舍不得，养活她又没钱。您在宝二爷跟前别提多红了，只要您随便一来这个，宝二爷一来那个，就有了钱了。

晴　雯　哇！
　　　　（唱）你忍心卖我为婢佣，
　　　　　　　姑舅义断各西东。
　　　　　　　最可恨帷薄不修无体统，
　　　　　　　鲜廉寡耻败家风。
　　　　　　　人间财物皆有主，
　　　　　　　骗争诈取理难容。
　　　　　　　女儿清白尤自重，
　　　　　　　非礼之事不能从。

吴　贵　哈哈，你不借钱，还骂我王八，这当王八，又谈何容易。没有娇妻美妾的资格，想当王八也是求之不得呢。再说妹妹，您骂了我半天，可是哥哥我好容易进了门，您就叫我空手出去吗？

晴　雯　你且回去，容我积得银钱，差人送去就是。

吴　贵　哈哈，骂了我半天，还是没钱。我不借了，走吧。（下）

晴　雯　看他已去了，待我回去。
　　　　（宝玉、焙茗同上）
宝　玉　（唱）东府相邀不放松，
　　　　　　　　只得前去会宾朋。
晴　雯　二爷往哪里去？
宝　玉　我往东府。
晴　雯　二爷方才说是告假，如今怎么又要去了？莫非你想起警幻仙姑的妹子，还要去做梦不成？
　　　　（宝玉背介）
宝　玉　哎呀，听她之言，难道我与袭人之事她知道了不成？（向晴雯介）姐姐不要说梦，你出来之后，我与袭人不曾再说梦中之事。只因我命焙茗告假，东府不允，一定要请我前去，我去应酬应酬就回来了。
晴　雯　你梦与不梦又拉扯袭人做甚？你们的事我是不管的哟。咳，啐！
　　　　（下）
宝　玉　焙茗带路。
　　　　（唱）怕见他们真头痛，
　　　　　　　　一班俗物闹烘烘。（下）

## 第四场

（袭人上）

袭　人　（唱）自从入了怡红院，
　　　　　　　　朝朝快乐在心间。
　　　　我袭人。自从老太太把我赏给宝二爷，住在怡红院，倒也事事随心。无奈又添了一个晴雯，未免是心腹之患也。
　　　　（唱）晴雯是我心腹患，
　　　　　　　　叫人终日不安然。
　　　　（晴雯上）
晴　雯　（唱）二爷恩德实可感，
　　　　　　　　一片真心把人怜。
　　　　袭人姐。
袭　人　妹妹，我看你满面欢容，不知为的什么？
晴　雯　我自从拨到此间，蒙二爷十分厚待，怎不叫人欢悦？

袭　人　什么？二爷待你很好吗？难道二爷跟你也做梦不成？
晴　雯　也是姐姐先来小妹后到，他待姐姐自然更加亲密，小妹焉敢梦想。
袭　人　我说呢，那个梦别人也不配做。
晴　雯　你服侍二爷殷勤周到，又能守身如玉，连夫人都夸奖你是清洁女儿，岂不是一喜？
袭　人　本来他待我不比外人。
晴　雯　什么外人，难道还是内人不成？我们为奴的还要如何，姐姐不要做梦。
袭　人　他一个人做梦，没我的事。
晴　雯　哎，这叫作各人自有梦，梦梦不相同。
　　　　（宝玉上）
宝　玉　开门，开门。
晴　雯　想是二爷回来了，小丫鬟们不知哪里去了，待我去开门。
袭　人　得了，不劳您的驾，您往后一步，等我去开门。
宝　玉　还不开门！
袭　人　来了，来了。
　　　　（开门介，宝玉踢介，袭人坐地介）
宝　玉　下流东西，我素日担待你们，得了意了，越发惯坏了。
袭　人　哎呀，二爷呀，是我。
晴　雯　二爷，你怎么连她都踢起来了？
宝　玉　哎呀，原来是袭人姐。小丫头哪里去了？可曾踢坏了你哪里，可曾受伤？
晴　雯　是啊，若是把你踢坏，二爷是心疼的。袭人姐，我搀你起来吧。
宝　玉　不妨，踢坏了她，还有你呢。
晴　雯　啐！哪里及得她，还是她伺候二爷殷勤周到。
宝　玉　不用说了，我有生以来打人生气是头一次，偏偏就遇着袭人姐。
晴　雯　是啊，素日开关门户，俱是小丫头所做之事，袭人姐也太勤劳了。
袭　人　一院子的人都没用，我不得不勤劳。
晴　雯　着哇，只因一院的人都无用，二爷才从你打起。日后若打了我们这么些无用之人，也就算打你。
袭　人　二爷，她说这话，简直的搁不得我。
晴　雯　我是说的实话，并非与你斗口。
宝　玉　像你们如此争斗，莫如不在一处的好。
晴　雯　哦，二爷素日喜聚不喜散的，今日何出此言？
宝　玉　你说错了，我一生喜散不喜聚。
晴　雯　这又奇了，二爷为何喜散不喜聚呢？

宝　玉　你是聪明绝顶之人，我的用心你应当晓得。
晴　雯　哦哦，我明白了。
宝　玉　你明白何来？
晴　雯　人有聚便有散，聚时欢喜，到散时岂不冷清？不如不聚的好，好比那鲜花。
宝　玉　花便怎么样？
晴　雯　花开人欢畅，花落人惆怅。何似不开花，眼无凋谢相。
宝　玉　比得好！好好好，你看天气炎热，要你替我扇一扇。
晴　雯　二爷把扇子与我。
宝　玉　拿过去。（递扇介）
　　　　（晴雯失手跌扇介）
晴　雯　哎呀，扇骨跌坏了。
宝　玉　咳，蠢材，蠢材！日后自己当家，也这样顾前不顾后不成？
晴　雯　二爷如今怎么改了情性，一把扇子能值几何，何必如此的生气。
宝　玉　你还要与我顶撞？
晴　雯　我怎敢顶撞二爷？我明白了，二爷方才言道，喜散不喜聚，分明是要赶散我们，另寻心爱的人儿哦。
　　　　（唱）我毁坏玻璃缸你心不动，
　　　　　　　砸碎了翡翠碗你面不红。
　　　　　　　今日里跌扇儿气如山涌，
　　　　　　　分明是情缘尽各自西东。
宝　玉　哎呀呀，你跌坏了扇儿，反说出赶散的言语。哎，我们大家总有散的日子。
晴　雯　哦，总有散的日子。
袭　人　我说，是不是我要不伺候二爷，别人就招二爷生气？二爷您别生气，我这里有一把扇子，我给您扇扇。（递扇介）
宝　玉　咳，你呀！
晴　雯　你既能伺候，就该早来。本来我们是个蠢材，不会服侍二爷的。
袭　人　这话也不假，我伺候二爷是比别人熟一点。
晴　雯　是啊，你伺候二爷好，方才二爷叫门的时节，不知踢的哪一个？
袭　人　这个……
晴　雯　就是你伺候的好，才赏了你那一脚哇。想你是二爷欢喜之人，尚且如此，我将来还不知怎样受罪。
袭　人　你怎么又说起这些话来啦？好妹妹，别赶落我了，这都是我们的不是。

晴　雯　啊，什么我们、我们，哎呀呀，我倒不知你们几时这般亲热的，好一个我们！
宝　玉　哎呀呀，我们就是我们，你们就是我们哟！
晴　雯　我们我们，我是不配的。
袭　人　你这是跟二爷顶撞，还是跟我？
晴　雯　你是二爷贴身的红人，我焉敢顶撞你呀！
宝　玉　哦，我倒明白晴雯姐的心事了。
晴　雯　你明白何来？
宝　玉　你摽梅已过，莫非想不在府中？也罢，待我禀知夫人，就叫你出去。
　　　　（晴雯冷笑介）
晴　雯　哦，要叫我出去么？
袭　人　那可使不得，您要去禀夫人叫她出去，倘若夫人问起情由，说是我跟她拌嘴，连我也有不是。您要真去禀告夫人叫她出去，我可也不敢拦您。不过这点小事，何必劳动二爷，等我去跟夫人说一声就结了。
　　　　（袭人欲出门介，宝玉拦介）
宝　玉　慢来。（拉袭人介）
晴　雯　呀！
　　　　（唱）看袭人暗地里谗言讥讽，
　　　　　　　宝二爷全不是平日的欢容。
　　　　　　　跌扇儿是无心并非捉弄，
　　　　　　　口声声要赶我怒气冲冲。
　　　　　　　我晴雯每日里将你侍奉，
　　　　　　　难道说背恩情有始无终。
　　　　　　　你只管禀夫人凭她举动，
　　　　　　　我今朝拼一死不离府中。
　　　　（作碰介，宝玉拦介）
宝　玉　你们这样闹法，如何得了？（两看介）袭人姐，你暂且躲避，她的气就平了。
袭　人　是了，我在这里碍眼。（出介）哈哈，看二爷假模假式闹了半天，他们是一头的，把我赶开了。这晴雯，可是我一块心病。（下）
晴　雯　她竟自去了，待我也出去。（出介）
宝　玉　晴雯姐转来，是我错了。（揖介）
晴　雯　你何苦又来惹我呀？
宝　玉　她既走了，我们在此何妨？
晴　雯　她将将出去，你就说我们了。

宝　玉　哎呀，你又来了。
晴　雯　待我唤她回来吧。袭人姐，袭人姐！
宝　玉　哎，你何必唤她？难道我的心你还不知道么？
晴　雯　我身上燥热，要去沐浴。
宝　玉　果然天气燥热，哎，好热，好热！
晴　雯　我不说热二爷也不热，我说热二爷就热起来了。
宝　玉　你不热，我与哪个热？
晴　雯　呀呀啐！天气炎热，我还是沐浴。
宝　玉　你要洗澡？
晴　雯　我还是要沐浴。
宝　玉　我们一同沐浴。
晴　雯　哎呀呀，我是不敢同二爷去沐浴的呀！
宝　玉　怎么？
晴　雯　有一日碧痕丫鬟服侍二爷前去沐浴，你们洗了半日不曾出来。后来我们去看，那床上席儿上都是许多的水，不知你们那澡是怎样洗法。
宝　玉　哈哈，你我今日何妨学她一学？
晴　雯　呀啐！
宝　玉　不要沐浴了，你快取一盘水果来。
晴　雯　我是个蠢材，顾前不顾后，倘若砸了果盘，那还了得？
宝　玉　果盘么，那样东西原是供人用的，你爱砸就砸，能值几何？
晴　雯　我跌坏扇骨，你尚且生气，若是砸了果盘，日后怎样当家立业？
宝　玉　这扇儿越发的不值钱了。方才是当着袭人在此，不得不生气，那是假的。我有的是扇儿，慢说是无心跌坏，就是有心撕破，又待何妨？
晴　雯　我撕破扇儿，你是要心疼的。
宝　玉　哎，方才那扇儿跌在地下，未曾伤损，我怎么不生气？如今你把扇儿撕破，我倒不生气了。（递扇介）
晴　雯　呀！
　　　　（唱）片云舒卷月玲珑，
　　　　　　扇上清风掌握中。
　　　　　　公子多情桐花凤，
　　　　　　美人惆怅玉芙蓉。
　　　　　　愿扇儿，及时用，
　　　　　　似同心结子合欢容。
　　　　（袭人持扇暗上）
袭　人　哟，好好的扇儿怎么叫她撕破？

宝　玉　你来得好，有扇子更好。
　　　　（宝玉夺扇递晴雯介，晴雯接扇撕介）
晴　雯　（唱）只恐秋凉送，
　　　　　　　　捐弃箧笥中。
　　　　　　　　倒不如撕破片片随风动，
　　　　　　　　一声声胜似裂缯与吟蛩。
　　　　　　　　叹儿女浮生皆一梦，
　　　　　　　　看聚散二字总成空。
　　　　（宝玉夺袭人扇介，晴雯夺介）
袭　人　怎么连我的扇儿也撕了？你们真不心疼东西。
宝　玉　哎，千金难买一笑，这扇儿撕破又待何妨。
袭　人　二爷有的是扇子，把它拿出来，都让她撕了好不好？
宝　玉　是啊，晴雯姐，你还撕不撕？
晴　雯　哎，我气力乏了，身体不爽，明日再来撕吧。她来了，我要歇息去了。（下）
袭　人　瞧这块骨头！
宝　玉　她走了，我也走了。
袭　人　二爷，好好的扇子，您怎么叫她撕啦？
宝　玉　你晓得什么，她撕了扇儿笑了，有道是千金难买一笑。
袭　人　哦，她笑了？我可是恼啦了！
宝　玉　你恼啦？
袭　人　恼了。
宝　玉　那你就恼吧。（下）
袭　人　看这两个人怎么好？哦，我看晴雯实在是我一块心病，待我到夫人那里给她说上几句，叫他早离府中。（圆场）有请夫人。
　　　　（王夫人上，丫鬟随上）
王夫人　何事？
袭　人　夫人搭救婢子。（袭人跪介）
王夫人　起来，这是什么缘故？
袭　人　二爷他不念书，专跟丫头们闹着玩，婢子劝着不听，夫人做主。
王夫人　他怎么与丫头玩耍？
袭　人　二爷做了一个梦，又是什么警幻仙姑，又是什么云雨，跟大丫头晴雯闹得挺热，我全不懂。
王夫人　少要多言，下去！
袭　人　云雨就是下雨，您犯不着动这么大的气。

王夫人　下去！
袭　人　这下子许行了。晴雯，晴雯，叫你明枪容易躲，暗箭最难防。（下）
王夫人　且住！听她之言，原来晴雯贱婢狐媚勾人，怪不得我儿不肯攻书。待我看个机会，将她赶出府去，以正家法。正是：生儿真不肖，令我好心焦。（下）

## 第 五 场

焙　茗　（内）啊哈！（焙茗上）
　　　　暑往寒来春复秋，
　　　　夕阳西下水东流。
　　　　将军战马今何在，
　　　　野草闲花满地愁。
　　　　在下贾府书童焙茗便是。今天是王家舅老爷生日，我们老爷早就去了。因为他的小舅子过生日，我们太太叫他去招待招待。太太是病了，叫宝二爷给舅舅拜寿去。这时候二爷也不知上哪个姐姐、妹妹屋里去玩去了，我只好在此伺候。
　　　　（宝玉上）
宝　玉　（唱）终日忧愁眉不放，
　　　　　　　人人唤作无事忙。
焙　茗　参见二爷。
宝　玉　焙茗何事？
焙　茗　今天是舅老爷生日，太太命我请您前去拜寿了。
宝　玉　你不知道，我那晴雯姐只因天气寒冷，夜半起来伺候茶水，伤风得病，我哪有心肠前去拜寿。
焙　茗　什么天气，您刚扇扇子嚷热，这么一会又冷了？
宝　玉　那是几时的事，这是几时的事。
焙　茗　对啦，我也绕住了。咱们戏台上的日子，向来是快的，一会汉朝，一会唐朝，汉朝有的是汉玉，唐朝有的是唐朝夜壶，都能搁在一块，五分钟就能几千年。您忽然说热，忽然说冷，那更算不了什么了。
宝　玉　哎，这才是光阴似箭，日月如梭，人生在世，能有几何。
焙　茗　可不是吗，您要明白这个道理，就不用争名夺利了。无奈人都想不开，不但争大利，还图小利。听见说琏二奶奶在咱们院子里丢了只镯子，

　　　　　　不知是谁干的，总跑不出那些小丫头的手，可决不是我。
宝　玉　此事不要声张，晴雯现在害病，她的情性不好，怕她气上加气。
焙　茗　您真想的周到，您伺候父母要是如此，就是个孝子。
宝　玉　少要胡言，你且在此伺候，我看看晴姐病体如何。
焙　茗　您这时候还顾姐儿妹儿，连舅老爷寿都不拜啦？
宝　玉　胡说，若是王家舅老爷催请，速报我知。
焙　茗　是。（下）
宝　玉　待我到晴雯姐房中走走。（圆场）来此已是，待我进去。
　　　　（扯帐，晴雯从帐内暗上。宝玉揭帐介）
宝　玉　晴雯姐，我来了。
晴　雯　二爷，我有病在身不能起来服侍，二爷恕罪。
宝　玉　你可曾服药？
晴　雯　命小丫鬟坠儿煎药，不想她打破药瓶，故而未曾服药。
宝　玉　有这等事？待我唤她前来。坠儿快来！
　　　　（坠儿上）
坠　儿　为人不做亏心事，夜半敲门心不惊。我坠儿，是大观园里一个漂亮的丫头。这阵二爷叫我，不知道为什么。
宝　玉　坠儿快些来。
坠　儿　二爷好像生气的，不用说，知道我偷镯子了。咳，我也豁出去了。（入门介）二爷什么事？
宝　玉　你做的好事！
坠　儿　我没做什么事。
宝　玉　你把晴雯姐的药瓶打破，好不小心。
坠　儿　哎呀，我的妈，敢情您叫我半天，就为的这么一件事，我还当为的什么……
宝　玉　为的什么，为的什么？
坠　儿　任什么事也没有，反正我没偷人家的东西。
晴　雯　哦，这贱人变脸变色，定有缘故。
宝　玉　她打破你的药瓶，自然害怕，你就不要疑心了。
晴　雯　不是哦，我看坠儿素日行为不正，总是贼头贼脑。今日又打破药瓶，怎不令人生气？
坠　儿　哎哟，我的妈，我做贼她怎么会知道？
晴　雯　好贱人哪！
　　　　（唱）越瞧越看越疑心，
　　　　　　　一定是她做贼人。

　　　　　（袭人上）
袭　人　（唱）怡红公子心不稳，
　　　　　　　　叫我着惊又担心。
宝　玉　袭人姐，敢是来看晴雯姐的病么？
袭　人　我一来看她的病，二来替焙茗来报王家催请。
宝　玉　看晴姐病得这般光景，我哪有心肠前去拜寿。
晴　雯　二爷使不得，若是为我有病不去拜寿，夫人知道，岂不是连累二爷又要挨打？
宝　玉　如此，你好生养病，我要到舅父家中拜寿去了。
晴　雯　天气寒冷，二爷可将雀毛裘穿去。
袭　人　那件裘是老太太赏的，酒席筵前怕有损伤，另穿一件吧。
晴　雯　老太太赐裘，原是要二爷穿的，二爷不穿，怕老太太反为不悦。
宝　玉　这也说得是。坠儿，取雀毛裘与我穿好，坠儿。
袭　人　二爷您都支使，就是别支使她。
宝　玉　却是为何？
袭　人　只为晴雯，她管着一班丫鬟，有人偷了琏二奶奶一只虾须镯子，多亏平儿姐在琏二奶奶跟前花言巧语，遮瞒过去了，恐怕就是坠儿干的。
宝　玉　好平儿，真是好人，我们也不要声张。
袭　人　我管的那一班都是好的，她管的那一班有了做贼的啦。
宝　玉　你低声些。
袭　人　我没嚷。
宝　玉　袭人姐，就劳你把雀裘替我穿上，怕的是气坏了晴雯呀。（穿介）我要拜寿去了。（下）
袭　人　没想到会有人做贼。
晴　雯　坠儿还不过来。
坠　儿　嚛，过来了。
　　　　　（晴雯扎挣起，打介）
晴　雯　好贱人！
　　　　（唱）听一言不由我病上加病，
　　　　　　　小贱人连累我脸面何存。
　　　　　　　恨不得此时间要你性命——
坠　儿　打死人啦！
晴　雯　（唱）一霎时眼昏花娇喘连声。（坐床上喘介）
坠　儿　你也喘了，还打我不打？
晴　雯　贱人，还要我打你不成？

袭　人　一样都是伺候二爷的，你何必打她？
晴　雯　我管的这一班丫鬟有了做贼的了，不但我打她，我还要赶她出去。
袭　人　那就由着你。
　　　　（晴雯冷笑介）
晴　雯　好一个阴毒的贱人。坠儿，把你母亲唤来。
坠　儿　我妈是这府里的老妈子，要叫她来容易极了。你怎么不讲理，我正要找我妈来评评理。（向内介）妈呀，快来！
　　　　（坠母上）
坠　母　什么事？
坠　儿　晴姑娘叫你。
坠　母　晴姑娘什么事？
晴　雯　你女儿不好，你快把她带出府去。
坠　母　带她出府去，得回过二爷。
晴　雯　二爷我已经回过了。
坠　母　还得禀过夫人。
晴　雯　夫人要问，自有二爷担待。
坠　母　花姑娘。
晴　雯　哇！什么花姑娘、草姑娘，还不快快领她出去。
坠　母　我不领出去，你又该怎么样？
袭　人　你、你领了走吧，你没听见吗？连我都捎带上啦。
晴　雯　快些出去！
坠　儿　妈呀，别生气，我也混腻了。一个宝二爷叫她把住了，我连身儿也都近不了。她叫我走，我就走。今天她赶我，往后还有人赶她哪。
坠　母　孩子，你别犯牢骚了，她赶走了你，还能赶走了妈妈我吗？妈妈在府里一天，将来自有你回来的日子。咱们就走。
　　　　（坠母、坠儿同下。晴雯睡介。宝玉、焙茗同上）
宝　玉　（唱）烧坏了雀毛裘我心中烦闷——
袭　人　（唱）问二爷因何故皱锁眉心。
宝　玉　咳！
袭　人　二爷干什么咳声叹气的？
宝　玉　我适才与舅父拜寿，在酒席筵前被灯花落在雀毛裘上，烧了一个大窟窿。
袭　人　可不是个窟窿吗？这是什吗东西？知道啦。（取绣囊介）听说丫鬟傻大姐在大观园捡了个绣囊，画的不是好画儿，被您跟她要过来了，别就是这个吧？

焙　茗　对啦，是二爷要过来的。这跟原书的关子不对，是戏台上的穿插。这件东西您仔细看一看，这出戏它是戏眼，我这阵没事，要歇歇去了。
　　　　（下）
袭　人　啐！敢情画的是这种东西。（收囊介）
宝　玉　可惜我这雀毛裘。
袭　人　啊，二爷，这件雀毛裘是老太太赐给您的，您要是受而不穿，显得您有学问。如今烧坏了，老太太知道打您，我是要心疼的。
宝　玉　好姐姐，你与我补上一补吧。
袭　人　我管不着，哎，可惜一件雀毛裘。
　　　　（晴雯坐起）
晴　雯　你们讲什么雀毛裘哇？
宝　玉　雀毛裘烧了一个大窟窿。
晴　雯　拿来我看。
宝　玉　你且看来。
晴　雯　裘是外国所造，全用孔雀金线织成的，我前日一见，早就认识了。
宝　玉　既是外国所造，中国可有人能补？
袭　人　中国人只怕补不了。
宝　玉　此刻叫我往哪里去找外国裁缝呀？
晴　雯　不妨，待我用孔雀金线如界线一般界得密了，也是一样。
宝　玉　你病得这般光景，岂可劳动？
晴　雯　咳，这也说不得了，这雀毛裘是我叫你穿去的。若是老太太将你责打，还有人心疼哪。
宝　玉　不要说了，坠儿，取金线来。
晴　雯　坠儿，我已将她赶出去了。
宝　玉　坠儿被你赶出去了？早就该赶。
袭　人　你赶坠儿有一点不对。
晴　雯　怎么不对？
袭　人　你怎么不禀夫人，不回二爷？
晴　雯　哦，方才我赶坠儿之时，你站在旁边，怎不出此言？
袭　人　我没说话，还被你花姑娘、草姑娘的闹了一片呢，我哪儿敢多嘴。
宝　玉　已经赶走，不必再言。夫人若问，有我担待。如今还是补裘要紧，袭人姐取线来。
袭　人　我管不着。
宝　玉　如此，待我自己去取线。（取介）晴姐，孔雀金线到。
晴　雯　这金线倒与原裘颜色相同，待我下床补来。

宝　玉　哎，晴姐，你病体甚重，不要补了。
晴　雯　我拼着性命不要，也是要与你补好的。
　　　　（袭人笑）
袭　人　我可没有这么大洋劲。
晴　雯　（唱）掀开了红绫被身觉寒冷——（下床，又倒介）
宝　玉　你不要起来了。
晴　雯　不妨事。（又扎挣起介）
袭　人　你也太好胜啦。
宝　玉　待我来搀你。
晴　雯　有劳二爷。（补裘介）
　　　　（唱）下床来只觉得头重足轻。
　　　　　　　怯身躯软洋洋勉强扎挣，
　　　　　　　只觉得两眼内迸出金星。
　　　　　　　取金线补起那毛裘的破损，
　　　　　　　晴雯女身带病引线穿针。
　　　　　　　补毛裘补得我头昏眼晕——
　　　　（袭人抢裘欲补介，晴雯夺回补介，吐介，宝玉捶背介）
袭　人　小心点，你可真会好胜逞能。
晴　雯　（唱）奉主人怎道我好胜逞能。（昏倒介）
宝　玉　小心了，小心了。裘已补好，果然与原裘一般。只是晴姐太辛苦了，我今夜要在此一宵，酬你之劳。
晴　雯　这却使不得，一来我身体有病，二来男女不便。
宝　玉　既已情投意合，讲什么男女不便呀？
晴　雯　我么……（吐血介，晴雯倒帐内介）
宝　玉　哎呀，小心了，小心了。
　　　　（袭人背介）
袭　人　你睄这个劲儿，够多们难受！他这个绣囊画的不堪，我就拿这个绣囊，到夫人那里去告一回妈妈状。我说二爷，裘已补好了，她也累趴下了，您也该出去了。
宝　玉　我少时是要走的。
袭　人　我看您也不想走，我还要到夫人那边去了。
宝　玉　啊，你到我母亲房中做甚？
袭　人　二爷，我告诉您说，现在夫人不知为了何事，差琏二奶奶带领嬷嬷们搜查大观园，叫我过去回话。我不敢不去，我走了。（下）
宝　玉　我母亲要搜查大观园，这是什么缘故？莫非为坠儿偷镯子之事？且

自由他，我还是看晴姐的病。啊，晴雯姐。（揭帐介）
晴　雯　二爷还不曾走么？
宝　玉　我看你带病补裘，累的可怜，在此伺候于你。
晴　雯　啊，二爷盛意，生死不忘。似袭人那样行为，我是做不来的。你、你、你早早安歇去吧。
宝　玉　如此看来，你是与林姑娘一样性情。若是为了补裘，染病不起，我的罪孽不小。待我唤小丫头们前来伺候与你，小丫头们快来！（出门介）
　　　　（袭人上）
袭　人　夫人，您快走哇。
　　　　（坠母引王夫人上）
王夫人　气死我也！
　　　　（唱）这是家门遭不幸——
宝　玉　哎，母亲。
王夫人　好奴才！（双进门介，打介）
　　　　（唱）一见奴才怒气生。
宝　玉　母亲为何这样生气？
王夫人　奴才，你每日不去读书，在晴雯房中所做何事？
宝　玉　这个……
袭　人　夫人。二爷常到她的房中，算不了什么。
王夫人　来，将晴雯与我拖下床来。
袭　人　好妹妹，夫人来了。
坠　母　哪儿那们些闲话，叫她别装着玩儿啦。（扯帐，揪晴雯介）
晴　雯　夫人，婢子病重，不曾迎接夫人，望乞恕罪。
王夫人　好一个美人儿！（唤坠母介）来，快将她表兄吴贵唤来。晴雯，你将坠儿赶走，也未曾禀告与我。你狐媚勾人，引诱我儿，这有一物，你拿去看来。（掷囊介）
晴　雯　夫人啊！坠儿偷盗虾须镯子，因此将她赶出府去。哪里来的腌臜东西？
袭　人　妹妹，这是你自己的玩意儿，看看后头还有热闹的哪。
晴　雯　你不要血口喷人！哎呀夫人哪！婢子伺候二爷十分尽礼。从前二爷做过一梦，梦见什么警幻仙姑，乃是男女婚姻之事，将与婢子言讲，婢子道这是不能与女儿们说得的。夫人若还不信，可问过袭人姐她。
袭　人　夫人，您听这话，跟婢子告诉您的一样吧？
王夫人　好哇，你还敢说出此事，真个无耻！
　　　　（坠母领吴贵上）
吴　贵　参见太太。

王夫人　罢了，你妹妹勾引主人，快快将她带出府去吧。
晴　雯　哎呀！
　　　　（唱）夫人不把真情问——
王夫人　我已知真情，还问的什么？吴贵，将她带出去，你们与我推，与我赶！
　　　　（袭人、坠母赶晴雯介，晴雯出，昏介，倒介。宝玉扑晴雯介，王夫人拉宝玉下）
坠　母　走吧，睄这块骨头，别赖衣求食。你赶坠儿，我们走的多们干脆呀。你这小子，单叫乌龟，我看你简直是个活王八！
吴　贵　我是王八，你是王八一个蛋。哎哟，我妹妹死了，不行，我们得打人命官司。
坠　母　人命关天，我的妈呀，我不管了，我不管了。（同袭人下）
吴　贵　妹妹，当初我问你借钱的时候，你要是多骗宝二爷几个钱，也好养活你。如今你跟我回家，我也得养活你呀。
晴　雯　呀！
　　　　（唱）恨袭人害奴身，
　　　　　　　奴浑身是口也难分。
　　　　　　　可怜我守身如玉，
　　　　　　　反落了不美的名。宝二爷呀！
　　　　　　　满腹的不白冤向谁辩论——
吴　贵　你冤？我才冤哪。没钱给我，我还养活你。
晴　雯　（唱）吴表兄又把冰语侵。
　　　　　　　想起了去世爹娘咽喉哽，
　　　　　　　撇下了薄命女孤苦伶仃。
　　　　　　　走一步来慢一步，
　　　　　　　出了天堂又入火炕。
吴　贵　别哭了，到了家了，家里的开门来。
吴　妻　（内）啊哈！（上）
　　　　奴家生得俏，
　　　　亚赛西施貌。
　　　　我的丈夫多，
　　　　不知哪个到。
　　　　外边有叫家里的，不知是哪一位当家的回来了。等我开门去睄睄。（开门介）敢情是你回来了，你从哪儿弄来了个小妞，不怕奴家我吃醋？
吴　贵　你别胡说了，咱们进去吧。这是咱们表妹晴雯，被贾家赶出来了。

妹妹，这是你嫂子。
晴　雯　哎，嫂嫂。
吴　妻　你在贾府好好的，怎么会出来了呀？
晴　雯　小妹病体沉重，故此夫人叫我出来了。
吴　妻　这是怕受传染。
吴　贵　也不晓得为什么事情，就把她赶出来了。没法子，把她带回家来养病。
吴　妻　当初你表哥找你借钱的时候，你没给他钱，还把他骂一顿。如今你也吃不了贾家一辈子，让人家赶出来了，还得上我们家来养病吃我，那可不成。
　　　　（晴雯哭，昏倒介）
吴　贵　家里的，别那样给她气受。要把她挤兑死了，岂不是人财两丢。你去灌点米汤，等她病好啦，找个有钱的主儿，把她卖了，咱们不是发了大财？
吴　妻　敢情你存这个心，你怎么不早说？我看在钱财分上，我去灌米汤。我说妹妹，方才我得罪你了，家里只有一个炕，你也老大不小的了，多不方便。我说吴贵，你把炕让给妹妹，你在地下睡。
吴　贵　你上哪儿睡觉去？
吴　妻　我呀，用不着你担心，我到哪儿都能睡。
吴　贵　你一个妇道人家，哪能胡乱睡觉？我吴贵不能答应。
吴　妻　你不答应也得行啊。
吴　贵　好好，我吴贵总算怕了你。
吴　妻　这小子，简直是乌龟。
吴　贵　别挨骂了。
吴　妻　你快出去，给你妹买点丸药，顺便找个买主，别忘了。
吴　贵　发财的事我忘不了。我在这里，也是家里障碍，咱们各讨方便，我走了。（下）
吴　妻　他走了。我那几位当家的，怎么还不来？
　　　　（焙茗引宝玉上）
宝　玉　（唱）只为晴雯遭逐摈，
　　　　　　　　离府私探知心人。
焙　茗　二爷，到了吴家啦。
宝　玉　前去叫门。
焙　茗　他家的门，我不敢叫。
宝　玉　怎么不敢叫？
焙　茗　这可不能告诉您哪。

宝　玉　快去叫门。
焙　茗　一定要我叫门，叫出稀稀罕儿来，您可别笑。
宝　玉　快去叫门。
焙　茗　家里的，开门。
吴　妻　又有人叫家里的，等我瞧瞧是哪一位。（开门介）敢情是你呀，屋里有人，咱们在屋后头树底下说话，咱们走哇。
焙　茗　你瞧，叫出稀稀罕儿来了不是？二爷，我不管您了。
　　　　（吴妻拉焙茗下）
宝　玉　真正岂有此理！且喜门开了，待我进去。（入介）好腌臜。哦，晴姐，晴姐，哎，我那晴姐呀！
　　　　（唱）见晴姐睡土炕昏迷不醒，
　　　　　　　我心中如刀绞两泪盈盈。
晴　雯　哎！
宝　玉　好了，她醒转了。
晴　雯　（唱）我正在昏沉沉芳魂不定，
　　　　　　　是何人唤晴姐语带悲声。
　　　　　　　展星眸我这里将他来细认——
　　　　哎呀我那……（咽住介）啊、啊、啊，我那宝二爷呀！
　　　　　　　多蒙你不嫌弃薄命之人。
　　　　二爷怎么来了？
宝　玉　我知你病重，特来探望于你。
晴　雯　哦，二爷探我来了。我只说今生不能相见，谁想还有一面之缘哪。
宝　玉　咳，不用说了。我母亲不知听了何人谗言，将你赶出。劝你安心养病，待我对母亲说明，禀知祖母，一定接你回去。如若不然，我是看破红尘，遁入空门的了。
晴　雯　咳，我的病命在呼吸，有死无生。二爷待我情重义重，只是夫人道我狐媚勾人，早知如此，悔不当初。咳，想我以清白纯洁之身，遭此不白冤枉，死在九泉之下，也是千秋遗恨，不能瞑目甘心哪。
宝　玉　呀，晴姐呀！
　　　　（唱）劝晴姐放宽心将养病症，
　　　　　　　痊愈后禀祖母接进府门。
晴　雯　（唱）说什么放宽心将养病症，
　　　　　　　奴今日只怕是有死无生。
　　　　　　　奴与你情意合未侍衾枕，
　　　　　　　一片心比松筠玉洁冰清，对得住天地神明。

　　　　　　　到如今我无福分，
　　　　　　　这也是苦命天生成。
　　　　　　　说不尽伤心话把指甲咬进——（咬指甲介）
　　　　（宝玉拦介）
宝　玉　你咬指甲做甚？
晴　雯　哎，二爷！
　　　　（唱）咬指甲赠与我有义郎君。
　　　　　　　我死后你必须改换情性，
　　　　　　　读诗书休亲近脂粉钗裙。
　　　　　　　再脱下香莲袄气喘力尽——（脱衣介）
宝　玉　天气寒冷，你不要脱衣服了。
晴　雯　我事到如今，也顾不得冷了。
　　　　（唱）我与你今一别再见不能。
　　　　　　　薄命人心腹恨有话难罄——
　　　　（吴妻上）
吴　妻　谁在屋里呢？
晴　雯　（唱）见嫂嫂羞得我入地无门。
吴　妻　敢情是宝二爷呀？哎呀宝贝呀！我想你不是一天了，来吧，咱们快走吧！
宝　玉　哎呀，使不得。（作欲跑介，吴妻拉介）
吴　妻　宝二爷，你往哪里跑？
宝　玉　放手，放手！
吴　妻　你不答应，我可倒打一耙。
宝　玉　什么叫倒打一耙？
吴　妻　当家的快来。
　　　　（吴贵、焙茗两边上）
吴　贵
焙　茗　（同）家里的，什么事？
吴　妻　怎么你们俩人都来啦？
焙　茗　你怎么拉着二爷？
吴　妻　他不存好心。
焙　茗　你别要菜了，不就是你这个长相吗？
吴　贵　我的丸药买来了，你叫我干什么？
吴　妻　方才宝二爷来瞧晴雯，大约给的钱不少，二爷您这钱应该给我们。
宝　玉　我何曾给她钱呢？

吴　贵　我说妹妹，宝二爷来瞧你，一定给你留下药钱，你给我吧。
晴　雯　这个呀，兄嫂哇！
　　　　（唱）宝二爷他与我难圆破镜，
　　　　　　　空手来又何曾留下一文。
　　　　　　　劝兄嫂息贪心莫要追问——
宝　玉　着哇，我是一钱未付。
吴　妻　傻丫头，二爷没走，你快跟他要几个。
晴　雯　（唱）这件事羞答答怎告他人。
　　　　　　　贤嫂嫂休轻贱怕人谈论——
吴　妻　倒是我轻贱，接嘴巴啵！（打介）
　　　　（宝玉护介）
宝　玉　你怎么打她？
焙　茗　你胆子不小，当着听戏的先生们打好角儿。
吴　妻　二爷，要叫我不打她，您得跟我……
宝　玉　跟你怎么样？
吴　妻　你装糊涂哇，等我再打。
宝　玉　谁敢放肆！
　　　　（晴雯哭介）
晴　雯　哎呀！
　　　　（唱）奴这要死的人还不免骨肉欺凌。
　　　　　　　一霎时腹内痛鲜血上迸——（吐介）
宝　玉　怎么了？
吴　妻　你吐血吓唬谁，我就不许你吐血！
宝　玉　少要胡言！
晴　雯　（唱）今一死谁怜我苦命红裙。（死介）
　　　　（宝玉哭介）
宝　玉　晴姐呀！
焙　茗　二爷走吧。（焙茗拉宝玉下）
吴　妻　你敢死，我不准你死，你看你有多大胆子敢死！
吴　贵　已经死了。
吴　妻　死啦？
吴　贵　待我到贾府求副棺材。
吴　妻　棺材是小事，你把宝二爷给我找来吧。
　　　　（【尾声】同下）

# 痴情妇

## 第一场

（吴盛上）

吴　盛　（引）盖世英雄，习技勇，要学武松。（坐）
　　　　膂力敌千人，
　　　　生成铁石心。
　　　　羡他《水浒传》，
　　　　一百零八星。
　　　　在下吴盛，乃阳曲人也。自幼习学武艺，在营中当了一名兵丁。兄长吴茂，是个木工。只因他性情昏聩，因此县中父老与他取了一个诨名，叫作"武大郎"，将俺吴盛唤作"武二郎"。我弟兄二人十分友爱。我因嫂嫂年轻，出入不便，为此住在营中。昨日主帅发下将令，命俺捉拿江洋大盗，我不免辞别主帅，然后回家告知兄长便了。
　　　　（唱）吴盛满腔揣义愤，
　　　　　　　生来不是等闲人。（下）

## 第二场

（林玉兰上）

林玉兰　（唱）骏马常驮痴呆汉，
　　　　　　　巧妻每伴拙夫眠。

红颜薄命将谁怨，

忍泪吞声无话言。

我，林玉兰，阳曲人氏。配夫吴茂，是个木匠，不但模样不好，他的脾气还是跟人两样。一天到黑喝得醉而不醒，醒了又醉，简直的不顾家。他挣的钱全都送到酒缸里去了，我连一个大钱也见不着。我既嫁了他，又有什么法子？这都是我爹妈上了媒人的当，把我可给害苦了。我们当家的有个兄弟，名唤吴盛，在营里头当了一名兵丁，为人行侠好义。大家称他吴二郎，管着我们当家的叫作吴大郎。本是个东吴西蜀的"吴"字，叫来叫去叫成文武的"武"字，我们当家的成了《水浒》里武松的哥哥了。他虽然闹了个武松哥哥的名，我可拿定主意不做武松的嫂子，我那小叔子整年住在营里。今天我们当家的出去做活去了，我不免给他预备晚饭。正是：开门只有七件事，柴米油盐酱醋茶。

（做取米介）

哎哟，怎么没有米啦？咳，这都是我们当家的不管家里的事情，才闹成这么一个乱七八糟的样子。外边挣钱，家里没米，真正不像个人家。难道今日晚上就不吃饭啦？不成，有啦，我跟街坊借点米去。

（出门向内介）

街坊王大妈在家没有？

（内白）在家里哪。

林玉兰　王大妈，我们家没有米了，跟您寻一口袋。

（内白）口袋做了被窝了。

林玉兰　我不是跟您借口袋，是跟您寻点米。您要给不了那么多，您少给点也行，哪怕一碗呢，也将就了。

（内白）我的碗全都等着铞哪。

林玉兰　哎，你瞧这位王老太太，够多么咬牙。跟她借米，她跟我打岔，她是成心不借给我呀。得了，我们这顿晚饭是没有指望啦，我回去就结了，算我求错了人了。这正是：上山擒虎易，开口告人难。

（吴茂上）

吴　茂　三分不像人，

七分倒像鬼。

别看我难瞧，

家里媳妇美。

在下吴茂，是阳曲县一个木匠。我兄弟吴盛是一个当兵的，我媳妇

　　　　　林玉兰是个女的。这话又说回来了，谁家的男的给人做媳妇？可是唱戏也说不定。我今天出来做活，做完了活挣了几个工钱。我走到酒缸上，喝了有几斤酒，给了酒钱，还短着人家四个大钱，故此没买吃的。我肚子是饿的，我回家吃饭去。说着说着到了，我说家里的，开门来！

林玉兰　谁呀？
吴　茂　太爷吴茂。
林玉兰　当家的回来啦，等我给你开门。
　　　　（开门介，吴茂入介）
　　　　你回来啦？
吴　茂　回来了。
林玉兰　你怎么又喝醉啦？
吴　茂　我喝是喝了，醉可没醉，我是清清醒醒一个人。
林玉兰　我瞧你快成泥人啦！
吴　茂　不是泥的，是檀香木的。
林玉兰　你怎么这时候才回家呀？
吴　茂　枷呀？没人犯罪，我也没工夫做枷。
林玉兰　老没离开木头，真叫三句话不离本行。我说你喝醉了，你还说没喝醉，你要没喝醉，说的怎么都是醉话？
吴　茂　什么，我这是醉话？
林玉兰　可不是醉话？要不是醉话，这么颠三倒四的？
吴　茂　你可别那么说，我就不喝酒，多会儿说话又不颠三倒四的来着？
林玉兰　好人性。
吴　茂　我喝了酒啦，可没吃饭，我饿啦，你给我拿饭来。
林玉兰　你叫我拿饭来，你也拿来。
吴　茂　我给你拿什么？
林玉兰　拿钱来。
吴　茂　我的钱都喝了酒啦。
林玉兰　你喝了酒啦，就算饱了吧？
吴　茂　不行，我总得吃饭才饱的了。
林玉兰　你想吃饭呀？告诉你说，我这儿一粒米都没了。
吴　茂　就该跟街坊借一点。
林玉兰　咱们的街坊没几家有炕席的，连杂和面儿都不够他们自己吃的。
吴　茂　你不行，等我去借。
林玉兰　你到哪儿去借？

吴　茂　　我到张员外家里借去。
林玉兰　　不用去。
吴　茂　　怎么不用去？
林玉兰　　张员外不是好人。
吴　茂　　怎么不是好人？
林玉兰　　他呀……
吴　茂　　怎么着？
林玉兰　　他有点不老成。
吴　茂　　他不老成，你怎么知道？
林玉兰　　我说不出口。
吴　茂　　我是你的汉子，你有什么不能跟我说的？
林玉兰　　他……
吴　茂　　怎么样？
林玉兰　　他调戏过我。
吴　茂　　什么！他调戏过你？
林玉兰　　他可不是调戏过我吗？
吴　茂　　他调戏过你，等他修房子我给他拿洋松当黄松使唤。
林玉兰　　好主意。
吴　茂　　他真是浑蛋，真瞎了眼啦！调戏我媳妇。幸亏调戏我媳妇，他要调戏我舅母……
林玉兰　　怎么样？
吴　茂　　就认了可啦。
林玉兰　　敢情你舅母就是这么个德行啊！
吴　茂　　你别管舅母什么德行，反正她不挨饿。依我说，你也把心眼放活动一点，去找一找张员外。是我叫你去的，你又怕什么？
林玉兰　　呸！我的心眼不能活动，我不能去。
吴　茂　　你真不能去？
林玉兰　　我真不去。
吴　茂　　好，这才不愧是我的媳妇。我说的是笑话，你的心眼要真活动了，我跟你拼命。
林玉兰　　得啦你，又怕挨饿，又怕当忘八，真是茅厕的石头又臭又硬。
吴　茂　　什吗又臭又硬，你倒底是个女人，不会跟人家借东西，你瞧我的。我到张家，保管借的出米来。
林玉兰　　要是借不出来呢？
吴　茂　　我要借不出来，我是个忘八。

| | |
|---|---|
| 林玉兰 | 你要借的出来,我就算不是正经女人。 |
| 吴　茂 | 别起誓了,我走了。 |
| | (唱)贤妻你在家里等, |
| | 　　　我到张家走一程。(下) |
| 林玉兰 | (唱)夫君带醉出了门, |
| | 　　　去到张家求告人。 |
| | 　　　张员外生来心不正, |
| | 　　　贪花好色不周贫。 |
| | 　　　儿夫此去差错甚, |
| | 　　　往返徒劳不必云。 |
| | 　　　闭了柴门房内等, |
| | 　　　蛾眉双锁暗沉吟。 |

(吴盛上)

| | |
|---|---|
| 吴　盛 | (唱)一路行来离家近, |
| | 　　　叫声兄长快开门。 |
| | 兄长开门来。 |
| 林玉兰 | 谁呀? |
| 吴　盛 | 小弟来了。 |
| 林玉兰 | 哦,兄弟来啦?待我开门。 |

(吴盛入介)

| | |
|---|---|
| 吴　盛 | 嫂嫂。 |
| 林玉兰 | 兄弟。 |
| 吴　盛 | 为何不见兄长? |
| 林玉兰 | 你哥哥出去了。 |
| 吴　盛 | 不知哪里去了? |
| 林玉兰 | 他到张员外家借米去了。 |
| 吴　盛 | 这就不对了。我兄长现做木工,并非失业之人,怎么不去买米,反向旁人借米,是何道理? |
| 林玉兰 | 你哥哥不顾家,挣的钱嫂子我一个也见不着,不知道他是怎么花的,所以只落得跟人家借米。 |
| 吴　盛 | 兄长胡乱用钱,嫂嫂就该好言相劝。 |
| 林玉兰 | 嫂子我劝着,他总是不听。依我说,兄弟你别整年在军营里住着了,你搬回来,早晨晚上的嘴碎一点,他倒许能听个一句半句的,兄弟你别在营里住才好哪。 |
| 吴　盛 | 小弟正在壮年,尚未娶妻,故此在营中居住。 |

林玉兰　兄弟今年也老大不小的了，为什么不娶媳妇？你可知道女子无夫身无主，男子无妻屋无梁。你娶个媳妇好。
吴　盛　小弟不贪女色。
林玉兰　兄弟别那么说，你说不贪女色，要知道这是人伦大道理呀。
吴　盛　嫂嫂，我一生不喜妇人。
林玉兰　什么，一生不喜妇人？你是没跟妇人过日子，你要跟妇人过惯了，就知道妇人的好处了。
吴　盛　这个……（背介）我看嫂嫂不怀好意，我不免走了吧。
　　　　（唱）嫂嫂出言不中听，
　　　　　　　分明起了戏叔心。
　　　　　　　不如走去倒干净——
林玉兰　兄弟别走。
吴　盛　（唱）嫂嫂因何阻我行？
　　　　嫂嫂唤我做甚？
林玉兰　兄弟，依嫂子我说，你还是娶个女人好。
吴　盛　住了！想俺吴盛一生一世最喜的是武松，因此人都唤我叫作武二郎，嫂嫂你要小心了！
　　　　（吴茂拿箱上）
吴　茂　谁在我家里嚷？太爷回来了！（入介）敢情是兄弟。
吴　盛　兄长来了。小弟奉主帅将令，捉拿江洋大盗，特地回来告知兄长。话已讲明，我要走了。
吴　茂　你就走吗？你可有什么话？
吴　盛　这个……也无别话，只是兄长少要出门，在嫂嫂身上要防闲一二。我去也。
　　　　（唱）小弟之言要记准，
　　　　　　　防闲嫂嫂莫疏神。（下）
吴　茂　这是怎么一回事？家里的，接着箱子。
林玉兰　你放下就结了。
吴　茂　我说家里的，你怎么露了马脚啦？招他说这样的话。
林玉兰　我劝他娶媳妇，他错会了意，自己个儿比了半天武松，把我错当作……
吴　茂　把你当了什么？
林玉兰　他把我错当作潘金莲了。
吴　茂　你本来也像个潘金莲。
林玉兰　我倒不像潘金莲，你倒像个武大郎了。
吴　茂　我要是武大郎，你的潘金莲可就实授了。这小子敢情拿嫂子比潘金莲，

　　　　　等我追了去骂他。
**林玉兰**　他是向着你，才说这些话，这才是好兄弟哪。
**吴　茂**　哈哈，你敢情真有外心了。贱人过来，我要打你。
**林玉兰**　你没吃饭，哪有力气打人？
**吴　茂**　我在张员外那儿吃饱了，正有力气打人，你快跪下！
**林玉兰**　跪下就跪下，好在我跟了你这几年，没有一天不挨打的，我也叫你打皮啦！
**吴　茂**　跪好了，我要打啦！
**林玉兰**　我好苦哇！
　　　　　（唱）嫁入吴门三年整，
　　　　　　　　终朝每日受欺凌。
　　　　　　　　逆来顺受百事忍，哎呀，爹娘啊！
**吴　茂**　你哭你爹娘干什么？
**林玉兰**　咳！
　　　　　（唱）他误了女儿这一生。
**吴　茂**　我打够了，起来。
**林玉兰**　是啦。
**吴　茂**　我又是恼你，又是疼你。打够了你啦，该疼疼你了，你吃了饭没有？
**林玉兰**　我没米，哪能吃饭？
**吴　茂**　张员外给了我一只箱子，打开瞧瞧，要有可卖的，咱们卖了好买米。（开箱介）怎么一箱子都是衣裳呀？
**林玉兰**　你去借米，怎么借了衣裳来啦？
**吴　茂**　你说张员外咬牙，他是真咬牙。我跟他借米，他不给米，跟他借钱，他不给钱。
**林玉兰**　你借不出钱跟米来呀，你出门的时候说什么来着？
**吴　茂**　我说借不出来是忘八。
**林玉兰**　这下子你应了誓了。
**吴　茂**　我是忘八，你是什么？
**林玉兰**　你是忘八，我是……
**吴　茂**　什么？
**林玉兰**　我是正经人。
**吴　茂**　我要是忘八，你就正经不了。
**林玉兰**　他不借给你，这一只箱子是哪儿来的？
**吴　茂**　他把我挤兑急了，说家里没米，媳妇要挨饿。他说别饿坏了小妈，给了一只箱子，我算借了来了。你也起过誓，你该应誓了。

林玉兰　我应了誓，你是个什么？
吴　茂　你要应了誓，我……
林玉兰　你是怎么样？
吴　茂　还是个忘八。
林玉兰　听你的话，你是提说我来才借出东西来了，足见我的人缘。
吴　茂　敢情，要不是人缘好，怎么叫好角呢？有了这些衣裳，咱们不如开个估衣铺。
林玉兰　谁做掌柜的？
吴　茂　你做掌柜的。
林玉兰　我是个娘们，怎么能做掌柜的？
吴　茂　你不成，我更不成了。
林玉兰　你一定叫我做掌柜的，你可得老在柜上。
吴　茂　我还得出去做活呢。我白天出去，晚上回来，你爱干什么就干什么，我管不着。
林玉兰　别胡说啦，我不是那种人。
吴　茂　你这一下子有了饭脑袋了，别跟我要钱了。我的酒劲上来了，咱们睡吧。
林玉兰　我饿着肚子呢，不睡。
吴　茂　不睡也得睡。
林玉兰　别胡闹，你先睡，我弄点什么吃了就来。
吴　茂　你不许胡吃，你要胡吃，我可不答应。
林玉兰　你别胡缠，我是个好女人，就认得你。
吴　茂　就认得我，咱们还是睡。
林玉兰　不睡。
吴　茂　你不睡我也不睡。
林玉兰　不睡咱们就耗着。
吴　茂　我才不耗着呢，我还是出去逛四等吧。（出门介）你关上门，我走了。（下）
林玉兰　咳，我一天没吃饭，还要挨打。世间上的女人像我这个样儿，算苦到家啦。这箱子衣裳也不能立刻解饿，等我拿一件次一点的到当铺里，先当几个钱，买些个烧饼，把今天混过去，改天再把那些好衣裳挂起来开估衣铺。哎，嫁了这宗人，真叫没法子。（下）

## 第 三 场

（贺子宜上）

贺子宜　【江西月】自幼生来浪荡，好走花街柳巷。阳曲县里做刑房，最喜挑词写状。

在下贺子宜，在阳曲县当了一名刑房。前天，打从一个新开张的估衣铺门前经过，瞧见一个娘们儿长的别提多好了。今日我刚起来是一点公事也没有，不免到估衣铺跟这个娘们亲热亲热。要是有点意思，也是祖上阴功，父母德行。我就此去也。

（唱）心猿意马来的紧，

　　　估衣铺中会佳人。

说着说着到了，等我瞧瞧，那个娘们在柜上没有？（看介）怎么还没挂幌子？哎，本来太早了。我为了这个娘们，真算一片诚心。我不免站在这儿等她一等。

（林玉兰上）

林玉兰　我的铺子开张有七天了，当家的也出去做活去了，我也该做买卖了。待我开了铺门，挂起招牌。

（唱）只为儿夫无能甚，

　　　家人生计不关心。

　　　无奈何自己把钱挣，

　　　思想起叫人泪盈盈。

（挂招牌介）

贺子宜　借光，这儿有个估衣铺没有？
林玉兰　您没带着眼睛呀？
贺子宜　带着哪，还是两只。
林玉兰　您既带着眼睛，没瞧见幌子吗？
贺子宜　等我瞧瞧。（看介）不错，这是估衣铺幌子。怎么净瞧见幌子，没瞧见铺子？
林玉兰　我这儿就是铺子。
贺子宜　这儿就是铺子，怎么没掌柜的？
林玉兰　我就是掌柜的。
贺子宜　咳，真是阴盛阳衰的年头儿，估衣铺都改了女招待啦。
林玉兰　您要买估衣，请进来。
贺子宜　您准我进去，我就给您进去。（入介）大嫂子有礼。

林玉兰　还礼。
贺子宜　请问嫂子贵姓。
林玉兰　我姓吴。您认得木匠吴茂吗？那是我们当家的。
贺子宜　木匠吴茂会是您的当家的？不用说，您是他的媳妇。
林玉兰　不错，我是他的媳妇。
贺子宜　不能。
林玉兰　我跟他是夫妻，怎么叫作不能？
贺子宜　您也就跟他这一会是夫妻，唱完了戏，他干他的，您干您的。
林玉兰　对了，您还干您的哪。
贺子宜　吴大哥在柜上？
林玉兰　他出去做活去了。
贺子宜　他不在家？咳，可惜，可惜，一朵鲜花插在狗矢上了。您怎么是他媳妇不是我……
林玉兰　什么？
贺子宜　不是，我说您跟他不般配，他哪儿配做您的爷们呢？
林玉兰　这叫怎么说话？您别对着人家的女子骂人家的男人。
贺子宜　我说的都是实话，一点不是骂他。我说嫂子，我问够了您啦，您也该跟我套套拉拢啦。
林玉兰　我不会跟人套拉拢。
贺子宜　不是那们套拉拢。您也该问问我姓什么叫什么啦。
林玉兰　我就管买卖，不管买主姓什么叫什么。
贺子宜　好哇，买卖人这么不和气。幸亏是女掌柜的，要是男掌柜的，管保一千年也开不了张。您不问，我自己会说。我姓贺，我叫贺子宜，是本县的书吏。
林玉兰　说这些个干什么？您买估衣不买？
贺子宜　买估衣呀，我干什么来的？
林玉兰　您是穿长袍、穿短套还是穿马褂？
贺子宜　随您的便，反正我今日买估衣是那么一回事，您给什么都行。
林玉兰　您这是搅哇，您不说穿什么，我怎么给您拿呀？
贺子宜　得啦，别让您为难，您拿件大衫来啵。
　　　　（林玉兰取衫介）
林玉兰　您瞧瞧合适不合适？
贺子宜　就算合适啦，我给您银子，你把衣裳包上。
　　　　（递银介，林玉兰递衣接银介）
林玉兰　您这是多少？

**贺子宜**　十两。
**林玉兰**　我这件衣裳就值三两,您给的太多了。
**贺子宜**　送给嫂子买花戴。
**林玉兰**　我不要。(撇银介)
**贺子宜**　你可真能干人,大概是嫌少吧?
**林玉兰**　你怎么还不走哇?
**贺子宜**　我还要瞧瞧。
**林玉兰**　你瞧什么?
**贺子宜**　我瞧我瞧……
**林玉兰**　瞧什么?
**贺子宜**　瞧瞧房子。
**林玉兰**　没什么可瞧的,你走吧。
**贺子宜**　我偏要瞧。
**林玉兰**　瞧吧。
**贺子宜**　您这房子怎么像个戏台?
**林玉兰**　我们这房子是勾连搭。
**贺子宜**　您这房子是勾连搭?怪不得您会勾搭呢。
**林玉兰**　少胡说。
**贺子宜**　那边怎么像下场门呀?
**林玉兰**　那是后门。
**贺子宜**　敢情您这儿不关后门。
**林玉兰**　你出去吧,我们要摘幌子了。
**贺子宜**　天还早呢,您摘幌子,戏馆子里不答应。
**林玉兰**　我们要吃饭啦。
**贺子宜**　您要吃饭,请便。
　　　　(林玉兰摘幌子介)
**林玉兰**　你怎么还不走哇?
**贺子宜**　我陪您说话。
**林玉兰**　得了,你别不长眼睛,太太不是那种人,你是个什么东西!
　　　　(关门介,下)
**贺子宜**　你瞧她还有这个劲呢。(看衣介)哎,怎么是裤子呀?我明白了,这是一个暗记。我从后门溜达进去看个动静,她要有心,我就算交了好运啦。(下)

## 第四场

（林玉兰上）

林玉兰　（唱）他有意来我无心，
　　　　　　　杨花有主不沾尘。
　　　　咳！（贺子宜暗上）我想一个人再别托生女的。我只为家里没饭吃，有人给了点子衣裳，开了一个估衣铺，没想到叫贺子宜给调戏了。我说贺先生、贺子宜，我是有爷们的，哪儿能做这宗不要脸的事？你算白爱了我啦。
　　　　（贺子宜拍林玉兰肩介）

贺子宜　哎哟，宝贝哟！
林玉兰　你怎么钻进来啦？
贺子宜　这就叫钻狗洞。
林玉兰　我这儿不是狗洞，您别混钻。
贺子宜　您给我的暗记，我才敢钻呢。
林玉兰　我多会儿给你的暗记？
贺子宜　我买大衫您给条裤子，您的心事尽在不言中了。
林玉兰　我说贺先生，这可不对。你一死儿的赶落我，一来坏我的名节，二来伤你的阴功。巧了，还有性命之忧。你快点出去吧。
贺子宜　我好容易进来，不能出去。小老太太您救命吧。
林玉兰　你不出去我就喊叫。
贺子宜　喊叫怕什么的？我是衙门里的人，打上官司我拿这条裤子为证，管保是你输。你别装着玩儿了，咱们快点成其好事啵。
林玉兰　哎，贺先生啊！
　　　　（唱）奴家虽是蓬门女，
　　　　　　　不是杨花下贱人。
　　　　　　　倘若是失身同衾枕，
　　　　　　　人人笑骂我贪淫。
　　　　　　　事到临头须自忖，
　　　　　　　保奴的颜面我感你的恩情。
　　　　（吴茂上）

吴　茂　（唱）闲来无事大街走，
　　　　　　　哪一个不知我是朋友。
　　　　到了家啦。怎么大青白日就摘幌子不做买卖啦？我说呔！开门来！

林玉兰　谁呀？

吴　茂　太爷吴茂。

玉　兰　阿弥陀佛，我们当家的回来了，待我开门。

贺子宜　吴茂回来了，我快从后门跑。（下）

吴　茂　开门！

林玉兰　来了。（开门介，吴茂入介）你又喝醉了。

吴　茂　我多会儿又醒过？

林玉兰　你永远是醉而不醒的，你媳妇要是有了别的事，你也不知道。

吴　茂　那可由着你，你要不正经，我准戴绿帽子。

林玉兰　你也就是娶着我，要换一个人，你这个忘八这会儿已经当上了。

吴　茂　你呀，也不见得靠得住。

林玉兰　夫哇！

　　　　（唱）儿夫不必多谈论，
　　　　　　　满腹冤屈话难云。
　　　　（吴盛上）

吴　盛　（唱）捕盗有功多荣幸，
　　　　　　　回家来见手足人。
　　　　兄长，开门来。
　　　　（吴茂开门介）

吴　茂　兄弟回来啦？请进去。
　　　　（吴盛入介）

吴　盛　哦，兄长。

林玉兰　哦，兄弟来啦？可好，扶腰眼的来啦，再没人敢欺负我们了。（见介）兄弟。

吴　盛　嫂嫂。

林玉兰　兄弟发了财啦？

吴　盛　怎见得发了财了？

林玉兰　你脖子上戴着银牌，岂不是发了财啦？

吴　盛　只因小弟奉了主帅将令，捉拿江洋大盗，今已拿获，因此主帅见喜，赏我银牌一面。

林玉兰　哦，你七天就把大盗拿住啦？你真可以比个武松。你哥哥……

吴　盛　怎么样？
　　　　（林玉兰羞介）

林玉兰　他可不行。兄弟，你把这银牌交给嫂子，我给你收着，等你娶媳妇拿这个做定礼。

吴　　盛　（背介）且住。看嫂嫂这般举动，只怕不怀好意，我自有道理。（向林玉兰介）既是嫂嫂喜爱银牌，小弟送与嫂嫂。（递牌介）

林玉兰　我给你收着。

吴　　茂　这是你定亲的东西。家里的，你陪兄弟说话，我买菜打酒去。（下）

林玉兰　（背介）哎呀慢着。那贺子宜有心欺负我，我不免告诉我兄弟，叫他给我拿个主意。咳，这种的话，嫂叔之间，我怎么说得出口呢？（想介）我自有道理。（向吴盛介）兄弟请坐。

吴　　盛　有坐。

林玉兰　兄弟，我有话说。

吴　　盛　嫂嫂有话请讲。

林玉兰　这个……

吴　　盛　嫂嫂为何欲言又止？

林玉兰　兄弟，因你哥哥太没能耐，嫂子我要求兄弟照应照应。

吴　　盛　住了。兄长不在家中，你说出此言，我兄体面何在？

林玉兰　咳，兄弟。
　　　　　（唱）你哥哥无有那惊人本领，
　　　　　　　　家中事要仗着兄弟劳心。
　　　　　（吴茂上）

吴　　茂　酒来了，菜也来了，咱们坐下喝酒。
　　　　　（同坐饮酒介，吴茂醉倒介。贺子宜上）

贺子宜　我倒底放不下那个娘们儿，再到估衣铺走走。哎呀，她摘了幌子啦，不免叫她一声，吴嫂子在家吗？
　　　　　（林玉兰出介）

林玉兰　你刚走了，怎么又来啦？

贺子宜　我求您的事十分有了九分了，所以我从后门出去，绕了一个弯儿又来了。没别的，您还得应我那件事。

林玉兰　你真混账！大清白日哪能做那宗事？再说我们当家的在家哪。

贺子宜　你这是叫我黑夜来呀？我就黑夜来。

吴　　盛　何人与嫂嫂讲话？（出介）嫂嫂回避。

林玉兰　好啦，兄弟出来就有了办法啦。（下）

吴　　盛　原来是贺先生，到此做甚？

贺子宜　我找你来了，我说吴副爷，你今天怎么不在你们营里？

吴　　盛　我今日要在此住上一夜，不住营中了。

贺子宜　你要住这儿？你整年住在营里，也不娶媳妇，也不安家，为什么住在这儿？你简直要割我的靴勒子！
吴　盛　住了！贺子宜，听你之言，莫非到此调戏妇女来了？
贺子宜　吴盛，我是说笑话，你别认真。就是真有那么一回事，你敢怎么样？
吴　盛　着打！（打贺子宜介）
贺子宜　好小子，真打我，咱们走着瞧。（下）
吴　盛　兄长醒来，醒来！
吴　茂　你怎么嚷起来啦？
吴　盛　此处不是讲话之所，随我来。
（圆场）
吴　茂　有什么话，请说。
吴　盛　嫂嫂与贺子宜有奸。
吴　茂　别胡说。她跟我是鹾䰉夫妻，有这宗事她不能不告诉我说。
吴　盛　岂有此理！依小弟之见，今夜三更兄长假意出门，那贺子宜不来便罢，他若来时，将他二人一齐杀死，方消我心头之恨。
吴　茂　对啦，就那么办了。尽自人都叫我武大郎呢，今天不但唱武松杀嫂，还要饶一出武大郎杀妻。
（两边下）

# 第 五 场

（贺子宜上）

贺子宜　咳，我没想到，吴盛也在那个门里走动。好在他是我巴掌心里攥着的人，我怕他干什么？哟呵，我怎么又走到他们家门口来啦？我本不想来，这两条腿不由我做主意。怎么没关门哪？好不紧的门户，这个活该，那个娘们儿跟我是因缘，等我进去。（入介）我倒得给他关上门。（关门介）等我瞧瞧吴木匠在家没有？（看介）你瞧小娘们儿一个人儿在屋里洗澡哪。木匠没在家，我来的真凑巧，我今天再要弄不上手，我也不活着了，要死跟这个娘们儿死一块儿。等我叫她一声，我说大嫂子！
（林玉兰短衣、披发上）
林玉兰　我刚洗完了澡，解开髻，通通头发好睡觉。是谁在我院里夯刺儿？
贺子宜　大嫂子。
林玉兰　你怎么又来啦？

贺子宜　我实在是爱嫂子。您跟着木匠有什么好处？您可怜可怜我啵，您再推辞可要了我的命了！

林玉兰　这个……

贺子宜　您是明白啦？

林玉兰　贺先生，您的心我也明白不过，我已经嫁了吴茂，也说不出不算来了。您还是走吧。

贺子宜　既来之则安之，我不能走。

林玉兰　您还是走的好。

吴　茂　开门。

林玉兰　谁呀？

吴　茂　太爷吴茂。

玉　兰　好了，我们当家的回来了，待我开门。

贺子宜　宝贝儿别忙，你放进他来，我了不了。不但我了不了，您也跳在黄河洗不清。我一口咬定是您叫我来的，您就了不了。

林玉兰　可也是呢，我的形迹可真像不贞节的。有了，你从后门溜了吧。

贺子宜　后门外头的狗挺厉害，我白天敢走，黑夜不敢走，我的胆极小，最怕狗咬，我就是那一件大。

林玉兰　依你怎么着？

贺子宜　我藏一会儿，您放进他来，你们去睡，我就走了。

林玉兰　我顾全了你的脸，你可别再来了。

贺子宜　我是不来了，您快点给我藏个地方。

林玉兰　就是这屋里帐子后头吧。

　　　　（贺子宜藏介，下）

吴　茂　开门开门，快点开门！怎么这们磨蹭？

林玉兰　来了来了，你急什吗？

吴　茂　不用说，藏好了他，才给我开门哪。

　　　　（林玉兰做开门介）

林玉兰　开开啦。

　　　　（吴茂入介，作寻觅状介）

林玉兰　你找什吗？

吴　茂　我找斧子。

林玉兰　你找斧子做什么？

吴　茂　我应了活了。

林玉兰　你应了活啦？你等着，我给你找斧子去。（取斧介）给你斧子。

吴　茂　斧子到了手啦，我先给她一个下马威。我说家里的，这地下是谁的簪子？

林玉兰　是我的。

（作拾介。吴茂用斧漫林玉兰头介）

林玉兰　你这是干什么？
吴　茂　我跟你闹着玩哪。
林玉兰　你今日回来不回来？
吴　茂　不回来。
林玉兰　明日回来不回来？
吴　茂　不回来。
林玉兰　你还是早点回来好，家里头乱。
吴　茂　有你就不能不乱。（出介）
林玉兰　他走了，等我打发贺子宜走。我说贺先生快来。

（贺子宜上）

贺子宜　你们忘八幌子走啦？
林玉兰　走了。你也该走了。
贺子宜　他走了，我可不走了。等我关上门。（关门介）
林玉兰　你怎么不走，倒把门关上啦？
贺子宜　他走了，咱们来吧。

（作抱林玉兰介，林玉兰推拒介）

林玉兰　你刚才哪是怕狗咬哇？简直的是成心不走。你别闹，我这院里的狗比后门的还厉害。
贺子宜　您这院哪儿有狗？
林玉兰　你说没狗，那不是狗来啦？

（吴盛上）

吴　盛　兄长！

（吴茂上）

吴　茂　你瞧他来的这个节骨眼儿。
吴　盛　把守后门。（吴茂立吴盛背后介）把守你们家的后门。
吴　茂　嚓，把守我们家的后门。
吴　盛　也不知贺子宜可在里面，待我听他有何动静。

（贺子宜作按倒林玉兰介）

林玉兰　哎哟，这下子可要了我的命了。贺先生，你饶了我啵，我可经不起。
吴　盛　呔！嫂嫂开门来！
林玉兰　谁呀？
吴　盛　小弟吴盛在此。

林玉兰　兄弟吗？你哥哥不在家，嫂子我要睡觉了。咱们明日见吧。
吴　盛　我兄长不在家中，贺子宜可在里面？
林玉兰　他在这儿哪，你进来吧。
　　　　（开门介，吴盛砍林玉兰介，林玉兰急避介。贺子宜作奔后门介，吴茂拦介。吴盛杀贺子宜介，割头付吴茂介，下。吴茂作神气介，下）

## 第 六 场

（林玉兰逃上，吴盛、吴茂同追上，吴盛踢林玉兰倒介）
吴　盛　兄长你要与我杀！（丢刀介）
林玉兰　哎哟！
吴　茂　哎哟！
林玉兰　当家的。
吴　茂　赶车的。
林玉兰　当家的，你在兄弟跟前给我讲个人情，饶了我吧。我是真冤哪！
吴　茂　你偷人养汉，你怎么会冤？
林玉兰　我呀我冤透啦！
　　　　（唱）林玉兰跪尘埃珠泪滚滚，
　　　　　　　尊儿夫细听我诉诉冤情。
　　　　　　　贺子宜两次里将奴勾引，
　　　　　　　我虽是蓬门女也晓清贞。
　　　　　　　怕失了夫颜面不曾依允，
　　　　　　　休把我当作了下贱之人。
　　　　　　　嫁了你这几年我辛苦受尽，
　　　　　　　望儿夫还念在夫妻之情。
吴　茂　敢情你没从他，我说呢，拿我这么一个人，我的媳妇也不能干那宗事。我说兄弟，你饶了嫂子吧，她是冤枉的。
吴　盛　嫂嫂的言语，我已听得明白。我看贺子宜并未脱去外面衣服，莫非果是不曾玷污了嫂嫂？
林玉兰　我没被他玷污，兄弟别杀我了，我给你磕头了。
吴　盛　但是嫂嫂为何披头散发，脱了衣裙？
林玉兰　我刚洗完澡，解开髻通通头发，他就进来了。

| 吴　盛 | 今日白天，嫂嫂为何向着我脸泛春色？
|---|---|
| 林玉兰 | 我是刚受了贺子宜的赶落，要告诉兄弟，又有点害臊，所以像是春色。
| 吴　盛 | 贺子宜在房中，嫂嫂为何不喊叫？
| 林玉兰 | 他是衙门里的人，我有点怕他，不敢喊叫。我想把他哄走了就结了。
| 吴　盛 | 可是实情？
| 林玉兰 | 都是实话。
| 吴　茂 | 既然如此，我不杀你也就是了。
| 林玉兰 | 多谢兄弟！哎，我可活了。
| 吴　茂 | 这尸首可怎么办？
| 吴　盛 | 哎呀！

　　　（唱）听一言来如梦醒，
　　　　　　我今做了冒失人。
　　　　　　杀人自古要偿命……
　　　兄长，我走了。

| 吴　茂 | 兄弟哪儿去？
|---|---|
| 吴　盛 | （唱）去到公堂领罪名。
　　　我杀了贺子宜，要到公堂认罪。
| 吴　茂 | 你去到公堂，就得给他偿命，我可舍不得你。
| 吴　盛 | 我不去认罪，那贺子宜就白死了不成？
| 吴　茂 | 你是我们家的好孙子。
| 吴　盛 | 怎么讲话？
| 吴　茂 | 是祖宗的好孙子。我没有什么本事，不能给祖上露脸。这么办，我去认罪偿命。
| 吴　盛 | 哪有兄弟杀人，哥哥偿命之理？
| 吴　茂 | 我去偿命好。
| 吴　盛 | 小弟去偿命的好。
| 吴　茂 | 你要不叫我替你偿命，我就撞死。
| 吴　盛 | 既是兄长执意如此，待小弟去到衙中替你打点。倘有不测，我与你备办后事。
| 吴　茂 | 就那么办了，咱就走着啵。

　　　（林玉兰起介）

| 林玉兰 | 你们哥儿两个慢着！
|---|---|
| 吴　盛 | 嫂嫂有何话讲？
| 林玉兰 | 兄弟，你既知道杀人偿命，你刚才为什么杀他？
| 吴　盛 | 有道是杀奸杀双，是不偿命的。

林玉兰　杀奸杀双,不偿命吗?
吴　盛　正是。
林玉兰　既是杀奸杀双是不偿命的,不如还是把我杀了吧。
吴　盛　嫂嫂,你死不知紧要,还要落个淫妇之名。
林玉兰　这个,哎,我一个女人闹的这么乱七八糟,我真没活头了!
吴　盛　嫂嫂,只怕你死不得。
林玉兰　兄弟呀!
　　　　(唱)此事本来因我起,
　　　　　　心中只恨贺子宜。
　　　　　　贪花好色行无礼,
　　　　　　害得我一家好惨凄。
　　　　　　事到如今无别计,
　　　　　　我何妨身首两分离。
　　　　　　你弟兄不必多商议,
　　　　　　快快的杀奴莫迟疑。
吴　盛　嫂嫂,你情愿受这一刀之苦?
林玉兰　只要丈夫无事,我情愿挨刀啊!
吴　盛　嫂嫂情愿落个淫妇之名?
林玉兰　这(后文缺……)

# 西 湖 主

## 第一场

（四云童、周将军上，坐高台）

周　仓　家住卧牛在山中，
　　　　身长丈八有威风。
　　　　我辅关公保刘主，
　　　　赫赫威名镇天宫。
　　　　吾神周仓。今有蚩尤兴妖作怪，吾奉关帝法旨，召取龙兵。众神将，驾云前往。（下）

## 第二场

（摆龙宫切末。四水卒、洞庭龙君、龙母同上）

龙　君　【点绛唇】湖水汪洋，冲天波浪。保民康，扶助穹苍。功德人瞻仰。
龙　母　（坐介）
龙　王　洞庭波浪水连天，
龙　母　一望无涯色蔚蓝。
龙　王　水府神光千里遍，
龙　母　苍生霖雨已多年。
龙　王　吾乃洞庭龙君是也。
龙　母　吾乃朱婆龙母是也。
龙　王　我夫妻修炼千年，未入八部。膝下无儿，只生二女。长女琼华许与柳毅为妻，早成正果。次女瑶华管领西湖，尚未婚配。今日孤家寿诞，我夫妻升坐大殿，受贺已毕，不免转入便殿，再叙天伦之乐。水旗们，收拾威严者。

（【吹打】，换便衣，四水卒下。鱼、虾二婢上）

请公主上殿。

（二婢请介，蛤、螺、鳅、蟹四婢，西湖主上）

西湖主　（引）神女天人，原不似尘世红裙。

父王、母后。

龙　王　罢了。

西湖主　今日父王寿诞，儿臣今早拜寿已毕，整备酒肴，与爹娘介寿。

龙　王　生受你了。

西湖主　侍婢们，将酒摆下。请父王母后上坐，待儿臣把盏。

龙　王　将酒摆下。（同坐，饮介）

（唱）龙宫宝藏胜人间，
　　　寿山福海已千年。
　　　不老长生人称羡，
　　　威灵显赫镇东南。

西湖主　父王。

（唱）天龙八部神威远，
　　　护国安民法无边。
　　　但愿椿萱常茂健，
　　　常承色笑在膝前。

（鼋丞相上）

鼋丞相　启大王：周将军到。

龙　王　那周仓到此，必无美事。你只说孤有琐务，不能相见。

鼋丞相　他一定要见。

龙　王　如此你母女回避，待孤出迎。

（龙母、西湖主、六婢下。四云童、周仓上，坐介）

不知尊神驾到，有失远迎，面前恕罪。

周　仓　岂敢。吾神来得鲁莽，龙君海涵。

龙　王　尊神到此，必有所为。

周　仓　只因关帝征战蚩尤，要龙君前去相助。

龙　王　我年纪高大，不胜鞍马，望尊神另调别路神兵。

周　仓　此乃为天尽忠，龙君不可推辞。

龙　王　我实是老了，这出兵打仗，只好叫那站在旁边替人家夯刀的去吧。

周　仓　怎么骂起吾神来了？有道是骂人不可评短，吾神是关帝夯刀之人，难道你不晓得么？
龙　王　失言了，尊神恕罪。
周　仓　你当真不去？
龙　王　当真不去。
周　仓　你果然不去？
龙　王　果然不去。
周　仓　众神将，取缚龙锁来。（周仓作锁介）
龙　王　尊神不要动怒，放了锁，我去就是了。
周　仓　放锁便放锁。
龙　王　多谢尊神。
周　仓　你既肯去，我先把你家丞相带往君山等你。你来早便罢，你若来迟，请金翅鸟与你辩理。吾神去也。
　　　　（周仓锁鼋丞相领云童下）
龙　王　这是哪里说起！孤的梓童、公主快来。
　　　　（六婢女、龙母上）
龙　母　（唱）忽听大王悲声唤，
　　　　（西湖主上）
西湖主　（唱）宝藏龙宫不安然。
龙　母　大王何事？
龙　王　大事不好了！
龙　母　何事惊慌？
龙　王　关帝命我征战蚩尤，我若不去，要请金翅鸟前来。那金翅鸟专一吃龙，他若来时，我一家休矣。
龙　母　不知几时起程？
龙　王　即刻就要登程。我今此去，不定千年万载才得回来，这叫作受天爵禄，当报天恩。只是女儿亲事，只可是你做主。（看西湖主介，西湖主作羞介）
龙　母　这个自然。
龙　王　只是一件。
龙　母　哪一件？
龙　王　不可许与凡人。
龙　母　这个，只要女儿愿意，管他是凡人是仙人。
西湖主　父王，想我舅父膝前几个表兄，英勇非凡，何妨请他前来共破蚩尤？
龙　王　言得极是。梓童，你要快去。
龙　母　我即刻就去。

龙　王　越快越好，我伺候周仓去了。
　　　　（唱）你母女不必生悲恋，
　　　　　　　为天舍命理当然。（下）
龙　母　（唱）只知世人别离怨，
西湖主　（唱）别离今日到神仙。
龙　母　待我现出原身，回往娘家。
西湖主　母亲归宁，何必要现原身？
龙　母　现出原身走得快。
西湖主　现出原身，恐有不测。
龙　母　你晓得什么，还不退去。
西湖主　是。咳，虽则龙形非鱼服，也恐无端撞豫且。（领四婢下）
龙　母　鱼虾二婢，现出原形，随我去者。
　　　　（下。龙、鱼、虾形上，跳，下）

# 第三场

（四卒、贾绾上）
贾　绾　（引）射虎屠龙，大将军八面威风。（坐）
　　　　弯弓带箭气如虹，
　　　　斩将搴旗谈笑中。
　　　　扫荡烟尘扶正统，
　　　　方知大将是英雄。
　　　　本帅，贾绾。大战归来，烟尘扫尽，行至洞庭，好一派风景，不免与陈先生到舟中谈论古今。左右，有请陈先生。
　　　　（陈明允上）
陈明允　请缨羁戎马，投笔走风尘。将军。
贾　绾　先生，请坐。
陈明允　有坐。唤小生进帐，有何军情议论？
贾　绾　军务完毕，请先生同到舟中饮酒谈心。
陈明允　小生奉陪，
贾　绾　带马，登舟去者。
　　　　（牌子，圆场，开幕，摆兵船切末。【吹打】，上船，贾绾、陈明允对坐，饮酒介）

好风景也！

（唱）波光浩瀚接空濛，

山色苍茫有无中。

淘尽英雄成幻梦——

（虾、鱼、龙形上）

陈明允　啊！

（唱）顺水漂来浪里龙。

贾　绾　先生，你看这孽畜舞爪张牙，待俺伤他一箭。

陈明允　龙乃四灵之一，将军不可鲁莽。

贾　绾　真乃书生之见。弓来。

（唱）百步穿杨百发中，

（射介，虾下，四卒擒住龙、鱼介）

笑他李广非英雄。

卒　　　启将军：擒获朱婆龙一条，尾衔小鱼一个。

贾　绾　剁成肉酱，犒赏三军。

陈明允　且慢。看此龙鱼相衔不舍，必有奇异，望将军饶他性命。

贾　绾　看在先生面上，饶他去吧。众儿郎，将箭取下。

陈明允　看龙腿流血不止，我与他敷些金创药。（取药介）龙啊龙，你吃了苦了。

贾　绾　先生真乃仁人也。左右，将龙、鱼推下湖中。

（卒放龙、鱼介，下）

某欲请先生往洞庭君庙中拈香，谅无推辞。

陈明允　当得效劳。

贾　绾　左右，准备小舟，请陈先生前去拈香。

陈明允　告辞了。

（唱）将军威武山摇动，

（船夫上，陈明允过船介）

小舟一叶去如风。（下）

贾　绾　众将官，催舟。（下）

# 第 四 场

（龙宫，闺房切末。蛤、螺、鳅、蟹四婢，西湖主上）

西湖主　（唱）碧天芳草春无限，

　　　　　　韶华逝水恨年年。
　　　　　　说到别离生百感，
　　　　　　仙凡此际总一般。
　　　　（念）人身难得堕龙身，
　　　　　　自悔从前错种因。
　　　　　　幸喜仙缘犹有分，
　　　　　　还丹九转早修成。
　　　　吾乃西湖主是也，小字瑶华。父王洞庭龙君，母后朱婆龙母，膝下无儿，只生我姊妹二人，姐姐琼华许配柳毅。奴自幼好习玄机，曾拜希夷先生为师，学成长生不老的真诀，因此未曾婚配。只因我父王随着伏魔大帝，前去征讨蚩尤，想那蚩尤乃是修罗道中一员勇将，我父王年迈，未必是他对手。我母后回往娘家借兵去了，这般时候，还不见回来。侍儿们，伺候了。
　　　　（【乱锤】，鱼、虾二婢扶龙母上，昏坐介）
　　　　母后醒来！

龙　母　（唱）万载长生几命短——
西湖主　母后！
龙　母　咳！
　　　　（唱）母女险些不团圆。
西湖主　母后为何这等模样？
龙　母　哎呀儿啊！为娘前去借兵，你舅父应允发兵。为娘回至洞庭，被婆婆世界一个将军冷箭射伤，擒入舟中。若不是他座上一位书生相救，他要将为娘剁成肉酱，吃在腹中，昨日还是位龙母，今日变作人粪了。
西湖主　有这等事，待儿臣点动水军，掀翻他的船只，以报此仇。
龙　母　慢来。为娘前世做过猎户，这将军是猛虎投胎，与为娘有一箭之仇。如今孽债清还，两无恩怨，你何苦又去种那后世之因？
西湖主　臣儿谨遵慈命，不去就是。
龙　母　这便才是。
西湖主　母后，那救命的书生，是怎样一个人材？
龙　母　眉清目秀，十分文雅，虽是凡人，倒有些仙骨。
西湖主　哦，虽是凡人，倒有仙骨么？（出神介）
龙　母　我儿为何沉吟？
西湖主　不是呵，儿臣这几日闷闷不乐，要到南山采猎一番。
龙　母　看你满面红光，此去必有喜事。你可带领侍婢前去采猎，小心了。

西湖主　儿臣去也。
　　　　（唱）推开波浪登彼岸，
　　　　　　　驰马弯弓在南山。（领四婢下）
龙　母　（唱）幸喜罗网开三面，
　　　　　　　才留活命转回还。（下）

# 第五场

　　　　（摆山景切末。锁鼋丞相、四云童、四水卒、周仓、龙王同上）
周　仓　龙君果不失信。
龙　王　哪有失信之理？
周　仓　将他的丞相放了。
　　　　（云童放介，鼋丞相下）
　　　　龙君，你我速速前进。
龙　王　尊神从天上行走，我从水底行走。
周　仓　但是一件。
龙　王　哪一件？
周　仓　龙君不可兴波作浪，弄翻行人船只。
龙　王　我若弄翻行人的船只，我就是他的丈人。
周　仓　如此我们分道而行。（四云童、周仓上天介，下）
龙　王　你看周仓升天而去。众水卒，水底扬威者。
　　　　（陈明允、船夫上，翻船介，船夫淹死介，下。龙王领水卒下。陈明允作爬上岸介）
陈明允　哎呀！
　　　　（唱）一霎时吓得我魂飞魄散，
　　　　　　　因何故来至在孤岛荒山。
　　　　一时风起，舟覆湖心，我幸得抱了一块船板，漂在荒山。只是四面并无行人，叫我怎生区处？
西湖主　（内）侍婢们，南山采猎者。
陈明允　那旁来了一伙女子，待我爬上山头，看看是人是怪。
　　　　（爬上山介。蛤、螺、鳅、蟹四婢上）
蛤　婢　来此南山，大家打猎。
蟹　婢　狼虫虎豹全搬了家了，咱们打什么？

| 蛤　婢 | 是啊，我们来得凶猛，竟将山中百兽惊走。少时公主到来，难道空手回话不成？ |
|---|---|
| 蟹　婢 | 不碍，咱们去找只死耗子，揣在怀里，也能混充是个打猎的。 |
| 蛤　婢 | 少说闲言，远远望见公主来也。 |
| 西湖主 | （内唱）带雕弓跨玉鞍威风浩荡——（上） |

　　　　　　闺阁态变作了全副戎装。
　　　　　　满山的虎与豹藏形匿象，
　　　（陈明允作看西湖主出神介）
　　　　　　惊弓鸟一阵阵四处飞翔。
　　　　　　奴不比古成汤三面罗网，
　　　　　　看天边又来了飞雁几行。
　　　弓箭伺候。
　　　　　　我这里箭离弦穿云直上，
　　　　　　不亚如养由基妙手穿杨。（射介）

| 蟹　婢 | 公主不用射，这雁是会飞的东西，射不着的。 |
|---|---|
| 蛤　婢 | 你道哪个射不着？ |
| 蟹　婢 | 我说公主射不着。 |
| 蛤　婢 | 你仔细在地下看看。 |

　　　（蟹婢看介）

| 蟹　婢 | 哎呀，射着啦！还是两只，咱们给公主道个喜。恭喜公主，贺喜公主，一箭双雕，保管公主今年今月招个好驸马。 |
|---|---|

　　　（西湖主羞介）
　　　您别害臊，恐怕不但您招驸马，我们这几个大约还得饶在里头，才应得这双雕之兆。

| 西湖主 | 打猎已毕，我们回去吧。 |
|---|---|

　　　（蛤、螺、鳅婢下，蟹婢持雁向西湖主介，西湖主望雁笑介，下）

| 蟹　婢 | 她这一笑，准得笑出事来。（下） |
|---|---|

　　　（陈明允作失足跌下介）

| 陈明允 | 且住。这个女子不知是甚等之人，有这般的武艺。看她美如桃李，大家又称她是公主，这洞庭并非帝王建都之处，看来此女必然不是凡人，想是清溪小姑一样的人物。哎呀，我身上有些疼痛。哦，是了，方才从山坡之上跌了下来，不免小有伤损。天色已晚，肚中饥饿，往哪里安身？看那厢好似有户人家，且到那里再作道理。（唱）看此女子神仙样， |
|---|---|

　　　　　　叫人过眼不能忘。

　　　　　正走之间抬头望，
　　　　　早已到来大门旁。
　　　远远望来好似一户人家，行至近前，原来是一座园林，待我进去。
　　　（换园林切末介）
　　　看此处不像民家，不像庙宇，也不像官宦人家别业，莫非是神仙洞府？你看垂杨数十株，高拂朱檐；山鸟一鸣，花片齐飞；深苑微风，榆钱自落；怡目快心，人间焉有这般景致？（见秋千介）你看那边有秋千一架，上与云齐，却怎样悬索沉沉，杳无人迹？想必此处是闺中人的绣闼，我倒不可信步胡行。
　　　（内喊介）公主回府。

陈明允　你看那旁来了一彪人马，都是女流，正是山中打猎之人。待我藏在花丛之内偷觑则个。
　　　（蛤、螺、鳅、蟹四婢，西湖主上，下马，坐介）
蟹　婢　公主今日可累着了。
西湖主　小小游戏，倒也不觉劳倦。老大王跟随关家父子征讨蚩尤，不离鞍马，那才算得劳倦。
蟹　婢　您说什么蚩尤，想必这个东西是属耗子的，会偷油吃。
西湖主　不是的。那蚩尤生前乃是一家反寇，与轩辕战于涿鹿，被轩辕斩首。他的灵魂生修罗道中，要与上天争战，因此毗沙门天王命伏魔大帝，统领八部鬼神征剿于他。
蟹　婢　那么说，这东西是天上的反叛。
西湖主　正是。
蟹　婢　怪不得人间常有刀兵，敢情天上也不永远太平。
西湖主　天上人间原是一样。
蟹　婢　不知道这蚩尤长的什么模样？
西湖主　蚩尤生得铜头铁额，十分凶恶。
蟹　婢　天上的反叛一定不能是好模样。
西湖主　修罗道中男丑女美，也不只蚩尤生得凶恶。
蟹　婢　您还说哪，我们海底下这些小子，长的也就够好看的啦。我倒替您有点糟心。
西湖主　啐！
蛤　婢　蟹妹妹，听你的话，海底下跟修罗一样。
蟹　婢　一个样。
蛤　婢　修罗是男丑女美，咱们海底下呢？
蟹　婢　也是男丑女美。

蛤　婢　男的没一个好看的？
蟹　婢　没一个好看的。
蛤　婢　女的没不好看的？
蟹　婢　是个女身就长的不错。
蛤　婢　你这个模样能算好吗？
蟹　婢　这个长相还含糊吗？我自个觉着比谁都强。你要不信，揭开盖䀮，满肚子是黄儿。
蛤　婢　我今日才知道你长的好。
蟹　婢　敢情长的好，要长的不好，谁许我横行啊？
蛤　婢　你横行只管横行，今天打猎可也跟我们一样，什么都没打着。
蟹　婢　那是旱畜类怕了，水畜类我们还没动手，他们全跑了，叫我们打什么？
蛤　婢　你说没的打，怎么公主会打了两只雁？
蟹　婢　这出戏本是为她排的嘛。
蛤　婢　公主，今日可幸亏您射了两只雁，要不然是空去空回。
蟹　婢　公主一回也没空过，真叫一份能耐，不像咱们白干。
蛤　婢　公主天天总打秋千，今天鞍马劳顿，不知还有精神打秋千么？
西湖主　怎么的无有？侍儿们，整顿秋千架者。
　　　　（唱）叹春光收不尽残红一片，
　　　　　　　一霎时都付与流水长天。
　　　　　　　似这等莽红尘怎不生感，
　　　　　　　我只好将心思付与秋千。（打秋千介）
蛤　婢　公主真是神仙。
蟹　婢　什么公主是神仙，咱们谁又是凡人？
蛤　婢　你看公主打猎归来，还能在这秋千架上舒玉腕，蹑利屣，轻如飞燕，蹴入云霄。若非神仙，哪有这样精神？
蟹　婢　你说的是打秋千呀，不但公主行，连我都行。
蛤　婢　难道你还能打秋千么？
蟹　婢　强将手下哪有弱兵。
蛤　婢　你且打来。
蟹　婢　打我倒是能打，这个架子跟我不合适。
蛤　婢　不能为你另换架子。
蟹　婢　你叫我打秋千不行，总得听公主的令。
西湖主　你且打与我看。
蛤　婢　公主已经传令，你还不快打？
蟹　婢　打就打，你开眼啵！（打秋千介，跌介）哎呀，摔出黄儿来了！

| | |
|---|---|
| 蛤　婢 | 不用摔出黄儿来，摔掉了大夹，你就了不了。 |
| 蟹　婢 | 本来螃蟹上架就透着新鲜。 |
| 西湖主 | 回房去吧。 |

（四婢扶西湖主介，西湖主看蟹作笑，遗巾介，同下。陈明允目送介）

| | |
|---|---|
| 陈明允 | 小生好侥幸也！ |

（唱）看她婀娜还刚健，
　　　不是天人便是仙。

妙哇！你看这女子，施朱太赤，傅粉太白，增一寸太长，减一寸太短。古来巫山神女、洛水宓妃，也不过如此。（俯视，拾巾介）这方手帕，香气氤氲，定是那玉人留下的芳泽。这里有茅亭一座，待我进去。（入亭介）好精雅的所在，案头还有笔墨，我的诗兴发作，待我来题诗一首。（题介）

　　　雅戏何人拟半仙，
　　　分明琼女散金莲。
　　　广寒队里应相妒，
　　　莫信凌波便上天。

哎，妙哉呀妙哉！

（蟹婢上）

| | |
|---|---|
| 蟹　婢 | 这是哪儿的事，公主丢了块帕子，叫我去找，把我睡好觉的时候全耽误啦。不用说，在秋千架底下呢，等我去睄睄。（看介）不得了，这块帕子跑了。等我把园子门关上，别让跑出园去。（关门介）等我叫叫它，我说帕子帕子，公主找你了，你不来我可要骂了！ |
| 陈明允 | 外面何事这样喧哗，待我走去。（下亭，撞蟹婢介） |
| 蟹　婢 | 了不得啦，帕子变了人啦！ |

（打倒陈明允，骑介。蛤、螺、鳅、西湖主上）

| | |
|---|---|
| 西湖主 | 为何喧哗？ |
| 蟹　婢 | 帕子变了人了。 |
| 西湖主 | 世间之上，哪有帕子为人之理？分明是诳言，与我着实打。 |
| 蟹　婢 | 别打，我骑着他呢。 |
| 西湖主 | 放他起来。 |
| 蟹　婢 | 便宜你。 |
| 陈明允 | 多谢公主！ |
| 西湖主 | 唗！大胆狂生，拾去罗帕不还，意存轻薄。来，与我拿去杀了吧。 |
| 陈明允 | 小生一时糊涂，公主饶命！ |

西湖主　还我罗帕，放你出去。
陈明允　手帕在此，公主请看。
西湖主　待我看来。（看介）原来是一首七言绝句：雅戏何人拟半仙，分明琼女散金莲。广寒队里应相妒，莫信凌波便上天。（沉吟介）且住。我看此人，不但身有仙骨，他的诗也有些仙气。
蟹　婢　公主，这小子太可恶了，您快点把他杀了。
西湖主　他虽然有罪，罪不至死，何必杀他？
蛤　婢　看在斯文一脉，公主放他去吧。
西湖主　他私窥宫禁，哪有轻放之理？
蟹　婢　私窥宫禁，还是得杀。
西湖主　不用你多管，还不与我退去。
蟹　婢　嘛。（背介）等我给娘娘送个信去。（下）
西湖主　珠光，问问此人可曾用饭。
蛤　婢　你可曾用饭？
陈明允　用饭是小事，姐姐讲个人情，放我去吧。
蛤　婢　公主不说杀也不说放，我是个下人，怎么敢做她的主意？
陈明允　只求姐姐方便。
蛤　婢　看你的造化。（向西湖主介）公主，您不杀不放是什么缘故？
西湖主　你哪知我的心事。
蛤　婢　您要救他，快想法子，要是娘娘知道，怕误了他的性命。
西湖主　娘娘知道，我自与他担待便了。
　　　　（蟹、虾、四水卒上）
蟹　婢　公主，这小子的事娘娘知道了，叫我跟老虾带人来拿他去听审。
西湖主　都是你多口。
蟹　婢　这件事大了，怕瞒不住，我这一说还许说出好事来哪。
陈明允　公主救命啊！
西湖主　珠光，你可同他到娘娘那里，千万保全此人性命。
蛤　婢　是。
蟹　婢　把他带了走。
　　　　（水卒拥陈明允下，蟹、虾、蛤婢同下）
西湖主　我心一向静如止水，今日因何摇若悬旌，好生委决不下。侍儿们，带路回房。（下）

# 第 六 场

（摆宫殿切末。鱼婢、龙母上）

龙　　母　（唱）听说狂徒窥宫禁，
　　　　　　　　我今定要按律行。
　　　　　（虾、蟹上）
蟹　　婢　狂生拿到。
龙　　母　押上来。
　　　　　（四水卒、陈明允上，跪介）
陈明允　　娘娘饶命！
龙　　母　大胆狂生，私窥宫禁，水卒们，与我推去斩了！
陈明允　　罢了，罢了！（水卒推陈明允下。蛤婢上）
蛤　　婢　刀下留人！（向龙母介）珠光叩头。
龙　　母　起来。
蛤　　婢　谢娘娘。
龙　　母　珠光，我在这里斩人，你来做甚？
蛤　　婢　奉公主之命，特来与此人讲情。
龙　　母　此人私窥宫禁，得罪公主，怎么公主反差你与他讲情？
蛤　　婢　公主言道，龙宫久皈佛教，岂可妄害生灵，望娘娘体上苍好生之德，恕此凡夫。
龙　　母　听你之言，我倒明白了。分明你们这伙贱婢，勾引凡人私窥宫禁，又将巧言瞒哄于我。左右，将珠光与我绑了！
蛤　　婢　娘娘，婢子们焉敢如此胡为。请娘娘将那凡夫带来，质对明白，婢子死而无怨。
龙　　母　看你苦苦哀求，我这里开一线之恩。叫那狂徒与你对质，你且起过一旁。
蛤　　婢　谢娘娘！
蟹　　婢　珠妹妹，我说你傻不是？你要早跟我学，来给娘娘送个信，这会儿也不担这么大的不是。你以后趁早跟着我走，你是绝不会吃亏上当。
蛤　　婢　我学你不来。
龙　　母　你两个少要闲言。将凡夫赦转来。
虾　　婢　将凡夫赦转来。
　　　　　（陈明允上）
陈明允　　（唱）一声号令山摇震，

> 执法如山好怕人。
> 大着胆儿宝殿进,
> 娘娘且开天地恩。

谢娘娘不斩之恩!

|龙　母|那一狂生姓氏名谁,家住哪里,因何擅入龙宫,从实讲来。|
|---|---|
|陈明允|小生陈明允,燕京人氏,随贾将军充当记室。因往洞庭烧香,翻船落水,漂流至此。|
|龙　母|哦,洞庭烧香,是个信士,你且抬起头来。|
|陈明允|谢娘娘。|
|龙　母|此人好生面善,怎么想他不起?|
|鱼　婢|娘娘,那日船上救驾便是此人。|
|龙　母|待我问他一问。那一凡夫,那贾绾捉住一龙一鱼,你可曾劝他释放?|
|陈明允|小生曾劝他释放。|
|龙　母|哎呀,恩人到了,请来上坐。|

(扶陈明允上坐介)

未知是恩人驾到,多有冒犯,面前恕罪。

|陈明允|岂敢,想小生方作阶下囚,忽为坐上客,不知是何缘故?望娘娘当面指示。|
|---|---|
|龙　母|先生救的龙便是我的元身,那鱼便是这个小婢。再生之恩,铭心不忘。|
|陈明允|惶恐,惶恐。|
|龙　母|你们这些贱婢,恩人到来,不曾通报明白,其情可恶。|
|蟹　婢|老太太,您埋怨不着我,我不是给您送信来着吗?|
|龙　母|只因你送信,险些误了恩人性命。左右,与我扯下去打,打出血来,方许住手。|
|蟹　婢|老太太,那可不行,我是螃蟹,哪儿来的血呀?|
|陈明允|她也是分所当然,望娘娘饶恕。|
|龙　母|不是陈先生讲情,定将你揭盖流黄。还不谢过。|
|蟹　婢|多谢陈先生。|
|龙　母|起过一旁。|
|蟹　婢|嘁。|
|蛤　婢|姐姐,你是不会吃亏的。|
|蟹　婢|你这儿等着我哪。|
|龙　母|你两个不许饶舌,取珠宝过来。|
|蟹　婢<br>蛤　婢|(同)是。(取宝介)|

| 龙　母 | 此地非先生久住之所，现有珠宝赠与先生，请回尘世。 |
| 陈明允 | 小生不愿受此珠宝。 |
| 龙　母 | 我这里除了珠宝，还有何物？先生请便吧。 |
| 陈明允 | 小生实不敢受。 |
| 蟹　婢 | 你不愿受珠宝，想必心里想那个活宝，那可不行，你走啵。 |
| 陈明允 | 告辞了。 |

　　　　　（唱）接到宝珍心不快，
　　　　　（西湖主上）

| 西湖主 | （唱）母后缘何不爱才。 |

　　　　　何人叫先生走的？

| 蟹　婢 | 是老太太教他走的。 |
| 西湖主 | 你且留先生外面小坐。 |

　　　　　（陈明允下。西湖主入介）

| 西湖主 | 母后，方才那一狂生，母后把他怎样发落？ |
| 龙　母 | 他是为娘救命恩人，送些珠宝，放他去了。 |
| 西湖主 | 母后难道送他珠宝，就算报恩么？ |
| 龙　母 | 怎样才算报恩？ |
| 西湖主 | 当年柳毅传书，救回琼华姐姐，后来是怎生答报？ |
| 龙　母 | 我明白了，将你许配此人，你意如何？ |
| 西湖主 | 但凭母后。 |
| 龙　母 | 你父王言道，不与凡人结亲。 |
| 西湖主 | 此人身有仙骨，又待何妨。 |
| 龙　母 | 你梳妆去罢。（西湖主下）传我法旨：陈明允招为驸马，宣他冠带进见。 |
| 陈明允 | （内）领旨。（上） |

　　　　　　　忽听君命召，准备配鸾交。儿臣见驾，愿母后万寿无疆。

| 龙　母 | 今日就命你夫妻婚配。 |
| 陈明允 | 谢娘娘！ |
| 龙　母 | 丞相进见。 |
| 蟹　婢 | 丞相进见。 |

　　　　　（鼋丞相上）

| 鼋丞相 | 老鼋见驾，娘娘圣寿无疆！ |
| 龙　母 | 平身。 |
| 鼋丞相 | 宣臣进宫，有何国事议论？ |
| 龙　母 | 今日公主成亲，命卿家做个傧相。 |
| 鼋丞相 | 臣不敢奉诏。 |

龙　母　却是为何？
鼋丞相　臣的原形难看。
龙　母　是啊，我女儿百年大事，我怎么把此道弄出来了？哎，我们水府与凡人不同，此道也将就了。（向鼋丞相介）我们水府是百无禁忌，你且赞礼上来。
鼋丞相　领旨。伏以：西湖美容妆，驸马好貌相。他日把福享，与我却一样。
蟹　婢　不像话，别跟你一样，你是个忘八。
鼋丞相　搀新人，拜天地。
　　　　（陈明允、西湖主同上，四婢扶西湖主小边上，拜堂介，下）
龙　母　吩咐准备酒筵，大宴群臣，收了威严者。（下）

# 第七场

（鼋丞相上）
鼋丞相　神仙留佳话，傧相是忘八。我乃鼋灵丞相是也，驸马与公主成亲，待我前去贺喜。门上有人么？
（蟹婢上）
蟹　婢　原来是丞相，到这儿干什么来啦？我们这儿都是女的，跟你不一类，你别胡走。
鼋丞相　我是来与驸马贺喜的，难道驸马也是女的不成？我与他却是一类。
蟹　婢　驸马要跟你是一类就干了，你想想你是个什么东西！
鼋丞相　我也是不老之仙，你少要胡言，况且驸马是否当忘八，还是公主做主。
蟹　婢　人家夫妻好着哪，绝没别的心。
鼋丞相　你看驸马公主恩爱，莫非动了凡心？
蟹　婢　螃蟹思凡，是哪出戏上的？
鼋丞相　我与你成亲如何？
蟹　婢　我不能嫁你。
鼋丞相　却是为何？
蟹　婢　我的男朋友多。
鼋丞相　那有何妨，我本是忘八。
蟹　婢　你是忘八？
鼋丞相　是忘八。
蟹　婢　当忘八自己知道就算不错。（下）

# 第 八 场

（摆园子切末。陈明允、西湖主同上）

陈明允　（唱）好韶华容易过一年去了，
西湖主　（唱）转眼间不觉得又到花朝。
陈明允　（唱）我夫妻度良辰月圆花好，
西湖主　（唱）享荣华同好梦凤翥鸾翱。
　　　　（蛤、螺、鳅、蟹暗上）
陈明允　流光逝水，不觉一年，今日花朝，岂可虚度。
西湖主　妾身已备下酒筵，与驸马共赏良辰。侍儿们，酒筵伺候。
　　　　（摆酒介）
陈明允　公主请。
　　　　（唱）花如烟柳如雾空中缭绕，
西湖主　（唱）燕儿忙莺儿闹野外逍遥。
陈明允　（唱）锦鸳鸯戏水畔白头到老，
西湖主　（唱）花蝴蝶舞林间比翼相交。
陈明允　小生自谅身沉湖底，不料有些奇缘，真乃三生有幸。
西湖主　你去年在何处看见我的？
陈明允　去年在南山得见芳姿，误入花园，不想一条红帕竟作了月老红丝，将我二人系在一处。
西湖主　我服你好大的胆，倘若娘娘不念旧恩，定要问罪，你便如何？
陈明允　我为公主死也甘心的。
蟹　婢　驸马爷，这叫牡丹花下死，做鬼也风流。
陈明允　此言倒也不差。
西湖主　驸马，堂上翁姑安否？
陈明允　父母俱亡。
西湖主　你住在何处？
陈明允　世居燕京。
西湖主　家中还有何人？
陈明允　这个……
蟹　婢　我们公主真够明白的，跟他做了一年夫妻，还没闹清他的家谱。
西湖主　驸马欲言不言，是何道理？
陈明允　我家中还有妻室孩儿。
西湖主　怎么讲，你还有妻室孩儿么？

陈明允　正是。
　　　　（西湖主作呆介）
西湖主　哦，驸马，你可思念他们？
陈明允　这个……
蟹　婢　这句话不好回答，限您二十四小时赶紧答复。
陈明允　哎，公主可记得刘禅有云，此间乐不思蜀？
西湖主　驸马此言差矣。天地间只有一个"情"字万劫不毁，你将前妻、幼子一齐抛撇，未免无情太甚。待我之情，恐怕亦非真实了。
陈明允　小生志在修真，故而恋此仙境。
西湖主　你人伦未尽，焉能成仙。就该回去探探你妻子的存亡。
陈明允　既公主如此相劝，便回家一探，再来相聚。
西湖主　这便才是，但不知几时起程？
陈明允　我奏明娘娘，即刻起程。
西湖主　待我与你一同启奏。
陈明允　我才说到走，便觉归心似箭也。
　　　　（唱）人生聚散难猜料，
西湖主　（唱）小别何须皱眉梢。
陈明允　（唱）奏过娘娘即就道，
　　　　（圆场，撤切末介）
西湖主　（唱）神仙也要费心劳。
陈明允
　　　　（同）有请母后。
西湖主
　　　　（鱼、虾、龙母上）
龙　母　（唱）向平心愿今已了，
　　　　　　　一家欢笑乐陶陶。
　　　　（陈明允、西湖主参见介）
　　　　请为娘何事？
陈明允　儿臣家中还有妻子，意欲回家一探，特来奏知。
龙　母　敦重伦常，方是入道之器，但不知几时起程？
陈明允　既蒙娘娘允许，儿臣即刻登程。
龙　母　待老身亲到长亭，与你送行。
陈明允　儿臣有何德能，敢劳娘娘亲送？
西湖主　母后，儿臣代送了罢。
蟹　婢　老太太，人家小两口分别，您跟着干什么？叫人家什么话也不能说。
龙　母　这也讲得是，如此就命我儿代送。

| 陈明允 | 儿臣拜辞了。
（唱）叩谢娘娘恩意盛，（拜介）
　　　　回家一探即回程。
　　　　夫妻挽手出宫禁——
| 龙　母 | 一路福星。（下）
| 陈明允 | （唱）小别须知也动心。
　　　　眼望长亭道路近——
（圆场，摆湖岸切末）
| 西湖主 | （唱）来作阳关折柳人。
| 陈明允 | 来此长亭，你我夫妻就此分别了吧。
| 西湖主 | 但愿你一路福星，妾身不能远送。
| 陈明允 | 暂时分别，公主请勿挂念。
| 西湖主 | 侍儿看酒来，奴与驸马饯行。
| 陈明允 | 有劳公主。
| 西湖主 | 驸马，妾身初经离别，好难排遣也。（泪介）
（唱）未开言不由我心中难忍，
　　　　含悲忍泪劝郎君。
　　　　但愿你千里多安稳，
　　　　但愿你一家都太平。
　　　　山遥路远要自慎，
　　　　荒村野店你要留神。
　　　　姐姐身旁把安请，
　　　　那儿女面前说我挂心。
　　　　两地相思你要常寄信，
　　　　最苦苦不过我们妇女的痴情。
　　　　一杯水酒我专心奉敬，
　　　　尊一声驸马听分明。
　　　　悲欢离合前生定，
　　　　劝君莫做两难人。
　　　　前途珍重最要紧，
　　　　一帆风顺过洞庭。
　　　　从今人远天涯近，
　　　　妒煞了牵牛织女星。
| 陈明允 | （唱）公主本是仙家女，
　　　　小别何须记在心。

深感良言当刻铭，
再迟数月来看卿。（下）

西湖主　（【叫头】）驸马！郎君！我那驸马爷呀！
　　　　（唱）一帆飞去如飞隼，
极目天涯几雁横。
从此帏空春夜冷，
最难消受别离情。（下）

## 第 九 场

陈希夷　（内唱）赴罢蟠桃下九霄，（上）
神仙终日乐逍遥。
五湖四海都游到，
方显神通道法高。
吾乃华山希夷先生是也。今有燕京陈明允，乃吾之耳孙，积德行仁，感动上苍。吾奉玉帝敕旨，点化于他。远远望见陈明允来也。
（陈明允上）

陈明允　（唱）晓行夜宿幽燕道，
见一仙翁在荒郊。
看此道人，倒有些仙风道骨，待我向前。啊，仙长请来见礼。

陈希夷　罢了。
陈明允　自古道礼尚往来。
陈希夷　你须知亲则无文。
陈明允　难道仙长与我同宗？
陈希夷　家住白云是太华，
烧丹炼药是生涯。
千年一觉传天下，
与你先人是一家。
陈明允　莫非祖公希夷先生么？
陈希夷　然也。
陈明允　原来祖公到了，待我拜见。（拜介）
陈希夷　起来。
陈明允　谢祖公。请问祖公，有何道传授裔孙？

陈希夷　特来传你金丹妙诀。
陈明允　请祖公训示。
陈希夷　妙诀不轻传，必须有仙缘。若能勤修炼，定是大罗仙。
陈明允　裔孙领受了。
陈希夷　那厢有人来了。（下）
陈明允　一阵清风，祖公不见。且喜得了仙家真传，待我对天一拜。
　　　　（唱）叩谢祖公传大道，
　　　　（四水卒、龙王暗上）
　　　　　　从今修炼最为高。
　　　　　　丹成九转归仙岛——
龙　王　来人慢走。
陈明允　（唱）见一尊神貌蹊跷。
　　　　来者是神是怪，阻我去路？
龙　王　我乃水府尊神，跟随关帝征战蚩尤，得胜而归。观先生有些仙风道骨，故而冒昧攀谈。
陈明允　我与尊神幽明相隔，不知有何见谕？
龙　王　这，哦，我与先生虽是初次相逢，只是神人交际比凡尘不同，我有心腹之言相告，望勿推却。
陈明允　有何金言，当面请讲。
龙　王　只因吾神膝下无儿。
陈明允　尊神无儿，对我言讲，也是无益。
龙　王　只生一女，幼慕大道，吾神不肯将她许配凡人。今观先生虽是凡胎，颇有仙骨，日后必成正果。吾神有意招你为婿，不知先生尊意如何？
陈明允　虽蒙尊神错爱，只是小生已有两房妻室，如今是从第二房拙荆那里来，回家去探第一房拙荆。中途遇着神仙，已得修真要诀，意欲将第一房拙荆接往第二房拙荆那里去，大家一同修炼。尊神说的这段婚姻，小生不敢从命。
龙　王　先生既是修真之士，小女越发愿附丝萝。
陈明允　修真之士也要先尽伦常，婚姻之事愿勿再言。
龙　王　住了！吾神好意求亲，你再三不允，难道不怕吾神厉害么？
陈明允　尊神差矣！姻缘之事不可强求。尊神相貌狰狞，想是令爱容颜丑陋，无人肯与你作亲，因此与我胡缠。岂不怕三千世界的灵祇耻笑么？
龙　王　好言相劝，恶言回答，水卒们，与我拿下！
陈明允　尊神慢些动怒，待我思忖思忖。
龙　王　快些思忖回话。

陈明允　（背介）方才祖公传授大道，我已得了隐形之术。待我试他一试，天灵灵地灵灵，神通广大隐身形。尊神，有人来了。（下）

龙　王　一阵清风，书生不见，果然是个神仙。水卒们，回宫去者。
　　　　（圆场，鱼、虾、龙母上）

龙　母　大王。

龙　王　梓童。（同坐介）

龙　母　大王征战蚩尤，想必是得胜而归了？

龙　王　一来上苍有福，二来关帝威灵，不过一年，竟将蚩尤扫灭。

龙　母　扫灭妖邪，必受天封，大王今日可算双喜临门。

龙　王　怎么双喜临门？

龙　母　女儿招了驸马了。

龙　王　哦，女儿招了驸马了？可惜呀可惜！

龙　母　女儿招了驸马，你何言"可惜"二字？

龙　王　我路遇一人，颇有仙风道骨，有意令女儿招他为婿。不想你已将女儿招了他人，失此快婿，岂不可惜？

龙　母　姻缘自有天定。

龙　王　不知梓童与女儿招的哪洞仙家？

龙　母　是个凡人。

龙　王　你我女儿怎么招起凡人来了？

龙　母　你路遇之人是哪洞仙家？

龙　王　也是个凡人。

龙　母　既是凡人，你怎么要想把女儿招他？

龙　王　凡人与凡人不同，我遇见的那一人已是半仙之体，日后定成正果，女儿与他倒可做个长久夫妻。

龙　母　此话甚不吉祥。

龙　王　你做的事不吉祥，焉能怪我的话不吉祥？

龙　母　你敢气我？

龙　王　你敢怄我？

龙　母　你再气我，我便打你。

龙　王　难道不敢打你？

龙　母　着打。
　　　　（内白）公主问安。

龙　母　我与大王怄气，叫她转去。

龙　王　我正要见女儿，宣她进来。

龙　母　你哪里是要见女儿，分明是要她和事。

龙　王　快宣公主进宫。
鱼　婢　宣公主进宫。
西湖主　（内）领旨。（蛤、螺、鳅、蟹婢，西湖主上）
　　　　（唱）目断征鸿天涯远，
　　　　　　　兰闺夜夜卜金钱。
　　　　父王。
龙　王　罢了。
西湖主　母后。
龙　母　不消。
西湖主　父王因何面带怒容？
龙　王　你去问你母后。
西湖主　母后为何与父王生气？
龙　母　你去问你父王。
西湖主　父王、母后，为何都不肯言明？
蟹　婢　准是老大王外头有瞎事，老太太这儿打醋坛子呢。
龙　母　蟛蜞，他外面有瞎事，你怎么知道？
蟹　婢　我瞧还瞧不出来吗？我这对眼睛没瞧不透的事。
龙　母　你是看出来的，没有凭据。
蟹　婢　没凭据。
龙　母　没有凭据你便算看错了。
蟹　婢　我就瞧错这一回，也不算没眼睛。
西湖主　父王、母后，到底为何生气？
龙　母　就为的是你。
西湖主　为女儿何来？
蟹　婢　大王、娘娘，我们公主谨守闺门。不像我似的满世界胡跑，简直说她比娘娘还规矩呢，别说我了。
龙　母　满口胡言！哦，儿呀，就为你婚姻之事，许了凡人，你父王同我怄气。
西湖主　这是一件小事。
蟹　婢　要真为这个，可真不算大事。公主，您去劝老大王几句。
西湖主　父王，为的女儿嫁了凡人么？
龙　王　正是。
西湖主　姻缘自有定分，父王何须如此。
龙　王　虽然姻缘有定，只是我儿后半世要守九千多年的寡，叫为父怎不痛心？
西湖主　父王为何出此不利之言？
龙　王　我们都有万年之寿，凡人的寿算不足百岁，你岂不要守九千多年的寡

么？哎，我为了天曹之事，耽误我儿的终身了！（哭介）
蟹　婢　大王别哭，死了穿红的，有穿绿的，这怕什么的？
西湖主　多口！啊父王，不必悲泪，只因母后到舅父那里搬兵，不想被娑婆世界一个姓贾的将军擒去。那时驸马在贾将军营中再三相救，母亲才得活命。后来驸马避难至此，母后为报救命之恩，将儿许配与他。父王去想，他既是女儿的救母恩人，女儿纵然做了他的妻子，也不能报他之德，况且女儿已将吐纳之术传授驸马，他的寿数也决不与凡人一样。父王何必为女儿着急？
龙　王　这也说得是。我如今想起一件心事，女儿招了驸马，我与周仓赌的牙疼咒是已经应验的了。
龙　母　你与周仓赌过什么咒来？
龙　王　我从水底走，周仓言道，不许弄翻船。只是我赌下誓咒，若弄翻行人船只，便是他的丈人。女儿既已招了驸马，我这咒是应验了。
蟹　婢　大王，您弄翻了船没有？
龙　王　我无心之中弄翻了一只船。
蟹　婢　这是多会儿的事情？
龙　王　这是去年的事。
蟹　婢　我们这位驸马正是去年翻船来的。
龙　王　如此说来，我如今是果然应了咒了。
蟹　婢　这怕什么的应咒不应咒，反正您是个丈人。
龙　王　应咒不应咒，待驸马回来时，再作道理。
　　　　（鼋丞相上）
鼋丞相　启大王、娘娘：驸马回来了。
龙　王　命他进来。
鼋丞相　有请驸马。（下）
　　　　（陈明允上）
陈明允　（唱）来在湖心道法显，
　　　　　　　　且看仙人法力全。
　　　　（龙王接陈明允介）
　　　　尊神为何在此？
龙　王　贤婿。
陈明允　我未曾应允亲事。
西湖主　驸马，这就是我父王。
陈明允　原来就是岳父大王。
龙　王　你不道吾神面貌狰狞，未必有好女儿么？

陈明允　儿臣见驾，愿大王万寿无疆。
龙　母　大王，你看我替女儿招的这个凡人如何？
龙　王　梓童，我说的正是此人。
龙　母　哦，就是此人？你道他必能成仙，看来女儿不至守寡了。
龙　王　我看他必有齐天之寿，我死了他还不死，女儿断乎不能守寡，只怕你倒要先做寡妇。
龙　母　我年纪老了，守寡何妨？
西湖主　大家一同清修，日后拔宅飞升，定有期望。
龙　王　若得如此，实为至幸也。
西湖主　待儿臣施展法力，引度水族同归大道。
蟹　婢　公主如此洪恩，我等之幸也。
　　　　（唱）跟随公主千百载，
　　　　　　不将心事染尘埃。
　　　　　　哪一个敢来揭蟹盖，
　　　　　　不着姜醋把牙缝塞。
　　　　　　公主成仙把我带，
　　　　　　万年享福在天台。
　　　　（西湖主舞介）
西湖主　（唱）幼习玄机法无赛，
　　　　　　丹成九转赴蓬莱。
　　　　　　虽然不比观自在，
　　　　　　要学麻姑救世怀。
　　　　　　可叹你前生罪业带，
　　　　　　托生水族实堪哀。
　　　　　　神仙不是常不坏，
　　　　　　不及西方不染埃。
　　　　　　施展神通度世界，（圆场）
　　　　　　仙班共列要仙才。
　　　　（同下，【尾声】）

# 双 妻 鉴

## ■ 本事

　　成都奚生有一妻一妾，妻申氏悍甚，妾何氏美而贤。何生子，既长，申益忌之，日喧于室。生怒而遁，将觅死，盐亭李某救之免。李饶于财，重生诚笃，使主典肆。李买妾于成都，到于车，救之苏，问其姓，则奚生妾何氏也。乃使生以彩舆迎之，以旌其节。生遂以为正室，问其子何在，则寻父未返。何多病，为生置妾，入门则申氏耳，值岁荒，为兄所鬻。生命以嫡事何，何不敢当，而生持之甚坚。申兄诉之邑宰，未得逞。宰也者，即何之子，追父遇盗，为陈翁所拯，已冒陈姓得官矣，一家遂相团聚云。

## ■ 提纲

**第一场**
奚成列、奚嗣宗、申氏

**第二场**
何昭容、奚成列、申氏、奚嗣宗、申苞

**第三场**
奚成列、奚嗣宗、二盗、四家丁、家院、陈以闻

**第四场**
二船夫、旺儿、兴儿、李四、奚成列

**第五场**
申苞、申氏、何昭容、李四、兴儿、车夫、店家

**第六场**
奚成列、兴儿、旺儿、李四、何昭容、四青袍、轿夫、丫鬟

**第七场**
申苞、申氏

第八场

四青袍、二差、门子、奚嗣宗

第九场

何昭容、奚成列、旺儿、申苞、申氏、二差、四青袍、门子、奚嗣宗

# 第 一 场

（奚成列上）

奚成列　（引）少习儒家，却怎奈治家无法。（坐）
腹有诗书气自华，
无如家政乱如麻。
幸亏永得膺民社，
若做高官必有差。
卑人奚成列，乃成都人也。早入簧门，是个秀士。家有一妻一妾，大娘申氏未生子女，二娘何氏生了一子，取名嗣宗。申氏大娘十分妒嫉，她有胞兄唤作申苞，也是个小人，常到我家挑拨是非，因此申氏常与何氏吵闹。我若劝解，连我也打骂起来。是我一怒，常在书房，不归内室。今日天到这般时候，还不见嗣宗出去上学，待我唤他一声，嗣宗儿哪里？

奚嗣宗　（内）来了。（上）终朝读孔孟，何日得成名。爹爹拜揖。

奚成列　罢了，坐下。

奚嗣宗　告坐。唤孩儿出来，有何教训？

奚成列　你在南学攻书，今日天到这般时候，为何不去上学，莫非逃学不成？

奚嗣宗　孩儿怎敢。只因母亲身有微恙，因此未曾前去。

奚成列　既是你母亲身体不爽，早该禀我知道。你快些上学，我自会请医调治，你上学去吧。

奚嗣宗　遵命。
（唱）嗣宗堂上遵父命，
　　　去往学中读书文。（奚嗣宗下）

奚成列　（唱）何氏二娘身染病，

　　　　叫人怎不挂在心。
　　　　将身且把后院进，（小圆场）
　　　　来到此间心一惊。
　　这左边是申氏的住房，右边是何氏的住房。我今来看何氏二娘，不要惊动申氏大娘，待我悄悄走往右边房中去吧。
　　（申氏从下场上）

申　氏　相公站住。
奚成列　大娘。
申　氏　你一个多月没进来，今天想到她屋里可不行。虽然她养过儿子，究竟我在大，她在小，你还是上我房里来。
奚成列　这个……
申　氏　什么这个、那个，你跟我来啵你！保管再过十个月，我也养个大头儿子。
　　（拉奚成列下）

# 第 二 场

　　（何昭容上）

何昭容　（唱）生成薄命作小星，
　　　　　　　每日常闻狮吼声。
　　　　　　　见惯直如无个事，
　　　　　　　得清平日且清平。
　　奴家何昭容，乃成都奚家侍妾。过门二载，生了一子，取名嗣宗。如今长大，送往南学攻书。官人嫡室申氏性情乖张，每每与我吵闹，我只以不了了之。今日我微感风寒，小有不快，嗣宗要在家伺候，不肯上学，已被官人唤出。方才听得申氏大娘与人争吵之声，且自由她，不消过问。正是：家庭骨肉多闲事，莫论理来只论情。
　　（奚成列上）

奚成列　（唱）申氏为人恶得紧，
　　　　　　　抛她且往这边行。
　　　　二娘。
何昭容　官人来了，请坐。
奚成列　你的病体如何？

| 何昭容 | 妾身原无大病,官人不必挂念。你一月未到内室,今日进来,可曾去看过大娘? |
| --- | --- |
| 奚成列 | 你问那申氏么,(申氏暗上,偷听介)再不要提起。我知你染病,进来看你,谁知被她拉入她的房中。她后面走动去了,我才乘机来到你的房中。 |
| 何昭容 | 官人,大娘情性你是知道的,快些往她房中去吧,不要惹她发作。 |
| 奚成列 | 难道我还怕那贱人不成?好便好,如若她敢多言,我就要打。 |
| 申　氏 | 谁敢说打我? |
| 奚成列 | 何人到此? |
| 申　氏 | 是我。(作入介,向何氏介)好哇,你这个狐狸精,什么时候把官人勾到这儿来啦? |
| 何昭容 | 是官人自己来的。 |
| 申　氏 | 你敢跟我顶嘴,还不跪下? |
| 何昭容 | 大娘不必动怒,贱妾跪下了。 |
| 奚成列 | 起来。 |
| 何昭容 | 官人,大娘正在生气,你何必定要与她相左? |
| 奚成列 | 你怕她,难道不怕我,还不起来? |
| 何昭容 | 官人不必动怒,贱妾起来了。 |
| 申　氏 | 谁敢起来? |
| 奚成列 | 谁敢跪下? |
| 申　氏 | 你简直是跟我,你不许她跪下,我可要打她了。 |
| 奚成列 | 有我在此,哪一个敢打? |
| 申　氏 | 你不用吹气冒泡,我说打就打。何氏给我走过来,你接嘴巴吧! |
|  | (何氏哭介) |
| 何　氏 | 喂呀! |
|  | (唱)大娘恕我娇痴性, |
|  | 伺候不周罪在奴身。 |
|  | 千看万看官人面,大娘啊! |
|  | 望大娘暂且息雷霆。 |
| 奚成列 | (唱)妻打妾来我不忍, |
|  | 不由成列咬牙根。 |
|  | 向前我对申氏论, |
|  | 二娘她是无罪人。 |
| 申　氏 | 刚才她挑唆你打我,那不是她的罪吗? |
| 奚成列 | 那是我一句戏言,你何必认真? |

| 申　氏 | 你是说玩笑话呀？ |
|---|---|
| 奚成列 | 前言戏之耳。 |
| 申　氏 | 你怎么不说打她，单说打我？你们说话，我当真话听。你是好小子，你快打我几下。 |
| 奚成列 | 申氏，难道我不敢打你不成？ |
| 申　氏 | 你打个样儿我瞧瞧。 |
| 何昭容 | 官人，千万不要为了贱妾伤了你们和气，万万打不得大娘。 |
| 申　氏 | 你不用两边做好人，你滚开啵！ |
| 奚成列 | 申氏，你不要欺压于她，你打得她，我也打得你。 |
| 申　氏 | 媳妇可不是随便打的，明媒正娶是给你当家来了，不是当下贱差使来了。 |
| 奚成列 | 你不用大礼压人，你看二娘替你讨饶，是个好人。你以后不打她，我自然与你相敬如宾。 |
| 申　氏 | 不打她我手痒痒，她们做妾的比我大奶奶差的多，原是可以打的。 |
| 奚成列 | 我念在夫妻分上，好言相劝，你怎么浑不讲理？ |
| 申　氏 | 你真念夫妻情分，快当着我打她一顿，给我出气。 |
| 奚成列 | 这个…… |
| 何昭容 | 官人，大娘打贱妾，想必贱妾有罪，理应责打。官人就打贱妾几下，替大娘出气。不可为了贱妾，夫妻失和。 |
| 申　氏 | 你听见没有？连她自己都说该打，你还不打吗？ |
| 奚成列 | 如此，二娘你走了过来，待我打你。 |
| 何昭容 | 是。 |
| 奚成列 | 着打。大娘，我打她了。 |
| 申　氏 | 打了我也不承情，你要真念夫妻之情，你必得把她卖了，我才出气哪。 |
| 奚成列 | 你太也赶尽杀绝了，你向前来。 |
| 申　氏 | 你要怎么着？ |
| 奚成列 | 我要…… |
| 申　氏 | 要怎么着？ |
| 奚成列 | 我要打你。 |
| 申　氏 | 谅你不敢。 |
| 奚成列 | 这个…… |
| 何昭容 | 官人，千万打不得大娘。 |
| 申　氏 | 你不用装好人，你要真是好人，你就给我滚啵！ |
| 何昭容 | 贱妾久侍官人，大娘开恩，留下贱妾早晚服侍。 |
| 申　氏 | 你不走，咱们今天没完。 |

奚成列　哎，你哪里是赶她，分明是赶我，我走了。
申　氏　你要走，我不留你，你赶紧给我滚！
奚成列　你说出此言，太无夫妻之情。
申　氏　你只向着小老婆，你哪儿有夫妻之情？我好恨！
奚成列　你恨的什么？
申　氏　我恨我怎么不是你的小老婆，我要是你的小老婆，你一定拿待她的情分待我。
奚成列　听你之言，你是情甘做妾？
申　氏　我觉着做妾好无奈，我现在不是妾，只能叫你把她赶走。要不赶她，我简直要赶你。
奚成列　你不用赶，我是说走就走。（下）
申　氏　你快点走，你别磨蹭。
何昭容　官人转来，有话慢慢商量。
申　氏　谅他许走不了。
何昭容　大娘，官人去远了。
申　氏　好哇，你把官人挤兑走了，你过来啵！（打何氏介）
　　　　（唱）大骂贱人行不正，
　　　　　　　今朝要你命残生。
　　　　　　　拳打脚踢难消恨——（打何氏介）
　　　　（奚嗣宗上）
奚嗣宗　（唱）家中何故乱纷纷。
　　　　　　　二位母亲休争论——
申　氏　奴才！
　　　　（唱）抬头又见眼中钉。
　　　　　　　就连奴才一齐打——（打奚嗣宗介）
何　氏　（唱）跪倒尘埃放悲声。
　　　　　　　母子二人原有罪，大娘啊！
　　　　　　　大娘手下要留情。
奚嗣宗　这是什么缘故？孩儿好好下学回来，怎么嫡母见面就打？
申　氏　你妈把你爸爸挤兑走了，我打死你妈，我才解恨哪！
奚嗣宗　母亲，嫡母之言是真么？
何昭容　一言难尽，你也休问真假。你父带怒出门去了。
奚嗣宗　有这等事，待我去赶爹爹回来。
申　氏　你要追不上他，你也不用再回来了。
奚嗣宗　谅爹爹决不远行，定在各亲友家中，哪有追不回来之理？

何昭容　如此，你快去找来。
奚嗣宗　是。（向内介）列位亲朋请了，可曾见我爹爹？
　　　　（内白）不曾得见。
奚嗣宗　有劳。（向申氏、何氏介）二位母亲，众亲友言道，不曾见我爹爹。
申　氏　好哇，你们娘儿两个把你爸爸气走了。今天还我活人便罢，要是没人，你呢是奚家儿子，没什么说的，得管我吃饭，你妈可得立刻给我滚！
奚嗣宗　嫡母休要与我母亲生气，孩儿即刻出门，赶我爹爹回来。
申　氏　你爱去不去，我就是跟你妈要人。
奚嗣宗　我母亲从来不出闺门。嫡母不要生气，待孩儿前去寻父。
何昭容　儿啊，倘若你父远奔他方，你小小年纪，焉能寻找？
奚嗣宗　哎呀母亲哪！爹爹上天入地，孩儿也要找他回来。倘若寻不见爹爹，孩儿也不回来了。
　　　　（唱）父子从来关天性，
　　　　　　　上天入地去找寻。
　　　　　　　含悲跪在尘埃地，
　　　　　　　别过高堂二母亲。
　　　　　　　迈步出门寻路径——
何昭容　我儿转来。
奚嗣宗　（唱）母亲呼唤为何情？
　　　　母亲何事？
何昭容　你爹爹分文未带，难道你也不带盘费么？
奚嗣宗　家下存钱不多，二位母亲留下度用，孩儿去也！（扫下）
何　氏　（【哭头】）嗣宗我儿，哦哦哦哦，我的儿哇！
　　　　（唱）见娇儿出门去泪如雨迸，
　　　　　　　但愿他寻父回我才放心。
　　　　　　　我好似酒醉人昏昏不醒——
申　氏　何昭容，你给我厨下做饭去。
何昭容　是。
　　　　（唱）何昭容又做了灶下之人。（何氏下）
　　　　（申苞上）
申　苞　（唱）将身且把奚家进，
　　　　　　　见了妹子说分明。
　　　　妹子。
申　氏　哥哥来了，请坐。

申　苞　为何不见妹夫？
申　氏　他跟二娘怄气跑了，他儿子追他去了。
申　苞　妹夫跑啦？我给妹子道喜！
申　氏　什么话样，妹夫跑了，你倒给妹子道喜？
申　苞　我叫你先发小财，后走大运。
申　氏　什么小财？
申　苞　你要把二娘卖了，岂不是小财？
申　氏　大运呢？
申　苞　大运哪，等小财发完啦，再告诉你。
申　氏　一切全仗着你了。咱们兄妹到后头慢慢商量，请。（同下）

# 第 三 场

（奚成列上）

奚成列　（唱）出得门来心不定，
　　　　　　　　东西南北哪路行。
　　　　　　　　急忙不暇择路径——
奚嗣宗　（内）爹爹慢走！
奚成列　（唱）又听得我儿喊连声。
（奚嗣宗上）
奚嗣宗　（唱）前面分明是严亲，
　　　　　　　　正好一同转回程。
　　　　　　　　急急忙忙往前奔——
（二盗上，冲介。奚成列下）
二　盗　那一少年，留下买路钱。
奚嗣宗　（唱）身边却未带分文。
二　盗　既无银钱，看刀。
（作砍介，奚嗣宗躲介。四家丁、院子、陈以闻上）
陈以闻　前面有贼。
（二盗跑下）
奚嗣宗　救命啊！
陈以闻　有人喊叫，家院，将他唤了过来。
院　子　那一少年，我家员外唤你。

奚嗣宗　叩见员外，多谢救命之恩！
陈以闻　那一少年姓氏名谁，家住哪里，因何至此？
奚嗣宗　员外容禀。
　　　　（唱）小生家住成都郡，
　　　　　　　奚姓嗣宗是我名。
　　　　　　　只为爹爹弃家遁，
　　　　　　　小生寻父到此临。
陈以闻　听你之言，倒是一个孝子。
奚嗣宗　谅我爹爹走之不远，待我赶上。
陈以闻　且慢。一路之上难保没有强人，你一人行路不便。不如随着老夫同行，我也可命家丁们帮你寻找令尊。
奚嗣宗　员外如此大恩大德，愿闻员外高姓。
陈以闻　老汉陈以闻，永福人氏。今到成都探亲，探亲已毕，正要还家，不想与你相遇，我看你日后必成大器。
奚嗣宗　员外真乃小生重生父母也！
陈以闻　你愿认我为父么？
奚嗣宗　员外恩同再造，愿执子侄之礼。
陈以闻　如此，你我父子相称，你意下如何？
奚嗣宗　爹爹，请受孩儿一拜！
陈以闻　不必拜了。家院，一路之上，替公子找寻他的生身之父，趱行者。
　　　　（唱）得此佳儿真侥幸，
奚嗣宗　（唱）从今膝下奉晨昏。（下）

## 第四场

李　四　（内）小子们开船。
　　　　（二船夫、旺儿、兴儿、李四上）
　　　　（唱）家有田园阔得很，
　　　　　　　也做坏人也做好人。
　　　　在下李四，是盐亭一个财主。如今从湖广做完买卖，要上成都。旺儿、兴儿，吩咐开船。
　　　　（唱）吩咐开船往前进——
旺　儿　天黑啦！

李　四　呀！
　　　　（唱）天已昏黑把船停。
　　　　天黑了，你们就把船停住。
旺　儿　吩咐下锚。
　　　　（船夫应介。奚成列上）
奚成列　咳，出得门来，无处投奔，身边一文也是没有，待我投水死了吧。呔！救人哪，救人，我要投水了！
李　四　那一汉子，你寻死是羊毛。
奚成列　寻死还有羊毛么？
李　四　不是羊毛，也是棒槌，大概这辈子是头一回寻死。
奚成列　你怎么知道我是头一次寻死？
李　四　你寻死大嚷救人，是个不会寻死的样儿，故此知你是新学着寻死。
奚成列　领教，领教。告辞。
李　四　你住哪儿去？
奚成列　此处谅想死不成了，待我别处去寻死。
李　四　你别搅，你遇着我，我岂肯叫你死？上船来咱们聊一会儿，我得问问你为什么寻死。
奚成列　你不要多管。
李　四　我管定了！旺儿，把他拉上船来。
　　　　（旺儿上岸，拉奚成列介，奚成列上船介）
　　　　我得问你寻死的缘故，你要说出非死不可的道理，我就让你去寻死。
奚成列　我与你萍水相逢，叫我从哪里说起？
李　四　你是找话脑袋呀？我问你：姓什么，叫什么，是哪里的人？
奚成列　在下奚成列，成都人氏。
李　四　你这个名姓好熟，我想起来了，蒲留仙《聊斋志异》有一段《大男》，那《大男》的大东西跟你一个姓名。你为什么跑到这儿来寻死？
奚成列　妻妾争风，家务所累。
李　四　妻妾争风，家务所累，越听越像《聊斋》。不用说，你没儿子，你们二奶奶现在有孕。
奚成列　不对了，我儿长大了。
李　四　这可跟《聊斋》不对。我明白啦，他是说书，咱们是唱戏。书上的小孩容易长，戏上要由喜神改小生，得多少场呀？不如说你儿子大了，省好些废场子。这么办，我也按省事的办法。我盐亭有个当铺，托你去管理，你谅无推辞。

奚成列　你用人原来是羊毛、棒槌。
李　四　好哇，我说你的话，你立刻回敬。你怎么见得我是羊毛、棒槌？
奚成列　我与阁下相交未深，怎么便以大事见委？阁下不会用人，是个羊毛，是个棒棰。
李　四　要等咱们俩人交些日子，我再重托于你，这出戏得唱多少日子呀？干脆你快上盐亭给我管当铺去，我往成都逛几天，还要买姨奶奶。旺儿，你跟奚先生上盐亭，以后你就伺候奚先生。
旺　儿　是。
李　四　你们起早去吧。
奚成列　多谢了！
旺　儿　奚先生跟我来。船家，搭扶手。
　　　　（旺儿、奚成列上岸介，同下）
李　四　开船。
兴　儿　黑更半夜怎么开船？
李　四　要不开船，进不了后台。咱们这场戏就为救奚成列来的，他已经到盐亭开当铺去了，听戏的先生也都明白了。你们开船也罢，不开船也罢，咱们窝着下。（下）

# 第五场

　　　　（申苞上）
申　苞　果是天从人愿，真有人来花钱。妹子在家么？
　　　　（申氏上）
申　氏　谁呀？
申　苞　哥哥来啦？
申　氏　哥哥来了，请进。
申　苞　妹妹，你的小财可要发啦！
申　氏　敢是有人要买何昭容？
申　苞　不错，是盐亭李财主。昨天我在店里遇见他，他提起你们家，好像知道，一会儿就来抬人。
申　氏　他白抬人吗？
申　苞　他给银子。
申　氏　你去接他，等我去告诉何昭容。

申　苞　等一会见。（下）
申　氏　何昭容，滚出来啵！
何昭容　（内）来了。（上）
　　　　（唱）官人一去无音信，
　　　　　　　不见娇儿转回程。
　　　　　　　可叹我生来真薄命，
　　　　　　　泪痕洗面要过一生。
申　氏　咳，你真可怜。有夫无夫，有子无子，你这一辈子可怎么好？
何昭容　这是我命该如此。
申　氏　什么命该如此，你可知道人定能胜天？人要什么事都怨命，就算没志气。我从来就是不叫命管着，说句文话，我就不安命。
何昭容　我不认命，又待如何呢？
申　氏　天下就是姓奚的是男人吗？你不会往前走一步？
何昭容　我与官人十分恩爱，况又生儿，焉能改嫁？
申　氏　这可由不了你，我跟你说吧，我把你卖啦。
何昭容　大娘休来哄我，大娘乃名家之女，岂不知先嫁由人，后嫁由己。大娘并不曾与我商议，焉能做此无天理之事，我不信。
申　氏　你得了啵！什么先嫁由人，后嫁由己。那是我们当大奶奶的说的话，我要自己不愿意改嫁，我爹妈也做不了我的主意。你本是买来的，不是娶来的，我说卖就卖，一会儿买主就来抬人。
何昭容　哎呀！
　　　　（唱）闻言好似沉雷震，
　　　　　　　你做事如何太丧心。
　　　　　　　罢！
　　　　　　　拼着残生全节义，我那丈夫、娇儿啊！
　　　　　　　今生只恐见不成。
　　　　　　　堂前碎首倒干净——（何昭容撞介，申氏拦介）
　　　　（申苞、李四、兴儿、车夫上。申苞入介）
申　苞　妹妹回避，买主来了。
　　　　（申氏闪下。李四、兴儿同入介，申苞指何昭容介）
　　　　就是她。
何昭容　（唱）倒叫我此时间进退无门。
李　四　真长的不错，给你银子。
　　　　（兴儿交银介）
申　苞　等我跟妹子分赃去。（申苞下）

何昭容　（哭介）喂呀！
李　四　别哭，跟我走哇。
何昭容　你且少待，我还取件东西。
李　四　快取快走。
　　　　（何昭容取小刀介，藏介）
何昭容　走哇！
李　四　你上车，我们跟着车跑。我昨天下了船，住在店里，咱们回店。
兴　儿　您跟她说这些干什吗？
李　四　明是告诉她，暗是告诉听戏的，戏是她排的她早明白，咱们走哇！
何昭容　走走走！
　　　　（唱）坐在车中心不定，
　　　　　　　何昭容今日不愿生。
　　　　　　　夫君抛别心何忍，
　　　　　　　带累得娇儿也远行。
　　　　　　　总是大娘心不正，
　　　　　　　一家骨肉各离分。
　　　　　　　我今只可拼性命，
　　　　　　　小小钢刀项下横。（刎介）
　　　　（内白）到了店啦！
李　四　搀她下车。
兴　儿　了不得啦，她抹了脖子啦！
李　四　搀下来。
　　　　（车夫下。店家上）
店　家　员外回来啦？
李　四　回来了。兴儿，搀她进店。
店　家　不行，她抹了脖子啦，不能进去。
李　四　不碍，她死了，我打人命官司。何况她是这出戏的要紧人，保管她死不了。兴儿，搀进来。
　　　　（李四扶何昭容入介，何昭容坐介）
　　　　有刀创药，给她敷上。
　　　　（兴儿敷介）
　　　　得了，你们听着，一起【倒板】，她就活了。打鼓的，快起救命【倒板】哪！
何昭容　（唱）三魂将入黄泉境——
李　四　说了话了，活了，我准知道死不了。

何昭容　（唱）不想霎时又重生。
　　　　　　　怒满花容开言问，
　　　　　　　何人大胆买奴的？
　　　　　　你是何人，敢买有夫之妇？
李　四　我叫李四，我是个好人。我听说申氏卖你，怕你流落，故此买你，我是个好人。
何昭容　既蒙员外高义，我情愿出家为尼。
李　四　年轻轻的当姑子不是事儿，我把你送我一个朋友。
何昭容　我是不事二夫的。
李　四　我这个朋友与众不同。
何昭容　请问贵友名姓？
李　四　说不得，我要说了他的名姓，倘若有人走漏风声，叫你们大奶奶知道，是个麻烦。你到了盐亭地面，瞅见他，你自然跟他成亲。
何昭容　任是何人，我也不改节。
李　四　恐怕到了那时候，就不是那们一件事啦。店家，我的店钱开过没有？
店　家　没开哪。
李　四　你给我写账，不久我还来哪。
店　家　住店写账，真透着新鲜，为拉主顾，暂不要钱。（店家下）
李　四　车辆走上，咱们还是往船上去呀！
　　　　（车夫上，何昭容上车介）
　　　　（唱）这件事做了个十足德行，
　　　　　　　我李四也算是大大好人。（同下）

# 第六场

　　　　（奚成列上）
奚成列　（唱）自到盐亭走了运，
　　　　　　　穷儒改作富家翁。
　　　　（兴儿上）
兴　儿　有人没有呀？
　　　　（旺儿上）
旺　儿　你回来啦？
兴　儿　员外也回来了。

旺　儿　　咱们一块儿去告诉奚掌柜。（入介）奚掌柜，员外回来了。
奚成列　　说我出迎，快快有请！
旺　儿　　有请员外。
　　　　　（李四上）
李　四　　奚先生。
奚成列　　员外请坐。
李　四　　有坐。
奚成列　　在下是一穷儒，如今在此安享，皆乃员外所赐。
李　四　　也是先生文才。我想先生一人独居不是一件事，我打算给先生娶房媳妇。
奚成列　　家中有妻有妾，此事只怕使不得。
李　四　　这个女子除了你谁也不嫁。
奚成列　　天下竟有女子看上我了。
李　四　　可不是吗？她就爱你这小模样子。
奚成列　　只是我日后无颜对我妻妾，万不敢娶她，负了她盛情。
李　四　　好哇，你是一个要寻死的人，我救了你，你倒不听我的话。来呀，把他衣裳脱了，叫他走。
奚成列　　员外不必动怒，我依允就是。
李　四　　你依啦？咱们是好朋友。
奚成列　　不知这女子姓氏名谁？
李　四　　她的名姓一会儿你就知道，她在我家里哪。我先回去，你预备花轿赶紧快来。
奚成列　　遵命。
李　四　　旺儿，你跟奚先生在这当铺里头预备喜事，我先回去了。
旺　儿　　嗻。
李　四　　告辞。正是：为交朋友用心思，
奚成列　　不说名姓令人疑。
李　四　　你可快备花轿来。
奚成列　　是，谨遵台命。（奚成列、旺儿同下）
李　四　　兴儿，咱们回去。正是：离了当铺，来到住处。这就算到了，兴儿，有请何娘子。
　　　　　（兴儿请介，何昭容上）
何昭容　　思夫满眼泪，想儿一片心。员外。
李　四　　请坐。
何昭容　　有坐，员外唤我何事？

李　　四　我从前说过，要把娘子送我朋友，今天该过门了。
何昭容　我誓不改节，员外休出此言。
李　　四　你在奚家不过做妾，如今人家拿花轿抬你进门，就是大奶奶，你还不愿意吗？
何昭容　讲什么花轿，龙车凤辇也是枉然。
李　　四　你是一定不嫁吗？
何昭容　我矢死无二，我心已定，不必多言。
李　　四　你真是好的，不过你跟我住在一块儿，也不是一件事。我这朋友岁数大一点，你跟他同居更好。
何昭容　你一定不肯相留，我还是寻死。
李　　四　你寻死可别冒失，你见了我这朋友，要准睄出不能同居，再死不迟。别跟上一回似的，在车上抹脖子。
何昭容　我此番要死在明处。
李　　四　好，就那们办。你换衣裳去，他就拿花轿来抬你。
何昭容　哎，薄命轻如叶，微躯似短蓬。（何昭容下）
李　　四　吩咐丫头们，挑几个岁数大的跟何娘子去，他们那边是没女仆的。
兴　　儿　等我吩咐。（向内介）员外吩咐：派几个有胡子的丫头跟何娘子。
李　　四　你砸了，丫头不留胡子。
兴　　儿　你不说要岁数大的吗？
李　　四　多大岁数也没胡子，丫头要有了胡子，院子又该什么扮相？咱们别搅啦，花轿该来了。

（【吹打】，四青袍、旺儿、轿夫上。奚成列上）

奚成列　员外，花轿遵命抬到。
李　　四　你真听话，我亲自到你家，连送带主人。搀新人。
（二丫鬟、何昭容搭盖头上，入轿介，四青袍随下。众绕场。丫鬟扶何昭容出轿介，旺儿赞礼介。奚成列、何昭容拜堂介，入洞房介。众下。何昭容去盖头披发介。李四立门偷听介）
奚成列　哎，好奇怪，既是新人，为何乌云披散，面带泪痕？事有蹊跷，待我向前看个明白。
何昭容　（唱）那人休把我身近——
奚成列　听她说话，又是个有性气之人。
何昭容　（唱）宁死决不嫁别人。
　　　　　　　取出钢刀项上刎——（取刀刎介）
奚成列　使不得！
（夺刀介，何昭容扎奚成列介，奚成列闪介）

奚成列　好厉害。
何昭容　（唱）原来仍是旧夫君。
　　　　（李四入介）
李　四　怎么啦？
奚成列　是一个悍妇，李员外你害苦我了，她如此性劣，你怎么单把她来嫁我？
李　四　她是个好人。
奚成列　她既是好人，为何带刀上轿？
李　四　她带刀可不是一回了，你看看她是谁。
奚成列　待我看来。
何昭容　谁敢近前。
　　　　（何昭容扎介，看介，【哭头】）
　　　　（唱）啊啊啊，官人哪！
　　　　　　　我为你折磨都受尽，
　　　　　　　我为你钢刀在项下横。
　　　　　　　若不是员外来救应，
　　　　　　　你我夫妻见不成。
　　　　　　　今日洞房重相会，
　　　　　　　一言难尽万般情。
奚成列　（唱）走向前来用目瞬——
李　四　你仔细地瞧。
奚成列　（唱）颈边果是有伤痕。
　　　　　　　哭声娘子你吃了苦——
　　　　（哭叫）何氏！
何昭容　（哭叫）官人！
奚成列　（唱）啊啊啊，我那难得见的——
李　四　你得叫她妻。
奚成列　（唱）难得见的妻呀！
何昭容　（唱）你莫颠倒妻妾名。
　　　　　　　贱妾乃是妾媵。
奚成列　这个……
李　四　老东西，别提从前名分。我因敬她节烈，才绕这个弯子，叫你把她改名为妻。本想跟你说明，怕你不肯预备这乘花轿。本想跟她说明，怕她谦恭不肯上轿。她呀就是你的正头妻啦，再说她也给你养过儿子，也是你的大大功臣。你要薄待她，就算薄待功臣。
何昭容　虽蒙员外好意，怎奈还有申氏大娘。

| 奚成列 | 那申氏与我恩断义绝，提她做甚。 |
| --- | --- |
| 何昭容 | 你也不可如此。 |
| 奚成列 | 说到此间，我想起一事来了。那日出门时节，我儿在后面赶我。看看赶上，不想被强人冲散。如今你来到此处，我儿往哪里去了？ |
| 何昭容 | 娇儿未曾回家，至今音信全无。 |
| 奚成列 | （哭介）儿啊！ |
| 李　四 | 别哭，反正这出戏里你们父子见得着。 |
| 奚成列 | 娘子怎么到此？ |
| 何昭容 | 大娘听信申苞之言，将我卖与李员外。我自刎全贞，蒙他救活，才得与你相见。 |
| 奚成列 | 我那日出门跳水，也是员外相救，此恩我何日得报？ |
| 李　四 | 好哇！你们两人在那儿亲热，我算搁在旱岸儿上啦。 |
| | （何昭容作手势介） |
| 奚成列 | 多谢员外大恩！ |
| 李　四 | 你滚开，你这脑袋和气生灾呀！ |
| | （奚成列向何昭容作手势介，何昭容持刀向李四介） |
| 何昭容 | 多谢员外大恩！ |
| 李　四 | 哎哟我的妈！怎么还动刀哇？吓了我一跳。（三人对看介）你们久别重逢，我别讨人嫌，咱们明天见。（下） |
| 奚成列 | 天已不早，你我安歇了吧。 |
| 何昭容 | 官人请。正是：夫妻重相会， |
| 奚成列 | 久别胜新婚。 |
| 何昭容 | 啐！ |
| 奚成列 | 哈哈哈哈！（同下） |

# 第 七 场

| 申　苞 | （内）走哇！（同上） |
| --- | --- |
| 申　氏 | |
| 申　苞 | （唱）兄妹离别成都郡， |
| 申　氏 | （唱）只因荒旱不聊生。 |
| 申　苞 | 妹子，没想到成都大旱，不能住了，咱们奔哪儿好？ |
| 申　氏 | 那得问你，小妹是个女的，毫无主意。 |

| | |
|---|---|
| 申 苞 | 咱们上盐亭好不好？ |
| 申 氏 | 就依着你。 |
| 申 苞 | 到了盐亭，要再一点儿落子没有，可怎么好？ |
| 申 氏 | 不要紧，那地方要有人买妾，你把我卖了，你我就都有安身之处了。 |
| 申 苞 | 这可是你的主意。 |
| 申 氏 | 我的主意。 |
| 申 苞 | 你说得出来，我干得出来。咱们走哇！ |
| | （唱）要卖胞妹心已定，（下） |
| 申 氏 | （唱）凭奴容貌也值千金。（下） |

## 第 八 场

（四青袍、二差、门子、奚嗣宗上）

奚嗣宗　下官陈嗣宗，本姓奚氏。蒙义父收留，改姓赴考，得举孝廉，官授盐亭知县。左右，走马上任去者。（下）

## 第 九 场

（何昭容病装上）

何昭容　（唱）受尽欺凌遭磨难，
　　　　　　为全贞节险丧黄泉。
　　　　　　到今日夫妻重见面，
　　　　　　但不知，我的儿，年纪轻，出门寻父，流落哪边？
　　　　　　思来想去肝肠断，
　　　　　　身得安然心不安。

（奚成列上）

奚成列　（唱）娘子有恙常在念，
　　　　　　患难夫妻非等闲。
　　　　娘子之病从何而起？

何昭容　一来思念娇儿，二来家事劳心。我儿不知下落，妾身身体虚弱，恐不能再生儿女。官人买一姬妾，也好传宗接嗣。

奚成列　你是要我买妾么？
何昭容　正是。
奚成列　我遭遇妻妾之变，你我性命险些不保。如今提起"妻妾"二字，我的心胆俱寒。你呀，你饶了我吧！
何昭容　圣人云：己所不欲，勿施于人。我曾受过嫡妻折磨，官人若是买妾，我决不能把别人待我的手段，再待别人。
奚成列　只恐事到其间，你做的事不应今日之言，我岂不又要怄气？娘子，你念在夫妻分上，喏喏喏，我与你作揖哀告，你息了买妾的念头，我至死也不忘你的大恩。
何昭容　听你之言，竟把我当作妒妇了。
奚成列　天下乌鸦毛片一般。
何昭容　不想官人如此的疑忌于我，我何昭容好命苦哇！
　　　　（唱）我怕你奚门无后胤，
　　　　　　　才动了替你买妾的心。
　　　　　　　你说话全然不思忖，
　　　　　　　把奴当作甚样人？
奚成列　（唱）娘子不必动无明，
　　　　　　　你的言语我愿听。
　　　　　　　你不必动怒，我买妾就是。
何昭容　如此，你快快将旺伙计唤来，我当面吩咐。
奚成列　旺伙计哪里？
　　　　（旺儿上）
旺　儿　掌柜的什么事？
奚成列　大娘唤你。
旺　儿　大娘有何吩咐？
何昭容　我有意与官人买妾，命你前去。
旺　儿　您要给官人买妾？巧得很，昨天隔壁店里从成都逃荒来的兄妹二人，哥哥要卖妹妹，正没买主哪。
何昭容　快把此女唤来。
旺　儿　嗻。（出介，向内）店家请啦，哪位没良心的卖妹妹？
　　　　（申苞、申氏同上）
申　苞　别骂人，我卖妹妹。
旺　儿　就是这位堂客吗？
申　氏　可不就是我？
旺　儿　有了买主啦，先叫去见见，不中意再退。

| 申　苞 | 不成，我们推出门，概不退还。 |
| --- | --- |
| 申　氏 | 哥哥放心，凭我的人才，没个挑不上。 |
| 申　苞 | 那么你就去，我净等拿钱。（下） |
| 申　氏 | 你们主人住在哪儿？ |
| 旺　儿 | 就在这个门里头，你跟我来。 |
| 申　氏 | 跟你去可跟你去，你不准跟我起哄，你听我说的话，你得叫我新姨奶奶。 |
| 旺　儿 | 你可真性急。（入介）掌柜的，人带了来了。 |
| 奚成列 | 叫她进来。 |
| 旺　儿 | 新姨奶奶，掌柜的请。 |
|  | （申氏入介，奚成列看介，急用袖遮脸介） |
| 奚成列 | 哎呀，怎么是申氏的模样？叫她先拜大娘。 |
| 旺　儿 | 新姨奶奶，掌柜的叫你先拜大娘。 |
| 申　氏 | 只有先拜主人，怎么先拜大娘？ |
| 旺　儿 | 这是他们家的规矩。 |
| 申　氏 | 好家规！进门磕头，怕什么的？咱们往后睄。我说哪一位是大娘？ |
| 何昭容 | 这声音听着耳熟。（看介）你不是申氏大娘？ |
| 申　氏 | 你不是何昭容吗？ |
| 旺　儿 | 新姨奶奶，别叫大娘的名字。 |
| 申　氏 | 我本是她家的大娘，她是哪一门子的大娘？ |
| 奚成列 | 申氏贱人，你休得无礼！ |
| 申　氏 | 哎哟，你不是官人吗？ |
| 奚成列 | 正是在下。 |
| 申　氏 | 何昭容，你怎么跟他弄到一块儿啦？ |
| 何昭容 | 只因大娘将我卖与李员外，我自刎全贞，李员外是官人好友，才送我与官人相见。 |
| 奚成列 | 申氏，她这一次是我用花轿抬来的。 |
| 申　氏 | 我没睄见。 |
| 旺　儿 | 新姨奶奶，您没睄见，台上台下的先生们可都睄见了。 |
| 申　氏 | 我反正不能给她低伏做小哇。 |
| 奚成列 | 申氏，你怎么出乎反乎？ |
| 申　氏 | 我怎么出乎反乎？ |
| 奚成列 | 你当初言道，我宠的是妾，你恨不能与我做妾。你今日怎么争起妻妾名分来了？ |
| 申　氏 | 我是一句戏言。 |

奚成列　你是戏言，我却要认真。你快与何氏大娘叩头，行嫡庶之礼。
申　氏　你怎么还是宠妾灭嫡？
奚成列　她是嫡，你是妾，叫你与她叩头，怎见得我宠妾灭嫡？你不行礼，我便要打。
申　氏　你打我不得。
奚成列　你曾言过，妻打不得，妾可以打得。今日你既是妾，我怎么打不得你？
申　氏　哎哟，你怎么派我做定了妾啦？
奚成列　你今日本来是妾。
申　氏　我偏不做妾。
奚成列　呸！
　　　　（唱）既卖身来不安分，
　　　　　　　此时不是昔日的人。
　　　　　　　伸拳掳袖把你打——（打介）
　　　　（何昭容拦介）
何昭容　（唱）不可伤了昔日情。
　　　　　　　我劝官人息火性——
奚成列　（唱）叫她叩首我的气才平。
　　　　　　　骂声申氏太可恨——（打申氏介）
申　氏　打死人啦！
奚成列　（唱）你不磕头待怎生？
　　　　　　　用手抓来闩门的棍——（取棍，打申氏介）
旺　儿　别打出人命来，我找卖主去。（旺儿下）
申　氏　别打，我磕头。
奚成列　快些跪下。
申　氏　我不能跪。
奚成列　叫她大娘。
申　氏　不能叫。
奚成列　呸！
　　　　（唱）贱人今日莫想逃生。
　　　　　　　咬牙切齿心发怔——（又打介）
　　　　（旺儿、申苞上）
申　苞　别打了，我的妹夫！
奚成列　（唱）哪里钻来混账人。
　　　　　　　你是申苞？
申　苞　可不是我吗？

奚成列　你叫不得妹夫了，你妹子如今卖与我做妾，我与你不是郎舅了。
申　苞　卖给你，你得给钱。
奚成列　有钱。旺伙计，取三百银子与他。
旺　儿　是。（取银介）银子到。
申　苞　谢谢！我要走了。
申　氏　这小子见了钱什么都不顾，你愿意卖，我自己不愿意卖。
申　苞　别那么说我，买主不容易。
申　氏　他把何昭容立为正室，叫我叫她大娘，我受不了这个气。
申　苞　此一时彼一时，你今天是卖给他做妾，别说从前的话。
奚成列　着哇。今日不比昔日，申氏快与大娘行礼。
申　苞　你快去行礼，你不行礼，我的银子可拿不到手。你要弄飞了我的钱，我可打你。
申　氏　咳，这可真糟，没法子，我行礼就是。
奚成列　跪下，叫大娘。
申　氏　大娘在上，贱妾叩头。
　　　　（何昭容跪还礼介）
何昭容　千万不可如此的称呼。（同起介）
申　苞　您别太谦，她是来服侍您的。妹子，你瞧哥哥这件事办的好不好？错过哥哥，也行不出来。我可要走了。
申　氏　你走啵，你够人味就结了。（申苞出介）
旺　儿　别走。
申　苞　怎么别走？
旺　儿　我的底子钱。
申　苞　我跟你们掌柜的是老亲戚，今天我不算卖妹妹，他不算给身价，算是送给我的钱，哪儿有底子钱？
旺　儿　你不给我打你。（打申苞介）
申　苞　打死人啦！
　　　　（奚成列出介）
奚成列　何事喧哗？
旺　儿　掌柜的，他骂您。
奚成列　哦，他还敢骂我？
申　苞　你别听他的，他是血口喷人。
奚成列　你素不安分，背地骂我也是有的。旺伙计，将银子收回，随我进去。
　　　　（入介，旺儿收银同入介。申苞亦随入介）
申　苞　奚成列，你这么做事可不成。

奚成列　申苞，你怎么也进来了？与我赶出去！
申　苞　你不用厉害，我要去告你。
奚成列　你要与我打官司，我还怕你不成么？
何昭容　官人，事要三思，不可任性。如今申氏大娘既已回来，你送舅爷银子也是应当。
奚成列　他背地骂人，哪有银子与他？旺伙计，快把银子收起。
旺　儿　是啦。（抱银下）
申　苞　没银子可不行。
何昭容　他背地骂你，可是亲耳听来？
奚成列　虽非亲耳听来，他素非良善，一定做得出来。
何昭容　既非亲耳听来，他未必果然骂你，还是与他银钱为是。
奚成列　他与我要银子，我还要与他兄妹要儿子。
申　苞　你说话不讲理，咱们打官司去。
申　氏　哥哥，他压妻为妾，罪名不小。你拉住他，我拉住何氏，咱们四个人打这场热闹官司。
　　　　（申苞拉奚成列介，申氏拉何昭容介）
申　苞
申　氏　（同）走，上县衙门。
奚成列　走就走，我是不怕的。
何昭容　哎，这是何苦。
申　氏　咱们走。
奚成列
何昭容　（同）走。
申　苞
　　　　（圆场。二差上）
二　差　那一伙人，这是县衙。
申　苞
申　氏　（同）我们是打官司的，我们俩人是原告。
二　差　少时太爷升堂，给你传禀。
　　　　（内白）太爷升堂。
　　　　（四青袍、门子两边上，奚嗣宗从下场门上，坐介）
奚嗣宗　唤值日差人。（门子唤介）
二　差　叩见太爷。
奚嗣宗　放告牌可曾抬出？
二　差　没抬出去就有一男一女来告状，被告同来也是一男一女。

奚嗣宗　哦，原被告都是一男一女，将男子先带进来。
二　差　是啦。太爷吩咐：男的先进去。
　　　　（奚成列、申苞同入介）
申　苞　叩见太爷。
奚成列　生员有礼。
奚嗣宗　见官不跪，口称生员，你敢是在庠？
奚成列　不错，是个秀才。
奚嗣宗　哎，本县放告牌未曾抬出，你们就来告状，想必是人命重情。
申　苞　不是，我们是家务。
奚嗣宗　家务小事便来经官，本地人可算好讼。
申　苞　小人是成都人。
奚嗣宗　哦，你是成都人么，你叫什么名字？
申　苞　小人叫申苞。
奚嗣宗　哦，申苞，你可认得本县？
申　苞　小人只知您是永福人氏陈员外的公子，可不认得您。
奚嗣宗　你不认得本县，本县倒认得你。
申　苞　那个老小子听见没有？太爷认得我，你的官司准输。
奚成列　未必。
申　苞　一定。
奚嗣宗　申苞，我来问你，成都有个奚老先生，官印上成下列，你可认得？
申　苞　被告就是奚成列。
奚嗣宗　哦，你就是奚老先生？
奚成列　生员奚成列。
奚嗣宗　此案不必在大堂审问，转至二堂。（转堂介）叫申苞跪下！左右，与奚老先生看坐。
奚成列　生员不敢坐。
奚嗣宗　二堂不比大堂，先生请坐。
奚成列　告坐。
　　　　（申苞起介）
申　苞　我的官司不打了。
奚嗣宗　先前你来告状，如今怎么追悔？
申　苞　被告坐着，原告跪着，这官司怎么打？
奚嗣宗　本县自有公断，跪下！（申苞跪介）奚老先生，他告你何事？
奚成列　不过妻妾吵闹。
奚嗣宗　此乃小事。

申　苞　　小事引出大事，您把他妻妾叫进来，一问就知道了。
奚嗣宗　　门役，请奚家二位娘子进来。
　　　　　（门子请介，申氏、何昭容同入介）
奚嗣宗　　奚家二位娘子，免了长跪，有话讲来。
申　氏　　我得先说。
何昭容　　自然大娘先讲。
奚成列　　你是我妻，那申氏是妾，自然先讲。
何昭容　　这……
奚嗣宗　　奚老先生，你的家事本县尽知。你道年少的是妻，年长的是妾，只怕不然。
申　氏　　太爷真是清如水，明如镜，见面就睄出来了。我的官司准赢。
奚成列　　你少说话。太爷，其中有变，请太爷问过拙荆。
奚嗣宗　　倒底哪一位是令正？
奚成列　　年少的是拙荆。
奚嗣宗　　（向何昭容介）那位娘子有话讲来。
何昭容　　太爷呀！
　　　　　（唱）何昭容乃是奴名姓，
　　　　　　　　家住成都是寒门。
　　　　　　　　父母早亡无兄弟，
　　　　　　　　奚家买我做小星。
奚嗣宗　　不对了，奚老先生道你是正室，何言"小星"二字？
何昭容　　太爷！
　　　　　（唱）夫君因事他乡遁，
　　　　　　　　嫡室把奴卖与人。
　　　　　　　　全节捐生曾自刎，
　　　　　　　　多亏妙药又复生。
奚嗣宗　　怎么讲，你曾自刎全节么？（哭介）哎呀！
奚成列　　这位太爷听你自刎全贞，哭起来了，真是个仁人。
申　氏　　非亲非故哭个什么劲儿？
奚嗣宗　　往下讲来。
何昭容　　（唱）夫妻二次圆破镜，
　　　　　　　　花轿抬奴到门庭。
　　　　　　　　申氏大娘将身卖，
　　　　　　　　谁知又遇旧夫君。
　　　　　　　　颠颠倒倒如梦境，

　　　　　嫡庶二人才变更。
申　氏　妻妾不能颠倒，太爷做主。
申　苞　对啦，求太爷做主。
奚嗣宗　待我向前问过奚老先生。
申　苞
申　氏　（同）哪有做官的听被告做主之理？
奚嗣宗　我与奚先生另有情由。奚先生颠倒妻妾，下官不敢做主。
奚成列　生员是依照人情天理，并非偏向。况且何氏守节，申氏卖身，何氏是花轿娶来的，申氏是银子买的，何氏是妻，申氏是妾，还有什么讲的么？
奚嗣宗　这申苞呢？
奚成列　永断亲情，再不来往。
奚嗣宗　遵命。差役过来，将申苞递解回籍。
申　苞　好听话的官！就凭被告一句话，这可真新鲜。我说太爷，你这们听他的话，简直是他儿子！
奚嗣宗　还敢多言！差役，押下去！（二差押申苞下）
申　氏　太爷，您的官司审的太不公道。您竟听他们的分派，我瞧你简直是他的儿子。
奚嗣宗　左右退下。
　　　　（门子、青袍下。奚嗣宗跪介）
　　　　爹娘啊，孩子嗣宗在此。
奚成列
何昭容　（同）怎么，你是嗣宗么？
奚嗣宗　正是。
奚成列　哎，儿啊！
　　　　（唱）再不想今日里与儿相见——
　　　　（申氏作认子介）
申　氏　哎哟我的亲儿子，你怎么做了官啦？
　　　　（奚成列拦申氏介）
奚成列　哎，他不是你的儿子，你也配。（向奚嗣宗介）儿啊，你的母亲在那厢呢。儿啊，你要叫她母亲。
奚嗣宗　母亲。
何昭容　（【哭头】）哦哦哦，我的儿啊！
　　　　（唱）一家骨肉又团圆。
　　　　　　天公有意把人怜念，

　　　　　　　弄得凡人颠倒颠。
　　　　　　起来，起来。
奚嗣宗　谢爹娘！
奚成列　儿啊，见过你庶母。
奚嗣宗　参见庶母。
申　氏　好啊，我倒落个庶母。
奚成列　儿哇，你哪里来的这身荣耀？
奚嗣宗　说也话长，待孩儿慢慢告禀。吩咐后堂摆宴。
　　　　（【尾声】，同下）

# 慎 鸾 交

## ■ 本事

《慎鸾交》是清朝李笠翁作的南北曲，事迹和人的姓名，都是李笠翁假设演的。华抚军之子华秀路过姑苏，和名士侯隽相遇。侯隽品定群妓，取中王又嫱做花榜状元。又嫱见华秀品学兼优，愿托终身，华秀和她订了十年的婚约，侯隽却娶了妓女邓蕙娟。华秀、侯隽入京赶考，又嫱、蕙娟都因事避居尼庵。华秀中了状元，有个内监要把侄女招他为婿，华秀不允，内监便把侄女招了探花侯隽，于是侯隽把蕙娟休弃。华秀奉旨南下，途中与又嫱相见，因未告知其父，又嫱不肯成婚。华秀北上，恰值其父内升宗伯，访知又嫱贤德，携带北来，与子合卺。又嫱并定计感动侯隽，俾与蕙娟重圆。因又嫱择人谨慎，故此戏名取作《慎鸾交》。

## ■ 提纲

### 第一场
四龙套、院子、华秀、华元五、侯隽、王姥、王又嫱、邓蕙娟、邓鸨、侯妻、尼姑

### 第二场
王姥、王又嫱、帮闲、赵钱孙

### 第三场
四青袍、二差、门子、卞康民

### 第四场
赵钱孙、帮闲、王姥、王又嫱、四青袍、二差、门子、卞康民

### 第五场
邓蕙娟、尼姑、王姥、王又嫱

### 第六场
侯隽、华秀、家院、四小太监、贺太监、四青袍

### 第七场

王又嫱、邓蕙娟、王姥、尼姑、公差、华秀

### 第八场

四龙套、华元五、尼姑、卞康民、王又嫱、王姥、邓蕙娟、二车夫

### 第九场

家院、华秀、侯隽、四龙套、华元五、邓蕙娟、王又嫱

# 第 一 场

（四龙套、院子、华秀、华元五同上）

**华元五**　趱行者。（牌子）老夫，华元五，徽州人氏，官拜浙江布政使。蒙圣恩特授四川巡抚，为此走马上任。我儿华秀已登乡榜，不免命他入京会试。啊，我儿。

**华　秀**　爹爹。

**华元五**　为父自往四川，你可带了院公入京会试。倘若得中，你就留意当差；若是不中，再到为父任所。

**华　秀**　孩儿遵命。

**华元五**　儿啊，传家玉佩可在身旁？

**华　秀**　现在身旁。

**华元五**　你今去往京都，一路之上，只许留连风景，不准迷恋烟花。倘有朋友约你冶游，情不可却，你也只可逢场作戏。我家三代不娶青楼做妾，你不可堕我家风。听我吩咐。

（唱）但愿我儿登虎榜，
　　　光宗耀祖姓名香。

**华　秀**　（唱）严亲教训不敢忘，
　　　即日北行往帝邦。

**华元五**　（唱）父子分襟南北向，（四龙套下）
　　　愿儿得个状元郎。（下）

**华　秀**　（唱）家院随我登程往，（圆场）
　　　只见家家点银钉。

来此姑苏城内，天色已晚，看此处有一人家，待我向前借宿。（看介）姑苏侯寓，我想起来了，我有一个同学朋友，名唤侯隽，就在

　　　　　　此地居住，莫非就是他家？待我叩门，里面有人么？
　　　　　　（侯隽上）
侯　隽　读书读了半生，
　　　　学会目中无人。
　　　　岂但目中无人，
　　　　简直目中无坟。（开门介）
　　　　谁呀？原来是华仁兄，请进。请坐。
院　子　参见相公。
侯　隽　你下面歇着。（院子下）
侯　隽　仁兄，你从哪儿来？
华　秀　只因家父升授四川巡抚，走马上任，由浙江行至贵处，命小弟在此分路往北京应试。天色已晚，借宿一宵，明日早行。
侯　隽　会试的日期还没到呢，您明日就去，未免太早。咱们老没见了，您多住几天再走。
华　秀　只是打搅不当。
侯　隽　多年好友，又不留您住一辈子。我也要上京会试，正没有同伴，咱们正好同行。
华　秀　仁兄要与小弟一同进京？
侯　隽　对了，跟你一块走，我省盘缠。您真去赶考去，我这可要发花榜了。把名妓定为鼎甲，我自己是主考。
华　秀　你怎么开口就说青楼？我是不冶游的。
侯　隽　你别假道学，你跟我到窑子里瞅一瞅，没有什么要紧的。
华　秀　你去，我不去。
侯　隽　你不去？我明白了，想必你是对花儿见一个爱一个。
华　秀　我岂是那样人？我眼中有妓，我心中无妓。
侯　隽　你有那宗道行？我倒要试试你。
华　秀　既然说到此处，我便随你前往，看看我的道行如何。
侯　隽　既这们说，咱们就走。
华　秀　走哇。
　　　　（唱）眼前纵有娇模样，（圆场）
　　　　　　我不留心两相忘。
侯　隽　到了，进去。
　　　　（王姥上）
王　姥　原来是侯相公。
侯　隽　你见见这位华公子。

王　姥　华公子。二位请坐。
侯　隽　你快把令媛请出来。
王　姥　我女儿到隔壁邓家去了。
侯　隽　你快把她找回，就连邓蕙娟也找过来。
王　姥　是。（向内介）邓大姐，快同小女回来，有客人等你们哪。
　　　　（王又嫱、邓蕙娟上）
王又嫱　新年拢鬓及笄期，髻挽盘龙一把丝。
邓蕙娟　镜里问人人尽道，南梳北裹总相宜。
王又嫱　母亲。
邓蕙娟　大妈。
王　姥　你们随我来。
　　　　（王又嫱、邓蕙娟、王姥同入）
王又嫱
邓蕙娟　（同）侯相公。
王　姥
侯　隽　见过华公子。
王又嫱
邓蕙娟　（同）华公子万福。
华　秀　吾未见好德如好色者也。（不理介）
王又嫱　（背介）这位相公气宇轩昂，必然才学出众。
邓蕙娟　侯郎，这位华公子怎么不理人呀？
侯　隽　他是个道学先生。
邓蕙娟　恐怕是个假道学。
侯　隽　假可不一定假，真也不见得真，你们不用理他。我说王老太太，给我们预备酒去。
王　姥　是，待我去吩咐。（下）
侯　隽　华大哥见见二位大姐，岂不闻既来之，则安之，你在这地方别装着玩儿。
华　秀　这是哪里说起，我华秀今日要破戒了。二位大姐请坐。
王又嫱
邓蕙娟　（同）告坐。
侯　隽　华大哥，她们二人长的好不好？
华　秀　也好，也好。
侯　隽　这位大姐我要中她花榜状元，这一位是榜眼，你看公道不公道？
华　秀　倒也公道。

侯　隽　　你该跟人家说话了。
华　秀　　叫我从何说起？
侯　隽　　给状元道个喜，问问名姓，你还不会吗？
华　秀　　领教了。恭喜大姐花榜抢元，家乡何处，贵姓高名？
王又嫱　　公子容禀。
　　　　　（唱）烟花女说什么扬名显姓，
　　　　　　　　花榜上中状元何足重轻。
　　　　　　　　奴名唤王又嫱家住扬郡，
　　　　　　　　父早亡随老母入了娼门。
　　　　　　　　奴虽然入青楼性耽闲静，
　　　　　　　　似莲花出淤泥不染纤尘。
　　　　　　　　细思量苦生涯珠泪难忍，
　　　　　　　　做此官行此礼且度光阴。
华　秀　　原来如此。侯仁兄，我已说过话了，你我回去吧。
侯　隽　　别忙，你看我中的这状元，有眼力没眼力？
华　秀　　仁兄真好眼力！
侯　隽　　老兄既有垂青之意，等我给你们介绍介绍。
华　秀　　且慢。小弟不日就要启程，仁兄不必多此一事。
侯　隽　　你真是见色不迷。这一科完了，又换一科了，状元算是升了老师了。咱们都算举子，叫她们挑咱们状元，挑上的就算状元。
华　秀　　小弟不在其内。
侯　隽　　你在内也不要紧，我中她是状元，她好意思不中我状元吗？
华　秀　　我溜了吧。（下）
王又嫱　　公子回来，公子回来！
侯　隽　　他走远了。
王又嫱　　他不应考，今科没有状元了。
侯　隽　　敢情我不够个状元？我算白巴结了，咱们喝酒去。王老太太，咱们的酒呢？
　　　　　（王姥上）
王　姥　　来了，来了，侯相公不要吃酒了，邓家鸨儿道你欠她嫖账，找上我的门儿来了。我已经打发她回去了，只怕少时还要来的。
侯　隽　　她来我也不怕。老太太，你们令嫒中了状元，不带笑容，是怎么一回事？
王　姥　　儿啊，你中了状元为何不乐？
王又嫱　　漫说花榜状元，就是真正状元，又待怎么？

侯　　隽　　别那么说，花榜状元也不容易，咱们从此就算师生。
王又嫱　　本地文人相公第一，妾身久想拜以为师，奈相公与邓家姐姐有啮臂之盟，我若与相公亲近，怕别人造言生事。
侯　　隽　　（指邓介）都是你耽误我的好事了。
王又嫱　　今日见相公的好友华公子学问也好，就烦相公替我引荐，拜在华公子门下。
侯　　隽　　绕了半天弯子，夸了我半天，敢情还是为华公子。我也佩服你的眼力，我去跟他说去。
王又嫱　　有劳相公。
侯　　隽　　华公子就在我书房里呢，你在这儿等着，我到书房去见他去。正是：全凭三寸舌，打动一片心。（下）
王又嫱　　姐姐，侯相公做事倒也爽快。
邓蕙娟　　得了吧！你将才说他不好，他一给你拉拢华公子，你就夸起他来，你说话简直没准。
王又嫱　　姐姐呀！
　　　　　（唱）休道我前后语不应，
　　　　　　　　侯相公本是一庸人。
　　　　　　　　托他办事无不可，
　　　　　　　　不可与他订鸳盟。
　　　　　　　　非是又嫱敢自信，
　　　　　　　　今朝敢学月旦评。
　　　　　（侯隽上）
侯　　隽　　（唱）好容易华兄才依允，
　　　　　　　　急忙报与又嫱闻。
　　　　　王大姐，你该怎样谢我？我把舌头都说短了半截，华公子才答应收你这个门生。
王又嫱　　多谢费心。
侯　　隽　　咱们都到我家去吧。
邓蕙娟　　老太太，见了我妈，可别说我们上侯家来了。
王　　姥　　晓得。
侯　　隽　　走哇！
　　　　　（唱）三人同把书房进——（圆场）
　　　　　（华秀上）
华　　秀　　（唱）妓女缠人缠不清。
　　　　　仁兄来了，请坐。

侯　隽　　你坐。第一位我坐,第二位叫她们俩人两边坐。
华　秀　　有坐。
王又嫱　　且慢,老师在此,门生不敢坐。
侯　隽　　你跟他的师生,大概就是那们一说结了,又不正式磕头拜他为师,你坐下啵。
王又嫱　　告坐。
侯　隽　　邓大姐也坐下。
邓蕙娟　　是了。
侯　隽　　华大哥,今天您收门生,您得预备一桌好酒席。
华　秀　　小弟今在客中,哪有闲钱预备酒席?只好留她用个家常便饭。
侯　隽　　不行,她每天吃好东西吃惯啦,你要不给她好东西吃,就算跟她没交情。
王又嫱　　侯相公,家常便饭倒合我的脾胃。
侯　隽　　你瞧你,敢情你情愿吃他的粗饭。华大哥,你就给她预备粗饭。
华　秀　　这个……哎呀且住。想我华秀曾受父亲教训,不与青楼交好。这妓女竟自前来缠我,只是我看她举动大方,不似青楼中人,我也不可绝人太甚,待我先与她交言。哎,不好,不好,我一向不亲女色,还是不理她的为妙。
侯　隽　　他真会干人。王大姐,瞧你的。
王又嫱　　公子。
华　秀　　我不理她,她竟叫起我来了。没奈何还叫一声,再不开言,她其奈我何。哦,大姐。
王又嫱　　公子呀!
华　秀　　(背介)我再不理她了。
王又嫱　　公子。(华秀不理介)公子,公子,哎呀呀呀,原来是个木人儿,这便怎么处?哎,王又嫱哦王又嫱,你没有眼力,怎么我把华公子当作君子,不想他是个好色之徒。
侯　隽　　对了,他是个好色之徒,比我还厉害。华大哥,这看你说什么。
华　秀　　住了,我一生不好女色,你休要胡言。
王又嫱　　请问公子,我到此处做甚?
华　秀　　你拜我为师。
王又嫱　　着哇!我拜你为师,你就该把我当作弟子看待。你还把我当作青楼,你只知有妓女,不知有弟子。若非好色之徒,不能作此想。
侯　隽　　这下子可问住他了!华大哥,你怎么着?
华　秀　　我来问你,你定要与我亲近,是何缘故?难道真要与我做康成的诗

　　　　　婢不成么？
王又嫱　多谢公子收留。
华　秀　我不曾收留与你。
王又嫱　公子既许我做康成的诗婢，岂不是收留与我了？
华　秀　天下男子甚多，我既无情，你要来缠我，须要待十年以后。
王又嫱　十年也不算多。
侯　隽　天下有这样贱骨头，愿意等十年。
王又嫱　公子。
　　　　（唱）初交求淡不求浓，
　　　　　　　由淡而浓妙无穷。
　　　　　　　冷淡如君人难及，
　　　　　　　终身定可同枯荣。
华　秀　倒也说得是，只是我曾蒙爹爹训教，不许涉足青楼，怎能娶得妓女？
王又嫱　我身在青楼，心不青楼。
华　秀　人非草木，谁能无情。
侯　隽　泥人也度化得过来的，王大姐真不含糊，可以不等十年了。
华　秀　十年可是要等的。
王又嫱　却是为何？
华　秀　我父华元五现官四川，命我入京赶考，必须小生功名成就，替皇家立过功劳，再与大姐成亲，岂不就要十年了？
王又嫱　妾身情愿等你十年。
华　秀　若能等我十年，我便依你亲事。你我也不必海誓山盟，只此一言为定。正是：季布无二诺。
王又嫱　侯嬴重一言。
　　　　（邓鸨上）
邓　鸨　我是邓蕙娟的妈，来找侯隽要钱花。这儿是侯家了，待我进去。我说侯相公，你好快活！
邓蕙娟　哎哟，我妈来啦！
侯　隽　来了来吧。
邓　鸨　相公，无君子不养小人，您可得明白。
侯　隽　小人也得养君子，你别说一面话。
邓　鸨　你真矫情，你欠了我们姑娘多少钱，今天没有钱，我扒你。
华　秀　妈妈，你何必如此，小生要管一管闲事。
邓　鸨　您贵姓啊？
华　秀　小生姓华。

邓　鸨　您跟华抚台是一家吗？
华　秀　那正是我家父。
邓　鸨　原来是少爷，小妇人叩头。您要怎么管闲事呀？
华　秀　你令嫒既与你不同心了，你何妨把她卖去？
邓　鸨　我早想卖她，连她身契我都随身带着，就是没买主。您不信，我拿出来您看？
华　秀　我有意买你令嫒，你意下如何？
王又嫱　哦，公子，你要买邓家姐姐了？
侯　隽　他买邓蕙娟碍你什么事？你不犯着变颜色。
王又嫱　哎，你买了邓大姐，也好，也好。
邓蕙娟　我跟侯郎海誓山盟，我是不跟别人的。
侯　隽　别那们说，什么海誓山盟，花了钱你就是他的人。
华　秀　妈妈，你要多少银子？
邓　鸨　三百两。
华　秀　倒也不多。（取银介）银契两交。
　　　　（邓鸨递契接银介）
邓　鸨　好哇，不打价儿就买，真是少爷脾气。（下）
华　秀　侯仁兄，小弟是替兄纳妾，文契仁兄收下，你与邓大姐成亲去吧。
王又嫱　好，这才是好朋友。
侯　隽　岂但好朋友，我爸爸也办不到。
华　秀　仁兄，你我的私事已完，可以去赶考了。
侯　隽　您先走一程，我随后准赶了去。
华　秀　如此小弟告辞了。（向内介）家院，与我鞴马。
　　　　（院子暗上，应介）
王又嫱　公子，你走了么？你不要忘了十年之约的哟！
华　秀　哪有忘记之理，我身边一块玉佩，大姐收下。家院，带马。
　　　　（唱）十年之约要记紧，（付佩介）
　　　　　　　莫要轻抛一片心。（下，院子随下）
　　　　（王姥上）
王　姥　（唱）我儿许久未回程，
　　　　　　　去到侯家看分明。
　　　　侯相公。
侯　隽　你来的正好，你令嫒正在这儿难受哪。
王　姥　我儿，我儿！（王又嫱作呆立介）我儿，为娘来了。
王又嫱　原来是母亲。母亲，那华公子去远了不曾？

王　　姥　我将将到此，不晓得什么华公子。
侯　　隽　她的心都跟了华公子走了。
王　　姥　我们回去吧。
王又嬾　回去吧。（作神气介，同王姥下）
侯　　隽　蕙娘，他们走了，你跟我到上房。
　　　　　（圆场，侯妻上）
侯　　妻　相公，你在外边干什么来着？这个娘们是谁？
侯　　隽　这是我新纳的妾。蕙娘，见过大奶奶。
邓蕙娟　大娘万福。
侯　　妻　气死我也！
　　　　　（唱）大骂老侯不是人，
　　　　　　　　不该把她娶进门。
　　　　　　　　伸拳掳袖把她打——
邓蕙娟　你要打谁？
侯　　妻　打你。
邓蕙娟　你歇着啵！
　　　　　（唱）我也不是省油灯。
　　　　　　　　要打与你对面打——（对打介）
侯　　隽　哎！
　　　　　（唱）这个家庭住不成。
　　　　　我本想明天再进京，你们这一闹，我立刻就走。
侯　　妻　你走哇，我就死。
侯　　隽　你死不了那们快。
侯　　妻　我说死就死，你睄着，我死了。（死介，下）
侯　　隽　她真死了，除非唱戏，没这么快。你跟我找隔壁庙里的姑子去。
　　　　　（同出门，向内介）大师父。
　　　　　（尼姑上）
尼　　姑　什么事？
侯　　隽　我们大奶奶死了。
尼　　姑　真的吗？
侯　　隽　戏台上多会儿有真的？就算她死了就结了。我要跟华公子进京赶考，丧事托你办。
尼　　姑　交给我了。
侯　　隽　尼姑，见过我们新大奶奶。
尼　　姑　那个将死，你就娶了这个啦？

邓蕙娟　相公，你要进京，给我留下安家度用。
侯　隽　我连盘川都为难，哪有安家度用？我走了，要有账主子，你给我搪一搪。
邓蕙娟　我是新来的，搪账我办不了。
侯　隽　可也是，你真搪不了。你一个人在家不方便，你上她庙里住吧，我走了。（下）
尼　姑　新大奶奶，你们相公准中。
邓蕙娟　准中？他中了，我就享了福吧。
尼　姑　那还用说，您真有造化，您上我庙里去罢。
邓蕙娟　走哇。
　　　　（唱）郎君此去若得中，
　　　　　　　管保我身受诰封。（同下）

## 第二场

（王姥、王又嫱同上）
王　姥　（唱）接得娇儿回家转，
　　　　　　　我儿何故少欢颜。
　　　　儿啊，为何不快？
王又嫱　母亲，女儿从今后不做这行生理了。
王　姥　好容易得了花榜状元，怎说不做这行生理？
王又嫱　女儿立志从良，已与华公子订下十年婚约，有意搬到乡间刻苦度日，不做这行生理了。
王　姥　拿来。
王又嫱　拿什么来？
王　姥　拿华家婚书定礼来。
王又嫱　婚书没有，现有玉佩作为定礼。
王　姥　话虽如此，哪有十年迎娶之理？这姻缘只怕他不是真心。况且十年之久，度用却是不够。
王又嫱　娘啊！
　　　　（唱）贫家自有贫家道，
　　　　　　　儿愿亲将井臼操。
　　　　　　　量薪数米能度命，

何必金银夸富豪。
莫道十年难得过，
再多几载也能熬。
锦衣绣裙忙脱掉——（换衣介）

母亲！
神女生涯即日抛。

王　姥　（唱）你立志令人心踊跃，
为娘也不怕辛劳。
金银细软收拾好，（打包袱介）

我儿走哇！
去往乡间岁月熬。
母女出门奔大道——（圆场）

（帮闲、赵钱孙上。下场门扯城介。赵钱孙看介）

赵钱孙　（唱）这是谁家美多娇。
好个小娘们，不知她是谁。

帮　闲　您连她都不认得了，她是花榜状元王又嫱。

赵钱孙　窑子好办，我说王大姐慢走，我名叫赵钱孙。

王又嫱　原来是吕布后身，一人三姓。

赵钱孙　我正是吕布，你倒像个貂蝉。

王又嫱　来人尊重些，我如今不做生意，要下乡间去住，是良家了。

赵钱孙　任凭你怎么说，遇见我，走不了。

帮　闲　员外，您别跟她闹，放她去吧。

赵钱孙　不行，不能叫她走。

帮　闲　你们娘们儿还不快跑哇！

王又嫱　母亲，我们出城去吧。（出城介，急下）

（赵钱孙拉王姥介）

赵钱孙　你们走不了。

王　姥　是我。

赵钱孙　我的姥姥，你滚吧。（王姥下介）你怎么放她走啦？

帮　闲　大街以上我们跟她闹起来，她认识秀才老爷们多，又认得华公子，我怕惹事。今天咱们跟她出城，看她住在哪儿，晚上咱们扮成鬼怪，把她抢了来就结了。

赵钱孙　依着你了，咱们出城啊！（出城介，下）

## 第三场

（四青袍、二差、门子、卞康民上）

卞康民　下官苏州知府卞康民是也。今夜下乡查看，左右开道。（下）

## 第四场

（起更介，赵钱孙、帮闲两边上，撞介）

帮　闲　你敢是员外？（赵钱孙不答，跳介）不得了，这是真鬼，待我跑吧！
赵钱孙　别跑，是我。
帮　闲　您怎么吓唬我呀？
赵钱孙　怕装的不像。
帮　闲　不用装就是活鬼。
赵钱孙　你打听明白他们娘儿两个住在哪儿啦？别找错了门。
帮　闲　打听明白啦，您跟我来。（圆场）就是这一家。
赵钱孙　夜半三更她关着门哪。
帮　闲　等我装狗叫引她开门。
赵钱孙　鬼你也会装，狗你也会装，凑起来你鬼鬼祟祟，一身狗腥气。都不用装，自来你就像鬼又像狗。
帮　闲　受不了，像一样就够䁖的了。
赵钱孙　你装狗哇。

（帮闲作狗叫介，王姥上）

王　姥　母女正要安眠，门外犬吠，待我开门看来。

（王又嫱上）

王又嫱　母亲何故开门？
王　姥　外面犬吠，我要看个明白。
王又嫱　我们今日将将下乡，怕有歹人，母亲不可开门，还要多加一道栓。
王　姥　也说得是，待我多加一道栓。（加栓介）
赵钱孙　你弄砸了，人家多加一道栓，更进不去了。
帮　闲　我还有绝招儿，不怕她不开门。
赵钱孙　你还有什么招儿，别弄的再加一道栓。
帮　闲　我这一招儿，十道也不怕。
赵钱孙　你是什么招儿？

帮　闲　我……
赵钱孙　怎么着？
帮　闲　我拍门。
赵钱孙　别挨骂啦，拍门谁不会，等我来拍。（作拍门介）
王　姥　何人叫门？
赵钱孙　这个……
帮　闲　您这来，她认得华公子，您假充华公子。
赵钱孙　就这么办。开开门，小生华秀。
王　姥　儿啊，华公子来了。
王又嫱　儿与华公子订下十年的婚约，此时他断不能来的。
赵钱孙　快些开门！得，有个赵钱孙不是东西，怕他害你，小生特来保护。
王又嫱　任他说得天花乱坠，天亮方可开门。
赵钱孙　他死心眼，不开门。
帮　闲　咱们踹门。
赵钱孙　能踹门吗？
帮　闲　能踹，能踹。
赵钱孙　能踹费这些事干吗？（踹门介。赵钱孙、帮闲作鬼叫介）
王　姥　打鬼！打鬼！
　　　　（赵钱孙、帮闲抢王又嫱出介，王姥追出介。四青袍、二差、门子、卞康民上）
王又嫱　冤枉！
卞康民　拿下了。
　　　　（众拿介。卞康民下马介，坐）
　　　　带了过来。
　　　　（二差带介）
王又嫱　叩见大人。
卞康民　那一女子姓氏名谁，因何喊冤，一一讲来。
王又嫱　小女子王又嫱，本是娼妓。与华公子订下十年婚娶之约，因此不做生意，与我母亲下乡居住。不想这赵钱孙同他伙伴假装鬼怪，前来掳抢，大人做主。
卞康民　你二人可有什么讲的？
赵钱孙
帮　闲　（同）当场拿住的，小人想赖也赖不了。
卞康民　王又嫱，你说的什么公子？
王又嫱　乃四川中丞华元五之子华秀。

卞康民　原来是我老师之子。你又说什么十年婚姻之约？
王又嫱　必须公子成名，他还要与国家立功，须要十年。
卞康民　十年前订下十年后的婚姻，倒也古今罕见。你不可在乡间居住，待我送你入城，寻一尼庵住下，本府每月供你养膳。左右，送她母女入城去吧。
王又嫱　谢大人！
王　姥　这位大人是何用意？（王又嫱神气介）
二　差　你母女跟我们来。（引王姥、王又嫱同下）
卞康民　将二贼带回城内审问。带马。（下，众随下）

# 第 五 场

（邓蕙娟上）
邓蕙娟　（唱）虽到尼庵心不静，
　　　　　　　　梦魂常傍远行人。
（尼姑上）
尼　姑　侯二娘，你有了开心的事啦。
邓蕙娟　不用说，是侯郎有信来了。
尼　姑　不与侯相公相干。
邓蕙娟　不与他相干，我有什么开心的事呢？
尼　姑　本府大人送来一个老太太，带着个姑娘，到我庙里。有人跟您做伴，您不开心吗？
邓蕙娟　不是侯家的人，我不见她。
尼　姑　我的庙很小，就是这两间房，你不见可不成。等我请她进来，有请二位女菩萨。
（王姥、王又嫱同上）
王　姥　母女脱烟花，
王又嫱　来依佛子家。
尼　姑　请到这屋里坐。
（王又嫱作见邓蕙娟介）
王又嫱　这不是邓家姐姐么？
邓蕙娟　来人认得我，想必跟侯家有关系。我看看她是谁，哎哟，你不是王家妹妹吗？

王　姥　邓大姐。
邓蕙娟　老太太也来啦?
尼　姑　你不说不见他们吗?
邓蕙娟　我不见生人。
尼　姑　你呀,敢情是个认生的孩子。(下)
邓蕙娟　老太太,妹子,请坐,你们怎么到这儿来啦?
王又嫱　姐姐呀!
　　　　(唱)小妹脱离烟花寨,
　　　　　　乡间去把岁月挨。
　　　　　　偶逢恶少行无赖,
　　　　　　装作妖邪来惹灾。
　　　　　　小妹险些遭他害,
　　　　　　府尊送我拜莲台。
　　　　　　侯相公与你多恩爱,
　　　　　　娶你到家列金钗。
　　　　　　何故也来庵内住,
　　　　　　莫不是河东狮吼你招架不来?
邓蕙娟　我自到侯家,他家大娘十分厉害,谁知她死了,如今侯家就算我主持中馈了。侯郎入京,我一人在家许多不便,才到庙里。你呀是避难来的,我可是来等侯郎喜信的,跟你的忧喜不同。
王又嫱　姐姐讲什么忧喜不同,你为侯相公,我为华公子都是一般。
邓蕙娟　可不能那们说。我跟侯相公已经成亲,你跟华公子八字还没一撇呢。本来哪有跟人定十年才娶的约会儿,要是我简直不能答应他。他也奇怪,怎么成全我跟侯郎的婚姻,他就那们干脆。到了你跟他自己的事情,他倒不慌不忙的呢?
王又嫱　这才看得出华公子待我的一片至诚。
邓蕙娟　什么一片至诚,简直跟你耍骨头。
王又嫱　哦,他是戏弄我么?
邓蕙娟　你才明白呀? 话又说回来啦,也不全怨他,本来你没有至性至情能感动他。要像我跟侯郎那份意思,你们梦也梦不见。
王又嫱　姐姐,你说话太高兴了。
邓蕙娟　我遇着那们一个知心的人,你叫我怎么不高兴?
王又嫱　世事多有出人意料以外的。
邓蕙娟　你呀,是睄着我得意,你气的慌。
王又嫱　且看后来如何。(同下)

# 第 六 场

（侯隽冠带上）

侯　隽　戏场事事都快，一会儿换了冠带。没见我下场作文章，已经把官来拜。下官探花侯隽。我跟华秀一块儿进京赶考，他中了状元，我中了探花，我不免前去拜会于他。来此已是，待我进去。
（华秀冠带上）

华　秀　不想竟然魁金榜，祖功宗德岂文章。仁兄请坐。（坐介）咳！

侯　隽　年兄为什么咳声叹气？

华　秀　司礼监贺公有一侄女，要招我为婿，我为此不快。

侯　隽　司礼监贺公有个侄女，要招你为婿吗？你的好运可来啦！

华　秀　此话怎讲？

侯　隽　你做了他的姑爷，升官必快。

华　秀　小弟与王又嫱订了十年婚约，怎肯另娶他人？

侯　隽　你真傻，王又嫱是个妓女，这会儿不知跟了谁了，你还说什么十年婚约？再说，贺公公你也惹不起。

华　秀　我奉公守法，他其奈我何？一言为定不可忘。

侯　隽　只恐他人各心肠。
（院子上）

院　子　启状元爷：圣旨下。

华　秀　年兄，小弟要接旨去了，请到书房小坐。

侯　隽　请！（下）

华　秀　香案接旨。
（四太监、贺太监上）

贺太监　圣旨下，跪听宣读。诏曰：状元华秀授为观风使者，去往江苏宣访民情。旨意读罢，望诏谢恩。

华　秀　万万岁！

贺太监　请过圣旨。我说状元，我将才在午门跟你说过，我的侄女许你，为何不允？

华　秀　另有下情。

贺太监　什么另有下情，咱家是万岁跟前的人，难道你不知道？

华　秀　万岁圣明，公公也非奸佞。

贺太监　钦限紧急，你赶紧出京。

华　秀　遵命。带马。

（四青袍上，带马，华秀上马介，四青袍下，华秀下。侯隽上）

侯　隽　　参见公公。
贺太监　　原来是侯探花，我的侄女要许状元，他一定不允。
侯　隽　　他不识时务，公公休怪。
贺太监　　我看你也不错，许了你吧。
侯　隽　　这个……
贺太监　　你也敢违抗咱家吗？
侯　隽　　多谢公公。
贺太监　　快给我磕头。
侯　隽　　叔岳父请上，侄婿拜见。（【吹打】，拜介）
贺太监　　你择日迎娶。孩子们，复旨去者。（领四太监下）
侯　隽　　没想到我倒做了老贺的姑爷了。等我写封信把邓蕙娟休了，别叫她来捣乱。（下）

# 第七场

（王又嫱上）

王又嫱　　（唱）铅华扫尽换荆钗，
　　　　　　　　赢得旁人笑我呆。
　　　　　　　　自古痴人有痴福，
　　　　　　　　呼牛呼马任他咍。

（邓蕙娟上）

邓蕙娟　　（唱）姊妹相逢甚爽快，
　　　　　　　　远人常挂我心怀。
王又嫱　　姐姐请坐。

（王姥上）

王　姥　　邓大姐，大喜了！
邓蕙娟　　我有了喜事啦？不用说，侯郎中了。您怎么知道？
王　姥　　有报录人到此，还有侯相公的书信。
邓蕙娟　　唤他进来。
王　姥　　他丢下书信回去了。
邓蕙娟　　真不会办事，他要进庙里来，我还能不给他喜钱吗？
王　姥　　我也盼他到来，好替我儿打听华公子消息。

| 邓蕙娟 | 您还替我妹妹惦记姓华的呢？华公子不是本地人，中与不中，没人到苏州去报喜。再说我妹妹跟华公子这会儿还算没关系，华公子的事您可以不必关心，不能跟我和侯家比的。 |
|---|---|
| 王　姥 | 我女儿与华公子也有婚姻之约，怎说无干？ |
| 邓蕙娟 | 她是个傻子，叫姓华的冤了。 |
| 王　姥 | 也说得是。儿啊，你看华公子可有改变？ |
| 王又嫱 | 这个，女儿只知自尽其心，哪里管得了他人变与不变呢？ |
| 邓蕙娟 | 我说你傻，你可真不聪明。 |
| 王又嫱 | 说痴未必痴，日久自然知。 |
| 邓蕙娟 | 你痴与不痴，我是不管。妹妹，我的家信来了，接我进京享福。我拆开信，咱们大家乐一乐儿。 |
| 王又嫱 | 姐姐，依小妹之见，这封书你不看也罢。 |
| 邓蕙娟 | 什么？侯郎接我进京的信，你不叫我看可不行。你的心眼我明白了，你跟华公子闹的不伶不俐，你瞧见侯郎接我，你心里妒忌，是与不是？ |
| 王又嫱 | 小妹岂是那样人？请姐姐看了书信再讲。 |
| 邓蕙娟 | 等我看了书信再说。（拆书看介）"蕙娘校书如面"。 |
| 王又嫱 | 校书是称呼妓女的，他怎么把你还当作妓女看待？ |
| 邓蕙娟 | 也许是跟我闹着玩儿哪。 |
| 王又嫱 | 未必。 |
| 邓蕙娟 | 一定。 |
| 王又嫱 | 哦，一定，一定。 |
| 邓蕙娟 | 等我朝下看。"鄙人现已娶妻，校书可以别抱琵琶。"哎哟，气死我啦！妹妹，我没看书的时候，你怎么知道书上没好话？ |
| 王又嫱 | 下书人丢下书便走，不像前来接你的模样，故此糊里糊涂被我蒙着了。 |
| 邓蕙娟 | 哎，我好命苦哇！ |
| | （唱）大骂侯郎太无情， |
| | 　　　负义王魁一样人。 |
| | （尼姑上） |
| 尼　姑 | 王大姐，本府打发个差官，给我一封文书，叫我照文行事。我不认得字，您替我瞧瞧。 |
| 王又嫱 | 待我看来：苏州府示下，钦差新科状元华在本府打尖，借白衣庵暂做公馆。 |
| 尼　姑 | 敢是要到我这庙来？我快去收拾房子。（下） |
| 王　姥 | 儿啊，这钦差也姓华，莫非是华公子同宗？ |

王又嬫　未必便与华公子同宗。
邓蕙娟　有官来了，我去喊冤告状，告那侯隽负心。
王又嬫　你当真要告？
邓蕙娟　这还有什么假的？
王又嬫　少时钦差到了，必在大殿拈香，你快往等候。
邓蕙娟　我告状去了。（下）
王又嬫　母亲，这钦差定是华公子。
王　姥　怎见得？
王又嬫　尼庵非是钦差驻马之地，女儿与华公子十年婚约，下太守是知道的。分明有意要女儿与华公子相见，才把尼庵做了钦差的行辕。
王　姥　你方才何不对邓大姐言明？
王又嬫　事未把稳，不说为妙。你听人声嘈杂，有人来也。
　　　　（邓蕙娟、华秀同上）
华　秀　（唱）见了邓家冤枉状，
　　　　　　　　方知王氏在庵堂。
　　　　王大姐，下官来了。
王　姥　儿啊，这可是华公子？
王又嬫　正是。
王　姥　我女儿真是活神仙，你快向前叫声华郎，与他相认。
王又嬫　且慢。女儿自有道理。大人请上，民女王又嬫叩头。
华　秀　大姐不要下拜，你连下官也不认识了？下官是华秀。
王又嬫　民女岂不认得大人？只是"名分"二字不敢违拗。
华　秀　我与大姐有婚姻之约，大姐不可太拘泥了。
王又嬫　如此，华郎。
华　秀　这便才是。
王　姥　状元。
华　秀　此位可是令堂？
王又嬫　正是家母。
华　秀　请到禅堂小坐。
王　姥　是啊，你二人要叙衷肠，老身告退。（出介）我女儿好眼力，好眼力，哈哈哈哈！（下）
华　秀　大姐请坐。
王又嬫　有坐。
华　秀　邓大姐也请坐。
邓蕙娟　谢谢您哪！

华　秀　王大姐，方才我在佛殿拈香，邓大姐前去喊冤告状，我问她住在何处，她才说你也在此，并将你已往情由都对我说明了。大姐甘守十年之约，真乃信人也。
王又嫱　郎君身登显要，不肯变心，妾身佩服。
华　秀　我如今名魁榜首，此番奉旨出京查办事件，也算替国家出力报效了，正好同大姐一路进京。
王又嫱　你可曾禀知堂上？
华　秀　闻得我爹爹升了宗伯，不日也要进京。直待到京之后，面禀不迟。
王又嫱　不可，还是禀明堂上，再来接我为妙。
华　秀　也说得是。
邓蕙娟　妹妹，你这儿来。
王又嫱　何事？
邓蕙娟　华状元可真是可托之人，我服你，真有眼力。
王又嫱　我也是适逢其会。
邓蕙娟　我将才告状，他可没准。他说我不是侯家正妻，人家续弦，我管不了。我对于姓侯的算死了心啦，我倒不如跟你同侍华郎。
王又嫱　此刻恐华郎不允，且待我自己婚姻成就，再与你说话。
邓蕙娟　瞧你素常老实，一提这个你也会吃醋。
王又嫱　非也，华郎为人正大，岂肯收朋友之妾？
邓蕙娟　你别推故事，快说去。
王又嫱　待我与你讲来。哦，郎君，邓大姐既被侯郎休弃，情愿与我同侍郎君。
华　秀　我与侯年兄十分交好，此事断乎不可。
王又嫱　（向邓蕙娟介）如何？
邓蕙娟　我也不敢妄想，难道在您府里当个丫头还不行吗？
华　秀　朋友之妾，万万不可。
王又嫱　方才邓大姐在佛殿喊冤告状，你可曾准下？
华　秀　方才我不曾准下。
王又嫱　却又来！你既不准她状纸，又不收留于她，你分明送她性命。
华　秀　这个……
王又嫱　你分明是官官相护，不顾别人生死，我王又嫱错认了你了！
华　秀　大姐不要动怒，待我回京，劝侯年兄来接邓大姐便是。
王又嫱　他若肯听劝，也不写休书了。你回到京中，与他绝交，明明说出是他负心之故。他必然愧悔，再想良谋叫他二人重圆。
华　秀　就依大姐。人役们走上，带马。（四青袍两边上）
　　　　（唱）今朝暂别容后会——（领青袍下）

王又嫱　　（唱）我的终身有所归。
　　　　　　　叹姐姐当初把人认错，
　　　　　　　我今要替你挽回。（下，邓蕙娟同下）

# 第 八 场

（四龙套、华元五上）
华元五　　（唱）我在川中当大任，
　　　　　　　君王召我回京城。
　　　　老夫华元五，前任四川巡抚。我儿华秀新中状元，奉旨江苏查办事件，颇有功绩。圣上道我教子有方，升为礼部正堂，宣召入京。行至中途，又奉圣旨命我到江苏办理一件公务，来此已是苏城，左右开道，往馆驿去者。
　　　　（唱）鸣锣开道往前进，
　　　　　　　不觉来到馆驿门。
（尼姑上，接介。华元五入介）
尼　姑　　叩见大人。
华元五　　难道苏城无有馆驿，为何借住尼庵？
尼　姑　　这是卜大人的主意。
华元五　　下去。（尼姑应，下）
（卜康民上）
卜康民　　靴帽衣袍整，前来见师尊。老师在上，门生参见。
华元五　　贤契请坐。
卜康民　　谢坐。
华元五　　贤契官声甚好，老夫闻之，十分欣悦。
卜康民　　老师夸奖。老师在此打尖，就请入席。
华元五　　老夫尚不饥饿，只在此地略为歇息，酒筵免了吧。
卜康民　　遵命。
华元五　　你怎么把尼庵当作行台？方才老夫进庙时节，见有女子。贤契太爱风流了，想必是些妓女。
卜康民　　老师好眼力，果是妓女，待门生唤她前来。
华元五　　我家三代不入青楼，不要唤了。
卜康民　　此妓女大不相同。王又嫱哪里？

（王又嫱上）

王又嫱　大人何事？
卞康民　华大人唤你。
王又嫱　哪个华大人？
卞康民　华元五华大人，他乃华状元之父。
王又嫱　哦，华状元之父，待我向前。叩见大人！
华元五　罢了。那一女子可是妓女？
王又嫱　正是妓女。
华元五　与我赶下去！
卞康民　老师，此女是个贞妓。
华元五　哦，是个贞妓？那一女子姓氏名谁，怎生到此，一一讲来。
王又嫱　大人容禀：

奴名王又嫱，
流落在平康。
立志不随俗，
一心效贞良。
（唱）姓名竟得魁花榜，
　　　虎丘遇着少年郎。
　　　端方正大难倚傍，
　　　因此托言拜门墙。
奴虽有意，那少年书生好生古怪也！
　　　他好比坐怀不乱柳下惠，
　　　秉烛达旦关云长。
　　　约就他年登金榜，
　　　再将心力报君王。
　　　功成名就须十载，
　　　才肯与奴结鸾凰。
　　　奴为他人来苦守，
　　　舞衫歌扇撇一旁。
　　　又遭强暴身险丧，
　　　卞太守送奴到佛堂。

华元五　青楼女子能如此立志，可爱可敬。那个书生必要功成名就，才肯娶你，也是一个非常之士。
卞康民　门生闻得老师家教，三世不娶青楼。这书生竟与青楼订婚，到底不可。
华元五　贤契此言差矣！似王又嫱甘心守十年之约，岂可以青楼相待？这书

|         | 生订得不差。 |
|---|---|
| 卞康民 | 老师何不问他名姓？ |
| 华元五 | 他的名姓一定要问。哦，王又嫱，那书生姓氏名谁？ |
| 王又嫱 | 他乃华公元五之子。 |
| 华元五 | 哦，华元五之子，他可是华秀？ |
| 王又嫱 | 正是新科状元华秀。 |
| 卞康民 | 王姑娘，还不拜见你公公？ |
| 华元五 | 慢来，慢来，寒家三代不娶青楼。 |
| 卞康民 | 似王又嫱甘守十年之约，岂可以青楼相待？王姑娘，快些拜见公公，我今日斗胆要做媒人了。 |
| 华元五 | 虽有媒人，奈无聘礼。 |
| 王又嫱 | 有公子所赠玉佩在此。 |
| 华元五 | 如此，你果然是儿媳了？ |
| 王又嫱 | 公公请上，媳妇拜见！（拜介） |
| 华元五 | 媳妇，谢过大媒。 |
| 王又嫱 | 卞大人万福。 |
| 卞康民 | 老师既已将她认下，何不带她进京，与世弟完婚？ |
| 华元五 | 也说得是，媳妇可有父母？ |
| 王又嫱 | 有家母在堂。 |
| 华元五 | 既然如此，卞贤契快去预备车辆，叫她母女与我同行。 |
| 卞康民 | 遵命。 |
| 王又嫱 | 且慢。还有侯隽之妾被侯隽休弃，寄居庵中，无家可归，望公公成全于她，带她同行。 |
| 华元五 | 侯隽是我年侄，他的姬妾正好与媳妇作伴。 |
| 王又嫱 | 公公到京，假说与状元另订亲事，不许他提起"王又嫱"三字。就请侯隽做一伴郎，侯家之妾扮一侍女，媳妇自有主意，叫他夫妻重圆。 |
| 华元五 | 就依媳妇。哈哈哈，难得我的媳妇，还要成全侯氏婚姻。这岂可以青楼相待？你快请令堂与侯家之妾同来相见。 |
| 王又嫱 | 母亲、邓大姐快来！ |
|         | （王姥、邓蕙娟同上） |
| 王 姥<br>邓蕙娟 | （同）何事？ |
| 王又嫱 | 见过我公公。 |
| 王 姥<br>邓蕙娟 | （同）大人万福。 |

华元五　就请与老夫一同进京。吩咐车辆走上，带马。
　　　　（四龙套带马介。二车夫上。王姥、王又嬙、邓蕙娟各上车介。华元五上马介。四龙套、王姥、王又嬙、邓蕙娟、车夫下）
卞康民　送老师。
华元五　后会有期。（两边分下）

# 第 九 场

　　　　（院子引华秀上）
华　秀　复命转回京，门庭气象新。
　　　　（侯隽上）
侯　隽　状元复了命，来见故旧人。（入介）年兄。
华　秀　你无故休了邓蕙娟，乃负义之人。家院，（院子暗上）与我赶出去！
侯　隽　真岂有此理也！
　　　　（唱）骂了声小华秀欺人太甚，
　　　　　　　你把我故旧人不放在心。（下）
　　　　（四龙套、华元五上）
华元五　（唱）来在府门下金镫——
院　子　老爷。
华元五　快去通报。
　　　　（院子入介）
院　子　启爷：老爷来了。
华　秀　待我迎接。（出介）爹爹。
华元五　我儿，哈哈哈哈！
　　　　（唱）状元儿郎耀门庭。（入介，四龙套下）
华　秀　爹爹请上，待儿参拜。
华元五　罢了，坐下。
华　秀　告坐。
华元五　恭喜我儿少年登科，可喜可贺。
华　秀　爹爹庇荫。
华元五　闻你同年有一侯隽，颇有奇才，你可与他常常来往。
华　秀　孩儿与他绝交了。
华元五　却是为何？

华　秀　只因他与一青楼订亲，无故将这青楼休弃，故此与他绝交。
华元五　青楼女子休弃无妨，你岂可与同年绝交？家院，快去把侯爷请来。
　　　　（院子应，下）
　　　　儿啊，你查办事件如何？
华　秀　孩儿奉旨查办事件，圣上甚喜，不日还有恩诏。
华元五　你可算我家贤子孙！那侯隽想必来也。
　　　　（院子引侯隽上）
院　子　侯老爷请进。
　　　　（侯隽入介）
侯　隽　参见年伯。
华元五　少礼，请坐。
侯　隽　告坐。小侄已被令郎拒绝，年伯呼唤，有何盼咐？
华元五　老夫已与小儿订下亲事，今日完娶，请足下做伴郎。
侯　隽　小侄遵命。
华　秀　爹爹与孩儿订亲了？
华元五　与你订亲了。这个女子你必然得意，今日成亲，老夫还急着抱孙子呢。
华　秀　孩儿有下情上禀。
华元五　你有什么话也来不及了。
华　秀　孩儿在外面……
华元五　你在外面的事，为父尽知。这段亲事你不可推托，花轿已经到门，你快些预备成亲。
华　秀　爹爹，还要商量商量。
华元五　没有什么商量。（下）
华　秀　不想弄出此事，我自有道理。侯年兄，随我来。
　　　　（圆场，作入洞房介，关门介）
侯　隽　你这是干什么？
华　秀　少时你自然明白。
侯　隽　你把我关在洞房可不行，我要出去。
华　秀　你不要出去，在此陪我坐一宵。
侯　隽　在此陪你一陪？你听脚步声音，想必有人来了。
　　　　（邓蕙娟侍女装，引王又嫱上）
王又嫱　（唱）忙将巧计安排定，
　　　　　　　试一试他人心可真。
　　　　来此洞房，丫鬟，请新贵人开门。
邓蕙娟　是，小姐。问下来啦，怎么新郎不去拜堂，关了洞房？请新贵人出来。

侯　隽　　年兄，新娘找了来了。
华　秀　　新娘找了来了？不要理她。
邓蕙娟　　新贵人开门。没人理呀。小姐，新贵人不开门。
王又嫱　　哦，待我自己叫门。开门，开门！
侯　隽　　年兄，新娘子自己来叫门来了，真越闹越新鲜。
华　秀　　年兄，打发她回去。
侯　隽　　人家找的是你，我办不了。
华　秀　　这是哪里说起！哦，小姐，我曾与青楼王又嫱订下十年婚约，今日不便与小姐成亲，免得我失信于王又嫱。
王又嫱　　哦，你不失信于王又嫱，不知王又嫱是甚等样人？
华　秀　　王又嫱是个妓女，她还等我十年。小姐乃大家之女，怎么一刻也等不得？太也性急了。你要成亲，须等二十年。
邓蕙娟　　他死心眼，我找老爷子去。（下）
侯　隽　　好长的期限，别说她老了，你也老了。你张嘴就是王又嫱十年婚约，你知道王又嫱是干什么的？她是个妓女，她们那项人，见着你跟你上劲，见不着你就跟别人上劲。你心里有她，她心里没你。
华　秀　　我在中途遇着王又嫱，还是当年见面的神情。
侯　隽　　我说你傻不是？你是钦差，她见了你自然巴结你，你知道她这会巴结谁去啦？别说你没把她弄到家里来，你就是把她弄到家里来，她也不安静。再说她遇见她的情人，比你再势力大点，不定哪一天就跟人家跑了。
华　秀　　原来你如此存心，无怪你休了邓蕙娟，做出无义之事。
侯　隽　　得了，我又无义啦。她是个妓女，我如今做了官了，我们做官的人，要娶妓女为妻，岂不被人耻笑哇？
华　秀　　人各有心，我只是不开门。哦，小姐，你若要与我成亲，须得与我做二房。
王又嫱　　要我做二房么？官人哪！
　　　　　（唱）隔着门儿把官人叫，
　　　　　　　　妾身服你慎鸾交。
　　　　　　　　十年婚约古来少，
　　　　　　　　你与又嫱太蹊跷。
　　　　　　　　我焉能等你二十载，
　　　　　　　　莫学鲁男自装乔。
　　　　　（邓蕙娟引华元五上）
华元五　　儿啊，快些开门！

华　秀　孩儿与王又嫱订下婚姻，不敢失信。
华元五　你与王又嫱订下婚姻，怎不修书禀知为父？为父若知你订了亲，也就无有此事。如今木已成舟，快快开门，与媳妇成亲。如若不然，媳妇的性气太傲，我不劝解，怕她父母找来，与为父吵闹。
侯　隽　得了，你娶了个泼妇进门，就把你们老人家降倒了。你呀，怕她一辈子。
华　秀　难道我还怕了她不成？待我开门与她辩理。
侯　隽　谅你不敢出去。
华　秀　我怎么不敢出去？
侯　隽　你出去她揍你。
华　秀　她打我，我还要打她啊！（开门介）你、你、你不是王大姐么？
　　　　（华秀欲跪介，王又嫱作挽介，羞华秀介。华元五冷笑介）
　　　　你为何藏头露尾？
王又嫱　郎君，郎君！
　　　　（唱）老公公知你人端谨，
　　　　　　　何故青楼结同心。
　　　　　　　因此有心布疑阵，
　　　　　　　试郎君心意可真纯。
　　　　　　　看起来你心诚笃甚——
侯　隽　敢情你是王又嫱。我把邓蕙娟休了，可真对不起她。（哭介）哎，邓大姐呀！
王又嫱　（唱）问君何故涕泪零。
侯　隽　（唱）见你二人情义深，
　　　　　　　想起蕙娟好伤情。
　　　　　　　不该把她来休弃，
　　　　　　　侯隽原来不是人。
王又嫱　（唱）你既然后悔念前情，
　　　　你来看，
　　　　　　　这就是美红裙，你心上的人。
侯　隽　二娘。
邓蕙娟　站远些，我不认得你。
王又嫱　着哇，不但她不认你，我还要问你，方才你在房里讲些什么？
侯　隽　我是说华年兄，他既跟您订了十年婚约，别自以为是钦差，又跟别人热。千万别见了你上劲，不见着你跟别人上劲。我这是替您说话。
华　秀　仁兄能屈能伸。

侯　　隽　我要没这一套，也不敢自称英雄啦。我的当年王大姐，今日嫂夫人，劳您驾，给劝劝您弟媳邓姑娘吧。
王又嫱　要我劝她？慢来，慢来，我与邓大姐都是妓女出身，像你们做官之人，若娶妓女为妻，岂不被人耻笑哇？
侯　　隽　劳您驾给劝一劝吧。
王又嫱　还不跪下？
侯　　隽　嗻！（跪介）大姐！
邓蕙娟　你不用假惺惺，我出身不高，又没娘家，你再休了我，可没有第二个王大姐来管这闲事。
王又嫱　这个……
华元五　邓姑娘，你不要如此，你就拜在老夫膝下作为义女，可以算得有娘家了。
邓蕙娟　爹爹请上，受女儿拜见。（拜介）
侯　　隽　得啦，这下子我可惹不起她了。
华元五　贤婿，快与小女成亲。
侯　　隽　您有丈人瘾，我只得当您的姑爷。
王又嫱　邓大姐！
　　　　（唱）侯探花虽是太薄幸，
　　　　　　你也稍嫌举动轻。
　　　　　　昔日订交不谨慎，
　　　　　　到如今解铃还是系铃人。
　　　　　　侯探花既跪下来赔罪，
　　　　　　邓大姐也该心意平。
　　　　　　你那里快快发一令，
　　　　　　叫他起来同他去成亲。
邓蕙娟　起来。
侯　　隽　遵法旨。
华元五　贤侄既已悔罪，看我儿与媳妇真乃慎鸾交也。后面摆宴。
　　　　（【尾声】，同下）

# 埋 香 幻

## ■ 本事

灵寿张氏女盈盈,年及笄未字。偶于楼中做女红,一少年过其楼下,女目之而笑。媒媪乌姓,挑以游词,女怒叱之。会母病,女祷于黑帝祠,为强暴吴二横所窘,夺门出,误入吴室,几受辱,复逃去。途遇少年,即前楼下人也,送之归。女感其意,问其姓名,知为刘千钟,乃白母委身焉。而千钟父闻蜚语,逼退婚,女羞愤,吞玉闷绝。母以为死,厝于郊,衣饰丰厚。吴二及乌媪皆鬼装往盗,然各不相谋,猝相遇,互惊仆,吴苏而媪不苏矣。棺既启,吴出女口中玉,女竟苏,仓皇遁,吴舁乌媪于棺亦窜。女过千钟家,叩门求入,千钟诧为鬼,击女倒地。俄辨其人,父子弃家逃。里正乌姓,即媪子,来视女尸,女已复活,入千钟卧房,易男装以行。乌疑为尸变,持梃追逐。值吴二母过,遂误毙之。时平湖陆稼书先生令是邑,闻有击毙张姓少女事,明日来验,则中年妇,走发张氏棺,则亦妇,众皆疑骇。先生素号神明,遣干役侦察,尽获案中人,分别详讯,得其情,乃抵乌、吴以罪,使女与千钟偕花烛云。此剧意在破除迷信,于鬼神皆证其伪。其还魂一节,阴用《左传》秦谍故实,且亦指以误,与旧剧之扩张神权者固不同耳。

## ■ 剧目

父命难违寿城沽酒,母疴新起玄庙酬香
古刹兴辞巧逢强暴,迷津误入倍受欺凌
足茧奔驰幸来君子,情丝缭绕自作蹇修
击得明珰心情叩叩,解来汉佩软语喁喁
索佩退婚琴焚鹤煮,触藩明志玉殒香销
魂以盗还楔先檀斫,祟因尸误李代桃僵
弁影婆娑急思里闬,柳荫邂逅伪话生平

象谳分明疑云顿释，鸳盟卒结好月新圆

## ■ 提纲

### 第一场
刘正、刘千钟

### 第二场
乌婆、张盈盈、刘千钟、王氏、苍头、车夫、道士、吴二横

### 第三场
张盈盈、吴婆、吴二横

### 第四场
张盈盈、刘千钟、苍头、车夫、吴婆、吴二横

### 第五场
王氏、苍头、车夫、张盈盈、吴婆

### 第六场
刘正、刘千钟

### 第七场
刘正、苍头、乌婆、王氏、张盈盈、轿头、四青袍、轿夫、吴二横、乌有

### 第八场
乌婆

### 第九场
吴二横、张盈盈、乌婆、张千

### 第十场
吴婆

### 第十一场
刘正、刘千钟、张盈盈、乌有、马三、吴婆

### 第十二场
四青袍、李万、陆公、王氏、张千、吴二横、马三、乌有

第十三场

李万、刘千钟

第十四场

张盈盈、刘正、张千

第十五场

四青袍、乌有、马三、王氏、吴二横、陆公、李万、刘千钟、张千、刘正、张盈盈、禁子

# 第 一 场

（刘正上）

刘　正　（引）有子承欢，休挂念家道贫寒。（坐）
年老受折磨，
终朝唤奈何。
有儿能孝顺，
强似子孙多。
老汉刘正，乃灵寿人氏。娶妻骆氏，不幸早亡。所生一子，名唤千钟，幼读诗书，长入庠序，倒也颇知上进。怎奈家道贫寒，当卖一空，也曾命千钟入城，到他表兄家中借贷，这般时候，怎么还不见到来？

刘千钟　（内）走哇！（上）
（唱）入城借贷遵严命，
毕竟表兄是至亲。
参见爹爹。

刘　正　罢了，一旁坐下。

刘千钟　告坐。

刘　正　儿呀，你到表兄家中借贷一事如何？

刘千钟　表兄付了二十两银子，爹爹收下。

刘　正　好了，我父子又可以一个月不打饥荒了，待我谢过天地！

刘千钟　爹爹，二十两银子能值几何？况且是借来的，谢的什么天地？

刘　正　为父是穷怕了。儿呀，与你二两银子，快些进城为父多沽几瓶好酒。

刘千钟　银两不多，只在近处买些柴米吧。
刘　正　柴米为父自己会买，你快些入城沽酒，这城外的村醪是吃不得的。
刘千钟　孩儿遵命。
刘　正　转来，你若沽酒，必须晚间到城内吴家去买，他的酒白日不卖佳酿，你今夜也不消出城了。
刘千钟　孩儿不知吴家住在何处。
刘　正　他住在玄天庙的东边，我有一言，儿且听了。
　　　　（唱）为父生成风雅性，
　　　　　　　一心要学晋刘伶。
　　　　　　　沽来美酒千杯饮，
　　　　　　　醉死黄泉也目瞑。（下）
刘千钟　（唱）子思柴米父贪饮，
　　　　　　　各自怀揣一片心。（下）

## 第 二 场

　　　　（张盈盈上）
张盈盈　（唱）佳人二八貌如花，
　　　　　　　不减当年阴丽华。
　　　　　　　小草常依萱草下，
　　　　　　　椿庭冷落甚堪嗟。
　　　　　　　檐前听得鹦鹉话，
　　　　　　　不知阿谁到我家。（上楼介）
　　　　（乌婆上）
乌　婆　（唱）说媒拉纤为本等，
　　　　　　　收生外带会挖坟。
　　　　老身，乌婆子的便是。乃灵寿县一个媒婆，外带收生。丈夫乌二是个偷坟的好汉，我也学会这件能耐。他早就死了，只有一个儿子叫作乌有，是本城一个地保，母子二人住在玄天庙东间壁。只因张员外家里盈盈小姐养的时候是我收的生，故此常常来往。今天我来在他家，不免到绣楼看看小姐。（上楼介）小姐，我来了。
张盈盈　妈妈来了，请坐。
　　　　（乌婆坐介）

乌　婆　你这儿干什么呢？
张盈盈　只因母亲染病在床，是我许下玄天庙中香愿，如今母亲病体痊愈，我亲手绣件锦袍，前去还愿。
乌　婆　你做活呢？这楼上黑，等我给你把窗户打开，保管它亮得多。
张盈盈　只恐楼下有人来往。
乌　婆　哪儿那么巧的事？我把窗户打开。
　　　　（刘千钟上）
刘千钟　（唱）来到街前用目瞬，
　　　　　　　　高楼坐定一佳人。
　　　　这女子好生美丽，待我看她一看。
乌　婆　小姐你瞧瞧，说什么有什么，楼下真有人。
　　　　（张盈盈笑介）
刘千钟　看这女子竟然对我发笑，待我仔细看来。
　　　　（张盈盈闭窗介）
　　　　这女子竟自将楼窗闭了，待我走去。还是一看君子，再看小人。
　　　　（下）
乌　婆　小姐，你见这个书生笑了一笑，你想必是爱上他啦？
　　　　（张盈盈作羞，不理介）
　　　　你要真爱他，我给你打听打听他姓什么，叫什么。我给你做趟媒，你送我一对金镯子，你瞧好不好？
张盈盈　妈妈，我不过偶然一笑，你不要胡乱猜疑。
乌　婆　镯子不是今天就要，等你过了门再给我也行。这件事你倒底是愿意不愿意？
张盈盈　妈妈，我家闺门整肃，你少讲这些无味的言语。
乌　婆　你嘴里说不出来，心里是愿意了。我这就给你打听去。
张盈盈　住了！女儿家婚姻自有父母主持，似你这般举动，与钻穴窬垣何异？
乌　婆　好厉害丫头片子！我是为的你呀，怎么给我个钉子？正是：空劳三寸舌，枉负一片心。（下）
张盈盈　三姑六婆真淫盗之媒也！
　　　　（唱）可笑她做事不思忖，
　　　　　　　　把奴当作下贱人。
　　　　　　　　　下得楼来母亲请——
　　　　（王氏上）
王　氏　（唱）我儿请娘为何情。
张盈盈　母亲万福。

王　氏　罢了，坐下。
张盈盈　告坐。
王　氏　请为娘何事？
张盈盈　今日乃是三月三日玄天圣诞，女儿前因母病许下香愿，要往庙中挂袍酬神。
王　氏　命苍头跟随，早去早回。吩咐车辆走上。
张盈盈　女儿告辞了。
　　　　（苍头、车夫上）
　　　　（唱）为酬香愿心着紧——
　　　　（王氏下。张盈盈上车介，圆场。道士上。张盈盈下车介）
　　　　　　只求老母寿康宁。
　　　　（拜神介，旁坐介。道士献茶介）
苍　头　老道，你们这位神仙，怎么脚踩着一个大忘八呀？
道　士　胡说，这是玄帝老爷手下的圣水将军，你说他是忘八，他就要报应你。
苍　头　我不信一个泥忘八会这么厉害。
道　士　你不信就罢。（背介）等我给他个厉害。（取茶下药介）你渴了吧？喝杯茶。
苍　头　正要喝茶。
张盈盈　苍头，少要与人讲话，不要惹出事来。在此稍息，就要回去的。
苍　头　是。（饮茶介）
道　士　你刚才张嘴泥忘八，闭嘴泥忘八，你是不信神哪！
苍　头　信则有，不信则无。
道　士　你不信他会叫你肚子疼？
苍　头　肚子是我的，我不愿意叫它疼，它一辈子也不疼。
道　士　谁又愿意肚子疼？你别说这话，你得罪神仙，你立刻肚子就疼。
苍　头　哎哟！
道　士　怎么啦？
苍　头　可不是疼起来了！
道　士　你不说不叫它疼，它就不疼吗？
苍　头　我的肚子向来听话，今天不知是怎的啦？
道　士　你这是得罪神仙之报，一会就把你疼死。
苍　头　这怎么好？
道　士　给我几个钱，我给你治治吧。
苍　头　只要病好，我是大礼相谢。
道　士　跟我来。（扶苍头下）

张盈盈　苍头，苍头，我们回去吧。啊，苍头、车夫不见，待我到庙外寻找。（出庙门外介，吴二横上）

吴二横　每日醉醺醺，大街来胡行。在下吴二横，我妈是个卖酒的，住在玄天庙西间壁。今日三月初三是玄天盛会，不免到庙中走走。（见张盈盈介）哟，这个小娘们儿长的不错，我调戏调戏她。我说女娘儿请来见礼。

张盈盈　我与你素不相识，见的是什么礼？

吴二横　我看你一人在庙外头，大概也不是好人。你这个年纪，我这个岁数，咱们俩做个小两口儿，你瞧好不好？

张盈盈　何方野男子这样无礼，苍头快来。

吴二横　你不用叫唤，反正跑不了你。（抓张盈盈介，张盈盈急避下）哎呀好醉，我回去吧。（下）

## 第 三 场

（张盈盈上）

张盈盈　（唱）急忙不顾择路径，
　　　　　　眼看红日往西沉。
且住。不想在玄天庙中遭逢强暴，苍头、车夫不知都往何方去了？游人虽众，谁肯管这样事？逃出庙来，天色将晚，不识路径，这便怎么处？有了，想那乌婆子住在庙旁边，不免往她那里挨过一宵，再作道理。（圆场介）我从不曾到过她家，不知是庙东庙西。来此乃是庙西一所小户人家，待我冒叫一声，乌妈妈在家么？
（吴婆上）

吴　婆　忽听有人叫，想是主顾到。（出见介）原来是位姑娘。

张盈盈　（背介）这不是乌妈妈。待我问个明白。

吴　氏　您找谁？

张盈盈　我是找乌妈妈的。

吴　氏　我就姓吴。您贵姓，住在哪儿，找我干什么？

张盈盈　我姓张，住在红丝巷。乌妈妈常到我家，我从小认识，妈妈你是她何人？

吴　氏　你是找乌家的，您找错了。她住在庙东边，是做媒的。我姓吴，是卖酒的，住在庙西边。

张盈盈　　如此恕我冒昧，告辞。
吴　氏　　天黑啦，您是个单身女子，何妨到我家里坐坐？
张盈盈　　只是打搅不当。
吴　氏　　这算什么，您进来坐。（张盈盈入介）姑娘，您怎么一个人儿，黑更半夜在街上溜达？
张盈盈　　再不要提起。我是到玄天庙中烧香，不想遇一醉汉，出言不逊，因此逃出庙来。
吴　氏　　这个醉汉可真不是人生父母养的。
　　　　　（吴二横上）
吴二横　　开门。
吴　氏　　谁呀？
吴二横　　吴二横。
张盈盈　　（背介）这怎么像那醉汉的声音？
吴二横　　屋里怎么俩人说话？不用说，我那些野爹都来了，快点开门！
　　　　　（吴氏开门介，吴二横入介，见张盈盈介）
张盈盈　　吴妈妈，方才那一醉汉就是他。
吴二横　　这不是那个女娘儿吗？敢情在我家里呢。天凑良缘，来吧，咱们俩好一好吧。
　　　　　（抓张盈盈介，张盈盈跑下。吴氏抱吴二横介）
吴二横　　哎哟，我的小宝贝，你往哪里跑？
吴　氏　　是妈妈我，你这小子要儿奸母。
吴二横　　丧气丧气！我还是追她去。（下）

# 第 四 场

　　　　　（张盈盈上）
张盈盈　　且住。不想错投醉汉家中，险遭凌辱。我还是往乌家去吧，哎，怎奈两足疼痛，待我稍息片时便了。
　　　　　（刘千钟上）
刘千钟　　（唱）提壶沽酒遵父命，
　　　　　　　　抬头只见美红裙。
　　　　　我好侥幸，不想这女子她在此地，大姐请了。
张盈盈　　君子请了。

| 刘千钟 | 大姐，小生要与大姐访问一人，大姐可知道否？ |
| 张盈盈 | 奴家也正要与君子访问一人。 |
| 刘千钟 | 小生初来此地，访问吴家沽酒的。 |
| 张盈盈 | 奴家也是初来此地，访问乌家避难的。 |
| 刘千钟 | 哦，请问大姐尊姓，何言"避难"二字？ |
| 张盈盈 | 奴家张盈盈，先父早亡，与寡母同居。今日到玄天庙烧香，不想遭逢强暴。这乌家素与寒门来往，因此到她家避难。 |
| 刘千钟 | 难道大姐一人到庙中不成？ |
| 张盈盈 | 有苍头、车夫跟随，不想苍头、车夫均不知去向。 |
| 刘千钟 | 庙就在面前，待我去到庙中，访着你家苍头、车夫，送大姐回去，何必往旁人家内避难。 |
| 张盈盈 | 庙中道士不似善良，他若是好人，那强暴之徒焉敢在庙内横行？君子不要问出事来。 |
| 刘千钟 | 大姐住在哪里？ |
| 张盈盈 | 住在红丝巷。 |
| 刘千钟 | 红丝巷，好吉祥的地名。也罢，待小生送大姐回去。 |
| 张盈盈 | 君子，你要送我回去，可认识我家路径？ |
| 刘千钟 | 今早还从大姐门前经过，怎么不认识？ |
| 张盈盈 | 今日君子曾从寒门经过？ |
| 刘千钟 | 不但从贵府经过，还看见大姐在楼中刺绣。 |
| 张盈盈 | 怎么，君子还看见奴家在楼中刺绣？奴家也仿佛看见君子，请问君子上姓？ |
| 刘千钟 | 小生叫刘千钟。 |
| 张盈盈 | 失敬了。君子，你不是救我来了，你分明是害我来了。 |
| 刘千钟 | 何出此言？ |
| 张盈盈 | 黑夜之间，男女同行，被人传说出去，怎能洗得今夜的羞耻，岂不害我来了？ |
| 刘千钟 | 蝼蚁尚且贪生，为人岂不惜命？ |
| 张盈盈 | 女子名节为重。 |
| 刘千钟 | 一床锦被便可遮盖，大姐何必如此？ |
| 张盈盈 | 哼！ |
| 刘千钟 | 失言，失言！ |
| 张盈盈 | 君子可曾订亲？ |
| 刘千钟 | 小生尚未订亲，方才所言之事，不知大姐意下如何？ |
| 张盈盈 | 女儿婚姻哪有自己做主之理，君子必须央媒说合。 |

刘千钟　小生记下了。
张盈盈　请君子就托玄天庙旁乌婆去往我家求亲，我母必然应允的。
刘千钟　遵命。
张盈盈　奴家行走不动。
刘千钟　待小生搀扶与你。
张盈盈　男女有别，只怕搀不得。
刘千钟　你我已订婚姻，有什么搀不得？
张盈盈　搀得的？
刘千钟　搀得的。
张盈盈　如此搀我来。
刘千钟　来了。
张盈盈　（唱）婚姻乃是人之本，
　　　　　　　　濮上桑间受讥评。
　　　　　　　　患难夫妻前生定，
　　　　　　　　姻缘簿上早题名。
　　　　　　　　必须早早求媒证，
　　　　　　　　救我残生表我贞。
　　　　　　　　你若寒盟失了信，
　　　　　　　　香罗一幅了痴情。
刘千钟　（唱）大姐请把心拿稳，
　　　　　　　　千钟不是无义人。
　　　　　　　　今宵言语牢记定——
　　　　（苍头、车夫上）
张盈盈　（唱）只见奴仆与车轮。
刘千钟　大姐，你家苍头来了，小生要沽酒去了。
张盈盈　啊，君子，方才所说之言不可忘却，就托玄天庙旁的乌婆去往我家，大事必然成也。
　　　　（唱）叮咛再四休失信，
　　　　　　　　急急回家见娘亲。
　　　　（上车介，车夫、苍头拥下）
刘千钟　（唱）千钟今日真侥幸，
　　　　　　　　百岁姻缘片语成。
　　　　我奉父命到玄天庙东沽酒，不想遇着这段姻缘。看她已回家，待我还去沽酒。只这吴家是贩卖私酒，不是酒肆，我不免向那厢买卖人家打听他的住处。（向内介）列位请了，哪一家是卖酒吴家？

（内白）他住在玄天庙西。

刘千钟　有劳。哎，原来吴家住在庙西，我却走到庙东，因送这女子又往东走了一程，只好再转向西去。（行介）哎呀且住。方才那女子叫我托吴家做媒，定是这个吴家，我不免便托她前去说亲，谅无不成。来此一所小户人家，待我冒叫一声，这里是吴妈妈家中么？

（吴氏上）

吴　氏　原来是位相公，您找我干什么？

刘千钟　妈妈可是卖酒为业？

吴　氏　不错，我是卖酒。

刘千钟　将好酒沽上一瓶，照价与你银钱。

吴　氏　您等着。（取酒介白）给您酒。

（刘千钟付钱介）

刘千钟　钱在此。哦，妈妈，城中有一张员外，住在红丝巷。他家小姐十分美貌，烦劳妈妈替我做媒。

吴　氏　红丝巷张家，他们小姐我是认得的，果然长的好看。您贵姓？

刘千钟　小生刘千钟，是本城秀才，家父单名一个"正"字。

吴　氏　原来是刘相公，失敬了。做媒的事我答应了，您静听好音。

刘千钟　多谢妈妈！告辞。

吴　氏　慢着。你以何为定？

刘千钟　我身边并无别物，这有小小玉佩，妈妈带去以为定礼，事成之后大礼相谢。我去也。

（唱）有劳妈妈为媒证——（下）

吴　氏　（唱）财运亨通上我门。

　　　　　　说媒之事我依允——

（吴二横上）

吴二横　（唱）妈妈为何笑吟吟？

吴　氏　有个刘千钟，托我上红丝巷张家说媒。可巧今天快黑的时候，那张家的姑娘到我这儿来了一趟，我借着睄她，这事可就成了，那刘家总得给我谢礼。

吴二横　妈呀，这个女子我也睄见过，您别给刘家说，您给我说结了。

吴　氏　人家不给，不瞎掰么？

吴二横　您就说是刘家，等她许了亲，咱们不给刘家送信，把她娶来，生米做成了熟饭，刘、张两家其奈我何？

吴　氏　伤天害理，我不能做。

吴二横　您不做？我有主意，再有您的男朋友上门，我可要整整家风。

吴　　氏　你别生气，妈依就是。
吴二横　这不结了。
吴　　氏　正是：母子把计定，
吴二横　要蒙美佳人。
吴　　氏　敢情你的媳妇是蒙来的，跟我进来。（下）

# 第五场

（王氏上）
王　　氏　（唱）娇儿庙内把香敬，
　　　　　　　　日落西山未回程。
（张盈盈、车夫、苍头上）
张盈盈　（唱）满怀心事言不尽，
　　　　　　　　且自含羞告母亲。（车夫、苍头下）
　　　　　参见母亲。
王　　氏　罢了，坐下。
张盈盈　告坐。
王　　氏　儿呀，你到庙中烧香，因何许久未回？
张盈盈　再不要提起烧香之事。女儿此番烧香，若非有人救护，只恐不能回来与母亲相见了。
王　　氏　此话从何说起？
张盈盈　只因庙中道士不是好人，与苍头言语不合，苍头不知去向，车夫也不知哪里去了。儿往庙外寻找他二人，不想来了一醉汉，见了女儿口出不逊。女儿本当喊叫，又恐招出不美之名，只得逃出庙外。谁知错投醉汉家中，幸被女儿识破，二次逃走，道旁遇着一个年少书生。
王　　氏　年少书生便怎么样？
张盈盈　多蒙他送了女儿一程，苍头、车夫赶到，女儿才得回来与母亲相见。
王　　氏　这就是你的不是了。
张盈盈　怎么是女儿的不是了？
王　　氏　你既然逃出庙来，就该寻一妇人送你回家，为何与男子同行，岂不是大大的不是了？
张盈盈　母亲好不明白，那生死关头，叫女儿往哪里去寻妇人？这君子怜悯女儿，情愿相送，女儿也是无可奈何，才与他同行的。

| 王　　氏 | 难得这君子如此仗义，只可惜不知他的名姓。 |
| --- | --- |
| 张盈盈 | 他姓刘名千钟。 |
| 王　　氏 | 这样志诚君子，只不知他相貌如何。 |
| 张盈盈 | 他的相貌十分清俊，是个美男子。 |
| 王　　氏 | 此人品行相貌都好，但不知谁家女子有福，可与他作配。 |
| 张盈盈 | 他是没有订亲的。 |
| 王　　氏 | 他没有订亲，你怎么知道？ |
| 张盈盈 | 女儿是问过他的。 |
| 王　　氏 | 你是问过他的？向前来，为娘有话讲。（打张盈盈介） |

（唱）贱人做事太欺心，
　　　管他订亲不订亲。
　　　手执家法行教训，
　　　活活打死小贱人。

张盈盈　母亲哪！

（唱）幼读诗书通女训，
　　　贞淫二字辨得清。
　　　采兰赠芍儿岂肯，
　　　还望高堂原谅情。

　　　哎呀母亲哪！若将女儿打死，不但坏了一生名节，被外人传说出去，还要玷辱家门，要请母亲三思。

| 王　　氏 | 这也说得是。也罢，他既未曾聘订妻室，待为娘差人到他家说合，将我儿许配与他，这叫作一床锦被之计。 |
| --- | --- |
| 张盈盈 | 如此说来，是两床锦被了。 |
| 王　　氏 | 怎么两床锦被？ |
| 张盈盈 | 方才他也说是一床锦被。 |
| 王　　氏 | 哎呀呀，好个不知羞耻的丫头。 |

（张盈盈羞下。苍头上）

| 苍　　头 | 启安人：吴婆子来睄小姐来了。 |
| --- | --- |
| 王　　氏 | 唤她进来。 |
| 苍　　头 | 是。安人唤吴妈妈。 |

（吴氏上）

| 吴　　氏 | 叩见安人。 |
| --- | --- |
| 王　　氏 | 哦，你并不是乌婆，你乃何人，怎么认得小姐？ |
| 吴　　氏 | 我姓吴，住在玄天庙西，那乌婆子住在玄天庙东。我跟小姐有一面之交，一来探望，二来给她做媒。 |

王　氏　但不知是哪一家？
吴　氏　刘正之子，名唤刘千钟。
王　氏　刘千钟？
吴　氏　刘千钟，您说这家好不好？
王　氏　好，我依了，我依了。
吴　氏　您答应啦？这儿有玉佩一方，是他家的定礼，您请收下。
王　氏　我这里有金镯一对，是我女儿之物，妈妈带去作为回礼。
吴　氏　人家说喜期紧一点，明日就要抬亲。
王　氏　女大终须嫁，期紧又何妨。
吴　氏　我告辞了。
王　氏　请便。（下。苍头随下）
吴　氏　没想到三言两语就成了，我这个儿媳妇可蒙到手了。（下）

# 第六场

（刘正上）
刘　正　（唱）奴才沽酒不回信，
　　　　　　　　气得老汉两眼昏。
刘　正　千钟这个奴才入城沽酒，昨日去的，今日看看过午，还不回来。我不免到门首，盼望盼望便了。
（刘千钟上）
刘千钟　（唱）无心竟将婚姻定，
　　　　　　　　回去堂前禀父亲。
　　　　爹爹。
刘　正　你这奴才，好生迟慢，为父酒瘾发作，好生难过。
刘千钟　爹爹，酒来了。
刘　正　酒来了，哦哈哈哈，随为父进来。
刘千钟　是。
刘　正　将酒斟来，待为父畅饮。
刘千钟　遵命。
（刘正饮介）
刘　正　你这奴才，好生无用，为父叫你沽上等佳酿，你怎么沽这样的薄酒？
刘千钟　待孩儿再去沽来。

刘　正　　不用你去了，待我自己进城去沽。
刘千钟　　孩儿有一事，要禀告爹爹。
刘　正　　有什么事，待为父回来再讲。正是：养儿难奉老，还得自勤劳。（下）
刘千钟　　咳，黄汤真不好，误却我年高。（下）

## 第 七 场

（刘正从下场上，苍头从上场上，撞介）

刘　正　　你这人抬头走路，低头看人，怎么往人身上撞，是何道理？
苍　头　　我撞了你，你也撞了我啦。我不看你是个老头子，我就揍你。
刘　正　　你要打我，我刘正须不是好惹的。
苍　头　　你叫什么？刘正？我问你，刘千钟是你什么人？
刘　正　　是我的儿子。
苍　头　　敢情是亲家老爷，小人不知，多有得罪。
刘　正　　你乃何人，为何如此的称呼？
苍　头　　我是红丝巷张家的苍头，只因你家相公托玄天庙吴婆为媒，用玉佩为聘，我家用金镯以为答礼结了婚姻，故此叫您亲家老爷。
刘　正　　有这等事，我怎么不知？
苍　头　　怎么，你不知道？你们家性子是真急，昨日说好了亲，今日就娶，古来也没有这么忙的事。
刘　正　　今日就娶？我越发的不知了。
苍　头　　你真不知道？我明白了。
刘　正　　你明白何来？
苍　头　　你一定不是我们姑爷的父亲，你是冒充爸爸。
刘　正　　你待怎讲？
苍　头　　你是冒充爸爸。
刘　正　　住了。

　　　　　（唱）老狗说话太欺心，
　　　　　　　　哪有个冒充人父亲？
　　　　　　　　打你几拳消消恨——（苍头跪下）
　　　　　　　　打得老狗无影形。

　　　　　谁想千钟这奴才，背着我做出此事。不与我商议，私订婚姻，定是受的媒婆引诱。方才那老儿道是吴婆作媒，我想吴婆卖酒为生，住在玄天庙西。那玄天庙东有个乌婆，平日替人做媒，此事一定是她所做。我不免到她家，问个明白便了。

（唱）怒气不息朝前进，
　　　　早已来在她家门。

乌婆在家么？

（乌婆上）

乌　婆　谁呀？
刘　正　你就是乌婆？好贱人！
乌　婆　老头儿，我跟你素不相识，怎么见面就骂？
刘　正　非但是骂，我还要打你。（打介）
乌　婆　老头，你别这么不讲理。太太的儿子在衙门里当差，也不是好惹的。
刘　正　我岂不知你儿子是个地保？只你这贱人不该引诱我的儿子，在红丝巷张家私订婚姻。
乌　婆　我多会儿做这件事来着？
刘　正　你还接了张家一对金镯，你敢强辩么？
乌　婆　一对金镯？我明白了，老头儿，你儿子这些日子出门了没有？
刘　正　我曾命他屡次出门。
乌　婆　这就对了。昨天早晨，我在张家楼上，瞧见小姐刺绣，楼下来了一个少年书生。小姐对他一笑，我跟小姐说，您给我一对金镯子，我给您做媒。小姐没理我，金镯也没到手，你跟我闹什么？
刘　正　你可知那书生名姓？
乌　婆　先不知道，后来打听了打听，才知道他叫刘千钟，他家还有个老而不死的大东西叫刘正。
刘　正　我就是刘正。你既知此事，我打者无亏。
乌　婆　我镯子没到手，媒也没说成，你打我干什么？
刘　正　他家既不曾与你金镯，快快还我玉佩。
乌　婆　我多会儿瞧见什么玉佩了？
刘　正　你不还我就打。（打介）

（乌有上）

乌　有　什么事，这么乱七八糟的？（入介）别打，别打，我回来了。
乌　婆　我儿子回来了。
乌　有　我当是谁，敢情是刘老头儿，你干什么调戏我妈？
刘　正　你母亲赖我玉佩不还，故此打她。
乌　有　敢情是那么一回事呀，该打。
乌　婆　你听，这是什么话？

| 乌　有 | 我不眭你是我妈，我早就想打你儿。刘老头儿，你又喝醉了，别处撒酒疯去吧。妈呀，咱们关上门别理他。（推刘正出介）你滚出去吧。（关门介，下） |
|---|---|
| 乌　婆 | 好儿子，真个别另样。（下） |
| 刘　正 | 他母子好生无礼，待我且到张家问个明白。（圆场）呔，门上有人么？（苍头上） |
| 苍　头 | 老太爷怎么打到我家里来啦？ |
| 刘　正 | 我不打你，有事要面见你家主人。 |
| 苍　头 | 我家只有主母，没有主人。 |
| 刘　正 | 就见你家主母，快去通报，就说刘千钟之父刘正要见。 |
| 苍　头 | 有请主母。 |
|  | （王氏上） |
| 王　氏 | 何事？ |
| 苍　头 | 刘亲家老爷来了。 |
| 王　氏 | 花轿可曾到门？ |
| 苍　头 | 没眭见花轿。 |
| 王　氏 | 说我出迎。哦，亲翁。 |
| 刘　正 | 什么亲翁？ |
| 王　氏 | 令郎订小女为媳，你我是儿女亲家。 |
| 刘　正 | 我方才问过乌婆，你女儿不守闺箴，与小儿私订婚姻，我是来退亲的。 |
| 王　氏 | 小女因遭强暴，才与令郎同行，并非淫奔。 |
| 刘　正 | 怎么讲，你女儿还与小儿一处同行，不单是媒婆传信？ |
| 王　氏 | 令郎送小女回家，才叫媒婆来说亲。 |
| 刘　正 | 你家养的好女儿，你快把玉佩还我。 |
| 王　氏 | 慢来，我家也是清白人家，小女与令郎并无苟且。 |
| 刘　正 | 你将你女儿唤来，我要面问。 |
| 王　氏 | 女儿快来。 |
| 张盈盈 | 何事？ |
| 王　氏 | 有人要见你。 |
| 张盈盈 | 女儿未出闺门，有什么人要见我，我是不见的。 |
| 王　氏 | 是刘郎之父刘正。 |
| 张盈盈 | 那越发见不得了。 |
| 王　氏 | 他有话问你，你是非见不可。 |
| 张盈盈 | 这也奇了，哦，公……（咽住介） |
| 刘　正 | 怎么欲言又止？ |

王　氏　这就是小女。

刘　正　张小姐，你好一个千金，好一个小姐，怎么与小儿在一处同行，私订婚姻？快快交还我家玉佩，我要退亲了。

张盈盈　两家爱好结亲，怎么退起亲来了？

刘　正　呀呸！什么爱好结亲，分明勾引我儿。我家岂要你这无耻的女子！

张盈盈　哎呀！（昏介）

王　氏　我儿醒来。

张盈盈　（唱）闻言气得咽喉紧——
　　　　　　母亲，老娘，哎呀娘啊！（哭）
　　　　　　　　抱住萱堂我放悲声。
　　　　　　　　女嫁男婚寻常事，
　　　　　　　　今番婚嫁不清平。
　　　　　　　　发情止礼儿自信，
　　　　　　　　道我贪淫就痛我的心。
　　　　　　　　这样言词实难听，哎呀儿的娘啊！
　　　　　　　　有何面目在世间存。

刘　正　（唱）别的言语我不问，
　　　　　　　　玉佩拿来便退亲。
　　　　　　快把我家玉佩还我。

张盈盈　玉佩现在我手。

刘　正　拿来我看。
　　　　　　（张盈盈解佩介）

张盈盈　这不是你家玉佩。

刘　正　快快还我。

张盈盈　且慢。似这等凌辱，我还要这性命做甚，待我碰死了吧！
　　　　　　（作碰介，王氏拦介，张盈盈吞佩，死介）

王　氏　哎呀儿呀！
　　　　　　（唱）一见娇儿丧了命，
　　　　　　　　定要与老狗把命拼。
　　　　　　家院，快把小姐尸首搭在后面，再与老狗算账。
　　　　　　（王氏、苍头扶张盈盈下）

刘　正　不想这女子竟此碰死，趁她家忙乱，待我溜了吧。
　　　　　　（轿头、四青袍、轿夫搭轿上）
　　　　你们是哪里来的，往哪里去？

轿　头　我们是刘家雇的往张家抬亲。

刘　正　哪个刘家？

轿　头　刘千钟。

刘　正　那张家女子死了，你不用抬亲了，我也要回家去了。（下）

轿　头　伙计们，谁来雇的轿？

四青袍　吴家替雇的。

轿　头　咱们上吴家要钱。（圆场）吴家干什么张灯结彩？想必刘郎借地娶亲，咱们进去。

（吴二横上）

吴二横　你们来啦？花轿想必到了，你们怎么不吹打？

轿　头　人家小姐死了，我跟你要钱。

吴二横　娶不了亲来，不给钱。

轿　头　不给钱，抄你的忘八窝。

吴二横　清平世界你敢？

轿　头　说抄就抄，伙计们动手。

吴二横　你动手，我就嚷了，不得了，白昼打抢啦！

（乌有上）

乌　有　拿贼！

（轿头、青袍逃下）

吴二横　多谢乌头救我这场祸，请在家里喝茶。

乌　有　不行，我还得给红丝巷张家忙丧事去哪。他们小姐今日出殡，埋在城外。我妈也在那儿帮忙，睄见装裹阔着哪，满头珍珠子，一身的绸缎。

吴二横　这么一说，您请吧。

乌　有　回头见。（下）

吴二横　慢着。听说张小姐一身好装裹，我不免今天晚上出城，装成一个恶鬼，偷她坟墓，发个大财，我就是这个主意。（下）

# 第八场

（乌婆鬼装上）

乌　婆　打扮像个鬼，要去挖坟堆。我，乌婆子的便是，本是偷坟的老在行。张家小姐死了，她母亲给她一份好装裹。我看在眼里，财心发动，要偷她的坟，又怕被人撞见，因此把脸勾了，装这么一个鬼样。列位别笑话，我装鬼脸，世上想发财的谁不装鬼脸呀？前面已是张家坟墓，急急而行便了。

## 第九场

（吴二横鬼装上，偷坟介，虚下。背张盈盈上，脱衣介，打张盈盈嘴介，张盈盈作吐玉介）

吴二横　这块玉也是个小财，先寄放在她头上。慢着，这女子虽是个死的，月亮底下照见她的模样跟活的一样，等我拿她开个心。（作抱介。张盈盈看介）

张盈盈　你是哪里的厉鬼，为何到此惊吓于我？

吴二横　哟，宝贝，你活啦？我说张小姐，我叫吴二横，瞧你长的不错，咱们做个小两口吧。

张盈盈　住了！想我是清白人家儿女，你休要妄想。

吴二横　甚么清白不清白，你不答应，我就行强。

张盈盈　你若行强，就喊叫。

吴二横　你喊叫？这儿是坟圈子，没人，就有鬼。

张盈盈　救命啊！

（吴二横抓张盈盈介，张盈盈急跑下。乌婆上，吴二横、乌婆对看介）

吴二横
乌　婆　（同）有鬼！（同倒介）

吴二横　可吓死我啦！（起介）她怎么也倒啦？（看介）敢情跟我一样，也是个假的。我把她当了真鬼，她把我也当了真鬼，这真叫以假为真。她怎么不动啦？等我摸摸，敢情真死了。不但以假为真，简直弄假成真，等我把她搁在张小姐棺材里。（背乌婆介，虚下即上）得，安置好了，我快溜。

（张千上，锁吴二横介）

张　千　拿住偷坟贼了！（下）

## 第十场

（吴婆上）

吴　婆　（唱）儿子出城去偷坟，
　　　　　　　因何一去不回程？
　　　　我，吴婆。我儿子出城偷坟，老没回来。我要去往城外打听打听，就便卖两家私酒。这副金镯子我带了去，也把它卖了。不免托隔壁老道给我看看屋子。（向内介）我说庙里的道爷。
道　士　（内）大嫂子什么事？
吴　氏　我出城有点事，您替我看看家。
道　士　（内）我知道。
吴　氏　你瞧老道真跟我讲交情，走哇。
　　　　（唱）意乱心忙站不稳，
　　　　　　　眼跳心惊为何情？
　　　　我怎么眼跳哇？不得，不得。（下）

# 第十一场

（刘正上）
刘　正　（唱）将身且把柴门进——
　　　　（刘千钟上）
刘千钟　爹爹。
刘　正　（唱）一见奴才怒气生。
　　　　　　　奴才做的好事！
刘千钟　孩儿做了何事，爹爹如此生气？
刘　正　你这奴才，私诱张家女子一处同行，不通父命私订婚姻，是何道理？
刘千钟　爹爹，那张家女子往庙中烧香，身遭强暴，单人逃走。孩儿哪有见死不救之理？只得从权，送了她一程。那女子要学钟建、季芊故事，孩儿无奈，只得应允。回得家来，正要禀明爹爹，不想爹爹慌张出门，怎道孩儿不通父命？
刘　正　好个钟建、季芊的故事，那女子寻了短见了！
刘千钟　哎呀，小姐呀！
刘　正　那女子自己愿死，你哭她做什么？
刘千钟　那女子因何自尽？
刘　正　那女子因为父上门吵闹，羞怒而亡。她家言道，定不与老狗干休。为父乘他慌乱之间，走回来了。

刘千钟　定不与老狗干休？哎呀，爹爹，你道他的老狗乃是哪个？
刘　正　是哪一个？
刘千钟　他说的老狗就是爹爹。
刘　正　怎么讲，他说的老狗就是为父？倘若打起官司如何是好？
刘千钟　爹爹，何不到表兄家中暂避一时。
刘　正　言之有理，我去也。
　　　　（唱）家中之事要谨慎，
　　　　　　急急忙忙出柴门。（下）
刘千钟　（唱）可叹红颜真薄命，
　　　　　　芳心莫怪薄幸人。
　　　　不想张小姐为我身亡，不免撮土为香，对天一拜。
　　　　（唱）佳人一死休怨恨，
　　　　　　你我来生再结亲。
　　　　天已不早，待我关门安寝。（关门，坐桌内介）
张盈盈　（内唱）拼将骨肉归泉境，（上）
　　　　　　已死谁知又复生。
　　　　　　袜小鞋弓难扎挣，
　　　　　　赤身露体怎前行？
　　　　且住。我虽然逃出坟园，只是赤身露体，等到天明，怎样见人？看这里有户人家，待我向前求件衣服再走。哦，开门！
刘千钟　夜静更深，怎么有人叫门？待我看来。
张盈盈　开门！
刘千钟　怎么是女子声音？是哪一个？
张盈盈　我是来求衣服的。
刘千钟　黑夜之间，男女不便，你去吧。
张盈盈　我赤身露体，只求从门隙内赏我一件衣服，我这里有玉佩相谢。
刘千钟　啊，有玉佩，你从门隙递进来。吓，这玉佩是我与张盈盈订亲之物，怎么落在你的手中？
张盈盈　莫非你就是刘郎么？奴家正是张盈盈。
刘千钟　哎呀，打鬼！打鬼！
张盈盈　刘郎，奴家有万种愁肠，向你申诉，你快快开门。
刘千钟　哎呀小姐呀！你自己寻了短见，我不曾害你，你不要惊吓与我。
张盈盈　我是人，不是鬼。
刘千钟　你埋在坟内，怎能出来？分明是鬼，怎说是人？我不与你开门。
张盈盈　你当真的不开门？你好负心也！

（唱）叫你十声九不应，
　　　　分明是个无义人。
　　　　萍水相逢姻缘订，
　　　　五百年前结旧盟。
　　　　可叹奴为你丧了命，
　　　　可叹奴为你受凋零。
　　　　黑夜相投你不认，
　　　　看来你是铁打心。
　　　　今日将你好一比，
　　　　好比王魁负桂英。
负心郎，快快开门！
（刘千钟惊，丢佩介）

刘千钟　这女鬼真是糊涂鬼，竟要学桂英活捉王魁的故事，待我用门闩将她打走。小姐不要动怒，待我与你开门，开门。
（取闩打，张盈盈死介）
哦，鬼是无形之物，怎么倒在地下？待我摸来。（摸介）原来误失打死人了，人命关天，我逃走了吧。（下）
（乌有上）

乌　有　什么东西绊了我一下？是个死尸，这是张盈盈。我知道她死了，怎么在这儿呢？伙计快来。
（马三上）

马　三　什么事？
乌　有　刘老头门口有个死尸，是张盈盈。
马　三　咱们上刘家去问问。
乌　有　咱们就去。没关门，怎么一个人没有？门闩哪儿去啦？
马　三　死尸旁边有一根门闩。
乌　有　不用说，他父子打死人跑了。
马　三　你看着死尸，我去报官。（下）
乌　有　他走了，我一个人看死尸有点害怕。我去打壶酒喝，壮壮胆子，这个死尸大概跑不了，她要跑了，除非唱戏。（下）

张盈盈　（唱）一阵昏迷魂不定，
　　　　　　刘郎可算负心人。
刘千钟，刘千钟，你怎么下此毒手？哦，他家门户洞开，待我进去。（入介）怎么四下无人？这块玉佩还在地下，看这里有那负心人的衣服，待我穿了起来，假装男子，带了玉佩，回家去见母亲。

（乌有上，对看介。张盈盈下）

乌　有　我喝的醉眼迷糊，看见一个人跑了。别是死尸真跑了吧？（看介）可不是死尸跑啦？这是诈了尸啦，等我拿门闩追。

（吴婆上，乌有打介）

吴　氏　哎哟！（死介）

乌　有　你诈尸！待我把她背回去，等太爷相验。没想到怕什么有什么，死尸真会跑了，倒是出好戏。（背吴婆下）

# 第十二场

（四青袍、李万、陆公上）

陆　公　（引）学尚朱程，官县令，实心从政。
苦读寒窗有十年，
青灯阅尽古今言。
一朝得志官郡县，
为国安民学圣贤。
下官陆陇其，乃平湖人也。蒙圣恩，官授直隶灵寿县正堂。今当三六九日，左右，放告牌抬出。

（王氏上）

王　氏　冤枉！

差　役　有民妇喊冤。

陆　公　带进来。

王　氏　叩见太爷。

陆　公　有何冤枉，一一诉来。

王　氏　小妇人张门王氏，生了一女，名唤盈盈，许与刘正之子刘千钟为妻。刘正误听人言，道小女不贞，上门吵闹，威逼小女自尽。太爷做主。

陆　公　你且起过一旁。

王　氏　是。

陆　公　李万过来，与你火签一枝，锁拿刘正听审。

（李万下。张千锁吴二横上）

张　千　启太爷：小人在张家坟园拿住偷坟贼一名，太爷发落。

陆　公　嘟！那一贼子姓氏名谁，偷盗坟墓该当何罪？

吴二横　小人名叫吴二横，因为发疟子，在张盈盈坟前跺疟子来着，不敢偷坟。

| 王　氏 | 张盈盈是我的女儿，死后有人偷坟，我那苦命的儿呀！ |
| 陆　公 | 吴二横鬼装打扮，定是偷坟，见了本县，还敢强辩，好生大胆也！
（马三上） |
| 马　三 | 小人马三启禀太爷：刘正、刘千钟父子打死一个女人，弃家在逃。据小人伙伴乌有说，那死的女人叫张盈盈。 |
| 陆　公 | 张盈盈，怎么三案都是张盈盈？王氏状告刘正逼死盈盈，吴二横又去偷她坟墓，怎么马三又报刘家父子打死盈盈，是何缘故？
（李万上） |
| 李　万 | 启太爷：刘正在逃。 |
| 陆　公 | 知道了。张千、李万过来，快快访拿刘正、刘千钟父子，二人不准卖放。
（二差下） |
| 陆　公 | 我想此事必须亲自查验。左右，带了人犯，打道尸场。
（圆场。乌有暗上，睡介。场上设尸介） |
| 马　三 | 你瞧老乌醉的这个样，醒醒，太爷来了。
（乌有醒介） |
| 乌　有 | 好醉！ |
| 马　三 | 太爷来啦！ |
| 乌　有 | 什么太爷，我还是睡。 |
| 马　三 | 启太爷：乌有醉卧不醒。 |
| 陆　公 | 好奴才，与我抬过来。（四青袍抬乌有介）取板子过来。（打介） |
| 乌　有 | 谁跟我玩笑，我可要骂啦！ |
| 陆　公 | 狗才，是本县。 |
| 乌　有 | 狗才是本县，本县是狗才。 |
| 陆　公 | 可恶，胡说！ |
| 乌　有 | 谢太爷责。 |
| 陆　公 | 你睡得好哇？ |
| 乌　有 | 太爷别生气，我这一辈子也不敢睡觉了。 |
| 陆　公 | 你看守的死尸，马三道你认识。 |
| 乌　有 | 她叫张盈盈，我妈跟她有交情，因此我认识她。太爷听明白了，她可是个女人，要是男人，我妈可不交她。 |
| 陆　公 | 满口胡言，她是怎么死的？ |
| 乌　有 | 张盈盈小人亲眼瞧见她出殡，不知道怎么出完了殡，又跑到这儿来死了。 |
| 陆　公 | 你既认得张盈盈，她是甚等之人？ |
| 乌　有 | 是个姑娘。 |

陆　　公　　起过一旁。左右，与我验来。
马　　三　　嗻！（验介）启太爷：是个中年妇人，衣裳布素，身边有金镯一对，头上一伤，乃是木器所致。
陆　　公　　起过一旁，这金镯不像这妇人之物。
王　　氏　　启太爷：这金镯是小女订亲之物，交与吴婆的。
陆　　公　　吴婆是什么人？
乌　　有　　是吴二横的妈。
陆　　公　　带吴二横。
吴二横　　伺候太爷。
陆　　公　　张王氏言道，这对金镯是她交与你母亲的，怎么在死尸身旁？
吴二横　　那我哪儿知道，等我去问问死尸。
陆　　公　　满口胡言，只这死尸你要看看倒也使得，快去看来。
　　　　　　（吴二横看介）
吴二横　　哎呀，这是我妈，怎么会死啦？哎呀妈呀！太爷求您做主吧，我做贼的变了苦主了。
陆　　公　　你的罪也要问，你的冤也要伸，起过一旁。
吴二横　　真是青天太爷。
陆　　公　　乌有、马三。
乌　　有
马　　三　　（同）伺候太爷。
陆　　公　　你们报道打死的是张盈盈，如今变了吴婆，分明你等欺藐本县。
乌　　有　　小的不敢。实在昨天睄着是张盈盈，今天变了吴婆，您问小的，小的倒有点……
陆　　公　　莫非你知道？
乌　　有　　小的倒有点糊涂。
马　　三　　小的是真不知道。
乌　　有　　太爷是活包老爷，除非是活包老爷，也遇不着这宗案子。
陆　　公　　下去。
乌　　有
马　　三　　（同）嗻。
陆　　公　　张王氏。
王　　氏　　有。
陆　　公　　你既打人命官司，为何不等本县相验，便将女儿埋葬？
王　　氏　　小妇人一时糊涂，太爷开恩。
陆　　公　　本县也不深究，今日却要开棺一验。左右，打道张家坟园。（下）

## 第十三场

（李万拉刘千钟上）

**刘千钟** （唱）弃家只望逃性命，
　　　　　　　　不想中途大祸临。

大哥，我冤枉啊！

**李　万** 你打死张盈盈，还说冤枉？

**刘千钟** 我打的是鬼，不是人，不知怎么打一门闩，她又是人，不是鬼了，因此弃家逃走。不想中途被大哥拿住，见了太爷，我只好还说打的是鬼不是人。任凭太爷公断，倒底是人还是鬼。

**李　万** 你是打的鬼，一打变了人，一棍打死了，是鬼不是人。我跟你说，这位陆太爷是活包老爷，见了他，自然审得出来是人是鬼。你也别把人当鬼，也别把鬼当人，反正是鬼就不是人，是人也叫你打成鬼，你打人命官司吧。

**刘千钟** 我打什么人命官司，我打的是鬼命官司。

**李　万** 人命也罢，鬼命也罢，走哇！

**刘千钟** 大哥呀！

（唱）不打人命打鬼命，
　　　　　　这场冤屈无处伸。（下）

## 第十四场

（张盈盈上）

**张盈盈** （唱）吉莫靴累煞了金莲三寸，
　　　　　　　红颜女原不比白面书生。

我张盈盈。改扮男装，回家见母，怎奈靴大足小，步履维艰，且在柳林中歇息片时再行便了。

（刘正上）

**刘　正** （唱）独只为怕官司入城避隐，
　　　　　　　离家门不数里来到柳林。

哎，我只为行走慌迫，酒瘾不足，离家不远有些困倦，且在这林中歇息歇息。

张盈盈　这老者好生面善。

刘　正　好一个俊俏的男子，看他眉清目秀，好似一个绝色的美女。（向张盈盈介）相公请了。

张盈盈　老丈请了。

刘　正　请问相公是往哪道而去？

张盈盈　我是往城中而去。

刘　正　相公是往城中而去，老汉也是往城中而去的。

张盈盈　老丈也是进城的？

刘　正　正是。请问相公贵姓？

张盈盈　小生姓刘。

刘　正　怎么相公也姓刘？

张盈盈　听老丈之言，老丈是姓刘了？

刘　正　老汉姓刘，你我五百年前是一家了。

张盈盈　（背介）哎呀且住！看此人分明是刘郎之父。这老儿十分狡猾，我不免用言刁难于他，日后过门也可好生看待于我。请问老丈大名？

刘　正　老汉刘正，还不曾问相公名字。

张盈盈　小生刘千钟。

刘　正　刘千钟是我的儿子。

张盈盈　这是怎么讲话？

刘　正　老汉失言了，相公休得见怪。

张盈盈　焉敢怪着老丈？我虽不是你的儿子，却与你的儿子……

刘　正　怎么样？

张盈盈　我与你的儿子……

刘　正　相公怎么不讲了？

张盈盈　我与你的儿子是同名同姓的。

刘　正　同名同姓，正好结个同心。

张盈盈　哎，这"同心"二字再也休提。

刘　正　这是什么缘故，难道你与小儿有仇？

张盈盈　我与他，哎，是因好成仇。

刘　正　你与他因好成仇？既然与小儿有仇，老汉告辞了。

张盈盈　老丈慢行，我与令郎虽然因好成仇，我心中到底不忘旧好。

刘　正　既是相公不忘旧好，待老汉改日教小儿登门请罪，学那古来的廉颇，身背一条荆杖，跪在你的面前，任凭你打，任凭你骂。他若还手打你，就如同打了老汉。他若还口骂你，就如同骂了老汉。教他一辈子怕了你，你道好也不好？

张盈盈　他若不怕呢？
刘　正　他若不怕，便不是人生父母养的。
张盈盈　如此，多谢老丈。
刘　正　相公与小儿交好，怎的不常到我家？
张盈盈　这个，只因有许多不便。
刘　正　彼此深交，何言不便？
张盈盈　为了一段婚姻。
刘　正　莫非你替小儿做过媒来？
张盈盈　虽然不曾与令郎做媒，只是比媒人还近一层。
刘　正　比媒人还近一层，但不知这段婚姻是谁家之女？
张盈盈　乃是张家之女。
刘　正　哪个张家？
张盈盈　红丝巷张家。
刘　正　红丝巷张家？哦，相公，这女子唤作什么？
张盈盈　唤作张盈盈。
刘　正　张盈盈死了。
张盈盈　张盈盈还未曾死。
刘　正　这就不对了。老汉亲眼看见张盈盈死的，我还要打人命官司，你怎么说她未曾死？
张盈盈　张盈盈死与不死暂且不言，倘张家再有一女，与你结亲，你便如何？
刘　正　那张家仇恨未消，岂肯与我结亲？
张盈盈　只要我肯与你家结亲，那张家自无话讲。
刘　正　那张家再若肯与我结亲，哪怕容貌丑陋，我的性命要紧，再也不反悔了。
张盈盈　若是反悔？
刘　正　我若反悔，便是老忘八，非但我是老忘八，小儿也是小忘八。
张盈盈　什么讲话！
刘　正　是啊，你与小儿交好，他忘八与不忘八，你自有权衡。
张盈盈　越说越不像话了。
刘　正　我的酒瘾发作，言语颠倒，相公休怪。
张盈盈　我岂敢怪着老丈，还一事相求。
刘　正　相公有何事见委？
张盈盈　我到城中投奔亲眷，要求老丈送我前去。
刘　正　但不知哪一家？
张盈盈　就是红丝巷张家。

刘　　正　　我明白了，这灵寿城中哪有第二个刘千钟？分明你是公差，前来访拿与我。

张盈盈　　非也。我与张家至亲，到了那里，只消三言两语，叫你两家解释冤仇，再结婚姻，你看如何？

刘　　正　　世间之上竟有这等好人，相公，请上受我一拜！
　　　　　　（张盈盈拦介）

张盈盈　　老丈拜不得的，你拜了我，与拜你儿子一样。

刘　　正　　此话好不明白。

张盈盈　　日后自然明白。

刘　　正　　如此高义，日后与小儿解了冤仇，重新交好，老汉倒要与你时常亲近。

张盈盈　　使不得，我与老丈是不能亲近的。

刘　　正　　难道嫌我老了？

张盈盈　　这是怎么讲话？你我快进城去吧。

刘　　正　　你我走哇！
　　　　　　（唱）他待我真个有情分，

张盈盈　　（唱）袖内机关就解不明。

刘　　正　　（唱）但愿此去解仇恨，
　　　　　　（张千上）

张　　千　　哪儿走？

刘　　正　　（唱）拦挡行人为何情？
　　　　　　嘟！你是白日劫抢么？

张　　千　　我是当官人的，什么白日劫抢！

刘　　正　　似你这等公差，与白日劫抢的强盗也差不多。

张　　千　　我们好几个伙计奉太爷之命，分别捉拿刘正、刘千钟。我认得你是刘正，来这儿，有朝廷王法，你戴上罢。（锁介）

刘　　正　　（向张盈盈介）我早知道你是前来拿我，不想果然中你之计。

张盈盈　　上差，我久闻人言，你们这位陆陇其陆太爷为官清正，为何捉拿平民？

张　　千　　刘正、刘千钟父子，不知是谁，打死女子张盈盈，故此太爷叫我拿他。

张盈盈　　为的张盈盈一案么？我便是张盈盈。

张　　千　　张盈盈是个女子，有你这个样的张盈盈？

刘　　正　　他不叫张盈盈，叫刘千钟，他可不是我的儿子。

张　　千　　他既不是你儿子，是怕我拿他。他自个说了，你别撒赖了，走吧。
　　　　　　（下）

## 第十五场

（四青袍、乌有、马三、王氏、吴二横、陆公同上）

乌　有　来此张家坟园。
陆　公　开棺，搭尸首。（四青袍搭尸上）
陆　公　验来。
马　三　启太爷：棺材里不是人，是个鬼。
陆　公　棺材里自然是鬼不是人。
马　三　不是那们一句话，他是死尸勾着鬼脸。
陆　公　起过一旁，带张王氏。
王　氏　伺候太爷。
陆　公　你女儿死尸怎么画了个鬼脸？
王　氏　小妇人并不曾与女儿画脸。
陆　公　只怕这死尸又有更变，不是你女儿，你可向前看来。
王　氏　求太爷派公差同看。
陆　公　这也使得，乌有，你同张王氏向前去看。
　　　　（王氏看介）
王　氏　这不是我女儿。
乌　有　这是我妈，哎呀妈呀！（拉王氏向陆公跪介）张王氏害死我妈，求太爷伸冤。我这个官人跟贼一样，又变了苦主了。
王　氏　小妇人不敢害人，太爷明鉴。
陆　公　待我自己看来。（看介）果然是个半老妇人，不是幼女，却为何画了鬼脸？我明白了，这两次尸首改变，并非鬼怪，只要严审乌有、吴二横，自然明白了。左右，打道回衙。
　　　　（圆场，坐堂介。李万上）
李　万　刘千钟拿到。
陆　公　带上来。
　　　　（刘千钟上）
刘千钟　生员参见老父母。
陆　公　刘生员，你是学校中人，打死人命是何道理？
刘千钟　生员打的是鬼，求老父母详察。
陆　公　本县也知你素来良善，此案必有冤屈，你且立在堂下，听我判断。
刘千钟　多谢老父母。
　　　　（张千上）

张　千　刘正、刘千钟拿到。
陆　公　怎么又有一个刘千钟？此案又弄出蹊跷来了。来，带刘正、刘千钟。
　　　　（刘正、张盈盈上）
刘　正
张盈盈　（同）叩见太爷。
张　千　刘正当堂有刑。
陆　公　松刑。
　　　　（张千去刘正锁介）
　　　　刘正威逼人命在先，打死人命在后，快快招来。
刘　正　威逼人命，小人领罪。打死人命，小人不知。
张盈盈　太爷，打死人命，我倒知晓。
陆　公　你是什么人？怎知他打死人命一案？
刘　正　他也叫刘千钟，与小人儿子同名。
陆　公　刘千钟，你怎知他打死人命一事？
张盈盈　太爷，你道他打死的是哪一个？
陆　公　本县问你，你怎么反倒问起本县来了？
张盈盈　打死的就是我。
陆　公　你叫什么名字？
张盈盈　我叫刘千钟。
陆　公　你名叫刘千钟，怎么刘千钟又打死你？
张盈盈　太爷，我不是男子。
陆　公　你不是男子？刘正，堂口伺候。
刘　正　是。
陆　公　那一女子，为何改装戏弄本县？大刑伺候。
张盈盈　太爷容禀。
　　　　（唱）家住在灵寿城旧有名姓，
　　　　　　　我的父数年前早丧残生。
　　　　　　　我名叫张盈盈闺门待聘，
　　　　　　　刘千钟救患难才结婚姻。
　　　　　　　心不遂对高堂寻了自尽，
　　　　　　　昏沉沉入棺木，被吴二盗墓偷坟，险些失了身。
　　　　　　　得性命投千钟不肯相认，
　　　　　　　无情棍打不死改扮书生。
陆　公　有何为证？
张盈盈　有他家订婚玉佩，太爷请看。

| 陆　公 | 刘生员既与她结亲，那盈盈暮夜相投，你为何将盈盈打死？ |
|---|---|
| 刘千钟 | 生员乃是打鬼，不想错打了人。 |
| 陆　公 | 世上哪有将人作鬼之理？你分明是赖词。 |
| 乌　有 | 将人作鬼，真有那宗事，他不是赖词。 |
| 陆　公 | 乌有、吴二横。 |
| 乌　有 吴二横 | （同）伺候太爷。 |
| 陆　公 | 你二人在堂口讲些什么？ |
| 乌　有 | 小人说打人错打鬼，有那宗事。 |
| 陆　公 | 你怎么晓得？ |
| 乌　有 | 回太爷：小的看守死尸，往别处喝酒。张盈盈又活了，小的追上，一杠子打的是死鬼，不想误伤活人，所以我晓得。 |
| 吴二横 | 我跟乌婆都装了鬼去偷张盈盈的坟，她把我当成真鬼，我把她当成真鬼，都吓死了。我又活了，她可真死了，所以我也说有这宗事。 |
| 陆　公 | 本县未曾审讯，你两个便招了，真乃鬼使神差，快快画供。 |
| 乌　有 | 老吴，咱们言多语失，画吧。（画供介） |
| 陆　公 | 吴二横偷坟盗墓，依律当斩。乌有误伤人命，边外充军。传禁卒，将他二人收监。 |

（二禁卒上，锁介）

| 乌　有 | 老吴，你睄多公道，张盈盈是你挖出来又活的，没想到你倒死了。 |
|---|---|

（同下）

| 陆　公 | 张王氏，你女儿当日吞了玉佩，不过偶然闭气，并未曾死，你怎么胡乱将她掩埋？幸而夜间有人偷坟，将她放出，如若不然，岂不枉送她的性命？ |
|---|---|
| 王　氏 | 小妇人因埋葬女儿，受了太爷两番训谕。我女儿再若死了，我是不敢埋的了。 |
| 陆　公 | 真死了再埋，难道本县还禁止你埋葬女儿不成？刘生员，你两家结亲在前，如今本县为媒，你二人当堂结拜花烛。 |
| 众 | （同）谢太爷！ |

（刘千钟、张盈盈同拜介。【尾声】下）

图书在版编目（CIP）数据

荀慧生小留香馆剧本精选/北京戏曲艺术职业学院，北京市艺术研究所编. -- 北京：学苑出版社，2018.5
ISBN 978-7-5077-5472-8

Ⅰ.①荀…　Ⅱ.①北…②北…　Ⅲ.①京剧—剧本—作品集—中国　Ⅳ.①I232

中国版本图书馆CIP数据核字（2018）第094436号

| 出 版 人：孟　白
| 责任编辑：潘占伟
| 印制总监：张　翔
| 出版发行：学苑出版社
| 社　　址：北京市丰台区南方庄2号院1号楼
| 邮政编码：100079
| 网　　址：www.book001.com
| 电子信箱：xueyuanpress@163.com
| 联系电话：010-67601101（销售部）、010-67603091（总编室）
| 印　刷　厂：北京信彩瑞禾印刷厂
| 开本尺寸：787×1092　1/16
| 印　　张：41.5
| 字　　数：770千字
| 版　　次：2018年5月第1版
| 印　　次：2018年5月第1次印刷
| 定　　价：128.00元